Príncipe Sombrio

Universo dos Livros Editora Ltda.
Rua do Bosque, 1589 - Bloco 2 - Conj. 603/606
Barra Funda - São Paulo/SP - CEP 01136-001
Telefone/Fax: (11) 3392-3336
www.universodoslivros.com.br
e-mail: editor@universodoslivros.com.br
Siga-nos no Twitter: @univdoslivros

Príncipe Sombrio

CHRISTINE
FEEHAN

São Paulo
2011

UNIVERSO DOS LIVROS

Diretor-Editorial: Luis Matos
Editora-Chefe: Marcia Batista
Editora-Assistente: Noele Rossi
Tradução: Alyne Azuma
Preparação: Fernanda Duarte
Revisão: Julio Domingas
Arte: Camila Kodaira e Stephanie Lin
Capa: Zuleika Iamashita

Dados Internacionais de Catalogação na Publicação (CIP)
(Câmara Brasileira do Livro, SP, Brasil)

F295p Feehan, Christiane.

Príncipe Sombrio / Christiane Feehan ; [tradução de Alyne Azuma]. – São Paulo : Universo dos Livros, 2011.
464 p. – (Os Cárpatos)

Tradução de: Dark Prince

ISBN 978-85-7930-284-8

1. Vampiros. 2. Ficção. I. Título. II. Série

CDD 813.6

Este livro é dedicado à minha mãe, Nancy King, por estimular minha imaginação fértil. Ao meu amado marido, Richard, que é, agora e sempre, neste mundo e no próximo, minha alma gêmea. E à minha amiga Kathie Firzlaff, que ama todos os personagens em todos os meus livros e insistiu para que eu os compartilhasse.

Agradecimentos

Eu não poderia ter escrito este livro sem ajuda pelo caminho. Kathie, obrigada por sempre estar aqui, por conversar sobre as cenas e por não fazer sua parte do trabalho comigo em um livro sobre lobisomens. Se tivesse feito, este livro provavelmente não teria sido concluído. Doutor Christopher Tong, eu realmente sou grata por sua ajuda com a língua, necessária para dar ao livro o sabor do Velho Mundo e acrescentar um toque de realismo ao mundo do paranormal!

Capítulo 1

Ele não podia mais enganar a si. Lentamente, com infinito cansaço, Mikhail Dubrinsky fechou a primeira edição de capa de couro com uma calma resoluta. Era o fim. Ele não podia mais suportar. Os livros que ele tanto amava não estavam conseguindo afastar a solidão profunda e dolorosa de sua existência. O escritório estava forrado deles, do chão ao teto, em três das quatro paredes da sala. Ele havia lido cada um daqueles livros, memorizado muitos deles ao longo dos séculos. Todavia, eles não mais traziam conforto à sua mente. Os livros alimentavam seu intelecto, mas partiam seu coração.

Ele não tentaria dormir quando amanhecesse – pelo menos não o sono reparador da renovação; buscaria o *descanso eterno*, e esperava que Deus tivesse misericórdia dele. Sua raça era composta por poucos, espalhados, perseguidos – desaparecidos. Mikhail havia preenchido sua vida com Arte e Filosofia, trabalho e ciência. Ele conhecia todas as ervas medicinais e cada raiz venenosa. Conhecia as armas dos homens – ele mesmo tinha aprendido a se tornar uma arma. E continuava só.

Seu povo era uma espécie em extinção, e Mikhail havia falhado com ele. Como seu líder, tinha se comprometido a encontrar uma maneira de salvar aqueles de quem cuidava. Machos demais estavam se entregando, oferecendo a alma para se tornar *mortos-vivos* por desespero. Depois de 200 anos, os machos da sua espécie tinham perdido a capacidade de ver cores, de sentir. Eles contavam unicamente com a vontade, integridade e a memória para se manter honrados. A tentação de matar enquanto se alimentavam era um perigo constante. Durante aqueles momentos raros e preciosos, enquanto se alimentavam, se matassem, sentiam um frenesi, uma onda de calor que percorria o corpo, envolvia o cérebro e tomava conta da mente, para que pudessem reviver tal momento repetidas vezes. Aquilo se chamava *arwa-arvomet, és jelämet, kuulua huvémet ku feaj és ködet ainaak* – literalmente, oferecer a alma, a honra e a salvação de alguém, e receber prazer finito e escuridão eterna. Todos os *Cárpatos* consideravam a troca da alma, honra e salvação como prazer momentâneo e danação sem fim.

Não havia mulheres para dar continuidade à espécie, para trazê-los de volta da escuridão em que viviam. As crianças fêmeas eram poucas e raras. E, então, as mulheres começaram a perder seus bebês antes do parto. Ele devia ter previsto a decadência, encontrado uma maneira de impedi-la. Sem mulheres, sem crianças, não havia esperança de continuidade para eles.

Os machos eram essencialmente predadores, a escuridão crescia e se espalhava neles até que não tivessem mais emoções, nada além da escuridão em um mundo frio e cinza. Para cada um era necessária uma companheira, uma parceira que o levasse para a luz eternamente. Sem fêmeas ou crianças, as parceiras eram coisa do passado, e os machos sucumbiam cada vez mais ao *sielet, arwa-arvomet, és jelämet, kuulua huvémet ku feaj és ködet ainaak* – a troca da alma, honra e salvação pelo prazer momentâneo e *danação eterna*.

A dor tomava conta dele, o consumia. Mikhail levantava a cabeça e urrava de dor como o animal ferido que era. Não suportava mais ficar sozinho. E, mesmo assim, como podia sentir dor? Ou tristeza? Por que nas últimas horas ele havia sentido um desespero tão absoluto quando não conseguia sentir nada? Estava finalmente perdendo a cabeça e a esperança?

Na verdade, a questão não era estar sozinho, mas estar solitário. Era possível se sentir solitário em meio a uma multidão, você não acha?

Mikhail ficou paralisado, seus olhos sem vida se moveram com cuidado, um predador perigoso sentindo o cheiro do perigo. Ele inspirou profundamente, fechando a mente por um instante, enquanto todos os seus sentidos se aguçavam para localizar o intruso. Estava sozinho. Não podia estar errado. Ele era o mais velho, o mais poderoso, o mais astuto. Ninguém podia invadir suas defesas. Ninguém podia se aproximar dele sem seu conhecimento. Curioso, ele repetiu as palavras, ouviu a voz. Fêmea, jovem, decidida, muito inteligente. Mikhail se permitiu liberar um pouco a mente, testando caminhos, procurando pegadas mentais.

Descobri que sim, ele concordou. Ele se deu conta de que estava prendendo a respiração, de que precisava de contato. Uma humana. Quem se importava? Algo – não, alguém – havia penetrado nas profundezas de sua dor e despertado seu interesse o suficiente para fazê-lo reagir. Quem poderia falar telepaticamente com ele além de alguém de sua raça? Aquilo não fazia sentido, mas pouco importava. Ele estava interessado. Cativado. Intrigado.

Às vezes eu vou para as montanhas e fico lá sozinha por dias, semanas, sem me sentir sozinha; mas, em uma festa, cercada por centenas de pessoas, eu me sinto mais solitária do que nunca.

Sua garganta se fechou. A voz dela, preenchendo sua cabeça, era delicada, musical, *sexy* em sua inocência. Mikhail não sentia nada há séculos; seu corpo não havia desejado uma mulher em centenas de anos. Agora, ouvindo a voz dela, a voz de uma humana, ele estava impressionado com o fogo nas próprias veias.

Como é que você consegue falar comigo?

Sinto muito se ofendi você.

Ele podia ouvir claramente que a mulher estava falando a verdade, podia sentir suas desculpas.

Sua dor é tão aguda, tão terrível, que eu não poderia ignorá-la. Achei que você quisesse conversar. A morte não é a resposta para a infelicidade. Acho que você sabe disso. Em todo caso, eu posso parar se você quiser.

Não! Seu protesto foi uma ordem, uma ordem imperiosa dada por um ser acostumado com a submissão instantânea. Ele sentiu a risada dela antes que o som fosse registrado por sua mente. Delicada, livre, convidativa.

Você está acostumado com a obediência de todos à sua volta?

Com certeza.

Ele não sabia como entender aquela risada. Mikhail estava fascinado. Sentimentos – emoções – surgiram em sua mente e em seu corpo até que ele tivesse sido inundado, tomado, até que mal pudesse respirar naquelas centenas de anos de existência vazia, desolada.

Você é europeu, não é? Rico e muito, muito arrogante.

Ele se pegou sorrindo diante da provocação dela – ele nunca sorria. Não sorria há 600 anos ou mais.

Tudo isso.

Mikhail esperou pela risada dela de novo, precisava daquilo com a mesma intensidade com que um viciado precisava de uma droga.

Eu sou americana. Água e óleo, você não acha?

Ele tinha visto uma solução nela, uma direção. Ela não escaparia. Mulheres americanas podem ser treinadas com os métodos certos. Ele falou lenta e deliberadamente, antecipando a reação dela.

Você é muito arrogante. Ele adorava o som da risada dela, deliciava-se nela, absorvia-a em seu corpo. Ele sentiu que a mulher estava sonolenta, sentiu seu bocejo. Muito melhor. Mikhail deu um pequeno empurrão mental nela, muito delicado, querendo que ela dormisse para poder examiná-la melhor.

Pare com isso! A reação dela foi recuar rapidamente, com mágoa, suspeita.

Ela se recolheu, provocando um bloqueio mental tão abrupto, que ele ficou impressionado com sua habilidade; como alguém tão jovem podia ser tão forte, forte para uma humana. E ela era humana. Tinha certeza disso. Ele sabia, sem olhar, que tinha exatamente cinco horas até o nascer do sol. Não que as primeiras ou últimas horas do sol fossem insuportáveis para ele. Mikhail checou os arredores dela, com cuidado para não assustá-la. Um sorriso leve tocou a boca bem-desenhada dele. A mulher era forte, mas, claramente, não o bastante. O corpo dele, a musculatura dura e a força sobre-humana, brilhavam, dissolviam-se, tornavam-se uma mistura clara e cristalina, passando por baixo da porta, fluindo pelo ar da noite. Pequenas gotas se condensaram, reuniram, conectaram, formando um grande pássaro. Ele mergulhou, voou em círculos e percorreu o céu, silencioso, letal, belo em seu disfarce mortal.

Mikhail se deliciava com o poder de voar, o vento contra o seu corpo, o ar noturno falando com ele, sussurrando segredos, transportando aquele cheiro de animal de caça, de homem. Ele seguiu aquela leve trilha psíquica implacavelmente. Tão simples. Mas, ainda assim, seu sangue estava cada vez mais quente, sem memória, porém, com uma excitação real. Uma mulher, jovem, cheia de vida e riso, uma humana com uma conexão psíquica com ele. Uma humana cheia de compaixão, inteligência e força. Morte e danação podiam esperar mais um dia enquanto ele matava sua curiosidade.

A pousada era pequena, na beira da floresta onde a montanha encontrava a mata. O interior estava escuro, com poucas luzes brilhando delicadamente em um ou dois quartos e talvez um corredor, enquanto os humanos descansavam. Ele pousou em uma sacada do segundo andar e ficou parado, como se fizesse parte da noite, misturando-se por um momento com a estrutura daquela construção. O quarto dela era um dos cômodos com a luz acesa, o que deixava evidente que ela não conseguia dormir. Os olhos escuros e flamejantes a encontraram pelo vidro translucido, a encontraram e a desejaram.

Ela era pequena, curvilínea, com a cintura fina e um cabelo preto e majestoso caindo sobre as costas, atraindo atenção para o quadril arredondado. Ele ficou com a respiração presa na garganta. Ela era maravilhosa, linda, a pele acetinada, os olhos incrivelmente grandes, de um azul intenso, cobertos por cílios longos e volumosos. Nenhum detalhe escapou a Mikhail. Uma camisola de renda branca cobria seu corpo, envolvendo os seios fartos e revelando o pescoço e os ombros delicados. Os pés dela eram pequenos, assim como as mãos. Tanta força em uma embalagem tão pequena.

Ela estava escovando o cabelo, em pé ao lado da janela, olhando para fora distraidamente. O rosto dela revelava uma expressão distante; havia linhas de preocupação ao redor dos lábios volumosos e sensuais.

Mikhail podia sentir a dor dela e a necessidade do sono que se recusava a chegar, e se pegou acompanhando cada movimento daquela escova. Os movimentos dela eram inocentes, eróticos. Aprisionado na forma de pássaro, seu corpo ficou excitado. Mikhail olhou para o alto com reverência para agradecer, a pura alegria de sentir aquilo, após séculos sem demonstrar nenhuma emoção, era imensurável.

Cada movimento da escova revelava os seios dela de maneira convidativa, enfatizando as costelas pequenas e a cintura fina. A renda envolvia o corpo, deixando transparecer um V escuro entre as pernas. As garras de Mikhail se cravaram no parapeito, deixando marcas profundas na madeira. Ele continuou olhando. A mulher era graciosa, provocativa. Ele se pegou olhando para aquele pescoço macio, a pulsação constante batendo na garganta. A dele. Repentinamente, ele afastou aquele pensamento e balançou a cabeça.

Olhos azuis. Azuis. Ela tinha olhos azuis.

Foi só nesse momento que percebeu que estava vendo em cores. Cores vívidas e brilhantes. Se não estivesse na forma de pássaro, aquele brilho inesperado após um mundo de cinza o teria impressionado, assim como as emoções que o invadiram – mas não podia ser. Ficou totalmente paralisado, com medo de se mexer, de pensar, com medo de perder aquele precioso presente que não deveria ser dele.

Os machos haviam perdido a habilidade de ver qualquer coisa além do cinza sem graça, mais ou menos na mesma época em que haviam perdido as emoções. Apenas uma verdadeira parceira poderia trazer emoções e cores de volta para a vida de um macho. Fêmeas *Cárpato* eram a luz para a escuridão dos machos – sua outra metade. Sem elas, a fera consumiria lentamente o macho até que ele estivesse na completa escuridão. Não havia mais fêmeas *Cárpato* para dar à luz companheiras. As poucas que restavam só eram capazes de produzir machos. Era uma situação aparentemente irremediável. Humanas não podiam ser convertidas sem perder a lucidez. Já houve tentativas no passado. Essa humana não poderia ser sua companheira.

Mikhail ficou observando enquanto ela apagou a luz e deitou na cama. Ele sentiu os movimentos em sua mente, a busca.

Você está acordado? A pergunta dela era hesitante. A princípio ele se recusou a responder, por não gostar do fato de precisar tanto daquilo. Ele não podia perder o controle; não ousaria perder o controle. Nada, ninguém, poderia ter aquele poder sobre ele. Especialmente uma americana miúda, uma mulher pequena com mais força do que bom-senso. Ele era o receptáculo vivo de seu povo, sem ele, a espécie estaria extinta. Era preciso ter muito cuidado... mas... Ele fechou os olhos e saboreou o perfume dela, o som de sua voz, as cores e emoções que ela trazia consigo.

Eu sei que você pode me ouvir. Sinto muito se fui invasiva. Eu fui insensível, não vai acontecer de novo. Mas, só para constar, não tente fazer demonstrações de poder de novo.

Ele ficou feliz por estar na forma de um animal, porque assim não podia sorrir. Ela não sabia o que era poder.

Não fiquei ofendido. Ele a reconfortou com seu tom gentil. Ele precisava responder, era quase uma compulsão. Precisava do som da voz dela, desse sussurro leve tocando lhe a cabeça como se dedos estivessem lhe acariciando a pele.

Ela se virou, mexeu no travesseiro, esfregou as têmporas como se estivessem doendo. Uma mão se enrolou sob o lençol fino. Mikhail queria tocar aquela mão, sentir o calor e o toque aveludado em sua própria mão.

Por que você tentou me controlar? Não era uma pergunta puramente intelectual, como ela queria que fosse.

Ele sentiu que a tinha ferido de alguma maneira, que a tinha desapontado. Ela se moveu desconfortavelmente, como se estivesse esperando um amante. Pensar nela com outro homem o encheu de fúria. Ter sentimentos após centenas de anos. Fortes, claros, focados. Sentimentos reais.

Controlar é da minha natureza. Era a mais pura verdade. Ele era um ser poderoso, responsável pela espécie inteira. Ter controle sobre tamanho poder era essencial. Ele estava empolgado, feliz e, ao mesmo tempo, totalmente ciente de que era mais perigoso do que nunca. Poder sempre precisava de controle. Quanto menos emoção, mais fácil seria manter o controle.

Não tente me controlar. Havia alguma coisa na voz dela, algo que ele percebia que ia além das palavras, como se aquela mulher soubesse que ele representava uma ameaça. Ele sabia que o era.

Como alguém controla a natureza de alguém, pequenina?

Ele a viu sorrir, mesmo que o sorriso estivesse vazio, como se tivesse sido registrado em seu coração e em seus pulmões e tivesse feito seu sangue correr.

Por que você acha que eu sou pequena? Eu sou do tamanho de uma casa. Eu preciso acreditar nisso?

A risada sumiu da voz dela, dos pensamentos, mas permaneceu no sangue dele.

Estou cansada e, mais uma vez, peço desculpas. Foi bom conversar com você.

Mas? Ele antecipou gentilmente.

Adeus. Fim.

Mikhail levantou voo, sobrevoando a floresta. Aquilo não era um adeus. Ele não ia permitir que fosse. Não podia permitir. Sua sobrevivência dependia dela.

Algo, alguém, havia despertado seu interesse, sua vontade de viver. Ela o havia feito lembrar que existia uma coisa chamada riso, havia mais na vida do que a simples existência.

Ele tinha mais poder e conhecimento do que se podia imaginar, e conforme os séculos passavam, a natureza dele tinha sido afiada e definida, ambos os lados, o bom e o mau. Era preciso um controle enorme para se manter na linha da honra dentro de uma existência solitária e estéril. Os sussurros sombrios da tentação nunca paravam após a primeira perda de emoção e cor, uma promessa provocante de sentir algo. O preço para aquela onda negra era a alma. Ele nunca tinha estado perto da transformação, no entanto, estava perto de expor-se ao sol – abrir mão de sua existência e abandonar a esperança para o seu povo. Uma coisa era realmente pior do que a outra?

E agora havia essa mulher misteriosa que, de alguma maneira, contra todas as regras de seu povo, o completava – devolvendo a ele o que fora perdido.

Ele sobrevoou a floresta, pela primeira vez, maravilhado com a vista – a cobertura de galhos balançando, a maneira como os raios do luar cobriam as árvores e as banhavam com fios prateados. Era tudo tão belo. Mikhail havia ganhado um presente incalculável. Uma humana tinha conseguido fazer aquilo por ele. Uma humana. Mikhail teria sabido instantaneamente se ela fosse de sua espécie. Será que apenas a voz dela seria capaz de fazer o mesmo por outros machos à beira do desespero?

Lentamente, fez círculos cada vez menores sobre sua casa na floresta. Era difícil de enxergar para o olho humano, uma estrutura antiga com todas as conveniências modernas, todas as tecnologias. Ele mudou de curso no ar e pousou na varanda que cercava a propriedade, um lugar onde passava muito tempo. O interior da casa era fresco, as paredes eram sólidas, e na proteção de seu lar, ele andava de um lado para o outro com uma energia há muito tempo esquecida.

Mikhail pensou na pele macia dela, como seria senti-la em sua mão, sob seu corpo... Que gosto ela teria? A ideia de todo aquele cabelo sedoso acariciando seu corpo quente, aquele pescoço vulnerável exposto para ele, o excitava. O corpo dele enrijeceu inesperadamente – não a simples atração física que ele já havia sentido rapidamente, mas sim uma dor selvagem, exigente e incessante. Chocando com o tom erótico que seus pensamentos começaram a ter, Mikhail estabeleceu uma disciplina rígida. Ele não podia ter uma paixão real. E ficou abalado ao descobrir que era um ser possessivo, letal em sua fúria e extremamente protetor. Aquele tipo de paixão não podia ser compartilhado com uma humana, era perigoso demais.

Aquela era uma mulher livre, forte para uma mortal e lutaria contra a natureza dele toda vez. Ele não era humano. Mikhail pertencia a uma espécie de seres com instintos animais, marcados antes de nascer. Era melhor manter uma distância e satisfazer sua curiosidade em um plano intelectual. Ele trancou meticulosamente todas as portas e janelas, protegendo o ponto de entrada da casa com feitiços impenetráveis, antes de descer para seu quarto de dormir. O quarto era protegido de ameaças ainda maiores. Se ele abrisse mão de sua existência, seria por escolha própria. Mikhail deitou na cama. Não havia necessidade do sono reparador dentro da terra, ele podia desfrutar dos confortos mortais. Fechou os olhos, e sua respiração se tornou mais lenta.

Seu corpo se recusava a obedecer. Sua mente estava repleta de imagens dela, em cenas eróticas e provocantes. Uma imagem dela deitada na cama, seu corpo nu sob a renda branca, os braços estendidos para receber seu amante. Ele reclamou sutilmente. Em vez de o corpo dele possuir o dela, ele imaginou outro homem. Um humano. A raiva lhe tomou conta, crua e mortal.

Pele suave como cetim, cabelo macio como seda. A mão dele se moveu. Ele criou uma cena cheia de precisão e propósito na mente. Mikhail prestou atenção em cada detalhe, até no esmalte nos dedos dos pés dela. Os dedos fortes dele envolveram o pequeno calcanhar dela, sentindo a textura da pele. A respiração ficou presa na garganta, o corpo se enrijeceu de ansiedade. Ele levou a mão até o tornozelo da mulher, massageando, provocando, subindo até o joelho, a coxa.

Mikhail soube o momento exato em que ela despertou, com o corpo pegando fogo. A ansiedade e o medo dela ressoaram nele. Deliberadamente, para mostrar a ela com quem estava lidando, ele levou a palma da mão à parte interna da coxa dela, movendo-a e a acariciando.

Pare! O corpo dela ansiava pelo dele, que ele a tocasse e a possuísse. Mikhail podia ouvir o ritmo acelerado do coração dela, sentir a força da luta mental com ele.

Algum homem já tocou você assim? Ele sussurrou na mente dela, com uma sensualidade sombria e mortal.

Droga, pare! Lágrimas brilharam como pedras preciosas nos cílios, na mente dela.

Tudo o que eu queria fazer era ajudar você. Eu disse que sentia muito. A mão dele subiu mais porque Mikhail precisava fazer aquilo, encontrando o calor e a maciez do tesouro guardado por pequenas mechas. A mão dele a cobriu de maneira possessiva e penetrou naquele calor úmido.

Responda, pequenina.

Não é da sua conta. Ela travou os dentes, moveu-se na cama, lutando contra as ondas que ele estava criando, lutando contra ele, quando não tinha nenhuma chance real de fazê-lo.

Ainda há tempo para que eu vá até você, para deixar minha marca em você, possuir você, ele alertou delicadamente. *Responda.*

Por que você está fazendo isso?

Ele queria ter uma resposta para aquela pergunta perfeitamente razoável. Mikhail não sabia o porquê, só que não tinha escolha. Algo nele, algo sombrio e animalesco, o estava conduzindo.

Não me desafie. A voz dele estava rouca e áspera de desejo. Os dedos dele se mexeram, investigaram e encontraram o ponto mais sensível dela.

Estou sendo extremamente gentil com você. Eu podia estar usando minha boca, sentindo o seu gosto, o que eu preferiria fazer.

Era a mais pura verdade, quer qualquer um deles quisesse ou não.

Você já sabe que a resposta é não. Ela sussurrou, derrotada.

Ele fechou os olhos, conseguiu acalmar os demônios furiosos atravessando seu corpo com facas. Ele não fazia ideia do que teria feito, do que seria capaz, se ela tivesse dado outra resposta. Mikhail era um macho que colocava a honra acima de tudo, mas estava agindo sem honra, pensando em coisas que não sabia que era capaz de pensar. Ela tinha salvado os dois esta noite, mesmo sem saber.

Durma, pequenina, ninguém vai feri-la hoje.

Ele interrompeu o contato e descobriu que seu próprio corpo estava duro, pesado e coberto de suor. Era tarde demais para impedir a fera dentro dele de se libertar. Mikhail estava ardendo de fome, consumido, era como se martelos estivessem batendo em seu crânio, chamas percorressem sua pele e suas terminações nervosas. A fera estava solta, mortal, faminta, exigente. Ele tinha sido mais que gentil. Aquela mulher havia liberado o monstro sem saber. Mikhail esperava que ela fosse tão forte quanto ele acreditava que fosse, porque não fazia mais ideia do que era capaz de fazer.

Ele fechou os olhos para o ódio que sentia de si. Ele tinha aprendido séculos atrás que não fazia sentido. E dessa vez não queria lutar contra isso. Aquilo não era apenas uma forte atração sexual, era muito mais que isso. Era algo primitivo, algo profundo que lá dentro o chamava para algo profundo nela. Talvez ela desejasse o desconhecido nele assim como ele desejava o riso e a compaixão nela. Fazia diferença? Não havia escapatória para nenhum dos dois.

Ele tocou a mente dela gentilmente antes de fechar os olhos e deixar que sua respiração parasse. Ela estava chorando em silêncio, o corpo dela ainda desejava os efeitos daquele contato mental. Havia dor e confusão nela, e sua cabeça doía. Sem pensar, sem razão, ele a envolveu na força de seus próprios braços, acariciou aquele cabelo sedoso e enviou calor e conforto para envolvê-la.

Sinto muito se eu a assustei, pequenina. Foi errado. Durma e sinta-se segura. Ele murmurou as palavras perto da têmpora dela, e seus lábios tocaram a testa dela com delicadeza, acariciando a mente com carinho.

Mikhail podia sentir a fragmentação curiosa na mente dela, como se a mulher estivesse usando suas habilidades mentais para percorrer algum caminho confuso e doentio. Era como se ela tivesse feridas abertas e profundas na mente, que precisavam ser curadas. Ela estava cansada demais da batalha mental anterior para lutar contra ele. Mikhail respirou com ela, de maneira lenta e constante, com a batida do coração, até que ela relaxou, sonolenta e exausta. Ele a colocou para dormir, uma ordem sussurrada, e os cílios da mulher se encontraram. Eles dormiram juntos, ainda que separados, cada um em seu quarto.

*

A batida na porta penetrou as camadas mais profundas do sono. Raven Whitney lutou contra uma forte névoa que mantinha seus olhos fechados e o corpo pesado. A apreensão se espalhou. Ela sentiu como se tivesse sido drogada. Seu olhar encontrou o pequeno despertador no criado-mudo. Sete da noite. Ela havia dormido o dia todo. Raven se sentou lentamente, com os braços e as pernas pesados, sentindo como se estivesse andando sobre areia movediça. A batida na porta começou de novo.

O som ecoou na mente dela, batendo nas têmporas.

– O que foi? – ela forçou a voz para parecer calma, ainda que o coração estivesse disparado no peito.

Estava em apuros. Precisava fazer as malas rápido, sair correndo. Ela sabia como aquilo seria inútil. Não tinha sido ela quem localizou quatro *serial killers* acompanhando a linha do pensamento deles? E aquele homem era mil vezes mais poderoso. A verdade é que ela estava intrigada com a possibilidade de que outras pessoas tivessem habilidades psíquicas. Raven nunca havia conhecido alguém como ela antes. Queria ficar e aprender, mas ele era perigoso demais em seu uso casual de poder. Ela teria de manter distância, talvez um oceano, entre eles para ficar realmente segura.

– Raven, você está bem? – a voz masculina estava cheia de preocupação.

Jacob. Ela havia conhecido os irmãos Jacob e Shelly Evans na noite anterior na sala de jantar, tinham acabado de chegar de trem. Os dois estavam viajando com um grupo de, aproximadamente, oito pessoas. Ela estava cansada, e a conversa parecia confusa. Vagamente, Raven lembrava-se de ter marcado de fazer alguma coisa com eles todos, mas sua mente estava confusa sobre os detalhes.

Raven tinha ido para as Montanhas Cárpato para ficar sozinha, para se recuperar de sua última experiência ruim ao acompanhar a mente doentia de um *serial killer* depravado. Não queria a companhia do grupo, mas Jacob e Shelly a procuraram. E ela tinha conseguido apagar dos pensamentos, com eficiência, a lembrança da promessa de se juntar a eles.

– Estou bem, Jacob, só um pouco gripada, acho – ela o tranquilizou do lado de dentro da porta, sem estar se sentindo nada bem. Raven passou a mão trêmula pelo cabelo. – Só estou tão cansada. Vim aqui para descansar.

– Nós vamos jantar? – ele soou lamurioso, e aquilo a incomodou. Ela não queria nenhuma cobrança, e a última coisa de que precisava era estar em uma sala de jantar lotada, cercada por um monte de gente.

– Desculpe. Em outra ocasião talvez? – ela não tinha tempo de ser educada.

Como podia ter cometido um erro como o da noite passada? Era sempre tão cuidadosa, evitando todo contato, nunca tocando outro ser humano, nunca se aproximando.

Mas aquele estranho havia emanado tanta dor, tanta solidão.

Ela sabia instintivamente que ele tinha poderes telepáticos, que o isolamento dele era muito maior que o dela, que a dor era tão grande que ele estava considerando colocar fim à própria vida. Ela sabia o que era isolamento. Como era se sentir diferente. Raven não tinha conseguido ficar de boca fechada; precisava ajudá-lo se pudesse. Ela massageou as têmporas para tentar aliviar a dor de cabeça. Sempre doía depois de usar seus poderes telepáticos.

Forçando-se a levantar, Raven foi lentamente até o banheiro, e cada passo pareceu uma luta. Era a mesma letargia que havia sentido na noite anterior, antes de pegar no sono; o corpo pesado, como se estivesse afundando em areia movediça. Uma ideia terrível começou a se formar. Será que ele poderia estar controlando-a sem nenhum contato físico? Aquele pensamento deixou Raven apavorada. Ninguém podia ser tão poderoso, no entanto, o corpo dela parecia mais um fantoche do que humano. Raven ligou o chuveiro na potência máxima, querendo que o fluxo de água constante limpasse aquelas teias de aranha.

Ela tinha ido para lá para descansar, para tirar o cheiro do mal da mente, para se sentir limpa e inteira de novo. Era muito cansativo usar seu dom psíquico, e ela estava fisicamente exausta. Raven levantou o queixo. Esse novo adversário não ia assustá-la. Ela tinha controle e disciplina. E, desta vez, podia se afastar. Nenhuma vida inocente estava em risco.

Ela colocou um jeans desbotado e um suéter de crochê em sinal de desafio. Havia sentido que ele vinha do Velho Mundo e desaprovaria aquelas roupas americanas. As malas tinham sido feitas às pressas, desordenadamente, roupas e maquiagem foram jogadas na velha mala o mais rápido possível.

Em choque, Raven olhou a programação dos trens. Não haveria serviço por mais dois dias. Ela poderia usar seu charme para pedir uma carona a alguém, mas isso significaria estar no espaço confinado de um carro por um longo período. Provavelmente era o menor de dois males.

Ela ouviu uma risada masculina, grave, feliz, jocosa.

Você tentaria fugir de mim, pequenina?

Raven afundou na cama, com o coração começando a bater mais rápido. A voz dele era como veludo preto – uma arma em si.

Não seja convencido, bonitão. Eu sou uma turista, eu viajo.

Ela forçou a mente a se acalmar mesmo que estivesse sentindo o toque dos dedos dele em seu rosto. Como ele fazia aquilo? Era uma carícia leve, mas ela sentiu até os dedos dos pés.

E você estava pensando em ir para onde? Ele estava se espreguiçando, o corpo dele estava revigorado pelo sono; a mente estava viva e cheia de sensações novamente. E estava gostando do embate com ela.

Longe de você e dos seus jogos bizarros. Talvez à Hungria. Eu sempre quis ir à Budapeste.

Mentirosa. Você está pensando em correr de volta para os EUA. Você joga xadrez?

Ela piscou diante da pergunta estranha.

Xadrez? Ela repetiu. As piadas masculinas podiam ser muito chatas.

Xadrez.

Sim. E você?

Claro. Jogue comigo.

Agora? Raven começou a fazer uma trança em seu cabelo volumoso.

Havia alguma coisa cativante na voz dele, fascinante, que apertava o coração dela, e aterrorizava sua mente.

Preciso me alimentar antes. E você está com fome. Posso sentir sua dor de cabeça. Desça para jantar, nós nos encontramos às onze da noite.

De jeito nenhum. Eu não vou me encontrar com você.

Você está com medo.

Era uma provocação óbvia.

Ela riu dele, e aquele som ateou fogo ao corpo de Mikhail.

Eu posso fazer besteiras de vez em quando, mas nunca sou boba.

Diga-me o seu nome. Era uma ordem, e Raven se sentiu levada a obedecer.

Ela forçou a mente a se esvaziar, a se tornar uma tela em branco. Doeu, enviou flechas de dor pela cabeça, fazendo o estômago se retorcer. Ele não ia receber o que ela teria dado gratuitamente.

Por que você luta, mesmo sabendo que eu sou mais forte? Você se fere, se cansa, e no final, eu vou vencer de todo jeito. Eu sinto o peso que esse tipo de comunicação tem em você. E eu sou capaz de comandar o seu autocontrole em um nível muito diferente.

Por que você força algo que eu teria dado, se você tivesse pedido? Ela prendeu a respiração, sentindo a confusão dele.

Desculpe-me, pequenina. Estou acostumado a fazer as coisas do meu jeito com o mínimo de esforço.

Mesmo à custa da gentileza mais básica?

Às vezes é mais prático.

Ela golpeou o travesseiro.

Você precisa fazer alguma coisa sobre a sua arrogância. Só porque tem poder não quer dizer que tenha que se gabar dele.

Você esquece que a maioria dos humanos não consegue detectar um impulso mental.

Isso não é motivo para tirar o livre-arbítrio de alguém. E, de toda forma, você não dá um impulso, você dá uma ordem e exige obediência. É pior, porque transforma as pessoas em um rebanho. Não é isso?

Você está me repreendendo.

Agora, havia um tom áspero no pensamento dele, como se toda provocação masculina estivesse acabando.

Não tente me forçar.

Dessa vez era uma ameaça, um perigo discreto à espreita na voz dele.

Eu não tentaria fazer isso, pequenina. Tenha certeza de que eu posso forçar você a obedecer. O tom dele era sedutor e implacável.

Você parece uma criança mimada que quer tudo do seu jeito. Ela levantou, abraçou o travesseiro perto do estômago, que estava reclamando. Vou descer para jantar. Minha cabeça está começando a doer. Você pode enfiar a sua em um balde para esfriá-la. Raven não estava mentindo; o esforço de resistir a ele a estava deixando enjoada. Ela foi em direção à porta com cuidado, com medo de que ele a impedisse. Ela se sentiria mais segura se estivesse cercada de pessoas.

Seu nome, por favor, pequenina. Ele estava pedindo com uma gentileza séria. Raven se pegou sorrindo, apesar de tudo.

Raven. Raven Whitney.

Então, Raven Whitney, coma, descanse. Eu volto às onze para nossa partida de xadrez.

O contato foi interrompido abruptamente.

Raven soltou o ar lentamente, consciente demais de que deveria estar sentindo alívio, não se sentindo esvaziada. Havia sedução naquela voz hipnotizante, naquela risada masculina, na conversa deles. Ela sofria com a mesma solidão que ele. E não se permitiu pensar na maneira como o seu próprio corpo havia despertado ao toque daqueles dedos. Ardendo. Desejando. Precisando. E ele só a havia tocado com a mente. A sedução era muito mais do que física, era algo profundo e elementar que ela não conseguia identificar precisamente. Ele a tinha tocado na alma. A necessidade dele. A solidão terrível e constante. Ela também tinha necessidades. Precisava de alguém que entendesse como era ser tão solitária, ter tanto medo de tocar outro ser, ter medo de se aproximar. Raven gostava da voz dele, da elegância do Velho Mundo, daquela tola arrogância masculina. Ela queria o conhecimento e as habilidades dele.

Ela tremeu ao abrir a porta e respirar o ar do corredor. Seu corpo era seu de novo, movendo-se lenta e delicadamente, obedecendo às suas próprias instruções. Raven desceu as escadas e entrou na sala de jantar.

Diversas mesas estavam ocupadas, com certeza mais do que na noite anterior. Normalmente, Raven evitava o máximo possível locais públicos, preferindo não ter de se preocupar em se proteger de emoções indesejadas. Ela respirou fundo e entrou.

Jacob olhou para cima com um sorriso de boas-vindas e se levantou, como se esperasse que ela se juntasse ao grupo em sua mesa. Raven se forçou a sorrir de volta para ele, sem se dar conta da própria aparência, inocente, *sexy*, completamente inatingível. Atravessou a sala, cumprimentou Shelly e foi apresentada a Margaret e a Harry Summers – dois americanos. Tentou não deixar sua agitação transparecer. Ela sabia que sua foto tinha estado estampada em todos os jornais e até na televisão durante a investigação do último assassino. Ela não queria ser reconhecida, não queria reviver o pesadelo terrível da mente problemática e depravada daquele homem. Aquilo não seria mencionado durante o jantar.

– Sente-se aqui, Raven – Jacob puxou delicadamente a cadeira de encosto alto para ela. – Que bom que, no fim das contas, você se juntou a nós.

Cuidadosamente evitando qualquer contato físico, Raven se sentou. Era muito difícil estar tão perto de tantas pessoas. Quando criança, ela era assolada pelo bombardeio de emoções à sua volta. Ela tinha quase enlouquecido até aprender a se proteger, a construir uma barreira. Funcionava, exceto quando a dor ou o sofrimento eram muito concentrados, ou se ela tocasse fisicamente outra pessoa. Ou, ainda, se estivesse na presença de uma mente muito má e cruel.

Naquele momento, com a conversa fluindo à sua volta, e todos aparentemente se divertindo, Raven estava tendo os sinais clássicos de estar sobrecarregada. Estilhaços de vidro perfuravam seu crânio, o estômago estava revirado em protesto, por causa – ela tinha certeza – do contato prolongado com a mente perversa de um *serial killer*. Seria impossível comer qualquer coisa; em vez disso, ela se concentrou em parecer estar gostando da conversa da mesa.

– Bem, querida – Margaret se inclinou e sorriu para ela. – Fale de você.

Raven manteve os olhos nos vários pratos enquanto se servia de pequenas porções das tigelas à mesa. O anúncio dizia comida caseira, e Raven estava feliz de ter motivo para decidir o que ia comer.

– Não há muito que falar. Eu gosto de *mochilar* e, quando tenho uma chance, vou para os lugares menos turísticos e menores que consigo encontrar. E vocês?

– Você não fica preocupada, uma mulher viajando sozinha? – Jacob perguntou.

Ela sentiu um calafrio na espinha. Embaixo da mesa, esfregou nas coxas as palmas das mãos, que subitamente ficaram molhadas. Raven não tinha condições de estar em uma sala cheia de gente. Ela já sabia disso. Por que tinha sido tão boba? Depois de perseguir assassinos, sempre precisava de solidão. Raven procurava um local remoto e ficava lá, sozinha, o máximo que podia, para deixar sua mente se curar. Ali, na sala de jantar, com tanta gente levantando a voz nas conversas, tanta gente perto a deixava enjoada.

– Não, eu não me importo de viajar sozinha. Faço isso sempre – ela respondeu, sabendo que tinha deixado passar muito tempo antes de responder.

Todos iam achar que ela não era muito inteligente.

– Você é muito corajosa – disse Harry. – Você não ouviu os rumores? Não viu que a maioria dos moradores pendura alho na porta?

Aquilo a fez rir, sua primeira sensação desde que tinha acordado.

– Eu li todas as lendas, senhor Summers, mas sou uma mulher bem moderna. Drácula, de Bram Stoker, não é metade do fascínio de vir para esta região? É divertido, interessante e um pouco assustador. As férias perfeitas.

Capítulo 2

Mikhail inspirou o ar noturno enquanto se movia lentamente pela pequena cidade, procurando aquilo de que precisava. Não uma mulher. Ele não suportaria tocar a carne de outra mulher. Estava excitado, perigoso em seu estado altamente sexual e perto demais de se transformar. Podia perder o controle. Então, precisava encontrar um macho para se alimentar. Ele se movia entre as pessoas com facilidade, retribuindo cumprimentos daqueles que o conheciam. Mikhail era muito respeitado, até admirado.

Ele encontrou um jovem que parecia fisicamente em forma, parecia forte. O cheiro dele revelava saúde, veias cheias de vida. Depois de uma conversa breve e tranquila, Mikhail disse seu comando sutilmente e colocou um braço amigável em volta do ombro do rapaz. Escondido nas sombras, ele inclinou a cabeça escura e se alimentou a contento. Teve o cuidado de manter as emoções muito bem-controladas. Ele gostava do jovem, conhecia sua família. Não podia haver erros.

Depois de levantar a cabeça, a primeira onda de agonia o atingiu. Raven. Ele estava inconscientemente buscando contato, tocando a mente dela gentilmente para garantir a si que Raven ainda estava com ele. Agora alerta, ele terminou a tarefa rapidamente, liberando o jovem do transe, restabelecendo a continuidade da conversa, rindo amigavelmente, aceitando o aperto de mão com tranquilidade, amparando o homem quando ele ficou um pouco tonto.

Mikhail abriu a mente, concentrou-se na trilha e a seguiu. Fazia anos – suas habilidades estavam enferrujadas – mas ele ainda podia *ver* quando queria. Raven estava sentada à mesa com dois casais. Por fora, ela estava linda, serena. Mas ele sabia a verdade. Podia sentir a confusão dela, a dor constante em sua cabeça, seu desejo de levantar e fugir de todos. Os olhos dela, safiras brilhantes, estavam atormentados, sombras na brancura de seu rosto. A tensão se revelava nas linhas em volta de sua boca. Mikhail ficou impressionado com a força dela. Não havia transbordamento telepático, não havia como ninguém com habilidades telepáticas, além dele, perceber que ela estava em apuros.

E então o homem ao lado de Raven se aproximou e olhou nos olhos dela, com desejo no rosto e cobiça nos olhos.

– Venha dar uma volta comigo, Raven – ele sugeriu e levou a mão da mesa até o joelho dela.

A dor de cabeça de Raven aumentou imediatamente, parecendo esmagar o crânio dela, com uma sensação de facadas na parte de trás dos olhos. Ela afastou a perna do toque de Jacob. Demônios surgiram, enfurecidos, libertos. Mikhail nunca tinha sentido tamanha fúria o percorrendo, chamando por ele, tornando-se parte dele. Como alguém poderia feri-la daquela maneira, tão casualmente, sem nem ao menos saber ou se importar? Como alguém poderia tocá-la enquanto ela estava tão vulnerável ou desprotegida? Como um homem acreditava que podia tocá-la? Ele atravessou o ar como o vento, o ar fresco inflamou sua raiva.

Raven sentiu a força daquela fúria. O ar da sala se tornou mais denso; lá fora, o vento aumentou, girando brutalmente. Galhos batiam contra os muros; o vento batia ameaçadoramente nas janelas. Diversos garçons se benzeram, olhando com medo para a escuridão lá fora, para a noite subitamente sem estrelas. A sala ficou estranhamente quieta, como se todos estivessem prendendo a respiração.

Jacob engoliu em seco, levou as duas mãos ao pescoço, como se dedos fortes o estivessem estrangulando. Primeiro, o rosto dele ficou vermelho, depois manchado, e seus olhos saltaram. Shelly gritou. Um garçom jovem veio dar assistência ao homem, que estava engasgando. As pessoas estavam de pé, esticando o pescoço para ver o que estava acontecendo.

Raven forçou seu corpo magro a se acalmar. As emoções estavam afloradas demais para que ela permanecesse ilesa. *Solte-o.*

O silêncio respondeu a ela. Mesmo com o garçom tentando ajudá--lo, fazendo pressão em seu abdômen para desengasgá-lo, Jacob caiu de joelhos, lábios azuis, olhos revirados.

Por favor, eu estou pedindo, solte-o. Por mim.

De repente, Jacob inspirou, fez um som horrível de engasgamento, esforço e dificuldade. A irmã e Margaret Summers se agacharam ao lado dele, com lágrimas nos olhos. Instintivamente, Raven se aproximou do homem caído.

Não o toque! A ordem foi seca, sem nenhum volume mental e mais assustadora do que se ele a tivesse forçado.

Raven estava atormentada pela emoção de todos na sala. A dor e o terror de Jacob, o medo de Shelly, o horror da dona da pousada, a reação chocada dos outros americanos. As sensações assustadas a estavam afogando, oprimindo seu estado já frágil. Mas era a fúria dele que parecia espetar sua cabeça com agulhas. Seu estômago estava embrulhado, doendo, e Raven quase se curvou, olhando a sua volta e procurando desesperadamente o banheiro feminino. Se qualquer um a tocasse, tentasse ajudá-la, ela enlouqueceria.

– Raven – a voz era calorosa, sensual, carinhosa. A calma no olho do furacão. Veludo negro. Bela. Relaxante. Ela reconheceu a voz imediatamente.

Uma onda de curiosidade encheu a sala de jantar quando Mikhail entrou. Havia uma arrogância dura nele, um ar de completo domínio. Ele era alto, moreno, musculoso, mas eram os olhos, flamejando de energia, escuridão, com mil segredos, que chamavam a atenção imediatamente. Aqueles olhos podiam fascinar, hipnotizar, assim como o poder da sua voz. Ele se movia cheio de convicção, fazendo os garçons saírem do caminho.

– Mikhail, é um prazer tê-lo conosco – a dona da pousada disse surpresa.

Ele lançou um olhar para a mulher, seus olhos percorreram a figura voluptuosa.

– Vim buscar Raven. Temos um encontro hoje à noite – ele disse delicada e imperiosamente, e ninguém se atreveu a discutir. – Ela me desafiou para uma partida de xadrez.

A dona da pousada assentiu e abriu um sorriso.

– Divirtam-se.

Raven estava cambaleando, com as mãos no estômago. Seus olhos cor de safira ficaram enormes e tomaram conta de seu rosto quando ele se aproximou. Mikhail estava diante dela antes que pudesse se mover, as mãos dele foram até ela.

Não. Ela fechou os olhos, morrendo de medo do toque dele. Ela já estava sobrecarregada e não ia ser capaz de suportar as emoções poderosas irradiando dele.

Mikhail não hesitou e colocou-a em seus braços, aprisionando-a contra seu peito forte. O rosto dele tornou-se uma máscara de granito enquanto ele se virava e a tirava daquela sala.

Atrás deles, a confusão começou, os sussurros abafados.

Raven estava tensa, esperando o ataque violento aos seus sentidos, mas ele havia fechado a própria mente, e tudo o que ela sentiu foi a enorme força daqueles braços. Mikhail a carregou noite adentro, movendo-se com desenvoltura, facilidade, como se o peso dela não existisse.

– Respire, pequenina, vai ajudar.

Havia um tom de diversão no carinho da voz dele.

Raven fez o que ele recomendou, cansada demais para protestar. Ela tinha ido para lá, para aquele lugar isolado e selvagem, para se curar, mas, em vez disso, estava ainda mais fragilizada. Ela abriu os olhos com cuidado e olhou para aquela figura imponente por entre seus longos cílios.

O cabelo dele era escuro como grãos de café, estava penteado para trás e amarrado na nuca. O rosto era de um anjo ou de um demônio, força e poder, com uma boca sensual que indicava crueldade, e seus olhos pesados eram como obsidianas, frios e negros, pura magia negra.

Raven não conseguia decifrá-lo, não conseguia sentir as emoções dele nem ouvir seus pensamentos. Isso nunca tinha acontecido antes.

– Me solte! Eu me sinto boba com você me carregando como se fosse um pirata.

Os longos passos dele os estavam levando para o interior da floresta. Galhos balançavam, arbustos se moviam. O coração dela batia sem controle. Raven ficou tensa, tentou se afastar dos ombros dele, protestando inutilmente.

Os olhos dele percorriam possessivamente o rosto dela, mas o ritmo não diminuiu, e Mikhail não respondeu. Era humilhante que ele não parecesse ter notado os protestos dela.

Raven deixou a cabeça encostar de novo no ombro dele com um leve suspiro.

– Você me salvou ou me sequestrou?

Dentes brancos fortes se revelaram para ela, o sorriso de um predador, o prazer de um homem.

– Talvez os dois.

– Para onde você está me levando?

Ela apertou a testa com a mão, sem querer uma luta física ou mental.

– Para minha casa. Temos um encontro. Sou Mikhail Dubrinsky.

Raven esfregou a própria têmpora.

– Hoje talvez não seja um bom dia para mim. Estou me sentindo...

Ela parou de falar ao ver uma sombra que se movia e os acompanhava. Seu coração quase parou. Ela olhou em volta, suspirou uma segunda vez e então uma terceira. E agarrou o ombro dele.

– Me solte, Dubrinsky.

– Mikhail – ele corrigiu, sem nem ao menos diminuir o ritmo. Um sorriso aliviou os cantos da boca dele.

– Você está vendo os lobos?

Ela sentiu o movimento indiferente dos ombros dele.

– Fique calma, pequenina, eles não vão nos fazer mal. Aqui é a casa deles, assim como a minha. Temos um acordo e estamos em paz.

De alguma maneira, ela acreditou.

– Você vai me fazer mal? – ela perguntou delicadamente.

Os olhos escuros dele tocaram o rosto de Raven de novo, cuidadosos, guardando mil segredos, claramente possessivos.

– Não sou um homem que machucaria uma mulher da maneira que você está imaginando. Mas tenho certeza de que nossa relação nem sempre vai ser confortável. Você gosta de me desafiar – ele respondeu da maneira mais honesta que pôde.

Aquilo a fez sentir como se pertencesse a ele, como se Mikhail tivesse direitos sobre ela.

– Foi errado machucar Jacob, você sabe. Você poderia tê-lo matado.

– Não o defenda, pequenina. Eu permiti que ele vivesse para agradá-la, mas não seria um problema terminar a tarefa. *Foi até prazeroso sentir minhas mãos no pescoço do homem.* Ninguém tinha o direito de colocar a mão na mulher de Mikhail e feri-la como aquele humano havia feito. A inabilidade daquele homem de ver o que estava fazendo com Raven não absolvia seu pecado.

– Você não está falando sério. Jacob é inofensivo. Ele estava atraído por mim – ela tentou explicar gentilmente.

– Não fale o nome dele para mim. Ele a tocou, colocou a mão em você.

Mikhail parou de andar abruptamente, ali, no meio da floresta, tão selvagem e intocada quanto a alcateia que os cercava. Ele não estava nem sem fôlego, mesmo que tivesse percorrido quilômetros levando Raven nos braços. Os impiedosos olhos pretos dele olhavam os dela.

– Ele provocou muita dor em você.

A respiração ficou presa na garganta de Raven quando ele abaixou a cabeça morena até a dela. A boca de Mikhail estava a centímetros da dela, fazendo-a sentir na pele seu hálito quente.

– Não me desobedeça, Raven. Esse homem tocou você, feriu você, e eu não vejo razão para a existência dele.

Os olhos dela percorreram as feições duras e implacáveis de Mikhail.

– Você não está falando sério, está?

Ela não queria sentir o calor se espalhando diante das palavras dele. Jacob a tinha ferido; a dor era tão intensa que ela havia ficado sem fôlego e, de alguma maneira, ninguém sabia, só Mikhail.

– Totalmente sério.

Ele começou a andar de novo com passos longos e imponentes.

Raven ficou em silêncio, tentando solucionar aquele quebra-cabeça. Ela conhecia o mal, havia perseguido o mal, mergulhado nele, na mente obscena e depravada de um *serial killer*. Esse homem falava em morte casualmente, e ela acreditava totalmente que Mikhail era capaz de fazer exatamente o que tinha dito, mas não sentia o mal nele. Raven sentia que estava em perigo, grave perigo, com Mikhail Dubrinsky. Um homem com poder ilimitado, arrogante em relação à própria força, um homem que acreditava ter direitos sobre ela.

– Mikhail? – o corpo frágil dela começou a tremer. – Eu quero voltar.

Os olhos escuros dele percorreram o rosto dela de novo, notando as sombras, o medo naquele olhar azul. O coração de Raven batia forte, seu corpo frágil tremia nos braços dele.

– Volta para onde? Morte? Isolamento? Você não tem nada com aquelas pessoas e tudo comigo. Voltar não é a resposta para você. Mais cedo ou mais tarde você não vai poder atender aquelas exigências. Eles vão continuar a tomar pedaços da sua alma. Você está muito mais segura sob os meus cuidados.

Ela empurrou o peito forte dele como uma parede, mas suas mãos ficaram presas no calor daquela pele. Ele apenas segurou mais forte, e o prazer espalhou calor pelo frio de seus olhos.

– Você não pode lutar comigo, Raven.

– Eu quero voltar, Mikhail.

Ela tentou manter a voz sob controle, mas não tinha certeza se estava dizendo a verdade. Ela temeu que ele soubesse a verdade antes que ela. Mikhail estava dentro de sua mente, sentindo o que ela sentia. Ele sabia o preço que ela pagava pelo seu dom. A atração entre os dois era tão forte que ela mal conseguia pensar.

A casa surgiu, escura, ameaçadora, um bloco gigante de pedra. Os dedos de Raven se agarraram à camisa dele. Mikhail sabia que ela não tinha consciência daquele gesto nervoso e revelador.

– Você está segura comigo, Raven. Não vou deixar nada nem ninguém machucar você.

Raven engoliu nervosamente quando ele abriu os pesados portões de ferro e subiu os degraus.

– Só você – ela disse em voz baixa, sabendo que ele tinha ouvido.

Ele deixou o próprio queixo roçar no alto daquele cabelo sedoso, sentindo o impacto no centro de seu corpo.

– Seja bem-vinda à minha casa – ele disse delicadamente, envolvendo-a em suas próprias palavras como se elas fossem raios de sol. Muito lenta e relutantemente, ele deixou que os pés dela tocassem a entrada.

Mikhail passou por ela para abrir a porta e recuou.

– Você está entrando na minha casa por livre e espontânea vontade? – ele perguntou em tom formal, com os olhos em chamas fixos no rosto dela, demorando-se na boca macia antes de retornar aos grandes olhos azuis.

Raven estava assustada, ele podia ver claramente uma figura livre, porém cativa, que queria confiar nele, mas não conseguia; esgotada, encurralada, mas ainda disposta a lutar até o último suspiro. Ela precisava dele quase tanto quanto ele precisava dela. Ela tocou o batente da porta com a ponta do dedo.

– Se eu disser não, você me leva de volta para a pousada?

Por que ela queria estar com Mikhail, mesmo sabendo que ele era tão perigoso? Ele não a estava forçando; Raven era talentosa demais para não saber disso. Ele parecia tão solitário, tão orgulhoso e, no entanto, aqueles olhos pairavam sobre ela em chamas de uma urgência faminta. Mikhail não respondeu, nem tentou persuadi-la, só ficou em silêncio, esperando.

Raven suspirou delicadamente, sabendo que tinha sido vencida. Ela nunca havia conhecido outro ser humano com quem pudesse sentar e conversar, nem mesmo alguém que pudesse tocar, sem o bombardeio de pensamentos e emoções. Isso em si era um tipo de sedução.

Ela começou a atravessar a entrada. Mikhail segurou seu braço.

– Sua própria vontade, diga.

– Minha própria vontade.

Ela entrou na casa dele, e seus cílios piscaram. Raven não notou a expressão de alegria selvagem que iluminou as feições duras e fortes de Mikhail, mas sentiu o chão se mover sob os pés. Uma lenda antiga e obscura veio assombrá-la. Nunca entre na casa de um vampiro por vontade própria. Isso dará a ele poder sobre você.

Tremendo, ela se virou como se fosse recuar e atravessar aquela entrada enorme e antiga. A porta pesada se fechou atrás de Raven, fazendo um barulho de resolução. Ela tremeu de novo e esfregou os próprios braços nervosamente. O que ela estava pensando? Que ele era uma lenda, um mito? Uma criatura saída das páginas de um romance? Franzindo a testa, Raven balançou a cabeça para dissipar aqueles pensamentos.

Mikhail girou a capa, envolvendo-a no calor, em seu perfume amadeirado e masculino. Ele atravessou o chão de mármore para abrir as portas da biblioteca. Em questão de minutos, a lareira estava acesa. Mikhail indicou uma cadeira perto do fogo, de encosto alto, estofada, antiga e, curiosamente, não usada.

Raven olhou, impressionada, a sala. Era ampla, com um belo chão de madeira, cada taco compunha um mosaico. Três paredes estavam cobertas de prateleiras, do chão ao teto, totalmente repletas de livros, a maioria muito antigos, com capa de couro. As cadeiras eram confortáveis, e a pequena mesa entre elas era uma antiguidade em perfeito estado. O tabuleiro de xadrez era feito de mármore, e as peças excepcionalmente entalhadas.

– Beba isto.

Raven levou um susto quando ele apareceu com uma taça de cristal.

– Eu não bebo álcool.

O sorriso dele fez o coração dela bater mais rápido. O olfato aguçado de Mikhail já havia processado aquele dado sobre ela.

– Não é álcool. É uma mistura de ervas para a sua dor de cabeça.

O alarme dela disparou. Era loucura estar ali. Era como tentar relaxar com um tigre na sala. Ele podia fazer qualquer coisa com ela, e ninguém viria ajudá-la. Se ele a drogasse... Ela balançou a cabeça com convicção.

– Não, obrigada.

– Raven – a voz dele estava baixa, carinhosa, hipnótica –, me obedeça.

Ela se flagrou colocando os dedos em volta da taça. Raven lutou contra a ordem, e a dor atravessou sua cabeça, fazendo-a gritar. Mikhail estava ao lado dela, assombrando-a, com a mão sobre a dela em volta da taça.

– Por que você me desafia sobre algo tão trivial?

Havia lágrimas queimando na garganta dela.

– Por que você me força?

Mikhail levou a mão à garganta de Raven, envolveu-a e levantou o queixo dela.

– Porque você está com dor, e eu quero fazê-la melhorar.

Os olhos dela se arregalaram de admiração. Era tão simples assim? Ela estava com dor, e ele queria fazê-la melhorar. Ele era tão protetor assim, ou será que gostava de impor sua vontade?

– A escolha é minha. Livre-arbítrio é isso.

– Posso ver a dor em seus olhos, posso senti-la em seu corpo. Sabendo que eu posso ajudá-la, seria lógico que eu deixasse você continuar se ferindo só para provar alguma coisa? – havia uma confusão genuína na voz dele. – Raven, se eu fosse machucar você, eu não precisaria drogá-la. Deixe-me ajudar.

Pedir a ela não custava nada além de um segundo. Se ela não aceitasse, bem, ele ia garantir que a dor parasse de um jeito ou de outro.

O polegar de Mikhail passeou pela pele dela, leve, sensual, acompanhando os batimentos no pescoço como se estivesse fascinado, indo para a linha delicada do queixo e acariciando a voluptuosidade do lábio inferior dela.

Raven fechou os olhos e deixou que ele levasse a taça até sua boca e despejasse o conteúdo agridoce por sua garganta. Ela sentia como se estivesse colocando a própria vida nas mãos dele. Havia poder demais naquele toque.

– Relaxe, pequenina – ele disse, delicadamente. – Fale-me de você. Como você consegue ouvir os meus pensamentos?

Os dedos dele foram até as têmporas dela e começaram a acariciá--las em um ritmo calmante.

– Eu sempre fui capaz de ouvir pensamentos, especialmente se são muito fortes. Quando era pequena, achava que todo mundo conseguia fazer a mesma coisa. Mas era terrível ouvir os pensamentos mais profundos das pessoas, os segredos. Eu ouvia e sentia coisas em todos os minutos do dia.

Como uma regra, Raven nunca falava sobre a própria vida, sobre sua infância, para ninguém, muito menos para um completo estranho. No entanto, Mikhail não parecia ser um estranho. Ele parecia fazer parte dela. Uma parte que faltava da alma dela. Parecia importante dizer a ele.

– Meu pai me achava uma esquisita, uma criança-demônio, e até minha mãe tinha um pouco de medo de mim. Eu aprendi a nunca tocar as pessoas, a não entrar em multidões. Era melhor ficar sozinha, em lugares isolados. Era a única maneira de manter minha sanidade.

Dentes brilhantes se revelaram sobre a cabeça dela, a ameaça de um predador. Ele queria ficar a sós com o pai dela por alguns minutos, mostrar a ele o que era um demônio de verdade. Era interessante, porém alarmante, que as palavras dela pudessem despertar tamanha ira. Saber que ela estava sozinha tanto tempo atrás, que tinha enfrentado tanta dor e solidão quando ele estava no mundo, o enfurecia. Por que ele não tinha ido procurá-la? Por que o pai não a tinha amado e cuidado de Raven como ele teria feito?

As mãos de Mikhail fizeram sua mágica, escorregando até a nuca dela, como dedos fortes, hipnóticos.

Ela continuou, em grande parte porque aqueles dedos fortes eram encantadores... e relaxantes.

– Alguns anos atrás, um homem estava assassinando famílias, crianças pequenas. Eu estava com uma amiga da escola e, quando voltei do trabalho, encontrei todos mortos. Quando entrei na casa, pude sentir a maldade dele e ouvi seus pensamentos. Fiquei enojada com as coisas terríveis que passavam pela cabeça dele, mas consegui localizá-lo e, finalmente, levei a polícia até ele.

As mãos dele passaram pela trança grossa no cabelo dela, encontraram o laço e soltaram as madeixas sedosas, passando os dedos por entre as mechas, ainda úmidas do banho de horas antes.

– Quantas vezes você fez isso?

Ele sabia que ela estava deixando coisas de fora. Os detalhes do horror e da dor, o rosto daqueles que Raven ajudou vendo-a trabalhar, o choque, o fascínio e, no entanto, a repulsa diante da habilidade dela. Ele viu os detalhes, compartilhando a mente dela, lendo as memórias para conhecer sua verdadeira natureza.

– Quatro. Persegui quatro assassinos. Da última vez eu desabei. Ele era tão doente, tão mau. Eu me senti suja, como se nunca fosse conseguir tirá-lo da minha cabeça. Eu vim para cá na esperança de encontrar paz. Decidi que nunca mais faria nada assim.

Sobre a cabeça dela, Mikhail fechou os olhos por um momento para acalmar a própria mente. Era chocante e triste que ela pudesse se sentir suja. Ele podia ver dentro do coração e da alma de Raven, ver cada segredo, saber que havia luz e compaixão, coragem e gentileza. As coisas que ela tinha visto em sua jovem vida nunca deveriam ter acontecido. Ele esperou até que sua própria voz estivesse calma e tranquila.

– E você tem essas dores de cabeça quando usa a comunicação telepática?

Diante de um movimento solene de cabeça, ele continuou:

– No entanto, quando você me ouviu, desarmado, sofrendo, você veio até mim, sabendo do preço que pagaria.

Como ela poderia explicar? Ele parecia um animal ferido, irradiando tanta dor que lágrimas escorreram pelo rosto de Raven. A solidão dele era a dela. O isolamento dele era o dela. Raven até percebeu que em algum nível ele não acreditava que estava sentindo dor e solidão reais, que ele se achava incapaz desses sentimentos. Ela também sentiu a resolução dele em dar fim àquela dor e à própria existência. Ela não podia deixar aquilo acontecer, não importava quanto custasse.

Mikhail expirou lentamente, impressionado e chocado com a natureza dela, tão generosa. Ela estava hesitante de colocar em palavras o motivo pelo qual tinha ido até ele, mas Mikhail sabia que a natureza dela era generosa. Também sabia que o chamado tinha sido forte, porque aquilo nele – que tinha ido até ela – havia encontrado o que precisava. Ele inspirou o perfume de Raven, absorvendo-a em seu corpo, desfrutando da imagem e do perfume dela em sua casa, a sensação daquele cabelo sedoso em suas mãos, aquela pele macia sob seus dedos. As chamas da lareira colocavam reflexos azuis no cabelo dela. A necessidade se apossou dele, urgente e inflexível, e por mais difícil que fosse a dor, ele se deliciou no fato de poder senti-la.

Mikhail se sentou do outro lado da pequena mesa, e seus olhos passearam, lenta e possessivamente pelas curvas provocantes de Raven.

– Por que você usa roupas masculinas? – ele perguntou.

Ela riu, delicada e melodiosa, e seus olhos se acenderam de maneira travessa.

– Porque eu sabia que ia incomodar você.

Ele jogou a cabeça para trás e riu. Uma risada verdadeira, genuína, incrível. Havia felicidade nele, e ondas de afeto. Mikhail não se lembrava desses sentimentos, mas as emoções eram fortes, claras e provocavam uma dor delicada em seu corpo.

– É necessário me incomodar?

Ela levantou uma sobrancelha para ele e percebeu que a dor de cabeça tinha desaparecido.

– É tão fácil – Raven provocou.

Ele chegou mais perto.

– Que mulher desrespeitosa. Tão perigoso, você quer dizer.

– Hummm, talvez isso também.

Raven passou a mão pelo cabelo, afastando-o do rosto. O gesto era um movimento inocente, incrivelmente *sexy*, e atraiu a atenção dele para a perfeição do rosto dela, a voluptuosidade dos seios, a linha delicada do pescoço.

– Então, você é bom de xadrez? – ela provocou de maneira insolente.

Uma hora depois, Mikhail se recostou na cadeira para observar o rosto dela enquanto Raven analisava o tabuleiro. Ela estava concentrada, com a testa franzida, tentando desvendar a estratégia desconhecida dele. Ela podia sentir que estava sendo levada para uma armadilha, mas não conseguia encontrá-la. Raven encostou o queixo na base da mão relaxada, sem pressa. Ela era paciente, cuidadosa e tinha complicado as coisas para ele duas vezes, porque Mikhail estava confiante demais.

De repente, os olhos dela se arregalaram, e um sorriso discreto se formou em sua delicada boca.

– Você é um demônio esperto, não é, Mikhail? Mas acho que a sua inteligência pode ter causado problemas.

Ele a observou com olhos sombrios. Os dentes dele brilharam na luz do fogo.

– Eu mencionei, senhorita. Whitney, que a última pessoa que foi impertinente o bastante para me derrotar no xadrez foi jogada no calabouço e torturada por 30 anos?

– Acho então que você devia ter uns 2 anos na época – ela provocou, com os olhos grudados no tabuleiro.

Ele inspirou profundamente. Mikhail estava confortável na presença dela e se sentia totalmente aceito. Raven obviamente acreditava que ele era mortal e tinha poderes telepáticos superiores. Mikhail esticou a mão sobre o tabuleiro para fazer seu movimento e viu o entendimento surgindo nos olhos dela.

– Acredito que o que temos aqui é um xeque-mate – ele falou sedutoramente.

– Eu devia saber que um homem que anda na floresta cercado por lobos seria inescrupuloso – ela sorriu para ele. – Ótimo jogo, Mikhail. Eu realmente gostei muito.

Raven afundou nas almofadas da cadeira.

– Você pode falar com animais? – ela perguntou cheia de curiosidade.

Mikhail gostava de tê-la em sua casa, gostava da maneira como o fogo refletia uma cor azul naquele cabelo, e a maneira como as sombras envolviam delicadamente aquele rosto. Ele tinha memorizado cada centímetro dos traços femininos dela e sabia que se fechasse os olhos, a imagem ainda estaria ali, as maçãs altas do rosto, o nariz pequeno e a boca voluptuosa.

– Sim – ele respondeu, honestamente, sem querer que houvesse mentiras entre eles.

– Você teria matado Jacob?

Os cílios dela eram lindos e prendiam a atenção dele.

– Cuidado com o que pergunta, pequenina – ele alertou. – Vou dizer a verdade.

Ela dobrou as pernas embaixo do corpo e olhou para ele fixamente.

– Sabe, Mikhail, você está tão acostumado a usar seu poder que nem pensa se é certo ou errado.

– Ele não tinha o direito de tocar você. Ele estava causando dor.

– Mas ele não sabia. E você não tinha o direito de me tocar, mas o fez mesmo assim – ela afirmou sabiamente.

Os olhos dele brilharam com uma frieza polar, perigosamente predatórios.

– Eu tenho todo direito. Você pertence a mim – ele disse calmamente, a voz delicada, com um toque de aviso. Os olhos revelaram mais que o tom. – O mais importante, Raven, é que eu não causei dor a você.

A respiração de Raven ficou presa na garganta. A língua dela umedeceu os lábios com um gesto discreto e delicado.

– Mikhail – com a voz hesitante, ela escolheu as palavras com cuidado –, eu pertenço a mim. Eu sou uma pessoa, não algo que você possui. De toda forma, eu moro nos EUA. Vou voltar para lá logo e pretendo tomar o próximo trem para Budapeste.

Ele tinha o sorriso de um caçador. Predatório. Por um momento, a lareira emanou um brilho vermelho, fazendo os olhos dele brilharem como os de um lobo à noite. Mikhail não disse nada, apenas olhou-a fixamente.

Ela levou a mão ao pescoço defensivamente.

– Está tarde, é melhor eu ir.

Ela podia ouvir as batidas de seu próprio coração. O que ela queria dele? Raven não sabia, só sabia que aquela tinha sido a noite mais perfeita e assustadora de sua vida e que queria vê-lo de novo.

Ele estava totalmente imóvel, ameaçador em sua completa calma. Ela ficou parada, sem respirar. O medo a estava sufocando, enviando tremores por seu corpo miúdo. Medo de que ele a deixasse ir, medo de que a forçasse ficar.

Raven levou ar até os pulmões.

– Mikhail, eu não sei o que você quer.

Ela também não sabia o que queria.

Mikhail se levantou, com poder e graça combinados. A sombra chegou até ela antes dele. Sua força era enorme, mas o toque foi gentil quando a ajudou a se levantar. As mãos dele percorreram os braços de Raven, pousaram levemente em seus ombros, e os polegares acariciaram os batimentos em seu pescoço. O toque dele levou calor ao abdômen dela.

Raven era tão pequena diante dele, tão frágil e vulnerável.

– Não tente me deixar, pequenina. Nós precisamos um do outro.

A cabeça morena dele se inclinou, e a boca tocou as pálpebras dela, enviando rajadas de fogo por toda a pele.

– Você me faz lembrar o que é estar vivo – ele sussurrou com aquela voz fascinante.

A boca dele encontrou o canto da dela, e uma onda de eletricidade percorreu seu corpo.

Raven levantou a mão para tocar a base do rosto dele, para encostar-se aos músculos fortes de seu peito em uma tentativa de abrir espaço entre os dois.

– Escute, Mikhail – a voz dela estava áspera. – Nós dois sabemos o que é solidão, o que o verdadeiro isolamento pode fazer com alguém. Está além da minha imaginação que eu possa estar tão perto de você, tocar você fisicamente e não ser inundada por fardos indesejados. Mas não podemos fazer isso.

A diversão invadiu o fogo escuro dos olhos dele, com um toque de ternura. Os dedos de Mikhail envolveram a nuca de Raven.

– Oh! Acho que podemos sim.

A voz escura e aveludada dele era pura sedução, o sorriso era abertamente sexual.

Raven sentiu aquele poder até os dedos dos pés. O corpo dela ficou mole, líquido, em chamas. Ela estava tão perto de Mikhail que se sentia parte dele, cercada por ele, envolta nele.

– Eu não vou dormir com alguém que não conheço porque estou solitária.

Ele deu uma risada delicada, grave e feliz.

– É isso que você acha? Que estaria dormindo comigo porque está solitária?

A mão dele foi até o pescoço dela novamente, tocando, acariciando, aquecendo-lhe o sangue.

– Você vai fazer amor comigo por isso.

A boca dele se fechou sobre a dela.

Calor branco. Raios azuis. O chão tremeu e se moveu. Mikhail trouxe o corpo delicado dela contra sua figura masculina, seu corpo agressivo e sua boca dominante, levando-a para um mundo de pura sensação.

Raven só conseguiu prender-se nele, uma âncora em uma tempestade de emoções turbulentas. Um grunhido se formou no fundo da garganta dele, animalesco, feroz, como um lobo excitado. A boca de Mikhail moveu-se para a linha delicada e vulnerável do pescoço dela e pousou sobre o sangue que pulsava freneticamente sob a pele acetinada.

Os braços dele se apertaram, prendendo-a contra seu próprio corpo, possessivo, decidido, um abraço inquebrável. Raven estava em chamas, desejando, ardendo, como se fosse seda quente nos braços dele, o corpo maleável, como calor líquido. Ela se movia contra Mikhail com inquietação, com os seios doendo, os mamilos roçando eroticamente contra os fios delicados da blusa dela.

O polegar dele acariciou o mamilo através da blusa de crochê, enviando ondas de calor que envolveram o corpo de Raven, fazendo os joelhos dela fraquejaram, de modo que apenas a força e firmeza dos braços dele a sustentavam. A boca de Mikhail se moveu de novo, sua língua era uma chama sobre os batimentos do coração dela. E então foi o calor branco, a dor pungente, o corpo dela se retorcendo de desejo, ardendo por ele, ansiando por ele. Ondas de desejo vibravam. A boca de Mikhail no pescoço dela estava produzindo uma combinação de prazer e dor tão intensa que Raven não sabia onde um começava e o outro terminava. O polegar de Mikhail fez a cabeça dela se inclinar, revelando o pescoço, e com a boca presa à pele dela, a garganta dele movia-se como se a estivesse devorando, alimentando-se de Raven, bebendo dela. Queimava, mas alimentava o desejo de Raven.

Mikhail sussurrou alguma coisa em sua língua nativa e levantou a cabeça lentamente, rompendo o contato. Raven sentiu um líquido quente descer por seu pescoço até os seios. A língua dele percorreu o mesmo caminho, passando pela curva sedosa do seio dela. Ele se deteve naquela cintura fina, subitamente ciente da maneira como seu próprio corpo precisava de alívio. A fome de um animal, tão forte que o calor o estava descontrolando. Ele precisava possuí-la naquele momento, cada instinto nele se acendeu para apoderar-se dela como sua companheira.

Uma onda de vertigem tomou conta dela, e Raven se prendeu à camisa dele para não cair. Ele disse algo sutil, mas eloquentemente, em uma mistura de duas línguas, furioso consigo enquanto ela se aninhava em seus braços para se proteger.

– Desculpe, Mikhail – Raven estava chocada, assustada diante da própria fraqueza. A sala estava girando; era difícil se concentrar. O pescoço dela ardia e latejava.

Mikhail inclinou a cabeça para beijá-la delicadamente.

– Não, pequenina, eu estou indo rápido demais.

Tudo na natureza dele, fera e *Cárpato* de séculos, tinha urgência de tomar o que era dele, segurá-la, mas ele queria que Raven viesse a ele por vontade própria.

– Eu me sinto estranha, estou tonta.

Ele estava um pouco fora de controle, a fera ali dentro estava faminta para colocar sua marca nela, faminta pelo sabor dela. O corpo de Mikhail estava pegando fogo, exigindo alívio. Controle e disciplina lutaram com a natureza instintiva e predatória dele e venceram. Ele afastou seus instintos animais e a levou até a cadeira perto da lareira. Raven merecia ser cortejada, merecia conhecê-lo, sentir afeição, senão amor, por ele antes de se unir a Mikhail. Uma humana. Uma mortal. Era errado. Era perigoso. Ele a colocou delicadamente sobre as almofadas.

– Eu me deixei levar, Raven. Vai passar logo. Deixe-me pegar um copo de água para você.

Raven olhou para o fogo na lareira, divagando um pouco enquanto esperava por ele. Ela não o viu entrar na sala, mas as chamas se levantaram e dançaram como se uma brisa súbita as tivesse alimentado. Raven piscou e lá estava ele, alto e belo, como o herói de um romance. Ela riu diante da fantasia.

Mikhail colocou os braços em volta dos ombros dela, abraçando-a enquanto ela bebia.

– Você é realmente extraordinário – ela murmurou, sem ter certeza se estava sonhando ou não.

– Que bom que você acha isso – ele comentou. – Porque eu desejo passar um tempo com você.

Ela franziu a testa para ele.

– Acho que passar um tempo com você seria um pouco perigoso para mim.

Mikhail sorriu para ela, e seus olhos pretos captaram o calor da lareira. Raven não conseguiu se conter e levantou a mão para acompanhar aquele sorriso incrível com a ponta do dedo. Quem tinha uma boca como aquela? Quem tinha dentes tão brancos e perfeitos e olhos tão lindos?

– Com esses cílios, você deveria ter uma beleza delicada– ela murmurou, ainda sem saber se estava sonhando. – Mas o seu rosto é duro demais para ser feminino.

Ele segurou os dedos dela e os mordeu delicadamente.

– Sou grato por isso, pelo menos.

Um lobo uivou. Raven virou o rosto para olhar a noite pela janela. Lá fora, a neblina começou a se acumular no jardim, formando longas caudas em volta das árvores. Mikhail se levantou abruptamente, e o sorriso sumiu de seu rosto. Mais uma vez, os olhos dele brilharam, e as chamas vermelhas do fogo arderam.

Ele se virou, suas belas feições estavam sombrias e ameaçadoras. O corpo dele perdeu a postura protetora, tornando-se imediatamente ameaçador e poderoso.

– Fique – ele ordenou delicadamente.

Ele se moveu tão rápido que se tornou um borrão, fechando as portas da biblioteca, virando o rosto para a porta de entrada. Mikhail enviou um chamado silencioso para suas sentinelas.

Um lobo solitário uivou, um segundo respondeu, depois um terceiro, até que um coro uníssono se formou. Quando o barulho diminuiu, ele esperou, com o rosto parecendo uma máscara implacável de granito. Mais névoa cobriu a floresta, tentáculos de neblina reunindo--se, movendo-se e acumulando-se fora da casa dele.

Mikhail levantou o braço, e a porta da frente se abriu. A névoa e a neblina entraram, formando uma massa até que o *hall* estivesse coberto. Lentamente, a névoa se juntou; corpos brilharam e se tornaram sólidos.

– Por que vocês me perturbam esta noite? – ele desafiou delicadamente, com olhos escuros brilhando perigosamente.

Um homem deu um passo à frente, os dedos dele se entrelaçaram aos de sua companheira. Ela estava pálida e cansada, obviamente ela estava grávida.

– Nós viemos em busca de seu aconselhamento, Mikhail, e trazemos notícias.

Capítulo 3

Dentro da biblioteca, Raven sentiu o medo tomar conta de seu corpo, as emoções ecoavam na cabeça, inundando-a, formando-se como teias de aranha pesadas e hipnóticas. Alguém estava em apuros, chorando, sentindo uma dor tão penetrante quanto uma faca. Ela se levantou e se apoiou no encosto de uma cadeira. Imagens a invadiram. Uma jovem com pele branca e pálida, uma estaca grande enfiada no peito, rios de sangue correndo, a cabeça dela solta do corpo, algo repugnante em sua boca. Uma morte ritualística, simbólica, um aviso para outros que estavam por vir. Um *serial killer*, aqui, nesta terra de paz.

Raven engasgou, suas mãos tentaram cobrir as orelhas, como se de alguma maneira aquilo pudesse impedir as imagens de entrar em sua mente. Por um momento, ela não conseguia respirar, não queria respirar, só queria que aquilo acabasse. Descontroladamente, ela olhou em volta, viu uma porta à sua direita que levava para o sentido oposto ao das emoções esmagadoras. Sem enxergar, ela tropeçou nos próprios pés, fraca, desorientada e tonta. Ela cambaleou para fora da biblioteca, em busca de ar fresco, desesperada para fugir do horror que o grupo na outra sala havia testemunhado. Longe dos detalhes do assassinato que estavam tão vívidos na mente dos recém-chegados.

O medo e a raiva deles estavam vivos. Eram animais feridos e prontos para destruir e lacerar em retaliação. Por que as pessoas eram tão más? Tão violentas? Raven não sabia a resposta e também não esperava mais saber. Ela deu vários passos por um corredor quando uma figura emergiu das sombras. Ele era um pouco mais jovem que Mikhail, mais magro, com olhos brilhantes e cabelos castanhos e ondulados. Enquanto esticava o braço para tocá-la, o sorriso dele era provocante e guardava uma ameaça.

Uma força invisível atingiu o estranho bem no peito, empurrando-o para trás e fazendo-o colidir contra a parede. Mikhail surgiu, uma sombra escura e malévola. Ele emergiu diante de Raven e, ao mesmo tempo, colocou-a atrás de si protegendo-a. Dessa vez, o grunhido gutural era um rugido desafiador de uma fera.

Raven podia sentir, da fúria terrível em Mikhail, raiva misturada com dor, as emoções pareciam mais densas que o ar. Se não fosse pela parede, ela talvez tivesse caído, mas se apoiou com força e esticou a mão para tocar o braço de Mikhail. Os dedos dela envolveram metade do grosso pulso dele, um pequeno impedimento para a violência girando dentro dele. Ela sentiu a tensão percorrendo-o como se estivesse viva.

Houve um grito abafado, mas audível. Raven percebeu que era o centro da atenção do grupo. Havia uma mulher e quatro homens, incluindo o objeto da fúria de Mikhail. Todos os olhos estavam nos dedos dela em volta do pulso dele, como se Raven fosse culpada de algum crime terrível. O enorme corpo de Mikhail se moveu para escondê-la completamente do escrutínio deles. Ele não fez nenhum esforço para livrar-se da mão dela. Quando muito, moveu o próprio corpo para protegê-la, encostando-a mais na parede para encostar-se a ela, impedindo que eles a vissem.

– Ela está sob a minha proteção.

Uma declaração. Um desafio. Uma promessa de retribuição rápida e selvagem.

– Assim como todos nós, Mikhail – a mulher respondeu delicadamente.

Raven oscilou, apenas as paredes a estavam sustentando. Vibrações de raiva e dor estavam se chocando contra ela, fazendo-a querer gritar. Ela fez um barulho, um único som contínuo de objeção. Mikhail virou-se para ela imediatamente, seus braços a envolveram, abraçando-a.

– Guardem seus pensamentos e emoções – ele disse duramente para os outros. – Ela é muito sensível. Vou acompanhá-la até a pousada e volto para discutir as informações perturbadoras.

Raven não teve a menor chance de ver os demais antes que Mikhail passasse por eles, levando-a para o pequeno carro na garagem. Ela sorriu cansada, com a cabeça encostada no ombro dele.

– Você não combina com este carro, Mikhail. Sua imagem sobre as mulheres é tão arcaica. Em outra vida você deve ter sido um lorde em um castelo.

Mikhail olhou para ela rapidamente. O olhar passeou pela brancura do rosto, se demorou na marca deixada por ele naquele pescoço, visível através das longas madeixas do cabelo. Na verdade, ele não pretendia deixar uma marca, mas lá estava ela, o registro de posse, e Mikhail ficou feliz.

– Vou ajudar você a dormir hoje à noite.

Foi uma afirmação.

– Quem são essas pessoas?

Raven perguntou pois sabia que ele não queria que perguntasse. Estava muito cansada, até tonta. Ela massageou a cabeça e desejou uma vez na vida ser normal. Ele provavelmente pensava que ela era do tipo que costumava desmaiar.

Houve um curto silêncio. Ele suspirou profundamente.

– Minha família.

Ela sabia que era verdade, mas ele não.

– Por que alguém faria algo tão terrível?

Ela levantou o rosto para olhar para o dele.

– Eles esperam pegar esse assassino, fazê-lo parar?

Havia uma dor natural, por ele. Preocupação. O sofrimento dele era agudo, marcado por culpa e pela necessidade de violência. Mikhail processou a pergunta em sua mente. Ela soube naquele momento que alguém na vida dele tinha sido morto. Raven provavelmente captou os detalhes da cabeça de alguém. A preocupação e a dor eram por ele. Não havia condenação. Apenas preocupação. Mikhail sentiu a tensão sendo aliviada do próprio corpo, sentiu um calor no estômago.

– Vou tentar mantê-la o mais longe possível dessa confusão, pequenina.

Ninguém se preocupava com ele, com sua mente ou sua saúde. Ninguém pensava em sentir nada por ele. Algo dentro de Mikhail pareceu amolecer e derreter. Ela o estava envolvendo, lá no fundo, em algum lugar, ele precisava dela.

– Talvez nós não devêssemos nos ver por alguns dias. Eu nunca me senti tão cansada na vida.

Era uma tentativa de dar a ele uma saída delicada. Raven olhou para as próprias mãos. Queria uma saída para si também. Ela nunca tinha se sentido tão próxima de alguém, tão confortável, como se o conhecesse desde sempre, mas estava apavorada, temendo que ele a dominasse.

– E eu não acho que sua família estava feliz em ver uma americana com você. Nós somos... explosivos demais juntos – ela concluiu timidamente.

– Não tente me deixar, Raven.

O carro parou na frente da pousada.

– Eu cuido do que é meu e, não se engane, você é minha.

Era, ao mesmo tempo, um aviso e um pedido. Ele não tinha tempo para meias palavras. Mikhail queria usar belas palavras – Deus sabia que ela as merecia – mas os outros estavam esperando, e as responsabilidades pesavam sobre ele.

Raven levou a mão até a linha do maxilar dele, acariciando-o gentilmente.

– Você está tão acostumado a ter as coisas do seu jeito.

Havia um pequeno sorriso na voz dela.

– Eu posso dormir sozinha, Mikhail. Faço isso há anos.

– Você precisa dormir sem preocupações, sem incômodos, profundamente. O que você viu esta noite vai assombrá-la se eu não ajudar.

O polegar dele acariciou o lábio inferior dela.

– Eu posso remover essa lembrança se você quiser.

Raven podia querer que ele fizesse aquilo, acreditava que seria melhor para ela. E podia ver que era difícil pedir a ele que tomasse a decisão.

– Não, obrigada, Mikhail – ela murmurou delicadamente. – Acho que vou manter todas as minhas lembranças, boas e ruins.

Ela beijou o queixo dele e deslizou pelo assento até a porta.

– Sabe, eu não sou uma boneca de porcelana. Não vou quebrar porque vi algo que não deveria. Eu já persegui *serial killers* antes.

Raven sorriu para ele com olhos tristes.

Mikhail a segurou pelo pulso como se fosse uma garra.

– E isso quase destruiu você. Não desta vez.

Os cílios piscaram, escondendo sua expressão.

– A decisão não é sua.

Se os outros o convencessem a usar seus talentos para perseguir os matadores perversos e doentios do mundo, ela não o deixaria sozinho. Como poderia?

– Você não tem tanto medo de mim quanto deveria – ele grunhiu.

Ela sorriu de novo para ele, puxando o pulso para fazê-lo lembrar de soltá-la.

– Acho que você sabe que o que existe entre nós não valeria de nada se você me forçasse a obedecer a sua vontade sobre tudo.

Ele a manteve cativa por mais um instante, com os olhos escuros e perigosos possessivamente pairando sobre o rosto frágil de Raven. Ela era tão voluntariosa, mas, até aí, precisava ser assim para fazer o que fazia. Ela estava com medo, mas olhava para ele nos olhos e o enfrentava. Perseguir assassinos a deixava doente, quase a levava a loucura, mas Raven continuava fazendo aquilo. Mikhail ainda era uma sombra na mente dela. Ele via sua determinação em ajudá-lo, o medo que ela sentia dele e de seus poderes incríveis, mas não o deixaria para enfrentar aquele assassino terrível sozinho. Ele queria mantê-la perto, a salvo, em seu esconderijo.

De maneira quase reverente, Mikhail passou os dedos pelo rosto dela.

– Vá, antes que eu mude de ideia – ele ordenou, liberando-a abruptamente.

Mais uma vez, ela hesitou.

– Eu sinto muito. Eu sei que você conhecia e gostava muito da mulher que foi morta. Se houver alguma coisa que eu possa fazer, Mikhail, por favor, saiba que eu farei por você.

Ela se inclinou de novo e beijou levemente a têmpora dele.

Raven se afastou dele devagar, tentando controlar a tontura que a dominava. Ela estava tomando cuidado para andar ereta, sem querer que Mikhail soubesse como ela se sentia, como se seu próprio corpo fosse feito de chumbo, e cada instante estava sendo difícil. Ela andou com a cabeça erguida e manteve a mente propositalmente vazia.

Mikhail a viu entrar na pousada. Viu Raven levar a mão à cabeça, esfregar a têmpora e depois tocar a própria nuca. Ela ainda estava tonta pelo sangue sugado. Aquilo tinha sido egoísta, mas não foi possível evitar. E agora ela estava pagando o preço.

A cabeça dela doía por causa do bombardeio de emoções – incluindo as dele. O povo dele precisaria ter mais cuidado para proteger a própria mente.

Mikhail retirou seu enorme corpo do carro e se escondeu nas sombras, seus sentidos se aguçaram para avisá-lo de que estava sozinho. Ele assumiu a forma de névoa. Na neblina densa era imperceptível e podia passar facilmente sob a janela desprotegida. Ele ficou olhando enquanto Raven afundou-se na cama. O rosto pálido, os olhos assustados. Ela balançou o cabelo, tocando a marca deixada por Mikhail como se doesse. Levou alguns minutos para tirar os sapatos, como se a tarefa fosse muito difícil.

Ele esperou até que ela deitasse com o rosto para baixo, totalmente vestida, na cama. Você vai dormir. Ele ordenou firmemente, esperando a obediência dela enquanto se infiltrava no quarto.

Mikhail. Seu próprio nome ecoou na mente, gentil, grogue, com um toque de diversão.

De alguma maneira, eu sabia que ia ter de fazer do seu jeito. Em vez de lutar contra, ela se submeteu voluntariamente, com um sorriso discreto no rosto.

Mikhail a despiu e colocou o corpo delicado dela sob as cobertas. Ele guardou a porta, um feitiço poderoso que, com certeza, manteria até os membros mais fortes da raça dele de fora, quanto mais assassinos mortais patéticos. Guardou as janelas e fez o mesmo em todos os pontos possíveis. Muito gentilmente, roçou os lábios na testa dela e depois tocou a marca no pescoço antes de partir.

Fora do quarto, em forma de pássaro, ele parou no peitoril, com as asas abertas, e os olhos observando a rua lá embaixo. O vilarejo era pequeno. O carro de Mikhail era um dos poucos. A maioria dos moradores usava carroças levadas por cavalos. Eles eram boa gente; a área adjacente era tomada por fazendas. Alguém tinha entrado naquele lugar e cometido um assassinato. Ele inspirou e deixou o ar sair. Ele descobriria quem – e o mataria. Com esse pensamento, ele se dissolveu em névoa e voltou para o carro, ansioso para voltar para casa e conversar com os outros.

Os cinco *Cárpatos* que o esperavam ficaram em silêncio quando Mikhail entrou na casa. Celeste tentou sorrir e colocou a mão de maneira protetora na criança que levava no útero.

– Ela está bem, Mikhail?

Ele assentiu com a cabeça de modo abrupto, curiosamente grato pela preocupação da fêmea. Ninguém o questionaria, mas o comportamento de Mikhail era totalmente atípico. Ele foi direto ao ponto.

– Como os assassinos pegaram Noelle desprotegida?

Os outros se entreolharam. Mikhail tinha lhes ensinado a nunca esquecer os menores detalhes relacionados à segurança, mas com o passar do tempo era tão fácil esquecer, cometer um deslize.

– Noelle teve o bebê apenas dois meses atrás. Ela estava tão cansada o tempo todo.

Celeste tentou explicar o deslize.

– E Rand? Onde ele estava? Por que ele deixou a esposa exausta desprotegida enquanto ela dormia? – Mikhail perguntou de forma gentil e perigosa.

Byron, o homem que havia causado tantos problemas antes, movia-se desconfortavelmente.

– Você conhece Rand. Sempre atrás das mulheres. Ele levou a criança para Celeste e foi à caça.

– Deixando minha irmã sozinha e desprotegida. Ele obviamente esqueceu-se de deixá-la com as proteções necessárias.

O desgosto de Mikhail estava totalmente evidente.

– Onde ele está?

Os quatro *Cárpatos* se entreolharam, relutantes em dar a informação. Mikhail tinha todos os motivos para desprezar Rand. Todos sabiam que Rand tinha um problema, uma necessidade de mulheres, uma doença rara, mas incurável na sociedade deles. O companheiro de Celeste, Eric, respondeu com crueldade.

– Ele estava louco, Mikhail. Foi preciso que todos o dominássemos, mas está dormindo agora. A criança está com ele bem no fundo na terra. A cura vai fazer bem aos dois.

– Nós não podíamos perder Noelle.

Mikhail afastou a dor, não era o momento de senti-la.

– Vocês têm certeza de que a criança está a salvo? Já perdemos algumas embaixo da terra. Atualmente é até perigoso para nossas mulheres darem à luz sob o solo.

Ele havia proibido uma prática que costumava ser comum, mas eles tinham perdido tantos, e novas ideias para proteger os bebês eram tudo o que ele podia tentar.

– A criança está bem embaixo da terra – Celeste afirmou. – Eu mesma verifiquei.

– Eric, você pode manter Rand sob controle? Não vou deixá-lo correndo livremente enquanto eu caço esses assassinos.

– Acho que você devia falar com ele – Eric falou honestamente. – A culpa o está deixando louco. Ele quase nos atacou.

Os dentes de Mikhail apareceram, uma ameaça branca, a marca de um predador. A resposta foi uma promessa sombria de retaliação. Ele desviou o rosto deles, olhou pela janela, para a noite, sem se atrever a olhar para o próprio reflexo. O vampiro podia querer culpar e odiar Rand, mas, na verdade, a morte de sua irmã recaía inteiramente sobre seus próprios ombros.

– Vlad, onde está Eleanor? Ela corre risco com a gravidez avançada. Precisamos protegê-la, assim como Celeste – Mikhail decretou.

A companheira de Vlad estava claramente ausente.

– Não podemos perder mais nenhuma de nossas mulheres, muito menos seus filhos.

– Eleanor está tão perto do fim da gestação que fiquei preocupado com a viagem – Vlad suspirou profundamente. – Ela está a salvo e bem-guardada, por enquanto, mas acho que essa guerra vai recomeçar.

Mikhail tamborilou com o dedo na pequena mesa perto do tabuleiro de xadrez.

– Talvez seja significativo que tenhamos três de nossas mulheres dando à luz pela primeira vez em uma década. Nossos filhos são poucos e cada vez mais raros. Se os assassinos de alguma maneira estiverem cientes da situação de nossas mulheres, terão medo de que estejamos nos multiplicando, ficando fortes de novo.

Mikhail lançou ao homem mais musculoso um olhar rápido.

Jacques, você não tem uma companheira para impedi-lo.

Havia um leve toque de afeto na voz dele, um afeto que nunca conseguiu sentir nem demonstrar antes, e talvez não soubesse de ninguém que conhecesse esse afeto. Jacques era seu irmão.

– Nem Byron. Vocês dois avisarão todos os demais. Sejam discretos, alimentem-se apenas quando muito bem-protegidos, durmam muito profundamente no solo e sempre usem suas proteções mais poderosas. Precisamos cuidar de nossas mulheres e mantê-las em segurança, especialmente as grávidas. Eleanor deve permanecer escondida, Vlad. Celeste, nenhuma de vocês deve atrair atenção de nenhuma forma. Se necessário, seus companheiros irão caçar por vocês.

– Por quanto tempo, Mikhail?

Os olhos de Celeste estavam fundos, o rosto coberto de lágrimas.

– Por quanto tempo vamos viver assim?

– Até eu encontrar e fazer justiça com os assassinos.

Havia um tom selvagem e agressivo na voz dele.

– Todos vocês amoleceram, misturando-se tanto com os mortais. Vocês estão esquecendo os dons que podem salvar a vida de vocês – ele os repreendeu duramente. – Minha mulher é mortal, mas ela ficou sabendo da sua presença antes que vocês soubessem da dela. Ela sentiu suas emoções desprotegidas, soube dos assassinos pelos seus pensamentos. Não há desculpa para isso.

– Como pode ser? – Eric ousou perguntar. – Nenhum mortal tem esse poder.

– Ela é telepática e tem um dom muito forte. Ela vai estar aqui com frequência, será protegida, assim como todas as nossas mulheres.

Os outros trocaram olhares surpresos e confusos. De acordo com a lenda, apenas os membros mais fortes podem ser capazes de transformar um mortal. Simplesmente não acontecia. Era arriscado demais. Séculos atrás já haviam tentado, quando as mulheres tinham sido esgotadas, e os homens não tinham mais esperança. Mas ninguém havia tentado novamente. A maioria achava que era um mito criado para impedir que os machos perdessem a alma. Mikhail era indecifrável, implacável, seu julgamento nunca foi questionado ao longo dos séculos. Ele encerrava discussões e os protegia. Ele caçava os machos que haviam decidido se transformar em vampiros perigosos, tantos para mortais quanto para imortais.

Agora isso. Uma mortal. Eles estavam chocados, e estava claro. Não era nada insignificante chamar Raven de sua mulher. Era o mesmo que chamá-la de sua companheira. Decretar que ela estava sob sua proteção a colocava sob a proteção de todos os *Cárpatos*. Eles eram obrigados a colocar a vida da mulher de Mikhail acima de sua própria vida. Se Mikhail havia dito que ela estava sob sua proteção, era sério. Ele nunca falava algo que não fosse sério. E se ela fosse ferida, a penalidade seria a morte. Mikhail era um inimigo feroz, impiedoso e implacável.

O líder daquele grupo sentia o peso da responsabilidade pela morte de Noelle. Ele sabia do problema de Rand, sua queda por mulheres.

Ele havia feito objeções àquela união, mas não havia proibido – como deveria ter feito. Rand não era o verdadeiro companheiro de Noelle. A química jamais permitiria que um verdadeiro companheiro traísse sua mulher. Noelle, sua bela irmã, tão jovem e vibrante, perdida para sempre. Ela era teimosa, desejava Rand porque ele era bonito, não porque sua alma o chamava. Na verdade, mesmo que ele nunca se permitisse pensar no assunto, Noelle estava tão doente quanto Rand. O poder corrompia, e era sempre preciso ter cuidado para não deixar isso acontecer.

Rand e Noelle haviam mentido, mas ele sabia que estavam mentindo. No final, era responsabilidade de Mikhail que Rand tivesse continuado a procurar emoções por meio de outras mulheres, e Noelle se transformou em uma mulher amarga e perigosa. Ela devia ter morrido instantaneamente, ou Mikhail teria sentido, mesmo que estivesse dormindo. Rand nunca deveria ter uma das mulheres sob seus cuidados.

Mikhail havia pensado que, com o tempo, cada um encontraria seu próprio companheiro, mas Noelle apenas se tornou cada vez mais perigosa, Rand, cada vez pior em seu comportamento promíscuo. Era impossível para Rand sentir qualquer coisa com as mulheres que levava para cama, mas ele continuava, quase como se fosse uma punição para o controle de Noelle.

Mikhail fechou os olhos por um instante, permitindo que a realidade da morte de Noelle o envolvesse. A perda era intolerável, a dor, forte e intensa, misturada com uma fúria gélida e uma determinação mortal. Ele abaixou a cabeça. As lágrimas vermelho-sangue correram livremente por seu rosto. Sua irmã, a mais jovem das mulheres... Era culpa dele. Mikhail sentiu um movimento na cabeça, um calor, um conforto, como se braços o tivessem envolvido furtivamente.

Mikhail? Você precisa de mim? A voz de Raven estava sonolenta, rouca, preocupada.

Ele estava em choque. O controle dele tinha sido tão forte, muito mais forte do que ele havia usado em um humano, mas sua própria tristeza penetrou o sono dela induzido pela hipnose. Mikhail olhou em volta, analisou o rosto de suas companhias. Nenhum deles havia percebido o contato mental. Significava que, por mais grogue que ela estivesse, Raven era capaz de focar, canalizar e entrar em contato com ele diretamente, sem vazamentos. Era uma habilidade que poucos do povo dele tinham se dado ao trabalho de obter, de tão convencidos que estavam de que os humanos não podiam se conectar com eles.

Mikhail? Dessa vez, a voz de Raven estava mais forte, aflita. *Você está bem? Eu posso ir até você.*

Durma, pequenina. Estou chateado, mas bem. Ele garantiu, reforçando a ordem com seu tom de voz.

Eu posso ajudar.

Não é preciso esta noite. Durma. Vou me sentir muito melhor sabendo que você está a salvo e descansando como você tanto precisa.

Fique bem, Mikhail. Ela sussurrou delicadamente, sucumbindo ao poder dele.

Mikhail voltou sua atenção àqueles que esperavam seus comandos.

– Mande Rand para mim amanhã. A criança não pode ficar com ele. Dierdre perdeu outro filho duas décadas atrás. Ela ainda guarda o luto de suas muitas perdas. A criança deve ser levada até ela. Tienn vai cuidar bem deles. Ele sabe que Dierdre está perto de deixar este mundo. As muitas tristezas se tornaram demais para ela suportar. Se ele suspeitar de alguém, diga a ele para mandar um chamado imediatamente, assim como vocês também devem fazer. Não esperem para descobrir se a ameaça é real ou imaginária. É melhor se precaverem. Ninguém deve usar um elo mental até que saibamos se algum dos nossos adversários possui o mesmo poder que a minha mulher.

O choque no rosto deles era absoluto. Ninguém considerava que um humano fosse capaz desse tipo de poder e disciplina.

– Mikhail, você tem certeza de que essa mulher não é a responsável? Ela pode ser uma ameaça para nós.

Eric fez a sugestão com cuidado, mesmo que Celeste tenha cravado os dedos no braço dele como um alerta.

Mikhail apertou os olhos escuros levemente.

– Vocês acham que eu me tornei preguiçoso, tomado pelo meu próprio poder? Vocês têm uma imagem tão baixa de mim a ponto de acharem que eu poderia estar na mente dela e não reconhecer se fosse uma ameaça para nós? Eu aviso, estou disposto a abdicar de ser o líder de vocês, mas não estou disposto a retirar minha proteção sobre ela. Se qualquer um de vocês quiser feri-la, saiba que terá de lidar comigo. Vocês querem que eu passe adiante o manto da liderança? Estou cansado das minhas obrigações e responsabilidades!

– Mikhail! – a voz de Byron foi um protesto agudo.

Os outros rapidamente começaram a falar, negativas aflitas, como crianças assustadas. Jacques foi o único que se levantou em silêncio, o quadril encostado preguiçosamente na parede, olhando para o líder com um meio-sorriso secretamente jocoso. Mikhail o ignorou.

– O sol está para nascer. Vão para o solo, todos vocês. Usem todas as proteções possíveis. Quando acordarem, chequem seus lares, procurem intrusos. Não negligenciem o menor incidente. Precisamos manter a comunicação atenta e nos cuidar.

– Mikhail, o primeiro ano é tão crítico, tantas crianças não sobrevivem.

Os dedos de Celeste se retorciam de nervosismo na mão de seu marido.

– Não estou certa de que Dierdre consegue aguentar outra perda.

Mikhail abriu um sorriso gentil.

– Ela vai cuidar da criança como nenhuma outra, e Tienn vai ser duas vezes mais cuidadoso. Ele está tentando engravidar Dierdre, e ela se recusa. Pelo menos assim, os braços dela não ficarão vazios.

– E ela vai desejar outra criança – Celeste falou com raiva.

– Para a nossa raça perdurar, precisamos ter filhos. Por mais que eu queira gerá-los, são apenas as mulheres que podem produzir esse milagre.

– É de partir o coração perder tantas, Mikhail – Celeste comentou.

– Para todos nós, Celeste.

O tom dele foi definitivo, e ninguém ousou discutir ou questionar. A autoridade dele era absoluta, sua fúria e dor, ilimitadas. Rand havia não só falhado em proteger Noelle, uma mulher jovem, vibrante e bela, mas a vida dela havia sido perdida por causa de um jogo sádico que Rand e Noelle estavam jogando juntos. Mikhail jurou em silêncio que nunca mais permitiria que um pedido apaixonado de uma mulher, ou suas lágrimas, revogasse seu julgamento. Ele sabia que era tão responsável quanto Rand pelo destino de Noelle. A fúria e o ódio que sentiu eram igualmente fortes em relação a si.

*

Raven despertou lentamente, em meio a uma névoa densa de camadas e mais camadas. De alguma maneira, ela sabia que não deveria acordar, mas, mesmo assim, era muito importante fazê-lo. Ela forçou os olhos a se abrirem e virou o rosto para a janela. A luz do sol estava entrando. Ela se sentou, e as cobertas escorregaram e relevaram sua pele nua.

– Mikhail – ela sussurrou em voz alta –, você toma muitas liberdades.

Ela esticou o braço para tocá-lo automaticamente, como se não pudesse negar a necessidade para si. Sentindo que ele dormia, ela recuou. Um leve toque era suficiente. Ele estava seguro.

Raven se sentia diferente, feliz até. Ela podia conversar com alguém, tocar alguém, mesmo que fosse um pouco como andar nas costas de um tigre faminto. A liberdade de relaxar na presença de outro era uma alegria. Mikhail tinha responsabilidades pesadas. Raven não sabia quem ele era, só que era importante. Ele obviamente se sentia confortável com os próprios talentos, ao contrário dela, que ainda se sentia uma espécie de criatura estranha. Ela queria ser mais como ele, confiante, sem se importar com o que os outros pensam.

Ela sabia pouco da vida na Romênia. A população rural era pobre e supersticiosa. Ainda assim, era um povo amistoso e verdadeiramente artístico. Mikhail era diferente. Ela tinha ouvido falar dos *Cárpatos*; eles não eram ciganos, faziam parte de um povo bem-educado, tinham dinheiro, viviam nas profundezas das montanhas e florestas por opção. Seria Mikhail o líder? Era por isso que ele era tão arrogante e distante?

A sensação do chuveiro em seu corpo era boa, lavando a sensação pesada e dormente. Raven se vestiu com cuidado: jeans, uma blusa de gola alta e um suéter. Mesmo com a luz do sol, era frio nas montanhas, e ela pretendia sair para explorar. Seu pescoço latejou e queimou por um momento. Ela puxou a blusa para examinar o ferimento. Era uma marca estranha, como uma mordida dada por um adolescente, mas mais intensa.

Ela corou ao se lembrar como Mikhail a colocou ali. Além de tudo, aquele homem tinha de ser *sexy*? Ela podia aprender tanto com ele. Raven percebeu que ele era capaz de se proteger do bombardeio constante de emoções o tempo todo. Aquilo seria um milagre – conseguir simplesmente sentar em uma sala cheia e não sentir nada além das próprias emoções.

Raven pegou seus sapatos de escalada. Um assassinato naquele lugar! Que sacrilégio. Os moradores deviam estar assustados. Ao atravessar a porta, ela sentiu uma mudança súbita no ar. Parecia que tinha atravessado uma força invisível. Mikhail de novo? Tentando prendê-la? Não. Se ele fosse capaz de fazer algo assim, as amarras a teriam detido. Era mais provável que ele a estivesse protegendo, prendendo os outros para fora. Com sua natureza protetora, Mikhail deve ter sentido essa necessidade depois de ouvir sobre o assassinato daquela pobre mulher. Pensar que ele pudesse ter parado para protegê-la e ajudá-la fez Raven se sentir querida. Mais que isso, mesmo tomado pela dor e fúria diante do assassinato terrível e sem sentido, Mikhail ainda a tinha ajudado a dormir. Ela não conseguiu se lembrar de ninguém sendo tão delicado.

Eram três da tarde – tarde demais para o almoço e cedo demais para o jantar – e Raven estava com fome. Na cozinha, a dona da pousada preparou uma espécie de piquenique para ela com prazer. Em nenhum momento a mulher mencionou um assassinato. De fato, ela parecia totalmente alheia ao fato. Raven percebeu estar relutante em trazer o assunto à tona. Era estranho, aquela mulher era tão amigável e agradável – ela até falou com Mikhail, um amigo antigo de quem falava com a mais alta estima – mas Raven não conseguiu mencionar uma palavra sobre a morte e o que isso significava para Mikhail.

Lá fora, com a mochila, ela deu de ombros... Não conseguia sentir o horror do assassinato em nenhum lugar. Ninguém na pousada ou na rua parecia excessivamente abalado. Confusa, ela olhou para as duas direções da rua. A vida continuava como sempre. Raven não podia estar enganada, as imagens tinham sido fortes, a dor era feroz e muito real. As imagens do assassinato eram muito detalhadas, diferentes de qualquer coisa que sua imaginação pudesse criar.

– Senhorita Whitney! É Whitney, não é? – uma voz feminina a chamou de alguns metros de distância.

Margaret Summers foi até ela apressadamente, com uma expressão ansiosa. Ela tinha quase 70 anos, era frágil, cabelos grisalhos e uma maneira prática e sóbria de se vestir.

– Minha querida, você está tão pálida esta manhã. Estamos todos tão preocupados com a sua segurança. Aquele jovem carregando você daquela maneira foi muito intimidante.

Raven riu delicadamente.

– Ele tem uma queda pelo drama, não tem? Imagino que possa ser intimidante, mas ele é um amigo antigo, e acho que estou acostumada. Ele é excessivamente preocupado com a minha saúde. Acredite, senhora Summers, ele é muito cuidadoso comigo. E é um homem de negócios muito respeitável, pode perguntar a qualquer um no vilarejo.

– Você está doente, querida? – Margaret perguntou de maneira solícita, aproximando-se tanto que Raven se sentiu ameaçada pela mulher que invadia seu espaço. Ela evitou o contato físico o máximo que pôde.

– Estou me recuperando – Raven respondeu com firmeza, desejando que fosse verdade.

– Eu já vi você antes! – Margaret parecia empolgada. – Você é aquela moça extraordinária que ajudou a polícia a pegar aquele monstro assassino em San Diego mais ou menos um mês atrás. De todos os lugares, que diabos você estaria fazendo aqui?

Raven esfregou a própria testa com a base da mão.

– Aquele tipo de trabalho é muito exaustivo, senhora Summers. Às vezes fico doente. Foi uma longa perseguição e eu precisava me afastar. Eu queria ir para um lugar remoto e bonito, um lugar marcado pela história. Um lugar onde as pessoas não me reconhecessem nem apontassem para mim como se eu fosse uma criatura estranha. As montanhas dos *Cárpatos* são lindas. Posso caminhar, ficar sentada quieta e deixar o vento levar embora todas as lembranças de uma mente perturbada da minha cabeça.

– Oh, minha querida.

Margaret esticou a mão em sinal de preocupação. Raven desviou rapidamente.

– Sinto muito, me incomoda tocar as pessoas depois de seguir uma mente problemática. Por favor, entenda.

Margaret meneou a cabeça.

– Claro, mas eu percebi que o seu jovem não viu nada de mais em tocar você.

Raven riu, agindo da maneira mais casual possível, olhando para o céu procurando o raio que ia atingi-la por mentir tanto.

– Estou tão acostumada com ele que nem penso nisso. Ele é autoritário, mas é muito bom para mim. Nós nos conhecemos há muito tempo. Sabe, Mikhail viaja bastante.

As mentiras escorregavam de sua boca.

– Não quero que ninguém saiba sobre mim, senhora Summers. Eu não gosto de publicidade e preciso ficar sozinha agora. Por favor, não conte a ninguém quem eu sou.

– Claro que não, querida, mas você acha que é seguro sair por aí sozinha? Existem animais selvagens nesta região.

– Mikhail me acompanha em pequenos passeios, e é claro que eu não saio por aí nas regiões mais selvagens à noite.

– Oh! – Margaret parecia mais tranquila. – Mikhail Dubrinsky? Todo mundo fala dele.

– Como eu disse, ele é superprotetor. Na verdade, ele gosta da comida da dona da pousada – ela confidenciou rindo e mostrando uma cesta de piquenique. – É melhor eu ir andando, ou vou me atrasar.

Margaret abriu caminho.

– Tenha cuidado, querida.

Raven acenou amigavelmente e saiu andando calmamente pelo caminho que levava para a floresta, pela trilha das montanhas. Por que ela se sentiu forçada a mentir? Raven gostava da solidão e nunca tinha sentido necessidade de se justificar para ninguém antes. Por algum motivo, ela não queria discutir a vida de Mikhail com ninguém, muito menos com Margaret Summers. A mulher parecia interessada demais nele. Não era nada que ela havia dito, estava nos olhos e na voz. Ela podia sentir Margaret Summers observando-a com curiosidade até que o caminho fez uma curva abrupta, e as árvores a engoliram.

Raven balançou a cabeça com tristeza. Ela estava se tornando tão reclusa, não queria se aproximar de ninguém, nem mesmo de uma velhinha simpática preocupada com sua segurança.

– Raven! Espere!

Ela fechou os olhos diante da intrusão. Onde estava a serenidade tranquila dessa região remota? Quando Jacob a alcançou, ela já tinha conseguido forçar um sorriso.

– Jacob, fico feliz que você tenha se recuperado depois de engasgar noite passada. Que sorte que o garçom sabia fazer a manobra de Heimlich.

Jacob franziu o rosto.

– Eu não engasguei com um pedaço de carne – ele disse, na defensiva, como se ela o estivesse acusando de não ter modos à mesa. – Todo mundo acha isso, mas não foi o que aconteceu.

– É mesmo? A maneira como o garçom segurou você...

A voz dela foi desaparecendo.

– Bom, você não ficou tempo suficiente para saber o que aconteceu – ele a acusou com irritação e as sobrancelhas estavam quase grudadas. – Você simplesmente deixou aquele... aquele Neandertal carregar você.

– Jacob – ela disse gentilmente –, você não me conhece, você não sabe nada sobre mim nem sobre a minha vida. Até onde você sabe, aquele homem podia ser meu marido. Eu estava muito doente na noite passada. Sinto muito se não fiquei, mas quando vi que você estava bem, não achei que seria apropriado vomitar na mesa de jantar.

– Como você conhece aquele homem? – Jacob quis saber, enciumado. – Os moradores daqui dizem que ele é o homem mais poderoso na região. Ele é rico, possui todos os títulos de petróleo. O que significa que ele suborna o governo daqui. Um verdadeiro homem de negócios, muito poderoso. Como você conheceu um homem como esse?

Ele estava se aproximando e Raven, de repente, deu-se conta de que os dois estavam sozinhos, isolados naquele lugar. Ele tinha um olhar mimado, petulante, distorcendo aquela beleza quase infantil. Jacob não a estava tocando, mas eles estavam próximos o suficiente para que ela visse a mente louca dele. Raven sabia que era uma grande parte das fantasias perversas dele. Jacob era um rapaz rico, achando que podia ter qualquer brinquedo que quisesse.

Ela sentiu um redemoinho em sua mente. *Raven? Você teme pela sua segurança?*. Mikhail vinha de um sono pesado, lutando para atravessar as camadas e chegar à superfície.

Agora Raven estava preocupada. Mikhail era um ponto de interrogação na mente dela. Ela não sabia o que ele faria, só que era protetor. Por si, por Mikhail, por Jacob, Raven precisava fazer Jacob entender que ela não queria nada com ele.

Eu posso cuidar disso, ela enviou uma resposta firme.

– Jacob – ela usou um tom firme de professora de escola –, acho melhor você ir embora e voltar para a pousada. Eu não sou o tipo de mulher para ser intimidada pela sua atitude. Isso é assédio, e eu não teria escrúpulos em registrar uma reclamação na polícia local, ou algo assim.

Ela segurou a respiração. Lá dentro da mente podia sentir Mikhail, ainda como um predador.

– Certo, Raven, aceite a oferta mais alta, como se você fosse uma prostituta. Tente encontrar um marido rico. Ele vai usar você e jogar fora, é isso que homens como Dubrinsky fazem! Vocês se merecem. E não venha chorar para mim quando ele deixá-la grávida e sozinha – Jacob gritou.

Ele vociferou algumas palavras horríveis e saiu batendo o pé.

Raven soltou a respiração lentamente, agradecida. *Viu só* – ela forçou uma risada em seus pensamentos –, *eu cuidei do problema sozinha, mesmo sendo pequena e feminina. Incrível, não é?*

Do outro lado da floresta, onde ela não podia ver, Jacob soltou um grito de horror, e o barulho foi diminuindo até se tornar um gemido. O rugido de um urso furioso se misturou com o segundo grito de Jacob. Algo pesado esmagou os arbustos na direção oposta a Raven.

Ela sentiu a risada de Mikhail, grave, satisfeita, muito masculina. *Muito engraçado, Mikhail. Jacob estava emanando medo, mas não dor. Você tem um senso de humor bastante questionável.*

Eu preciso dormir. Pare de se meter em confusão, mulher.

Se você não ficasse acordado a noite toda, não precisaria dormir durante o dia, ela o repreendeu. Como você trabalha?

Com um computador. Ele respondeu com um quê de orgulho na voz.

Um computador? Então você é um dos poucos sortudos.

Sim. Ele ocupa a mesa toda, mas é bem útil.

Agora, ela tinha certeza de que Mikhail estava se exibindo. Raven se flagrou rindo quando o imaginou com um computador. Ele não parecia pertencer a uma era com carros e computadores. Parecia mais com os moradores locais, com suas carroças e cavalos, mas Mikhail sabia mais sobre o mundo moderno do que ela.

Volte a dormir, bebezão. Eu posso me virar sozinha, muito obrigada, sem nenhum herói para me proteger.

Eu preferiria que voltasse para a segurança da pousada até que eu me levante. Havia um leve tom de comando na voz dele. Mikhail estava tentando suavizar seus modos com ela, e Raven se pegou sorrindo diante do esforço dele.

Não vai ser possível, então aprenda a conviver com isso.

Mulheres americanas são muito difíceis.

Ela continuou a subir a montanha, com a risada de Mikhail ecoando levemente em sua mente. Raven permitiu que a tranquilidade da natureza penetrasse em sua mente.

Os pássaros cantavam tranquilamente uns para os outros; o vento assobiava por entre as árvores. Havia flores de todas as cores cobrindo o campo, abrindo suas pétalas para o céu.

Raven foi mais alto, encontrando paz na solidão. Ela parou sobre uma rocha perpendicular sobre um campo cercado por florestas densas, comeu seu almoço e relaxou, desfrutando da paisagem.

Capítulo 4

Mikhail mudou de posição, permitindo que seus sentidos despertassem e vasculhassem o ambiente. Ele estava deitado em uma parte não muito profunda da terra, tranquilo. Nenhum humano havia se aproximado de seu lar, e o sol se poria dali uma hora. Ele emergiu da terra no porão frio e úmido. Enquanto tomava banho – adotando a maneira humana de se limpar – mesmo que não fosse necessário, sua mente foi até Raven para tocá-la. Ela estava descansando nas montanhas, desprotegida, com a escuridão que se aproximava. Ele franziu a testa. Aquela mulher não entendia nada de medidas de segurança. Mikhail teve vontade de sacudi-la, mas, mais que isso, queria pegá-la e mantê-la para sempre segura em seus braços.

Ele foi em direção ao pôr do sol, subindo as trilhas da montanha com sua rapidez peculiar. O sol tocava a pele dele, aqueceu sua frieza, o fez se sentir vivo. Os óculos escuros feitos especialmente para ele protegiam seus olhos extremamente sensíveis, mas ele ainda sentia uma ponta de desconforto, como se mil agulhas estivessem esperando para espetar-lhe os olhos. Conforme se aproximou da rocha em que Raven dormia, ele sentiu o cheiro de outro macho.

Rand. Mikhail mostrou as presas. O sol mergulhou depois da beira da montanha, lançando uma sombra escura sobre as colinas e banhando a floresta em segredos obscuros. Mikhail surgiu em uma área aberta, com os braços abertos e o corpo em uma combinação fluida de poder e coordenação. Ele era pura ameaça, um demônio à espreita, silencioso e mortal.

Rand estava de costas para ele, aproximando-se da mulher na rocha. Sentindo o poder no ar, ele se virou, com os belos traços marcados pelo luto e pela dor.

– Mikhail – a voz dele estava entrecortada, os olhos, baixos –, sei que você nunca vai me perdoar. Você sabia que eu não era o verdadeiro companheiro de Noelle. Ela não me deixava ir embora. Ela ameaçava se matar se eu a deixasse, se eu tentasse encontrar outra. Como um covarde, eu continuei com ela.

– Por que estou vendo você debruçando-se sobre a minha mulher? – Mikhail falou rispidamente, com a fúria crescendo até que um desejo de matar tomasse conta dele como uma coisa viva.

As desculpas de Rand o enojavam, por mais que fossem verdade. Se Noelle tinha ameaçado andar no sol, a questão devia ter sido levada a ele. Mikhail tinha poder suficiente para impedi-la de levar adiante seu comportamento destrutivo. Rand sabia bem que Mikhail era o príncipe da raça, o líder, e mesmo que eles não tivessem o mesmo sangue, Mikhail era capaz de ler o prazer perverso do macho em seu relacionamento doentio com Noelle, seu domínio sobre sua irmã e a obsessão dela.

Atrás deles, Raven se mexeu, sentou e tocou o cabelo como de hábito. Ela parecia sonolenta, *sexy*, uma sereia esperando por seu amante. Rand virou a cabeça para olhar para ela, havia algo sorrateiro e astuto em sua expressão. Ela sentiu instantaneamente um alerta de Mikhail para que ficasse quieta, a dor imensa de Rand, o ciúme e o ódio que sentia de Mikhail, a tensão entre os dois.

– Byron e Jacques me disseram que esta mulher está sob sua proteção. Eu não conseguia dormir e sabia que ela estava sozinha, sem proteção. Eu precisava fazer alguma coisa, ou teria decidido ir me juntar a Noelle.

Havia uma súplica por compreensão, se não perdão, mas Raven não estava convencida de que Rand estava sendo sincero em relação a nada do que dizia. Ela não sabia o porquê, pois a tristeza dele era real. Talvez desejasse desesperadamente o respeito de Mikhail e soubesse que não ia obtê-lo.

– Nesse caso, estou em dívida com você – Mikhail disse formalmente, tentando controlar seu ódio pelo homem que havia deixado desprotegida uma mulher que tinha acabado de dar à luz seu filho só para poder voltar a atormentá-la deliberadamente com o perfume de outra mulher em seu próprio corpo.

Raven deslizou da pedra, uma mulher pequena e frágil com compaixão em seus enormes olhos azuis.

– Eu sinto muito pela sua perda – ela murmurou gentilmente, tomando o cuidado de manter distância.

Aquele homem era o marido da mulher assassinada. A culpa e a dor percorriam seu corpo com um objetivo tortuoso, mas ela estava preocupada com Mikhail. Algo em Rand não estava bem. O interior dele estava revirado; não era mau, mas não estava bem.

– Obrigado – Rand disse brevemente, desdenhando da solidariedade dela.

Ele se voltou para o príncipe.

– Eu preciso do meu filho, Mikhail.

– Você precisa da terra que cura – Mikhail discordou calmamente, implacável em sua decisão, impiedoso em sua determinação.

Ele não entregaria um bebê precioso e indefeso para esse macho em seu estado atual.

O estômago de Raven deu um nó, revirou-se, e a dor foi para o seu coração diante da crueldade daquelas palavras. Ela só entendia parcialmente o que uma ordem de Mikhail significava. Aquele homem, sofrendo por sua esposa assassinada, estava sendo privado de seu filho, aceitando a palavra de Mikhail como uma lei absoluta. Ela sentiu a dor profunda de Rand como se fosse sua. No entanto, não podia deixar de concordar com a decisão do príncipe.

– Por favor, Mikhail. Eu amava Noelle.

Instintivamente, Raven sabia que Rand não estava pedindo seu filho.

A fúria escureceu as feições de Mikhail, crueldade em sua boca, um brilho vermelho em seus olhos.

– Não fale de amor para mim, Rand. Vá para a terra e se cure. Eu vou encontrar esse assassino e vingar minha irmã. Não vou mais me deixar influenciar pelo sentimento. Se eu não tivesse dado ouvidos aos apelos dela, Noelle estaria viva hoje.

– Não consigo dormir. É meu direito caçar.

Rand soava desafiador, irritado, como uma criança que quer ser tratada com respeito e igualdade, mas que sabia que isso nunca iria acontecer.

Um toque de impaciência, de ameaça, atravessou as feições duras de Mikhail.

– Então vou ordenar que você tenha o descanso de que seu corpo e sua mente precisam. Por mais que queira caçar os assassinos, você está tomado pela dor e propenso a cometer erros.

A voz dele estava o mais calma e neutra possível. Se não fosse a fúria que ardia em seus olhos pretos, Raven teria achado que Mikhail estava sendo gentil e carinhoso com o homem.

– Nós não podemos perder você, Rand – a voz dele se transformou em veludo, tentadora, dominadora.

Você vai dormir, Rand. Você irá até o Eric, e ele vai prepará-lo, cuidará de você. Você vai ficar lá até deixar de ser uma ameaça para si e para os demais.

Raven estava chocada e aflita diante do poder absoluto da voz de Mikhail, do poder que ele emanava como se fosse o esperado. Aquela voz podia produzir um transe hipnótico. Ninguém questionava a autoridade dele, nem mesmo sobre algo tão sério quanto uma criança. Raven mordeu o lábio, confusa com seus próprios sentimentos. Ele tinha razão sobre o bebê. Ela sentia que havia algo errado com Rand, mas, que um homem adulto acatasse a ordem de Mikhail, tivesse que obedecer a suas ordens, a assustava. Ninguém deveria ter uma voz dessas, um dom desses. Algo tão forte poderia ser usado com os propósitos errados, podia corromper facilmente quem o possuísse.

Eles levantaram, olhando um para o outro em meio à escuridão. Quando Rand foi embora, Raven podia sentir o peso da insatisfação de Mikhail pressionando-a. Ela levantou o queixo desafiadoramente. Ele se aproximou, movendo-se muito rápido, e seus dedos encontraram a garganta de Raven como se fossem estrangulá-la.

– Nunca mais repita esse comportamento irresponsável.

Ela piscou surpresa.

– Não tente me intimidar, Mikhail, não vai funcionar. Ninguém me diz o que fazer ou aonde ir.

Os dedos dele escorregaram até os pulsos de Raven, aumentaram a força e ameaçaram esmagar aqueles ossos frágeis.

– Não vou tolerar nenhuma tolice que possa colocar sua vida em risco. Já perdemos uma de nossas mulheres. Não vou perder você também.

Sua irmã, Mikhail havia dito. Compaixão misturada com autopreservação. A maior parte dessa discussão estava acontecendo porque ele estava com medo por Raven.

– Mikhail, você não pode me colocar em uma caixa nem me deixar em uma prateleira.

Ela foi o mais gentil possível.

– Não vou discutir sobre a sua segurança. Antes, você estava sozinha com um homem que estava pensando em tomá-la à força. Qualquer animal selvagem poderia ter atacado você e, se você não estivesse sob a minha proteção, em seu estado atual, Rand poderia tê-la ferido.

– Nada disso aconteceu, Mikhail.

Contrariando-se, ela tocou o rosto dele com dedos apaziguadores e gentis, uma carícia.

– Você tem bastante com o que se preocupar, responsabilidades suficientes, sem que eu me torne mais uma. Eu posso ajudar você. Você sabe que eu sou capaz. Já fiz isso antes.

Ele a puxou pelo pulso, fazendo-a perder o equilíbrio e cair contra o corpo viril dele.

– Você vai me deixar louco, Raven.

Os braços dele foram ao encontro dela, prendendo seu corpo delicado e esguio. A voz dele se transformou em uma carícia lenta, cativante, pura magia negra.

– Você é a única pessoa que eu quero proteger, mas você não obedece. Você insiste nessa independência. Todos os demais se apoiam na minha força, no entanto, você tenta me ajudar, dividir minhas obrigações.

Mikhail levou a boca à de Raven. Houve um tremor curioso no chão, uma faísca de eletricidade no ar em volta dele. Chamas lamberam a pele dela, aquecendo seu sangue. Cores giraram e dançaram na cabeça dela. A boca dele exigiu a dela, agressiva, masculina, totalmente dominadora, varrendo todos os pensamentos de resistência. Ela abriu a boca para ele, permitindo que Mikhail a explorasse em um ataque quente e doce. As mãos de Raven encontraram os ombros largos e o pescoço dele. O corpo dela parecia maleável, flexível como seda.

Mikhail queria pressioná-la contra o chão macio, arrancar aquelas roupas desagradáveis de seu corpo e torná-la inegavelmente dele. Havia inocência demais no sabor de Raven. Ninguém havia pedido para compartilhar o peso de seus incontáveis fardos. Ninguém, até aquela mortal miúda e frágil, havia sequer pensado no preço que ele pagava constantemente. Uma humana. Ela tinha tido a coragem de enfrentá-lo, e Mikhail não podia fazer nada além de respeitá-la por isso.

Os olhos dele se fecharam, saboreando a sensação do corpo dela contra o seu, o fato de que ele pudesse desejá-la com tanta intensidade. Ele a abraçou, desejando-a, precisando dela, ardendo por ela, sem nem entender como aquele incêndio podia consumi-lo. Com relutância, ele levantou a cabeça, com o corpo furioso.

– Vamos para casa, Raven.

Sua voz era pura sedução.

Um sorriso lento se formou na boca delicada de Raven.

– Eu não acho seguro. Você é o tipo de homem sobre quem minha mãe me alertou.

Mikhail manteve o braço possessivamente nos ombros dela, prendendo-a a ele. Ele não pretendia deixar que Raven saísse de seu lado de novo. O corpo dele a estava forçando na direção que queria que ela fosse. Eles andaram juntos em um silêncio cúmplice.

– Jacob não ia me machucar – ela afirmou de repente. – Eu saberia.

– Você não o estava tocando, pequenina, e que bom para ele.

– Ele, com certeza, é capaz de ser violento. É sempre difícil não perceber a violência.

Ela lançou um sorriso maroto.

– Isso gruda em você como uma segunda pele.

Ele puxou de leve a trança dela em retaliação pela provocação.

– Quero que você venha ficar na minha casa. Pelo menos até encontrarmos e nos livrarmos dos assassinos.

Raven deu vários passos em silêncio. Ele havia dito *nós*, como se fossem uma equipe. Isso a deixou feliz.

– Sabe, Mikhail, aconteceu a coisa mais estranha hoje. Ninguém na pousada nem no vilarejo parece ter ouvido falar do assassinato.

O dedo dele passeou pelo rosto delicado dela.

– E você não disse nada.

Raven lançou um olhar tranquilizador sob seus longos cílios.

– Claro que não. Fofocar não é uma diversão para mim.

– Noelle morreu de maneira cruel, insensível. Ela era a companheira de Rand...

– Você usou esse termo antes. O que isso significa?

– É como uma esposa ou um marido, só que mais – ele explicou. – Noelle deu à luz uma criança há dois meses. Ela era minha responsabilidade. Noelle não é assunto de fofoca. Nós mesmos vamos encontrar quem a matou.

– Você não acha que se há um *serial killer* solto em um vilarejo tão pequeno, as pessoas têm o direito de saber?

Mikhail escolheu as palavras com cuidado.

– Os romenos não correm perigo. E isso não é o trabalho de um indivíduo. Os assassinos querem dar fim à nossa raça. Os verdadeiros *Cárpatos* estão quase extintos. Temos inimigos cruéis que gostariam de nos ver mortos.

– Por quê?

Mikhail deu de ombros.

– Nós somos diferentes, temos certos dons, talentos. As pessoas têm medo do que é diferente. Você deve saber disso.

– Talvez eu tenha sangue *Cárpato* em mim – Raven disse com um tom melancólico.

Era bom pensar que ela podia ter um ancestral com o mesmo dom.

Mikhail sentiu por ela. A vida de Raven devia ter sido terrivelmente solitária. Mikhail queria envolvê-la em seus braços e mantê-la a salvo, protegida de todos os infortúnios da vida. O isolamento dele era *autoimportado*, Raven não tinha escolha.

– Nossos direitos sobre o petróleo e os minerais em um país em que tudo é propriedade do governo, onde os outros têm muito pouco, pode ser motivo de preocupação e ciúme. Eu sou a lei do meu povo. Eu lido com as ameaças à nossa posição e à nossa vida. Foi uma má decisão minha que colocou Noelle em perigo, e é meu dever caçar os assassinos dela e levar justiça até eles.

– Por que você não chamou as autoridades locais?

Ela estava se esforçando para entender, lidando com os sentimentos com cuidado.

– Eu sou a única autoridade do meu povo. Eu sou a lei.

– Sozinho?

– Eu tenho outros para caçar, muitos, na verdade, mas é minha responsabilidade. A responsabilidade única de todas as decisões é minha.

– Juiz, júri e executor? – ela adivinhou, prendendo a respiração enquanto esperava a resposta.

Os sentidos dela não mentiriam. Ela teria sentido a marca do mal em Mikhail, não importa quanto o escudo dele fosse bom. Ninguém podia ser tão bom que nunca escorregasse. Raven não se deu conta de que tinha parado de andar até que as mãos dele correram por seus braços, aquecendo seu corpo, que estava tremendo.

– Agora você está com medo de mim.

Ele disse gentil, exausto, como se Raven o tivesse magoado. E magoava. Mikhail queria que ela tivesse medo dele, havia deliberadamente provocado seu medo, mas agora, com o objetivo atingido, não era o que ele queria de jeito nenhum.

A voz dele tocou o mais profundo do coração de Raven.

– Eu não tenho medo de você, Mikhail – ela negou gentilmente, levantando o rosto para observar o dele sob o luar.

– Eu tenho medo por você. Um poder desse tamanho gera corrupção. Tanta responsabilidade leva à destruição. Você toma decisões de vida e morte que só Deus deveria tomar.

Ele acariciou a pele sedosa dela e acompanhou seu lábio inferior. Os olhos de Raven, já grandes, ficaram enormes naquele rosto pequeno, os sentimentos dela expostos para a admiração dele. Havia preocupação, compaixão, o começo de um amor e uma inocência tão doce que o tocou profundamente. Ela se preocupava com ele. Preocupava-se – como ninguém nunca havia feito.

Mikhail gemeu alto, desviando dela por autopreservação, por sua própria honra. Ela não fazia ideia do que estava oferecendo para alguém como ele. Mikhail sabia que não tinha força suficiente para resistir e se odiou por seu egoísmo.

– Mikhail.

Raven tocou o braço dele, lançando chamas que lhe percorreram a pele e aqueceram o sangue. Ele não havia se alimentado, e a combinação de amor, luxúria e fome era explosiva, inebriante, mas muito, muito perigosa. Como ele podia não amá-la quando estava dentro da mente dela, lendo seus pensamentos, conhecendo-a intimamente? Ela era a luz para a escuridão dele, sua outra metade.

Por mais que fosse proibido, provavelmente um erro da natureza, ele não podia deixar de amá-la.

– Me deixe ajudar. Divida essa coisa terrível comigo. Não se afaste de mim.

Apenas o toque da mão dela, a preocupação em seus olhos, a pureza e a verdade em sua voz, despertavam uma delicadeza desconhecida para ele.

Ele a puxou para si, totalmente consciente das necessidades urgentes do próprio corpo, o desejo intenso, um fogo em seu sangue que se recusava a ser extinto. Com um grito grave e animalesco, Mikhail a levantou, sussurrou uma ordem delicada para ela, e andou com toda rapidez que pôde.

Raven piscou e se viu no calor da biblioteca de Mikhail, com o fogo lançando sombras na parede, sem saber como tinha ido parar ali. A camisa de Mikhail estava aberta, expondo todos os músculos. Seus olhos pretos estavam fixos no rosto dela, observando com uma calma, uma atenção dignas de um predador. Ele não fez nenhuma tentativa de esconder seu desejo por ela.

– Vou dar uma última chance a você, pequenina – ele disse com uma voz áspera, séria, como se aquilo causasse dor em sua garganta. – Vou encontrar força para deixá-la ir embora se você pedir. Agora. Imediatamente.

O tamanho da sala os separava. O ar parou. Se Raven chegasse a viver 100 anos, aquele momento ficaria gravado para sempre na mente dela. Mikhail ficou parado, esperando a decisão de Raven de compartilhar seu ser com ele, ou condená-lo ao isolamento eterno. A cabeça erguida com orgulho, o corpo duro e firme, agressivamente macho, os olhos queimando de fome.

Ele extraiu cada pensamento são da cabeça de Raven. Se ela o condenasse, não estaria condenando-se ao mesmo destino? Alguém precisava amar aquele homem, cuidar dele um pouco. Como ele podia continuar tão sozinho? Mikhail esperou. Sem compulsão, sem sedução, apenas os olhos, a necessidade, o isolamento total do resto do mundo. Outros contavam com as forças dele, exigiam suas habilidades, mas não demonstravam afeto, não agradeciam por sua vigilância constante. Raven podia saciar aquela fome como ninguém mais poderia. Ela sabia instintivamente. Não haveria outra mulher para ele. Ele a queria. Precisava dela. Ela não podia virar as costas para Mikhail. – Tire o suéter – ele disse delicadamente.

Não havia outro caminho agora. Ele havia lido a decisão nos olhos dela, no leve tremor em seus lábios.

Ela recuou e seus olhos azuis se arregalaram. Muito lenta, quase relutante, Raven tirou a blusa, como se lá no fundo ela soubesse que estava dando a ele mais do que sua inocência. Ela sabia que estava dando sua vida a ele.

– A blusa.

Ela levou a língua aos lábios, umedecendo-os. O impulso em resposta do corpo de Mikhail foi selvagem, primitivo. Quando ela tirou a blusa de gola alta, as mãos dele foram para os botões da própria calça. O tecido estava estirado, prendendo-o, machucando-o. Ele teve o cuidado de usar a forma humana de tirar a roupa, porque não queria assustá-la ainda mais.

A pele nua de Raven brilhou na luz da lareira. As sombras tocaram os contornos do corpo dela. O quadril era estreito, a cintura, fina, enfatizando o volume dos seios. O homem nele inspirou profundamente, tomado pelo desejo; a fera nele rugiu para obter alívio.

Mikhail deixou a camisa cair no chão, sem ser capaz de suportar a sensação do tecido sobre sua pele supersensível. Um som se formou fundo na garganta dele, animal, feroz, um pedido forte e selvagem. Lá fora, o vento começou a ficar mais forte, as nuvens ameaçadoras cercaram a lua. Ele se livrou de suas roupas humanas e expôs o próprio corpo, músculos desenhados e uma necessidade pungente.

A garganta dela engolia convulsivamente enquanto soltava as alças de renda do sutiã, deixando a peça cair no chão. Seus seios se pronunciaram convidativamente, com os mamilos túrgidos e eróticos.

Ele atravessou a biblioteca em apenas um passo, sem se preocupar com explicações posteriores. Um instinto ancestral estava tomando conta dele. Ele arrancou o jeans do corpo dela com um único movimento e o jogou para o lado.

Raven gritou, seus olhos azuis foram tomados pelo medo diante da intensidade dele. Mikhail a acalmou com um toque, acariciando o corpo dela com as mãos, memorizando cada contorno.

– Não tenha medo, pequenina – ele sussurrou delicadamente. – Eu jamais machucaria você. Para mim, seria impossível fazer algo assim.

Os ossos dela eram pequenos, delicados, a pele, quente e sedosa. O cabelo se soltou diante dos dedos exploradores dele, roçando o corpo dele, enviando lanças na virilha de Mikhail. O corpo dele endureceu, furioso. Meu Deus, ele precisava tanto dela. Tanto.

A mão dele envolveu a nuca dela com uma força indestrutível, com o polegar inclinando a cabeça dela, expondo a garganta e revelado os seios para ele. A mão dele se moveu devagar, acompanhando a curva dos seios, demorando-se por um momento na marca no pescoço dela, fazendo-a arder e latejar, e voltando para a maciez aveludada. Ele acompanhou a linha do quadril, alimentando a própria fome, acalmando os medos dela. Mikhail passou os dedos pelo estômago liso dela e pela elevação do osso do quadril, parando sobre o triângulo de curvas macias entre as pernas de Raven.

Ela havia sentido aquele toque antes, mas aquilo era mil vezes mais potente. A mão de Mikhail gerou uma necessidade desesperada, uma sensação de afogamento, um mundo de pura sensação. *Ainaak enyem* – minha para sempre. Ela o ouviu sussurrar algo em voz baixa em sua língua nativa, e Mikhail a deitou no chão diante da lareira. O corpo dele era tão agressivo, prendendo o dela contra o chão de madeira, que por um momento ela teve a impressão de que um animal selvagem estava forçando sua parceira a se submeter a ele. Mikhail não havia se dado conta, até aquele momento, de como estava próximo de se transformar. As emoções, a paixão e a luxúria estavam rodopiando até que ele temesse pelos dois.

A luz das chamas fez uma sombra demoníaca sobre ele. Mikhail parecia enorme, invencível, um animal perigoso que se curvava sobre ela.

– Mikhail – ela disse o nome dele delicadamente, levantando a mão para acalmar as feições modificadas dele, precisando que ele fosse mais devagar.

Ele a segurou e prendeu-lhe os dois pulsos com a mão, levantou os braços dela acima da cabeça e os manteve lá.

– Eu preciso da sua confiança, pequenina.

A voz dele era uma combinação de necessidade rouca e magia negra aveludada.

– Dê a sua confiança. Por favor, me dê a sua confiança.

Ela estava com tanto medo, tão vulnerável, estirada como em um sacrifício pagão, como uma oferenda para um deus morto há muito tempo. Os olhos dele passeavam por ela, quentes, brilhantes, queimando-a onde quer que seu olhar parasse. Raven ficou lá parada sob a enorme força de Mikhail, sentindo sua determinação implacável, ciente de alguma luta terrível dentro dele. Os olhos azuis dela passearam pelas linhas fortes do rosto dele: a boca, tão sensual, capaz de tanta crueldade; os olhos, queimando de tanta necessidade. Raven moveu o corpo, testando a força dele, sabendo que seria impossível fazê-lo parar. Ela teve medo do encontro deles porque não tinha certeza de si, do que esperar, mas acreditava nele. A sensação do corpo macio e nu dela movendo-se sob ele só o deixou mais excitado. Mikhail gemeu o nome dela, acariciou-lhe a coxa e encontrou o centro quente.

– Confie em mim, Raven. Eu preciso da sua confiança.

Os dedos de Mikhail exploraram aquela zona aveludada, examinando, clamando e produzindo uma onda de líquido quente. Ele mergulhou a cabeça para sentir o gosto da pele, a textura, o perfume dela.

Raven gritou delicadamente quando a boca quente dele encontrou seu seio, quando os dedos foram mais fundo em seu centro. O corpo dela ondulou de prazer. Ele desceu ainda mais, refazendo o caminho das mãos com a língua. A cada movimento, o corpo dele enrijecia, o coração se abria, e a fera enjaulada se tornava mais forte. Uma companheira. Dele. Ele inspirou o perfume dela profundamente, trazendo-a para a essência do próprio corpo; e a língua de Mikhail passeou por ela lentamente, em uma longa carícia.

Ela se moveu de novo, ainda incerta, mas se acalmou quando Mikhail levantou a cabeça e olhou para ela com uma possessividade evidente ardendo nos olhos. Deliberadamente, ele separou os joelhos dela, expondo sua vulnerabilidade. Com os olhos fixos nos dela, como um aviso, ele abaixou a cabeça e sugou.

Lá no fundo, Mikhail reconheceu que ela era muito inocente para aquele tipo específico de amor selvagem, mas ele estava determinado a fazê-la conhecer o prazer da união deles, o prazer que daria a ela não uma sugestão hipnótica. Ele havia esperado tempo demais por uma companheira, séculos intermináveis de fome, escuridão e total desolação. Ele não conseguia ser gentil e ter consideração quando seu ser inteiro exigia que ela pertencesse a ele, completamente e para sempre. Mikhail sabia que a confiança dela era tudo. A fé de Raven nele seria sua proteção.

O corpo dela convulsionou; Raven gritou. Mikhail se colocou sobre ela, saboreando a sensação de sua pele, sua maciez – como ela era delicada. Cada detalhe, não importava quão pequeno, ficou gravado na mente dele, tornou-se parte do prazer selvagem a que ele estava se entregando.

Ele soltou os pulsos dela e mergulhou para beijar-lhe a boca, os olhos.

– Você é tão linda, Raven. Seja minha. Seja apenas minha.

Mikhail estava pressionando o corpo dela e o próprio corpo imóvel, com os músculos contraídos, incrivelmente fortes, tremendo de desejo por ela.

– Não poderia haver mais ninguém, Mikhail – ela respondeu delicadamente, e os dedos dela acalmaram a pele em chamas dele.

Raven acalmou as linhas de desespero profundo do rosto dele, deliciou-se na sensação do cabelo dele em suas mãos.

– Eu confio em você, só em você.

Mikhail segurou o quadril dela com as mãos.

– Eu vou ser o mais gentil que puder, pequenina. Não feche os olhos, fique comigo.

Ela estava tomada por um líquido quente, pronta para ele, mas, quando Mikhail começou a se acomodar dentro dela, Raven sentiu uma barreira protetora. Ela buscou ar, endurecida.

– Mikhail.

Havia pânico na voz dela.

– Só por um momento, pequenina, e então vou levar você para o céu.

Ele esperou o consentimento de Raven, esperou e ardeu de agonia. Os olhos azuis dela brilharam e se fixaram em Mikhail com uma confiança maravilhosa. Ninguém da raça dele ou dela, ao longo dos séculos, havia olhado para ele como Raven estava fazendo agora. Mikhail avançou, enterrando-se nas camadas apertadas e quentes dela. Ela gemeu delicadamente e ele mergulhou para encontrar a boca de Raven para apagar a dor com a própria língua. Mikhail se segurou, sentiu o coração dos dois batendo ao mesmo tempo, o sangue correndo nas veias dos dois, o corpo dela se ajustando para acomodá-lo.

Ele a beijou gentil, carinhosamente, abrindo a própria mente o máximo que já ousou fazer, querendo compartilhar seu ser com ela. O amor de Mikhail era selvagem, obsessivo, protetor, com certeza não era dado facilmente, mas havia sido dado completamente para ela. Então ele se mexeu, devagar e com cuidado, a princípio julgando a reação dela por seu rosto expressivo.

As exigências do corpo de Mikhail começaram a se impor. O fogo percorreu a pele dele, rugindo dentro da barriga dele. Seus músculos se contraíram, flexionaram, pequenas gotas de suor se formaram em sua pele. Ele a trouxe mais para perto, tomando-a para si, e seu corpo se afundou no dela repetidas vezes, ocupado em saciar a fome insaciável.

As mãos de Raven foram até o peito dele, movendo-se como se estivessem protestando. Ele grunhiu um aviso e mergulhou até o ponto sobre o seio esquerdo dela, era uma pele aveludada, delicada e macia, uma proteção quente.

Ardendo, ele começou a mover com mais força, buscando alívio da única maneira que podia. Ele era um; Raven era a outra metade dele. Ela se moveu de novo, afastando-se dele, um grito sem voz nem articulação revelou o medo diante das ondas de prazer que a consumiam. Ele gemeu de novo, o animal protestando, cravando suas presas fortes no côncavo do ombro dela, prendendo-a ao chão da biblioteca.

O fogo aumentou ainda mais, turbulento, fora de controle. O trovão soou, fazendo tremer a casa enquanto um raio depois do outro castigavam o chão. Ele rugiu, um grito para os céus, enquanto a levava consigo para fora da Terra. Repetidas vezes, dor e prazer juntos, uma necessidade cada vez maior. A fonte do corpo dele derramando e despertando uma forma voraz e sensual, com a fera dentro dele totalmente excitada.

A boca de Mikhail deslizou do ombro dela, percorreu um caminho pela garganta até encontrar a batida ritmada do coração de Raven sob seu seio farto, sedutor. A língua dele acariciou o mamilo enrijecido e voltou a percorrer a curva do seio, uma, duas vezes. Suas presas se cravaram, e ele se alimentou, tomando o corpo dela de novo, quente e rápido, insaciável em seu transe sexual. O gosto dela era doce, límpido e muito viciante. Ele a desejou cada vez mais, o poder e a força aumentando em seu corpo, aumentando cada vez mais o ritmo, mergulhado cada vez mais fundo nela, levando-a a outro orgasmo avassalador.

Raven lutava consigo, não reconhecendo Mikhail na fera cujas emoções eram pura fome sensual e apetite voraz. O corpo dela reagia ao dele, parecendo infinito na necessidade dele. A boca de Mikhail queimava e torturava a pele dela, alimentando um clímax interminável e em espiral. Ela podia sentir que estava enfraquecendo, uma euforia curiosa tomando conta dela, lânguida e *sexy*. Ela puxou a cabeça de Mikhail para si, entregando-se à terrível fome dele enquanto o corpo dele convulsionava sem parar.

Foi a aceitação dela que o trouxe de volta à sanidade. Aquela mulher não estava em transe, estava se oferecendo por vontade própria porque sentia a necessidade voraz dele, porque confiava que ele pararia antes de machucá-la, antes de matá-la.

A língua de Mikhail passeou pelo seio dela, fechando a ferida. Ele levantou a cabeça, seus olhos escuros ainda brilhavam com a fera, o gosto dela ainda estava em sua boca, em seus lábios. Ele vociferou discreta e amargamente, odiando-se completamente. Raven estava sob sua proteção. Mikhail nunca havia odiado tanto a si nem a sua própria raça. Ela se entregou livremente, e ele a tomou de maneira egoísta, a fera nele era tão forte que havia cedido ao êxtase de se unir à sua companheira.

Ele tomou aquele corpo enfraquecido, aninhando-a nos braços.

– Você não vai morrer, Raven.

Mikhail estava furioso consigo. Ele tinha feito aquilo de propósito? Em algum canto escondido de sua mente, será que havia desejado que aquilo acontecesse. Ele tentaria encontrar a resposta outro dia. Naquele momento, ela precisava de sangue, rápido.

– Fique comigo, pequenina. Eu continuo neste mundo por sua causa. Você precisa ser forte por nós dois. Você consegue me ouvir, Raven? Não me deixe. Eu posso fazê-la feliz. Eu sei que posso.

Ele fez um corte lacerante no próprio peito e colocou a boca de Raven no líquido escuro que escorria da abertura.

Beba, me obedeça dessa vez. Ele sabia que não devia fazê-la beber direto de sua carne, mas precisava segurá-la, precisava da sensação de sua boca delicada em sua pele, sugando sua essência, o sangue de sua vida, para aquele corpo faminto.

A obediência dela foi relutante, o corpo dela ameaçava rejeitar o fluido da vida. Raven engasgou, tentou desviar a cabeça. Inflexivelmente, ele a prendeu em si.

– Você vai viver, pequenina.

Beba bastante.

A vontade dela era incrivelmente forte. Nem mesmo sua própria raça exigia tanto esforço para se submeter. Claro, seu povo confiava nele, queria obedecer. Ainda que Raven não soubesse o que ele estava dando a ela à força, alguma sensação profunda de preservação lutava contra as ordens. Não importava. A vontade dele prevaleceria. Sempre prevalecia.

Mikhail a levou para seu próprio quarto e amassou ervas de cura em volta da cama, cobrindo o corpo pequeno e inerte dela. Ele a colocou em um sono profundo. Em uma hora, ele a faria beber de novo.

Parado, olhando para Raven, ele sentiu vontade de chorar. Ela era tão linda, um tesouro raro e precioso que ele havia tratado com crueldade, quando deveria tê-la protegido da fera que tinha dentro de si. *Cárpatos* não eram humanos. O sexo entre eles era intenso e selvagem. Raven era jovem, inexperiente, humana. Mikhail não tinha sido capaz de manter as próprias emoções recém-adquiridas sob controle no calor da paixão.

Dedos trêmulos tocaram o rosto dela, uma carícia leve, e então ele abaixou para beijar sua boca macia. Com uma maldição, ele virou e saiu do quarto. As proteções eram as mais fortes que conhecia, mantendo-a lá dentro, e tudo e todos para fora.

A tempestade castigava do lado de fora, tão furiosa e turbulenta quanto sua alma. Mikhail deu dois passos rápidos e se lançou ao céu, voando até o vilarejo. Os ventos giravam e gritavam à sua volta. A casa que ele buscava não era maior que uma pequena cabana. Mikhail parou diante da porta com o rosto tomado pela tormenta.

Edgar Hummer abriu a porta em silêncio, abrindo caminho para que ele entrasse.

– Mikhail – a voz era gentil.

Edgar Hummer tinha 83 anos. A maioria deles tinha se passado a serviço do Senhor. Ele se considerava muito privilegiado por fazer parte dos poucos amigos de verdade de Mikhail Dubrinsky.

Mikhail enchia a sala com sua presença, seu poder. Ele estava agitado, muito perturbado e andava sem parar. A tempestade lá fora aumentava a fúria e a força.

Edgar se acomodou em uma cadeira, acendeu seu cachimbo e esperou. Ele nunca tinha visto Mikhail sem estar completamente calmo e sem emoções. Aquele era um homem perigoso, um homem que Edgar nunca tinha visto.

Mikhail golpeou a lareira de pedras, criando uma rede de linhas finas nas rochas.

– Eu quase matei uma mulher hoje – ele confessou duramente, com os olhos atormentados. – Você me disse que Deus nos fez com um propósito, que fomos criados por ele. Eu sou mais fera que homem, Edgar, e não posso continuar me iludindo. Eu iria em busca do *descanso eterno*, mas até isso me foi negado. Assassinos estão perseguindo o meu povo. Eu não tenho o direito de deixá-los até saber que estão protegidos. Agora minha mulher está em perigo, não só por mim, mas pelos meus inimigos.

Edgar deu calmamente uma baforada de seu cachimbo.

– Você disse *minha mulher*. Você ama essa mulher?

Mikhail deu um aceno de menosprezo.

– Ela é minha.

Era uma declaração, um decreto. Como ele podia dizer *amor*? Era uma palavra insípida para o que sentia. Ela era pureza. Generosidade. Compaixão. A outra metade da alma de Mikhail. A luz de sua escuridão. Tudo o que ele não era.

Edgar assentiu.

– Meu amigo, você está apaixonado por ela.

Mikhail franziu a testa.

– Eu preciso. Eu tenho fome. Eu quero. Essa é a minha vida – ele respondeu atormentado, como se pudesse transformar aquilo em verdade.

– Então por que você está sofrendo tanto, Mikhail? Você a desejou, talvez precisasse dela. Eu imagino que você a tenha tomado porque estava com fome, e presumo que tenha se alimentado. Por que você deveria sofrer?

– Você sabe que é errado tomar o sangue de mulheres por quem temos outros desejos.

– Você disse que não tem desejo sexual há séculos, que não sente absolutamente nada – Edgar o fez lembrar gentilmente.

– Sinto muito por ela – Mikhail confessou, com os olhos escuros tomados pela dor. – Eu a desejo todos os momentos do dia. Eu preciso dela. Meu Deus, eu preciso tê-la. Não apenas o corpo dela, mas também seu sangue. Estou me viciando no sabor dela. Eu a desejo por inteiro, mas é proibido.

– Mas você tomou o sangue dela mesmo assim, sabendo que é errado?

– Eu quase a matei.

Mikhail passou a mão pelo rosto, como se pudesse limpar as coisas que havia feito.

– Mas você não a matou. Ela ainda está viva. Ela não deve ter sido a primeira que você se alimentou com força demais. As outras vezes o fizeram sofrer?

Mikhail desviou o olhar.

– Você não entende. Foi a maneira como aconteceu, o que eu fiz depois. Eu temi desde o primeiro momento em que ouvi a voz dela.

– Se nunca tinha acontecido antes, por que você teve medo?

Mikhail inclinou a cabeça e transformou os dedos em punhos.

– Porque eu a queria, não podia suportar a ideia de abrir mão dela. Eu queria que ela me conhecesse, visse o pior, me visse por inteiro. Eu queria ligá-la a mim para que nunca saísse do meu lado.

– Ela é humana.

– Sim, e tem habilidades, uma conexão mental comigo. Compaixão. Ela é inocente, padre. Eu disse a mim mesmo que não faria aquilo, que era errado, mas eu sabia que faria.

Tê-lo chamado de *padre* era uma medida do quanto ele estava angustiado.

– E mesmo sabendo que você faria algo que considera errado, você ainda assim fez. Deve ter tido um bom motivo.

– Egoísmo. Você não está me ouvindo? Eu, eu, eu. Tudo para mim. Eu encontrei uma razão para continuar com a minha existência e tomei algo que não me pertencia e, ainda assim, mesmo agora, conversando com você, eu sei que não vou abrir mão dela.

– Aceite a sua natureza, Mikhail. Aceite-se como você é.

A risada de Mikhail foi amarga.

– Tudo é tão claro para você. Você diz que eu sou um filho de Deus. Eu tenho um propósito, eu devia aceitar minha natureza. Minha natureza é tomar o que acho que é meu, segurar e proteger. Acorrentá-la ao meu lado se necessário. Eu não posso deixá-la ir embora. Não posso. Ela é como o vento, aberta e livre. Se eu aprisionar o vento, ele morre?

– Então não o aprisione, Mikhail. Confie que ele vai ficar ao seu lado.

– Como eu posso proteger o vento, Edgar?

– Você disse que não pode, Mikhail. Você não pode deixá-la ir embora. Não que não deixaria, não vai deixar. Você disse que não pode. Há uma diferença.

– Para mim. E ela? Que escolha estou dando a ela?

– Eu sempre acreditei em você, na sua generosidade e na sua força. É muito possível que a jovem também precise de você. Você ouviu as lendas e mentiras associadas ao seu povo por tanto tempo que está começando a acreditar nessas bobagens. Para um verdadeiro vegetariano, um carnívoro pode ser repulsivo. O tigre precisa do cervo para sobreviver. Uma planta precisa de água. Todos nós precisamos de alguma coisa. Você toma o que precisa. Ajoelhe-se, receba a bênção de Deus e volte para a sua mulher. Você vai encontrar uma maneira de proteger seu vento.

Mikhail ajoelhou obedientemente, abaixou a cabeça, permitindo que a paz e as palavras do homem mais velho o confortassem. Lá fora, a fúria da tempestade diminuiu abruptamente, como se a raiva tivesse passado e agora pudesse desfrutar dos resultados.

– Obrigado, padre – Mikhail sussurrou.

– Faça o que for preciso para proteger sua raça, Mikhail. Aos olhos de Deus, são filhos Dele.

Capítulo 5

Mikhail colocou os braços em volta da forma delicada do corpo de Raven e puxou-a para perto de seu corpo forte, que se curvou protetoramente em volta do dela. Ela dormia profundamente, seu corpo estava leve, seu rosto, pálido. Havia marcas profundas embaixo dos olhos. Ele murmurou delicadamente.

– Eu sinto muito por isso, pequenina, sinto muito por tê-la colocado nessa posição. Pela fera que sou, sei que faria de novo. Você não vai morrer, eu não vou permitir.

Ele fez uma linha sobre a veia no próprio pulso e encheu o copo ao lado da cama com o líquido escuro. *Ouça, Raven. Você precisa beber isso. Obedeça-me.* Ele colocou o copo nos lábios pálidos dela, derramando um pouco do conteúdo pela garganta. O sangue dele era muito restaurador e ia garantir-lhe a vida.

Raven engasgou, tossiu e tentou desviar a cabeça como havia feito antes. *Você vai beber tudo.* A ordem dele foi mais forte desta vez. Ela detestava aquilo, seu corpo estava lutando para rejeitá-lo, mas a força da vontade dele venceu, como sempre.

Mikhail! Ele ouviu o grito triste em sua mente – um protesto, mesmo embaixo de camadas de sono.

Você precisa beber, Raven. Continue confiando em mim. Ele a encorajou.

Ela relaxou, obedecendo-o com relutância antes de voltar ao sono profundo. Mikhail viu rapidamente nos pensamentos confusos dela o redemoinho de emoções aflitas. Ela acreditava que estava lutando com um pesadelo. A cor em seu rosto estava melhor. Satisfeito, Mikhail deitou-se ao lado dela. Por um momento, ele considerou apagar as lembranças dela da perda de sua inocência, mas não ia decidir arbitrariamente por Raven. Ela tinha de ser capaz de viver com quem e o que ele era.

Ela se lembraria da troca de sangue apenas como uma parte do pesadelo. Ele se apoiou em um cotovelo e se demorou estudando o rosto dela, os longos cílios, a pele perfeita e as altas maçãs do rosto. Não era apenas a beleza, ele sabia disso, era o que havia dentro dela, a compaixão e a luz que permitiam que Raven aceitasse a natureza selvagem e indomada dele.

Estava além do que podia imaginar que tamanho milagre pudesse acontecer. Justo quando Mikhail sentiu que ia andar sob o sol sem hesitação, um anjo tinha sido enviado. Um sorriso lento suavizou sua boca. O anjo se recusava a fazer qualquer coisa que ele mandasse. Ela reagia muito melhor quando ele pedia. Fazia muito tempo que Mikhail estava acostumado com a obediência de todos sob sua proteção. Ele precisava lembrar que Raven era mortal, criada em uma época diferente, com valores diferentes. Estava gravado nos machos *Cárpatos* antes de seu nascimento que era seu dever proteger mulheres e crianças. Com poucas mulheres e com nenhum nascimento de meninas por séculos, era essencial proteger todas as mulheres que tivessem.

Raven era mortal, não *Cárpato*. Não pertencia ao mundo dele. Quando fosse embora, ela levaria a cor e as emoções dele junto. Levaria o ar que ele respirava. Mikhail fechou os olhos para afastar o pensamento. Onde encontraria forças para deixá-la ir embora? Ele tinha tanto para fazer antes do nascer do sol. Ele queria ficar com ela, abraçá-la, persuadi-la a não deixá-lo, dizer a ela o que estava guardado em seu coração, dizer o que Raven significava para ele, que ela não podia deixá-lo, que ele podia não sobreviver. Ele não sobreviveria.

Mikhail suspirou profundamente e levantou de novo. Era preciso se reabastecer, começar o trabalho. Novamente, ele esmagou ervas que curavam e a fez dormir ainda mais profundamente. Ele foi meticuloso sobre as proteções em sua casa e acrescentou uma ordem para as criaturas na floresta: se alguém se aproximasse de seu lar ou a ameaçasse de qualquer maneira, ele saberia imediatamente.

Após o chamado de Mikhail, Jacques e Byron o encontraram nas árvores acima da casa de Noelle e Rand. Assim que o corpo foi descoberto, ele foi apropriadamente queimado, como era o hábito.

– Vocês encostaram-se a mais alguma coisa? – Mikhail perguntou.

– Apenas no corpo. Todas as roupas e objetos pessoais foram deixados como nós encontramos – Byron garantiu. – Rand não voltou para casa. Você sabe que eles devem ter deixado algum tipo de armadilha para você. Eles vão usar todo tipo de tecnologia que puderem inventar; câmeras, tenho certeza.

As feições sombrias estavam preocupadas.

– Eles acreditam em todas as lendas. Estacas, alho, decapitação. São tão previsíveis e primitivos.

Havia desprezo na voz dele, ódio pelos assassinos.

– Eles têm tanto trabalho para aprender sobre nós antes de nos condenar à morte. Eu gostaria que conhecessem um vampiro de verdade.

Byron e Jacques trocaram um olhar desconfortável. Mikhail com aquele humor podia ser letal. Os olhos sombrios, ardendo de fúria, passearam pelos dois.

– Fiquem e observem. Se eu tiver problemas, saiam. Não se mostrem – ele hesitou. – Se algo sair errado, vou pedir um favor.

Mikhail assumiu um tom formal do Velho Mundo. Byron e Jacques dariam a vida por ele. Era um privilégio raro que o príncipe de seu povo pedisse um favor.

– Minha mulher dorme profundamente. Ela está descansando na minha casa. Há muitas proteções perigosas. Vocês precisam ter cuidado e serem meticulosos para desfazê-las. Ela precisa ser curada, precisa aprender a se proteger e, se decidir, ficar sob nossa proteção. Pela nossa linhagem de sangue, Jacques, você vai herdar o manto da liderança. Acredito que ele deve ser oferecido a Gregori neste momento, para que você tenha o tempo de que precisa para aprender a liderar. Se Gregori se recusar a aceitá-lo – e ele provavelmente vai –, meu manto deve passar para você, Jacques. Não vai ser do agrado dele, como eu suspeito que você já saiba. Se for o caso, precisará garantir a lealdade de Gregori e de seu povo a você. Faça essas coisas por mim. Byron, você vai ajudar Jacques assim como Gregori me ajudou. Vocês dois vão jurar aliança a Gregori, caso ele aceite. E, Jacques, nunca se esqueça de que como *receptáculo* de seu povo, você precisa de alguém da linhagem *Daratrazanoff* como braço direito e protetor.

Ambos responderam de maneira formal, proferindo as palavras que os ligavam ao seu juramento. Byron limpou a garganta.

– Você... quero dizer, ela é uma de nós?

Ele fez a pergunta com muito cuidado. Todos sabiam que os vampiros haviam tentado converter mulheres humanas. Eles até haviam discutido a possibilidade de tentar, porque estavam em uma situação desesperadora. O risco era muito maior que as vantagens. As mulheres convertidas haviam enlouquecido, assassinado as crianças, e não tinha sido possível salvá-las. *Cárpatos* nasciam com habilidades e aprendiam uma disciplina rígida. Os poucos que quebraram as regras eram tratados pronta e duramente. A raça respeitava todas as formas de vida. Por causa do seu enorme poder, tinha de ser assim.

Mikhail balançou a cabeça.

– Eu sei que ela é minha verdadeira companheira.

As palavras dele foram breves, duras, desafiando-os a continuar a inquisição, alertando-os de que o risco era dele.

– Eu não a liguei a mim. Ela é mortal e seria errado.

– Faremos como você quiser – Byron garantiu com um olhar desconfortável para Jacques, que parecia mais satisfeito do que preocupado.

Mikhail se dissolveu com facilidade, deslizou por entre os galhos grossos de pinheiro. Quando chegou ao chão, assumiu a forma de um lobo. A névoa não podia acompanhar um cheiro, e ele precisava das habilidades únicas de seus irmãos peludos. Ele encontraria o rastro e o seguiria. Afinal, antes de tudo, acima de qualquer outra coisa, ele era um predador. Sua inteligência aguçada só servia para aumentar suas habilidades de caça.

O lobo deu a volta na clareira com cuidado, com o focinho próximo ao chão, examinando cada árvore nas redondezas da casa. O lobo sentiu o cheiro da morte. Ele encheu suas narinas com o odor azedo e pungente. O lobo começou a cruzar o chão, cobrindo cada centímetro em sua busca, identificando o cheiro de Rand, Eric e Jacques. Ele descobriu por onde os assassinos tinham se aproximado da casa. Três, não, quatro homens. Ele se demorou em cada cheiro até que estivessem bem-gravados na mente. E levou um tempo desvendando a história macabra e horrível.

Os homens haviam se aproximado de maneira furtiva, arrastando-se de uma área coberta até a outra. O lobo seguiu o caminho deles, desviando de vez em quando para vasculhar o terreno, procurando armadilhas escondidas. Ele parou na porta, rodeou-a com cuidado e se afastou. De repente, suas patas traseiras afundaram na terra, e ele se jogou em uma janela, estilhaçando o vidro e caindo a quase dois metros dentro do cômodo. Do lado oposto da porta havia uma câmera que seria acionada quando alguém abrisse a porta.

Bem no fundo do corpo do lobo, a risada de Mikhail foi sombria e sem nenhum humor. Os quatro assassinos haviam retornado à cena de seu horrível assassinato para instalar câmeras para tirar fotos de seu povo, o que significava que eles não faziam ideia de quem era *Cárpato* e quem era humano. Se os assassinos tivessem brios, teriam ficado e esperado para que o corpo fosse descoberto. Eles tinham realizado seu ato brutal e fugido como os covardes que eram.

Bile subiu até a garganta dele. O lobo balançou a cabeça e uivou baixo. Três cheiros eram desconhecidos para ele, o quarto era muito familiar. Um traidor. Quanto dinheiro ele teria recebido para entregar Noelle para os assassinos? O lobo saltou de novo, atravessando uma segunda janela. A câmera tiraria fotos de um lobo enorme, um movimento borrado de vidro estilhaçado, névoa e o lobo de novo. Apenas Mikhail, e alguns outros caçadores, Jacques e Gregori, Aidan e Julian, eram capazes de mudar de forma com tamanha rapidez. Ele começou a refazer os passos dos assassinos. Um cheiro se separava dos demais, entrava na floresta, saía perto da mata muito perto da cabana de Edgar Hummer e do consultório do doutor Westhemer. O lobo ficou nas árvores, olhando para a pequena casa atrás do consultório com olhos fixos, vermelhos e cruéis. De repente, deu meia-volta, voltou para onde os assassinos se separaram e acompanhou a trilha dos outros três. Ela levou direto à pousada onde Raven estava hospedada.

Mikhail se juntou a Byron e Jacques no topo da árvore.

– Três deles estão na pousada. Vou reconhecê-los quando estiver perto deles. Amanhã vou acompanhar minha mulher para lá para que ela pegue seus pertences. Enquanto estiver lá, vou poder sentir os cheiros. Não dá para saber se existem outros envolvidos. Até descobrirmos, precisamos ter muito cuidado. Eles têm uma câmera instalada na casa. O mecanismo que a dispara está na porta. Todos precisam ficar longe de lá.

Os dois *Cárpatos* concordaram. Mikhail ficou em silêncio por um longo momento.

– Celeste é paciente do doutor Westhemer? – ele finalmente perguntou com delicadeza.

– Acho que ela se consulta com a esposa de Hans Romanov. Ela trabalha com o médico e faz o parto da maioria dos bebês – Jacques respondeu.

– E Eleanor? – Mikhail perguntou.

Jacques se mexeu com desconforto.

– Acho que sim.

– Essa mulher acompanhou o parto de Noelle?

Byron limpou a garganta.

– Noelle teve o bebê em casa com a ajuda de Heidi Romanov. Rand estava lá. Eu vim quando ele chamou. Depois que a parteira foi embora, Noelle teve uma hemorragia. Rand teve de dar sangue para ela. Eu fiquei com Noelle enquanto Rand caçava. E não, a senhora Romanov não viu nada disso. Não havia ninguém perto, eu teria sabido.

– Foi Hans Romanov que levou os outros até Noelle. Eu não sei se a esposa dele estava envolvida, mas alguém informou os assassinos de que os *Cárpatos* estavam se reproduzindo – Mikhail explicou tudo no mesmo tom. Seus olhos queimavam, brilhando, seu corpo tremia de raiva, suas mãos se abriam e fechavam, a voz estava em perfeito controle. – É preciso saber se a mulher está envolvida.

– Ela deve estar – Byron falou sem pensar. – Por que estamos esperando?

– Porque não somos os animais bárbaros que esses homens malignos nos consideram. Precisamos saber se a parteira é uma traidora. E não é nosso papel fazer justiça, Byron. Tirar uma vida não é algo fácil com o que se conviver. Cada morte traz sussurros obscuros da tentação cada vez mais perto até que a tentação do vampiro é tão forte que se torna impossível resistir.

Mikhail sentia o peso de cada uma daquelas vidas ao longo dos séculos, mas conforme seu poder e suas responsabilidades aumentavam, também aumentava a facilidade com que ele matava. Enquanto suas emoções diminuíam, apenas sua vontade e seu senso de certo e errado o impediam de perder sua alma para os insidiosos sussurros da escuridão que lutavam pela supremacia.

– O que você quer que façamos? – Jacques perguntou.

– Não é seguro que Eleanor e Celeste fiquem em suas casas. E chega de visitas à parteira. Leve Celeste para a minha casa sobre o lago. Eric vai poder estudar as artes antigas, as quais ele negligenciou. É um lugar fácil de defender. Eleanor não pode viajar para tão longe.

– Elas podem ficar na minha casa – Byron ofereceu. – Vão estar mais perto se precisarem de ajuda.

Eleanor era irmã dele, e Byron sempre a amou profundamente. Apesar de as emoções dele terem desaparecido há muito tempo, ele se lembrava de como era ter uma irmã.

– É arriscado. Se a sua relação for conhecida, e ela for uma suspeita, ou se vocês foram vistos ajudando Rand… – Mikhail balançou a cabeça, sem gostar da ideia. – Talvez elas devam ficar na minha casa.

– Não! – os protestos simultâneos foram instantâneos e firmes. – Não, Mikhail, não podemos passar o risco para você.

Jacques parecia aflito.

– Nossas mulheres vêm primeiro, antes de qualquer um de nós, Jacques – Mikhail o relembrou sutilmente. – Sem elas, nossa raça vai morrer. Podemos fazer sexo com humanas, mas não podemos procriar com elas. Nossas mulheres são nosso maior tesouro. Cada um de vocês deve, em algum momento, unir-se a alguém e ter um filho. Mas tenham certeza de que a escolhida é sua companheira de fato. Todos vocês conhecem os sinais: cores, emoções, o desejo por ela. O vínculo é forte. Quando um morre, o outro, geralmente, escolhe acompanhá-lo na próxima vida. É a morte ou o vampiro. Todos sabemos a verdade.

– Mas Rand... – Byron deixou a frase solta.

– Rand se tornou impaciente com a espera. Noelle estava obcecada por ele, mas os dois não eram verdadeiros companheiros. Acho que eles acabaram se odiando, presos na loucura daquela relação. Ele vai sobreviver à morte dela.

Mikhail fez um esforço para manter o desgosto em sua voz disfarçado. Verdadeiros companheiros não podiam sobreviver muito tempo sem o outro. O fato e o alto índice de mortalidade das crianças tinham tido um impacto forte naquela raça em declínio. Seu povo estava espalhado pela área da montanha – alguns viviam em outros países, mas a maioria não conseguia viver facilmente sem seu próprio chão. Mikhail não tinha certeza de que seu povo sobreviveria até o próximo século. Não importava quanto ele tentasse, não conseguia encontrar a esperança necessária para impedir os machos de se tornarem vampiros.

– Mikhail – Jacques escolheu as palavras com cuidado – só você e Gregori conhecem os segredos da raça. Você sabe que Gregori vai optar por sua existência solitária. Só você pode ensinar o resto de nós, liderar-nos, ajudar-nos a crescer. Se vamos sobreviver, ficar fortes de novo, não pode ser feito sem você. Seu sangue é a vida do nosso povo.

– Por que você está me dizendo isso? – Mikhail disparou, sem querer ouvir a verdade.

Jacques e Byron trocaram um olhar longo e desconfortável.

– Estamos preocupados há algum tempo com a sua abstinência prolongada.

– Minha abstinência era inevitável e não é da conta de vocês.

– Você escolheu ficar completamente sozinho, mesmo entre aqueles de nós que você chama de parentes de sangue – Jacques continuou.

– O que você está tentando dizer? – Mikhail quis saber com impaciência.

Ele estava longe de Raven há tempo demais. Precisava vê-la, tocar a mente dela com a própria mente.

– Não podemos perder você. E se você não quiser dar continuidade à sua vida, vai começar a correr mais riscos, tornar-se descuidado – Jacques explicou lentamente.

Os olhos deles se encontraram. Jacques se recusou a desviar o olhar.

– Cometer erros.

Os olhos escuros e sombrios de Mikhail se aqueceram, e um sorriso se formou nos cantos duros da boca, suavizando as linhas em suas feições lindamente desenhadas.

– Seus jovens demônios. Como vocês conseguiram me observar sem o meu conhecimento?

– O par *alfa* também teme por você – Jacques admitiu. – Como eu tenho o seu sangue e estou sob sua proteção, eles me aceitam, falam comigo. Eles olham, zelam por você quando você sai em suas caminhadas solitárias e quando você corre com o grupo. Eles dizem que não há alegria em você.

Mikhail riu delicadamente.

– Eu preciso de uma boa pele de lobo para o inverno. Sejam quais forem os meus sentimentos, Noelle era nossa irmã, uma de nós. Não vou descansar enquanto seus assassinos não receberem justiça.

Jacques limpou a garganta, um sorriso petulante fez desaparecer a dureza em seus traços firmes.

– Imagino que essa mulher que você está escondendo tem alguma coisa a ver com o seu súbito desejo de se levantar com a noite.

A ponta da bota de Mikhail quase derrubou Jacques de seu galho em retaliação pela audácia. Byron segurou o galho com força.

– Eleanor e Vlad podem ficar comigo. Vai ser uma proteção dupla para ela e seu bebê não nascido – Mikhail assentiu.

Apesar de estar desconfortável com a decisão, o líder podia ver que os dois continuariam a protestar se ele insistisse em assumir um risco pessoal.

– Por poucos dias, até encontrarmos uma solução mais segura.

– Tome muito cuidado, Mikhail – Jacques alertou.

– Durma profundamente amanhã – ele respondeu. – Eles estão à nossa caça.

Byron fez uma pausa, subitamente aflito.

– Como você pode ir para debaixo da terra se a humana está com você?

– Eu não vou deixá-la – a voz de Mikhail estava implacável.

– Quanto mais fundo estivermos na terra, mais difícil será ouvir seu chamado se você tiver problemas – Jacques o relembrou discretamente.

Mikhail suspirou.

– Vocês dois são tão teimosos quanto duas tias velhas. Eu certamente sou capaz de proteger o meu lar.

O corpo dele brilhou, curvou-se e se transformou em uma coruja. Ele abriu as asas enormes e se lançou ao céu, pegando o caminho de volta para Raven.

Ele suspirou profundamente, preenchendo seu corpo com o perfume puro dela, limpando o horror das descobertas da noite. O perfume de Raven estava na biblioteca, misturado ao dele. Ele absorveu os dois cheiros bem profundamente em seus pulmões e se abaixou para recolher as roupas espalhadas. Mikhail queria estar dentro dela, tocá-la, unir as duas bocas, transformar os dois sangues em um, recitar as palavras rituais para que eles se unissem pela eternidade como deveriam estar. A ideia de que Raven oferecesse a ele esse presente era tão excitante que Mikhail precisou ficar parado até que as necessidades urgentes de seu corpo se acalmassem de alguma maneira.

Ele tomou um longo banho, lavando o lobo de seu corpo, a poeira e a sujeira, o cheiro de um traidor. Todos os *Cárpatos* tomavam muito cuidado em adquirir os hábitos dos mortais. Comida nas prateleiras e roupas nos armários. Abajures pela casa. Todos tomavam banho, mesmo não havendo necessidade, e a maioria descobria gostar daquilo. Ele deixou seu cabelo cor de café solto e foi até Raven. Pela primeira vez, Mikhail teve orgulho do próprio corpo, da maneira como enrijecia e se pronunciava diante da imagem dela.

Raven estava dormindo, seu cabelo estava espalhado como uma cortina de seda no travesseiro. O cobertor havia escorregado, e o longo cabelo era a única cobertura nos seios dela. A imagem era erótica. Ela estava deitada esperando por ele, precisava dele mesmo durante o sono. Mikhail gentilmente murmurou o comando para libertá-la do sono induzido enquanto terminava de tirar o cobertor.

Raven estava brilhando sob o luar, a pele macia, da cor de pêssegos. Mikhail passou a mão pelo contorno da pele dela. A sensação causou um impacto dentro dele. Ele acariciou o quadril dela e então acompanhou o desenho da cintura pequena e fina.

Raven se mexeu e mudou de posição agitadamente. Ele se deitou ao lado dela, puxou-a para o abrigo de seus braços e pousou o queixo na cabeça dela.

Mikhail a desejava, de qualquer maneira que pudesse tê-la, mas devia a ela algum tipo de honestidade. Pelo menos o tanto que ousaria oferecer a Raven. Ela emergiu das camadas de sono lentamente, afundando na força dele como se buscasse conforto para um sonho ruim. Como uma humana poderia entender as necessidades de um *Cárpato* no frenesi sexual de um verdadeiro ritual de acasalamento? Ao longo das eras, ele teve medo de poucas coisas, mas mais do que tudo, Mikhail tinha medo de se ver pelos olhos inocentes dela.

Ele soube pela respiração o momento em que ela estava totalmente desperta, e pela súbita tensão que ela havia percebido onde estava e com quem. Mikhail a havia feito perder a inocência de maneira brutal, quase tirando a vida dela. Como ela poderia perdoar algo assim?

Raven fechou os olhos, tentando desesperadamente separar fatos de ficção, a realidade da fantasia. O corpo dela estava dolorido, doendo em lugares que não sabia que existiam. Ela se sentia diferente, mais sensível. O corpo de Mikhail contra o dela parecia mármore quente, imóvel e agressivo, absurdamente *sexy*. Ela podia ouvir os ruídos e barulhos da casa claramente, a maneira como os galhos se moviam do outro lado da janela. Ela empurrou a muralha do peito de Mikhail para tentar colocar algum espaço entre os corpos.

Mikhail apertou-a com mais força e afundou o rosto no cabelo dela.

– Se você pode chegar até a minha mente, Raven, você sabe o que eu sinto por você.

A voz dele estava rouca, vulnerável.

Para sua surpresa, Raven sentiu seu coração apertado.

– Eu não quero que você me deixe, pequenina. Tenha a coragem de ficar comigo. Talvez eu seja um monstro. Não sei mais, só sei que preciso que você fique comigo.

– Você podia ter me feito esquecer – ela disse, mais para si do que para ele, mais como uma pergunta do que como uma afirmação.

Ele tinha agido de maneira selvagem, mas Raven não diria que ele a tinha machucado. Ao contrário, ela sentia como se tivesse ido até as estrelas.

– Eu pensei nisso – ele admitiu com relutância –, mas não quero algo assim entre nós. Desculpe se não fui mais cuidadoso com a sua inocência.

Ela ouviu dor na voz de Mikhail e sentiu a mesma dor em seu corpo.

– Você sabe que você fez questão de que eu tivesse prazer.

Êxtase, na verdade. Um batismo de fogo, uma troca de almas. Ele era selvagem e a havia levado com ele pela tempestade. Raven o queria de novo, desejava o toque dele, a força de seu corpo. Mas Mikhail era perigoso, muito, muito perigoso. Ela sabia disso agora. Sabia que ele era diferente, que algo vivia dentro dele, mais animal do que homem.

– Mikhail – Raven empurrou de novo a parede sólida do peito dele. Ela precisava respirar, pensar sem a sensação quente da pele e dos desejos do corpo dele.

– Não faça isso! – a voz dele foi uma ordem firme. – Não me afaste.

– Você está falando de um compromisso com algo muito maior do que eu posso imaginar...

Raven mordeu o lábio.

– Minha casa é tão longe daqui.

– Você não tem nada além de sofrimento lá, Raven.

Ele se recusava a deixá-la usar aquilo como desculpa.

– Você sabe que não vai sobreviver sozinha e, mesmo que esteja na sua mente negar os seus dons, quando eles vierem até você com outro crime hediondo, você sabe em seu coração que não vai conseguir dizer não. Não está em você permitir que um assassino fique livre sabendo que você poderia salvar sua próxima vítima.

Mikhail segurou o cabelo dela, como se pudesse mantê-la perto de si.

– Eles não se importam com você tanto quanto eu.

– E as nossas diferenças? Você tem essa atitude em relação às mulheres, como se fôssemos cidadãs de segunda classe e não muito inteligentes. Infelizmente, você tem a capacidade de impor sua vontade em qualquer um que contrarie você, e você o faz. O tempo todo. Eu preciso ser eu mesma, Mikhail.

Ele levantou o peso do cabelo de Raven de sua nuca e beijou, bem de leve, a pele exposta.

– Você sabe que a minha atitude em relação às mulheres é um reflexo da minha necessidade de protegê-las, não de que eu as considero inferiores a mim. Se oponha a mim o quanto quiser, pequenina. Eu amo tudo em você.

O polegar dele acariciou a curva do seio dela, aquecendo seu sangue, enviando arrepios de excitação pela coluna dela. Raven o queria selvagem e indomado, queria que ele a desejasse. Ele estava tão controlado, era um afrodisíaco poderoso perceber que Raven podia fazê-lo perder o controle. Mikhail inclinou a cabeça para o mamilo endurecido que o chamava. A língua dele tocou-a delicadamente. Ele beijou a ponta aveludada e levou a pele macia para a caverna quente e úmida de sua boca. Raven fez um barulho, um suspiro leve e fechou os olhos. O corpo dela estava desperto, cada terminação nervosa gritava pelo toque de Mikhail. Ela se sentia mole, maleável, seu corpo derretia no calor dele. Ela não queria isso. Lágrimas queimaram sua garganta, atrás dos olhos. Ela não queria, mas precisava daquilo.

– Não me machuque, Mikhail.

Raven murmurou as palavras contra os músculos fortes do peito dele. Era uma súplica pelo futuro deles. Ela sabia que ele nunca a machucaria fisicamente, mas a vida deles juntos podia ser muito turbulenta.

Ele levantou a cabeça e se mexeu, prendendo-a embaixo de seu corpo. Seus olhos escuros se moviam possessivamente sobre o rosto pequeno e frágil dela. A mão de Mikhail segurou o rosto de Raven, e seu polegar acariciou o queixo e o lábio inferior dela.

– Não tenha medo de mim, Raven. Você não consegue sentir a força das minhas emoções, da minha ligação com você? Eu daria minha vida por você.

Como queria a verdade entre eles, Mikhail admitiu o inevitável.

– Não vai ser fácil, mas vamos fazer as coisas funcionarem entre nós.

A mão dele acariciou a barriga dela e ele a abaixou ainda mais para pousar sobre os cachos escuros dela. A mão de Raven segurou a dele.

– O que aconteceu comigo?

Ela estava confusa? Será que tinha desmaiado? Tudo estava tão confuso. Raven sabia com certeza que ele a havia forçado a beber alguma mistura medicinal nojenta e a tinha colocado em um sono profundo. Mais tarde, vieram os pesadelos. Ela estava acostumada com pesadelos, toda experiência psíquica violeta provocava sonhos ruins, mas aquilo tinha sido terrível e muito pessoal. Nele, ela tinha sido colocada à força em um peito nu e sua boca tinha sido colocada em um ferimento terrível. Sangue, correndo como um rio, sendo forçado na garganta dela. Ela tossiu, engasgou, mas, de alguma maneira, no pesadelo, não conseguiu se afastar. Ela tentou pedir ajuda a Mikhail. E então olhou para cima e lá estava ele, olhando para ela com seus olhos escuros e misteriosos, sua mão forçando a cabeça dela a encostar-se ao corte em seu peito. Seria porque ela estava no coração do país de Drácula, e Mikhail a lembrava do príncipe sombrio e misterioso?

Raven não podia se conter, ela passou os dedos gentilmente pelo peito intacto dele. Algo havia acontecido, e ela sabia que tinha mudado para sempre, que de alguma forma era parte de Mikhail, assim como ele era parte dela.

O joelho de Mikhail gentilmente abriu as pernas dela. Ele se colocou sobre Raven, bloqueando tudo com seus ombros largos. Ele a deixou sem fôlego com seu tamanho e poder, sua força e beleza. Com muita delicadeza, como ele deveria ter feito da primeira vez, ele a penetrou.

Raven buscou ar. Ela nunca entenderia a maneira como Mikhail a preenchia, expandia-a, a maneira como ele transformava o sangue dela em fogo líquido. Se ele tinha sido selvagem da primeira vez, estava sendo delicado e gentil desta vez. Cada investida profunda criava uma necessidade forte por mais, uma urgência que fazia as mãos dela acariciarem os músculos desenhados das costas dele, a boca tocar o pescoço e o peito dele.

Mikhail manteve o controle e invocou sua disciplina extraordinária. A boca de Raven o estava enlouquecendo, assim como a sensação dos dedos dela em sua pele. Raven era tão apertada – como se um veludo o envolvesse e alimentasse seu fogo. Mikhail podia ouvir a fera dentro dele se libertar, sua fome se manifestar, seu corpo se mover com mais força, mais rápido, afundando nela, fundindo os dois corpos, o coração deles. Ele abriu a mente e buscou a dela. A necessidade dela o guiou. As unhas de Raven se cravaram nas costas dele enquanto uma onda após a outra percorriam o corpo dela. Mikhail se entregou ao fogo antes que a fera se libertasse. Ele explodiu dentro dela, sentiu seu corpo, apertado e quente, prender-se ao dele. E se permitiu um grito de satisfação completa.

Mikhail deitou sobre o corpo delicado de Raven, ainda unido a ele, momentaneamente saciado. E sentiu as lágrimas dela em seu peito. Levantando a cabeça lentamente, ele se inclinou para prová-las.

– Por que você está chorando?

– Como eu vou encontrar forças para deixar você? – ela murmurou com dor e delicadeza.

Os olhos dele escureceram perigosamente. Mikhail saiu de cima dela sentindo como ela estava desconfortável com a nudez e colocou um cobertor sobre ela. Ela se sentou, tirou uma mecha de cabelo do rosto com aquele gesto curiosamente inocente e *sexy* que ele amava. Seus olhos azuis estavam visivelmente aflitos.

– Você não vai me deixar, Raven.

A voz dele estava muito mais grave do que Mikhail pretendia. Com muito esforço, ele se forçou a suavizá-la. Raven era jovem e vulnerável, Mikhail precisava se lembrar disso acima de tudo. Ela não fazia ideia do custo que a separação teria nos dois.

– Como você pode ter o que nós tivemos e simplesmente ir embora?

– Você sabe por quê. Não finja que não. Eu sinto as coisas, eu as capto. Isso tudo é bizarro demais para mim. Eu não conheço as leis deste país, mas quando alguém é assassinado, as autoridades e a imprensa são notificadas. Isso é só uma coisa, Mikhail, não vamos nem falar sobre as coisas que você é capaz de fazer – quase estrangular Jacob, pelo amor de Deus. Você é muito para mim, nós dois sabemos disso.

Ela puxou o cobertor até os ombros.

– Eu quero você, não consigo nem pensar em não estar com você, mas não tenho certeza do que está acontecendo aqui.

A mão dele acariciou o cabelo de Raven em uma carícia perturbadora, os dedos dele passearam pelas mechas que caíam pelas costas dela até sua coluna nua. O toque de Mikhail a fazia derreter por dentro e encolher os dedos dos pés. Raven fechou os olhos e encostou a cabeça nos próprios joelhos. Ela não era páreo para ele.

Mikhail levou a mão à nuca dela, com dedos calmantes.

– Já estamos comprometidos um com o outro. Você não sente, Raven? Ele sussurrou as palavras, uma mistura rouca de calor e sensualidade. Mikhail sabia que estava lutando contra os instintos dela, com seu senso inato de autopreservação. Ele escolheu as palavras com cuidado.

– Você sabe quem eu sou, o que existe dentro de mim. Se a distância nos separasse, você ainda teria a necessidade sentir minhas mãos em você, minha boca na sua, meu corpo no seu, como parte do seu corpo.

Só as palavras dele já aqueciam o corpo dela, alimentavam a dor lá dentro. Raven cobriu o rosto, envergonhada da necessidade que sentia por um completo estranho.

– Eu vou para casa, Mikhail. Estou tão envolvida em você, estou fazendo coisas que nunca achei que fossem possíveis.

Não era apenas físico. Raven queria que fosse. Ela não queria sentir a solidão dele, sua grandeza, sua incrível vontade e determinação para manter aqueles que liderava a salvo de perigos. Mas sentia. Ela podia sentir o coração dele, sua alma, sua mente. Raven conversava com ele sem falar, ela havia compartilhado a mente de Mikhail. Ela sabia que ele estava dentro dela. O braço dele envolveu os ombros dela e aproximou aquela forma dobrada ao seu lado. Por conforto ou controle? Raven engoliu as lágrimas que queimavam. Havia uma enxurrada de sons na cabeça dela, barulhos, ruídos. Ela cobriu as orelhas com as mãos para afastá-los.

– O que está acontecendo comigo, Mikhail? O que nós fizemos que tenha me modificado assim?

– Você é a minha vida, minha parceira, a metade de mim que faltava. A mão dele voltou a acariciar o cabelo de Raven com infinita delicadeza.

– O meu povo se une para sempre. Eu sou *Cárpato*, eu sou da terra. Temos dons especiais.

Ela virou a cabeça, olhando para ele com seus enormes olhos azuis.

– Habilidade telepática. A sua é muito forte, muito mais forte que a minha. E tão desenvolvida – fico impressionada com as coisas que você consegue fazer.

– O preço por esses dons é alto, pequenina. Somos amaldiçoados com a necessidade de uma parceira, a divisão de almas. Quando isso acontece – e o ritual pode ser brutal para uma mulher inocente – não podemos viver separados de nossos parceiros. Temos poucas crianças, perdemos muitas no primeiro ano, e a maioria dos bebês são meninos. Somos abençoados e amaldiçoados pela longevidade. Para aqueles entre nós que são felizes, uma vida longa é uma dádiva; para alguém solitário e atormentado, é uma maldição. É uma longa eternidade de escuridão, uma existência estéril e vazia.

Mikhail segurou o queixo dela com a palma da mão e o levantou para que Raven não pudesse desviar dos olhos escuros e famintos dele. Ele respirou fundo.

– Nós não fizemos sexo, pequenina, não fizemos amor. O que aconteceu entre nós foi tão próximo de um verdadeiro ritual de acasalamento *Cárpato* quanto possível, considerando que você não tem o nosso sangue. Se você me deixar...

A voz dele falhou, e Mikhail balançou a cabeça. Ele precisava ligá-la irrevogavelmente.

Te avio päläfertiilam – Você é minha companheira. *Éntölam kuulua, avio päläfertiilam* – eu a invoco como minha companheira.

As palavras gravadas em todo macho *Cárpato* antes do nascimento ecoaram na mente e ressoaram no coração dele. A fera estava desesperada para proferi-las. Raven nunca escaparia, mas ele não queria fazer aquilo com ela, dizer aquelas palavras para uma mortal. Mikhail não fazia ideia do que aconteceria com ela.

A marca no seio esquerdo dela doía, latejava, chegava a queimar. Raven olhou para baixo, viu a evidência escura da marca dele e a tocou. Ela se lembrou da sensação dos dentes dele prendendo-a ao chão, da força dele, do rugido de alerta dele reverberando na garganta como o de um animal. Ele havia possuído o corpo de Raven como se ela pertencesse a ele, de maneira selvagem, brutal, mas algo nela havia reagido à fome e às necessidades ferozes dele. Ao mesmo tempo, ele tinha sido tão delicado, garantindo que ela tivesse prazer antes dele mesmo, tão cuidadoso com o tamanho dela e a fragilidade de seus ossos pequenos. A mistura da ternura e da natureza selvagem dele era tão impossível de resistir; Raven não conhecia nenhum outro homem que poderia tocá-la como ele havia feito. Só poderia existir Mikhail para ela.

– Você está me dizendo que é de outra raça, Mikhail?

Raven estava tentando reunir todos os dados.

– Nós acreditamos que somos de outra espécie. Somos diferentes. Nós escondemos isso bem – precisamos fazer isso – mas podemos ouvir coisas que os humanos não podem. Falamos com animais, também dividimos nossa mente, além do nosso corpo e do nosso coração. Entenda, essa informação nas mãos erradas seria o nosso fim. Minha vida está literalmente em suas mãos.

De muitas maneiras.

Raven captou o eco daquele pensamento antes que Mikhail pudesse censurá-lo.

– Você teria parado se eu tivesse entrado em pânico?

Ele fechou os olhos, envergonhado.

– Eu gostaria de mentir para você, mas não vou. Eu teria acalmado você, teria garantido que você me aceitasse.

– Me comandado?

– Não!

Ele negou com veemência. Mikhail não teria chegado tão longe. Estava certo disso. Ele tinha absoluta certeza de que a teria persuadido a aceitá-lo.

– Esses dons – ela roçou o próprio queixo nos joelhos. – Você é fisicamente mais forte que qualquer humano que eu já conheci. E aquele salto na biblioteca... você me fez lembrar de um grande felino selvagem – isso é parte da sua linhagem também?

– Sim.

Ele enfiou a mão no cabelo dela de novo, pegou um punhado e afundou o rosto nele, sentindo o perfume. Seu próprio perfume estava em Raven, e ficaria nela. Um traço de satisfação tocou os olhos indecifráveis de Mikhail.

– Você me mordeu.

Ela tocou primeiro o pescoço e então o seio. Uma dor quente e doce encheu o corpo dela diante da lembrança selvagem dele em seus braços, o corpo em um transe de urgência, a mente tomada de desejo vermelho e turbulento, a boca agindo com fúria, com fome, dela.

O que havia de errado com ela, que queria mais? Raven tinha ouvido falar de mulheres tão enfeitiçadas pelo sexo que eram praticamente escravas. Era isso que estava acontecendo com ela? Ela levantou a mão como se quisesse contê-lo.

– Mikhail, isto está indo rápido demais. Eu não posso me apaixonar em tão poucos dias nem decidir minha vida em alguns minutos. Eu não conheço você, tenho até um pouco de medo de você, do que você é, do poder que você emana.

– Você disse que confiava em mim.

– Eu confio. Isso é que me deixa louca. Você não está vendo? Somos tão diferentes. Você faz coisas malucas, mas eu quero ficar com você, ouvir sua risada, discutir com você. Quero ver seu sorriso, a maneira como seus olhos se iluminam, a fome e a urgência com que você olha para mim. Quero tirar a frieza dos seus olhos, o olhar distante e remoto de quando sua boca endurece e faz você parecer cruel e implacável. Sim, eu confio em você, mas não tenho motivos para confiar.

– Você está muito pálida, como está se sentindo?

Mikhail queria dizer a ela que era tarde demais, que eles tinham ido longe demais, mas sabia que só ia aumentar a resistência dela e preocupá-la sem necessidade.

– Estranha, com o estômago meio embrulhado, como se eu precisasse comer alguma coisa, mas pensar em comida me deixa enjoada. Você me deu uma de suas misturas de ervas, não deu?

– Beba água e sucos por alguns dias, uma fruta pequena. Nada de carne.

– Sou vegetariana.

Ela olhou em volta:

– Onde estão as minhas roupas.

Ele sorriu inesperadamente, um sorriso masculino perfeito.

– Eu me deixei levar e rasguei o seu *jeans*. Fique comigo apenas uma noite, e eu pego roupas novas para você amanhã.

– Já é quase manhã – ela comentou, sem querer se deitar com ele de novo.

Raven não conseguia se deitar com ele sem desejá-lo.

– Além disso, eu quero tomar banho.

Antes que Mikhail tivesse a chance de protestar, Raven saiu da cama e se enrolou na segurança de uma colcha antiga, claramente achando que estava a salvo dele agora que tinha colocado alguma distância entre eles.

Capítulo 6

Mikhail guardou o sorriso para si. Deixe que ela se sinta segura – não custava nada. Raven não ia sair daquela casa de jeito nenhum, não com os assassinos hospedados na pousada dela. Para manter sua mente longe da imagem dela nua sob o jato de água, Mikhail se concentrou nos detalhes das emoções de Raven antes que ele a tivesse levado a força das alas de jantar da pousada.

O que havia causado aquele incômodo enorme naquela noite? Ela estava doente, com dor de cabeça. Raven achava que a reação havia sido causada pela fúria dele, mas Mikhail estava furioso por causa do desconforto dela. Ele havia sentido aquilo antes que aquele humano patético tivesse colocado sua mão imunda nela. Mikhail tocou a mente dela porque precisava. E encontrou o que esperava, lágrimas e confusão. O corpo de Raven estava mudando, havia mudado com o sangue dele correndo nas veias dela. A lenda exigia que um humano e um *Cárpato* trocassem sangue três vezes para a conversão. O sangue que ele havia dado a ela pelo copo não contava, porque Raven não havia tomado direto do corpo dele. Mikhail não tinha a intenção de convertê-la, de correr o risco de ela se tornar uma vampira louca. Naquele ponto, as coisas já tinham passado do limite. Ele sabia que não seria capaz de resistir a mais uma vez – uma última vez. A experiência teria de durar uma eternidade.

Raven tinha ouvido as palavras dele, que eram todas verdadeiras, mas Mikhail sabia que ela não fazia ideia da realidade. Ela ouviria todos os suspiros de cada sala da pousada, saberia quando uma abelha entrasse na sala de jantar no andar inferior. O sol incomodaria seus olhos, e ela se queimaria com facilidade. Os animais revelariam seus segredos a ela.

A maioria dos alimentos a deixaria enjoada. Mas o principal é ela estar perto dele, tocar a mente dele, sentir seu corpo, arder com ele.

Ela já sentia o impulso das duas almas tentando se completar, lutando para entender o que estava acontecendo com ela.

Raven encostou o corpo contra o boxe de vidro do banheiro. Ela sabia que não podia se esconder no banheiro como uma criança foragida, mas ele era tão poderoso, tão irresistível. Ela queria suavizar aquelas linhas de preocupação ao redor da boca dele, queria provocá-lo, discutir com ele, ouvir aquela risada. Curiosamente, Raven ainda se sentia fraca e um pouco tonta.

– Venha, pequenina – a voz de Mikhail a envolveu em uma carícia aveludada e negra.

Ele foi até o chuveiro, desligou a água, segurou-a pelo pulso e tirou-a da proteção do grande boxe. Quando Raven tremeu, ele envolveu seu corpo delicado em uma toalha. Raven torceu seu longo cabelo, um tom vermelho tomou conta de seu corpo inteiro. Mikhail estava tão confortável, despreocupado com a própria nudez. Havia algo indomável e magnífico naquela força bruta, na maneira casual como ele a aceitava. Ele secou o corpo dela com uma enorme toalha de banho, esfregando a pele até que ela estivesse quente e rosada. A toalha roçou seus mamilos sensíveis, demorou-se em suas nádegas redondas, explorou as linhas de seu quadril.

Apesar de sua determinação, o corpo de Raven despertou sob o tratamento dele. Mikhail segurou o rosto dela e se inclinou para tocar sua boca na dela de maneira leve e provocante.

– Volte para cama – ele sussurrou nos lábios macios de Raven, com a língua saboreando o acabamento acetinado enquanto ele a levava de volta ao quarto.

– Mikhail – ela protestou delicadamente, sem fôlego.

Ele segurou o pulso dela, fazendo-a se desequilibrar e apoiar o corpo contra o dele. O corpo de Raven derreteu no dele, os seios macios contra os músculos pesados, a evidência do desejo dele pressionando a barriga dela. As coxas de Mikhail eram duas colunas fortes coladas nas dela.

– Eu poderia amá-la a noite toda, Raven – ele murmurou de maneira provocante no pescoço dela. As mãos dele percorreram o corpo dela, deixando um rastro de fogo.

– Eu quero amar você a noite toda.

– A ideia não é essa? Está amanhecendo.

As mãos dela tinham vontade própria, descobrindo cada músculo com os dedos, acariciando a forma masculina dele, fazendo sua própria exploração.

– Então vou passar o dia fazendo amor com você.

Ele sussurrou as palavras na boca de Raven e se inclinou para morder os cantos do lábio inferior.

– Eu preciso de você comigo, Raven. Você afasta as sombras e ilumina o volume terrível que ameaça me afogar.

Ela passou os dedos pelos cantos duros da boca de Mikhail.

– Isso é possessão, ou é amor?

Raven abaixou a cabeça para encostar a boca no meio do peito dele e escorregar a língua pela pele muito sensível sobre o coração dele. Não havia marca nem cicatriz, mas o movimento da língua dela percorreu a mesma linha da ferida de antes, onde ele a havia forçado a aceitar o sangue de sua vida. Ela se fundiu a ele, leu sua mente, suas fantasias eróticas, querendo dar vida a elas.

A garganta de Mikhail se fechou queimando, seu corpo reagiu com agressividade. Raven sorriu diante da sensação da ereção dele em sua pele. Ela não tinha inibições quando estava deitada com ele, apenas um desejo forte de arder com Mikhail.

– Me responda, Mikhail – a verdade.

A ponta dos dedos dela tocaram e envolveram a ponta do membro grosso dele, enviando uma fome furiosa pelo corpo de Mikhail. Ela estava brincando com fogo, mas Mikhail não tinha forças para fazê-la parar, não queria fazê-la parar.

As mãos dele se curvaram nas mechas de cabelo dela, dois punhos pesados.

– As duas coisas – ele conseguiu dizer.

Mikhail fechou os olhos quando aquela boca percorreu sua barriga lisa, deixando uma linha de fogo. Onde quer que Raven o tocasse, a boca, quente e úmida, seguia. Ele a puxou mais para perto, colocando-a sobre seu corpo. A boca de Raven era pequena, quente, e o estava enlouquecendo. Um rugido grave e ameaçador escapou, a fera tremia de prazer, precisando de satisfação primitiva.

Ela passeou pelas colunas rígidas das coxas dele com as pontas dos dedos, leve, erótica, enviando chamas que saltavam e rodopiavam dentro dele. A mente de Mikhail ficou enevoada e se fundiu mais profundamente com a dela, uma fumaça vermelha de luxúria e necessidade, amor e fome. Ele desejava o toque de Raven, as mãos, a boca macia que o transformava em uma chama viva.

Mikhail a puxou para cima com mãos que pareciam amarras, apesar de fazer todo esforço para ter noção de sua força. A boca dele possuiu a dela, unindo, dançando, uma fome tão grande dentro dele que ela percebeu, se aproximou mais e deslizou o corpo no dele, roçando, aquecendo.

– Diga que você me quer.

Ele passou a boca até a garganta dela e a fechou sobre o seio que ardia. Cada movimento forte enviava uma onda de calor líquido em resposta.

– Você sabe que eu quero.

Raven pressionou o corpo no dele e enrolou a perna na dele. Ela mal podia respirar de desejo, cravando as unhas nele para se aproximar mais, para se infiltrar no abrigo do corpo de Mikhail, da mente, sentir o corpo dele no seu, possuindo-a como ele deveria fazer, sentir a boca dele em seu seio, levando mais para dentro de seu mundo.

– Tudo – ele gravou roucamente, com os dedos invadindo o centro dela, movendo-se, acariciando.

– Una-se a mim do meu jeito.

Ela se mexeu com uma espécie de angústia na mão dele.

– Sim, Mikhail.

Raven desejava o alívio e desejava dar alívio a ele. Ela estava tomada pela mesma névoa vermelha, sem separar o amor da luxúria, a fome da necessidade; estava em chamas, sentindo dor, desejo, no corpo e na mente, até mesmo sua alma estava atormentada, sem saber onde as emoções desinibidas e selvagens dele terminavam e as dela começavam.

Mikhail a levantou com sua enorme força, a fez deslizar lenta e eroticamente pelo seu ventre até que ela estivesse encostada na ponta de sua ereção furiosa. O calor dela o queimava, provocava. Os braços de Raven envolveram o pescoço dele, as pernas dela envolveram o quadril dele, abrindo-se para ele. Lentamente, Mikhail baixou o corpo dela sobre o seu, embalando-a como uma chama espessa, fazendo-a envolvê-lo com um calor tão úmido e firme que ele tremeu em algum lugar além do mero prazer, uma espécie erótica de céu e inferno.

As unhas de Raven se cravaram nos ombros dele.

– Pare, Mikhail. Você é grande demais assim.

Apreensão tomou conta do rosto dela.

– Relaxe, pequenina. Nós precisamos ficar juntos, nossos corpos foram feitos um para o outro.

Ele foi mais fundo, começou a se mover em um ritmo lento e prolongado, enquanto suas mãos acariciavam-na, tranquilizavam-na.

Mikhail levantou os ombros para poder ver o rosto de Raven, e seu corpo possuía o dela com investidas profundas, confiantes e possessivas. Sem um pensamento consciente, as palavras se formaram em sua mente. *Te avio päläfertiilam* – você é a minha companheira.

Sua língua ancestral, as palavras sagradas para uni-los pela alma, surgiram antes que ele pudesse pensar, antes que pudesse se guardar contra elas. Ele era um *Cárpato* com o corpo penetrando profundamente o corpo de sua companheira, os dois unidos pele com pele. A fome voraz nunca o deixaria, e a necessidade de uni-los para sempre tomou conta dele. As palavras vinham da alma dele – em voz alta – da alma de Mikhail para a de Raven.

– *Éntölam kuulua, avio päläfertiilam* – eu a invoco como minha companheira. *Ted kuuluak, kacad, kojed* – meu lugar é ao seu lado – ele murmurou sua declaração poderosa. – *Élidamet andam* – eu ofereço minha vida a você. *Pesämet andam* – eu dou minha proteção a você. *Uskolfertiilamet andam* – eu dou a minha lealdade a você. *Sívamet andam* – eu dou meu coração a você. *Sielamet andam* – eu dou minha alma a você. *Ainamet andam* – eu dou meu corpo a você. *Sívamet kuuluak kaik että a ted* – eu recebo para mim o que é seu. *Ainaak olenszal sívambin* – sua vida será valorizada por mim para sempre. *Te élidet ainaak pide minan* – sua vida será colocada acima da minha para sempre. *Te avio päläfertiilam* – você é minha companheira. *Ainaak sívamet jutta oleny* – você está ligada a mim para toda eternidade. *Ainaak terád vigyázak* – você estará sempre sob meus cuidados.

Com essas palavras formais, um *Cárpato* se ligava à sua verdadeira companheira para toda eternidade. Quando eram proferidas, ela nunca poderia escapar dele.

Mikhail na verdade não tinha intenção de ligá-la a si, mas todo instinto nele, tudo o que ele era, forçava as palavras a saírem de sua alma para que a alma dos dois se tornasse uma como deveria ser. Ele sentiu os fios se unindo, alma com alma como deveria ser. O coração dos dois estava finalmente unido, a mente deles era uma.

Raven permitiu que aquelas estranhas palavras e a força quente de Mikhail a possuindo a acalmassem. O corpo dela parecia derreter ao redor do dele. Ele levou os dois além, inclinando a cabeça para lamber o mamilo dela, colocando as mãos no pequeno traseiro dela de maneira possessiva. Raven jogou a cabeça para trás, com o cabelo esvoaçado ao redor deles, sobre eles, roçando a pele nua e fazendo o corpo dos dois queimar. Ela sentiu como se realmente estivesse onde deveria estar. Sentiu-se selvagem e livre. Ela se sentia parte dele, sua outra metade. Não poderia haver outro homem além daquele que tinha tanta fome dela. Que precisava dela desesperadamente, que conhecia o mesmo tipo de existência solitária que ela.

Ele se moveu com mais força, foi mais fundo, virando para que pudesse deitá-la perto do pé da cama, para que pudesse levá-los cada vez mais perto do limite. Mikhail sentiu o corpo dela se agitar, tencionar, agarrar-se ao dele uma, duas vezes. Raven gritou de prazer, sentindo como se seu corpo estivesse se dissolvendo no dele. Havia tanto prazer, ondas e mais ondas, até que ela achou que não aguentaria mais.

Ele inclinou a cabeça morena na direção dela lentamente, dando a Raven a oportunidade de interrompê-lo. O corpo dele continuava a mergulhar no dela, enquanto os olhos pretos dele mantinham os olhos azuis dela fixos.

Fascinada, suplicante, sentindo tanta necessidade. Raven arqueou o corpo na direção dele, oferecendo os seios, oferecendo-se para aliviar o ardor dele.

O grunhido delicado de satisfação de Mikhail ressoou na garganta e enviou uma descarga de excitação pelo corpo dela. Agora, o corpo dele estava agressivo, suas mãos levantavam o pequeno quadril de Raven para ter melhor acesso. Ela sentiu o toque dos lábios dele com tanta delicadeza sobre os seios, o coração. A língua de Mikhail deslizou pela pele dela, sobre a marca que havia deixado, erótica e quente. Ele aumentou a intensidade da penetração, preenchendo, expandindo o corpo dela. E cravou-lhe os dentes na carne macia.

Raven gritou enquanto o calor do fogo branco queimava seu seio. Ela aninhou a cabeça de Mikhail em seu peito, sentindo o turbilhão de emoções que o percorriam enquanto o fogo dentro dele aumentava cada vez mais, cada vez mais alto, devorando-a enquanto a possuía, consumindo os dois. A sensação era diferente de tudo o que ela já havia experimentado, erótica e ardente.

Ela podia se ouvir gritando o nome dele de felicidade, em uma entrega selvagem, com as unhas afundando nas costas dele. Ela teve um desejo primitivo de explorar o músculo pesado no peito dele com a boca. Eles estavam explodindo juntos, desintegrando-se, voando na direção do sol. Mikhail levantou a cabeça para emitir um grito vindo da garganta e afundou a cabeça para se alimentar mais.

Ele foi cuidadoso dessa vez, tomando apenas o suficiente para uma troca. O corpo de Mikhail ainda estava preso ao dela. Ele passou a língua uma última vez para fechar o ferimento, curar até mesmo a menor das irritações. Mikhail olhou para o rosto dela atentamente. Pálida. Tonta. Ele emitiu seu comando, com o corpo rígido e ansioso diante da ideia do que estava acontecendo.

O corpo de Raven ainda estava ondulando, cheio de vida, recebendo as investidas longas e possessivas dele. Ele fez um corte no próprio peito e colocou a boca delicada dela sobre sua pele ardente. Era o êxtase, seu corpo convulsionava quase sentindo dor. A fera dentro dele jogou a cabeça para trás e rugiu de prazer, de contentamento, com a terrível fome temporariamente saciada.

Ele segurou a parte de trás da cabeça dela com sua enorme mão, segurou-a perto, acariciando sua garganta, deliciando-se na sensação de Raven se alimentando. Era puro erotismo, pura beleza. Ele falou com delicadeza e relutância, quando tinha certeza de que ela havia tomado o suficiente para uma troca, o suficiente para repor o que ele havia tirado. Mikhail acariciou todo o cabelo dela, permitindo-a ressurgir.

Raven piscou os olhos diante dele, franzindo a testa.

– Você fez de novo.

Ela repousou a cabeça cansada na colcha.

– Ou isso ou toda vez que nós nos empolgamos eu desmaio.

Havia um leve gosto de cobre na boca de Raven.

Antes que tivesse a chance de identificar o que era, Mikhail a beijou, passando a língua pelos dentes dela, pelo céu da boca, investigando, explorando, dançando com a boca. Muito devagar, ele saiu de dentro dela, acariciando-lhe a pele macia com as mãos.

– Não consigo me mexer – Raven admitiu com um sorriso.

– Podemos tirar um cochilo e enfrentar o mundo mais tarde – ele sugeriu, com uma voz que era a mais pura magia negra.

Muito gentilmente, ele a aninhou nos braços, colocou-a na cama direito e puxou o cobertor. Os longos cílios de Raven prenderam o olhar fascinado de Mikhail. A ponta do dedo dele acariciou a garganta dela, percorrendo depois o vale entre os seios. Ela ainda estava tão sensível que ele conseguia sentir o arrepio sob o toque, o que o encheu de calor.

– Se eu realmente quero que você me ame, eu deveria ter imposto um desafio maior.

Ela se afundou mais no travesseiro.

– Meu cabelo está uma bagunça.

Mikhail sentou na beira da cama, pegou aquela mecha sedosa e gentilmente começou a transformar as longas madeixas em uma longa trança solta.

– Se você tivesse imposto um desafio maior, pequenina, meu coração não teria suportado.

Ele parecia satisfeito.

A ponta dos dedos dela passearam pela pele nua da coxa dele, mas Raven não levantou os longos cílios. Mikhail ficou sentado por um longo tempo na borda da cama, apenas observando enquanto ela pegava no sono. Raven era tão pequena, uma humana, mas havia mudado a vida dele em uma noite. E ele havia tomado a vida dela. Tomado a vida dela. Mikhail não queria dizer as palavras do ritual, havia sido uma compulsão para ele tanto quanto para suas presas quando expunham a garganta para ele.

Ela podia dizer que ele era um estranho, mas eles haviam conhecido a mente um do outro, compartilhado o mesmo corpo e oferecido a vida um ao outro. A troca de sangue enquanto faziam amor era a confirmação final do compromisso. Cada um literalmente havia oferecido sua vida, jurado dar a própria vida para proteger a do outro. Era um ritual lindo, erótico. Era uma unidade de mente, coração, alma, corpo... sangue.

Cárpatos protegiam o próprio quarto, e até mesmo o dos outros. Eles ficavam vulneráveis durante o sono e durante a paixão sexual. A decisão de assumir uma companheira não era um ato consciente – era instinto, uma fome e uma necessidade. Eles simplesmente sabiam. Reconheciam sua outra metade. Mikhail reconhecia Raven como a sua. Ele tinha lutado com o ritual de união, mas seu instinto animal havia vencido sua aparência civilizada. Ele a havia trazido até a metade de seu mundo e era totalmente responsável pelas consequências.

A luz estava começando a entrar do andar de cima. Mikhail concluiu a tarefa de guardar sua casa contra intrusos. A próxima noite ia ser longa. Ele sempre acompanhava a tecnologia mais recente e usava seu computador enorme à noite, mas agora o trabalho estava se acumulando, e precisava caçar os assassinos, mas tinha aquele momento de paz e satisfação.

Mikhail entrou na cama ao lado de Raven, puxou-a para perto de si, querendo sentir cada centímetro dela. Raven murmurou o nome dele com sono e se aconchegou a Mikhail com a confiança inocente de uma criança pequena. Instantaneamente, o coração dele deu um salto e um calor, e um contentamento curioso se espalhou dentro dele. Ele a tocou porque podia. Sua mão segurou o seio de Raven, sua boca roçou o mamilo com um toque leve. Depois de deixar um beijo na linha vulnerável da garganta dela, ele enviou o comando do sono profundo, regulando sua própria respiração para se juntar a ela.

Raven ressurgiu por muitas camadas de sono. Ela se sentia um pouco como se estivesse andando em areia movediça.

Você fez de novo! Uma completa indignação a fez despertar e sentar rapidamente. Ela estava sozinha no quarto. O quarto dele. A risada masculina e sarcástica ecoou em sua mente. Raven jogou o travesseiro na parede, desejando poder usá-lo para bater nele. Ela havia perdido mais um dia. Em que estava se transformando? Na escrava sexual dele?

Essa ideia tem possibilidades, ele gracejou.

Saia da minha cabeça, ela disparou indignada e se espreguiçou de maneira lânguida, com movimentos preguiçosos e felinos. Seu corpo estava deliciosamente dolorido, doendo em toda parte, uma lembrança deliciosa de como ele a havia possuído. Não conseguia ficar brava com ele; Mikhail a fez rir de seu mau comportamento. Como ela podia ficar incomodada quando seu corpo se sentia daquele jeito?

Quando Raven se levantou para tomar um banho, viu roupas espalhadas para ela no pé da cama. Mikhail já tinha saído para fazer compras. Raven se pegou sorrindo, absurdamente feliz que ele tivesse lembrado. Ela tocou a saia, o tecido azul-escuro macio, uma blusa para combinar. *Você não comprou uma calça jeans para mim.* Raven não conseguiu não provocá-lo.

Mulheres não deviam usar roupas de homem. Ele estava tranquilo. Raven entrou no chuveiro e soltou a trança grossa para poder lavar o cabelo.

Você não gosta de como eu fico de calça jeans? A risada dele tinha um tom de satisfação profundo e genuíno.

É uma pergunta capciosa.

Onde você está? Sem querer, Raven comunicou um convite sensual. Ela tocou, levemente com a ponta dos dedos, a marca deixada por ele em seu seio. O contato fez o sangue dela ferver e a marca latejar. *Seu corpo precisa de descanso, pequenina. Eu não tenho sido o amante mais gentil, não é?* Havia humor no tom e culpa na mente dele. Ela riu delicadamente. *Eu não tenho muitos amantes para comparar, não é? Não houve um desfile de homens na minha vida.* A risada delicada dela foi como um abraço amoroso para ele. *Se quiser, eu sempre posso encontrar alguém com quem comparar você.* Ela fez a proposta com gentileza. E sentiu o toque dos dedos fortes em sua garganta, envolvendo aquela coluna frágil. Como ele fez aquilo? *Estou morrendo de medo, machão. Alguém precisa trazer você à força para este século.*

Os dedos acariciaram o rosto e depois o lábio inferior dela. *Você me ama como eu sou.*

Amor. O sorriso se apagou da boca de Raven diante da palavra. Ela não queria amá-lo. Ele já tinha poder demais sobre ela. *Você não pode me manter aqui, Mikhail. Obsessão talvez fosse a palavra certa, não amor.*

Coelhinha.Não existem correntes nas portas, e o telefone está funcionando. E você me ama, não pode evitar. Eu sou perfeito para você. Ande logo, você precisa comer.

Você é terrível. Enquanto escovava o cabelo, Raven percebeu como a comunicação telepática deles era mais fácil. Prática? As têmporas dela não doíam por causa do esforço. Ela inclinou a cabeça por um momento para escutar os sons da casa. Mikhail despejou um líquido em um copo – ela podia ouvir claramente.

Raven se vestiu devagar, com cuidado. Suas habilidades telepáticas estavam aumentando; seus sentidos estavam mais aguçados. Era apenas a companhia de Mikhail ou havia alguma coisa nas misturas de ervas que ele a fazia tomar? Havia tanta coisa que ela queria aprender com ele. Mikhail tinha um talento psíquico enorme.

A saia ondulava em volta dos tornozelos dela com um pequeno movimento *sexy*, e a blusa ficava justa em suas curvas. Ela precisava admitir que aquela roupa a fazia se sentir mais feminina, assim como a calcinha e o sutiã de renda transparente.

Você vai ficar aí sentada pensando em mim a noite toda? A voz de provocação dele parecia acariciar a pele de Raven.

Noite! É melhor não ser noite de novo, Mikhail. Estou me tornando uma espécie de criatura noturna. E não se engane, eu não estava pensando em você. Era muito difícil mentir descaradamente. Ela estava orgulhosa de si.

E você acha que eu acredito nas suas bobagens? Ele estava rindo de novo, e Raven descobriu que não conseguia não se entregar ao próprio senso de humor. Era divertido ter alguém para provocar.

Ela conseguiu se virar pela casa e ficou maravilhada com as obras de arte, as esculturas. Lá fora, o sol já havia desaparecido atrás das montanhas. Mikhail havia posto a mesa, uma peça pequena e lindamente entalhada, na varanda fora da cozinha. Ele virou a cabeça quando Raven se aproximou, e um sorriso aqueceu os olhos dele, afastando as sombras. O calor se concentrou na barriga dela e escorreu pelo corpo.

Mikhail levou a cabeça morena até a dela, fazendo a boca deles se tocarem carinhosamente.

– Boa-noite.

Ele tocou o cabelo dela e então passou os dedos pelo rosto de Raven em uma longa carícia. Ela permitiu que Mikhail a sentasse à mesa, maravilhada com a cortesia galante do Velho Mundo. Ele colocou um copo de suco diante dela.

– Antes que eu vá trabalhar, pensei que podíamos ir buscar suas coisas na pousada.

Os longos dedos dele selecionaram um *muffin* de *blueberry* e o colocaram em um prato antigo. Era lindo, mas Raven estava tão chocada com as palavras dele que só conseguiu olhar para ele por um instante com seus olhos azuis enormes.

– O que você quer dizer com *buscar as minhas coisas*?

Não havia ocorrido a ela que Mikhail pudesse esperar que eles fossem viver juntos na mesma casa. A casa dele.

O sorriso de Mikhail era lento, mau, *sexy*.

– Eu posso continuar dando coisas novas para você.

A mão de Raven tremeu, e ela a colocou no colo, para que não ficasse visível.

– Eu não vou morar com você, Mikhail.

A ideia era assustadora. Ela era uma pessoa muito reservada, precisava de muito tempo sozinha. E ele era o ser mais irresistível que Raven já tinha encontrado. Como ela seria capaz de resolver as coisas com Mikhail tão perto o tempo todo?

As sobrancelhas dele se levantaram.

– Não? Você aceitou nossos costumes. Nós passamos pelo ritual necessário. Aos meus olhos, aos olhos do meu povo, você é minha companheira, minha mulher. Minha esposa. É o costume das mulheres americanas viverem separadas de seus maridos?

Havia um tom enfurecedor de diversão e zombaria masculina naquela voz, o tom que sempre a fazia querer atirar alguma coisa nele. Raven tinha uma noção de que Mikhail estava rindo dela em segredo, achando graça da prudência dela.

– Nós não somos casados – ela disse decididamente.

Era difícil ignorar a maneira como seu coração deu um pulo de alegria diante de suas palavras.

Fios de névoa se infiltraram na floresta, envolvendo-se nos troncos das árvores, espalhando-se para pairar a cerca de um metro do chão. O efeito era estranho, mas belo.

– Aos olhos do meu povo, aos olhos de Deus, nós somos.

Havia uma resolução implacável, um *minha palavra é lei*, na voz dele, que fazia os dentes dela rangerem.

– E aos meus olhos, Mikhail? As coisas em que eu acredito? Elas não contam para nada? – Ela quis saber em um tom bélico.

– Eu vejo a resposta nos seus olhos, sinto no seu corpo. Você luta sem necessidade, Raven. Você sabe que é minha…

Ela se levantou rapidamente e tirou a cadeira do caminho.

– Eu não pertenço a ninguém, muito menos a você, Mikhail. Você não pode simplesmente decretar como vai ser a minha vida e esperar que eu me adapte aos seus planos – Raven correu para os três degraus que davam para a floresta. – Eu preciso de ar.

Mikhail riu delicadamente.

– Você tem tanto medo assim de si?

– Vá para o inferno Mikhail.

Raven pegou o caminho e começou a andar rápido, antes que o charme dele fizesse a vontade dele prevalecer. Ele podia fazer isso, ela sabia. Os olhos, o formato da boca, o pequeno sorriso que ele abria a provocavam abertamente.

A névoa estava muito densa, o ar estava úmido e pesado. Com sua audição aguçada, Raven podia ouvir o barulho de cada arbusto, cada movimento dos galhos, o bater de asas no céu.

Mikhail andou atrás dela.

– Talvez eu seja o demônio, pequenina. Tenho certeza de que isso já passou pela sua cabeça.

Ela olhou para ele por sobre o ombro.

– Pare de me seguir.

– Mas eu não sou um cavalheiro, obrigado a acompanhar sua dama até sua casa?

– Se você rir de mim mais uma vez, eu juro que não vou me responsabilizar pelos meus atos.

Naquele momento, Raven se deu conta das figuras sorrateiras, dos olhos em chamas que a seguiam. O coração dela quase parou, para em seguida disparar.

– Ótimo! – ela virou e olhou para ele. – Isso é ótimo! Excelente, Mikhail. Chame os lobos para me comerem viva. É típico de você. Tão lógico.

Ele mostrou os dentes brancos e brilhantes para ela como um predador faminto e riu discretamente, em uma provocação.

– Não são os lobos que iriam achar você deliciosa.

Raven pegou um galho quebrado e tentou acertá-lo.

– Pare de rir, sua hiena. Não é engraçado. Você é tão arrogante que eu tenho vontade de vomitar.

Raven precisou de todo seu autocontrole para não rir. A fera era charmosa demais, para o seu próprio bem.

– Seus coloquialismos americanos são muito coloridos, pequenina.

Ela atirou outro galho e depois uma pedra pequena.

– Alguém precisa ensinar a você uma lição para o resto da vida.

Ela ficava linda furiosa, cheia de faíscas e chamas. Mikhail inspirou devagar e com cuidado. Raven pertencia a ele, com todo seu fogo e toda sua fúria, toda independente e corajosa, cheia de paixão ardente. Ela fazia o coração dele derreter, penetrava a alma dele com sua risada delicada. Mikhail sentiu a mente dela, mesmo que Raven estivesse sendo muito cuidadosa para não deixá-lo ver.

– E você acha que vai ser a responsável por isso? – ele provocou.

Outra pedra veio voando até o peito dele. Mikhail a pegou com facilidade e deliberadamente a poliu antes de jogá-la de volta no chão da floresta; o tempo todo com os olhos escuros mantendo o olhar dela fixo.

– Você acha que eu tenho medo dos seus lobos? – ela quis saber. – O único lobo mau aqui é você. Chame todos os seus lobos. Vá em frente.

Ela olhou para o interior escuro e secreto da floresta.

– Venham me pegar. O que ele falou para vocês sobre mim?

Mikhail soltou os dedos dela do galho que ela segurava como se fosse um taco e o deixou cair no chão. Ele envolveu a cintura fina dela com o braço e trouxe seu corpo pequeno e delicado contra sua figura maior e mais firme.

– Eu disse a eles que você tem gosto de mel quente.

Ele sussurrou aquelas palavras com sua voz aveludada de feiticeiro negro. Fazendo-a virar em seus braços, Mikhail segurou aquele rosto pequeno e belo com as mãos.

– Onde está todo aquele respeito maravilhoso que um homem tão poderoso quanto eu merece?

O polegar de Mikhail passou pelo lábio inferior dela em uma carícia. Raven fechou os olhos contra o inevitável. Ela queria chorar. Seus sentimentos por ele eram tão fortes que sua garganta doía e ardia.

Mikhail roçou os lábios nos olhos dela, sorveu uma lágrima e buscou refúgio na doçura da daquela boca.

– Por que você chora por mim, Raven? – ele murmurou no pescoço dela. – É porque você ainda quer fugir de mim? Eu sou tão terrível assim? Eu jamais permitiria que qualquer criatura viva, homem ou animal, machucasse você, não se eu tiver poder para impedir. Eu achei que nossa mente e nosso coração quisessem a mesma coisa. Estou errado? Você não me quer mais?

As palavras dele arderam no coração dela.

– Não é isso, Mikhail, de jeito nenhum, é só que eu estou muito confusa com tudo isso – ela falou rapidamente, com medo de que o tivesse magoado.

Raven acariciou o rosto dele com a ponta dos dedos e admiração no toque.

– Você é o homem mais fascinante que eu já conheci. Eu sinto que meu lugar é aqui com você, sinto como se eu conhecesse você completamente, mas é impossível pelo curto período em que estamos juntos. Eu achei que se pudesse colocar um pouco de distância entre nós, eu poderia pensar com mais clareza. Tudo aconteceu tão rápido. É como se eu estivesse obcecada por você. Não quero cometer um erro que vá causar dor aos dois.

A mão dele segurou o rosto dela.

– Eu vou sentir muita dor se você for embora, se me deixar sozinho de novo depois que eu encontrei você.

– Eu só quero um pouco de tempo, Mikhail, para pensar nas coisas. É assustador o que eu sinto por você. Eu penso em você todos os minutos. Quero tocar você, só para saber que posso, quero sentir você nos meus dedos. É como se você tivesse entrado na minha cabeça e no meu coração, até no meu corpo, e não consigo fazer você sair.

Raven falou como se fosse uma confissão, com a cabeça baixa, envergonhada.

Mikhail pegou a mão dela e a puxou, fazendo-a andar com ele.

– É assim com o meu povo, como sentimos em relação aos nossos parceiros. Nem sempre é confortável, não é? Somos passionais por natureza, muito sexuais e muito possessivos. As coisas que você está sentindo, eu sinto também.

Os dedos dela apertaram os dele, e ela deu um sorriso tímido e discreto.

– Estou certa de pensar que você está me mantendo aqui deliberadamente?

Mikhail deu de ombros.

– Sim e não. Não quero forçar você contra a sua vontade, mas sobre querer que você fique, eu acredito que nós somos companheiros, unidos mais permanentemente do que a sua cerimônia de casamento. Eu ficaria extremamente desconfortável sem você aqui, mente e corpo. Eu não sei como reagiria ao seu contato com outro homem e, para ser franco, eu tenho medo.

– Nós realmente somos de dois mundos diferentes, não somos? – ela perguntou com tristeza.

Ele levou a mão dela para o calor de sua boca.

– Existe uma coisa chamada compromisso, pequenina. Nós podemos nos movimentar entre os dois e criar o nosso próprio mundo.

Os olhos azuis de Raven passearam por ele, e um sorriso leve se fez em sua boca.

– Parece tão bom, Mikhail, tão século XXI, mas acho de alguma maneira que eu serei a parte que vai ceder.

Com sua estranha cortesia do Velho Mundo, Mikhail levantou um galho para ela passar. O caminho era uma enorme forma oval que levava de volta à casa dele.

– Talvez você tenha razão – com aquele tom jocoso e masculino – mas, até aí, sempre foi a minha natureza controlar e proteger. Não tenho dúvida de que você é mais do que páreo para mim.

– Então por que estamos na sua casa em vez da pousada? – ela perguntou, com uma mão no quadril e um sorriso passeando por seus olhos azuis.

– O que você faria lá tão tarde de noite? – a voz dele era puro veludo, mais sedutor do que nunca. – Fique comigo esta noite. Você pode ler enquanto eu trabalho, e eu ensino você a criar escudos melhores para se proteger das emoções indesejadas dos que estão à sua volta.

– O que você pode fazer pela minha audição? Suas misturas medicinais aumentaram a minha audição a um nível absurdo – ela arqueou a sobrancelha para ele. – Você faz alguma ideia do que mais vai acontecer comigo?

Os dentes dele arranharam a nuca de Raven, enquanto os dedos dele roçavam os seios possessivamente.

– Eu tenho todo tipo de ideia, pequenina.

– Tenho certeza disso. Acho que você é um maníaco sexual, Mikhail – Raven escapou ao alcance dele. – Acho que você colocou alguma coisa naquela mistura para me transformar em uma maníaca sexual também.

Ela sentou à mesa, calmamente pegou seu copo de suco e olhou para ele firmemente.

– Foi isso?

– Beba devagar – ele ordenou distraidamente. – De onde você tira essas ideias? Eu tenho sido tão cuidadoso com você. Você me sentiu dando sugestões?

Estranhamente, ela se flagrou relutante em beber.

– Você está sempre me fazendo dormir.

Raven cheirou o suco com cuidado. Maçã pura, nada mais. Ela não havia comido nem bebido nada em quase vinte e quatro horas, então por que a relutância?

– Você precisava dormir – ele disse sem remorso.

Mikhail ficou observando-a com seus olhos de falcão preocupados.

– Alguma coisa errada com o suco?

– Não, não, claro que não.

Raven levou o copo à boca e sentiu seu estômago reclamar. Ela recolocou o copo na mesa com o conteúdo intacto.

Mikhail suspirou discretamente.

– Você sabe que precisa se alimentar – ele se inclinou para perto dela. – Como seria simples se você me deixasse ajudá-la, mas você disse que eu não devo. Isso faz sentido?

O olhar de Raven desviou dele. Os dedos dela brincaram nervosamente com o copo.

– Talvez eu esteja pegando uma gripe. Faz alguns dias que estou me sentindo estranha, tonta e fraca.

Ela afastou o copo.

Mikhail empurrou o copo de volta.

– Você precisa, pequenina.

Ele tocou o braço fino dela.

– Você já é muito pequena. Eu não acho que perder peso seja uma boa ideia. Beba um gole.

Ela passou a mão pelo cabelo, querendo agradá-lo, sabendo que ele estava certo.

– Acho que não consigo, Mikhail – Raven olhou para ele com preocupação. – Não estou tentando ser difícil, acho que estou doente.

O rosto moreno e sensual dele tinha um leve quê implacável. Ele se aproximou dela e colocou os dedos em volta do copo de suco.

– Beba. O suco vai ficar no seu estômago, seu corpo vai aceitá-lo.

Ele falou em voz alta com gentileza, com braços protetores que a envolveram pelos ombros. Sua voz estava grave e intensa, sem aceitar nenhuma discordância, tornando impossível desobedecê-lo.

Raven abriu e fechou os olhos para ele e então olhou para o copo vazio na mesa. Ela balançou a cabeça lentamente.

– Não acredito que você seja capaz de fazer isso. Eu não me lembro de beber e não estou enjoada agora.

Ela desviou o rosto dele, olhando para a escuridão misteriosa da floresta. A névoa refletia a luz da lua, cintilando e reluzindo.

– Raven.

A mão de Mikhail acariciou a nuca dela.

Ela encostou-se nele.

– Você nem sabe o quanto é especial, sabe? As coisas que você consegue fazer estão além de qualquer coisa que eu já vi. Mas você me assusta, com seu poder, me assusta mesmo.

Mikhail apoiou o próprio peso na coluna, com uma expressão genuinamente intrigada no rosto.

– É meu dever e meu direito cuidar de você. Se você precisa do efeito restaurador do sono, então eu vou providenciá-lo. Se seu corpo precisa beber alguma coisa, por que não ajudar você? Por que isso assustaria você?

– Você realmente não entende, não é?

Raven fixou o olhar em um feixe de névoa especialmente intrigante.

– Você é um líder aqui. É óbvio que as suas habilidades são muito superiores às minhas. Eu não acho que poderia me encaixar na sua vida. Eu sou uma solitária, não a primeira dama.

– Sim, eu tenho muitas responsabilidades. Meu povo conta comigo para manter nossas atividades funcionando normalmente, para caçar os assassinos que matam os nossos entes. Eles até acreditam que eu sozinho vou descobrir por que perdemos tantas crianças no primeiro ano de vida. Eu não tenho nada de especial, Raven, com exceção do fato de que eu tenho uma vontade de ferro e estou disposto a suportar esse fardo. Mas não tenho nada meu. Nunca tive. Você me dá um motivo para continuar. Você é meu coração, minha alma, o ar que eu respiro. Sem você, não tenho nada além de escuridão, vazio. Só porque tenho poder, porque sou forte, não significa que não posso me sentir terrivelmente sozinho. É frio e feio viver só.

Raven levou a mão à barriga. O suco de maçã parecia dar um nó no estômago, mas até aquele momento, estava no lugar. Mikhail parecia tão distante, tão solitário. Ela detestava a maneira como ele ficava em silêncio, firme e orgulhoso, esperando que ela partisse seu coração. Ela precisava confortá-lo, e ele sabia. Mikhail leu a mente dela, ele sabia que Raven não suportava aquela solidão em seus olhos. Raven atravessou a distância que os separava, sem dizer nada. O que podia dizer? Ela simplesmente encostou a cabeça no peito dele e colocou os braços em volta de sua cintura.

Mikhail a envolveu em seus braços. Ele havia tirado a vida dela, dela mesma, sem seu conhecimento. Ela o estava confortando, mas não sabia do crime dele. Ela estava ligada a ele, não podia se afastar dele por muito tempo. Mikhail não tinha palavras para explicar isso sem revelar mais sobre a espécie do que podia fazer com segurança.

Ela achava que não estava à altura da posição dele. Ela o fazia se sentir humilde e com vergonha de si. As mãos de Mikhail seguraram o rosto de Raven, e seu polegar acariciou a linha delicada do queixo dela.

– Escute, Raven – ele deu um beijo no alto da cabeça sedosa dela. – Eu sei que não mereço você. Você acha de alguma maneira que é menos que eu, mas na verdade, você é tão mais do que eu que não tenho nem o direito de tentar alcançá-la.

Quando ela se mexeu como se fosse protestar, Mikhail e segurou com mais força.

– Não, pequenina, eu sei que é verdade. Eu vejo você claramente, enquanto você não tem acesso aos meus pensamentos e lembranças. Não posso abrir mão de você. Eu gostaria de ser um homem melhor e mais forte para conseguir, mas não consigo. Só posso prometer que vou fazer tudo o que estiver ao meu alcance para fazê-la feliz, para dar a você tudo o que eu puder. Peço tempo para aprender os seus costumes, peço o direito de errar. Se você precisa ouvir palavras de amor, – a boca dele roçou a lateral do rosto dela até o canto da boca – posso dizê-las a você com toda honestidade. Eu nunca acreditei que teria uma mulher para mim, uma verdadeira companheira. Eu quis uma mulher só para mim.

O beijo de Mikhail foi infinitamente carinhoso, uma chama ardente e sombria de amor e desejo.

– Você está no meu coração para ficar, Raven. Eu conheço nossas diferenças melhor que você. Só peço uma chance.

Ela se virou nos braços dele e apertou seu corpo contra o dele.

– Você realmente acha que podemos fazer isso dar certo? Que podemos encontrar um meio-termo?

Raven não fazia ideia do risco que ele estaria correndo. Quando ela vivesse com ele, Mikhail jamais poderia buscar a segurança e o santuário da terra. Não poderia deixá-la sem proteção nem por uma única noite. Do momento em que ela se mudasse, o perigo para ele aumentaria dez vezes, assim como para ela. Os assassinos não veriam diferença entre os dois. Ela estaria condenada aos olhos deles. Além de todos os outros crimes, ele a estaria trazendo para seu mundo perigoso. A mão de Mikhail foi até a nuca dela. Tão frágil, tão pequena.

– Nós nunca vamos saber se não tentarmos.

Os braços dele a envolveram, abraçando-a como se nunca fossem soltá-la.

Raven sentiu a tensão súbita no corpo dele. Mikhail levantou a cabeça em alerta, como se estivesse cheirando o vento, ouvindo a noite. Ela se pegou fazendo o mesmo, inspirando profundamente, tentando ouvir as profundezas da floresta. Lá longe, os uivos distantes e abafados da alcateia flutuavam pela brisa como se chamassem uns aos outros, como um aviso para Mikhail.

Capítulo 7

Em choque, Raven virou a cabeça para ouvir com mais atenção.

– Os lobos estão falando com você! Como eu sei disso, Mikhail? Como eu posso saber algo assim?

Ele mexeu no cabelo dela com carinho, de leve.

– Você anda com a turma errada.

Mikhail foi recompensando com uma explosão de riso. Aquilo apertou seu coração, deixando-o aberto e vulnerável.

– O que é isso? – ela provocou. – O rei das terras usa gírias dos anos 1970?

Ele riu para ela de um jeito infantil e malandro.

– Talvez eu esteja andando com a turma errada.

– Talvez ainda exista esperança para você.

Ela beijou o pescoço, o queixo e a linha teimosa do maxilar escuro dele.

– Eu falei como você está linda com essa roupa?

O braço de Mikhail a envolveu pelos ombros e a virou na direção da mesa.

– Vamos ter companhia.

Com movimentos calmos ele serviu meio copo de suco no cálice do seu lado da mesa e esmagou um doce pequeno entre os dedos e espalhou as migalhas nos pratos.

– Mikhail? – a voz de Raven estava aflita. – Tenha cuidado se for fazer contato mental. Acho que existe outra pessoa além de mim com habilidades telepáticas.

– Todo o meu povo tem essa habilidade – ele respondeu com cuidado.

– Não como você, Mikhail.

Ela estava com o rosto franzido, estava esfregando a testa.

– Como eu.

– Por que você não mencionou isso para mim? – ele perguntou delicadamente, com um leve tom de exigência na voz. – Você sabe que meu povo está sendo perseguido e que nossas mulheres estão sendo assassinadas. Eu localizei três dos assassinos na mesma pousada em que você está hospedada.

– Porque não tenho certeza, Mikhail. Eu tento nunca tocar as pessoas. Ao longo dos anos, eu aprendi a não ter contato, a não permitir que ninguém me toque.

Ela passou a mão pelo cabelo, uma pequena linha de preocupação marcava sua testa.

– Desculpe. Eu devia ter falado alguma coisa sobre minhas suspeitas, mas eu não tinha certeza.

Mikhail alisou a linha na testa dela gentilmente com a ponta do dedo e tocou a boca de Raven com carinho.

– Eu não quis atacar você, pequenina. Precisamos discutir isso na primeira oportunidade que tivermos. Você consegue ouvir?

Ela voltou a atenção para a noite.

– Um carro.

Quase dois quilômetros distante. Ele levou o ar noturno até os pulmões.

– O padre Hummer e dois estranhos. Mulheres. Elas usam perfume. Uma é mais velha.

– Existem apenas oito hóspedes na pousada além de mim.

Raven estava tendo dificuldade para respirar.

– Eles vieram em uma excursão juntos. Um casal mais velho dos EUA, Harry e Margaret Summers. Jacob e Shelly Evans são irmãos, da Bélgica. Há quatro homens de diferentes lugares da Europa. Não falei muito com eles.

– Qualquer um deles pode ser o assassino – ele disse com seriedade.

Mikhail estava secretamente feliz que ela não tivesse prestado muita atenção aos outros homens. Ele não queria que Raven olhasse para outros homens, nunca.

– Acho que eu saberia, você não acha? – ela perguntou. – Eu lido com assassinos mais do que gostaria de admitir. Apenas uma dessas pessoas tem habilidades telepáticas, e certamente não são mais fortes que a minha.

Ela podia ouvir o carro com facilidade agora, mas a névoa densa a impedia de ver.

Mikhail levantou o queixo dela com dois dedos.

– Nós já estamos ligados à maneira do meu povo. Você vai dizer os votos de acordo com o costume do seu?

Os olhos dela se arregalaram em choque, olhos em que um homem podia se afogar. Olhos que um homem podia passar a eternidade olhando. Um sorriso discreto e muito masculino se formou na boca dele. Mikhail tinha conseguido chocá-la.

– Mikhail, você está me pedindo para casar com você?

– Não sei muito bem como se faz. Eu devo me ajoelhar?

Ele estava rindo abertamente para Raven.

– Você está me pedindo em casamento com um carro cheio de assassinos se aproximando?

– Assassinos em potencial.

Mikhail abriu um sorriso pequeno, de partir o coração, para ela.

– Diga sim. Você sabe que não consegue resistir a mim. Diga sim.

– Depois que você me fez beber aquele suco de maçã nojento? Você mandou seus lobos para me pegar, Mikhail. Sei que há uma longa lista de pecados que eu deveria estar recitando.

Os olhos dela brilhavam travessos. Mikhail a puxou em seus braços, contra os músculos fortes de seu peito, encaixando-a perfeitamente em seu quadril.

– Estou vendo que vou precisar de muita persuasão.

Os lábios dele se moveram pelo rosto de Raven como um ferrete, cobriram sua boca e fizeram a terra tremer.

– Ninguém deveria poder beijar como você – Raven sussurrou.

Ele a beijou de novo, doce e provocador, com a língua movendo-se pela dela de maneira sensual, magia pura, promessa pura.

– Diga sim, Raven. Sinta o quanto eu preciso de você.

Mikhail puxou-a mais para perto, para que a evidência rígida do seu desejo ficasse claramente marcada na barriga lisa dela. Pegando a mão dela, ele a fez cobrir o volume pungente e percorrê-lo em vaivém, provocando os dois. Ele abriu a mente para que ela sentisse a força de sua fome, o limite de sua paixão, a enxurrada de calor e amor que a envolvia, que envolvia os dois.

Diga sim, Raven, ele sussurrou na mente dela, precisando que ela precisasse dele também, que o aceitasse, bom ou mau.

– Você tem uma vantagem tão injusta.

A resposta dela, com um tom de divertimento, foi calorosa e transbordou amor.

O carro avançou pela névoa, parando sob a cobertura das árvores. Mikhail virou o rosto na direção dos forasteiros, colocando por instinto seu corpo protetoramente entre Raven e os três visitantes.

– Padre Hummer, que surpresa agradável.

Mikhail estendeu a mão em sinal de boas-vindas para o padre enquanto ele subia os degraus da varanda, mas havia algo duro em sua voz.

– Raven.

Shelly Evans passou pelo padre de maneira rude e correu até Raven, ainda que seus olhos estivessem devorando Mikhail.

Mikhail viu a onda de susto nos olhos de Raven antes que Shelly chegasse até ela, envolvendo-a com os braços e abraçando-a com força. Shelly não fazia ideia de que Raven podia ler sua inveja e seu interesse sexual por Mikhail. Ele podia sentir a repulsa natural de sua amada ao toque físico, à preocupação daquela mulher, às fantasias dela em relação a ele mesmo, mas Raven conseguiu sorrir e devolver o abraço.

– O que está acontecendo? Alguma coisa errada? – Raven perguntou delicadamente, soltando-se com gentileza da mulher mais alta.

– Bem, minha querida, – Margaret Summers disse com firmeza, olhando para Mikhail e indo até Raven – nós insistimos que o padre Hummer nos trouxesse para ver como você está.

No momento em que a mão fina e enrugada tocou seu braço, Raven reconheceu a invasão em sua mente. No mesmo momento seu estômago se agitou, revirou, e estilhaços de vidro pareceram castigar sua cabeça, fragmentando sua mente. Por um momento, ela não conseguiu respirar. Ela havia tocado a morte. Raven se afastou imediatamente, esfregando a palma da mão na coxa.

Mikhail, me ajude. Ela se concentrou totalmente nele. *Estou me sentindo mal.*

– A senhora Galvenstein não garantiu que Raven estava segura sob os meus cuidados?

Firme e delicadamente, Mikhail colocou o próprio corpo entre Raven e a mulher mais velha. Ele havia sentido a tentativa desastrada dela de sondar quando esbarrou nele. Seus dentes brancos brilharam.

– Por favor, entrem e fiquem à vontade. Acho que está ficando frio aqui fora.

Margaret Summers se virava de um lado para o outro, observando a mesa com dois copos e dois pratos e as migalhas de doces nos dois. Os olhos dela estavam fixos em Raven, como se tentassem ver o pescoço dela através do tecido.

O braço de Mikhail envolveu o ombro de sua amada, puxando-a para o abrigo restaurador de seu corpo. Ele escondeu um sorriso enquanto viu a senhora Summers conter Shelly até que o padre Hummer entrasse primeiro em sua casa. Eles eram tão previsíveis. Ele baixou a cabeça para acariciar Raven levemente.

Você está bem?

Vou vomitar. O suco de maçã. Ela olhou para ele em súplica.

Deixe-me ajudar. Eles não vão saber. Ele virou, bloqueando a pequena forma dela com seu enorme corpo. Mikhail deu um comando discretamente e a beijou com carinho.

Está melhor?

Raven tocou a base do rosto dele, e seus dedos transmitiram o que ela sentia.

Obrigada.

Eles se viraram juntos para os visitantes.

Margaret e Shelly estavam olhando a casa de Mikhail. Ele tinha dinheiro, e o interior da casa exalava riqueza, mármore e madeira de lei, cores quentes, obras de arte e antiguidades. Era óbvio que Margaret estava surpresa e impressionada.

O padre Hummer se sentou confortavelmente em sua poltrona favorita.

– Acho que interrompemos algo importante.

Ele parecia feliz consigo e secretamente satisfeito, seus olhos apagados brilhavam toda vez que encontravam a escuridão da expressão impenetrável de Mikhail.

– Raven aceitou se tornar minha esposa.

Mikhail levou os dedos dela ao calor de sua boca.

– Não tive tempo de dar o anel a ela. Vocês chegaram antes que eu pudesse colocá-lo em seu dedo.

Margaret tocou a Bíblia gasta sobre a mesa.

– Que romântico, Raven. Vocês planejam se casar na igreja?

– Claro que a criança deve se casar na igreja. Mikhail tem convicções fortes e não faria nada menos que isso – disse o padre Hummer em uma leve reprimenda.

Raven ficou de mãos dadas com Mikhail enquanto eles se acomodavam no sofá. Os olhos apagados de Margaret eram afiados como garras.

– Por que você estava se escondendo, querida?

O olhar dela estava em toda parte, tentando descobrir segredos.

Mikhail se mexeu, recostando-se preguiçosamente.

– Não é possível dizer que ela estava se escondendo. Nós telefonamos para a senhora Galvenstein, a dona da pousada, para avisá-la de que Raven ia ficar comigo. Com certeza ela avisou vocês.

– Da última vez que ouvi falar em Raven, ela estava indo para a floresta encontrar você para um piquenique – Margaret declarou. –

Sei que ela estava doente e eu estava preocupada, então descobri o seu nome e pedi ao padre para nos trazer aqui.

O olhar afiado dela se fixou no antigo espelho de prata.

– Sinto muito se a deixei preocupada, senhora Summers – Raven disse docemente. – Tive uma gripe terrível. Se eu soubesse que alguém ficaria preocupado, eu teria ligado.

Ela disse claramente.

– Eu queria ver por conta própria – Margaret apertou os lábios com teimosia. – Nós duas somos americanas, e eu me sinto responsável por você.

– Fico agradecido pela sua preocupação. Raven é a luz da minha vida – Mikhail se inclinou para frente com seu sorriso de predador. – Sou Mikhail Dubrinsky. Acho que não fomos devidamente apresentados.

Margaret hesitou e, levantando o queixo, apertou a mão dele e disse seu nome. Mikhail exalava boa vontade e amor, temperado sedutoramente com uma dose saudável de luxúria por Raven.

Shelly se apresentou ansiosamente.

– Senhor Dubrinsky?

– Mikhail, por favor.

O charme dele era tão intenso que Shelly quase caiu da cadeira. Ela se mexeu bastante e cruzou as pernas para dar a ele uma visão melhor.

– Mikhail, então.

Ela abriu um sorriso sedutor.

– O padre Hummer nos contou que você é uma espécie de historiador e conhece todo o folclore do país e dos arredores. Estou escrevendo sobre folclore. Especificamente, se existe alguma verdade nas lendas locais. Você sabe alguma coisa sobre vampiros?

Raven piscou e tentou não cair na risada. Shelly estava sendo sincera, e havia se encantado com o magnetismo de Mikhail. Ela ficaria muito envergonhada se Raven risse. Ela se concentrou no polegar de Mikhail, que estava acariciando a parte interna de seu pulso. Isso a ajudava a se sentir mais forte.

– Vampiros – Mikhail repetiu a palavra com naturalidade. – É claro que a área mais popular dos vampiros é a Transilvânia, mas temos nossas próprias histórias. Ao longo das montanhas dos *Cárpatos* existem histórias extraordinárias. Existe uma trilha que segue o caminho de Jonathan Harker até a Transilvânia. Tenho certeza de que você vai gostar.

Margaret se inclinou para frente.

– Você acha que as histórias são verdadeiras?

– Senhora Summers – Raven demonstrou seu choque. – Você não acredita, acredita?

O rosto de Margaret se fechou, e seus lábios ficaram apertados de novo de maneira beligerante.

– Eu sempre acredito que existe um grão de verdade em quase toda história que passa de geração em geração. Talvez seja nisso que a senhora Summers acredite – Mikhail disse gentilmente.

Margaret assentiu com a cabeça, relaxando visivelmente, e abriu um sorriso benevolente para Mikhail.

– Que bom que concordamos, senhor Dubrinsky. Um homem da sua posição com certeza deve ser um homem com a mente aberta. Como tantas pessoas ao longo dos séculos podem contar histórias tão parecidas sem que exista alguma verdade na lenda?

– Um cadáver vivo? – as sobrancelhas de Raven se levantaram. – Não sei da Idade Média, mas eu perceberia se pessoas mortas começassem a andar por aí, arrastando crianças.

– Existe esse fato – Mikhail concordou. – Tivemos um número grande de mortes não explicadas de que fiquei sabendo nos últimos anos.

– Mas algumas pessoas da região contam histórias de algumas coisas bem estranhas.

Shelly estava relutante em revelar suas ideias.

– Claro que sim – Mikhail sorriu de maneira cativante. – É tão melhor para os negócios. Alguns anos atrás... quando foi, padre? O senhor se lembra quando Swaney queria aumentar o turismo e, para isso, se espetou no pescoço com agulhas de tricô e fez o jornal tirar fotos? Ele colocou uma coroa de alho no pescoço e ficou andando pela cidade, dizendo que o alho o deixou doente.

– Como você sabe que não era real? – Margaret quis saber.

– As marcas infeccionaram. No fim das contas, ele era alérgico a alho, não teve escolha e teve que confessar, e se divertia quando contava para qualquer um que estivesse disposto a ouvir.

Mikhail sorriu de maneira maliciosa para as duas mulheres.

– Ele afirmou que recebeu uma penitência do padre Hummer. Swaney rezou o rosário 37 vezes seguidas.

O padre Hummer jogou a cabeça para trás e deu uma risada gostosa.

– Ele com certeza chamou a atenção de todo mundo por um tempo. Jornalistas estavam vindo de toda parte. Foi um belo *show*.

Mikhail fez uma careta.

– Se eu bem me lembro, tive de passar tanto tempo fora do escritório que precisei trabalhar dia e noite por uma semana para recuperar o tempo perdido.

– Até mesmo você teve senso de humor suficiente para apreciar o pequeno empreendimento dele, Mikhail – disse o padre Hummer. – Eu estou por aí há muito tempo, senhoras, e nunca encontrei um cadáver ambulante.

Raven passou a mão pelo cabelo e então esfregou a cabeça, que doía. Os estilhaços de vidro eram implacáveis. Ela sempre associava essa dor ao contato prolongado com uma mente perversa. A mão de Mikhail subiu e esfregou levemente a têmpora dela, para, em seguida, passar os dedos pela pele macia.

– Está ficando tarde, e Raven ainda está sentindo os efeitos da gripe. Talvez nós possamos continuar essa discussão outra noite?

O padre Hummer se levantou imediatamente.

– Claro, Mikhail, e me desculpe por invadir sua casa em um momento tão inoportuno. As senhoras estavam muito agitadas, e parecia a maneira mais rápida de aliviar o medo delas.

– Raven pode voltar conosco – Margaret ofereceu de maneira solícita. – Parece que você precisa de descanso, querida, e você pode nos contar sobre seu noivado.

Raven sabia que jamais sobreviveria a uma viagem de carro com aquela mulher. Shelly estava meneando a cabeça ansiosamente, oferecendo a Mikhail seu melhor sorriso.

– Muito obrigada, Mikhail. Eu adoraria discutir isso mais com você e talvez fazer algumas anotações, tudo bem?

– Claro, senhorita Evans – Mikhail entregou a ela seu cartão de visitas. – Estou cheio de trabalho agora, e Raven quer se casar o mais rápido possível, mas farei o meu melhor para arranjar tempo.

Ele estava levando os convidados até a porta, usando seu corpo grande e musculoso e seu sorriso charmoso para impedir que qualquer um tocasse Raven.

– Obrigado, senhora Summers, por se oferecer para cuidar de Raven por mim, mas fomos interrompidos, e pretendo me certificar de que ela não me deixe sem um anel muito importante.

Quando Raven se mexeu para ficar ao lado dele, Mikhail a interrompeu. Seu corpo foi tão delicado e sutil que o movimento não foi notado. A mão dele escorregou pelo braço dela para pousar em seu pulso delicado.

– Obrigada por virem – ela disse delicadamente detrás dele, com medo de que se falasse muito alto, sua cabeça fosse explodir em mil pedaços.

Quando os visitantes foram embora, Mikhail a puxou protetoramente para seus braços, enquanto seu rosto revelava uma máscara ameaçadora.

– Sinto muito, pequenina, que você tenha tido que suportar isso.

Ele a levou para dentro da casa e foi na direção da biblioteca.

Köd jutasz belso.

Raven podia ouvir as palavras delicadas na língua dele sendo ditas sob a respiração. Ele estava praguejando, e isso a fez sorrir.

– O que isso significa?

Mikhail piscou os olhos para ela.

– Desculpe – ele murmurou. – Literalmente, *que a sombra os leve*. Aquela mulher é maligna.

– Ela não é má, Mikhail, ela é pervertida, fanática. Era como tocar a mente de um cruzado* em chamas. Ela acredita que está fazendo o certo.

Raven roçou o topo de sua cabeça na base dura do rosto dele.

– Ela nem vale o desprezo – Mikhail parecia estar cuspindo as palavras. – Ela é obscena.

Muito gentilmente, ele a colocou no conforto de uma poltrona.

– Ela veio me testar, trazer um padre para a minha casa e tentar me vencer pela astúcia. O toque dela em minha mente foi desajeitado e inapto. Ela usa seu talento para sinalizar os outros para o assassinato. Ela só leu o que eu permiti.

– Mikhail, ela acredita em vampiros. Como ela pode acreditar que você é um cadáver ambulante? Você tem talentos incomuns, mas eu não consigo imaginar você matando uma criança para se manter vivo. Você vai à igreja, você usa um crucifixo. A mulher é louca.

Raven massageou as têmporas, que latejavam, para tentar aliviar a dor.

Mikhail foi até ela, uma sombra escura segurando uma de suas misturas de ervas.

– E se eu fosse um vampiro mítico, pequenina, mantendo você cativa em minha cova?

Ela sorriu para o rosto sério dele, absorvendo a dor naqueles olhos aflitos.

– Eu confiaria minha vida a você, Mikhail, vampiro ou não. E eu confiaria a vida dos meus filhos. Você é arrogante e, às vezes, autoritário, mas você nunca poderia ser mau. Se você é um vampiro, então os vampiros não são as criaturas das lendas.

---

* Cavaleiro europeu que participava de uma cruzada (expedição militar feita com propósito religioso) na Idade Média. [N. R.]

Mikhail se afastou, sem querer que Raven visse o quanto a aceitação completa e incondicional dela significava para ele. Não importava que ela não soubesse o que estava dizendo. Ele sentiu a verdade naquelas palavras.

– A maior parte das pessoas tem um lado negro, Raven, eu mais que os outros. Sou capaz de extrema violência, até de crueldade, mas não sou um vampiro. Eu sou um predador, antes de tudo, mas não sou um vampiro – a voz dele estava rouca, sufocada.

Raven diminuiu a distância entre eles, para tocar o canto da boca dele e aliviar uma linha profunda.

– Eu nunca pensei isso. Parece que você acredita que uma criatura tão terrível possa existir. Mikhail, se isso fosse verdade, eu saberia que você não pode ser um deles. Você se julga de maneira tão dura. Eu sinto o bem em você.

– Você sente? – ele perguntou, sério. – Beba isto.

– É melhor você não me colocar para dormir. Vou voltar para a pousada, para a minha cama, em algum momento esta noite – ela disse firmemente enquanto pegava o copo da mão dele. A voz dela o provocava, mas os olhos de Raven estavam ansiosos.

– Eu sinto mesmo o bem em você, Mikhail. Eu vejo em tudo o que você faz. Você coloca todo mundo em primeiro lugar na sua vida.

Ele fechou os olhos de dor.

– É isso que você acha, Raven?

Ela olhou atentamente para o conteúdo do copo, se perguntando por que suas palavras o machucavam.

– É o que eu sei. Eu persegui assassinos, mas não tive que ir até o fim e fazer justiça com eles. Eles devem consumir você o tempo todo.

– Você me dá muito crédito, pequenina, mas eu agradeço sua fé em mim – a mão dele envolveu a nuca de Raven.

– Você não está bebendo. Vai ajudar a melhorar a dor de cabeça.

Os dedos de Mikhail foram até as têmporas dela e fizeram sua mágica.

– Como você pode voltar para aquela pousada quando nós dois sabemos que os assassinos estão lá? É aquela senhora que os leva até o nosso povo. Ela já está curiosa sobre você.

– Ela não pode acreditar que eu sou uma vampira, Mikhail. Por que eu estaria em perigo? Posso até ajudar você.

Um sorriso malicioso se formou no rosto dela.

– Estou ouvindo muito melhor atualmente.

Ela fez um brinde com o copo e bebeu a mistura com vontade.

– Não há discussão quando a sua segurança está envolvida. Não vou colocar você no meio dessa guerra.

O olhar preto dele estava claramente preocupado.

– Nós concordamos em ceder. Seu mundo e o meu. Eu preciso ser independente, Mikhail. Preciso tomar minhas próprias decisões. Eu sei que você nunca me deixaria passar pelo tormento de procurar, sozinha, um matador. Quero ajudar você, estar ao seu lado. Uma parceria é isso.

– Ficar longe de você, mesmo em circunstâncias normais, seria um tormento para mim. Como eu posso tolerar algo como você estar na mesma casa que aqueles que mataram a minha irmã?

– Vou ouvir coisas que vão ajudar você – ela insistiu.

Ele balançou a cabeça, com o rosto coberto de linhas implacáveis. Raven tentou provocá-lo, queria que a escuridão saísse de seus olhos.

– Faça um dos seus feitiços para dormir para você mesmo, ou me ensine a fazer. Eu ajudaria você a pegar no sono com prazer.

A mão dele deslizou, envolvendo e explorando o pescoço dela.

– Tenho certeza que sim. Como está sua cabeça, pequenina? Melhor?

– Muito melhor, obrigada. Então, me conte o que você descobriu até agora.

Raven ficou olhando enquanto ele andava de um lado para o outro pelo chão de madeira, cheio de energia inquieta.

– Eu já fiz isso, Mikhail. Eu não sou uma amadora e não sou idiota. A senhora Summers pode parecer uma velhinha simpática, mas ela é louca. Se ela está marcando pessoas como vampiros e tem um séquito fanático, muito mais gente pode se machucar. E essas pessoas devem acreditar na senhora Summers. Elas mataram a sua irmã...

– Noelle – ele disse delicadamente –, o nome dela era Noelle.

Os olhos de Raven tocaram o rosto de Mikhail, enquanto a mente dela inundava a dele de calor e conforto.

– Noelle – ele repetiu gentilmente – foi morta de um jeito clássico para vampiros. Estaca, decapitação, alho. Esse grupo é doente. Pelo menos temos por onde começar. Acho que podemos supor sem medo de errar que a senhora Summers está envolvida. Então já são dois.

– Aquela garota boba, Shelly, é cega. Eles a estão usando para fazer aquelas perguntas ridículas. Ela não está diretamente envolvida, eles não confiam que ela vá manter a boca fechada. O irmão plantou a ideia de estudar folclore na cabeça dela, e essa viagem supostamente é uma pesquisa de campo para ele. Shelly se deixa manusear com facilidade por ele.

Mikhail passou a mão por seu cabelo grosso. Ele precisava se alimentar logo. Havia uma raiva fria e obscura nele. Ela rastejava por seu corpo, perigosa e mortal. Jacob era inescrupuloso, até mesmo a irmã, ao que parecia. E ele havia olhado para Raven com luxúria.

Raven olhou para cima e encontrou olhos fixos nela. Eram escuros, insondáveis, os olhos de um caçador. Um toque de desconforto percorreu sua coluna. Ela sentiu sua mão tremer enquanto alisava a saia.

– O que foi?

Às vezes Mikhail parecia um estranho; não o homem caloroso que ela conhecia, com riso e carinho no olhar ardente, alguém calculista e frio, alguém mais letal e ardiloso do que ela podia imaginar. Automaticamente, a mente de Raven foi até a dele.

Não. Ele criou uma barreira enorme.

Os cílios de Raven abriram e fecharam em uma explosão súbita de lágrimas. A rejeição era dolorosa em qualquer situação e vinda de Mikhail doía absurdamente.

– Por que, Mikhail? Por que você está me afastando? Você precisa de mim. Eu sei que precisa. Você está tão disposto a ajudar todo mundo, ser tudo para todos. Eu devia ser a sua companheira, ser todas as coisas, tudo para você. Deixe-me ajudar.

Ela se aproximou dele lentamente, com cuidado.

– Você não sabe o que pode acontecer, Raven.

Mikhail deu um passo para trás, afastando-se da tentação e da dor dela.

Ela sorriu.

– Você sempre me ajuda, Mikhail. Você cuida de mim. Estou pedindo que você confie em mim o suficiente para me deixar ser o que você precisa.

Mikhail estava permitindo que sua mente se fragmentasse pouco a pouco. Ela sentiu dor misturada com fúria diante do assassinato sem sentido de Noelle e medo pela segurança de Raven. Amor, forte e cada vez maior, uma fome, sexual e física. Necessidade primitiva. Alguém definitivamente precisava amar e confortar esse homem.

– Eu preciso que você faça o que estou pedindo – ele disse, desesperado, lutando com a fera que levantava a cabeça faminta.

A risada dela era delicada, provocante, um som que dançava sobre a pele dele.

– Não, não precisa. Muitas pessoas pensam que a sua palavra é a lei. Você precisa de alguém que o desafie um pouco. Eu sei que você não vai me machucar, Mikhail. Eu posso sentir que você teme a si. Você acha que existe algo dentro de você que eu não posso amar, algum tipo de monstro que você tem medo que eu veja. Eu conheço você melhor do que você mesmo.

– Você é tão imprudente, Raven, tão descuidada com o perigo.

Ele segurou o encosto de uma cadeira com tanta força que a madeira quase se transformou em pó. Daquele jeito, ela ficaria com as marcas dos dedos dele para sempre.

– Perigo, Mikhail?

Raven inclinou a cabeça para o lado, e seu cabelo deslizou sobre o ombro. As mãos dela foram até o primeiro botão de sua blusa.

– Eu nunca estaria em perigo por sua causa, mesmo que você estivesse furioso comigo. O único perigo agora quem corre são minhas roupas.

Ela deu um passo para trás, rindo de novo, deixando que aquele som o aquecesse, e acendesse a chama bem dentro dele.

O calor subiu e se espalhou, o desejo tomou conta de Mikhail, forte e urgente. A fome o dilacerou, uma névoa vermelha e cega.

– Você, pequenina, está brincando com fogo, e eu estou totalmente fora de controle.

Mikhail fez uma última tentativa de salvá-la. Por que ela não conseguia ver como ele era egoísta, na verdade? Como ele havia tomado a vida dela e nunca a deixaria ir? Ele era o monstro que Raven não conseguia ver. Talvez como o resto do mundo, a lógica e a justiça frias o governassem, mas não ela. Com Raven, Mikhail era tão tomado por emoções que não estava acostumado que não podia controlá-las. Ele fazia coisas que considerava inconsequentes. Ele a deixava ver a violência em sua mente, rasgando as roupas dela e possuindo seu corpo sem pensar nem se controlar.

Raven respondeu com a mente, calor, amor, seu corpo desejando o dele, receptivo, aceitando seu lado violento. Ela tinha confiança e fé absolutas nos sentimentos dele, em seu comprometimento em relação a ela.

Ele vociferou discretamente, arrancando as roupas de seu corpo aprisionado e lançando-se sobre ela como um gato selvagem em um ataque.

– Mikhail, eu amo esta roupa – ela sussurrou no pescoço dele, com sua risada ainda inundando a mente dele. Risada. Alegria. Não medo.

– Tire essa maldita coisa – ele disse com a voz rouca, sem perceber que estava confirmando a crença dela.

Ela não teve pressa, provocando-o com os botões, fazendo-o encontrar o gancho na saia.

– Você não sabe o que está fazendo – ele protestou com aspereza, mas suas mãos foram gentis com o corpo dela, retirando as roupas com cuidado até que só tivessem sobrado a pele nua e macia e o longo cabelo sedoso.

Mikhail envolveu a nuca de Raven com seus dedos fortes. Ela parecia tão pequena e frágil, com a pele quente. Ela tinha o perfume poderoso de uma mulher, como mel silvestre, um sopro de ar fresco. Ele colocou Raven de costas na estante dos livros, enquanto suas mãos faziam o contorno do corpo dela, acariciando a curva de seus seios, absorvendo a sensação dela em sua própria pele, seus tecidos, seus órgãos. Mikhail abaixou a cabeça e encontrou a ponta escura do mamilo dela com a língua. O demônio nele recuou diante da sensação macia da pele de Raven, a aceitação dela de sua natureza. Ele não a merecia. O corpo de Raven fraquejou ao primeiro toque da boca de Mikhail, tão quente e exigente, colada ao seio. A prateleira atrás dela a segurou pela pele nua de suas nádegas.

Excitação e ansiedade tomaram conta dela. Os olhos de Mikhail a percorreram com voracidade, possessividade. Com tanto carinho. O coração de Raven quase derreteu, fazendo-a querer chorar diante de tudo o que Mikhail sentia por ela. Por onde quer que o olhar dele passasse, a pele de Raven ardia por ele, e seu corpo exigia o toque dele.

Ela levou as mãos ao cabelo dele para soltá-lo, afundá-las nele, deliciar-se com a capacidade de alisar seus músculos pesados com a ponta dos dedos. Raven podia senti-lo tremer sob suas mãos carinhosas, a brutalidade nele tentando se libertar. Aquilo despertou algo selvagem. Ela queria senti-lo em seus braços, tremendo por ela, queria sentir os músculos rígidos dele contra sua pele macia, o corpo de Mikhail transbordando dentro dela. Ela enviou a ele as imagens eróticas que estavam em sua mente enquanto provocava a pele dele com a própria boca.

As mãos de Mikhail estavam em toda parte, assim como as dela. A boca dele parecia pegar fogo, assim como a dela. O coração dele estava disparado, e o dela acompanhou. O sangue dos dois estava em ebulição como lava derretida. Os dedos de Mikhail a encontraram molhada e aberta para ele. Mikhail a puxou para o chão, levantando-lhe o quadril para poder juntar-se a ela. O sangue latejava nas orelhas dele, cada emoção nele formava um turbilhão em uma tempestade violenta de desejo. Quanto mais forte e fundo ele a penetrava, mais macia e receptiva ela se tornava. O corpo de Raven estava quente e apertado, recebendo o dele, aceitando sua tempestade.

A fome rugia perigosamente. Ele desejava o gosto doce dela, queria o êxtase do ritual da troca. Se ele se alimentasse... Mikhail urrou diante da tentação. Ele jamais conseguiria parar sem que precisasse reabastecê-la. Ele não podia fazer aquilo. Raven precisava tomar a decisão consciente de se tornar parte do mundo dele. O risco era muito grande. Se ela não sobrevivesse, Mikhail a seguiria até o desconhecido. Ele sabia exatamente o que os anciãos queriam dizer com "um companheiro não sobreviveria à morte do outro". Ele não queria viver no mundo sem ela. Não haveria Mikhail sem Raven.

O corpo dele, as necessidades, as emoções desgastadas, tudo estava tomando conta de novo, levando-o ao limite do controle. Mikhail nunca havia conhecido a profundidade do sentimento, um amor tão completo e absoluto por alguém. Ela era tudo. O ar. A respiração. Seu coração. A boca de Mikhail encontrou a dela em beijos longos e inebriantes, desceu até o pescoço, o seio, e encontrou sua marca. Uma vez. Apenas uma.

Raven se mexia nos braços dele, movendo a cabeça para oferecer melhor acesso, com as mãos mergulhadas no cabelo dele.

– É melhor eu casar com você, Mikhail. Você precisa de mim desesperadamente.

Ele levantou a cabeça e olhou para o rosto dela, tão lindo enquanto faziam amor, tão receptivo em relação a ele e às suas necessidades. O coração de Raven envolvia o dele em amor, a mente dela acalmava a dele, alimentava a dele, o provocava, acompanhava a ferocidade nele. As mãos de Mikhail seguraram o rosto dela, seus olhos pretos se fixaram nos azuis dela, mergulhados nos sentimentos que ele tinha por ela. E então ele estava sorrindo.

– Mikhail – ela disse em protesto quando ele gentilmente saiu de dentro dela.

Ele a virou, trazendo o quadril dela para si. Quando Mikhail a penetrou, com as mãos segurando sua cintura fina, ele estava exultante. Ela estava a salvo! A alegria tomou conta dele, e ele se entregou ao prazer puro do corpo dela. Ele se movia, ela se movia. Raven estava muito apertada, quente e macia. A combinação era explosiva.

Os lobos haviam dito que ele não sabia mais o que era alegria, mas Raven havia trazido o sentimento de volta. O corpo dele cantava e brilhava de felicidade. Duas vezes ele sentiu o corpo dela nodular, pulsar, mas foi em frente, querendo que os dois corpos se tornassem um para sempre. A sombra escura na alma de Mikhail estava sumindo. Aquela mulher linda e pequena tinha feito aquilo. Ele estabeleceu o ritmo deles, deliciando-se na maneira como o corpo dela acompanhava o tom dele. Mikhail sentiu o corpo de Raven tencionar, se contrair, e a ouviu gritar repetidas vezes, pequenos gemidos na garganta dela que o levavam até o limite. Seu próprio corpo pegou fogo, levando os dois ao céu, fazendo Raven gritar o nome dele para se ancorar.

As mãos de Mikhail foram gentis ao ajudá-la a deitar. Ele acariciou o cabelo sedoso dela e se abaixou para beijá-la carinhosamente.

– Você não faz ideia do que fez por mim esta noite. Obrigado, Raven.

Os olhos dela estavam fechados, os cílios pareciam duas luas crescentes sobre a pele macia. Ela sorriu.

– Alguém precisa mostrar a você o que é o amor, Mikhail. Não possessão, nem propriedade, mas amor verdadeiro e incondicional.

Ela levantou a mão e, mesmo com os olhos fechados, a ponta dos dedos encontrou exatamente as linhas ao redor da boca dele.

– Você precisa lembrar como brincar, como rir. Você precisa aprender a se gostar mais.

Os contornos duros da boca dele se suavizaram e se curvaram.

– Você parece o padre.

– Espero que você tenha confessado que se aproveitou de mim – ela provocou.

A respiração de Mikhail ficou presa na garganta. A culpa tomou conta. Ele tinha se aproveitado. Talvez não da primeira vez, quando estava tão sem controle depois de tanto isolamento. Tinha sido necessário fazer a troca para salvar a vida dela. Mas a segunda vez tinha sido puro egoísmo. Ele queria o frenesi sexual, a completa realização do ritual; e tinha proferido as palavras do ritual. Eles estavam ligados. Mikhail sabia disso, sentia que era o certo, sentia a cura em sua alma que só uma verdadeira companheira podia trazer.

– Mikhail? Eu estava brincando com você.

Os longos cílios piscaram e levantaram, para que os olhos dela pudessem confirmar o que a ponta dos dedos tinha dito a ela. Os dentes de Mikhail pegaram o dedo dela, e a língua acariciou-lhe a pele. A boca dele era tão quente, erótica, os olhos dele ardiam por Raven.

O calor veio aos olhos dela em resposta. Raven riu delicadamente.

– Você tem tudo, não tem? Charme, você é tão *sexy* que deveria ser preso, e um sorriso que outros homens matariam para ter. Ou mulheres, dependendo de como você quiser olhar para a coisa.

Mikhail se abaixou para beijá-la, enquanto uma mão se fechou sobre um seio possessivamente.

– Você precisa mencionar como eu sou um ótimo amante. Os homens precisam ouvir esse tipo de coisa.

– É mesmo? – Raven arqueou a sobrancelha. – Eu não me atreveria. Você já é mais arrogante do que posso suportar.

– Você é louca por mim. Eu sei. Eu leio mentes.

De repente, ele sorriu de um jeito maroto, como um menino.

– Da próxima vez que você fizer amor comigo, que tal sermos convencionais e irmos até uma cama?

Raven se sentou com cuidado. O braço de Mikhail a envolveu para ampará-la.

– Eu machuquei você?

Ela riu delicadamente.

– Você está brincando? Mas eu não me importaria com um longo banho em uma banheira quente.

Ele roçou o topo da cabeça de Raven com o queixo.

– Acho que podemos providenciar isso, pequenina – ele devia ter percebido que o chão de madeira não seria o local mais confortável. – Você tende a eliminar todos os pensamentos sensatos da minha cabeça.

Foi um pedido de desculpas enquanto ele a levantava em seus braços. Os longos passos dele os levaram pela casa, até o banheiro principal.

Cheios de calor, os olhos de Raven derretiam, o sorriso dela era tão amoroso que a respiração de Mikhail ficou presa na garganta.

– Você tem uma tendência a ser meio primitivo, Mikhail.

Ele grunhiu, levou a cabeça até a dela e uniu as duas bocas. Havia uma mistura tão grande de ternura e voracidade que Raven o desejou. Muito gentilmente, ele a colocou de pé e segurou seu rosto pequeno com as mãos.

– Eu nunca vou me cansar de você, Raven, nunca. Mas você precisa relaxar em um banho, e eu preciso me alimentar.

– Comer – ela se abaixou para encher a banheira com água quente e escaldante. – Geralmente usamos a palavra comer. Eu não sou a melhor das cozinheiras, mas posso preparar alguma coisa para você.

Os dentes brancos dele brilharam como os de um predador quando Mikhail acendeu as velas para ela.

– Você não está aqui como minha escrava, pequenina. Pelo menos não no sentido doméstico.

Os olhos dele a acompanhavam sem piscar enquanto Raven prendia o cabelo no alto da cabeça. Era enervante, mas o corpo de Raven formigava sob o calor daquele olhar. Ele esticou o braço para ajudá-la a entrar na enorme banheira. No momento em que os dedos fortes se fecharam nos dela, Raven teve a sensação peculiar de ter sido capturada.

Ela limpou a garganta e abaixou com cuidado na água quente.

– E então, você acredita em ser fiel? – ela tentou parecer casual.

Uma sombra escura atravessou a expressão dura de Mikhail.

– Um verdadeiro *Cárpato* da minha raça não sente a versão superficial, fraca e infantil do amor humano. Se você se envolvesse com outro homem, eu saberia, sentiria, seus pensamentos, suas emoções – ele passou os dedos pelo rosto delicado de Raven. – Você não ia querer enfrentar o demônio em mim, pequenina. Sou capaz de uma violência tremenda. Não vou compartilhar você.

– Você nunca me machucaria, Mikhail, não importa o que possa provocar sua fúria – Raven disse delicadamente, com total convicção.

– Você vai estar sempre segura comigo, – ele concordou – mas não posso dizer o mesmo por qualquer um que ameace tirar você de mim. Todo o meu povo é telepático. Uma emoção tão forte quanto uma paixão sexual é impossível de esconder.

– Você está querendo dizer que os que casam...

– Assumem uma companheira – ele corrigiu.

– Nunca são infiéis? – ela perguntou incredulamente.

– Não um verdadeiro companheiro. Houve casos... – o punho de Mikhail se fechou com força.

Doce e pobre Noelle, tão obcecada em querer Rand.

– Os poucos que traem seus escolhidos não sentem o que deveriam, senão seria impossível. É por isso que é tão importante saber perfeitamente, na mente, no coração, na alma e no corpo. Como eu sei em relação a você.

As palavras do ritual não podiam unir dois que já não fossem um. Os encontros uniam duas metades do mesmo todo, mas ele não conseguia encontrar uma maneira de expressar algo assim em termos que ela entendesse.

– Mas, Mikhail, eu não faço parte do seu povo.

Raven estava começando a perceber diferenças além dos costumes que precisava conhecer, levar em consideração.

Ele amassou ervas em uma tigela e despejou a mistura na banheira. Ajudaria as partes doloridas.

– Você saberia se eu tocasse outra mulher.

– Mas você pode me fazer esquecer – ela pensou em voz alta, e uma marca de tensão se formou nos cantos de sua boca.

Mikhail podia sentir o coração dela acelerar, a dúvida repentina na mente de Raven. Ele agachou ao lado da banheira e segurou o rosto dela com dedos gentis.

– Sou incapaz de trair você, Raven. Posso forçar você a aceitar algumas coisas pela sua segurança ou sua proteção, pela sua vida e sua saúde, mas não para me safar de uma traição.

Raven levou a ponta da língua ao lábio inferior.

– Não me force a nada, a não ser que você o faça como fez quando eu estava me sentindo mal.

Mikhail escondeu um sorriso. Ela sempre tentava parecer tão dura, aquela pequena embalagem de dinamite, com mais coragem do que bom-senso.

– *Csitri*, pequenina – ele sussurrou um carinho em *Cárpato* no ouvido dela. – Eu vivo só para sua felicidade. Agora, eu preciso sair um pouco.

– Você não pode ir atrás dos assassinos sozinho. Estou falando sério, Mikhail, é perigoso demais. Se é isso que você está fazendo...

Ele a beijou e riu genuinamente.

– Negócios, Raven. Tome um longo banho, veja a casa, meus livros, o que você quiser – Mikhail sorriu como um garoto. – Tenho uma pilha de trabalho ao lado do computador, se você quiser se aventurar a olhar propostas para mim.

– Era exatamente como eu planejava passar a noite.

– Uma última coisa – Mikhail desapareceu antes que ela pudesse piscar e voltou quase tão rápido quanto foi. Ele pegou a mão esquerda de Raven. – O seu povo reconhece isso como um sinal claro de que você não está sozinha.

Raven escondeu o sorriso. Mikhail era tão territorial, como um animal selvagem marcando seu território. Como os lobos vagando livremente pela floresta. Ela tocou o anel com um dedo cuidadoso. Era antigo, de ouro, um rubi forte cercado de diamantes.

– Mikhail, é lindo. Onde você encontrou algo assim?

– Está na minha família há muitas gerações. Se você preferir outra coisa... algo mais moderno...

Parecia ter sido feito para o dedo dela.

– É perfeito e você sabe disso – ela tocou o anel com respeito. – Eu amei. Agora vá, e volte logo. Vou descobrir todos os seus segredos enquanto você estiver fora.

Mikhail estava faminto, precisava se alimentar. Ele se abaixou e tocou a testa dela com a boca; seu coração estava apertado.

– Apenas por um dia, pequenina, eu gostaria de ter uma conversa normal e feliz com você. Cortejar você como eu deveria.

Ela inclinou a cabeça para olhar para ele; seus olhos azuis estavam escuros de emoção.

– Você me corteja muito bem. Agora vá comer e me deixe.

Mikhail tocou o cabelo dela apenas uma vez antes de sair.

Capítulo 8

Mikhail andou entre as pessoas da cidade, inspirando o ar da noite. As estrelas pareciam mais brilhantes, a lua cintilava uma luz prateada. As cores estavam fortes e claras, os cheiros eram trazidos pela brisa. Feixes de névoa vagavam aqui e ali pela rua. Ele estava com vontade de cantar. Ele a havia encontrado depois de tanto tempo, e ela fazia a terra se mover e seu sangue esquentar. Raven trouxe o riso de volta a vida dele e o ensinou o que era o amor.

Estava ficando tarde, os casais estavam voltando para casa. Mikhail escolheu um trio de homens. Ele estava com fome e precisava de força. A noite seria longa. Ele tinha toda intenção de confirmar ou eliminar a senhora Romanov como um dos assassinos. As mulheres precisavam de uma parteira, e uma parteira triste e desolada era melhor do que uma que pudesse traí-las na primeira oportunidade.

Ele atraiu o trio para si com um único comando silencioso, maravilhado, como havia ficado tantas vezes, com a facilidade em controlar suas presas. Ele entrou na conversa dos três, riu com eles, revelando alguns ótimos lugares para caça. Aos vinte e poucos anos, eles pensavam mais em mulheres do que em sair por lugares selvagens. Era sempre impressionante como os homens humanos eram desrespeitosos com suas mulheres. Talvez eles não conseguissem entender como a vida seria sem elas.

Ele os levou até a proteção das árvores escuras e bebeu sua cota, tendo o cuidado de não tirar demais. Ele tinha sido cuidadoso ao selecionar o grupo de homens que não estava bebendo; não queria a mancha do álcool em suas veias. Mikhail terminou como tudo o que fazia, com cuidado e direito. Era por isso que era o mais velho e o mais formidável. Ele prestava atenção até nos menores detalhes. Mikhail andou com o grupo por mais alguns minutos, certificando-se de que todos estavam bem, antes de deixá-los com um aceno casual e uma sensação de amizade.

Ele se afastou, e o sorriso desapareceu de seu rosto. A noite escondia o caçador que existia nele, o propósito obscuro e terrível em seus olhos, o canto cruel em sua boca sensual. Os músculos agitados pelo poder bruto se flexionavam e contraíam com sua enorme força. Ele virou uma esquina e simplesmente desapareceu. A velocidade era incrível, sem comparação.

A mente dele alcançou a de Raven, desejando o contato.

O que você está fazendo sozinha nessa casa velha e assustadora?

A risada delicada dela encheu a profunda frieza de Mikhail de calor.

Esperando que o meu grande lobo mau volte para casa.

Você está vestida?

Desta vez, a resposta dela pareceu colocar dedos brincando com a pele dele, tocando-o intimamente, aquecendo seu corpo. Calor, riso. Ele detestava estar longe dela, detestava a distância que os separava.

Claro que eu estou vestida! E se mais visitantes inesperados chegarem? Eu não posso recebê-los nua, posso?

Ela o estava provocando, mas a ideia de alguém se aproximar da casa dele com Raven sozinha e desprotegida fez uma farpa de medo atravessá-lo. Era uma emoção desconhecida, e ele quase não conseguiu identificá-la.

Mikhail? Você está bem? Você precisa de mim? Eu vou até você.

Fique aí. Preste atenção nos lobos. Se eles uivarem para você, me chame imediatamente. Não espere.

Houve uma breve hesitação que significava que Raven estava incomodada com o tom dele.

Não quero que você se preocupe comigo, Mikhail. Você já tem gente suficiente exigindo coisas você.

Talvez sim, pequenina, mas você é a única com quem eu realmente me importo. E beba outro copo de suco. Tem mais na geladeira.

Ele encerrou o contato, sorrindo com a conversa rápida. Ela teria discutido por causa da ordem para que se alimentasse se Mikhail tivesse dado a chance. Ele gostava bastante de irritá-la às vezes. Gostava da maneira como os olhos azuis dela se transformavam em safiras, e como aquela voz cuidadosamente controlada ganhava um leve tom diferente.

Mikhail? A voz de Raven o assustou, grande, quente e cheia de satisfação feminina. *Tente dar sugestões da próxima vez, ou simplesmente peça. Vá fazer o que você está fazendo, e eu vou procurar na sua enorme biblioteca um livro de boas maneiras.*

Ele quase esqueceu que estava abaixado na base de uma árvore a apenas alguns metros da cabana de Hans e Heidi Romanov. Mikhail conseguiu conter sua vontade de rir.

Você não vai encontrar.

Por que eu não estou surpresa? Desta vez, Raven encerrou o contato.

Por um breve momento, ele se deu o luxo de envolver-se no calor, na risada e no amor dela. Por que Deus havia escolhido aquele momento, quando Mikhail estava em seu pior momento, para mandar um presente daqueles, ele não fazia ideia. O que ele precisava fazer era inevitável; a continuação da espécie exigia aquilo. A feiura brutal o encheu de repulsa. Mikhail não voltaria para ela com a morte em suas mãos, a morte de mais de um humano. Ele não podia deixar passar, não podia passar a tarefa para outro. Seu arrependimento não era tanto tirar a vida dos assassinos de Noelle quanto pedir que Raven vivesse com aquele ato. Não seria a primeira vez que ele tiraria uma vida. Claro, Mikhail havia participado ativamente de diversas guerras, e, com certeza, houve um tempo em que matadores de vampiros quase tinham virado um culto religioso fanático. Ele tinha estado muito ocupado, mas não tinha os lindos olhos azuis de Raven para olhar naquela época.

Com um suspiro, Mikhail mudou de forma. O pequeno roedor correu com facilidade pelas folhas no chão para atravessar o espaço aberto até a cabana. O bater das asas chegou aos seus ouvidos, e ele ficou paralisado. Sussurrou um aviso, e a coruja sobrevoando para o ataque se afastou. O roedor chegou à segurança dos degraus de madeira, balançou o rabo e começou a procurar uma rachadura ou um buraco na parede para entrar.

Mikhail já havia captado dois cheiros familiares. Hans tinha visitas. Ele se infiltrou por uma abertura entre duas tábuas podres e chegou até o quarto. Em silêncio, o animal correu pelo chão até a porta. Ele permitiu que os cheiros da casa fossem processados pelo corpo de rato. Ele se moveu com cuidado, andando e parando, até conseguir chegar a uma posição em um canto escuro da sala.

Heidi Romanov estava sentada em uma cadeira de madeira do outro lado, chorando discretamente, agarrada a um rosário. Hans estava virado para três homens, com um mapa aberto entre eles sobre a mesa.

– Você está errado, Hans. Você estava errado sobre Noelle – a senhora Romanov estava soluçando. – Você enlouqueceu e trouxe esses assassinos. Meu Deus, você matou uma garota inocente, uma mãe nova. Sua alma está perdida.

– Cale a boca, sua velha – Hans gritou com grosseria, com o rosto coberto pela máscara do fanatismo.

Ele ardia como se estivesse em chamas, um cruzado lutando em uma guerra santa.

– Eu sei o que eu vi.

O homem fez o sinal da cruz, e seus olhos foram da esquerda para a direita enquanto uma sombra estranha que parecia pertencer a uma criatura alada passava pela cabana. Por um instante, todos na sala ficaram quietos. Mikhail podia sentir o gosto do medo, ouvir o barulho desenfreado do coração deles. Dentro da casa, Hans havia pendurado coroas de alho em todas as janelas e nas portas. Ele se levantou lentamente, passando a língua pelos lábios que de repente tinham ficado secos, pegou o crucifixo pendurado no pescoço e foi até uma janela para ter certeza de que a coroa estava no lugar.

– E isso? Essa sombra? Vocês todos ainda acham que eu cometi um erro porque nós a encontramos em uma cama e não dormindo no chão?

– Não havia nada, nem terra, nem proteções – um estrangeiro de cabelo escuro falou com relutância.

Mikhail reconheceu o rastro do homem. Assassino. Um dos homens da pousada. Dentro do roedor, a fera mostrou as garras e se dobrou. Eles haviam assassinado Noelle sem nem ter certeza de que ela era o que eles pensavam.

– Eu sei o que eu vi, Eugene – Hans afirmou. – Depois que Heidi foi embora, a mulher começou a perder sangue. Eu tinha chegado para levar Heidi para casa porque a floresta é perigosa. Eu ia dizer ao marido que estava trazendo Heidi para ajudar. Ele estava muito agitado e não me viu quando olhei para dentro. Eu vi com os meus próprios olhos. Ela bebeu tanto, ele estava fraco e pálido. Eu saí de lá e entrei em contato com você imediatamente.

Eugene meneou a cabeça.

– Você fez a coisa certa. Eu vim assim que pude e trouxe os outros. Se eles descobriram uma maneira de se reproduzir, seremos invadidos pelos demônios.

O maior homem na sala se mexeu com desconforto.

– Nunca ouvi falar de um vampiro ter filhos. Eles matam os vivos para aumentar sua posição. Eles dormem na terra e guardam suas covas. Vocês agiram antes que pudéssemos investigar isso direito.

– Kurt – Eugene protestou – nós vimos uma oportunidade e aproveitamos. Como o corpo dela simplesmente desapareceu? Depois que nós fizemos, saímos correndo. O marido e a criança não foram vistos desde então. Sabemos que a mulher está morta – nós a matamos – mas não houve repercussão nem choro pela morte dela.

– Precisamos encontrar o marido e a criança – Hans declarou. – E quaisquer outros, precisamos marcá-los.

Ele olhou nervosamente pelo vidro distorcido para a noite. E soltou uma exclamação baixa de alarme.

– Veja, Eugene – um lobo. O maldito Dubrinsky os protegerá em suas terras. Um dia eles vão invadir o vilarejo e levar as crianças.

Ele foi pegar o antigo rifle encostado na parede.

Eugene deu um salto.

– Espere, Hans! Você tem certeza de que é um lobo? Um lobo de verdade? Por que um lobo estaria fora da floresta olhando a nossa casa?

– Quem é esse tal de Dubrinsky que tem os lobos? – Kurt quis saber.

– Ele é da igreja – Heidi murmurou, chocada com a insinuação. – Ele é um bom homem, vai à igreja todo domingo. O padre Hummer é um de seus amigos mais próximos. Eles costumam jantar juntos e jogam xadrez. Eu já vi com os meus próprios olhos.

Hans tratou o testemunho com desprezo.

– Dubrinsky é o próprio demônio. Está vendo lá fora, o lobo se escondendo nos arbustos, observando a casa?

– Vou dizer, isso não é natural.

Eugene baixou a voz.

– É um deles.

– Mas eles não têm como saber que fomos nós – Hans negou, mas revelou seu medo com as mãos trêmulas.

Ele colocou o rifle no ombro

– Você precisa acertar no primeiro disparo, Hans – Eugene alertou.

O roedor correu pelo chão até o quarto e passou pela pequena rachadura. Mikhail explodiu do corpo de rato, e sua mente atravessou a noite com um alerta, mudando de forma enquanto ele corria, transformando-se em um enorme lobo com olhos vermelhos de vingança. Ele atravessou o chão com pressa, pulando sobre o corpo do lobo menor. Conforme seu corpo pesado esmagava o menor, Mikhail sentiu o fogo explodindo em sua carne. O lobo menor fugiu pela mata densa. Apesar de o sangue estar jorrando de seu traseiro, o enorme lobo negro não emitiu um grito, não fugiu. Em vez disso, o lobo virou a enorme cabeça e olhou para a casa com dois olhos pretos como carvão em chamas, revelando uma promessa.

Vingança. Retribuição. A promessa obscura da própria morte.

Mikhail. O grito agudo de Raven ecoou na cabeça dele. O lobo preto ficou olhando mais um pouco, mantendo Hans Romanov sob seu poder, e depois virou e simplesmente desapareceu noite adentro. Certamente, nenhum dos homens tentaria rastreá-lo. O enorme lobo havia surgido do nada, saltando para proteger o menor. O lobo negro não era um lobo qualquer e não era um animal que eles iam querer seguir pela floresta.

Mikhail andou até a segurança da mata densa antes que a dor e a perda de sangue o fizessem assumir a forma humana. Ele cambaleou, segurou um galho grosso e sentou abruptamente.

Mikhail! Por favor! Eu sei que você está ferido. Onde você está? Eu posso sentir a sua dor. Deixe-me ir até você. Deixe-me ajudar.

Atrás de Mikhail, os arbustos se mexeram. Ele não se deu ao trabalho de virar, sabendo que Byron estava lá, envergonhado, constrangido, cheio de remorso.

– Meu Deus, Mikhail, me desculpe. Está ruim?

– Ruim o suficiente.

Mikhail colocou a mão sobre o ferimento para impedir que o sangue saísse tão livremente.

– O que você estava fazendo, Byron? Foi uma loucura, foi imprudente.

Mikhail. O medo e as lágrimas de Raven estavam tomando conta da mente dele.

Fique calma, pequenina. Um arranhão, nada mais.

Deixe-me ir até você. Ela estava implorando, o que aqueceu o coração dele.

Byron rasgou uma tira de sua camisa e amarrou na coxa de Mikhail.

– Desculpe. Eu devia ter ouvido você, devia ter sabido que você estaria caçando. Eu pensei… – ele parou de falar, parecendo desconfortável.

– Pensou o quê? – Mikhail quis saber, tenso.

O ferimento doía muito, e muito sangue estava jorrando. Ele se sentia enjoado e tonto e, de alguma maneira, precisava reconfortar Raven. Ela estava tentando confortá-lo, tentando encontrá-lo; estava até tentando *ver* pelos olhos dele.

Pare, Raven. Faça o que estou falando. Eu não estou sozinho. Um dos meus está comigo. Vou estar com você logo.

– Eu achei que você ia estar tão envolvido com aquela mulher que não ia ter tempo para a caça – Byron abaixou a cabeça. – Eu me sinto tão idiota, Mikhail. Eu estava tão preocupado com Eleanor.

– Eu nunca deixei de cumprir minhas obrigações. A proteção do nosso povo sempre vem primeiro.

Mikhail não podia tentar curar o ferimento com Raven pairando em sua mente.

– Eu sei, eu sei – Byron passou a mão por seu cabelo castanho. – Depois do que aconteceu com Noelle, eu não poderia suportar que o mesmo acontecesse com Eleanor. E foi a primeira vez que você obrigou um de nós a se afastar de uma mulher.

Mikhail conseguiu abrir um sorriso torto.

– A experiência é nova para mim. Até que não seja tão novo e desconhecido, é melhor que eu a mantenha o mais perto de mim possível. Neste momento ela está discutindo comigo.

Byron pareceu chocado.

– Ela discute com você?

– Ela é independente.

Mikhail permitiu que Byron o ajudasse a levantar.

– Você está fraco demais para mudar de forma. E vai precisar de sangue e sono reparador.

Byron enviou um chamado para Jacques.

– Eu não vou me atrever a ir muito fundo. Isso a deixaria desprotegida. Ela está usando o meu anel e tem a minha marca. Um passo em falso e eles poderiam matá-la.

– Nós precisamos de você em plena força, Mikhail.

Um turbilhão de pequenas folhas anunciou a chegada de Jacques.

– *Köd alte hän*. Maldita escuridão, Mikhail. O que você fez? – Jacques praguejou discretamente sob a respiração enquanto ajoelhava ao lado do príncipe. – Você precisa de sangue, meu irmão – ele disse, desabotoando imediatamente a camisa.

Mikhail o interrompeu com um gesto leve. Os olhos dele, experientes, cheios de dor, observaram lentamente os arredores. Byron e Jacques ficaram parados, com os sentidos aguçados, vasculhando a floresta.

– Não tem ninguém – Jacques sussurrou.

– Tem alguém – Mikhail corrigiu.

Um rugido gutural de alerta escapou da garganta de Jacques, que instintivamente colocou o próprio corpo na frente do príncipe. O rosto de Byron estava franzido, confusão estava tomando conta de suas belas feições.

– Não consigo detectar nada, Mikhail.

– Nem eu, mas estamos sendo observados.

Era uma afirmação tão cheia de certeza que nenhum dos *Cárpatos* quis contestá-la.

Mikhail nunca errava.

– Chame Eric com um carro – Mikhail ordenou e encostou a cabeça para descansar.

Jacques estava alerta, e Mikhail confiava no julgamento dele.

Ele fechou os olhos, fraco, se perguntando aonde Raven tinha ido. Ela não estava mais reclamando com ele. Para manter contato, ele precisaria usar sua preciosa energia, energia que ele não podia gastar agora. Mas Mikhail estava preocupado, o silêncio dela era muito atípico.

O trajeto para casa foi muito dolorido. O corpo de Mikhail precisava de sangue para recuperar o perdido. Sua fraqueza aumentava a cada segundo, as linhas de seu rosto estavam mais profundas, marcadas pela dor. Ele era um ancião, e todos os anciãos sentiam emoções e feridas físicas intensamente. Normalmente, ele simplesmente teria interrompido seu coração e seus pulmões para que o sangue parasse de fluir. E então o curandeiro assumiria e os outros forneceriam aquilo de que ele precisava.

Raven havia mudado tudo. Raven e o que quer – ou quem quer – que os estivesse observando. Ele ainda podia sentir o desconforto tomando conta. Sabia que alguém os observava à distância, mesmo enquanto viajavam quilômetros até sua casa.

– Mikhail, – Eric sussurrou enquanto eles o ajudavam a entrar no santuário de sua casa – deixe-me ajudá-lo.

Raven estava na porta, absorvendo as feições pálidas de Mikhail. Subitamente, parecia mais velho do que os 30 anos que ela imaginava. Havia linhas brancas ao redor da boca dele, mas a mente estava serena, a respiração estava regular e relaxada. Ela deu um passo para trás em silêncio para deixá-los entrar.

Raven estava magoada por Mikhail não tê-la deixado ajudar. Se ele preferia a companhia do seu povo, ela não ia ser tão indigna a ponto de permitir que eles vissem seu incômodo. Dentes pequenos mordiam o lábio inferior dela, seus dedos estavam entrelaçados, e seus olhos estavam ansiosos. Ela precisava ver por conta própria que ele ia ficar bem.

Eles levaram Mikhail até o quarto; Raven os seguiu.

– Devo chamar um médico? – ela perguntou, já sabendo a resposta.

Raven sentiu que eles queriam que ela saísse, que ela, de alguma maneira, estava atrapalhando. Instintivamente, ela soube que Mikhail não iria receber o tratamento de que precisava até que ela saísse.

– Não, pequenina, levantou a mão para ela.

Raven foi até ele, envolvendo seus dedos nos dele. Ele era sempre tão forte, em tão boa forma física, mas agora, estava pálido e retorcido. Raven sentiu que ia chorar.

– Você precisa de ajuda, Mikhail. Diga-me o que devo fazer.

Os olhos dele, tão pretos e frios, se aqueceram instantaneamente quando pousaram no rosto dela.

– Eles sabem o que fazer. Não é meu primeiro ferimento, nem o pior que já tive.

Um sorriso pequeno e desanimado se formou na boca delicada de Raven.

– Era isso que você precisava fazer hoje à noite?

– Você sabe que eu estou caçando quem matou a minha irmã.

Ele soava cansado e esgotado. Raven detestava discutir com ele, mas algumas coisas precisavam ser ditas.

– Você me disse que só ia sair, nada perigoso. Não era necessário mentir para mim sobre o que você ia fazer. Eu sei que você é o maioral por aqui, mas é isso que eu faço. Eu rastreio assassinos. Nós precisamos ser parceiros, Mikhail. Eu poderia ter ajudado.

Byron, Eric e Jacques levantaram as sobrancelhas uns para os outros. Byron murmurou a palavra maioral. Ninguém se atreveu a sorrir, nem mesmo Jacques.

– Eu não falei uma inverdade deliberadamente. Eu apenas saí para fazer uma pequena investigação. Infelizmente, acabou se tornando algo diferente. Acredite em mim, eu não tinha a intenção de me machucar. Foi um acidente descuidado.

Mikhail franziu a testa, sabendo que a havia magoado, mas só era possível dizer poucas coisas sobre seu povo.

– Você tem essa tendência de se meter em encrencas quando não estou com você.

O sorriso de Raven não chegou até os olhos.

– Como está sua perna?

– Um arranhão, nada mais, nada para você se preocupar.

Ela ficou em silêncio de novo, os olhos azuis percorreram o rosto dele com um olhar distante e pensativo, como se ela estivesse voltada para dentro. Mikhail sentiu algo se retorcendo dentro de seu corpo. Ela estava com aquele olhar, aquele que significava que estava pensando demais de novo. Era a última coisa que ele queria ali, deitado e ferido, sendo obrigado a ir para a terra na primeira oportunidade. Ele não queria que ela se afastasse, e havia algo naquela quietude que o preocupava. Raven não podia deixá-lo. Mikhail sabia disso racionalmente, mas não queria que ela quisesse deixá-lo, nem pensasse na possibilidade.

– Você está brava comigo.

Foi uma afirmação.

Raven balançou a cabeça.

– Não, honestamente não estou. Talvez desapontada – ela parecia triste. – Você disse que não poderia haver mentiras entre nós, no entanto, na primeira oportunidade, você mentiu para mim.

Por um instante, os dentes pequenos dela morderam o lábio inferior. Havia um brilho de lágrimas naqueles olhos, mas ela piscou para afastá-las com impaciência.

– Quando você pede tanta confiança, Mikhail, parece-me que você também precisa confiar em mim. Você devia ter tido mais respeito por mim, pelo menos pelas minhas habilidades. Eu caço usando um elo mental. Eu rastreio usando os olhos de outra pessoa. Alguns de vocês são muito descuidados e complacentes. Alguns de vocês nem se dão ao trabalho de fazer bloqueios mentais. Vocês todos são tão arrogantes que não ocorre a vocês que um humano, não alguém da sua raça superior, possa se infiltrar na mente de vocês. Vocês têm alguém por aí que é como eu, apontando o seu povo para a morte. Se eu posso entrar na mente de vocês, ela também pode. O meu conselho, se ele serve para alguma coisa, é ter mais precaução.

Raven se afastou da mão estendida e pacificadora.

– Só estou tentando salvar a vida de vocês, não ser vingativa.

Orgulho era a única coisa que a estava impedindo de se desfazer. Raven já sentia a perda dele, daquela proximidade única. De alguma maneira, ela sabia que jamais haveria outro homem, outra época em sua vida em que ela havia rido e conversado como eles faziam e se sentido totalmente aceita e confortável.

– Você não precisa dizer mais nada, Mikhail. Eu *vi* o seu *pequeno arranhão* em primeira mão. Você estava certo, você não estava sozinho – eu estava vendo. Honestidade na minha língua significa verdade.

Raven respirou fundo, tirou o anel e o colocou cuidadosamente, cheia de remorso, na pequena mesa ao lado da cama.

– Eu sinto muito, Mikhail, sinto mesmo. Eu sei que estou decepcionando você, mas eu não me encaixo nesse seu mundo. Eu não o entendo, nem essas regras. Por favor, tenha a cortesia de se manter afastado, de não tentar me contatar. Nós dois sabemos que eu não sou a parceira certa para você. Estou indo embora no primeiro trem disponível.

Raven se virou e começou a ir em direção a direção da porta, que se fechou com um barulho forte. Ela ficou olhando, sem virar. O ar estava pesado por causa da tensão, com uma sensação sombria, algo que ela não sabia nomear.

– Eu acho que não vai fazer nenhum bem prolongar isso. Você precisa de ajuda agora. Obviamente, a maneira como eles pretendem ajudar é alguma coisa secreta que não vai ser mostrada a estranhos. Eu sou apenas isso – uma estranha. Deixe-me ir para casa, onde é o meu lugar, Mikhail, e deixe que eles ajudem você agora.

– Saiam – Mikhail ordenou aos outros.

– Você precisa... – Eric começou a falar, mas parou diante do olhar negro do príncipe.

– Raven, venha até mim, por favor. Eu estou fraco e vai ser preciso toda a minha força para ir até você.

Havia gentileza na voz dele, uma honestidade que a comoveu. Ela fechou os olhos contra o poder da voz dele, no tom delicado e carinhoso que parecia veludo preto acariciando sua pele e entrando em seu corpo, envolvendo seu coração.

– Desta vez não, Mikhail. Não só vivemos em dois mundos diferentes, mas nós também temos dois sistemas de valores diferentes. Nós tentamos – eu sei que você queria – mas eu não posso fazer isso. Talvez eu nunca tenha podido. Aconteceu tão rápido, e nós não nos conhecemos de verdade.

– Raven – o calor tomou conta do nome dela. – Venha até mim.

Ela levou os dedos até a testa e apertou.

– Eu não posso, Mikhail. Se eu me deixar envolver por você de novo, vou perder o respeito por mim.

Mikhail redistribuiu o peso, usando as mãos para mover a perna ferida.

– Não!

Chocada, ela se virou.

– Pare, Mikhail. Vou chamar os outros de volta.

Ela o fez afundar no travesseiro. A mão de Mikhail segurou a nuca dela com uma força inesperada.

– Você é a única razão pela qual eu estou vivo agora. Eu disse a você que cometeria erros. Você não pode desistir de mim, de nós. Você me conhece, tudo o que é importante. Você pode entrar na minha mente e saber que eu preciso de você. Eu nunca machucaria você.

– Você me machucou. Isso me feriu. Aquelas pessoas lá fora são a sua família, seu povo. Eu venho de outro país, sou de outra raça. Aqui não é a minha casa, e nunca vai ser. Deixe-me chamá-los e apenas me deixe ir.

– Você está certa, Raven. Eu disse a você que não haveria mentiras entre nós, mas eu tenho essa necessidade de proteger você de qualquer coisa violenta ou assustadora, qualquer coisa que possa machucar você.

O polegar dele passeou pelo delicado rosto de Raven e desceu para acariciar a boca.

– Não me deixe, Raven. Não me destrua. Eu vou morrer se você me deixar.

Os olhos de Mikhail eram eloquentes, persuasivos, olhando nos dela fixamente, sem tentar esconder a verdade nua e crua de suas palavras, sua completa vulnerabilidade.

– Mikhail – ela disse com gentileza e desespero. – Eu olho para você e algo bem dentro de mim diz que devemos ficar juntos, você precisa de mim, e eu nunca vou estar completa sem você. Mas eu sei que não adianta. Eu vivi a maior parte da minha vida sozinha, e estava bem feliz.

– Você estava isolada, sentindo dor. Ninguém via você, ou sabia quem você era. Ninguém mais pode dar valor ou cuidar das suas necessidades como eu. Não faça isso, Raven. Não.

A mão de Mikhail no braço dela a trouxe inevitavelmente para perto. Como ela podia resistir a Mikhail em seus momentos mais tentadores? Era tarde demais, tarde demais. A boca dele já estava sobre a dela. Os lábios de Mikhail eram firmes, delicados, tão gentis que levaram lágrimas aos olhos dela. Raven encostou a testa na dele.

– Você me magoou, Mikhail, de verdade.

– Eu sei, pequenina, me desculpe. Por favor, me perdoe.

Um pequeno sorriso se formou no canto da boca de Raven.

– É assim tão fácil?

O polegar dele apagou uma lágrima que escorria pelo rosto de Raven.

– Não, mas é tudo o que eu posso oferecer a você neste momento.

– Você precisa de ajuda e eu sei que não sou eu quem pode ajudá-lo. Você pode entrar em contato comigo quando se sentir melhor. Prometo não ir a lugar nenhum até que você esteja melhor.

– Coloque meu anel no seu dedo, Raven – ele disse delicadamente.

Ela balançou a cabeça e se afastou dele.

– Acho que não, Mikhail. Vamos deixar as coisas como estão, por enquanto. Me deixe pensar sobre isso.

A mão dele acariciou a nuca dela, desceu pelo ombro, pelo braço até que os dedos seguraram o pulso de Raven.

– Eu preciso dormir amanhã, dormir de verdade. Quero que você esteja protegida dessas pessoas.

Mikhail sabia que ela acharia que ele estava dizendo que eles iam drogá-la. Raven arrumou uma mecha de cabelo cor de café da testa dele.

– Eu vou ficar bem sozinha, como eu fico há anos. Você está tão ocupado cuidando do mundo que acha que ninguém é capaz de cuidar de si. Eu prometo a você que não vou embora, e prometo que vou ter cuidado. Não vou me esconder nos armários e embaixo da cama deles.

Mikhail segurou firmemente o queixo dela.

– Essas pessoas são perigosas, Raven, fanáticas. Eu as encontrei ontem.

– Eles podem identificar você?

De repente, ela não conseguia respirar. Estava ficando desesperada para que os outros cuidassem dos ferimentos de Mikhail.

– De jeito nenhum. E não tem como eles saberem. Eu descobri mais dois nomes. Eugene, bem Moreno, sotaque húngaro.

– Esse é Eugene Slovensky. Ele veio para a pousada no trem com o grupo da excursão.

– Alguém chamado Kurt?

Ele encostou-se ao travesseiro, sem conseguir continuar bloqueando a dor em sua coxa. Estava atingindo suas terminações nervosas como um serrote enferrujado atravessando a pele. Ele havia diminuído o sangramento e enviado tanta luz de cura para o próprio corpo quanto conseguiu, sem revelar suas habilidades para Raven.

– Kurt von Halen. Ele também estava na excursão.

– Havia um terceiro homem. Ninguém disse o nome dele – a voz dele revelou fraqueza. – Ele devia ter 70 anos, cabelo grisalho, um bigode grisalho leve.

– Deve ser Harry Summers, o marido de Margaret.

– A pousada está abrigando um ninho de assassinos. O pior de tudo era que a parteira disse ao marido, disse a todos, que Noelle não era uma morta-viva. Como eles podem acreditar nessa bobagem quando ela deu à luz uma criança? Meu Deus! Que desperdício terrível de uma vida.

A dor tomou conta dele de uma maneira nova, aumentando seu fardo de tristeza. Raven podia sentir a dor de Mikhail atingindo o interior de seu corpo com crueldade.

– Eu vou embora agora para que eles possam ajudar você, Mikhail. Você está ficando cada vez mais fraco – Raven abaixou para beijar a testa dele. – Eu posso sentir a ansiedade deles.

Mikhail segurou a mão dela.

– Coloque o meu anel de volta – o polegar acariciou a parte interna do pulso dela. – Eu quero que você o use. É importante para mim.

– Certo, Mikhail, mas só para você descansar. Vamos resolver as coisas quando você estiver se sentindo melhor. Chame os seus amigos agora. Vou voltar com o seu carro para a pousada.

Raven tocou a pele dele. Mikhail estava frio, muito frio. Ela colocou o anel de volta no dedo. Ele a segurou de novo.

– Não chegue perto daquelas pessoas. Fique no seu quarto. Eu vou dormir o dia todo. Descanse, e eu vou encontrar você à noite.

– Muito ambicioso da sua parte – gentilmente, ela tirou uma mecha de cabelo da testa de Mikhail. – Acho que você vai ficar na cama um tempo.

– *Cárpatos* se curam rápido. Jacques vai levar você para casa em segurança.

– Isso realmente não é necessário – ela recusou, sentindo-se desconfortável na presença de estranhos.

– É necessário para a minha paz de espírito – Mikhail disse delicadamente, com os olhos pretos implorando que ela o fizesse.

Quando Raven assentiu, ele tentou a sorte.

– Antes que você vá, por favor, tente tomar outro copo de suco. Vai ser muito bom para aliviar minha preocupação com você.

Lendo a mente dela, Mikhail sabia que Raven havia tentado tomar um pouco de suco mais cedo. O estômago dela havia se rebelado antes que o primeiro gole tivesse passado pela boca. Ele se amaldiçoou por isso. Mikhail era diretamente responsável pelo corpo de Raven estar rejeitando nutrientes humanos. Ela já estava magra demais e não podia perder mais peso.

– O cheiro me deixa enjoada – ela admitiu, querendo agradá-lo, mas sabendo que era impossível. – Acho que estou com gripe mesmo. Eu tento mais tarde, Mikhail.

– Eu ajudo você.

Ele murmurou as palavras com sutileza, os olhos pretos cobertos de preocupação.

– Eu preciso fazer isso por você. Por favor, pequenina, me deixe fazer essa pequena coisa.

Atrás dela, a porta se abriu e os três entraram. Um ficou ao lado da porta esperando. Ele parecia uma versão mais gentil de Mikhail.

– Você deve ser Jacques.

Raven tocou a mão fria de Mikhail mais uma vez antes de sair do quarto.

– E você é Raven.

Jacques estava olhando para o anel no dedo dela, sem nem tentar esconder o sorriso. Ela levantou uma sobrancelha.

– Eu não queria que ele se chateasse. Parecia a maneira mais rápida de sair daqui para que vocês possam ajudá-lo.

Raven não havia conseguido usar Jacques para *ver* Mikhail. O escudo mental dele era difícil demais de penetrar. Byron era um alvo mais fácil. Quando ela foi até a porta de frente, Jacques balançou a cabeça e dobrou o dedo para ela.

– Ele quer que você beba um pouco de suco.

– Oh! Deem um tempo. Eu não disse que ia fazer.

– Podemos ficar aqui a noite inteira.

Ele deu de ombros e lançou um rápido sorriso torto.

– Eu não me importo. A casa de Mikhail é confortável.

Raven franziu a testa para ele, tentou parecer firme quando algo lá dentro estava começando a achar eles todos cômicos. Os homens acham que são tão lógicos.

– Vocês são iguais a ele. E não considerem isso um elogio – ela acrescentou, quando ele ficou feliz.

O homem sorriu de novo, com aquele sorriso torto, de tirar o fôlego, que devia partir corações por toda parte.

– Você é parente dele, não é? – Raven adivinhou, sabendo que estava certa.

Como não poderia ser? Ele tinha o mesmo charme, os mesmos olhos, a mesma beleza.

– Quando ele me chamar.

Ele serviu um copo com suco de maçã e passou para Raven.

– Ele não vai saber.

Ia ser muito difícil beber.

– Ele vai saber. Ele sabe tudo. E no que diz respeito a você, ele é um pouco impaciente. Então beba.

Raven suspirou, resignada, e tentou se forçar a engolir o suco sem perturbar Mikhail. Ela sabia que Jacques estava certo sobre ele.

Mikhail saberia se ela não tomasse o suco, pareceria tão desesperadamente importante para ele. O estômago de Raven ficou embrulhado e se contraiu em protesto. Raven engasgou e tossiu.

– Chame-o – Jacques instruiu. – Deixe-o ajudar.

– Ele está tão fraco, Mikhail não precisa disso.

– Ele não vai dormir até que você esteja bem – Jacques insistiu. – Chame-o, ou nunca vamos sair daqui.

– Você até fala como ele – ela murmurou.

Mikhail, me desculpe. Eu preciso da sua ajuda.

Ele enviou calor e amor para ela. O leve comando permitiu que ela bebesse o copo inteiro e mantivesse o suco no estômago. Raven lavou o copo na pia e o deixou de cabeça para baixo.

– Você estava certo. Mikhail não ia deixá-los cuidar dele até que eu tomasse isso. Como ele é teimoso.

– Nossas mulheres sempre vêm em primeiro lugar. Não se preocupe com ele, nós nunca permitiríamos que nada acontecesse com Mikhail.

Ele a levou para fora da casa, até o carro embaixo das árvores. Raven fez uma pausa.

– Escutem. Os lobos. Eles estão uivando para Mikhail, por Mikhail. Os lobos sabem que ele está ferido.

Jacques abriu a porta do carro para ela. Seus olhos escuros, tão parecidos com os de Mikhail, passaram por ela.

– Você é muito incomum.

– É o que Mikhail diz. Eu acho isso lindo, que os lobos estejam uivando encorajamento para ele.

Jacques ligou o motor.

– Você sabe que não pode dizer nada sobre o ferimento de Mikhail para ninguém. Isso o colocaria em perigo.

Raven podia sentir a profunda necessidade que Jacques tinha de protegê-lo. Raven gostou mais ainda dele por isso, sentiu até um vínculo com ele, mas franziu a testa em sinal de reprimenda mesmo assim.

– Vocês são tão arrogantes. Vocês insistem em acreditar que a raça humana não tem grandes habilidades telepáticas, que de algum jeito temos uma inteligência inferior. Eu garanto que tenho um cérebro e sou perfeitamente capaz de descobrir isso sozinha.

Ele sorriu de novo.

– Você deve deixá-lo completamente louco. Aquela coisa do maioral foi ótima. Eu seria capaz de apostar que foi a primeira vez que alguém o chamou daquilo.

– É bom para ele. Se mais gente desse trabalho para Mikhail, ele seria mais...

Raven hesitou, procurando a palavra certa, e riu levemente.

– Ele seria mais... Maleável.

– Maleável. É uma descrição que com certeza nunca vamos usar na mesma frase que Mikhail. Nenhum de nós nunca o viu tão feliz como agora. Obrigado – Jacques disse gentilmente, com um pouco do charme do Velho Mundo de Mikhail.

Deliberadamente, ele levou o carro para as sombras.

– Tenha muito cuidado hoje à noite e amanhã. Não saia do seu quarto até que Mikhail faça contato.

Raven revirou os olhos e fez uma careta.

– Eu vou ficar bem.

– Você não entende. Se qualquer coisa acontecer com você, nós vamos perdê-lo.

Ela fez uma pausa, com a mão na maçaneta.

– Vocês vão cuidar dele, não vão?

Raven não queria falar nada, mas sentia como se uma parte dela estivesse faltando, um pedaço de duas almas arrancado. A mente dela desejava perdidamente contato com Mikhail, apenas um toque. Qualquer coisa para garantir que ele estava perfeitamente bem, e que eles ainda estavam juntos.

– Eles sabem o que fazer. Mikhail vai sarar rápido. Eu preciso voltar para ele. Sem Gregori, eu sou o mais forte, o mais próximo a ele. Ele precisa de mim agora.

Capítulo 9

Mikhail estava fraco, consumido pela dor, a fome estava tomando conta dele junto com a culpa. Ele a havia magoado, quase a tinha perdido. Como ele podia cometer tantos erros quando Raven era tudo o que importava para ele? Ele nunca devia ter dito a ela uma inverdade sobre algo tão desimportante.

Raven.

Ele precisava entrar em contato com ela, tocar sua mente, senti-la, saber que ela estava lá. Apesar da dor, fraqueza e fome, o pior de tudo era o terrível buraco doloroso na alma dele. Racionalmente, ele sabia que o ritual de união havia causado aquela necessidade enorme, mas saber isso não aliviava sua necessidade de tocá-la.

– Mikhail, beba!

Jacques se materializou ao lado da cama, se aproximou de seu irmão mais velho, com o rosto coberto por uma máscara de fúria.

– *Ku'cak!* – *Estrelas* – Eric, por que você deixou que ele ficasse sem ajuda? Vocês têm sorte de que Gregori não esteja aqui, vocês dois.

– Ele só pensou na mulher – Eric disse em defesa própria.

Jacques xingou em voz baixa.

– Ela está a salvo em seu quarto, Mikhail. Você precisa beber pelos dois. Um não pode existir sem o outro. Se você não sobreviver, você vai condená-la à morte, ou, na melhor das hipóteses, a uma vida pela metade.

Jacques engoliu a raiva, respirou fundo para se acalmar e usou os dentes para abrir o próprio pulso e forçá-lo na boca de seu irmão.

– *Saasz hän ku andam szabadon* – aceite o que eu ofereço livremente. Minha vida é a sua vida, meu sangue, o seu sangue. Juntos somos fortes.

Ele escolheu palavras formais, e foi sincero sobre cada uma delas. Ele daria a própria vida pelo seu líder. Os outros começaram o canto do ritual de cura. Eles falavam em um ritmo hipnótico, e a língua antiga era muito bonita.

Atrás dele, Jacques ouviu um murmúrio de vozes, sentiu o doce aroma das ervas calmantes e restauradoras. Solo *Cárpato*, tão rico em propriedades de cura, estava misturado com ervas e saliva deles e colocado sobre os ferimentos. Jacques segurou o irmão nos braços, sentiu sua força, sua vida, entrarem em Mikhail, e agradeceu a Deus por sua habilidade em ajudá-lo. Mikhail era um bom homem, e seu povo não podia perdê-lo.

Mikhail sentiu a força entrando em seu corpo, em seus músculos exauridos, em seu cérebro e em seu coração. O corpo forte de Jacques tremeu, e ele se sentou abruptamente na beira da cama, ainda com Mikhail nos braços, segurando a cabeça do irmão para facilitar enquanto ele recuperava o que havia perdido.

Mikhail resistiu, surpreso com a força que Jacques ainda tinha, e como ainda estava fraco mesmo após a transferência.

Pare, Jacques, estou colocando você em perigo.

Ele disse as palavras com firmeza em sua mente porque Jacques se recusou a liberá-lo.

– Não é o suficiente, meu irmão. Aceite o que é livremente oferecido com nenhuma outra intenção senão curar.

Jacques continuou o canto enquanto conseguiu, sinalizando para Eric quando ficou fraco demais para continuar.

Eric abriu o próprio pulso sem pensar, sem hesitar diante do corpo aberto e profundo, oferecendo-o a Jacques, que continuou a fornecer a Mikhail o sangue de sua vida. Eric e Byron mantiveram as palavras delicadas e ritmadas do ritual enquanto Jacques se reabastecia e a Mikhail.

O quarto parecia cheio de calor e amor e tinha um cheiro limpo e fresco. O ritual de cura apontava um novo começo. Foi Eric quem pediu uma interrupção quando viu que a cor de Mikhail havia voltado, quando conseguiu ouvir os batimentos regulares de seu coração e sentiu o sangue correndo livre e em segurança nas veias do irmão.

Byron colocou o braço em volta de Jacques para apoiá-lo e o ajudou a sentar em uma cadeira. Sem dizer nenhuma palavra ele assumiu o lugar de Eric, oferecendo o fluido da vida a Jacques.

Mikhail se mexeu, aceitou a dor de seu ferimento como parte do processo de cura, parte dos mecanismos da vida. Ele virou a cabeça. Seu olhar escuro procurou e encontrou Jacques e pousou nele como um toque.

– Ele está bem?

A voz dele estava muito tranquila, mas dominante como sempre. Mikhail era autoritário, não importavam as circunstâncias.

Jacques olhou para ele, pálido e abatido, abriu um sorriso e piscou.

– Eu passei muito tempo livrando você das encrencas, irmão mais velho. Seria de imaginar que um homem com 200 anos a mais do que eu teria o bom-senso de guardar as próprias costas.

Mikhail sorriu cansado.

– Você fica bem convencido quando estou deitado de costas.

– Temos quatro horas até o nascer do sol, Mikhail – Eric disse com seriedade. – Byron e eu precisamos alimentá-lo. Você precisa ir para a terra. Logo a separação entre você e sua mulher vai começar a consumi-lo. Você não pode gastar energia com contato mental. Você precisa ir para o solo agora, antes que não consiga suportar.

– Vou preparar as proteções e dormir alguns metros acima de você para garantir sua segurança – Jacques disse gentilmente.

Ele havia perdido a irmã para assassinos, não estava disposto a perder o irmão. O próprio Jacques precisava do solo rejuvenescedor. Mesmo com Eric e Byron para reabastecê-lo, ele sabia que ainda estava fraco e precisava de um sono reparador.

Mikhail levantou a sobrancelha.

– Cinco minutos na companhia dela e vocês estão prontos para um motim.

Um sorriso pequeno e cansado amenizou a linha dura de sua boca.

Ele fechou os olhos exausto, com a culpa tomando conta dele. Seria Raven que carregaria o peso da noite. Mikhail estaria no fundo da terra, muito além da dor, além da noção da separação, além do sofrimento e do ódio pela sua espécie. Raven estaria cercada pelos assassinos, em perigo a todo instante. Mais do que isso, ela teria de enfrentar a perda do contato mental.

Csitri – pequenina. Ele colocou muito amor em seus chamados.

Você está melhor? Que alívio.

Estou chegando lá rápido. Você está na cama?

Sempre a cama. Eu ouvi você antes. Você está com medo por Jacques. Eu sei que foi Jacques. Você tem afeto em seus pensamentos por ele. Ele está bem também?

Ele está cansado. Ele me deu sangue.

Era exaustivo fazer contato, cobrir a distância, mas Mikhail precisava desesperadamente daquilo, pelo bem dos dois.

Eu posso ouvir seu cansaço. Durma agora. Não se preocupe comigo, ela instruiu delicadamente.

Raven desejava o toque dos dedos dele, vê-lo, e isso o deixava satisfeito. Ela já sentia fala dele, assim como Mikhail sentia falta dela.

– Mikhail, você está falando com ela – Eric explodiu. – Você não pode.

Jacques fez um gesto de desdém.

– Você devia saber que ele faria isso. Mikhail, se você quiser, um de nós pode colocá-la para dormir.

Vai ser desconfortável para você. Vai ser difícil dormir, comer. Você precisa estar comigo. Sua mente vai buscar a minha, mas você não vai conseguir me encontrar. Eu não tenho forças para ajudar você a dormir esta noite. Você permitiria que Eric ou Jacques faça isso?

Ele não gostava da ideia. Raven se flagrou sorrindo. Mikhail não fazia ideia do quanto ela conseguia ler nele. Ele a queria em segurança, queria que ela dormisse enquanto ele dormia, mas não gostava da ideia de outro homem fazendo algo tão íntimo quanto fazê-la dormir.

Eu vou ficar bem, Mikhail. A verdade é que, para mim, é muito difícil aceitar esse tipo de coisa de você. Eu jamais poderia aceitar de um deles. Eu vou ficar bem, eu prometo.

Você é sivamet *do meu coração. Eu amo você, pequenina. Essas são as palavras tanto do seu povo quanto do meu, e elas vêm do meu coração.*

Mikhail usou suas últimas forças para enviar um pedido para o único humano em quem ele confiava para garantir a segurança de Raven. Ela fechou os olhos, sabendo que precisava deixá-lo ir antes que a força dele acabasse.

Durma, Mikhail. Nas palavras do seu povo, você é o meu companheiro.

Raven ficou olhando para o teto por um longo tempo depois que Mikhail se recolheu. Ela nunca havia se sentido tão só, tão completamente vazia e fria. Colocando os braços em volta de si, ela sentou no meio das colchas e se embalou em um esforço para relaxar.

Raven havia passado a vida sozinha e havia aprendido a gostar da própria companhia quando era jovem. Ela suspirou. Era uma bobagem. Mikhail ia ficar perfeitamente bem. Ela aproveitaria a oportunidade para ler um livro, continuar seus estudos da língua – a língua de Mikhail. O antigo idioma dele, diferente do que a população local falava, mas Raven adorava as poucas palavras que ele havia sussurrado.

Sivamet. Ela ficou andando descalça pelo quarto – ofegando-se à palavra, permitindo que ela assentasse em sua mente. Raven estava com frio, e a lembrança daquele sussurro gentil a aqueceu.

Acendendo o abajur, Raven pegou o livro mais recente da mala, determinada a se envolver na rede de mentiras e assassinato misturada com romance. Ela ficou com ele uma hora, lendo o mesmo parágrafo duas ou três vezes. Aconteceu repetidas vezes, mas Raven estava decidida até se dar conta de que não tinha entendido nenhuma palavra. Frustrada, ela atirou o livro do outro lado do quarto.

O que ela ia fazer com Mikhail? Ela não tinha mais família nos EUA, ninguém ia se importar se ela não voltasse. Raven ficou andando pelo quarto enquanto pesava em suas opções. Ela não desejava voltar para o tipo de trabalho que vinha fazendo. O objetivo dessas férias era se curar e aprender a dizer não a pedidos de ajuda.

Depois de tudo o que tinha acontecido, ela ainda queria estar com Mikhail, precisava estar com ele. O bom-senso dizia que ela devia ir embora antes que aquilo continuasse, mas não havia espaço na mente ou no coração dela para bom-senso. Cansada, Raven passou a mão pelo cabelo. Ela não tinha o desejo de voltar para o trabalho de perseguir assassinos.

Então o que fazer com Mikhail? Ela não havia aprendido a dizer não para ele. Raven sabia o que era o amor. Ela havia conhecido alguns casais que compartilhavam um sentimento genuíno. Mas o sentimento por Mikhail estava muito além daquela emoção. Era mais do que paixão e ardor, beirava a obsessão. Mikhail estava nela de alguma maneira, correndo em suas veias, preso aos seus órgãos, em volta do coração. De alguma maneira ele havia entrado na mente dela e roubado alguma parte secreta do coração dela.

Não era simplesmente que o corpo dela desejava o dele, ardia por ele... A pele de Raven formigava de desejo por ele. Raven era como um viciado desesperado por uma droga. Era amor ou algum tipo de obsessão? E depois havia o que Mikhail sentia por ela. As emoções dele eram tão agudas, tão intensas. A maneira como ele se sentia perto dela fazia os sentimentos dela parecerem fracos em comparação aos dele. Mikhail a assustava em um nível elementar, como se fosse capaz de revelar algo escondido muito profundamente nela.

Ele era tão territorial, tão possessivo, tão selvagem e indomado. Mikhail era perigoso, um homem que governava outros e estava acostumado a ter autoridade completa. Juiz, júri e executor. Tantas pessoas dependiam dele.

Raven levou as mãos ao rosto. Ele precisava dela. Não havia mais ninguém para ele. Ele realmente precisava dela. Apenas dela. Raven não tinha certeza de como sabia disso, mas sabia. Não havia dúvidas. Ela via nos olhos dele. Eram frios e sem emoção quando olhavam para os outros. Aqueles mesmos olhos ardiam com calor líquido quando olhavam para ela. A boca de Mikhail podia ser dura, marcada pela crueldade, até se suavizar quando ele ria com ela, conversava com ela, beijava-a. Ele precisava dela.

Os hábitos dele, a maneira de viver, eram diferentes dos dela.

Você está com medo, Raven, ela se repreendeu, e encostou a testa no vidro da janela. *Você está realmente com medo de nunca conseguir deixá-lo.*

Ele exalava tanto poder, usava-o sem pensar. Era mais do que isso, se ela queria ser totalmente justa. Ela precisava dele. A risada de Mikhail, a maneira como ele a tocava tão gentilmente, com tanto carinho. A maneira como ele ardia por ela, com seu olhar faminto e possessivo, em chamas, uma necessidade tão urgente que se tornava selvagem. A conversa, a inteligência, o senso de humor dele tão próximos do dela. Eles pertenciam um ao outro. Duas metades do mesmo todo.

Raven ficou parada no centro do quarto, chocada com os pensamentos. Por que ela acreditava que eles realmente deviam ficar juntos? A mente dela parecia terrivelmente distraída, até caótica. Em geral, Raven era sempre contida, pensando nas coisas racionalmente, no entanto, ela parecia quase incapaz disso agora. Tudo nela gritava por Mikhail, apenas para sentir a presença dele, saber que ele estava perto. Sem um pensamento consciente, ela foi procurá-lo e encontrou apenas espaço. Ou ele estava longe demais, ou dormindo muito profundamente em um sono induzido por remédios, para que Raven o alcançasse. Isso a deixou trêmula e se sentindo mais solitária do que nunca. Desolada até. Ela mordeu os nós dos dedos de ansiedade.

O corpo dela se movia porque precisava. De um lado para o outro no quarto, várias vezes, até que ela ficou totalmente exausta. O peso em seu coração parecia ter aumentado a cada passo. Raven estava perdendo a habilidade de pensar claramente, de respirar. Desesperadamente, ela tentou de novo tocar a mente de Mikhail, saber que ele estava em algum lugar a salvo. Ela encontrou o vazio.

Raven puxou os joelhos e arrastou o travesseiro para si. Ali, na escuridão, balançando de um lado para o outro, a dor tomou conta dela.

Aquilo a consumia tanto que tudo o que conseguia fazer era pensar em Mikhail. Ele havia partido. Ele a havia deixado, e ela estava completamente sozinha, metade de uma pessoa, uma mísera sombra. Lágrimas ardiam, corriam pelo rosto dela, e o vazio tomava conta do corpo dela.

Raven não podia existir sem ele.

Todos os seus pensamentos de ir embora, todos os cálculos cuidadosos, não importavam, não podiam importar. A parte sensata dela sussurrava que era impossível sentir-se assim. Mikhail não podia ser sua outra metade; ela havia sobrevivido anos sem ele. Raven não podia querer se atirar da sacada só porque não conseguia tocá-lo mentalmente.

Ela se pegou andando pelo quarto, passo a passo, lentamente, como alguém que não fosse ela mesma a estivesse forçando a fazê-lo. Raven escancarou as portas que davam para a sacada. O ar frio entrou, com um toque de umidade. A névoa envolvia completamente as montanhas e a floresta. Era tão lindo, mas Raven não conseguia enxergar. Não podia haver vida sem Mikhail. As mãos dela encontraram o parapeito de madeira, e seus dedos se cravaram distraidamente nas marcas profundas encontradas na madeira. Sem prestar atenção, ela passou a ponta do dedo de um lado para o outro nas depressões, uma pequena carícia, a única coisa real no mundo estéril e vazio.

– Senhorita Whitney?

Envolta na própria dor, ela não notou ninguém. Raven virou e sua mão foi defensivamente até o pescoço.

– Perdoe-me por assustá-la.

A voz do padre Hummer era gentil. Ele se levantou de uma cadeira no canto da sacada. Havia um cobertor nos ombros dele, mas Raven podia ver que ele tremia da longa exposição ao ar noturno.

– Não é seguro para você aqui fora, minha querida.

Ele a pegou pelo braço e a levou como uma criança de volta ao quarto, trancando cuidadosamente as portas da sacada atrás deles.

Raven encontrou a própria voz.

– O que o senhor está fazendo aqui? Como o senhor foi parar lá fora?

O padre sorriu com afetação.

– Não foi difícil. A senhora Galvenstein é um membro da igreja. Ela sabe que Mikhail e eu somos amigos próximos. Eu simplesmente disse a ela que Mikhail e você tinham ficado noivos e que eu precisava dar um recado. Como sou velho o bastante para ser seu avô – e um padre –, ela pensou que era seguro o suficiente me deixar esperar na sacada até que você voltasse. E claro que ela nunca perderia a oportunidade de fazer algo por Mikhail. Ele é muito generoso e pede muito pouco em troca. Acredito que ele fez a compra original da pousada e permitiu que a senhora Galvenstein fizesse pagamentos muito menores, mais razoáveis e plausíveis para ele.

Raven se manteve de costas para o padre, sem conseguir conter a enxurrada de lágrimas.

– Sinto muito, padre. Não vou ser boa companhia agora. Não sei o que há de errado comigo.

Ele colocou a mão no ombro dela para entregar um lenço.

– Mikhail estava preocupado que esta noite seria... difícil para você. E amanhã. Ele esperava que você ficasse comigo.

– Estou com tanto medo de... – Raven confessou – e é uma bobagem. Não há motivo para ter medo de nada. Não sei por que estou me comportando tão mal.

– Mikhail está bem. Ele é indestrutível, minha querida, um enorme gato selvagem com sete vidas. Eu o conheço há anos. Nada vai abatê-lo.

A tristeza invadiu cada centímetro do corpo dela, tomou conta de sua mente e pesou em sua alma. Mikhail estava perdido para ela. De alguma maneira, de alguma forma, durante aquelas poucas horas em que esteve separado dela, ele havia escapado dela. Raven balançou a cabeça arrasada, com uma dor tão intensa e forte que ela se sentia estrangulada, incapaz de conseguir ar suficiente para respirar.

– Raven, pare com isso.

O padre Hummer segurou o pequeno corpo inclinado de Raven e a levou até a borda da cama.

– Mikhail me pediu para estar aqui. Ele disse que viria até você no começo da noite.

– Você não sabe…

– Por que ele me tiraria da cama a esta hora? Eu sou um senhor, criança. Eu preciso de descanso. Você precisa pensar, usar a cabeça.

– Mas parece tão real, como se ele estivesse morto, e eu o tivesse perdido para sempre.

– Mas você sabe que não é – ele argumentou racionalmente. – Mikhail escolheu você. O que você e ele têm é o que as pessoas do povo dele compartilham com seus parceiros. O vínculo físico e mental para os *Cárpatos* é óbvio. Eles o valorizam, e pelo que eu aprendi ao longo dos anos, ele é tão forte que um raramente sobrevive à perda do outro. O povo de Mikhail pertence a terra, são selvagens e livres como animais, mas com consciência e habilidades fenomenais.

Ele observou o rosto tomado pelas lágrimas dela, a dor em seus olhos. Ela ainda estava fazendo esforço para respirar, mas ele notou que as lágrimas haviam diminuído.

– Você está me ouvindo, Raven?

Ela assentiu, lutando desesperadamente para se apegar às palavras dele, para recuperar a sanidade. Esse homem conhecia Mikhail, o conhecia há anos. Ela podia ver o afeto dele por Mikhail, e o padre Hummer tinha certeza de sua força.

– Por algum motivo, Deus deu a você essa habilidade de formar um vínculo mental e físico com Mikhail. Com isso, vem uma enorme responsabilidade. Você literalmente tem a vida dele nas mãos. Você precisa ir além desse sentimento e usar a cabeça. Você sabe que ele não está morto. Ele disse que voltaria. Mikhail me mandou aqui, com medo de que você se machucasse. Pense. Raciocine. Você é humana, não um animal gritando por seu parceiro.

Raven tentou entender o que o padre estava dizendo. Ela sentia como se estivesse em um buraco profundo e não conseguisse sair. Ela se concentrou em cada uma das palavras, forçando-as a entrar em sua mente. Respirar profundamente forçava o ar a entrar nos pulmões que ardiam. Seria possível? Maldito Mikhail por fazê-la passar por aquilo, por saber que aquilo aconteceria. Ela estava tão mergulhada naquilo assim? Raven afastou as lágrimas do rosto, determinada a se recompor. Ela estava decidida a colocar a dor de lado o suficiente para deixar o pensamento racional entrar. Ela podia senti-lo tomando conta, esperando nos cantos de sua consciência para consumi-la.

– E por que eu não consigo comer nem beber nada além de água?

Raven massageou suas têmporas, sem perceber o alarme que atravessou as expressões enrugadas do padre.

O padre Hummer limpou a garganta.

– Há quanto tempo isso está acontecendo, senhorita Whitney?

O vazio terrível se acumulou no estômago, na mente dela, pronto para saltar, para cravar os dentes nela de novo. Raven lutou para manter o controle e levantou o queixo.

– Raven, por favor, me chame de Raven. O senhor já parece saber tudo sobre mim mesmo.

Ela tentou controlar a tremedeira. Segurando as próprias mãos, ela ficou vendo-as tremer.

– Não é uma besteira?

– Venha para a minha casa, criança. Vai amanhecer logo. Você pode passar o dia comigo. Seria uma grande honra para mim.

– Ele sabia que isso ia acontecer comigo, não sabia? – Raven perguntou delicadamente, começando a entender. – Foi por isso que ele mandou o senhor. Ele estava com medo de que eu realmente me machucasse.

Edgar Hummer soltou o ar lentamente.

– Acho que sim, criança. Eles não são como nós.

– Ele tentou me dizer isso. Mas se eu não sou como eles, por que isso aconteceria comigo? – Raven quis saber. – Não faz sentido. Por que ele achou que isso ia acontecer?

– Você concluiu o ritual com ele. Você é a outra metade dele. A luz da escuridão de Mikhail. Um não consegue ficar sem o outro. Venha comigo, Raven, para minha casa. Vamos sentar e conversar sobre Mikhail até que ele venha até você.

Raven hesitou. A ideia de descobrir mais coisas sobre Mikhail era tentadora.

– Acho que agora que eu sei o que está acontecendo comigo, posso conseguir lidar com isso sozinha. Está muito tarde, padre, e já estou com vergonha de que o senhor tenha tido que ficar sentado no frio cuidando de mim.

O padre bateu de leve no pulso dela.

– Que besteira, menina. Eu gosto dessas pequenas tarefas. Na minha idade, você se anima diante do incomum. Pelo menos desça e passe algum tempo comigo. A senhora Galvenstein mantém uma lareira acesa no salão.

Raven balançou a cabeça vigorosamente, um ato instintivo de proteção por Mikhail. A pousada abrigava muitos de seus inimigos. Ela nunca o colocaria em perigo, não importa o quanto as coisas estivessem difíceis.

Edgar Hummer suspirou levemente.

– Eu não posso deixar você, Raven. Dei minha palavra a Mikhail. Ele fez tanto pela minha congregação, pelas pessoas neste vilarejo, e pede tão pouco em retorno.

O padre esfregou seu queixo pensativamente.

– Eu preciso dizer, criança, caso piore. Fico mais do que feliz de ficar sentado na sacada.

Raven engoliu com dificuldade. Margaret Summers estava dormindo em algum lugar daquele prédio. Raven podia se proteger, até mesmo com sua dor mais intensa, mas podia ler com facilidade a preocupação natural do padre Hummer. Se ela podia fazê-lo, Margaret também podia. E ela não ia deixar aquele padre velhinho sentado a noite toda no frio. Raven tomou uma decisão, pegou seu casaco, limpou as lágrimas do rosto e abriu o caminho pelas escadas antes que mudasse de ideia. A coisa mais importante para ela naquele momento era proteger Mikhail. A necessidade era elementar, era parte da alma dela. Quando estava do lado de fora, Raven fechou o zíper do casaco até o queixo. Ainda bem que ela havia colocado seus *jeans* desbotados e um moletom da faculdade no momento em que tinha voltado para o quarto. Havia névoa em toda parte, densa, a apenas uns trinta centímetros do chão. Estava muito frio. Ela olhou para o padre. O inglês dele podia ser um pouco confuso, mas a inteligência e integridade transpareciam em sua expressão cansada e em seus olhos azuis sem brilho. Ele estava com o corpo frio depois de todo aquele tempo na sacada. O padre estava muito velho para ser arrastado do calor de sua cabana para uma tarefa como aquelas no meio da noite.

Ela tirava mechas de cabelo do rosto enquanto se forçava a andar calmamente pelo vilarejo. Deveria ter sido tranquilo, mas ela carregava o conhecimento de que um grupo de fanáticos estava assassinando aqueles que consideravam serem vampiros. Lá dentro, seu coração estava dolorido e pesado. A mente dela precisava da segurança de um contato mental com Mikhail. Ela olhou para o senhor que estava ao seu lado. Ele andava alegremente, com seus modos calmos, tranquilizadores. Aquele era um homem que há muito tempo estava em paz consigo e com aqueles à sua volta.

– O senhor tem certeza absoluta de que ele está vivo?

A pergunta escapou antes que ela pudesse se interromper, justo quando estava tão orgulhosa de si por parecer normal.

– Com toda certeza, criança. Ele me deu a impressão de que não estaria aqui durante o dia até a noite cair, com as maneiras habituais de contatá-lo.

O padre sorriu para ela, o sorriso de um conspirador.

– Pessoalmente, eu uso o celular dele. Mikhail precisa estar relativamente perto para que dê certo, mas é ótimo quando funciona. Os aparelhos me fascinam quase tanto quanto a ele. Ele sempre precisa ter a última invenção. Quando eu o visito, jogo no computador sempre que posso. Uma vez, quando eu coloquei uma trava, Mikhail levou um tempo para descobrir o que eu havia feito – o padre Hummer estava incrivelmente feliz com o feito. – Claro, você entende, eu poderia ter dito a ele, mas teria tirado toda a graça.

Raven riu, sem conseguir evitar.

– Finalmente, alguém como eu. Fico feliz que mais alguém além de mim dê trabalho para ele. Mikhail precisa disso, o senhor sabe. Todas aquelas pessoas abaixando a cabeça. Não é bom para ele.

As mãos dela estavam congelando, então Raven as colocou no bolso.

– Eu faço o melhor que posso, Raven, – o padre admitiu – mas não precisamos contar a ele. É melhor manter algumas coisas entre nós.

Ela sorriu, relaxando um pouco.

– Eu concordo com o senhor sobre isso. Há quanto tempo o senhor o conhece?

Se ela não podia entrar em contato com ele, tocá-lo, talvez conseguisse acalmar aquele ferimento aberto e vazio falando sobre ele. Raven descobriu que estava começando a ficar brava com Mikhail. Ele devia tê-la preparado para isso.

O padre olhou para a floresta, para a casa de Mikhail, e levantou os olhos para o céu. Como ele podia responder aquela pergunta? Ele conhecia Mikhail desde a juventude, quando era um padre recém-ordenado, enviado diretamente de sua terra natal para um pequeno vilarejo no meio do nada. Claro que ele havia ido para outros lugares desde aquela época, mas estava quase aposentado agora, e como eles o deixavam ir aonde quisesse, ele havia ido para o lugar que havia aprendido a amar.

Os olhos azuis de Raven estavam aguçados enquanto o observavam.

– Não quero fazê-lo mentir, padre. Eu me pego fazendo isso o bastante por Mikhail, e nem sei direito por quê. Deus sabe que ele não me pede.

Havia tristeza, arrependimento e confusão na voz dela.

– Eu não mentiria – ele disse.

– Omitir é a mesma coisa que mentir, padre? – as lágrimas fizeram os olhos dela cintilarem, com um brilho nos longos cílios.

– Alguma coisa está acontecendo comigo, algo que eu não entendo, e isso me apavora.

– Você o ama?

Ela podia ouvir o som dos passos deles no silêncio das horas antes do amanhecer, com o coração batendo regularmente, e o sangue correndo nas veias. Conforme as horas passavam, ela podia ouvir roncos, rangidos, sussurros, alguns fazendo amor. Os dedos de Raven procuraram e encontraram o anel de Mikhail como se fosse um talismã. Ela o segurou com cuidado, como se pudesse manter Mikhail ali.

Ela o amava? Tudo nela estava fascinado, envolvido por Mikhail. Com certeza, a química física entre os dois era poderosa, até explosiva. Mas Mikhail era um mistério, um homem perigoso que vivia em um mundo de sombras que ela não conseguia entender.

– Como é possível amar algo que você não entende, o que não conhece?

Mesmo enquanto fazia a pergunta, ela podia vê-lo sorrindo, a ternura em seus olhos. Ela podia ouvir a risada dele, as conversas que duravam horas, os silêncios amigáveis que se prolongavam entre os dois.

– Você conhece Mikhail. Você é uma mulher extraordinária. Você nota a bondade dele, a compaixão.

– Ele tem um traço de ciúmes e é extremamente possessivo – Raven comentou.

De fato, ela conhecia Mikhail, o lado bom e o mau, e o havia aceitado como ele era. Mas agora percebia que mesmo que ele tivesse aberto sua mente para ela, Raven só via partes dele.

– Não esqueça o lado protetor, o profundo senso de obrigação – o padre Hummer argumentou com um pequeno sorriso.

Raven deu de ombros, descobrindo que estava quase chorando de novo. Era humilhante estar tão descontrolada quando sabia que o padre tinha razão. Mikhail não estava morto, estava em algum lugar em um sono que parecia induzido e entraria em contato com ela assim que pudesse.

– A intensidade do que eu sinto por ele me assusta, padre. Não é normal.

– Ele daria a vida por você. Mikhail seria incapaz de feri-la. Se você o conhece pelo menos um pouco, sei que você pode entrar em uma relação com ele certa de que ele jamais seria infiel, nunca levantaria a mão para você, e sempre vai colocar você em primeiro lugar em todas as coisas.

Edgar Hummer falava com total convicção. Ele sabia a verdade tanto quanto sabia que havia um Deus no céu. Raven limpou as lágrimas com as costas da mão.

– Eu acredito que ele não me machucaria, eu sei que não. Mas e os outros? Ele tem tantos dons especiais, tanto poder. A oportunidade de usar mal esse talento é enorme.

O padre Hummer abriu a porta de sua cabana e indicou que ela entrasse.

– Você realmente acredita que foi isso que aconteceu? Ele é o líder pelo sangue. A linhagem vai longe no tempo. Ele é chamado de príncipe, mas nunca admitiria isso para você. Eles recorrem a ele para liderança e orientação, assim como a minha congregação muitas vezes vem a mim.

Raven precisava de algo para fazer, então acendeu o fogo na lareira de pedras enquanto o padre preparava uma xícara de chá. Ela sabia que ele era amigo de Mikhail, e provavelmente sabia mais sobre sua vida misteriosa do que ela, mas Raven estava relutante em se arriscar a dar informações que pudessem colocar Mikhail em perigo. Não importa o quanto estivesse em conflito, Raven sentia que precisava protegê-lo.

– Ele é realmente um príncipe?

Por algum motivo aquilo a impressionou. Além de tudo, ela estava contemplando se comprometer com a realeza. Essas coisas nunca davam certo.

– É sim, criança – o padre Hummer admitiu. – O que ele diz é considerado a última palavra para tudo. Talvez por isso ele pareça e aja como se fosse alguém importante. Ele tem muitas responsabilidades e, desde que o conheço, nunca deixou de cumprir nenhuma delas.

Ela sentou no tapete feito à mão, afastando o enorme volume de cabelo do seu rosto marcado pelas lágrimas.

– Às vezes, quando Mikhail e eu estamos juntos, parece que somos duas metades do mesmo todo. Ele pode ser tão sério, tão preocupado e solitário. Eu adoro fazê-lo rir, dar vida aos olhos dele. Mas ele faz coisas...

A voz dela perdeu a força.

O padre Hummer colocou uma xícara de chá ao lado dela e sentou em seu lugar de sempre, na poltrona.

– Que tipo de coisas? – ele perguntou gentilmente.

Ela expirou o ar lenta e irregularmente.

– Eu estive sozinha a maior parte da vida. Sempre fiz o que quis. Quando quero, eu me levanto e vou embora. Eu viajo bastante e valorizo a minha liberdade. Nunca tive de dar satisfações a ninguém.

– E você prefere esse tipo de vida à que você poderia ter com Mikhail?

Trêmulas, as mãos dela seguraram a xícara de chá, absorvendo o calor.

– O senhor faz perguntas difíceis, padre. Eu achei que Mikhail e eu pudéssemos chegar a algum tipo de meio-termo. Mas tudo aconteceu tão rápido, e agora eu não sei se as coisas que estou sentindo são inteiramente minhas. Ele está sempre comigo. Agora, de repente, ele não está, e eu não consigo aguentar. Olhe para mim, estou um horror. O senhor não me conheceu antes, mas estou acostumada a ficar sozinha. Sou completamente independente. Ele pode ter feito alguma coisa para que isso acontecesse?

– Mikhail jamais forçaria você a amá-lo. Não o imagino fazendo algo assim.

Ela sorveu um gole de chá que a acalmou.

– Eu sei disso. Mas e agora – por que não consigo ficar longe dele? Não faz sentido sentir uma dor tão grande, estar com tanto medo por ele. Eu gosto de ficar sozinha, a privacidade é importante para mim, mas, sem o toque dele, estou me desfazendo. O senhor faz ideia de como isso é humilhante para alguém como eu?

O padre Hummer colocou a xícara no pires e olhou para ela preocupado.

– Não há motivo para você se sentir assim, Raven. Eu sei que Mikhail disse que quando um homem da raça dele conhece sua verdadeira companheira, ele pode proferir as palavras do ritual para ela e unir os dois, como deve ser. Se ela não é a pessoa certa, nenhum dos dois é afetado, mas se ela é, um não consegue ficar sem o outro.

Raven levou a mão ao pescoço de maneira defensiva.

– Que palavras? Ele disse a você quais são as palavras?

Ela se lembrou do que ele havia sussurrado em sua língua nativa e depois repetido na língua dela. Raven tinha se sentido diferente, e Mikhail havia dito que, aos olhos do povo, eles estavam casados aos olhos de seu povo, mas aquilo não parecia real. Um sonho, talvez, não tinha sido?

O padre Hummer balançou a cabeça com pesar.

– Só que dito para a mulher certa, ela fica ligada a ele e não pode escapar. As palavras são como os nossos votos de casamento. Os *Cárpatos* têm um sistema de valores diferente, de certo e errado. Não existe divórcio para eles, não faz parte do vocabulário deles. As duas pessoas são praticamente duas metades do mesmo todo.

– E se uma está infeliz?

Os dedos dela se retorciam agitadamente. Raven se lembrava de Mikhail dizendo algo incomum. A lembrança estava nebulosa, mas ele havia se referido a ela como sua companheira mais de uma vez. Ela devia saber que ele estava sendo literal.

– Um *Cárpato* faz tudo o que é necessário para garantir a felicidade de sua companheira. Eu não sei nem entendo como funciona, mas Mikhail me disse que o vínculo é tão forte que um homem não pode fazer nada além de fazer sua mulher feliz.

– Eu não sei como retirar as opções pode fazer alguém feliz.

– Eu acredito, nesse caso – o padre Hummer comentou com um pequeno sorriso – que Mikhail também não tem chances reais, não se você é a verdadeira companheira dele. Ele aceita o que é porque é um verdadeiro *Cárpato*.

– Mas eu não sou – disse Raven. – Eu não gosto de segredos e abomino mentiras, mas me pego dizendo coisas que não são verdade porque parece ser o melhor para Mikhail.

– Ele não pediu isso a você, pediu? A escolha foi sua – ele argumentou gentilmente. – Quanto dele mesmo ele contou a você?

– Não muito.

Agora, desconfiada, ela sentia que estava entrando em uma estrada traiçoeira. A todo custo, Raven precisava proteger Mikhail – mesmo que isso significasse mentir para um padre. Ela detestava o fato de que o faria, mas sabia que nunca o trairia. Raven tocou o pescoço, a palma da mão estava encostada em suas pulsações.

– O que quer que ele tenha feito, deve ter funcionado, padre, porque eu não sou do tipo que se atira de uma sacada porque estou longe de um homem há algumas horas.

– Acho que nós dois estamos torcendo para que Mikhail esteja sentindo o gosto de seu próprio remédio – o padre Hummer disse com um pequeno sorriso.

O coração de Raven estava disparado no peito, o corpo dela gritava em um protesto instantâneo. A ideia de que Mikhail estivesse sofrendo de qualquer maneira era terrivelmente perturbadora. Ela tentou se forçar a sorrir em resposta.

– Por algum motivo, acho que ele está protegido de sentir qualquer coisa.

O padre ficou analisando aquele rosto sombrio, marcado pela dor, por sobre a xícara de chá.

– Acho que Mikhail tem muita sorte de ter encontrado você. Você é muito forte, assim como ele.

– Estou fazendo um bom escudo então – limpou os olhos com os nós dos dedos – porque sinto como se estivesse me desfazendo por dentro. E não estou muito feliz com Mikhail.

– E eu nem acho que você deveria, mas o seu primeiro instinto é protegê-lo. Você fica horrorizada com a ideia de que ele esteja sofrendo como você.

– Eu não gosto de ver ninguém sofrendo. Existe uma tristeza em Mikhail, como se ele estivesse carregando o peso do mundo nos ombros há muito tempo. Às vezes eu olho para o rosto dele e há uma tristeza ali – não nos olhos, exatamente, mas marcada no rosto dele – Raven suspirou. – Acho que o que eu estou falando não está fazendo muito sentido, mas ele precisa de alguém para afastar as sombras.

– É uma avaliação interessante, criança, e preciso dizer que sei do que você está falando. Eu vejo a mesma coisa nele. Afastar as sombras – ele repetiu as palavras, pensando sobre elas. – É exatamente isso.

Raven assentiu.

– É como se ele tivesse visto muita violência, muitas coisas terríveis, e isso o tivesse levado cada vez mais fundo na escuridão. Quando estou perto dele, posso sentir isso. Ele age como um guardião diante de algum portal mau e maligno e mantém os monstros controlados para que o resto de nós possa tocar a vida sem nunca saber que estamos sendo ameaçados.

A respiração do padre Hummer ficou presa na garganta.

– É assim que você o vê? Um guardião do portal?

Raven assentiu.

– É uma imagem muito vívida na minha mente. Sei que provavelmente deve soar melodramático para o senhor.

– Eu mesmo gostaria de poder ter dito exatamente essas palavras para ele – o padre disse delicadamente. – Ele muitas vezes veio aqui em busca de conforto, mas eu nunca soube exatamente o que dizer. Eu rezava para que Deus o ajudasse a encontrar a resposta, Raven, e talvez ele tenha enviado você.

Ela estava tremendo, lutando constantemente com a tormenta em sua mente, com a necessidade de tocar Mikhail, com a ideia de que ele tivesse desaparecido da Terra. Raven respirou fundo para se acalmar, agradecida ao padre.

– Eu não acho que seja a resposta de Deus para nada, padre. Neste momento, eu só quero deitar abraçada aos joelhos e chorar.

– Você pode ser forte, Raven. Você sabe que ele está vivo.

Ela tomou um gole do chá. Estava quente e delicioso, e levou um pouco de calor de volta ao interior de seu corpo, mas nunca poderia aquecer o vazio terrível, gélido e sôfrego, que devorava sua alma. Lentamente, centímetro por centímetro, o buraco negro estava crescendo

Ela tentou se concentrar em outras coisas, aproveitar a conversa com aquele homem que conhecia, respeitava e até tinha muito afeto por Mikhail. Raven tomou mais um gole de chá, lutando desesperadamente para se manter sã.

– Mikhail é um homem extraordinário. Ele é diferente, criança. Seus modos, seus costumes, as crenças e regras sob as quais ele vive, são diferentes. Levem o tempo que for preciso para aprender um sobre o outro. Vocês vão descobrir uma maneira de encontrar um meio-termo – disse o padre Hummer, tentando distraí-la. – Ele é um dos homens mais gentis que já conheci. A noção de certo e errado dele é enorme. Mikhail tem uma vontade de ferro.

– Eu já vi – Raven concordou.

– Aposto que sim. Mikhail é um homem que poucos gostariam de ter como inimigo. Mas ele também é leal e afetuoso. Eu o vi reconstruir este vilarejo praticamente sozinho depois de um desastre certa vez. Todas as pessoas aqui são importantes para ele. Há uma grandeza nele.

Ela havia abraçado os joelhos, estava se embalando para frente e para trás, com os pensamentos fragmentados, recortados até que a mente dela estivesse rachada como uma teia de aranha. Respirar era tão difícil, era uma agonia levar cada inspiração para os pulmões. Mikhail! Onde está você? O grito foi arrancado do coração dela. Raven precisava que ele, apenas uma vez, respondesse, tocasse a mente dela.

O vazio negro respondeu a ela. Deliberadamente, Raven mordeu seu lábio inferior com força, recebendo a dor de bom grado, se concentrando nela. Ela era forte. Era inteligente. O que quer que a estivesse consumindo, convencendo-a de que ela não ia suportar ficar sem Mikhail, não a derrotaria. Não era real.

– Raven – a voz do padre era muito gentil. – O sol nasceu. É difícil dizer por que você está sofrendo agora. Olhe pela janela. É uma manhã gloriosa. Veja.

– Eu só consigo vê-lo – ela respondeu, desesperada. – Preciso senti-lo comigo.

Ela passou a mão pelo cabelo e levantou o queixo, com olhos questionadores, cheios de tristeza.

– Como ele pôde permitir que isso acontecesse comigo? Ele sabia? É assim que seria a vida com ele? Porque, honestamente, me separar dele é um pesadelo. Eu não entendo.

Ela engoliu as lágrimas de dor. Não importava o quanto tentasse dizer a si que Mikhail estava vivo e bem, a mente de Raven não acreditava. Era assustador estar fora de controle.

Capítulo 10

– Você é uma mulher forte, Raven. Você sabe que ele está vivo e que vai estar aqui hoje à noite para ver você.

Com a voz calma e os olhos antigos e solidários, o padre Hummer mudou de posição na poltrona.

Raven podia sentir o gosto do sangue onde se havia mordido. Era estranho. Ela nunca havia reparado que o sangue tinha gosto. Quente. Doce. A sensação era estranha. A mente dela tentou descobrir por que a ideia de sentir gosto de sangue não causava repulsa, mesmo quando não conseguia comer nem beber nada.

– Padre, o chá. Eu consegui beber seu chá. Ele ficou no meu estômago.

Uma centelha de algo se revelou nas feições normalmente serenas dele, mas Raven não conseguiu identificar o quê. Preocupação? Medo? Ela o observou atentamente, pela primeira vez desejando estar perto o suficiente para realmente tocá-lo de maneira casual para poder ler seus pensamentos.

– É uma combinação especial de ervas. Eu sempre tomo uma xícara quando tenho um dia especialmente difícil. Mikhail cultiva, colhe e seca uma vasta gama de ervas, e esta é uma das combinações. Ninguém sabe mais sobre a terra, as plantas, as árvores e seus usos do que Mikhail. Ele fornece combinações de ervas para mim há anos.

– Ele também fornece para a população local? A pousada? – Raven estava tentando montar as peças do quebra-cabeça, mas faltavam muitas peças pequenas.

– Acho que sim.

– O senhor já notou como a voz de Mikhail tem um quê hipnótico? Como os olhos dele são cativantes? Não pode ser só comigo. Ele tem tanto poder e carisma. Todo mundo automaticamente faz o que ele fala.

– Isso é totalmente verdade.

– É possível que exista alguma coisa nas ervas dele que nos torne mais suscetíveis a ele? – Ela estava desesperada por uma explicação simples. – Eu tomei chá quando cheguei à pousada pela primeira vez. A senhora Gravenstein me disse que a combinação me ajudaria a relaxar depois de uma viagem tão longa.

– Você não acredita nisso, Raven.

Ela lançou um olhar rápido e culpado para o padre.

– Poderia acontecer.

O padre sorriu e balançou a cabeça.

– Que motivo ele poderia ter?

O buraco negro e vazio ficou ainda maior, exigindo mais da alma dela, uma marca preta e horrível com a qual Raven não conseguia lutar. Sussurros diziam a ela que Mikhail estava morto – havia partido.

– Poder – ela respondeu, desesperada por uma explicação que fizesse sentido. – Ele está acostumado com poder absoluto, e o poder corrompe.

– Você acredita que Mikhail seja corrupto? – o padre Hummer perguntou, com uma voz delicada de acusação.

– Neste momento eu não consigo distinguir o que é real e o que é uma ilusão na minha mente. Tudo em mim me faz querer correr o mais rápido que posso daqui, mas sei, pelo que está acontecendo comigo, que já é tarde demais. Eu não tenho como escapar. O que quer que Mikhail tenha feito comigo, ele fez sabendo perfeitamente das consequências para nós dois. E você sabe que eu estou certa, padre.

– Você o fez acreditar que você o amava e queria estar com ele?

Ele olhou para o anel antigo no dedo de Raven.

Ela respirou com dificuldade e levou as mãos à garganta.

– Onde ele está?

O medo por Mikhail e por si tomou conta dela. Ela não conseguia pensar – nem respirar. Raven estava sufocada… perdendo a briga por sua própria sanidade. Abruptamente, o padre Hummer se levantou e a levou para fora.

– Chega, Raven. Vamos lá fora cuidar do meu jardim. Assim que você sentir a terra nas mãos e respirar o ar puro, vai se sentir muito melhor.

Se não funcionasse, ele não teria escolha além de se ajoelhar e rezar. Raven conseguiu rir por entre as lágrimas.

– Quando o senhor me toca, padre, eu leio seus pensamentos. É comum um padre detestar ajoelhar?

Ele a soltou como se tivesse se queimado e depois começou a rir.

– Na minha idade, minha querida, com a minha artrite, tenho muito mais vontade de praguejar do que de rezar quando me ajoelho. E você descobriu um dos meus maiores segredos.

Apesar de tudo, os dois riram delicadamente enquanto saíam para a luz do sol. Os olhos de Raven se encheram de lágrimas, lutando contra a claridade, e precisou fechá-los para diminuir a dor que tomou conta de sua cabeça. Ela juntou as mãos sobre os olhos.

– O sol está tão forte! Eu mal consigo enxergar, e dói abri-los.

– Mikhail deu um óculos escuro para você? – o padre Hummer perguntou rapidamente.

– Por que ele daria? Eu tenho um par no meu quarto, mas não havia motivo para usá-los à noite.

Ela olhou por entre os dedos, fechando os olhos rapidamente quando a luz do sol pareceu queimá-los.

– A claridade não incomoda o senhor?

– Mikhail deve ter deixado um par aqui. Ele costuma fazer isso quando perde uma partida de xadrez.

Para distraí-la, enquanto revirava sua escrivaninha, ele falou mais sobre Mikhail.

– Quando ele perde uma partida, o que acontece bastante, os olhos dele ficam escuros, o que me faz lembrar que há uma enorme tempestade cheia de nuvens se formando. Ele está acostumado a ganhar e, de vez em quando, eu consigo enganá-lo e dou a ele uma falsa sensação de segurança. É muito bom para mim, depois de tantos anos perdendo para o sujeito, mas ele sempre quer uma revanche. Tenha cuidado quando jogar xadrez com ele, Mikhail leva o jogo muito a sério – ele riu de maneira leve e acolhedora.

– Eu joguei com ele. Foi difícil me concentrar quando toda vez que eu levantava os olhos, ele estava me olhando com uma expressão…

Ela corou quando se deu conta de que talvez devesse guardar para si aquela parte em vez de confessá-la ao padre.

O padre Hummer riu enquanto segurava, triunfante, um par de óculos escuros feitos especialmente para Mikhail.

– Eu não tenho esse problema quando jogo uma partida com ele – o padre admitiu, rindo. – Aqui está. Eles devem resolver.

A armação era grande demais para o rosto dela, mas o padre Hummer a prendeu com uma tira. Lentamente, Raven, abriu os olhos. A armação era surpreendentemente leve, considerando o quanto as lentes eram escuras. O alívio em seus olhos foi instantâneo.

– Eles são ótimos. Eu não conheço a marca.

– São fabricados por um dos amigos de Mikhail – disse o padre Hummer, enquanto abria o caminho até uma grande área marcada por uma cerca.

Ele abriu o portão para ela. O jardim era lindo. Raven abaixou e afundou as mãos no solo rico e escuro, e seus dedos se fecharam naquela fartura. Algo pesado se aliviou no coração dela, permitindo que um pouco mais de ar entrasse nos pulmões sem dificuldades. Ela teve vontade de deitar totalmente naquela cama fértil e absorver a terra em sua pele.

Foi o jardim do padre Hummer que a fez suportar as longas horas da manhã. O sol do meio-dia a fez correr para a proteção da cabana. Mesmo protegidos pelos óculos, os olhos de Raven queimaram e lacrimejaram sem parar, ardendo sob a força do sol. A pele dela parecia supersensível, queimando e ficando vermelha rápido, mesmo que nunca tivesse tido uma queimadura de sol antes.

Eles voltaram juntos e conseguiram jogar duas partidas de xadrez, uma interrompida enquanto Raven se concentrava em lutar com seus demônios internos. Ela estava grata pela presença do padre Hummer, sem saber se teria sobrevivido à separação de Mikhail sem ele. Ela bebeu chá de ervas para diminuir a fraqueza de seu corpo provocada pela falta de alimento.

As horas da tarde pareceram intermináveis. Raven conseguiu conter que o vazio aumentasse com apenas algumas crises de choro. Às cinco horas, ela estava exausta e determinada a, em nome de seu orgulho, conseguir lidar com as últimas horas por conta própria. Mikhail a chamaria em cerca de duas horas, três no máximo, se ele tinha dito a verdade. Se Raven pretendia se olhar no espelho de novo, recuperar um pouco de sua independência e dignidade, precisava enfrentar aquelas últimas horas sozinha.

O padre Hummer ficou relutante em deixá-la ficar sozinha, mas o orgulho dela falou mais alto. Mesmo com o sol muito mais baixo e as nuvens começando a se formar no horizonte, a claridade ainda machucava os olhos de Raven, mesmo com os óculos escuros. Sem eles, ela nunca teria conseguido percorrer as ruas do vilarejo até a pousada.

Felizmente, a pousada estava relativamente tranquila. A senhora Galvenstein e seu grupo estavam cuidando de preparar o jantar e colocar a mesa. Nenhum dos hóspedes estava lá, então Raven conseguiu escapar para o quarto sem ser notada.

Ela tomou um longo banho e deixou a água quente tocar seu corpo, esperando que afastasse o terrível desejo por Mikhail. Raven fez uma trança no cabelo preto-azulado e deitou na cama totalmente nua. O ar fresco soprou em sua pele, que estava quente do banho, percorrendo seu corpo e a acalmando. Raven fechou os olhos, absorvendo as sensações.

Ela se deu conta de que ouvia o barulho de pratos batendo enquanto as mesas eram postas. Sem pensar conscientemente, ela se apegou àquilo. Parecia uma boa maneira de manter a dor e o sofrimento de lado, explorar essa nova capacidade. Raven descobriu que se concentrando um pouco, ela podia diminuir o volume, até desligá-lo, ou podia ouvir os insetos batendo as asas na despensa. Havia o barulho de ratos correndo nas paredes, alguns no sótão.

A cozinheira e a arrumadeira discutiram rapidamente sobre as tarefas da empregada. A senhora Galvenstein assobiava desafinadamente na cozinha enquanto trabalhava. Sussurros chamaram a atenção de Raven, os sussurros dos conspiradores. Ela sabia que era errado ouvir, mas algo indefinido naqueles sussurros, uma reação emocional de adrenalina, uma animação doentia, a fez colocar seus escrúpulos de lado e se sintonizar na conversa específica vinda de um dos quartos.

– É impossível que Mikhail Dubrinsky ou Raven Whitney sejam *mortos-vivos* – Margaret Summers estava dizendo furiosamente. – Ele pode conhecer essas pessoas, mas não é um vampiro.

– Nós precisamos ir agora – era Hans falando. – Não vamos ter outra chance como essa. Não podemos esperar pelos outros. Precisamos ir agora ou vamos perder a oportunidade, e eu não pretendo esperar até escurecer.

– Já é tarde demais – a voz de Jacob era arrastada. – Estamos a apenas algumas horas até o sol se pôr. Vai levar uma hora só para chegar lá.

– Não se nós corrermos. Está preso no chão – Hans insistiu. – Amanhã vai ter desaparecido.

– Eu ainda acho que devíamos esperar Eugene e os outros – Jacob reclamou. – Eles têm experiência.

– Não podemos esperar – Harry Summers decidiu. – Hans está certo. Os vampiros sabem que estamos atrás deles e provavelmente mudam seus caixões todo dia. Não podemos perder essa oportunidade. Peguem as ferramentas rápido.

– Eu ainda acho que aquele tal de Dubrinsky é um deles. Raven está completamente enfeitiçada por ele. Shelly me contou que eles estão noivos – Jacob protestou.

– Tenho certeza disso, como meu pai antes de mim. Estou convencido de que ele era jovem quando meu pai nasceu – Hans disse sombriamente. – Ele muito provavelmente é o chefe dos vampiros.

– Estou dizendo, não é – Margaret estava irredutível.

– É estranho, o efeito que ele tem sobre as mulheres, e o que elas fazem para protegê-lo – Hans disse cheio de suspeita, efetivamente silenciando a mulher mais velha.

Raven podia ouvir os barulhos dos assassinos reunindo seu equipamento mortal. Será que Hans e Jacob haviam convencido Harry Summers a matar Mikhail? Ou mais alguém do povo de Mikhail? Ela saiu da cama e pegou uma calça *jeans* limpa. Enquanto colocava suas meias grossas e botas de alpinismo, Raven mandou um chamado para Mikhail. E mais uma vez encontrou um vazio negro.

Murmurando alguns xingamentos, ela passou uma camisa de cambraia azul-clara sobre a cabeça. Raven não conhecia a polícia local nem sabia onde encontrá-los. E quem acreditaria que havia caçadores de vampiros? Era ridículo. O padre Hummer? Ele certamente não poderia sair correndo pelas montanhas naquela idade.

– Vou colocar essas coisas na carroça – disse Jacob.

– Não, vai ser mais rápido a pé. Podemos cortar caminho pela floresta. Coloque nas mochilas – Hans insistiu. – Rápido, rápido, não temos muito tempo. Precisamos sair antes que eles acordem e estejam em plena força.

Ansiosa, Raven olhou o quarto procurando uma arma. Nada. Quando ela ajudava o FBI em um caso, os agentes que a acompanhavam tinham armas. Ela respirou fundo para se acalmar e continuou sintonizada no grupo, que estava saindo da pousada.

Havia quatro deles, com certeza, Margaret, Harry, Jacob e Hans. Ela devia ter suspeitado de Jacob. Na noite em que Raven tentou jantar com eles, ela estava tão enjoada que devia ter percebido que era a reação natural de seu corpo à mente perversa dos assassinos. Ela havia achado que era apenas um turbilhão de emoções depois do que tinha acontecido. Mas Jacob a tocara. Ele não podia ter participado do assassinato de Noelle, ou Raven saberia. Harry e Margaret deviam tê-lo convencido de que existiam vampiros por perto. Não havia dúvidas de que eles eram fanáticos, perigosos. Raven sabia que Shelly não estava envolvida. Ela estava sentada na cama, escrevendo seu trabalho para a escola. Havia uma chance de tentar falar com Jacob, fazê-lo perceber o absurdo de uma caça a vampiros.

Pegando seus óculos escuros, Raven saiu do quarto e desceu em silêncio até o *hall*. Era preciso guardar seus pensamentos e emoções com Margaret Summers por perto e envolvida na caçada. Desde que havia conhecido Mikhail e usado comunicação telepática, estava ficando cada vez mais fácil para Raven concentrar seu talento.

Ela esperou até que o grupo desaparecesse na trilha que levava à floresta. O coração de Raven deu um salto, quase parou por um instante e disparou de novo. Sua boca ficou seca. A trilha levava à casa de Mikhail. Ela tinha certeza de que era o mesmo caminho que ele havia feito da primeira vez que a levou para sua casa. Ele estava indefeso, ferido, sedado.

Raven começou a andar, tomando o cuidado de não alcançar os assassinos nem se aproximar demais. Ela defenderia Mikhail com a própria vida se fosse o caso, mas não estava louca para ter um confronto se pudesse evitá-lo.

Nuvens mais escuras e sinistras flutuavam no céu azul. O vento ficou mais forte, o suficiente para indicar uma tempestade se aproximando lentamente.

Folhas sopraram pela trilha em uma corrente constante; galhos menores voavam e caíam por onde ela passava.

Raven tremeu com o ar fresco, o medo tomou conta dela.

Mikhail! Me escute! Desesperada, ela enviou um chamado urgente, rezando, enquanto se aproximava, que conseguisse penetrar em quaisquer barreiras criadas pelos remédios que os amigos de Mikhail tivessem dado a ele.

Raven ouviu o barulho de respiração irregular e parou, encolhendo-se atrás de um tronco de árvore grosso. Harry Summers tinha ficado para trás do grupo, que avançava rápido, e havia parado para recuperar o fôlego. Raven ficou vendo-o ofegar e arfar, forçando o ar a entrar nos pulmões. Eles estavam subindo mais as montanhas. Com um suspiro de alívio, Raven percebeu que eles haviam pegado uma bifurcação na trilha e estavam se afastando da casa de Mikhail. Ela agradeceu em silêncio e começou a andar atrás de Harry. Para sua própria surpresa, ela se movia com o cuidado dos lobos de Mikhail. Nenhum graveto se partia sob seus pés, nenhuma pedra se movia. Se ao menos Raven tivesse a força deles. Ela estava tão fraca por não comer e terrivelmente cansada por não dormir. Raven levantou o queixo. Aquelas pessoas não iam cometer mais um assassinato sem sentido. Não importava que a vítima eleita não fosse Mikhail – ela tinha que tentar impedir o que eles iam fazer. Harry a estava fazendo ir mais devagar, parando para descansar de tempos em tempos. Raven pensou em passar pelas árvores e andar na frente dele, mas isso colocaria os inimigos antes e depois dela.

Meia hora depois, Raven olhou ansiosamente para o céu. Havia grupos densos de árvores de alguns pontos e longas áreas descampadas em outros. Isso a forçava a ir ainda mais devagar.

Ela não ousaria ser pega em espaço aberto. E agora o vento estava forte o bastante para soprar estilhaços de árvores pelo corpo dela. Na pressa de seguir o grupo, Raven esqueceu o casaco. O sol ainda teria uma boa hora antes de se por, mas as nuvens haviam diminuído a luz. Tempestades muitas vezes se formavam rápido naquelas montanhas e duravam horas. Na cordilheira seguinte, Raven parou abruptamente.

Um prado se abriu diante dela, coberto de grama verde, canteiros de ervas e campos de flores silvestres. Havia uma casa no meio das árvores, cercada de arbustos exuberantes. Harry havia se juntado aos outros a mais ou menos um metro da casa, cercando um pedaço da área. Harry segurava uma estaca de madeira, e Hans, um martelo pesado. Eles estavam entoando um cântico e espirrando água de uma urna no chão. Jacob estava segurando uma pá e uma picareta.

A primeira onda de náusea atingiu Raven, e depois uma sensação peculiar, uma onda de dor que começava na base de suas costas, espalhava-se por seu abdômen, contraindo todos os músculos. Não era a dor dela. Pertencia a outra pessoa. Ela sentiu o gosto do medo em sua mente, em sua boca. Desespero. Raven estava com a mente ligada a outra pessoa. Ela precisava chegar à superfície para seu bebê poder nascer, ou ele morreria.

– É a meretriz do demônio, ela dá à luz – Margaret gritava, com o rosto tomado por repulsa e ódio. – Eu sinto o medo. Ela sabe que estamos aqui e está indefesa. Cavem! Cavem rápido.

Jacob enfiou a picareta na terra fofa. Hans começou a cavar freneticamente. O barulho terrível do metal na rocha deixou Raven enjoada. Era a música de fundo para a depravação daquelas mentes fanáticas.

Raven imaginou que podia ouvir cada grito da terra de dor e ultraje. Ela lutou para respirar e se acalmar. Ela precisava de um plano. A mulher devia estar presa em um dos muitos buracos de mina espalhados pela região ou algum porão subterrâneo. Ela estava com dor, estava em trabalho de parto, temendo por sua vida e pela vida do bebê que ainda não tinha nascido. Ela estava transmitindo seu medo tão alto que Margaret estava satisfeita, deleitando-se no terror da mulher.

Raven captou as pegadas mentais, as seguiu, bloqueando todo o resto e se concentrando em colocar a mulher em foco. Ela esperou até que a contração passasse e gentilmente enviou um alerta.

A mulher com os assassinos consegue ouvir os seus pensamentos, sentir sua dor e o seu medo. Proteja-se e faça qualquer comunicação comigo com cuidado, ou nós duas estaremos em perigo.

Choque – e depois nada. A mulher tentou responder.

Você é um deles?

Não. Você está presa? Eles estão cavando.

Pânico, medo e depois o vazio enquanto a mulher lutava para se controlar.

Eu não quero que meu bebê morra. Você pode me ajudar? Nos ajudar? Por favor, nos ajude.

Outra contração se apoderou dela, tomando conta de seu corpo.

– Ela está tentando fazer contato com alguém! –

Margaret gritou. – Rápido!

Mikhail! Nós precisamos de você!

Raven enviou um chamado desesperado. O que ela ia fazer? Estava longe demais para pedir ajuda, as autoridades, uma equipe de resgate. Ela precisava de alguém, qualquer um, para ajudá-la a descobrir uma maneira de salvar a mulher e o bebê.

Eu preciso emergir, a mulher disse, desesperada. *Não posso deixar meu bebê morrer. Meu companheiro vai tentar afastá-los enquanto eu dou à luz.*

Eles vão matar todos vocês. Tente aguentar. Você pode aguentar meia hora, uma hora? Vamos ter ajuda depois disso.

Raven esperava que fosse verdade.

Eles vão chegar até nós antes disso. Eu posso senti-los acima de mim, revirando a terra. Eles têm a morte em mente.

Vou tentar ganhar um pouco mais de tempo.

Quem é você?

A mulher estava mais calma, estava determinada a manter o controle agora que uma fonte externa estava trabalhando com ela.

Raven deixou o ar entrar e sair. Qual era a maneira mais reconfortante de responder? Raven Whitney não inspiraria confiança.

Sou a mulher de Mikhail.

O alívio da mulher transpareceu, e Margaret gritou de novo, fazendo os homens cavarem mais rápido. Raven saiu de trás das árvores e começou a andar devagar e com coragem pelo descampado, murmurando para si enquanto caminhava. Ela tentou parecer o mais calma que conseguiu, tentando fazer parecer que ela estava passeando – algo que todos sabiam que ela gostava de fazer.

Harry a viu primeiro. Com sua nova audição extraordinária, ela o ouviu praguejar e murmurar ordens para os outros. Jacob e Hans pararam de trabalhar, enquanto Hans parecia desconfortavelmente olhando para o céu.

Raven acenou para o grupo, abrindo um sorriso inocente.

– Olá para todos. O que vocês estão fazendo? Não é lindo aqui? – ela rodopiou de braços abertos. – As flores são brilhantes, não são? – Raven continuou tagarelando.

Ela teve o cuidado de manter uma boa distância deles.

– Estou tão brava por ter esquecido minha câmera.

Os quatro assassinos trocaram olhares nervosos e culpados. Margaret foi a primeira a se recuperar, lançando um sorriso sereno de boas-vindas para Raven.

– Que ótimo ver você, querida. Você está bem longe da pousada.

– Eu achei que uma caminhada e um pouco de ar fresco me fariam bem. Vocês também estão caminhando?

Raven não precisava fingir que estava tremendo enquanto esfregava os braços para se aquecer.

– Parece que vamos ter uma tempestade. Eu estava pensando em dar meia volta quando vi vocês – ela virou a cabeça para a casa de pedras. – Eu adoraria morar aqui nas montanhas, cercada pela natureza.

Ela olhou diretamente para Hans, com um sorriso sincero.

– Sua casa é linda. Você deve adorar esse lugar.

Todos pareciam confusos e culpados, como se não fizessem ideia do que fazer. Jacob foi o primeiro a se recuperar. Ele soltou a picareta e começou a andar na direção dela. A respiração de Raven ficou parada na garganta. Ela estava tão indecisa quanto eles, não se atreveria a correr e se entregar, mas não queria que Jacob colocasse as mãos nela. Raven recuou, deixando o sorriso desaparecer do rosto.

– Eu interrompi alguma coisa?

Naquele momento, a mulher presa sob a terra teve outra contração forte, que percorreu seu corpo como uma onda forte, e a dor irradiou dela. Imediatamente, Margaret fixou o olhar em Raven. Só havia uma coisa a fazer, e Raven a fez. Sobressaltada de terror, ela correu na direção do grupo.

– Meu Deus! Alguém está preso em um buraco de mina, e ela está em trabalho de parto! Margaret! É isso que está acontecendo? Alguém foi buscar ajuda?

No trajeto dentro de sua cabeça, Raven escolheu deliberadamente um caminho que não passasse por Jacob e fosse para a esquerda, para a floresta na lateral dos outros. Ela parou na beira do local onde estavam cavando. O ar estava pesado, moroso, quase difícil de respirar. Ela reconheceu uma versão mais fraca das proteções de Mikhail. O companheiro da mulher grávida devia ter feito uma barreira às pressas em uma tentativa de deter o progresso dos fanáticos.

– Vai ficar tudo bem – Margaret garantiu calmamente, como se estivesse falando com uma criança. – Essa coisa aqui embaixo não é humana.

Raven levantou a cabeça, seus olhos azuis se arregalaram em choque.

– Você não consegue senti-la? Margaret, eu disse a você que tenho certas habilidades. Eu não inventaria algo assim. Há uma mulher presa aqui embaixo e vai ter um bebê. Existem minas em toda essa área. Ela deve ter ficado presa em uma delas. Eu consigo sentir o medo.

– Ela não é humana – Margaret andou com cuidado pelo local. – Eu sou como você, Raven. Somos irmãs. Eu sei como foi doloroso para você caçar aqueles *serial killers* que você ajudou a justiça a pegar, porque já fiz a mesma coisa.

Raven engoliu um bolo de medo. Margaret parecia tão doce e refinada. Mas ela exalava o cheiro amargo do fanatismo, os olhos dela desbotados brilhavam diabolicamente.

O estômago de Raven ficou embrulhado. Talvez ela conseguisse chegar até Jacques.

– Margaret, você deve estar sentindo a dor dela. Ela deve estar presa em algum buraco de mina.

A boca de Raven estava seca, seu coração, disparado.

– Você sabe quem eu sou, do que eu sou capaz. Eu nunca cometeria um erro sobre algo assim.

Hans voltou a trabalhar com a pá, murmurando um alerta para os outros. O vento pegou as roupas de todos, tocando-lhes o corpo. As nuvens escureceram, ficaram turvas e da cor de um carvão sombrio enquanto o vento passava por elas. Raios desenhavam círculos em cada uma das nuvens, e os trovões soaram como alertas.

– É uma morta-viva. Uma vampira. Ela se alimenta do sangue de nossas crianças – Margaret se aproximou de Raven.

Raven balançou a cabeça e levou as mãos ao estômago.

– Você não pode acreditar nisso, Margaret. Vampiros são pura ficção. A mulher presa aí embaixo é muito real. Vampiros não têm bebês. Por favor, Jacob! Você não acredita nesse absurdo.

– Ela é uma vampira, Raven, e nós vamos matá-la.

Jacob apontou para a mochila aberta com as estacas afiadas. Os olhos dele brilhavam de ansiedade. Ele parecia animado para realizar aquela tarefa.

Ela recuou.

– Vocês todos estão loucos.

Por favor. Me ajude! Vá chamá-lo!

O grito desesperado estava marcado por terror e dor. Raven reagiu imediatamente. *Mikhail! Jacques! Ajudem.*

– O demônio está chamando Raven – Margaret delatou.

Por favor, chame Mikhail. Ele virá por você. A mulher implorou.

– Faça-a parar – Margaret gritou. – A vampira está falando com ela, implorando ajuda. Não faça isso, Raven. Ela está enganando você. Não chame Dubrinsky.

Raven se afastou do grupo e começou a correr, enviando chamados desesperados pelo ar tempestuoso para Mikhail, para qualquer um. Ela chegou até as árvores, antes que Jacob a alcançasse, segurando as pernas dela abaixo dos joelhos e fazendo-a cair com força no chão. A queda a fez ficar sem ar, sua cabeça ficou girando e, por um momento, Raven ficou imóvel, virada para o chão da floresta, se perguntando o que tinha acontecido.

Jacob a fez virar rispidamente, montou sobre o corpo dela, fazendo sua beleza infantil se transformar pela luxúria e necessidade de dominação. Ela sentiu o cheiro nauseante de cocaína saindo dos poros dele.

Mikhail.

Dessa vez ela disse o nome dele enquanto expirava o ar em uma espécie de desespero. Raven enviou o chamado como uma prece, sabendo o que Jacob tinha em mente, sabendo que não era forte o bastante para impedi-lo.

O vento ficou mais forte. Lá longe, um lobo uivou, e outro respondeu. Ainda mais longe, um urso rugiu irritado.

– Você se acha tão esperta, se vendendo pela oferta mais alta, tão inocente e intocável.

Jacob agarrou a parte da frente da camisa de cambraia, puxou com força e rasgou o material até a pequena cintura de Raven. Os seios dela ficaram expostos, imediatamente chamando a atenção dele. De maneira rude, ele a agarrou, machucando sua pele delicada.

Eu sinto muito.

O grito da mulher presa estava cheio de culpa. Ela não tinha conseguido proteger suas súplicas mentais, permitindo que Margaret Summers ouvisse seus chamados para Raven.

Mikhail! Por favor! O pedido desesperado de Raven soou de novo. *Você precisa me ouvir. Eu preciso de você. Meu Deus, me ajude. Ajude essa pobre mulher.*

Jacob olhava de perto o volume delicado dos seios de Raven. A respiração dele ficou presa na garganta e então explodiu de seus pulmões enquanto examinava a marca de Mikhail nela. Ele rugiu e bateu nela uma, duas vezes.

– Ele marcou você. Meu Deus, você é um deles.

A mão dele se fechou na garganta de Raven, ameaçando cortar o ar.

– Ele impregnou você como fez com as outras. Eu sabia que era ele. Hans me avisou que ele era o líder, o vampiro-chefe.

Ele levantou a mão acima dela, e Raven viu o brilho do metal. Com o rosto tomado pela fúria e pelo ódio, Jacob cravou a faca. A dor penetrou lenta e cruelmente no abdômen dela; o sangue correu quente. Jacob tirou a faca ensanguentada e a levantou de novo.

A terra tremeu, balançou, se revolveu. A faca de Jacob entrou uma segunda vez. O vento libertou seu poder mortal, jogando folhas, gravetos e galhos pequenos pelo ar como se fossem mísseis. A faca entrou uma terceira vez. Os raios surgiram uma, duas, três vezes, castigando a terra enquanto o trovão soava, movendo o chão com o barulho profano. A faca chegou até ela uma quarta vez. Os céus se abriram e a chuva caiu com força e rapidez, como se as comportas estivessem abertas.

O sangue jorrou até que Jacob estivesse coberto. Ele se afastou dela, virando a cabeça enquanto o céu ficava mais escuro. Ele podia ouvir os outros gritando de medo.

– Maldita.

Ele avançou com a faca uma quinta vez com fúria e provocação.

Uma mão invisível agarrou seu pulso antes que a faca tocasse Raven, dedos se curvaram com força em uma garra inquebrável. A faca se virou na direção da garganta de Jacob e, por um momento longo e interminável, ele ficou olhando horrorizado para a lamina ensanguentada que se aproximava de sua própria carne. O golpe foi súbito, enterrando-se até o cabo.

Lobos saíam revoltos da floresta, cercando o descampado, com olhos brilhantes fixos nas três pessoas que desviavam de galhos que voavam pelos ares. Margaret gritou e saiu correndo. Harry foi embora cegamente, e Hans perdeu o passo e caiu de joelhos enquanto a terra se agitava e balançava mais uma vez.

– Raven.

Mikhail se materializou ao lado dela, com o temor por ela o invadindo. Ele arrancou o *jeans* dela para poder ver a extensão dos ferimentos.

A terra se revirou de novo, abrindo o descampado. Mikhail colocou as mãos sobre os cortes abertos em uma tentativa vã de cortar o terrível fluxo de sangue. Jacques bruxuleou, seguido de Eric, Byron. Tienn chegou, e depois Vlad.

Gregori, o segundo no comando, o caçador em quem Mikhail mais confiava, surgiu do céu na direção dos três assassinos cercados pela alcateia. Ali, no descampado, com o mundo chegando ao fim, ele assumiu a forma de um enorme lobo preto, um lobo faminto, com olhos loucos de desforra.

– Meu Deus.

Jacques estava de joelhos ao lado de Mikhail, reunindo punhados de terra fértil.

– Vá, Byron, pegue as ervas. Rápido.

Em minutos, os cortes de Raven estavam cobertos pelos unguentos. Mikhail ignorou os outros, com Raven nos braços e seu enorme corpo inclinado protetoramente cobrindo-a da chuva forte.

O ser inteiro de Mikhail estava concentrado, voltado para uma única coisa.

Você não vai me deixar, ele ordenou. Eu não vou libertar você.

Raios surgiram, rasgando os céus e atingindo a terra. A trovoada soou, chacoalhando as montanhas.

– Jacques! Eleanor vai dar à luz – Vlad estava desesperado. – Não há parteira.

– Leve-a para dentro da casa. Chame Celeste e Dierdre para ajudar.

Jacques chutou o corpo de Jacob com desprezo enquanto colocava seu enorme corpo como um escudo sobre Raven.

– Eric, limpe tudo. Certifique-se de que ninguém vai encontrar os corpos – ele disse, enquanto protegia Raven da forte tempestade com o corpo.

– Ela não está morta – Mikhail disse por entre os dentes, vendo a compaixão nos olhos do irmão.

– Ela está morrendo, Mikhail.

O peito de Jacques doía diante do fato. Mikhail a arrastou para perto de si e abaixou a cabeça até que seu rosto estivesse encostado no de Raven.

Eu sei que você pode me ouvir, você precisa beber, Raven. Beba bastante. Ele sentiu um movimento fraco em sua mente. Calor, arrependimento. Tanta dor.

Deixe-me ir. Desculpe.

Não! Nunca, sivamet – meu amor, não fale. Apenas beba, por mim, se você me ama, por mim, pela minha vida, beba o que estou oferecendo.

Antes que Jacques pudesse adivinhar a intenção de Mikhail e impedi-lo, ele apunhalou sua própria jugular profundamente. Sangue escuro jorrou. Mikhail levou a boca de Raven até o corte, usando o poder considerável que tinha para forçá-la a obedecer. A vontade dela se submeteu, mas o corpo estava quase fraco demais para seguir. Raven engoliu parte do que caía em sua boca, mas não conseguiu beber por conta própria. Raios e mais raios caíam na terra. Uma árvore explodiu, e farpas voaram. A terra se moveu de novo, se revirou e se abriu em sulcos.

Gregori surgiu sobre eles, o mais sombrio dos *Cárpatos*, com seus olhos gélidos e pálidos guardando a promessa da morte.

– Os lobos fizeram seu trabalho – Eric informou. – Os raios e terremotos farão o resto.

Jacques o ignorou, segurando o ombro de Mikhail.

– Chega, Mikhail. Você vai ficar fraco demais. Ela perdeu muito sangue e tem ferimentos internos.

Uma fúria negra tomou conta de Mikhail. Ele jogou a cabeça para trás e gritou se negando a aceitar, e o som explodiu pela floresta e pelas montanhas como as trovoadas. Árvores pegaram fogo em volta deles, explodido como dinamite.

– Mikhail. – Jacques se recusava a soltá-lo. – Pare agora.

– Ela tem o meu sangue, vai curá-la. Se conseguirmos manter o sangue dentro dela, levá-la para dentro do solo e fizermos o ritual de cura, ela vai viver.

– *Ku'cak* – céus, Mikhail. Chega.

A voz de Jacques revelou um medo muito real. Gregori tocou Mikhail para chamar sua atenção. Os olhos pálidos guardavam um comando.

– Se você morrer, meu velho amigo, não teremos chance de salvá-la. Precisamos trabalhar juntos para fazer isso.

A cabeça de Raven caiu para trás, seu corpo estava totalmente sem vida, como uma boneca de pano. O sangue de Mikhail escorreu pelo peito. Jacques encostou-se no irmão, mas Gregori chegou antes, fechando o corte com um único movimento da língua. Mikhail estava quase alienado em relação ao entorno, todo seu corpo, sua disciplina estava em Raven. Ela estava se esvaindo, perdendo a vida, lenta, mas implacavelmente. O coração dela batia irregularmente, uma batida, nada, uma única batida. Havia um silêncio misterioso e sombrio. Praguejando, Mikhail a deitou, respirou fisicamente por ela, estimulou manualmente seu coração. A mente dele buscava o rastro da dela e encontrou uma luz pequena, confusa, fraca e se apagando. Ela flutuava em um mar de dor. Raven estava mais fraca do que ele podia imaginar. Respiração, massagem. Chamá-la de volta, reforçar com uma ordem. Repetir o processo. Uma torrente de água corria pelo desfiladeiro de rochas atrás deles, uma parede sólida reunindo velocidade e força. O chão tremeu de novo. Duas árvores explodiram em um incêndio, mesmo com a chuva forte.

– Deixe-nos ajudar – Gregori ordenou, e o comando penetrou na tristeza profunda e na determinação do príncipe.

Jacques moveu seu irmão gentilmente e assumiu a massagem cardíaca e a respiração boca a boca. Dentro e fora, Gregori encheu os pulmões dela de ar precioso, Jacques forçou o coração dela a continuar, deixando Mikhail livre para se concentrar em sua busca mental. Um movimento em sua mente, um toque muito leve, mas ele sabia que era Raven, e se concentrou naquele rastro e o seguiu implacavelmente.

Você não vai me deixar.

O espírito dela tentou se afastar dele, para o alto, para longe. Havia dor demais na direção em que ele a chamava.

Em pânico, Mikhail gritou o nome dela.

Você não pode me deixar, Raven. Eu não vou sobreviver sem você. Volte para mim, ou eu vou seguir você aonde você for.

– Estou sentindo o pulso – Jacques disse. – Está fraco, mas está lá. Precisamos de transporte, Byron.

Houve um brilho cintilante na escuridão. Tienn apareceu ao lado deles.

– Eleanor teve um bebê, e a criança está viva – ele anunciou. – É um menino.

Mikhail soltou o ar em um longo silvo.

– Ela traiu Raven.

Jacques balançou a cabeça em um aviso quando Eric teria tentado falar, teria tentado defender sua mulher. Mikhail estava em uma fúria mortal. O menor dos erros o teria provocado. A fúria de Mikhail havia despertado a atmosfera turbulenta, a tempestade furiosa e o movimento da terra.

Mikhail voltou para dentro de sua mente, tomando para si tanto da dor dela quanto pôde. A viagem para casa foi um borrão para ele, a chuva batendo na janela, os raios cortando e riscando. Ele teria preferido a velocidade vertiginosa do meio da viagem deles, mas ele não arriscaria ferir Raven ainda mais.

O vilarejo estava deserto e escuro, a eletricidade tinha sido cortada diante da ferocidade da tempestade. Dentro das casas, as pessoas estavam reunidas rezando, esperando sobreviver à tormenta furiosa, sem entender que a própria vida delas dependia da coragem e da tenacidade de uma mulher pequena.

Capítulo 11

Imóvel e sem vida, o corpo de Raven, sem as roupas manchadas de sangue, foi colocado na cama de Mikhail. Ervas de cura haviam sido amassadas, algumas tinham sido queimadas. Os unguentos foram renovados por versões mais fortes para tentar conter a perda de sangue. Mikhail tocou com dedos trêmulos as manchas escuras no rosto dela, as marcas escuras que contrastavam com os seios brancos e fartos onde Jacob havia, deliberadamente, ferido-a em sua raiva ciumenta e drogada. A fúria tomou conta de Mikhail e ele desejou esmagar a garganta de Jacob com as mãos.

– Ela precisa de sangue – ele disse abruptamente.

– Você também – Jacques esperou que Mikhail colocasse um lençol sobre Raven antes de oferecer o próprio pulso. – Beba enquanto pode.

Gregori tocou o ombro dele.

– Perdoe-me, Jacques, mas o meu sangue é mais forte. Ele contém um poder imenso. Permita que eu faça esse pequeno gesto pelo meu amigo.

Diante do aceno de cabeça de Jacques, Gregori fez uma pequena marca sobre sua própria veia.

Houve um silêncio enquanto Mikhail se serviu do rico sangue de Gregori. Jacques suspirou levemente.

– Ela trocou sangue com você em três ocasiões? – ele forçou a voz a se manter neutra, sem querer fazê-la soar como uma reprimenda para o líder e seu irmão.

Os olhos de Mikhail cintilaram como um aviso.

– Sim. Se ela sobreviver, muito provavelmente vai ser uma de nós.

O que não foi dito é que ela talvez vivesse para ser destruída pela mesma pessoa que a havia convertido.

– Não podemos buscar auxílio médico humano para ela. Se a nossa forma não funcionar, Mikhail, os médicos vão ser inúteis – Jacques alertou.

– Maldição, você acha que eu não sei o que fiz? Você acha que eu não sei que falhei com ela, que falhei em protegê-la? Que meus atos egoístas colocaram a vida dela em risco? Amada, agora que o supremo reconheceu, só falta a gente decidir se casa ou continua vivendo no pecado... Mikhail rasgou sua camisa cheia de sangue, fez uma bola com ela e a atirou no canto mais distante do quarto.

– Isso não faz sentido, olhando para trás – Gregori disse calmamente.

As botas de Mikhail tocaram o chão, depois as meias. Ele se arrastou até a cama, para o lado de Raven.

– Ela não pode receber sangue à nossa maneira, está fraca demais. Não temos escolha senão usar os métodos primitivos de transfusão.

– Mikhail… – Jacques disse em tom de alerta.

– Não temos escolha. Ela não recebeu tudo o que precisava, nem perto disso. Não podemos perder tempo discutindo. Eu peço a você, meu irmão, e a você, Gregori, como meu amigo, que façam isso por nós – Mikhail colocou a cabeça de Raven em seu colo, sentou entre os travesseiros e fechou os olhos, cansado, enquanto eles iniciavam o processo primitivo.

Se vivesse mais mil anos, Mikhail jamais esqueceria aquele primeiro movimento de desconforto em sua mente enquanto estava deitado como morto sob a terra. A informação explodiu em seu cérebro, espalhando terror em seu coração e fúria em sua alma. Ele havia sentido Raven agitada pelo medo – o medo que uma mulher sente do estupro. A mão de Jacob no precioso corpo dela, os golpes brutais, a sensação dilacerante da faca cortando sua pele e seu corpo. Tanta dor e tanto medo. Tanta culpa por Raven não ter conseguido proteger Eleanor e seu bebê. O toque fraco de Raven deslizou pela mente dele, um sussurro, marcado pela dor e pela tristeza.

Eu sinto muito, Mikhail. Eu falhei com você.

O último pensamento coerente dela tinha sido para ele. Mikhail sentiu ódio de si, de Eleanor por não ter sido disciplinada para aprender a comunicação mental focada e pura.

Naquele segundo de entendimento, enquanto ele estava impotente, preso ao chão, à base de sua vida, suas crenças tinham sido abaladas. Enquanto se libertava e libertava Jacques, Mikhail alcançou Jacob mentalmente e enterrou a faca suja de sangue até o cabo na garganta do assassino.

A tempestade permitiu que Vlad se libertasse e a Eleanor, sem o medo da cegueira ou daquele momento de completa desorientação que daria aos assassinos tempo de matar sua esposa em trabalho de parto.

Mikhail procurou a mente de Raven, puxou-a para si com carinho e amor, fazendo de seus braços um abrigo. A agulha cravada em seu braço atravessava o dela. Ele não tinha dúvidas de que seu irmão monitoraria a transfusão de perto, garantindo que Mikhail fosse reabastecido com o antigo sangue *Cárpato* quando necessário. Jacques tinha a vida de Mikhail e a de Raven nas mãos. Se ela morresse, Mikhail iria com ela – era um fato irrefutável. Mikhail não suportaria continuar vivo se a perdesse. Ele sabia em seu coração que a fúria negra colocaria qualquer um ao redor em perigo, *Cárpato* ou humano. Ele só podia esperar que Gregori tivesse apto a fazer a justiça dos *Cárpatos* de maneira rápida e precisa com ele se Raven morresse. A última coisa que queria era escolher abrir mão de sua própria alma.

Não. Mesmo inconsciente, Raven estava tentando salvá-lo.

Em uma longa carícia, ele passou a mão pelo cabelo dela.

Durma, pequenina. Você precisa dormir para se recuperar.

Usando a mente, ele respirou pelos dois, inspirando e expirando, forçando o oxigênio a entrar nos pulmões dele e dela. Mikhail manteve o ritmo do coração dos dois e assumiu o quanto pôde do funcionamento mecânico do corpo dela para possibilitar que Raven se curasse.

Jacques sabia que Mikhail não tinha uma chance real. Ele não poderia viver sem sua companheira e continuar *Cárpato*, sucumbiria à escuridão que vivia, levando todos eles. Naquele momento, Mikhail estava usando seu poder para manter o sangue dela fluindo, o coração batendo e os pulmões funcionando. Era um processo cansativo.

Gregori olhou para Jacques por sobre a cabeça de Mikhail. Ele não ia permitir que o casal morresse. Cabia a eles salvar os dois.

– Eu vou fazer, Jacques.

Não era um pedido.

O ar se agitou entre eles, e Celeste se materializou com Eric.

– Ele escolheu ir com ela – ela disse delicadamente. – Ele a ama muito.

– Já foi anunciado? – Jacques perguntou.

– Ele está se afastando – Eric respondeu. – Todos os *Cárpatos* podem sentir. Existe alguma chance de salvá-los?

Jacques olhou para cima com seu belo rosto abatido, os olhos escuros, tão parecidos com os de Mikhail, marcados pela dor.

– Ela está lutando por ele. Ela sabe que ele vai optar por ir com ela.

– Chega! – Gregori falou por entre os dentes, chamando a atenção de todos. – Não temos escolha senão salvá-los. Isso é tudo o que pode estar em nossa mente.

Celeste foi até Raven.

– Deixe-me fazer isso por ela, Jacques. Eu sou uma mulher, eu carrego um bebê. Não vou cometer erros.

– Gregori é um curandeiro, Celeste. Você está grávida e é difícil – Jacques negou sutilmente.

– Vocês dois estão dando sangue a eles. Podem cometer um erro.

Celeste tirou o lençol da barriga de Raven. O suspiro foi audível, o horror era muito real. Involuntariamente, ela se afastou.

– Meu Deus, Jacques. Não existe chance.

Furioso, Jacques a afastou com o cotovelo. Gregori se colocou entre eles, com os olhos pálidos passeando sobre Celeste como mercúrio, brilhando calmamente, uma ameaça fria, com uma censura terrível.

– Não há discussão de que serei eu a curá-la. E ela será curada. Enquanto executo a tarefa, só quero que participem aqueles que acreditam completamente. Saiam agora se vocês não podem me dar esse auxílio. Preciso ter apenas convicção total em minha mente e na mente dos que estiverem à nossa volta. Ela vai viver porque não existe alternativa.

Gregori colocou a mão sobre os ferimentos, fechou os olhos e foi procurar fora em seu próprio corpo e dentro daquela que estava deitada tão terrivelmente ferida, imóvel como se estivesse morta.

Mikhail sentiu Raven se revirando de dor. Ela se esquivou e tentou se afastar, tentou desvanecer para que aquela sensação nova e dolorosa não a tocasse. Mikhail a segurou sem esforço, imobilizando-a para que Gregori fizesse o trabalho complexo de restaurar os órgãos danificados.

Relaxe, pequenina. Estou aqui neste lugar com você.

Eu não consigo fazer isso. Era mais uma sensação do que palavras. Tanta dor.

Então faça a escolha por nós, Raven. Você não irá sozinha.

– Não! – o protesto de Jacques foi agudo. – Eu sei o que fazer, Mikhail. Beba agora, ou eu não vou continuar a transfusão.

A fúria se acumulou, tirando Mikhail de seu semiestupor. Jacques recebeu a ira naqueles olhos escuros com uma calma deliberada.

– Você está muito fraco pela perda de sangue para se opor a mim.

– Então deixe que eu me alimente.

Havia uma fúria fria, negra como a noite, naquelas palavras. Pura ameaça, a ameaça da morte. Jacques expôs a garganta sem hesitar, conseguindo conter um grunhido de dor quando Mikhail mordeu fundo e se alimentou voraz, ferozmente, como um animal selvagem. Jacques não lutou nem emitiu nenhum som, oferecendo a vida para o irmão e para Raven. Eric se aproximou deles quando os joelhos de Jacques fraquejaram e ele sentou com força, mas Jacques gesticulou para que ele se afastasse.

Mikhail levantou a cabeça abruptamente, suas expressões sombrias estavam tão assombradas e marcadas pela dor que Jacques sentiu por ele.

– Perdoe-me, Jacques. Não há desculpa para a maneira como o tratei.

– Não há nada para perdoar pelo que eu ofereci livremente – Jacques sussurrou com dificuldade.

Eric se colocou imediatamente ao lado dele, fornecendo sangue ao irmão do príncipe.

– Como alguém pode ter feito isso com ela? Ela é tão boa, tão corajosa. Raven arriscou a vida para ajudar uma estranha. Como alguém pode tê-la ferido? – Mikhail perguntou, levantando os olhos para o céu.

O silêncio foi a única resposta.

O olhar de Mikhail encontrou o de Gregori. Ele ficou observando o amigo trabalhar com intensa concentração no ritual de cura. O cântico grave, na língua ancestral, o acalmava, levando um pouco de alívio à sua alma atormentada.

Gregori se separou de seu corpo, deixando para trás uma couraça vazia que os outros guardaram enquanto se transformava em pura energia de cura, entrando no corpo de Raven para fazer os reparos de dentro para fora. Mikhail podia sentir Gregori com eles, trabalhando, fazendo a magia de restaurar um corpo, um processo meticulosamente lento. O ritual era tão antigo quanto o tempo, todos o conheciam muito bem, e as tradições aumentavam a calma tranquilizadora que Gregori trazia ao grupo.

– Chega de sangue – Jacques murmurou asperamente enquanto acendia as velas aromáticas e começava outro cântico baixo.

Gregori se moveu, seus olhos continuaram fechados, mas ele assentiu, oscilando um pouco por causa da quantidade de energia empregada, em uma tentativa de curar ferimentos tão terríveis.

– O corpo dela está tentando fazer a conversão. Nosso sangue está penetrando nos órgãos e trabalhando para modificar e restaurar o tecido. Ela precisa de tempo para esse processo.

Ele descansou apenas alguns instantes antes de voltar para dentro dos ferimentos profundos que estava consertando. O útero dela estava machucado, e era importante demais para correr qualquer risco. Ela precisava estar perfeita.

– O coração dela está lento demais – disse Jacques, fraco, enquanto escorregava da cama para o chão. Ele parecia chocado de estar ali.

– *O köd belso* – Pela escuridão – Eric praguejou. – Que noite do inferno.

– O corpo dela precisa de mais tempo para fazer a mudança e se curar – Celeste disse, observando Gregori trabalhar.

Ela sabia que estava vendo um milagre. Celeste nunca tinha estado tão perto do lendário *Cárpato* de que todos falavam aos sussurros, e isso causava uma sensação estranha. Poucos daquele povo na verdade já tinham visto Gregori tão de perto. O poder emanava de todos os seus poros. Ele protegia Mikhail, a não ser quando estava fora caçando vampiros e fazendo justiça. Ninguém queria tê-lo em seu rastro.

Ele era impiedoso, implacável e matava com agilidade e sem hesitar.

– Ela está certa – Mikhail concordou, fraco. – Vou continuar respirando por Raven, continuar a garantir os batimentos cardíacos. Eric, você deve cuidar de Jacques.

– Descanse, Mikhail, cuide da sua mulher. Jacques vai ficar bem. Tienn está aqui caso surja algum problema. Gregori tem muitas horas de trabalho pela frente – Eric respondeu. – Se for necessário, chamaremos os outros para ajudar.

Jacques levantou a mão até o irmão. Mikhail a pegou.

– Você precisa acalmar sua raiva, Mikhail. A tempestade está muito forte. As montanhas estão em fúria com você.

Ele fechou os olhos e encostou a cabeça na estrutura da cama, ainda de mãos dadas com Mikhail.

Raven parecia distante do que estava acontecendo com seu próprio corpo. Sua consciência dos demais no quarto e de seus movimentos vinha através de Mikhail. Ele estava com ela de alguma forma, no corpo dela, respirando por ela. E havia mais alguém, alguém que ela não reconhecia, mas também estava dentro de seu corpo, trabalhando como se fosse um cirurgião, restaurando seus órgãos internos, prestando especial atenção aos órgãos femininos. Ela só queria parar, permitir que a dor tomasse conta e a levasse para algum lugar longe das sensações. Ela podia apenas se deixar levar. Estava cansada, tão cansada. Seria tão fácil. Era o que ela queria, o que desejava.

Raven rejeitou a paz que se anunciava, lutou para se apegar à vida. A vida de Mikhail. Ela queria passar os dedos pelas linhas de preocupação que sabia que estavam ao redor da boca dele. Queria acalmar a culpa e a fúria dele, garantir que tudo tinha sido sua própria escolha. O amor dele, total, imutável, incondicional, infinito, era quase mais do que ela podia dar conta. Mas, acima de tudo, ela estava ciente das estranhas mudanças que estavam ocorrendo em seu corpo.

Nada daquilo a tocava, ela estava envolta, protetoramente, no casulo do amor de Mikhail. Ele respirava, ela respirava. Os batimentos do coração dele eram os batimentos do coração dela.

Durma csitri – *pequenina. Eu vou cuidar de nós dois.*

Depois de longas e exaustivas horas, Gregori se levantou, o cabelo molhado de suor, o rosto cansado e marcado, o corpo doendo de cansaço.

– Eu fiz meu melhor. Se ela viver, vai poder conceber um filho. O sangue de Mikhail e o solo devem completar o processo de cura. A mudança está acontecendo rápido. Ela não está entendendo, mas não está combatendo.

Ele passou a mão manchada com o precioso sangue dela pelo cabelo.

– Ela só luta pela vida de Mikhail, só pensa na vida dele e como sua própria morte iria afetá-lo. Acho melhor que ela não entenda o que está realmente acontecendo. Ela não sabe a extensão dos ferimentos. Há muita dor. Ela está sofrendo muito, mas essa aqui não desiste.

Jacques já estava preparando novos unguentos para substituir os que estavam encharcados de sangue.

– Podemos dar mais sangue a ela? Raven ainda está perdendo mais do que acho bom, e está tão fraca que tenho medo de que não sobreviva à noite.

– Sim – Gregori respondeu, cansado e sério. – Mas não mais de meio ou um litro. Precisamos fazer isso devagar ou ela vai ficar assustada. O que ela aceitaria incondicionalmente em Mikhail, não vai aceitar em si. Deem a ela o meu sangue. É potente, como o de Mikhail, e ele está ficando fraco tentando respirar por ela e manter seu coração batendo.

– Você está cansado, Gregori – Jacques protestou. – Existem outros.

– Não com o meu sangue. Faça o que estou dizendo.

Gregori se sentou calmamente e ficou olhando enquanto a agulha foi inserida em sua veia. Ninguém discutiu com ele, Gregori era uma lei em si. Apenas Mikhail podia verdadeiramente chamá-lo de amigo ou mandar nele.

Celeste respirou fundo, querendo dizer alguma coisa a Gregori que indicasse sua admiração, mas um olhar dele a fez parar. Gregori estava calmo no olho do furacão, mas era letal em sua frieza.

Jacques permitiu que o precioso líquido da vida de Gregori fosse direto para as veias de Raven. Não era nem a melhor nem a maneira mais rápida de curá-la, mas as observações de Gregori aliviaram as preocupações de Jacques, que só sentou de novo depois de garantir que o sangue estivesse correndo com facilidade.

Eles precisavam se organizar, garantir que todos os detalhes tivessem sendo cuidados. Mikhail acreditava que detalhes salvavam vidas.

– Precisamos avaliar o dano ao nosso povo. Todos os assassinos morreram? Nenhum escapou?

– Hans, o casal americano e o homem que atacou Raven morreram – Eric descreveu. – Eram os únicos presentes. Nenhum mortal sobreviveria à intensidade da tempestade ou à fúria mortal dos animais. Se havia algum espectador que não foi visto, Mikhail ou as feras teriam sabido.

Cansado, Gregori se mexeu, sua enorme força começava a diminuir por causa de seus esforços contínuos.

– Não havia mais ninguém – ele disse imperiosamente, como se ninguém fosse pensar em questioná-lo, e é claro que ninguém o faria.

Jacques encontrou um pequeno sorriso pela primeira vez a noite toda.

– Mas você fez uma varredura da área, Eric?

– Com certeza. Os corpos foram queimados, reunidos sob uma árvore como se estivessem em busca de abrigo e tivessem sido atingidos por um raio. Não há evidências dos ferimentos – Eric relatou.

– Amanhã, uma busca vai ser iniciada para localizar os turistas desaparecidos e Hans. Byron, sua casa é perto, os outros assassinos vão suspeitar de você. Não chegue perto da sua cama. Vlad deve levar Eleanor e a criança para bem longe desta área.

– Eles vão poder viajar? – Gregori perguntou.

– De carro.

– Temos a noite. Eu tenho uma casa que uso às vezes nos meses de inverno, quase nunca. Ela é bem protegida, de difícil acesso – o sorriso de Gregori não ajudou a aquecer seus olhos prateados em nada. – Eu gosto de privacidade. No momento ela não está ocupada. Eu a ofereço livremente para a proteção da mulher e da criança pelo tempo que for necessário. A casa fica a mais de 160 km daqui, e eu viajo o mundo caçando, então vocês não serão perturbados. No momento, é evidente que sou necessário aqui.

Antes que Vlad pudesse protestar, Jacques o impediu.

– Ótima ideia. Isso resolve um dos nossos problemas. Byron tem seus próprios esconderijos. Comece agora, Vlad. Proteja bem Eleanor. Ela é preciosa para nós, assim como o bebê.

– Preciso falar com Mikhail. Eleanor está muito chateada por ter colocado a vida de Raven em risco.

– Mikhail não está em seu perfeito juízo.

Jacques tirou a agulha do corpo imóvel de Raven e do braço de Gregori. A respiração dela estava tão leve, tão curta, que ele não sabia como Mikhail estava conseguindo mantê-la viva.

– Você vai precisar discutir as coisas com ele em outro momento. Ele está sendo forçado a usar toda sua energia para a sobrevivência de Raven. A mulher dele não está respirando por conta própria.

Vlad franziu a testa, mas aceitou quando Gregori acenou para que ele saísse. Ele teria ficado para discutir com Jacques para aliviar a consciência de sua companheira, mas todos obedeciam Gregori. Ele era o braço direito de Mikhail, o mais implacável dos caçadores, o verdadeiro curandeiro de seu povo, e ele protegia Mikhail como protegeria um grande tesouro.

– Nenhum de nós se alimentou esta noite – Eric comentou, observando a expressão pálida no rosto da esposa.

– Nenhum humano vai estar fora de casa.

– O risco é grande quando somos forçados a entrar em uma casa.

Jacques suspirou, desejando poder consultar Mikhail.

– Não o perturbe – disse Gregori. – Ela precisa dele mais do que nós. Se ela morrer, vamos perdê-lo e qualquer chance real de ter um futuro como raça. Noelle foi a última fêmea conhecida a sobreviver, e isso faz mais de 500 anos. Precisamos dessa mulher para dar continuidade à espécie. Precisamos estar em plena força. Não está acabado.

Mikhail mudou de posição e abriu os olhos escuros e sombrios.

– Não acabou. Há pelo menos outros dois, talvez quatro. Eugene Slovensky, Kurt Von Halen. Eu não conheço a identidade dos outros dois viajantes, ou se eles estão envolvidos. O nome deles deve estar na pousada, a senhora Galvenstein pode nos dizer.

Os longos cílios baixaram. Os dedos de Mikhail se afundaram no cabelo de Raven, como se ele pudesse trazê-la da beira da morte.

Jacques ficou olhando aqueles dedos longos acariciando aquele cabelo com amor.

– Podemos colocá-la no solo por algumas horas, Gregori?

– Deve acelerar o processo de cura.

Eric e Jacques desceram para preparar o porão, abrindo a terra com um único comando e criando espaço suficiente para colocar dois corpos lado a lado. Eles levaram Raven com cuidado, e Mikhail ficou perto do corpo dela, sem falar, colocando toda sua concentração no coração e nos pulmões dela, em preservar a luz fraca que continha a vontade dela de viver.

Ele foi para o profundo interior da terra, sentindo as propriedades de cura do solo rico que se assentava em volta dele como uma cama aconchegante. Mikhail recebeu o peso leve dela, acomodando o corpo de Raven no abrigo do seu.

Ele colocou as mãos em forma de túnel sobre a cabeça deles e ordenou que a terra os cobrisse. O solo ocupou o espaço ao redor das pernas dele, dela, cobrindo os dois corpos, pressionado os dois na terra.

O coração de Raven deu um salto, quase falhou, e começou a bater de maneira irregular apesar de os batimentos firmes do coração dele.

Eu estou viva! Eles estão nos enterrando vivos.

Fique parada, pequenina Nós pertencemos a terra. Ela vai nos trazer a cura. Você não está sozinha, estou aqui com você.

Não consigo respirar.

Eu estou respirando por nós.

Eu não vou aguentar. Faça-os parar.

A terra tem poderes restauradores. Deixe-a trabalhar. Eu sou Cárpato, *sou da terra. Não há o que temer. Nem o vento, nem o solo nem as águas. Nós somos um.*

Eu não sou Cárpato.

Havia puro terror na mente dela.

Nós somos um. Nada pode ferir você.

Raven se fechou para ele e começou uma luta desenfreada que poderia acabar com a vida dela. Mikhail percebeu que era inútil discutir. Ela não aceitaria que a terra se fechasse sobre ela, sobre sua cabeça. Ele a libertou do chão imediatamente, forçou o coração dela a desacelerar e flutuou para a superfície com Raven nos braços. Seria preciso encontrar outra solução.

– Eu temia isso – ele disse a Jacques, que ainda estava no porão. – O sangue *Cárpato* corre forte nas veias dela, mas a mente de Raven estabelece limites humanos. Ser enterrado significa a morte. Ela não vai tolerar o interior da terra.

– Então precisamos levar a terra até ela – disse Jacques.

Mikhail sentiu a primeira onda de desconforto, uma dor crescente percorrendo o corpo de Raven. Ele suspirou e olhou para o rosto dela. Ela arregalou os olhos e olhou para ele, com terror no rosto. Ele tirou as mechas de cabelo escuro do rosto dela, tentando entender o que estava acontecendo.

Gregori.

Ele enviou um chamado para o curandeiro – seu amigo – para o homem com quem havia contado por séculos.

Algo está errado. Venha rápido!

Ele sabia que a ansiedade faria Gregori apressar seu retorno. Raven tateou cegamente e pegou a mão dele, os dedos dela seguraram forte, enquanto a respiração explodia dos pulmões. A pressão aumentou no ar em volta deles, e Gregori se materializou, já inclinado sobre Raven, com mãos gentis e os estranhos olhos cor de prata examinando o corpo dela.

Diga-me, Mikhail ordenou. Ele já sabia a resposta. Ele esperava que os rumores murmurados fossem mito, mas tinha certeza do que Gregori ia dizer.

Ela está passando pela conversão. Nós sabíamos que ia acabar acontecendo, Mikhail.

Gregori abaixou ao lado do casal. O toque dele em Raven acalmou a respiração desenfreada, mas não conseguiu parar as ondas de dor, cada uma delas aumentando em intensidade e duração. Os dois sabiam daquilo, mas esperavam que ela fosse poupada dos terríveis rumores de como a conversão ocorria.

Mikhail tentou bloquear a dor que ela estava sentindo, tomar para si o máximo da dor possível, mas não havia como interromper as ondas crescentes. Os olhos dele encontraram os de Gregori sobre o corpo endurecido dela. Havia terror puro no olhar negro dele – terror, sendo que Mikhail nunca havia conhecido aquela emoção antes.

Respire por ela, Mikhail. Você precisa manter o controle e se acalmar para que ela também o faça.

O medo de Raven enlouquecer era o principal na mente dos dois. Nenhuma mulher humana havia sido convertida com sucesso, pelo menos não que eles soubessem. Ela enlouqueceria como havia acontecido com todas as mulheres? De repente, o corpo de Raven teve uma convulsão, e o espasmo foi tão forte que ela se levantou e bateu com força ao lado de Mikhail, como se mãos invisíveis a tivessem jogado.

Mikhail? O que está acontecendo comigo?

A dor diminuiu o suficiente para deixá-la ofegando, procurando-o desesperadamente.

Mikhail tentou fazê-la dormir, mas era impossível com a onda de dor seguinte tomando conta da mente e percorrendo o corpo dela com a força de um trem de carga.

Você pode fazê-la dormir? Coloque-a na terra para terminar isso.

Gregori balançou a cabeça.

Os órgãos dela estão se transformando. Não é um processo fácil, Mikhail. Ela não sobreviveria no solo. Precisamos esperar até que o corpo dela tenha se convertido. Então você pode fazê-la dormir e deixá-la se curar.

Se ela sobreviver. A voz de Mikhail estava ameaçadora.

Gregori deu de ombros. Não havia nada a fazer, a não ser tentar deixar Raven o mais confortável possível. A conversão pareceu durar horas, minutos longos e terríveis de convulsões e ondas de agonia que desestabilizaram a todos, mas, na verdade, foi provavelmente menos de uma hora até que as ondas diminuíssem, e ela começasse a respirar de maneira ofegante por conta própria.

O tempo todo, Gregori cuidou dele, protegendo a casa e garantindo que nenhum inimigo pudesse surgir sem que eles soubessem. Gregori deixou seu próprio corpo e entrou no de Raven conforme ela foi se acalmando.

O pior passou, Mikhail.

Depois de tentar tocar o lado direito de Mikhail primeiro, Raven tentou protegê-lo, mantendo a dor longe dele. Ela ficou quieta, imóvel como uma boneca de pano, exaurida pelo processo. Claramente, Raven não fazia ideia do que havia acontecido e achava que os espasmos tinham vindo dos diversos ferimentos da faca. Gregori se levantou aflito, muito pálido e cansado. Seus olhos prateados se fixaram em Mikhail.

– Você percebe a enormidade do que aconteceu aqui? Você converteu uma mulher humana com sucesso. Ela não é uma vampira louca, é uma verdadeira *Cárpato* com o nosso sangue correndo nas veias. Você deu ao nosso povo uma esperança verdadeira.

Mikhail balançou a cabeça.

– Quem iria querer que a mulher amada sofresse o que Raven sofreu? E não temos ideia do que isso pode ter feito com a mente dela. Não vamos saber por um tempo.

A culpa o consumiu. Ele não tinha certeza de que poderia encará-la de novo. Gregori colocou a mão no ombro de Mikhail, mas não falou nada antes de desaparecer, e sua forma bruxuleou por um momento antes de sumir.

– Ela está muito fraca, Jacques.

Mikhail segurou Raven perto, com o rosto tomado pela dor.

– Não faz sentido que isso tenha acontecido com ela. E eu não ajudei nada trocando sangue com ela.

– Se você não tivesse trocado, – Jacques comentou – nós não teríamos sido capazes de salvá-la.

– Eu tenho sido tão egoísta com ela – ainda estou sendo egoísta. Eu devia tê-la deixado encontrar a paz, mas não consegui. Eu a teria seguido, Jacques, mas não sei se eu teria partido calmamente deste mundo como deveria.

– E o resto de nós? Ela representa a nossa chance, nossa esperança. Precisamos ter esperança, Mikhail. Sem ela, nenhum de nós pode continuar por muito tempo. Se ela conseguir sobreviver à conversão, então vai haver esperança de que o resto de nós possa encontrar uma companheira entre as mulheres humanas.

Jacques fez uma pausa na porta do porão.

– Vou pegar um colchão. Byron, Eric e eu vamos cobri-lo com a terra mais rica que encontrarmos.

– Os outros se alimentaram?

– Estamos no meio da noite, temos muitas horas.

No porão, eles fizeram uma cama de cura, usando ervas e incenso e cobrindo o colchão com dez centímetros de terra. Mais uma vez, Raven e Mikhail se acomodaram juntos, a cabeça dela no peito dele, e os braços dele mantendo-a perto. A respiração de Raven veio em suspiros lentos, mas ela não abriu os olhos enquanto eles trabalhavam. Jacques colocou a terra embaixo dela de modo a acompanhar as curvas de seu corpo. Eles formaram um cobertor fino sobre os dois e acrescentaram um lençol para que ela pudesse sentir o conforto tranquilizador do algodão contra o seu pescoço, seu rosto.

– Mantenha-a quieta, Mikhail – Jacques incentivou. – Os ferimentos estão se fechando, mas ainda está perdendo sangue. Não muito, e podemos dar mais sangue a ela em algumas horas.

Mikhail encostou o queixo na cabeça sedosa de Raven e permitiu que seus olhos se fechassem.

– Vá se alimentar, Jacques, antes que você caia – ele murmurou, exausto.

– Eu irei quando os outros voltarem. Não vamos deixar você e sua mulher desprotegidos.

Mikhail se mexeu como se fosse protestar, mas então um sorriso se formou nos cantos duros da boca dele.

– Lembre-me de levá-lo lá atrás e ensinar uma lição ou duas a você quando estiver me sentindo melhor.

Ele pegou no sono com o som da risada de Jacques e Raven em seus braços.

Lá fora, a chuva diminuiu para uma garoa fina e o vento parou, levando as nuvens negras de trovoadas embora. A terra ficou em silêncio depois de uma série de tremores. Gatos, cachorros e o gado voltaram ao seu comportamento normal. Os animais selvagens finalmente buscaram abrigo da tempestade.

Raven acordou lenta e dolorosamente. Antes de abrir os olhos, ela avaliou a situação. Ela estava ferida, devia estar morta. Ela estava nos braços de Mikhail, o elo mental deles estava mais forte do que nunca.

Ele a havia trazido de volta da morte, e depois se oferecido para deixá-la ir – se ele fosse junto. Ela podia ouvir os barulhos da casa rangendo sobre a cabeça dela, o som tranquilizante da chuva tamborilando no telhado, nas janelas. Alguém se mexeu na casa. Se ela se esforçasse, seria capaz de descobrir exatamente quem era e onde estava, mas parecia trabalho demais.

Lentamente ela permitiu que o horror do que havia acontecido repassasse em sua cabeça. A mulher presa prestes a dar a luz, o fanatismo horrível que levou a um assassinato brutal e à loucura. O rosto de Jacob enquanto ele batia nela, rasgava suas roupas. As terríveis dores que fizeram o corpo dela se fechar de tantas facadas.

O grito baixo de alarme de Raven fez os braços de Mikhail a apertarem ainda mais, enquanto o queixo dele afagava a cabeça dela.

– Não pense nessas coisas. Deixe-me colocá-la para dormir.

Ela colocou os dedos em volta do pescoço dele, precisando do conforto do pulso regular de Mikhail.

– Não. Eu quero lembrar, para superar.

O desconforto dele foi instantâneo. E a perturbou como nenhuma outra coisa conseguiria fazer.

– Você está franca, Raven. Você vai precisar de mais sangue, dormir mais. Seus ferimentos foram muito sérios.

Ela se moveu naquele momento, apenas redistribuindo seu peso levemente. E a dor a consumiu.

– Eu não consegui chegar até você. Eu tentei, Mikhail, por aquela mulher.

Ele levou os dedos dela até o calor de sua própria boca e os apertou.

– Nunca mais, Raven, eu vou falhar com você.

Havia mais dor no coração e na mente dele do que no corpo dela.

– Foi escolha minha segui-los, Mikhail. Eu escolhi me envolver e ajudar a mulher. Eu sabia exatamente do que aquelas pessoas eram capazes. Eu não entrei cegamente na situação. Eu não culpo você, por favor, não pense que você falhou comigo.

Era um esforço tão grande falar. Ela queria dormir, queria o abençoado esquecimento de uma mente e um corpo adormecidos.

– Deixe-me colocá-la para dormir – ele sussurrou gentilmente, fazendo da voz uma carícia, roçando a boca nos dedos dela para provocá-la.

Raven engoliu o consentimento, ela não seria covarde. Como ela ainda podia estar viva? Como? Ela se lembrou do terrível momento em que as mãos de Jacob agarraram os seios dela. Imundo. A pele dela se arrepiou ao lembrar. Ela queria se lavar até não ter mais pele. O rosto dele, tão mau, maníaco, maligno. Cada facada um ferimento mortal.

A tempestade, os tremores, raios, trovões. Lobos atacando os Summers, Hans. Como ela podia saber, ver tão claro em sua mente? O rosto de Jacob se transformando em medo, os olhos arregalados de terror, a faca saliente na garganta dele. Por que ela não estava morta? Como ela podia saber de tudo?

A fúria de Mikhail. Era além da imaginação, além dos míseros limites do corpo físico. Nada podia contar uma raiva tão turbulenta. Ela transbordava dele, alimentando a tempestade até que a terra estivesse se revirando e ondulando, com raios atacando a terra e a chuva caindo torrencialmente.

Era tudo real ou algum pesadelo horrível? Mas ela sabia que era real e que estava perto de alguma verdade terrível. Havia tanta dor, Raven estava tão cansada, e Mikhail era seu único conforto. Ela voltou para o abrigo que ele oferecia e simplesmente o deixou protegê-la e mantê-la a salvo até que ela estivesse forte de novo. Mikhail apenas esperou, permitindo que ela escolhesse. Ele estava fornecendo calor, amor, intimidade, mas estava guardando algo dentro de si, longe dela.

Raven fechou os olhos, concentrada. Ela se lembrou de Mikhail de repente dentro dela, dor e medo em seus olhos escuros e fascinantes, os braços dele trazendo-a para perto, a mente buscando e encontrando a dela, ordenando que ela ficasse, mantendo-a ancorada a terra enquanto o corpo de Raven estava morrendo. O irmão de Mikhail estava lá, e mais gente de seu povo. Algo havia sido colocado no abdômen dela, algo que parecia entrar no corpo, algo quente e vivo. Um canto grave e tranquilizante preencheu o ar em volta dela. Choque e alarme emanavam do povo de Mikhail. O sangue dele, quente, doce, revitalizante, penetrando no corpo dela, nos órgãos, fortalecendo músculos e tecidos. Não fluindo para as veias, mas...

Raven ficou dura, o cérebro dela estava entorpecido pelo choque. A respiração foi tirada de seu corpo. Não foi a primeira vez. Outras lembranças emergiram, a alimentação desenfreada de Mikhail, sexualmente explosiva, a boca de Raven pressionada vorazmente sobre o coração dele.

– Meu Deus!

As palavras escaparam como um soluço contido de negação.

Era a verdade, não uma alucinação. Mas o cérebro humano dela recusava a verdade. Não era possível – não podia ser. Ela estava no meio de algum pesadelo horrível e ia acordar a qualquer momento. Tinha de ser o que estava acontecendo. Ela estava misturando tudo – a crença fanática dos assassinos em vampiros e os poderes de Mikhail. Mas os sentidos aguçados dela contavam uma história diferente e diziam a verdade. Ela estava deitada em alguma câmara subterrânea, com terra embaixo e sobre seu corpo. Eles haviam tentado enterrá-la. Para dormir. Para se curar.

Mikhail simplesmente esperou, permitindo que a mente dela processasse a informação, não escondeu nada, mesmo quando ela entrou nas lembranças dele. Quando a reação de Raven veio, ele foi totalmente pego de surpresa. Mikhail esperava gritos, lágrimas, histeria.

Raven se sentou no colchão, gritou baixo, um som animalesco de dor. Ela se afastou dele, descuidada das consequências para seu corpo mortalmente ferido.

Ele falou de maneira firme, muito mais do que pretendia, seu medo pela segurança dela foi maior que sua compaixão. O comando de Mikhail paralisou o corpo de Raven, imobilizando-a no chão. Apenas os olhos dela estavam vivos e aterrorizados enquanto Mikhail abaixou ao lado dela, passou as mãos pelos ferimentos dela, tentando descobrir o tamanho do estrago.

– Relaxe, pequenina. Eu sei que saberde tudo isso está chocando você – ele murmurou, franzindo a testa quando viu o precioso sangue escorrendo de três dos quatro ferimentos dela. Ele a levantou, envolveu-a nos braços, perto do abrigo de seu coração.

Deixe-me ir. O pedido de Raven soou na mente dele e ecoou no coração.

– Nunca.

A expressão dura de Mikhail parecia uma máscara de pedra implacável. Ele olhou para as portas acima da cabeça dos dois. As portas responderam, se escancarando sob a vontade dele.

Raven fechou os olhos. *Mikhail, por favor, estou implorando, eu não posso suportar ser como você.*

– Você não faz ideia do que eu sou – ele disse gentilmente, flutuando até o nível acima como se nada fosse abalar seu corpo. – Os humanos misturam a verdade sobre a minha espécie com histórias sobre *mortos-vivos*, bebês roubados, mortes, vítimas atormentadas. Eu não poderia ter salvado você se você estivesse morta. Somos uma raça de pessoas que pertence a terra, ao céu, ao vento e à água. Como qualquer outro povo, temos os nossos talentos e as nossas limitações.

Ele não entrou em detalhes sobre de onde vêm os vampiros. Ela precisava da verdade, mas não tudo de uma vez.

Mikhail a levou para um quarto de hóspedes e a colocou na cama com cuidado.

– Nós não somos os vampiros das histórias de terror, os *mortos-vivos*, pelo amor de Deus. Nós amamos, adoramos, trabalhamos, nós servimos nossos países. Nós consideramos nojento que um homem humano possa bater em sua mulher ou filho, que uma mãe possa negligenciar seu filho. Nos causa repulsa que a raça humana possa comer a carne de um animal. Para nós, o sangue é a fonte da vida, é sagrado. Nós nunca desonraríamos os humanos ferindo ou matando. É um tabu fazer sexo com humano e depois beber o sangue dele ou dela. Eu sei que nunca devia ter tomado o seu sangue – foi errado – mas foi errado porque eu não disse a você o que podia acontecer. Eu sabia que você é minha verdadeira companheira, e minha existência não poderia continuar sem você. Eu devia ter tido mais controle. Por isso, eu vou pagar por toda eternidade, mas está feito. Não podemos desfazer o que já aconteceu.

Mikhail terminou os novos unguentos e os colocou precisamente sobre os ferimentos para fechá-los. O medo, a repulsa, a sensação de traição dela o estavam consumindo por dentro, deixando-o com vontade de chorar por ela, pelos dois.

– O que eu fiz com você não foi a mesma coisa que usar uma mulher humana para o sexo. Nós não fizemos sexo simplesmente; meu corpo reconheceu você como minha companheira. Não havia como ignorar o chamado. Eu precisaria ter optado por colocar fim à minha vida. O ritual exige a troca de sangue. Não é alimentar uma fome, é uma troca puramente sensual, uma linda afirmação erótica de amor e confiança. A primeira vez que eu tomei seu sangue, eu inadvertidamente tomei demais porque senti um êxtase muito grande. Eu estava fora de controle. Foi errado ligar você a mim sem que você entendesse exatamente o que tudo isso significa. Mas eu permiti que você fizesse a escolha. Você não pode negar isso.

Raven ficou olhando para o rosto dele, lendo a tristeza naqueles olhos escuros, o medo por ela. Ela queria tocá-lo, aliviar aquelas linhas de tensão, reafirmar a ele que ela podia lidar com o que ele estava pedindo, mas seu cérebro não podia aceitar o que ele dizia.

– Eu teria escolhido a morte, se você tivesse me deixado ir com você.

Eu não sabia o que estava fazendo. Raven não sabia, sabia? Alguma parte nela já estava juntando as peças do quebra-cabeça? Ela honestamente não sabia.

– Se você soubesse, você teria escolhido a morte para mim?

Os olhos azuis dela, tão atordoados e confusão, tão assombrados, buscaram o rosto dele.

Liberte-me, Mikhail, eu não gosto de ficar aqui deitada indefesa.

Mikhail cobriu o corpo dela com um lençol fino.

– Seus ferimentos são graves, e você precisa de sangue, precisa se curar e dormir. Não fique se mexendo.

Os olhos de Raven o puniram. Mikhail tocou o queixo dela com dedos gentis. Ele a libertou com olhos cuidadosos.

– Responda-me, pequenina. Sabendo o que você é, você teria me enviado para a escuridão eterna?

Ela fez um esforço supremo para se manter em controle. Parte de Raven ainda não podia acreditar no que estava acontecendo. Parte dela lutava para entender e ser justa.

– Eu disse que podia aceitar você, até amar você como você é, Mikhail. E eu falei a verdade. E continua sendo verdade.

Ela estava tão fraca que mal podia falar.

– Eu sei que você é um homem bom, que não há mal em você. O padre Hummer disse que eu não podia julgar você pelos seus padrões, e eu não vou. Não, eu teria escolhido a vida para você. Eu amo você.

Havia muita tristeza nos olhos dela para que ele sentisse alívio.

– Mas? – ele acrescentou sutilmente.

– Eu posso aceitar isso em você, Mikhail, mas não em mim. Eu nunca poderia beber sangue. Só a ideia me deixa enjoada – a língua dela tocou os lábios secos. – Você pode me transformar de volta? Uma transfusão, talvez?

Ele balançou a cabeça com pesar.

– Então me deixe morrer. Apenas eu. Se você me ama, me deixe ir.

Os olhos de Mikhail se escureceram, queimaram.

– Você não entende. Você é a minha vida. Meu coração. Não existe Mikhail sem Raven. Se deseja buscar a escuridão eterna, eu devo ir com você. Eu nunca havia conhecido a dor e o êxtase do amor do seu povo até encontrar você. Você é o ar que eu respiro, o sangue nas minhas veias, minha alegria, minhas lágrimas, meus sentimentos. Eu não desejo continuar uma existência vazia e árida. Seria impossível. O tormento que você sentiu naquelas curtas horas sem a conexão entre nossas mentes não seria nada comparado com o inferno a que você deseja me condenar.

– Mikhail – ela sussurrou o nome dele em agonia – eu não sou um *Cárpato.*

– Você é, pequenina. Você entrou totalmente no nosso mundo. Por favor, se dê tempo para se curar, para absorver tudo isso e se ajustar.

Com a voz suave e persuasiva, ele estava implorando.

Ela fechou os olhos diante das lágrimas que se acumulavam.

– Eu quero dormir.

Raven precisava de mais sangue. A transferência seria mais fácil se ela não fizesse ideia do que estava acontecendo. O sono reparador da terra poderia fornecer conforto a ela; em todo caso, aceleraria o processo de cura do corpo. Misericordioso, Mikhail atendeu ao pedido dela e a colocou em um sono profundo.

Capítulo 12

Raven acordou soluçando, as mãos em volta do pescoço de Mikhail, puxando-o para si, lágrimas quentes escorrendo no peito dele. Ele a puxou para perto protetoramente, abraçando-a o mais forte que podia sem esmagá-la. Ela parecia tão frágil e leve, tão pronta para voar para longe dele. Mikhail a deixou chorar, acariciando o cabelo dela com movimentos delicados.

Quando ela começou a se acalmar, ele murmurou gentil, carinhosamente, em sua própria língua, palavras de conforto e esperança para ela. No final, Raven ficou deitada, exausta e esgotada, no santuário dos braços dele.

– Vai levar tempo, pequenina, mas dê uma chance à nossa maneira de viver. Existem coisas maravilhosas que podemos fazer. Se concentre nas coisas de que você ia gostar. Mudar de forma, voar com os pássaros, correr livremente com os lobos.

O pequeno punho dela foi até a boca para parar um barulho contido que ficava entre o medo e uma gargalhada. Mikhail roçou o queixo no topo da cabeça dela.

– Eu jamais deixaria você enfrentar isso sozinha. Confie na minha força.

Ela fechou os olhos diante de outra onda de histeria.

– Você nem entende a enormidade do que fez. Você tirou a minha identidade de mim. Não, Mikhail! Eu sinto o seu protesto se formando na minha mente. E se você acordasse sem ser mais *Cárpato*, e sim humano? Sem poder correr livremente e voar? Sem poderes especiais, sem solo reparador, sem a habilidade de ouvir e entender os animais? Tudo o que é a sua essência tivesse desaparecido? Se, para sobreviver, você tivesse que comer carne?

Raven sentiu a repulsa imediata dele.

– Viu, aquilo que os *Cárpatos* consideram nojento. Estou com medo. Eu olho para o futuro e fico tão apavorada que não consigo pensar. Eu escuto coisas, sinto coisas. Eu...– ela parou de falar antes de admitir mais coisas. – Você não entende, Mikhail, eu não posso fazer isso, nem por você.

Ele acariciou o cabelo dela com dedos cheios de amor e levou a carícia até a pele macia do rosto dela.

– Você sabe há pouco tempo. Seu sono foi profundo e tranquilo.

Mikhail não contou que ela recebeu sangue mais duas vezes durante o sono, que o corpo dela havia passado pela transformação rigorosa, livrando-se de todas as toxinas humanas. Ele sentiu que Raven precisava absorver alguns aspectos do estilo de vida deles lentamente.

– Você quer o *descanso eterno* para nós?

O punho dela acertou o peito de Mikhail.

– Não nós, Mikhail, eu!

– Não existe eu ou você. Existe apenas *nós*.

Ela respirou fundo para se acalmar.

– Eu nem sei o que ou quem eu sou mais.

– Você é Raven, a mulher mais linda e corajosa que eu já conheci.

Mikhail falou com sinceridade, acariciando de novo o cabelo sedoso dela. O corpo de Raven estava tenso, quase rígido com o desejo de rejeitar as declarações fatuais e tranquilas dele.

– Eu posso existir sem sangue? Com suco e grãos?

Ele pegou a mão dela e entrelaçou seus dedos nos dela.

– Eu queria muito que fosse assim por você, mas não é. Você precisa de sangue para viver.

Ela fez um barulho, uma pequena negação, afastando-se dele, recolhendo-se em si. Era muito inacreditável, muito assustador, para entender de verdade. Raven queria acreditar que era um pesadelo. Mikhail se sentou, deixando-a se afastar para que ele pudesse tirar o lençol do corpo delicado de Raven. A mente dela estava bloqueando todas as explicações, recusando-se a lidar com as informações que ele está dando. Querendo distraí-la, ele se abaixou para examinar o abdômen dela, com os dedos passeando possessivamente sobre a pele de Raven, tocando cada cicatriz branca com gentileza.

– Os seus ferimentos estão quase curados.

Ela quase se sentou, chocada.

– É impossível.

Ele tirou as mãos do caminho para mostrar as longas cicatrizes. Sem acreditar, Raven arregalou os olhos. Os olhos de Mikhail ficaram mais escuros e flamejaram, fazendo os seios nus dela arderem pelo calor. Os pequenos dentes morderam o lábio inferior dela, e uma onda vermelha percorreu seu corpo inteiro.

Ela segurou o lençol e se cobriu.

Os dentes brancos dele brilharam para ela como o sorriso de um predador, pura provocação masculina. Mikhail chegou tão perto que sua boca roçou na orelha de Raven enquanto ele falava. O hálito quente a atiçou e a provocou.

– Eu já beijei cada centímetro do seu corpo. Já estive em cada canto escondido de sua mente.

Os dentes dele roçaram a orelha de Raven, lançando um arrepio pela espinha dela.

– Preciso admitir, a cor vermelha combina com você.

Raven se pegou prendendo a respiração. Ela pressionou os músculos pesados do peito dele com a testa, para que Mikhail não visse a resposta flamejante em seus olhos.

– Mikhail – ela alertou – você não tem como mudar o que eu estou sentindo me seduzindo. Eu sei que não consigo lidar com isso.

– Eu ouço os seus pensamentos, pequenina. Você fechou sua mente para todas as possibilidades – ele sussurrou as palavras como uma sedução terrível. – Vou dar a você o que você deseja. Não posso mais suportar a sua infelicidade.

Mikhail levou a mão ao próprio peito, bem abaixo do queixo dela, pairando sobre o coração dele.

O estômago de Raven ficou apertado diante da súbita descoberta da intenção dele. O aroma doce do sangue quente, misturado com o perfume selvagem e masculino. Antes que ela pudesse impedi-lo, antes que pudesse protestar verbalmente, o sangue da vida de Mikhail escorreu livremente pelo seu peito. Instintivamente, ela colocou as duas mãos sobre o ferimento para fazer pressão.

Com os olhos arregalados de medo, Raven gritou loucamente.

– Pare, Mikhail. Não faça isso.

Lágrimas se acumularam e escorreram.

– Por favor, me diga o que fazer para salvar você.

Havia desespero na voz dela.

– Você pode fazer parar.

– Eu não posso, Mikhail. Pare, você está me assustando.

Ela apertou o mais forte que conseguiu, mas o sangue continuou escorrendo por entre os dedos.

– A sua língua tem o poder de curar, assim como a saliva na sua boca.

A voz dele era sombria, hipnótica. Ele se encostou como se sua força estivesse acabando.

– Mas só contrarie a minha escolha se você também for viver, porque eu me recuso a voltar para um mundo de escuridão.

Desesperadamente, ela levou a cabeça até o peito dele, passou a língua sobre as bordas do ferimento, fechando o corpo como se o ferimento nunca tivesse existido. Havia repulsa no cérebro dela, mas não no corpo. Algo selvagem levantou a cabeça, os olhos dela ficaram pesados e sensuais. O calor se concentrou e se espalhou. O corpo dela desejava, tinha fome dele. Raven ouviu o sangue correndo e fluindo nas veias dele, os batimentos do coração, como um chamado. Ela queria mais, precisava do êxtase erótico que só ele poderia oferecer. As mãos de Mikhail estavam no cabelo dela, segurando, puxando a cabeça de Raven para trás, expondo a garganta dela. A boca dele percorreu a pele macia de Raven, seu pulso acelerado.

– Você tem certeza, Raven? – ele sussurrou de maneira tão sensual que o corpo amoleceu em resposta. – Eu quero que você tenha certeza absoluta. Você precisa estar certa de que essa é a sua escolha.

Ela colocou os braços em volta do pescoço dele, aninhando a cabeça de Mikhail.

– Sim.

A lembrança da boca dele se movendo sobre ela, o prazer branco e quente penetrando sua alma, formou um poço de calor profundo e forte na barriga dela. Raven queria aquilo, precisava daquilo.

– Você está se dando para mim livremente?

A língua de Mikhail sentiu o gosto da pele dela, percorreu a pulsação de Raven e desceu até o vale entre os seios dela.

– Mikhail – o nome dele era um pedido.

Raven teve medo que ele estivesse esperando tempo demais e não conseguisse viver, respirar, se fundir completamente com ela. Mikhail a levantou com facilidade e a colocou nos braços. A língua dele lambeu o mamilo dela, uma, duas vezes. Raven ofegou e se arqueou para se aproximar mais, seu corpo pressentiu o lado selvagem dele emergindo para corresponder, para conquistar, o lado selvagem dela. Ela parecia estar flutuando no ar, cada terminação nervosa aberta pela fome e necessidade. O perfume doce do sangue a chamou. Tentação.

Raven sentiu o cheiro do ar fresco e abriu os olhos para descobrir a noite, que sussurrou para ela com o mesmo poder sensual que o fluxo do sangue de Mikhail. As árvores se balançavam lá em cima, o vento esfriou seu corpo, mas arejou seu desejo.

– Este é o nosso mundo, pequenina. Sinta sua beleza, ouça o seu chamado.

Era como um sonho deslumbrante, como se eles estivessem flutuando com a névoa fina, como se fizessem parte da noite. As estrelas lá em cima brincavam de esconde-esconde com a cobertura de folhas e galhos. A lua estava intangível, vagando atrás das nuvens. Em toda parte Raven ouvia os sons da vida. Estava na seiva das árvores, no ruído dos animais pequenos, no bater das asas, no grito selvagem ecoante de um caçador noturno que perdeu sua presa.

Mikhail levantou a cabeça e gritou, um som animalesco de alegria. Veio a resposta. Raven podia sentir o arrebatamento na resposta dos lobos. Aquilo encheu o coração dela, e dentro dela, a impetuosidade aumentou.

Ele a carregou pelo emaranhado de caminhos, para as profundezas das montanhas, até que eles estivessem na entrada de uma caverna em declive.

– Ouça – ele ordenou enquanto passava pelas sombras escuras. – Ouça a terra cantando para você.

Era impossível, mas ela podia ver ricos veios de minerais fazendo curvas dos dois lados das paredes finas, como se a luz do sol estivesse entrando no túnel. Ela podia ouvir o fluxo da água ecoando pelas muitas câmaras. Morcegos chamavam uns aos outros, e a terra dava as boas-vindas a todos.

Mikhail andava com determinação, percorrendo a trama de túneis sem hesitação, cada passo levava os dois profundamente até que estivessem em uma enorme gruta cheia de vapor. A água corria em uma cachoeira rasa e caía em uma série de lagoas. Cristais brilhavam como joias em volta deles.

Mikhail os levou até a lagoa mais distante da cachoeira, onde a água borbulhava como uma bebida gasosa e estava quente e espumante na pele dela. Ele entrou na água, com Raven aninhada em seus braços e o vapor se formando em volta deles.

As bolhas tocavam a pele sensível, dançando e provocando como se fossem dedos, a espuma acariciando como se fosse línguas. Com movimentos lentos e lânguidos, Mikhail começou a lavar o corpo esguio de Raven – os pés pequenos, as pernas, as coxas. Raven se movia nas mãos dele, fechando os olhos para se entregar à sensação pura. O sangue *Cárpato* corria quente nas veias dela. As necessidades e o desejo *Cárpato* lutavam com as limitações e os tabus humanos em que o cérebro dela insistia.

As mãos de Mikhail deslizaram em uma carícia delicada e amorosa sobre a barriga lisa dela, a ponta dos dedos acompanhando cada cicatriz com reverência, limpando os últimos traços de unguento e sangue. Ele prestou muita atenção a cada costela, às costas e, finalmente, ao rosto e ao cabelo dela. Mikhail foi tão gentil que ela sentiu vontade de chorar. Ele não a tinha tocado intimamente, mas havia começado um incêndio no sangue e um derretimento no corpo dela. Raven o desejava. Precisava dele.

Ela abriu os olhos azuis, pesados, *sexy* e escurecidos pelo desejo. Inclinou a cabeça para olhar para ele e então se mexeu para lavar o corpo de Mikhail. Ela não tinha a intenção de ser tão gentil. Cada carícia de Raven tinha o objetivo de provocar, de inflamar. A ponta dos dedos mergulhou nos pelos escuros que formavam um V na direção da barriga lisa dele, deslizando de maneira provocante sobre os músculos pesados do peito, lavando cada gota de sangue da pele dele. Tanto. Raven ficou preocupada, queria que ele se alimentasse, que repusesse o que foi perdido.

Uma pequena parte dela reconhecia que o pensamento deveria causar horror, mas com seu corpo precisando tão desesperadamente, Raven precisava da boca de Mikhail em seu corpo, sentia a fome. As mãos dela desceram mais, percorreram a barriga dele, passando pelo quadril.

Raven sentiu a respiração rápida dele, a tensão nos músculos. Um rugido baixo se formou na garganta de Mikhail, enviando lanças de fogo para o sangue dela. Os dedos de Raven buscaram a evidência rígida da ereção dele, provocando e seduzindo, a ponta dos dedos fazendo uma dança intrigante, a palma da mão deslizando e segurando, testando o peso dele.

Mikhail grunhiu diante do esforço de se controlar. Desta vez, ela ia participar do ritual. Não havia como ela dizer que não sabia o que estava fazendo. Ele abriu mais as pernas para suportar o peso de seu corpo trêmulo enquanto ela tocava seu ombro com a língua, seguindo uma gota que escorreu do pescoço até o peito.

O corpo de Raven tensionou, ficou pesado, desejou e ardeu. A língua dela passeou pelo coração de Mikhail, fazendo um caminho lento e sensual. O sangue dela correu e zumbiu para acompanhar o dele. O tempo todo, as mãos de Raven acariciavam, provocavam, prometiam. Seu longo cabelo, uma massa sedosa, roçava no corpo dele enquanto Raven seguia as pequenas gotas de água cada vez mais baixas. Ela o sentiu se arrepiar enquanto ela o saboreava, o corpo de Mikhail se impulsionando para encontrar a boca macia de Raven. A sensação de poder era inacreditável. As mãos de Mikhail pegavam mechas de cabelo dela; grunhidos graves e agressivos escapavam das profundezas da garganta dele. Raven encontrou as coxas dele com as unhas, arranhando levemente, deixando-o louco, querendo que ele ficasse louco por ela, querendo que ele perdesse a cabeça de paixão.

Mikhail a puxou mais para perto. As mãos dele encontraram os músculos firmes do traseiro dela, segurando, massageando.

– Eu declaro você minha companheira.

Ele sussurrou as palavras, um encanto de magia negra, com séculos de idade. A mão dele subiu pela coluna, em volta da fartura dos seios, pela pele sedosa até encontrar os cabelos pretos como a noite de Raven.

Ela gritou quando os dedos de Mikhail a tocaram embaixo da água borbulhante, a encontraram e começaram uma exploração lenta e torturante. A boca estava aberta contra o peito de Mikhail, a respiração curta e ofegante. O desejo aumentou, o fogo se acumulou, algo selvagem e impetuoso nela lutou para se libertar. Ela podia ouvir o coração dos dois batendo ao mesmo tempo, o sangue dele, o seu próprio. Raven sentiu seu corpo pulsando com vida, com desejo, com uma fome tão grande que ela precisava que ele todo a preenchesse e a completasse. Raven precisava dele em sua mente, de seu apetite erótico e insaciável, da luxúria incrível que o fazia arder e desejá-la. Precisava do corpo dele a possuindo, tomando conta dela completamente, sem reservas. E precisava do sangue dele.

Mikhail levou a mão até a base da cabeça de Raven enquanto a levava para a beira da água.

– Eu pertenço a você. Eu ofereço minha vida a você. Pegue aquilo de que você precisa, o que quiser.

As palavras sussurradas dele abriram a porta para uma urgência terrível. Os dedos dele se moveram com agressividade, o corpo dele a pressionava contra a terra, metade dentro, metade fora da água.

Raven sentiu a terra macia embaixo de seu corpo, e o corpo firme dele aprisionando-a. Havia uma marca implacável nas feições sombrias, uma abertura impiedosa na boca, e uma fome ardente na profundidade dos olhos dele. Quando ela tocou a mente de Mikhail, havia uma excitação primitiva e selvagem, a energia animal de possuir, a determinação implacável e brutal de possuir sua parceira. Havia também um amor tão intenso que ela mal compreendeu. Ternura. A adoração de um macho pela única mulher que ele podia desejar.

Mikhail fez os joelhos dela se abrirem e viu a aceitação de comprometimento bem fundo nos olhos de Raven. Ela estava excitada, pulsando de desejo, com o convite de seu corpo. Ele penetrou com força, fundo, entrando completamente no centro quente dela. O perfume feminino e pungente dela se misturou com o cheiro masculino dele, flutuando para se tornar parte do desejo dos dois. A língua e os dentes de Mikhail deslizaram sobre o pescoço dela, descendo para capturar um seio que ardia. As mãos dele cobriam cada centímetro dela, incitando, explorando, possuindo. Ele foi violento, os dentes de Mikhail encontraram a pele macia dela, a língua aliviou cada dor. Ele parecia não conseguir chegar perto o bastante. O calor firme dela o envolvia, fechando-se e queimando, alimentando a brutalidade.

O corpo de Mikhail se movia dentro dela. Longo e profundo, ele preencheu cada parte de Raven, aumentando a fricção, e então diminuindo o ritmo de propósito. Ela soltava pequenos gritos agudos, seu corpo implorava por alívio, músculos aveludados o seguravam acaloradamente.

Frustrada, Raven se moveu freneticamente contra ele, fazendo-o se aproximar mais, ir mais fundo, mais rápido, com mais força. O sangue dela era como lava derretida, e Raven precisava de mais. Dele inteiro. Ela desejava um encontro mais profundo, queria a boca de Mikhail se alimentando dela, fazendo-a arder, marcando-a, unindo-os para toda eternidade.

– Mikhail – ela estava implorando.

Ele levantou a cabeça, com os olhos escuros ardendo de desejo.

– Eu pertenço a você, Raven. Tome o que precisar de mim, como eu tomarei de você.

Mikhail pressionou a cabeça dela contra seu peito, e sua barriga ficou apertada enquanto Raven passava a língua por seus músculos. Houve um momento, íntimo, de parar o coração, em que ele sentiu os dentes dela arranhando e então mordendo. Fundo. Dor branca e quente, prazer erótico e intenso como um raio. O chão tremeu.

Ele ficou ainda mais excitado, enorme, duro e inflamado quando os dentes dela foram cravados.

Mikhail jogou a cabeça para trás em êxtase, e um rugido de puro prazer escapou. O corpo dele prendeu o dela no chão, movimentando-se com força, aumentando a intensidade enquanto o dela girava em torno dele, agarrando e prendendo, chegando ao clímax mais de uma vez. Ele manteve o controle. O ritual havia sido completado, e a troca aconteceu voluntariamente. Segurando o cabelo de Raven, ele repetiu as palavras que os uniriam para sempre.

– Eu ofereço minha proteção a você. Ofereço minha fidelidade. Ofereço minha mente. Meu coração. Minha alma. Ofereço meu corpo. Eu guardarei comigo aquilo que é seu. Sua vida será adorada por mim para sempre. Sua vida será colocada acima da minha para sempre. Você é minha companheira. Você está ligada a mim para toda eternidade. Você estará sempre sob o meu cuidado.

Ele puxou o cabelo de Raven, fazendo a cabeça dela se afastar de seu corpo, e observou com os olhos meio abertos, faminto e cuidadoso, enquanto ela fechava as marcas e a língua colocava chamas sobre o corpo quente dele. Mikhail a beijou com cada grama de dominação masculina que possuía. A boca dele ardia sobre o pescoço de Raven, pousada sobre a pulsação frenética. As mãos dele seguraram o pequeno quadril dela com mais força. O corpo dele ficou dentro do mistério feminino dela. Ele esperou.

Ela virou a cabeça, oferecendo a garganta.

– Tome o que é seu, Mikhail. Tome o que você necessita – ela murmurou sem fôlego, em uma agonia de ansiedade e urgência.

Raven tremia com o suspense, com o desejo da fome erótica *Cárpato*.

Quando o quadril dele estocou com força, os dentes cravaram. Ela gritou, colocou os braços em volta dele, arqueando-se enquanto ele tomava sua dose, enquanto o corpo de Mikhail penetrava o dela descontroladamente, clamando o que era seu, levando os dois além dos limites da terra. O corpo de Raven prendeu o dele com força, com insistência. Mikhail abandonou qualquer tentativa de controle e a possuiu como quis, estocando sem parar até que Raven estava selvagem, excitada, gritando por ele, até que os pequenos gritos e o cheiro doce do sangue dela levassem o corpo dele ao limite. Mikhail despejou tudo dentro dela, sentindo-se pela primeira vez totalmente saciado e feliz. Eles se deitaram juntos, com o coração batendo forte, os pulmões respirando com dificuldade, pequenos espasmos percorrendo e balançando os dois corpos. Mikhail moveu os dois para que seu corpo forte acomodasse o dela. Os seios de Raven, macios e quentes, estavam aninhados sobre o emaranhado de pelos em V que ia até o estômago dele. A cabeça dela repousava sobre o peito dele.

Mikhail acariciou o cabelo de Raven, deixando que seu amor arrebatador por ela se derramasse e a cercasse. Ele sentiu como o momento era frágil e não confiou na inadequação das palavras.

A mente dele era um abrigo caloroso e seguro de amor, e Mikhail a compartilhou de boa vontade.

O prazer intenso bloqueou a realidade por um longo tempo. Raven só conseguia se deliciar na poderosa reação de seu próprio corpo. Cada célula minúscula estava viva e gritando de alegria. Não parecia possível que ela conhecesse um êxtase como aquele.

Raven lentamente colocou o cabelo para o lado com a mão. O pequeno movimento fez os músculos dela se fecharem em volta dele. Mikhail. Quem era esse homem que havia tomado conta da vida e do corpo dela com tanta facilidade? Raven levantou a cabeça e estudou o rosto dele. Tão lindo. Tão sombrio e misterioso. Aqueles olhos guardavam tantos segredos; a boca era tão sensual, que ela ficou sem fôlego.

– Diga-me, Mikhail, o que eu fiz?

Os olhos dele estavam insondáveis e atentos.

– Você colocou sua vida aos meus cuidados. Fique tranquila, pequenina, você está segura em minhas mãos.

Ela levou a língua aos lábios, que de repente ficaram secos. O coração de Raven disparou diante da enormidade da decisão. Ela sentia o gosto dele em sua boca, o cheiro dele em seu corpo, a essência dele escorrendo pela perna; eles ainda estavam unidos, o corpo dela envolvendo sensual e calorosamente o dele.

– Qual é o meu gosto? – a voz dele estava grave e firme, sussurrando na pele de Raven como se fosse o toque de dedos. O toque da fantasia.

Ela fechou os olhos com força, como uma criança tentando mantê-lo à distância.

– Mikhail.

O corpo dela ondulou, se contraiu ao som da voz dele, diante da questão erótica que ele havia sussurrado.

Mikhail saiu de dentro dela, mas continuou segurando-a para poder mantê-la próxima enquanto voltava para a piscina espumante.

– Diga-me, Raven.

Ele beijou o pescoço dela, pequenos beijos, cada um tão forte quanto vinho.

O braço dela envolveu o pescoço de seu amado, os dedos encontraram seus cabelos fartos.

– Você tem o gosto da floresta, selvagem, indomado e tão erótico que você me deixa louca.

A admissão escapou dela, a confissão de um pecado grave.

As bolhas se formavam e explodiam contra a pele sensível, espumando nas partes mais íntimas dos dois. Mikhail encostou, suportando o peso dos dois, protegendo-a em seu colo. O traseiro arredondado dela roçou contra ele, ateando um fogo doce ao sangue dos dois.

– Você tem um gosto doce, um tempero forte, viciante e tão sensual.

Os dentes dele arranharam o pescoço dela e criaram um arrepio de excitação na coluna.

Raven ficou deitada, quieta nos braços dele, enquanto sua mente girava sob o impacto do que ela havia feito. Ela nunca se cansaria de Mikhail. Havia algo selvagem entre eles que nunca seria saciado. Raven não conseguia juntar todas as peças, seu cérebro simplesmente se recusava a reconhecer o que ela podia ter se tornado. Ela não fazia ideia do que se tratava quando Mikhail disse que sua espécie *se alimentava*. As impressões estavam lá, mas ela só tinha conhecimento do que ele compartilhava. Havia sempre sexo envolvido? Ele havia dito que não, mas ela não conseguia imaginar beber sangue do nada. Raven fechou os olhos com força, não podia fazer aquilo com mais ninguém. Ela não podia se imaginar tirando sangue de um humano.

Mikhail encostou a cabeça dela contra o seu corpo, seus dedos acariciando o cabelo dela. Com a voz grave e firme, ele murmurou delicadamente. Ela precisava de tempo para se ajustar ao seu sangue *Cárpato*, as emoções intensas e as necessidades urgentes. Ela havia participado voluntariamente do ritual de acasalamento, havia feito a troca de sangue sem a compulsão silenciosa de Mikhail. Eles estavam permanentemente unidos, e não havia motivo para que ela sofresse recriminações humanas desnecessárias e ter medo do futuro. Era preciso deixar a mente dela aceitar a nova realidade lentamente.

Mikhail foi brutalmente honesto consigo. Depois de esperar várias vidas por aquela mulher, não a queria com mais ninguém. Ele nunca havia pensando no ato de se alimentar como algo íntimo, apenas como uma simples necessidade. Mas a ideia de Raven mordendo o pescoço de outro homem, tomando a força dele para seu próprio corpo, era abominável. Toda vez que Mikhail dava sangue para ela, sentia uma excitação sexual, uma necessidade irresistível de protegê-la e cuidar dela. Ele não fazia ideia de como os outros homens *Cárpato* se sentiam em relação às suas parceiras, mas sabia que qualquer homem perto de Raven estaria correndo um sério perigo. Ainda bem que a mente humana dela se recusava a permitir que ela aceitasse o modo deles de atacar os humanos.

Raven se mexeu nos braços dele, espreguiçando-se languidamente.

– Eu estava pensando em algo triste, e você fez ir embora, não fez?

Havia sinal de um sorriso na voz dela.

Mikhail permitiu que ela ficasse livre e ficou olhando enquanto Raven afundou na água espumante e emergiu a alguns metros de distância. Aqueles olhos grandes e azuis passeavam por ele com uma risada declarada.

– Sabe, Mikhail, estou começando a pensar que minha primeira avaliação do seu caráter estava certa. Você é arrogante e autoritário.

Ele foi nadando até ela com braçadas preguiçosas e tranquilas.

– Mas eu sou *sexy*.

Ela bateu os pés e jogou água nele com a mão aberta.

– Fique longe de mim. Toda vez que você chega perto de mim, algo louco acontece.

– Agora pode ser uma boa hora para repreender você por colocar sua própria vida em perigo. Você nunca devia ter saído da pousada para seguir os assassinos. Você sabia que eu não ia conseguir ouvir se você pedisse ajuda.

Ele continuou nadando na direção dela, incansável como um tubarão.

Raven optou por um caminho covarde e saiu da piscina, jogando-se na piscina maior que ficava ao lado. A água estava fria em contato com sua pele quente. Raven apontou o dedo para ele, e sua boca macia se curvou.

– Eu disse que ia tentar ajudar você de todo jeito, se você se atrever a me dar uma bronca, eu não terei escolha, a não ser falar sobre como foi antiético você nos unir sem o meu consentimento. Diga, se eu não tivesse seguido os assassinos, e se Jacob não tivesse me esfaqueado, eu teria continuado humana, não teria?

Mikhail saiu da piscina, com água escorrendo do corpo. O fôlego de Raven ficou preso na garganta. Ele era magnífico, tão masculino e poderoso. Em um salto elegante, ele se lançou ao ar, dobrou o corpo e entrou perfeitamente na piscina mais funda. Raven pegou seu coração batendo acelerado, seu sangue gritando por ele. Mikhail surgiu por trás dela, colocando as mãos na sua cintura fina, puxando-a para perto, enquanto suas pernas fortes mantinham os dois boiando.

– Você ainda seria humana – ele concordou, com uma voz de feitiço e magia negra, que conseguia fazer o calor se concentrar dentro dela, apesar da água fria.

– Se eu tivesse continuado humana, como você poderia ter continuado comigo como sua companheira?

Ela pressionou seu traseiro curvilíneo contra o quadril dele, gostando da excitação súbita enquanto o corpo dele ficava rígido e túrgido em resposta ao movimento. Raven encostou a cabeça no ombro dele.

– Eu teria escolhido envelhecer com você e morrer quando você morresse.

A resposta dele foi áspera, enquanto uma mão envolveu a maciez do seio dela. O cabelo de Raven roçava o corpo dele como seda, fazendo pontadas de prazer o atravessar.

Ela levantou a cabeça de repente, se virou para encará-lo, enquanto seus olhos azuis examinavam a profundidade misteriosa dos olhos de Mikhail.

– Você está falando sério, Mikhail? Você teria ficado comigo conforme eu envelhecesse?

Ele assentiu, passando os dedos pelo rosto dela em uma carícia delicada.

– Eu teria envelhecido com você. Quando você parasse de respirar, eu também pararia.

Ela balançou a cabeça.

– Como eu posso resistir a você, Mikhail, quando você tomou conta do meu coração?

O sorriso de Mikhail fez o coração dela dar um salto sobre seu estômago.

– Você não deve resistir a mim, pequenina. Eu sou sua outra metade.

As mãos dele pousaram em volta do pescoço dela, puxando-a para perto até que a boca dele encontrasse a dela, e eles estivessem unidos, afundando juntos nas águas frias da piscina natural.

Com olhos subitamente sérios, Raven olhou para ele com firmeza.

– Eu não iria querer resistir a você, Mikhail. Eu acredito que você teria envelhecido comigo. Você tem o tipo de coragem que eu sempre quis, mas nunca tive. Coisas novas me assustam. Eu detesto ser covarde...

Ele bufou de maneira deselegante em sinal de desdém.

– Raven, pare de ser boba. Você colocou sua vida em risco por estranhos completos. Isso não é um gesto covarde.

Ela franziu a testa para ele.

– Não foi isso que eu quis dizer.

Raven se aproximou e envolveu o pescoço dele com os braços.

– Quando as minhas emoções estão envolvidas, eu sempre me contenho ou fujo por medo de ser rejeitada ou de me machucar. Você persistiu mesmo eu estando tão relutante e incerta. Você teria mudado toda sua vida para me acomodar e, mesmo assim, eu me recusei a retribuir a gentileza de nem ao menos considerar o seu estilo de vida.

Ela encostou o rosto no peito dele, acompanhando com a língua as gotas de água. As batidas do coração de Mikhail encontraram um ritmo correspondente nas veias dela.

– Desculpe, Mikhail. Eu devia ter visto o que você estava tentando me mostrar.

Raven levantou o rosto e olhou nos olhos dele.

– Eu me sinto completa com você. Eu sei que estou onde deveria estar, mesmo que tenha certeza de que vai levar um tempo para que eu me acostume com a sua maneira de viver.

Mikhail a pegou nos braços, fazendo as pernas dela envolverem sua cintura. Raven fechou os olhos, saboreando a sensação de ser penetrada por ele, saboreando a jornada lenta, a ondulação natural de seu corpo.

– Eu poderia viver aqui, assim – ela sussurrou.

– Engraçado – Mikhail observou as sensações fluindo daquele rosto, sentindo-as tomar conta da mente dela – eu pensei exatamente a mesma coisa.

Metade da noite havia passado quando Mikhail a levou de volta para casa. Raven rapidamente vestiu uma das camisas dele.

– Você se deu conta de que eu não tenho nenhuma roupa aqui?

Ela não conseguiu olhar nos olhos dele, corando toda vez que aquele olhar sombrio percorria seu corpo. Raven ainda podia sentir a marca do corpo dele dentro de si, a força de seu sexo.

– Eu preciso voltar para a pousada. Todas as minhas coisas estão lá.

Mikhail levantou as sobrancelhas. Aquele não era o momento para dizer que na verdade ela não precisaria de roupas. Seus objetos pessoais facilitariam a transição. Ele esticou o braço preguiçosamente para pegar as próprias roupas.

– Tenho certeza de que a senhora Galvenstein vai entregar as suas coisas para nós. Eu vou ligar e garantir que ela o faça imediatamente. Vou sair um pouco, Raven. Preciso cuidar de algumas coisas não resolvidas. Você vai ficar segura aqui.

Ela levantou o queixo desafiadoramente.

– Vou vestir alguma coisa e vou com você. Nunca mais quero passar por outro dia como aquele em que não consegui entrar em contato com você. Foi um inferno. Foi mesmo, Mikhail.

De uma vez, os olhos escuros dele tocaram o rosto de Raven gentilmente.

– Eu nunca quis aquilo para você. Gregori me colocou em um sono reparador, *csitri* – pequenina – e eu não consegui atender ao seu chamado. Não era para aquilo acontecer. Eu mandei o padre Hummer para ficar com você, achando que você estaria dormindo, mas que se houvesse uma grande necessidade, eu emergiria o suficiente para confortá-la.

– Mas não foi o que aconteceu.

Ele balançou a cabeça.

– Não, Raven. Gregori me colocou em um sono reparador. Não é possível reemergir quando Gregori decide outra coisa. Ele não sabia de você, da sua necessidade do meu toque. Foi falha minha, e eu sinto muito.

– Eu sei – ela reconheceu. – Você entende por que eu não posso ficar sem você agora. Estou com medo, Mikhail, medo de tudo, de mim, de você, do que eu fiz aqui.

– Não desta vez, pequenina – ele falou gentilmente, desejando que pudesse ser diferente. – É essencial encontrar os outros assassinos. Eu não posso deixar que nenhum perigo se aproxime de você. Você pode me chamar facilmente se for necessário. Não é preciso ter medo.

– Eu não sou do tipo que fica em casa sã e salva – ela contestou.

Ele virou, grande, poderoso, uma máscara implacável no rosto. Mikhail parecia ameaçador, invencível. Raven recuou involuntariamente, seus olhos azuis escureceram e ficaram de um tom de safira profundo. Imediatamente, Mikhail pegou a mão dela e a levou para o calor de sua boca.

– Não me olhe assim. Sua vida quase foi tirada de mim. Você faz ideia do que foi acordar com o seu grito? Sentir o seu medo, saber que aquele homem nojento batia em você? Sentir a lâmina cortando o seu corpo repetidas vezes? Você quase morreu nos meus braços. Eu respirei por você, mantive seu coração batendo. Eu tomei uma decisão pela qual eu sabia que você podia nunca me perdoar. Não estou pronto para correr riscos com a sua vida. É possível para você entender isso?

Ela podia sentir o corpo de Mikhail tremendo por causa da emoção intensa. Os braços dele a envolveram e a trouxeram mais para perto.

– Por favor, Raven, me deixe mantê-la em um casulo, pelo menos até eu tirar aquela imagem da mente.

Os dedos dele mergulharam no monte volumoso de cabelo preto-azulado de Raven. Ele moldou as formas delicadas dela contra seu corpo grande e a manteve próxima, como se pudesse protegê-la de qualquer mal.

Raven colocou os braços em volta do pescoço dele.

– Está tudo bem, Mikhail. Nada vai me acontecer.

Ela acariciou o nariz dele, tentando reconfortá-lo, afastar o medo dele, bem como o seu próprio medo.

– Acho que nós dois vamos precisar fazer alguns ajustes.

O beijo dele foi carinhoso e muito delicado.

– Você precisa ir devagar. Seis dias de sono e cura não foram suficientes.

– Seis dias? Isso é incrível. Alguém já analisou o seu sangue?

Mikhail a soltou com relutância.

– Nenhum de nós pode chegar perto de alguma instituição médica humana. Nós cuidamos de nós mesmos.

Raven pegou uma escova e tranquilamente começou a passá-la em longos movimentos para desembaraçar seu cabelo molhado.

– Quem era a mulher presa no chão?

O rosto de Mikhail se fechou, todos os traços de gentileza desapareceram como se nunca tivessem existido.

– O nome dela é Eleanor. Ela é irmã de Byron e companheira de Vlad. Ela deu à luz um menino.

O tom dele estava desprovido de emoção.

Raven sentou de pernas cruzadas na cama, inclinando a cabeça para o lado enquanto escovava seu longo cabelo.

– Você não gosta dela?

– Ela traiu você, permitiu que aquela mulher maligna a ouvisse, e eu quase perdi você.

Ele estava abotoando a camisa, e ver aqueles dedos longos e elegantes executando uma tarefa simples a fascinava.

– Você estava sob minha proteção. Isso significa, Raven, que todos os *Cárpatos* devem colocar a sua segurança acima de si.

Raven mordeu o lábio inferior. Ela sentiu, embaixo da máscara sem emoção, uma fúria inclemente direcionada à mulher desconhecida. Os sentimentos de Mikhail por ela eram tão ferozmente intensos e desconhecidos para ele mesmo. Raven estava tendo dificuldade para se ajustar, ele também. De alguma maneira, isso tornou a aceitação do que estava acontecendo mais fácil.

Ela escolheu as palavras com cuidado.

– Você já viu uma mulher dar à luz, Mikhail? É doloroso e assustador. Para que a mulher mantenha o controle, ela precisa de um ambiente seguro. Ela temia pela vida de seu bebê que não havia nascido. Por favor, não a julgue com tanta severidade. Na situação dela, eu teria ficado histérica.

Mikhail segurou o rosto dela com sua mão enorme, e seu polegar acariciou a pele macia e sedosa.

– Você tem tanta compaixão. Eleanor quase custou a sua vida.

– Não, Mikhail. Jacob quase custou a minha vida. Eleanor tentou o máximo que conseguiu. Não há quem culpar, ou todos nós temos uma parcela nisso.

Ele desviou o rosto dela.

– Eu sei que deveria ter ficado ao seu lado. Eu nunca deveria ter buscado refúgio nos poderes de cura da terra. Isso me afastou de você. Gregori só pensa na minha proteção.

Pelo espelho, Raven podia ver a dor claramente marcada no rosto dele.

– Houve um momento, *sivamet* – meu amor – em que eu acordei com o seu grito e estava coberto pela terra e impotente para ajudá-la. Só a minha fúria alimentou a tempestade. Enquanto eu abria o caminho para voltar à superfície, senti cada golpe da lâmina e soube que havia falhado com você. Naquele momento, Raven, eu enfrentei algo tão terrível, tão selvagem e monstruoso que ainda não consigo examinar muito de perto. Se ele tivesse matado você, ninguém estaria seguro. Ninguém.

Ele fez a admissão com a voz contida, controlada, e as costas rígidas.

– Nem *Cárpato*, nem humano. Só posso rezar para que se algo assim acontecer de novo, Gregori me mate imediatamente.

Raven parou diante dele e segurou seu rosto.

– Às vezes a dor traz à tona coisas que seria melhor manter guardadas. Ninguém é perfeito. Nem eu, nem Eleanor, nem mesmo você.

Um sorriso leve, que zombava dele mesmo, se formou naquela boca bem-desenhada.

– Eu vivi séculos e enfrentei caças a vampiros, guerras e traições. Até você surgir na minha vida, eu nunca havia perdido o controle. Nunca tive nada que eu quisesse tanto. Nunca tive nada a perder.

Raven puxou a cabeça dele para baixo e deu vários beijos tranquilizadores no pescoço, no maxilar forte, nos cantos duros da boca.

– Você é um bom homem, Mikhail.

Ela deu um sorriso travesso, com os olhos azuis provocadores.

– Só que você tem poder demais para o seu próprio bem, mas não se preocupe, eu conheço uma americana. Ela é muito insolente e vai tirar essa casca arrogante de você.

A risada dele em resposta veio lentamente, mas com ela a terrível tensão se dissolveu. Mikhail colocou os braços em volta dela, levantou-a, virou-a e a pressionou contra seu próprio corpo. Como sempre, o coração dela deu um salto. A boca de Mikhail tomou a dela enquanto ele atravessava o quarto e os levava para a cama.

A risada de Raven foi delicada e provocante.

– Nós não podemos de novo.

Mikhail acomodou o corpo sobre o dela, forçou as coxas dela a se abrirem com o joelho para que pudesse pressionar o corpo macio e receptivo dela.

– Acho que você devia simplesmente ficar nua e me esperar – ele grunhiu, acariciando-a para garantir que ela estivesse pronta.

Ela levantou o quadril acolhedoramente.

– Não sei se vamos saber fazer isso em uma cama.

A última palavra soou como um suspiro de prazer quando ele uniu os dois corpos.

A boca de Mikhail encontrou a dela de novo, e o riso se misturou com o doce sabor da paixão. As mãos dele cobriram os seios de Raven de maneira possessiva e então afundaram em seu cabelo. Havia tanta alegria no coração, na mente dela, tanta compaixão e doçura. A eternidade dele seria preenchida com a risada dela e seu gosto pela vida. Ele riu alto só pelo prazer de fazê-lo.

Capítulo 13

Mikhail ficou fora por duas longas horas. Raven ficou andando pela casa, se familiarizando com os cômodos. Ela gostava de ficar sozinha e ficou grata pelo tempo para organizar as coisas logicamente. Por mais que tentasse, ela não conseguia fazer o que havia se tornado parecer real. Apenas Mikhail era sanidade. Ele estava na mente dela continuamente, invadindo seus pensamentos, afastando tudo o que fosse loucura até que só ele restasse.

O sangue de Mikhail estava nas veias de Raven, o perfume dele em seu corpo, a marca dele no seu pescoço e nos seus seios. A sensação dele a possuindo estava em cada passo, cada movimento de seu corpo. Raven apertou mais a camisa dele. Ela sabia que Mikhail estava vivo porque ele a tocava mentalmente com frequência, enviando conforto e calor. Ela se pegou recebendo os toques de desejo de bom grado, estava ciente de que ele compartilhava a mesma necessidade profunda de se fundir com ela com constância.

Com um suspiro, ela se envolveu na capa longa e quente de Mikhail. De repente, a casa se tornou muito sufocante, como uma prisão em vez de um lar. A longa sacada que dava a volta na casa acenou para ela, a noite parecia chamar seu nome. Raven pegou a maçaneta e a girou. O puxador virou com facilidade, mas a porta continuou fechada, como se uma força invisível empurrasse do outro lado. Por um momento, veio o pânico. A sensação de estar presa era esmagadora.

Raven? Você precisa de mim? Mikhail estava imediatamente na mente dela, com a voz gentil e amorosa. Apenas aquele som já foi capaz apenas de acalmá-la.

Você me trancou?

Na verdade não, eu tranquei todos os outros para fora para protegê-la. Você precisa abrir a porta agora.

Eu vou estar em casa logo.

Abruptamente, Raven criou escudos em sua mente enquanto considerava as possibilidades. Havia arrogância na voz dele, aquele tom presunçoso e superior que não só dizia que ele era um príncipe, mas de uma espécie poderosa, enquanto ela tinha sido humana. Ela não podia se opor a ele. Raven tamborilou os dedos na mesa. Ele ia ter uma lição muito necessária sobre a boa e velha inteligência humana.

Olhando para a porta, ela testou a força das proteções dele. Claramente criadas para manter os intrusos para fora, o feitiço não tinha sido feito para resistir a um ataque de dentro.

Raven. O que você está fazendo?

Desconfiado, Mikhail forçou a mente dela. Raven se concentrou nos títulos dos livros na vasta biblioteca.

Procurando coisas para ler.

Ela destrancou uma janela e a levantou para permitir que o ar fresco da noite entrasse naquela linda casa de pedra. Raven realmente gostava da casa dele, mesmo que agora fosse fundamental mostrar que ela não ia ser um fantoche que Mikhail comandava. Ele tinha certeza de que uma mulher, ex-humana, jamais poderia superar *Mikhail Dubrinsky*. Não que ela estivesse indo a qualquer lugar, iria só dar uma volta lá fora para provar uma coisa – afinal, ela não era idiota. Se ainda havia assassinos na área, ela não queria nada com eles.

Raven revirou as gavetas e embaixo das pias até encontrar uma lata de talco. Ela ficou impressionada com o esforço que ele fazia para parecer humano – e dava certo. Se ela estava vasculhando a casa dele em busca de evidências de que ele pertencia a outra espécie, teria sido convencida de que ele era um rico homem de negócios.

Jogando talco nas mãos, ela lançou o pó na noite. Ele flutuou como uma névoa fina. O campo de força invisível fez cintilar blocos sólidos. Havia dois vãos estreitos e alguns veios mais finos. Sem hesitar, Raven subiu no peitoril da janela e escapou. Ela teve de empurrar por entre os veios e forçar seu corpo a passar pelos intervalos estreitos. Raven ficou feliz por ser tão pequena. Foi difícil, mas ela conseguiu. O triunfo tomou conta. Ela precisava de pequenas vitórias. Precisava sentir que era forte de novo, não frágil e indefesa. Ela não estava familiarizada com aquele mundo, que a chocava levemente, e precisava desesperadamente sentir que tinha algum controle sobre a própria vida.

Era uma medida do poder de Mikhail que as travas criadas para manter os intrusos para fora ainda fossem difíceis de penetrar pelo lado de dentro, mas ela tinha conseguido, e isso devolveu um pouco da confiança de que Raven tanto precisava.

Enrolando-se mais na capa, Raven ficou perto da casa, voltando para subir os degraus da varanda. De uma vez, o ar noturno avançou sobre ela, fresco e cheio de cheiros intrigantes. Ela vagou pela grande sacada que dava a volta na casa, inclinou-se em uma coluna alta e inspirou profundamente, levando o ar até os pulmões.

Raven nunca havia notado como a noite podia ser bela, como as estrelas cintilavam lá no alto e o vento soprava por entre as árvores, virando as folhas até que elas brilhassem prateadas. A noite sussurrou e cantou, convidando-a a entrar nas profundezas da floresta. Sem um pensamento consciente, ela saiu da varanda e começou a andar pela trilha.

Uma coruja assobiou levemente no céu, e um trio de cervos saiu do esconderijo para mergulhar os focinhos aveludados no riacho frio. Raven sentiu a alegria de viver deles, a aceitação da luta diária de vida e morte. Ela podia ouvir a seiva das árvores correndo como a correnteza da maré. Os pés descalços dela pareciam encontrar o chão macio, evitando gravetos, espinhos e pedras pontiagudas. O curso da água, o barulho do vento, os batimentos da terra, chamavam.

Hipnotizada, Raven ficou andando sem rumo, envolta na longa capa preta de Mikhail, o cabelo caindo sobre o quadril em uma densa cascata de seda preto-azulada. Ela parecia etérea, a pele pálida quase translúcida sob o luar, os olhos grandes de um azul tão escuro que estavam roxos. A capa se abria de vez em quando para revelar uma perna torneada e nua. Ela não viu nada daquilo, apenas a beleza da noite e a paz se instalando profundamente em sua mente.

Raven mergulhou a mão no pequeno riacho enquanto a água corria como uma fita prateada sobre as rochas. Ela tocou uma folha aveludada em um arbusto e ficou olhando enquanto um rato corria do perigo, enfiando-se nas raízes de um arbusto de frutas silvestres. Tudo parecia deslumbrante, mais vívido. Ela viu coisas que nunca havia notado antes. A terra a chamava, uma sinfonia de sons, as músicas do vento e das árvores. Ela sentiu como se tivesse verdadeiramente aberto os olhos para a beleza da natureza.

Algo se agitou na mente dela, perturbando a beleza tranquila da noite.

Dor. Lágrimas.

Raven parou, piscou rapidamente, tentou analisar os arredores. Ela estava andando como se estivesse em um lindo sonho. Ela se virou na direção da emoção intensa. Sem pensar conscientemente, seus pés começaram a andar. Sua mente processou a informação automaticamente.

Um humano. Vinte e poucos anos. Sua dor genuína era profunda. Havia raiva para com o pai, confusão e culpa que havia chegado tarde demais. Algo bem fundo em Raven respondeu àquela necessidade esmagadora. O homem estava encolhido em um tronco de árvore perto da mata. Os joelhos puxados, as mãos na cabeça. De propósito, Raven fez barulho ao se aproximar. O homem levantou o rosto marcado pelas lágrimas, os olhos arregalados pelo choque quando a viu. Ele começou a se levantar.

– Por favor, não levante – Raven disse calmamente, com a voz tão tranquila quanto a noite.

A compaixão surgiu, formando uma sombra nos olhos dela.

– Eu não quis atrapalhar você. Eu não estava conseguindo dormir e saí para dar uma volta. Você prefere que eu vá embora?

Rudy Romanov se pegou olhando impressionado para a figura fantasiosa que parecia ter se materializado da névoa. A mulher não era como nada que ele já tinha visto antes, tão envolta em mistério quanto a própria floresta escura. As palavras ficaram presas na garganta dele.

A dor dele a havia chamado? Ele quase acreditou nos contos ridículos e supersticiosos que seu pai havia contado a ele ao longo da vida – contos de vampiros e mulheres da escuridão, sereias seduzindo homens para a destruição.

Raven tentou ir embora. O homem estava olhando como se ela fosse um fantasma – como se ela o estivesse deixando desconfortável – ou com medo.

– Eu sinto muito – ela murmurou gentilmente.

– Não! Não vá – o inglês dele tinha um sotaque forte. – Por um instante, saindo da névoa daquele jeito, você não parecia real.

Ciente de que não estava usando muita coisa sob a longa capa, Raven se fechou mais nela.

– Você está bem? Posso chamar alguém para você? O padre, talvez? Sua família?

– Não tem ninguém, não tem mais. Eu sou Rudy Romanov. Você deve ter ouvido a notícia sobre os meus pais.

Uma visão horrível surgiu na mente dela. Ela viu lobos surgindo da floresta, olhos vermelhos encarando firmemente, um lobo enorme liderando a alcateia e olhando diretamente para Hans Romanov. Da cabeça daquele jovem, ela captou uma lembrança da mãe, Heidi, deitada na cama, os dedos do marido em volta do seu pescoço. Por um momento horrível, ela não conseguiu respirar. O que aquele jovem havia sofrido! Ambos os pais tirados dele em uma questão de horas. Seu pai fanático havia assassinado sua mãe.

– Eu estava doente, com gripe. É minha primeira vez fora em dias.

Ela se aproximou dele sob os galhos estendidos das árvores. Raven não conseguia dizer a verdade a ele – que ela estava envolvida naquele incidente horrível inteiro.

Para Rudy, ela era um lindo anjo enviado para consolá-lo. Ele queria tocar a pele dela para ver se era tão macia quanto parecia sob a luz da lua. A voz dela era um sussurro gentil, *sexy*, tranquilizante, chegando até a mente dele para acalmar e curar.

Ele limpou a garganta.

– Meu pai matou minha mãe algumas noites atrás. Se eu tivesse voltado para casa antes. Minha mãe me chamou, histérica, eu pensei, me contando sobre ele ter matado uma mulher. Ele tinha alucinações de vampiros atacando as pessoas no vilarejo. Meu pai sempre foi supersticioso, mas eu nunca pensei que fosse enlouquecer completamente. Minha mãe disse que ele e um grupo de fanáticos estavam caçando vampiros e marcando membros importantes da comunidade para serem assassinados. Eu achei que meu pai estava apenas falando grosso, como ele sempre fazia.

Raven sufocou um susto e balançou a cabeça, com a tristeza por aquele homem se acumulando.

Rudy olhou para as próprias mãos.

– Eu devia ter ouvido a minha mãe, mas ela admitiu que ninguém mais parecia saber do assassinato. Eu presumi que ele tivesse mentido sobre matar uma mulher, que não fosse verdade. Diabos, talvez não fosse... Mas ele estava louco. Ele estrangulou minha mãe. Ela morreu com o rosário nas mãos.

O jovem limpou os olhos com dedos trêmulos. De alguma maneira, ele não sabia como a moça misteriosa estava na mente dele, oferecendo calor e compreensão como o estivesse segurando nos braços para confortá-lo. A ilusão era tão real que seu corpo voltou à vida, e ele ficou totalmente ciente de que os dois estavam totalmente a sós. Espontaneamente, surgiu o pensamento de que ninguém sabia que a mulher estava com ele. O pensamento era excitante e perturbador em meio à dor. Ele tentou suprimi-lo, assim como tinha feito no passado quando ideias estranhas entravam em sua cabeça. O tempo todo, Rudy temia que fosse como seu pai – um homem que acreditava e agia com base em ideias abomináveis na cabeça.

– Eu fiquei um dia a mais na universidade para fazer uma prova que achei que fosse muito importante. Eu não acreditei de verdade que meu pai mataria alguém, muito menos a mãe de um recém-nascido. Minha mãe era parteira. Ela trouxe tantas vidas para o mundo, ajudou tanta gente. Eu disse a ela que estava indo para casa e que ia cuidar das coisas. Ela queria ir até o padre, mas eu a dissuadi.

– Eu gostaria de tê-la conhecido – Raven disse com sinceridade.

– Você teria gostado dela. Todo mundo gostava dela, com exceção do meu pai. Ele achava ela burra – ele olhou para Raven. – Ele achava que eu era burro, mesmo que eu estivesse na universidade. Ela deve ter tentado impedir o meu pai. Na noite da tempestade, ele saiu com um grupo de forasteiros. Foi quando ele deve ter matado a minha mãe, pouco antes de sair de casa. Ele provavelmente estava garantindo que ela não contasse a ninguém nem tentasse impedi-lo. Ele foi pego embaixo de uma árvore que foi atingida por um raio. Ele e os outros foram queimados a ponto de não ser possível reconhecer.

– Que terrível para você.

Raven passou a mão pelo cabelo, um pequeno túnel dos seus dedos pela cascata pesada de seda, afastando-o do rosto.

Ao ver aquilo, a respiração de Rudy ficou presa na garganta. *Sexy.* Inocente. Uma combinação poderosa. Ele podia possuí-la. Ninguém ia saber. Ele balançou a cabeça para tentar se livrar do pensamento intruso e traiçoeiro.

*

A névoa atravessou pela floresta na direção da casa encostada nas colinas. Infiltrou-se pelos portões de ferro e se concentrou no pátio. A névoa se acumulou em uma coluna alta e grossa, cintilou e conectou até que Mikhail, em forma sólida, estivesse parado diante da porta. Levantando a mão, murmurando um comando sutilmente, ele desfez a proteção e entrou. Imediatamente, ele soube que Raven não estava lá.

Os olhos escureceram e se transformaram em gelo preto. Os dentes brancos apareceram, brilhando. Um rugido baixo ressoou e foi suprimido. Seu primeiro pensamento foi que alguém a havia levado, que ela estava em perigo. Ele enviou um chamado para suas sentinelas, os lobos, para ajudá-lo a procurar. Respirando fundo para se acalmar, Mikhail permitiu que sua mente encontrasse a dela, para se concentrar na localização exata de Raven.

Não foi difícil. Ela não estava sozinha. Um humano. Homem.

A respiração de Mikhail ficou presa na garganta. O coração dele quase parou de bater. Os dedos se fecharam em dois punhos. Ao lado de Mikhail o abajur explodiu e se transformou em fragmentos. Lá fora, o vento aumentou, girando em pequenos tornados por entre as árvores. Mikhail saiu e se lançou ao alto, abrindo asas enormes e voando pelo céu. Lá embaixo, os lobos uivaram uns para os outros e começaram a correr em formação de alcateia.

Mikhail sobrevoou em silêncio pelos galhos pesados acima da cabeça de Raven. Ela estava afastando o cabelo do rosto daquele jeito curiosamente *sexy* e muito feminino. Ele podia sentir a compaixão dela, sua necessidade de confortar. Também podia sentir como estava com frio e exausta. O humano estava tomado pela dor, sem dúvida. Mas Mikhail podia sentir o cheiro da excitação, podia ouvir o coração dele batendo, o sangue correndo e se acumulando. Podia ler os pensamentos do homem com facilidade, e nem todos eram inocentes.

Furioso, mais do que com um pouco de medo por ela, Mikhail se lançou pelo ar e então pousou no chão a um metro de distância, onde não seria visto. De lá, ele ficou à espreita deles, uma figura alta e poderosa surgindo na noite, fora das árvores. Como um vulto, ameaçador, formidável, os ângulos e superfícies do rosto dele estavam duros e implacáveis. Olhos pretos observavam com um quê sombrio e mortal. O luar refletido ali dava um brilho vermelho e misterioso, quase selvagem, ao seu olhar fixo.

Sentindo-se ameaçado, Rudy ficou de pé, tentando segurar a mulher misteriosa com uma ideia vaga de protegê-la. Ainda que Mikhail estivesse a mais metros de distância de Raven do que de Rudy, ele foi mais rápido, e sua mão chegou primeiro, agarrando o pulso frágil dela e a puxando para trás e prendendo-a.

– Boa-noite, senhor Romanov – Mikhail disse agradavelmente, com um tom tão grave e delicado que tanto Raven quanto Rudy tremeram. – Talvez você pudesse me dizer o que está fazendo a esta hora da noite sozinho com a minha mulher.

Conforme ele disse a última palavra, um lobo uivou ameaçadoramente, a nota musical longa e arrastada ecoando um aviso na brisa noturna. Raven se mexeu, mas o punho de Mikhail ameaçou quebrar os ossos dela.

Fique em silêncio, pequenina. Se você quer que este humano veja o amanhecer, me obedeça. Ele é o filho de Hans Romanov. O que ele tem na cabeça é o que o pai plantou muito tempo atrás.

Ela ficou visivelmente pálida.

Mikhail, os pais dele…

Eu estou mantendo o controle por um fio. Não me faça perdê-lo!

Mikhail lutou para controlar as emoções estarrecedoras e recém-descobertas, obrigando-se a lembrar que Raven não estava lendo a mente de Romanov e não fazia ideia dos seus pensamentos pervertidos.

– Senhor Dubrinsky.

Agora Rudy o estava reconhecendo, uma figura poderosa em seu vilarejo natal, um inimigo impiedoso ou um amigo valioso. A voz de Mikhail parecia calma, até serena, mas ele parecia capaz de matar.

– Nós não planejamos isso. Eu vim para cá porque…

A voz dele foi falhando. Ele podia jurar que tinha visto os lobos se escondendo nas árvores, os olhos brilhando com a mesma característica selvagem que um caçador diante dele. Um olhar para aquele rosto impiedoso, e Rudy abandonou o orgulho.

– Eu estava sofrendo. Ela estava andando e me ouviu.

Os lobos eram sombras silenciosas se aproximando. Mikhail sentiu a vontade deles, o grito de desejo de sangue. Aquilo tomou conta dele e se misturou com seu ciúme negro. A alcateia sussurrava e o chamava como irmão. A fera dentro dele levantou a cabeça e rugiu para ser libertada. O humano declarava sua inocência, mas era fácil ler a luxúria em seu corpo, sentir o cheiro da excitação sexual. Era fácil para Mikhail ler a mancha de perversão no filho, colocada ali pelo pai.

O olhar escuro de Mikhail percorreu o corpo miúdo de Raven. Ela podia fazer o coração dele parar, fazê-lo perder o fôlego. Ela nunca olhava além da superfície, tinha se treinado para não fazê-lo. Mikhail leu a compaixão, a tristeza, o cansaço e mais alguma coisa. Ele a havia machucado. Estava nas profundezas daqueles olhos enormes. E havia medo genuíno. Ela sabia que os lobos estavam ali – sentia a presença deles e ouvia as vozes incitando-o a proteger sua parceira.

Mikhail sabia que era um golpe terrível para Raven perceber como ele estava suscetível à lógica primitiva dos lobos, perceber quanto de animal de fato havia nele. Instantaneamente, o braço dele a envolveu, colocando-a sob seu ombro, perto do seu calor. Ele enviou um comando silencioso para os lobos, sentindo a resistência deles, a relutância em obedecer.

Os animais podiam sentir o antagonismo em relação ao humano, como se sentissem o próprio desejo dele por sangue e a necessidade de aniquilar o inimigo que podia ameaçar a segurança de sua parceira.

– Eu fiquei sabendo da sua perda – Mikhail se forçou a dizer, com o braço em volta de Raven protetoramente. – Sua mãe era uma grande mulher. A morte dela foi uma perda enorme para a nossa comunidade. Todos vão sentir essa morte por muitos anos. Seu pai e eu tínhamos as nossas diferenças, mas eu jamais teria desejado a morte dele a nenhum homem.

Raven tremeu de frio, e em reação ao saber que Mikhail podia sentir tamanha animosidade em relação a qualquer um. Ela era a luz para a escuridão dele, incapaz de entender que ele era, antes de tudo, um predador. A mão dele se movia para cima e para baixo no braço dela gentilmente, tentando reconfortá-la. Mikhail reforçou o comando para os lobos.

– É melhor você ir para casa, senhor Romanov. Você precisa dormir, e essa floresta nem sempre é segura. A tempestade deixou os animais irritáveis.

– Obrigado por ser tão gentil – Rudy disse para Raven, relutante em deixá-la com um homem que parecia tão capaz de uma enorme violência.

Mikhail ficou olhando o homem recuar para a segurança do limite da cidade, além da clareira.

– Você está com frio, pequenina – ele disse muito gentilmente.

Raven piscou para afastar as lágrimas, forçando suas pernas trêmulas a começar a andar, um passo lento por vez. Ela não podia, não ousava olhar para ele. Estava apenas aproveitando a beleza da noite. E então ouviu Romanov. Era da natureza dela ajudar quando podia. Agora ela havia despertado algo sombrio e mortal em Mikhail, algo que a incomodava profundamente.

Mikhail andou ao lado dela, observando seu rosto contrariado.

– Você está indo na direção errada, Raven.

Ele colocou a mão na base das costas dela para guiá-la.

Raven endureceu e se afastou dele.

– Talvez eu não queira voltar, Mikhail. Talvez eu não saiba de fato quem você é.

Havia mais mágoa do que raiva na voz dela. Mikhail suspirou profundamente e esticou o braço para tocá-la com seu punho forte.

– Vamos conversar no calor e no conforto da nossa casa, não aqui onde seu corpo parece de gelo.

Sem esperar o consentimento de Raven, ele a levantou com facilidade e começou a se mover com rapidez. Ela se segurou nele, o rosto afundado no ombro dele, o corpo esguio tremendo de frio e com um pouco de medo dele, de seu futuro, do que ela mesma havia se tornado.

Mikhail a levou direto para o quarto, acendeu a lareira com um movimento da mão e a colocou na cama.

– Você podia pelo menos ter colocado sapatos.

Raven puxou a capa dele em um gesto de proteção, olhando para Mikhail por sob os longos cílios.

– Por quê? E eu não estou falando de sapatos.

Ele acendeu velas e esmagou diversas ervas para encher o quarto com um cheiro doce, calmante e reparador.

– Eu sou um macho *Cárpato*. Tenho o sangue da terra correndo nas veias. Esperei séculos pela minha companheira. *Cárpatos* não gostam de outros homens perto de suas mulheres. Estou lutando com emoções desconhecidas, Raven. Elas não são fáceis de controlar. Você não se comporta como uma mulher *Cárpato* se comportaria.

Um pequeno sorriso se formou no canto da boca dele. Mikhail encostou-se na parede.

– Eu não esperava chegar em casa e descobrir que você saiu. Você se coloca em perigo, Raven, algo que os homens da nossa raça não podem permitir. E depois eu encontro você com um humano. Um homem.

– Ele estava sofrendo – ela disse baixo.

Mikhail fez um barulho de incômodo.

– Ele queria você.

Os cílios dela piscaram, os olhos azuis encontraram os dele, surpresos e inseguros.

– Mas... não, Mikhail, você está enganado, você deve estar. Eu só estava tentando confortá-lo. Ele perdeu os pais.

Ela parecia estar à beira das lágrimas. Ele levantou a mão para silenciá-la.

– E você queria estar na companhia dele. Não sexualmente, mas, ainda assim, na companhia humana dele, não negue. Eu podia sentir a necessidade em você.

Nervosa, ela passou a língua pelos lábios. Raven não podia negar. Tinha sido totalmente inconsciente da parte dela, mas agora que havia dito aquilo em voz alta, ela sabia que era verdade. Ela tinha necessidade de companhia humana.

Mikhail era tão intenso, tudo no mundo dele era tão desconhecido. Raven detestava tê-lo magoado, detestava ter sido quem quase o fez perder o controle.

– Eu sinto muito. Eu não pretendia fazer nada além de dar uma volta. Quando eu o ouvi, senti a necessidade de ver se estava tudo bem. Eu não sabia, Mikhail, que estava procurando companhia humana.

– Eu não culpo você, pequenina, nunca.

A voz dele foi tão gentil que o coração dela ficou apertado.

– Eu consigo ler as suas lembranças com facilidade. Sei a sua intenção. E eu nunca culparia você pela sua natureza solidária.

– Acho que nós dois temos dificuldades de lidar com isso – ela disse delicadamente. – Eu não posso ser o que você quer que eu seja, Mikhail. Você usa a palavra *humano* como um xingamento, algo inferior a você. Já ocorreu que você tem preconceito contra a minha raça? O sangue *Cárpato* pode correr nas minhas veias, mas no meu coração e na minha mente eu sou humana. Eu não pretendia trair você. Eu saí para dar uma volta. Foi tudo o que fiz. Eu sinto muito, Mikhail, mas em minha vida toda eu tive liberdade. Mudar o meu sangue não vai mudar quem eu sou.

Ele andou pelo quarto com energia rápida e fluida, todo poder e coordenação.

– Eu não tenho preconceito – Mikhail negou.

– Claro que tem. Você vê a minha raça com um tanto de desprezo. Você teria ficado feliz se eu tivesse me alimentado usando o sangue de Romanov? Isso é aceitável? Usá-lo como alimento, mas não para algumas palavras amigáveis?

– Eu não gosto dessa imagem que você faz de mim, Raven – Mikhail atravessou o quarto e estendeu a mão para pegar a capa. O quarto estava quente e com o cheiro da natureza – madeira e prado.

Com relutância, Raven puxou a capa de seus ombros. Mikhail franziu a testa quando viu que ela só estava vestindo sua camisa branca. Ainda que a parte de trás da peça chegasse até os joelhos e cobrisse o traseiro dela, uma parte generosa de suas coxas ficava exposta, até o quadril. O efeito era incrivelmente *sexy*, com seu cabelo longo e selvagem caindo em cascata na cama, fazendo uma moldura para seu corpo esguio.

– *O köd belso* – pela escuridão – Mikhail praguejou em voz baixa algumas palavras em sua própria língua, feliz que ele não tivesse percebido que ela estava usando nada além da camisa dele sob a capa. Ele provavelmente teria torcido o pescoço de Romanov. Pensar em Raven se aproximando daquele jovem, sorrindo para ele, fascinando-o com seus olhos de sereia, inclinando a cabeça sobre o pescoço dele, tocando-o com a boca, a língua, os dentes... O estômago dele se fechou em completa revolta diante da imagem.

Mikhail passou a mão pelo cabelo, pendurou a capa no *closet* e encheu a jarra e a bacia antigas com água morna. Quando conseguiu colocar a imaginação sob controle, ele conseguiu responder com a gentileza de sempre.

– Não, pequenina, depois de pensar no assunto, eu não posso dizer que eu teria ficado feliz se você tivesse se alimentado.

– Não é isso que eu deveria fazer? Uma mulher *Cárpato* ataca humanos inocentes.

Havia o tom de lágrimas não derramadas na voz dela.

Mikhail levou a água até o lado da cama e ajoelhou diante dela.

– Estou tentando entender os meus sentimentos, Raven, e eles não fazem sentido. – Com muita delicadeza, ele começou a lavar os pés dela. – Mais do que tudo, eu quero a sua felicidade. Mas sinto a necessidade de proteger você.

As mãos dele foram gentis, o toque, carinhoso, enquanto ele removia cada grão de terra.

Raven abaixou a cabeça, massageando as têmporas.

– Eu sei que sim, Mikhail, e eu entendo até certo ponto sua necessidade de fazer isso, mas eu vou sempre ser eu. Eu sou impulsiva, eu faço coisas. Eu decido que quero empinar uma pipa e, quando vou ver, estou fazendo isso.

Ele inclinou a cabeça, e então a balançou.

– Eu entendo, mas não compreendo. Eu pedi tempo para me controlar com o meu terrível medo pela sua segurança.

A voz dele era tão gentil que os olhos de Raven se encheram de lágrimas.

– Por que você simplesmente não ficou aqui dentro até que eu voltasse?

Ela tocou aquele cabelo cor de café com a ponta dos dedos, sentindo uma dor dentro da garganta.

– Eu queria ir para a sacada tomar ar fresco. Eu não tinha nenhum outro pensamento, mas a noite apenas me chamou. Não estou sentindo muita confiança em mim mesma agora, Mikhail. Não espero que alguém como você – alguém que sempre tem certeza de suas ações – entenda, mas eu precisava me sentir no controle.

Mikhail olhou para ela, os olhos escuros cálidos com os sentimentos que tinha por ela.

– Foi um erro meu; eu devia ter me dado conta das suas necessidades e as antecipado. Sabendo que você estava sozinha, eu deveria ter colocado proteções melhores para guardar você.

– Mikhail, eu sou capaz de cuidar de mim mesma.

Os olhos azuis de Raven eram muito honestos, imprimindo nele a verdade de suas palavras. Ele realmente não precisava se preocupar.

Mikhail fez o melhor que pôde para não sorrir. Ela era boa demais, sempre acreditando no melhor de todo mundo. Os dedos dele circularam as pequenas panturrilhas de Raven.

– Você é a mulher mais linda do mundo, Raven. Você não tem nada mau no seu corpo, não é?

Ela parecia indignada.

– Claro que tenho. Não sorria desse jeito, Mikhail, eu tenho mesmo. Eu posso ser igualmente má se necessário. Em todo caso, o que isso tem a ver com o que estamos falando?

A mão dele subiu até as costelas de Raven sob a seda da camisa.

– Estamos falando sobre eu precisar proteger a única pessoa que importa para mim, aquela que só consegue ver o bem em todos.

– Eu não faço isso – ela negou, chocada que ele pensasse assim. – Eu sabia que Margaret Summers era fanática.

A mão de Mikhail subiu mais para acariciar a parte de baixo do seio dela, para segurar seu peso. Os olhos dele estavam pretos e fundos de emoção.

– Você a defendeu, pelo que eu me lembro.

Ele a estava deixando sem fôlego com aquela exploração distraída e prazerosa de seu corpo. Era mais do que físico, ela o sentia dentro de si, admirando-a, mesmo quando queria forçá-la e aceitar sua vontade. Ela o sentia em seu corpo, afagando a mente, acariciando o coração dela. Sentia os sentimentos dele por ela crescendo e aumentando até que o consumissem.

Mikhail suspirou levemente.

– Eu nunca vou chegar a lugar nenhum com você, vou? Você tem uma maneira de me desarmar. Eu sou o líder do meu povo, Raven. Eu não posso permitir isso. Eu não tenho escolha senão recorrer a ordens. Eu não posso ser desafiado pela minha própria mulher.

As sobrancelhas dela se levantaram.

– Ordens? – Raven repetiu. – Você acha que vai me dar ordens?

– Com certeza. É o único recurso que me impede de ser motivo de riso entre o meu povo. A não ser, claro, que você tenha uma ideia melhor.

Havia riso no fundo dos olhos dele.

– Como eu me divorcio de você?

– Sinto muito, pequenina – ele respondeu em um tom ameno. – Eu não entendo essa palavra. Na minha língua, por favor.

– Você sabe muito bem que fala inglês tão bem quanto fala a sua língua – ela disse. – Como um companheiro se separa do outro? Separar. Romper. Não estar mais junto.

O quê de humor no fundo dos olhos dele se transformou em diversão completa.

– Não existe isso, e se existisse, Raven – ele se inclinou até bem perto, seu hálito tocando o rosto dela – eu nunca deixaria você ir.

Com os olhos arregalados, Raven parecia inocente. A mão no seio dela, o polegar acariciando o mamilo, estava dificultando a respiração.

– Eu só estava tentando ajudar você. A realeza tem tão poucas opções atualmente. Você precisa se preocupar com o que o público acha. Você pode confiar em mim, Mikhail, para ajudá-lo a ponderar sobre essas questões.

Ele deu uma risada leve, provocadoramente masculina.

– Acho que preciso me sentir grato por ter uma companheira tão inteligente.

Os dedos dele abriram um botão da camisa branca. Apenas um, aumentando a abertura nos seios de Raven para ter mais espaço para a exploração.

A respiração dela ficou presa na garganta. Ele não estava fazendo nada na verdade, apenas tocando-a, com mãos tão delicadas e amorosas que ela estava derretendo por dentro.

– Eu realmente estou tentando entender seu estilo de vida, Mikhail, mas não acho que meu coração já chegou lá – ela tentou ser sincera. – Eu não sei nada sobre os seus votos e os seus costumes. Nem sei exatamente o que você é, o que eu sou. Eu me vejo como humana. Nós não somos nem casados aos olhos de Deus e aos dos homens.

Dessa vez Mikhail jogou a cabeça para trás e riu alto e com vontade.

– Você acha que a cerimônia tola dos humanos é um vínculo mais profundo que o verdadeiro ritual *Cárpato*? Você tem muito a aprender sobre os nossos hábitos.

Ela arranhou o lábio inferior com os pequenos dentes brancos.

– Já ocorreu a você que eu não me sinto ligada pelas leis e rituais *Cárpato*? Você tem tão pouca estima pelo que eu considero sagrado.

– Raven! – ele ficou chocado e estava claro. – É isso que você pensa? Que eu não tenho consideração pelas suas crenças? Não é isso.

Ela abaixou a cabeça, fazendo seu cabelo sedoso cair sobre o rosto, escondendo sua expressão.

– Nós sabemos tão pouco um sobre o outro. Eu não sei nada sobre quem me tornei. Como eu posso atender às suas necessidades, ou você às minhas, se eu nem sei o que ou quem eu sou?

Ele ficou em silêncio, com os olhos escuros e sombrios analisando o rosto triste de Raven, a tristeza em seus olhos.

– Talvez exista verdade nas suas palavras, pequenina.

As mãos de Mikhail seguiram os contornos do corpo dela, a forma pequena de suas costelas, a cintura fina, e subiram para segurar o rosto.

– Eu olho para você e sei o milagre que você é. A sensação da sua pele, macia e acolhedora, a maneira como você se move, como água corrente, o toque do seu cabelo como seda, a sensação do seu corpo envolvendo o meu, me completando, me dando a força de que preciso para continuar a tarefa que parece tão sem solução, mas tão necessária. Eu vejo como você foi feita, tão linda, seu corpo tão perfeito, feito para o meu.

Raven se mexeu de maneira inquieta, mas as mãos dele a mantiveram presa, levantando o queixo dela para que não houvesse escolha senão olhar em seus olhos pretos.

– Mas não é o seu corpo que me cativa, Raven, não é a sua pele impecável ou a perfeição da combinação do corpo de nós dois quando estamos juntamos. É quando eu me misturo com você e vejo quem você realmente é que eu descubro o que é um milagre de verdade. Eu posso dizer a você quem você é. Você é compaixão. Você é gentileza. Você é uma mulher tão corajosa que está disposta a arrancar a própria vida por estranhos completos. Você é uma mulher disposta a usar um dom que causa muita dor para o benefício de outros. Não há hesitação na sua doação, é quem você é. Há tanta luz em você, ela brilha pelos seus olhos e irradia pela sua pele, qualquer um que olhe para você vê a sua generosidade.

Raven só conseguia olhar para ele impotente, perdida naqueles olhos hipnotizantes. Mikhail pegou a mão dela, colocou um beijo bem no centro da palma, colocou-a embaixo de sua camisa e a segurou sobre seu coração, que batia continuamente.

– Olhe além da minha pele, Raven. Olhe o meu coração e a minha alma. Junte a sua mente com a minha, veja-me pelo que eu sou. Conheça-me pelo que eu sou.

Mikhail esperou em silêncio. Uma batida. Duas. Ele viu a súbita determinação de Raven de conhecer aquilo a que tinha se unido, conhecer com quem havia formado uma aliança. A união da mente dela foi hesitante a princípio, o toque tão leve e delicado que parecia o de asas de borboletas. Ela foi cuidadosa, movendo-se pelas lembranças dele como se fosse descobrir algo que o magoaria. Mikhail sentiu o ar sair do corpo dela quando viu a escuridão se aglomerando. O monstro que vivia lá dentro. A mancha em sua alma. As mortes e batalhas pelas quais era responsável. O horror de sua existência antes que ela tivesse entrado em sua vida. A solidão que o consumia, que consumia todos os homens de sua espécie, o vazio árido que eles enfrentavam século após século. Ela viu a determinação que Mikhail tinha em nunca perdê-la. Sua possessividade, seus instintos animais. Tudo o que ele era, estava tudo lá, exposto para que ela visse. Ele não escondeu nada – nem as mortes que executou, nem as que ordenou, nem sua absoluta convicção de que se alguém a tirasse dele, não sobreviveria.

Raven saiu da mente dele, os olhos azuis fixos nos dele. Mikhail sentiu a aceleração súbita do coração dela. Não havia condenação, apenas calma serena.

– Então você viu a fera com a qual está ligada para toda eternidade. No final, somos predadores, pequenina, e a escuridão em nós só é equilibrada pela luz em nossas mulheres.

As mãos de Raven subiram para envolver o pescoço dele, gentis, amorosas.

– Que luta terrível vocês todos enfrentam, e você mais ainda. Ter de tomar tantas decisões de vida ou morte, sentenciar amigos e até família a serem destruídos, deve ser um fardo inacreditável. Você é forte, Mikhail, e o seu povo tem razão de acreditar em você. O monstro com o qual você luta todo dia faz parte de você, talvez parte do que faz você tão forte e determinado. Você vê esse lado como mau quando, na verdade, é o que dá a você o seu poder, a habilidade e a força para fazer o que precisa para o seu povo.

Mikhail abaixou a cabeça, sem querer que ela visse a expressão em seus olhos, o que aquelas palavras significavam para ele. Havia algo preso em sua garganta que ameaçava sufocá-lo. Ele não a merecia, nunca a mereceria. Ela era generosa, enquanto ele praticamente a havia mantido presa e a forçado a encontrar uma maneira de viver com ele.

– Mikhail – com a voz suave, Raven roçou o queixo dele com a boca. – Eu estava sozinha até você surgir na minha vida – os lábios dela encontraram o canto dos dele. – Ninguém me conhecia – nem quem eu era – e as pessoas tinham medo de mim porque eu sabia coisas sobre elas que elas jamais saberiam sobre mim.

Raven colocou os braços em volta dele, confortando-o como se fosse uma criança.

– Foi tão errado assim me querer só para você, sabendo que eu acabaria com uma existência tão terrível para você? Você realmente acredita que você precisa se condenar? Eu amo você. Você sabe que eu o amo totalmente e sem reservas. Eu aceito quem você é.

Ele passou a mão pelo cabelo.

– Eu não consigo controlar minhas emoções neste momento, Raven. Eu não posso perder você. Você não faz ideia de como era – sem luz do sol, sem riso, séculos de solidão completa. Eu sei que um monstro mora em mim. Quanto mais ele vive, mais poderoso se torna. Eu tenho medo por Gregori. Ele tem o peso de caçar os *mortos-vivos* há séculos. Nos primórdios, nós ficávamos sem vê-lo por um quarto de século ou mais – até que as responsabilidades dele como ser o segundo no comando o forçaram a ficar por perto. Ainda assim, ele se isola de seu próprio povo. O poder dele é imenso, e a escuridão dentro dele aumenta. É uma existência fria e desoladora, dura e impiedosa, e o monstro lá dentro sempre luta para se libertar. Você é a minha salvação. Neste momento tudo é tão novo para mim, e o medo de perder você é muito fresco. Eu não sei o que faria com qualquer um que tentasse tirar você de mim.

A mão de Raven encontrou a dele, entrelaçando os dedos dos dois.

– Noelle teve um filho. Eleanor também. Não existem mulheres para aliviar o terrível buraco negro para os homens. Gregori é quem mais sofre. Ele vaga pela terra, aprendendo seus segredos e fazendo experiências que nenhum de nós se atreve a investigar demais. Eu nunca disse isso a ninguém, mas ele tem mais conhecimento e mais força que eu. Nós nunca tivemos motivo para entrar em conflito – ele sempre aparece nas emergências – mas eu sinto o afastamento de Gregori – Mikhail esfregou os olhos, cansado. – O que eu posso fazer? Mais cedo ou mais tarde ele vai fazer sua escolha. De todo jeito, vamos perdê-lo.

– Eu não entendo.

– Existe um poder fundamental em absorver a vida enquanto nos alimentamos, e é tão fácil atrair nossas vítimas. Ninguém consegue sobreviver à escuridão e ao desespero por mil anos. Gregori está vivo desde as Cruzadas até o homem andar na Lua, sempre lutando com o monstro lá dentro. A única esperança que temos para a salvação são as nossas companheiras. E se Gregori não encontrar a sua logo, ele vai buscar o amanhecer ou se tornar um *indigno*. Eu temo pelo pior.

– O que é se tornar um indigno?

– Matar pelo prazer de matar, pelo poder, tornar-se o vampiro que os humanos reconhecem. Usar as mulheres antes de se alimentar, forçá-las a se tornar escravas, usar humanos como fantoches, criar mórbidos *mortos-vivos* – Mikhail respondeu severamente.

Ele e Gregori tinham muitas vezes caçado sua própria espécie e descoberto quão depravados os *Cárpatos* transformados em vampiros podiam ser.

– Você teria de impedi-lo?

O medo atravessou Raven como uma flecha em chamas. Ela estava começando a entender a complexidade da vida de Mikhail.

– Você disse que ele é mais poderoso.

– Sem dúvida. Ele tem liberdade de movimento e muito mais experiência em caça e em rastrear *mortos-vivos*. Ele aprendeu tanto, percorreu em vida por toda Terra. Seu poder enorme só perde para seu profundo isolamento. Gregori é mais um irmão do que um amigo. Estamos juntos desde o começo. Eu não gostaria de falhar com ele ou caçá-lo, nem tentar pôr minha força contra a dele. Ele lutou diversas batalhas por mim, comigo. Nós compartilhamos sangue, curamos um ao outro, protegemos um ao outro quando foi necessário. E juntos... – ele parou de falar. – Gregori é tão necessário para o nosso povo quanto eu, apesar de muitos não entenderem.

– E o Jacques?

Ela já gostava daquele homem que se parecia tanto com Mikhail.

Mikhail levantou, despejando a água com cuidado.

– Meu irmão é forte e sábio e muito perigoso nas circunstâncias certas. O sangue dos nossos ancestrais corre forte nele. Jacques viaja, estuda, está disposto a assumir a responsabilidade do nosso povo se for necessário.

– Você carrega os fardos do seu povo nos ombros.

A voz dele era muito delicada. Raven acariciou o cabelo castanho-escuro dele com dedos gentis.

Mikhail sentou com cuidado, olhando para ela com olhos antigos e cansados.

– Somos uma espécie em extinção, pequenina. Tenho medo de que eu esteja simplesmente atrasando o inevitável. Dois dos assassinos conhecidos escaparam. Dois outros suspeitos, Anton Fabrezo e Dieter Hodkins, também partiram no trem. Eu mandei um aviso pelas montanhas, mas eles desapareceram. Ouvi rumores de um grupo organizado de caçadores que surgiu recentemente nesse período. Se esses homens se unirem aos verdadeiros cientistas, vão se tornar ainda mais perigosos.

– Eu sei que *Cárpatos* são da terra, e que sua cura vem da terra e de todos os seus poderes naturais. Mas, Mikhail, talvez o seu preconceito e desdém pela raça humana tenha feito você negligenciar algumas de suas vantagens.

– Você insiste em achar que eu tenho preconceito. Eu gosto de muitos humanos.

Mikhail descobriu que não podia resistir a abrir os botões da camisa branca que cobria o corpo dela. Havia algo fundo nele, uma necessidade primitiva, que o fazia quer olhar para ela, saber que podia olhar quando quisesse.

Raven sorriu para ele, afastando o cabelo naquele gesto curiosamente *sexy*. O ato criou uma abertura na camisa fazendo da pele nua dela um convite, seus seios fartos projetaram-se para ele acolhedoramente e depois desaparecerem sob uma nuvem de seda preta. A imagem o deixou sem fôlego.

– Escute-me, meu amor – Raven murmurou. – Ter alguns amigos e sentir afeto por alguns indivíduos de uma raça não cancela o preconceito. Você viveu com suas habilidades por tanto tempo que as menospreza. Como você pode controlar a mente humana, você os usa como gado.

Mikhail levou um susto, surpreso que ela pudesse pensar assim. A mão dele segurou o calcanhar dela onde estava escondido na cama.

– Eu nunca tratei os humanos como gado. Muitos deles estão entre os meus amigos, apesar de Gregori e alguns outros me acharem louco. Eu vejo os humanos crescerem e gostaria de poder sentir as coisas que eles sentem. Não, pequenina, eu não acredito que eu os trate como gado.

Ela levantou o queixo, olhando para ele firmemente com seus grandes olhos de safira.

– Talvez não como gado, mas eu sinto o que você sente, Mikhail. Você pode esconder de si, mas eu consigo ver claramente – Raven sorriu para suavizar as palavras. – Eu sei que você não quer se sentir superior, mas é tão fácil nos controlar.

Ele bufou em sinal de discordância.

– Eu não consegui controlar você todas as vezes. Você não faz ideia de quantas vezes eu quis forçar a sua obediência quando você se colocou em perigo. Eu devia ter seguido os meus instintos... mas, não, eu permiti que você voltasse para a pousada.

– Seu amor por mim fez você recuar – Raven levantou o braço para tocar o cabelo dele. – Não é assim que deve ser entre duas pessoas? Se você realmente ama quem eu sou e quer que eu seja feliz, então você sabe que eu preciso fazer o que vem naturalmente para mim, o que eu acho que é certo.

O dedo de Mikhail percorreu o pescoço dela, o vale entre os seios, fazendo-a se arrepiar com o calor súbito.

– É verdade, pequenina, mas minhas necessidades também são verdadeiras. Você não pode fazer nada além de me fazer feliz. Minha felicidade depende totalmente de você estar segura ou não.

Raven não conseguiu não sorrir.

– De alguma maneira eu acho que a sua natureza imoral está aparecendo. Talvez você precise examinar a genialidade humana. Você confia fortemente nos seus dons, Mikhail, mas os humanos precisam encontrar outras maneiras. Estamos unindo dois mundos. Se decidirmos ter um filho...

Inquieto, ele se moveu, com os olhos escuros brilhando. Ela captou o imperioso decreto *Cárpato* antes que ele pudesse censurar seus pensamentos.

Você precisa.

– Se nós um dia decidirmos ter um filho – ela insistiu, ignorando a autoridade dele – se for menino, ele será criado nos dois mundos. E se for uma menina, ela será criada com livre-arbítrio e independência. Estou falando sério, Mikhail. Eu nunca, nunca, aceitaria trazer uma criança a este mundo para ser totalmente submissa a um desses homens. Ela vai saber de seu próprio poder e escolher a própria vida.

– As nossas mulheres fazem suas próprias escolhas – ele disse calmamente.

– Eu tenho certeza de que existe algum ritual que garante que ela quer escolher o homem certo – Raven adivinhou. – Você vai me dar a sua palavra de que concorda com os meus termos, ou eu não terei um filho.

A ponta dos dedos dele roçou o rosto dela com extrema ternura.

– Mais do que qualquer coisa eu quero a sua felicidade. Eu também quero que meus filhos sejam felizes. Temos anos para decidir essas coisas, vidas, mas, sim, quando tivermos aprendido a equilibrar os dois mundos e soubermos que é o momento certo, eu concordo totalmente com os seus termos.

– Você sabe que eu vou cobrar sua palavra – ela avisou.

Ele riu levemente, segurando um dos lados do rosto de Raven.

– Conforme os anos se passarem, a sua força e o seu poder vão aumentar. Você já me assusta, Raven. Não sei se meu coração vai aguentar esses próximos anos.

Capítulo 14

Raven riu, o som parecia música para ele. As mãos de Mikhail acompanharam a forma dos seios dela, segurando aquele peso delicado enquanto ele baixava a cabeça para o convite dela. A boca de Mikhail estava quente, úmida e urgente, os dentes dele arranhavam a pele sensível. O cabelo dele roçava nela como línguas lambendo suas costelas. De uma vez, os braços de Raven o envolveram enquanto ela relaxava encostada na cabeceira da cama.

Mikhail se esticou na cama, com a cabeça no colo dela.

– Você vai virar o meu mundo bem-ordenado de pernas para o ar, não vai?

Raven mergulhou os dedos no cabelo dele, aproveitando a sensação sedosa daquela abundância contra a pele nua de seu quadril e de suas coxas.

– Eu pretendo fazer meu melhor. Vocês estão mal-acostumados. Vocês precisam entrar neste século.

Ele podia sentir seu corpo relaxando, a paz tomou conta, afastando a terrível tensão. A beleza da alma de Raven o inundou. Como ele podia culpar a necessidade dela de ir até alguém que estava sentindo dor, quando era exatamente aquela compaixão que o havia tirado das sombras escuras e o levado para um mundo de luz e alegria? Mikhail podia sentir dor e raiva, mas pelo menos era capaz de sentir. Emoção intensa. Alegria. Luxúria. Fome sexual. Amor.

– Você é a minha vida, pequenina. Vamos pedir ao padre Hummer para nos casar à maneira do seu povo.

Os dentes brancos dele brilharam para ela. Os olhos escuros estavam cheios de calor e contentamento.

– Vou aceitar o casamento como um vínculo, e você vai apagar a palavra divórcio e todos os seus significados da sua memória. Isso vai me deixar feliz.

Mikhail sorriu para ela, e a satisfação masculina a provocou.

As pontas dos dedos de Raven acompanharam a linha do maxilar dele com ternura.

– Como você consegue tirar vantagem em tudo?

A mão dele encontrou a pele nua da coxa acetinada de Raven, deleitando-se em todo aquele calor aconchegante.

– Eu não sei a resposta para isso, pequenina. Talvez puro talento.

Ele virou a cabeça e afastou as pontas da camisa para afagar Raven.

Um som baixo escapou bem de dentro da garganta de Raven quando a língua dele a acariciou. Com prazer, diante do movimento das mãos em suas coxas, ela abriu mais as pernas para acomodá-lo, abrindo espaço, enquanto afundava os dedos naquele cabelo grosso cor de café.

Mikhail foi mais fundo, arrancando um arrepio de prazer dela. Ele podia sentir as chamas se espalhando em seu sangue, excitação rápida e selvagem, alegria correndo em suas veias. Mikhail envolveu o quadril dela com os braços, trazendo-a mais para perto, para poder ir mais fundo. Ele queria ir devagar, dar prazer a ela. Raven era a sua mulher, sua companheira, e ninguém podia dar a ela o tipo de prazer que ele podia. Mikhail se perdeu no sabor delicioso dela, sentindo cada arrepio e estremecimento que extraía dela, ouvindo a música dos leves gemidos e dos gritos de Raven.

Ela ouviu sua própria respiração arfante enquanto o mundo à sua volta desaparecia, as paredes da casa se dissolviam, deixando-a apenas com as cores que explodiam atrás de seus olhos de pura sensação. Ele estava alimentando uma fome feroz nela, fazendo-a desejá-lo, fazendo com que ela nunca se cansasse dele nem da maneira como a boca de Mikhail a devorava, levando-a a outro mundo. Um gemido escapou de sua garganta enquanto ela tentava se conter diante daquela investida.

Raven precisava olhar para ele. Naquele momento, o rosto que ela amava estava tomado por um desejo concentrado, uma necessidade profunda, que deixavam seus olhos pretos como a noite. A língua dele deslizava pelas dobras delicadas de Raven, e ela se arrepiava, gritava, se contorcendo embaixo dele. Ela o ouviu grunhir, e quando tocou sua mente, soube que o som havia sido arrancado dele. Havia puro prazer em lambê-la como um grande lobo faria com sua refeição. Mikhail a devorou, usando a língua e os dentes até que o quadril dela estivesse se movendo enlouquecidamente e Raven estivesse pedindo, implorando, para que ele a penetrasse.

Os olhos dele estavam enormes, os dentes expostos, quando Mikhail se colocou sobre ela, puxando seu quadril para si. Raven devia ter ficado com medo, mas apesar daquele olhar feroz, as mãos de Mikhail foram gentis, mesmo quando os dedos dele se cravaram com força. E ela estava desesperada por ele, por sua ereção forte e dura.

Raven arquejou e gritou quando sentiu um raio tomando seu corpo, sobre as coxas, indo diretamente para o centro, para espalhar um calor por sua barriga, enquanto ele começava a se forçar a preencher o corpo dela. Mikhail deslizou cada vez mais fundo, conectando-os, empurrando as camadas estreitas, um calor escaldante que tirou o fôlego dela. Mikhail mergulhou nela, e as sensações atravessaram seu corpo, fazendo-a jogar a cabeça no travesseiro e projetar o quadril para receber as fortes estocadas dele. Os músculos de Raven se contraíram em volta dele, prendendo-o, aumentando o contato ardente. A respiração dela saiu em um arrepio de desejo, um soluço, enquanto ele continuava a aumentar a tensão dentro dela, fazendo-a se retesar em uma tormenta de pura sensação.

Raven cravou as unhas nas costas dele enquanto tentava se ancorar. Ele não parou, não deixou que ela recuperasse o fôlego, levando a mais longe do que ela já tinha estado. Raven o sentiu se movendo em sua mente, sentiu o prazer dele, como se eles compartilhassem a mesma pele, cada terminação nervosa viva e acesa. O corpo dela se contraiu e Raven soltou um grito áspero, prendendo-se a ele como um invólucro.

O grito rouco de Mikhail se fundiu com o dela, e os dois flutuaram juntos, segurando um ao outro com força até que voltassem para a terra. Raven ficou olhando para o rosto dele, absorvendo aqueles traços fortes e a maneira como ele olhava para ela com algo próximo da adoração. Ela sorriu.

– Acho que você conseguiu colocar algum tipo de feitiço em mim.

– Se eu consegui – ele sussurrou – ele se virou contra o feiticeiro, eu consegui enredar a mim mesmo.

Eles ficaram deitados juntos por um longo tempo, abraçados. Mikhail acompanhou cada uma das marcas do peito e da barriga dela e depois depositou beijos nelas.

– Elas já estão desaparecendo. *Cárpatos* raramente ficam com cicatrizes, se bem que esses ferimentos foram mortais, e isso às vezes é um fator.

Ela acariciou o cabelo escuro e sedoso dele.

– Não consigo acreditar que estou viva, muito menos que as cicatrizes diminuíram tão rápido.

– Se eu tivesse mantido você na terra por mais tempo, duvido que fosse possível vê-las.

Ela se mexeu, ficando tensa de repente.

– Eu não quero falar sobre isso. A ideia de ser enterrada viva é aterrorizante para mim.

Mikhail foi subindo os beijos pelo corpo dela até encontrar a boca, beijando-a sem parar, beijos longos e hipnotizantes que tiraram cada um dos pensamentos assustadores da cabeça de Raven. Quando ele finalmente levantou a cabeça, os olhos escuros buscaram o rosto dela, notando a pele vermelha, o olhar levemente vidrado de satisfação.

– Vamos dormir aqui no quarto, onde vamos estar seguros. Temos muito tempo para você vencer seus medos.

Raven sorriu para ele e o envolveu nos braços, aninhando-se no peito de Mikhail e permitindo que seus longos cílios se fechassem. Ele a manteve perto, esperando até que ela dormisse antes de colocá-la no sono mais profundo da espécie deles. Só então ele se permitiu acompanhá-la.

*

O quarto, localizado abaixo da terra, estava tão silencioso e escuro quanto um túmulo. Mikhail e Raven estavam deitados juntos na enorme cama, os corpos entrelaçados. A perna dele estava sobre a coxa dela, seu enorme corpo protetoramente ao redor do dela, os braços mantendo-a perto de seu coração. Havia um silêncio profundo no quarto, não havia nem mesmo o som da respiração. Para todas as aparências, não havia vida neles.

A casa em si parecia um torpor, silenciosa, como se estivesse prendendo a respiração e esperando que a noite caísse. A luz do sol irrompia pelas janelas e iluminava as obras de arte com séculos de idade e os livros de capa de couro. O ladrilho de mosaico brilhava no chão da entrada, o sol sobre o chão de madeira trazia um matiz amarelado na madeira.

Sem aviso, a respiração de Mikhail começou a sibilar lenta, longa e continuamente, como uma cobra venenosa enrolada, pronta para atacar. Seus olhos escuros se abriram, malevolentes, brilhando com a fome de um predador, com a fúria de um lobo enjaulado. O corpo continuou preguiçoso, a força enorme contida pela necessidade de sono profundo. Afinado com o ciclo de dia e noite, ele sabia que era meio-dia, o sol estava forte e inclemente em seu ponto mais alto e mais letal.

Algo estava errado. Algo havia penetrado nas camadas profundas do sono para acordá-lo de seu sono necessário. Os dedos dele se curvaram, as unhas se transformaram em garras arranhando o colchão embaixo dele. Horas demais até o pôr do sol. Ele examinou os arredores em uma busca meticulosa. A casa vibrou com a tensão súbita, o ar circulava com um mal-estar. A própria base parecia hesitar de terror diante de uma ameaça não vista.

Lá fora, a cerca de ferro, Rudy Romanov andava de um lado para o outro, com fúria negra no coração, na mente. A cada quarto passos, ele batia na cerca com um taco de beisebol, batendo com força contra as vigas torcidas de ferro em uma fúria causada pela frustração.

– Maligno! *Morto-vivo*!

As palavras explodiam no ar, na direção da casa.

Mikhail rugiu baixo, o corpo preso nas camadas de névoa, os instintos predatórios totalmente despertos. Os lábios dele recuaram em um rosnado silencioso, expondo as presas, aprofundando o brilho feroz dos olhos. Um silvo lento e longo escapou dele de novo, uma negação da enorme força canalizada.

Acusações batiam contra sua cabeça com a força da raiva de Rudy.

– Eu encontrei a prova do meu pai. Ele a guardou por anos. Tudo! Está tudo lá – Rudy gritava, continuando a bater no portão com o taco. – A lista dos seus servos, que ele passou anos reunindo. Você é mau, a cabeça do monstro. Assassino! Imundo! Você transformou aquela mulher linda e inocente em sua escrava pervertida. Ela teria me usado para aumentar sua categoria.

A loucura da dor e da raiva se misturava com o desejo fanático por vingança. Rudy Romanov acreditava nos registros de seu pai e tinha ido lá matar o vampiro chefe. Mikhail entendeu o perigo. O ar da casa ficou denso.

Ele chamou Raven, tocou a mente dela, em uma carícia gentil e amorosa, mesmo quando a estava alertando.

Acorde, meu amor. Estamos em perigo.

A respiração de Raven começou, lenta e regular. Com o aviso dele preenchendo sua mente, ela automaticamente vasculhou o quarto. O corpo dela parecia mole e sem vida, a necessidade de dormir era intensamente forte. O cérebro dela parecia lento e atordoado.

Romanov está lá fora.

Ela piscou rápido, tentando limpar a névoa.

Hans Romanov está morto. O filho dele está vivo. Ele está lá fora, e posso sentir a fúria e o ódio dele. Ele é perigoso para nós. O sol está alto, e estamos em nosso momento mais fraco. Ele não pode entrar, mas não podemos sair até que o sol esteja baixo.

Foi preciso muita concentração e um esforço supremo para roçar o rosto no monte de pelos no peito de Mikhail. Ela limpou a garganta com hesitação.

– Eu posso atender a porta, ver o que ele quer. Vou dizer a ele que você está no trabalho. Ele vai se sentir bobo e nos deixar em paz.

Ele aninhou a cabeça dela em seu corpo. Raven ainda estava pensando em termos humanos, sem saber do terrível preço da imortalidade.

Você ainda está tão grogue, você não o está ouvindo. Ele está em um estado perigoso, e mesmo com óculos escuros, você sofreria com os efeitos do sol nos seus olhos e na sua pele. Talvez por ter acabado de passar pela conversão, você possa escapar sem muito dano, mas ele saberia. As queimaduras seriam severas. Isso supondo que você encontre forças para ir até a porta. Em todo caso, Raven, Romanov está enlouquecido demais para ouvir algo racional.

Mikhail fechou os olhos brevemente. Ela não fazia ideia do preço que tinha pagado por amá-lo. O sol a destruiria se ela encontrasse forças para se levantar.

Com sua enorme necessidade de dormir, Raven se enrolou nele como um gato.

Escute, pequenina. Você precisa ficar acordada!

O comando foi imperioso. Os braços de Mikhail a cercaram com a intensidade do amor dele, da necessidade de protegê-la.

Presa em um mundo de sonho, o corpo preso em um pântano de areia, ela tentou se forçar a ficar acordada. A escuridão da fúria da Rudy Romanov a invadia com a força de uma entidade viva exigindo morte.

Os pensamentos dele são loucos, Mikhail.

Ela levantou a mão, em um movimento lento de difícil, e tentou mexer em sua cascata de cabelos. O ar estava tão denso, ou ela estava tão fraca, que o simples gesto exigiu uma intensa concentração.

Na noite passada ele foi tão doce, sofrendo pela mãe. Agora ele está convencido de que somos seus inimigos. Ele é um homem culto, Mikhail. Eu nos coloquei em perigo? Talvez eu tenha feito ou dito alguma coisa para deixá-lo suspeitar.

A mente de Raven tinha uma nuvem de culpa.

O queixo de Mikhail acariciou o topo da cabeça dela.

Não, ele encontrou alguma coisa entre os papéis do pai. Ele não estava suspeitando ontem à noite, ele estava sofrendo. Alguma coisa o convenceu de que as acusações de seu pai tinham fundamento. Ele acredita que somos vampiros. Romanov tem uma lista dos nomes das pessoas que acredita serem meus servos. Preciso dar uma olhada nessa prova. Se é tão condenatório, é preciso fazer algo para destruí-la.

Eu não acho que alguém vai acreditar nele, mesmo que ele mostre a evidência que supostamente tem. Vão achar que ele está em choque.

Ela temeu pela segurança de Rudy tanto quanto pela deles dois. Os dedos de Mikhail acariciaram o rosto dela com ternura. Era tão típico dela o fato de ter compaixão por um homem cujo interior estava ocupado em matá-los. De repente, o corpo dele se lançou com força contra o dela. A casa estremeceu, gritando em silêncio por uma fração de segundo antes que a primeira explosão reverberasse nos ouvidos dos dois. Acima deles, no primeiro andar, as janelas se estilhaçaram, a mobília antiga se despedaçou. Um batimento cardíaco, dois batimentos cardíacos e outra explosão balançou a casa, fragmentando a parede do lado norte.

As presas de Mikhail brilharam na escuridão em que eles estavam, deitados sob a terra dentro do quarto. O assobio da respiração dele era uma promessa de retaliação impiedosa. O cheiro de fumaça, acre e fétido se infiltrou no quarto pelo teto, onde ela espiralou e se reuniu em uma nuvem pungente que fazia arder os olhos. Acima da cabeça deles, chamas começavam a rachar e tomar vorazmente os livros e as pinturas, o passado e o presente de Mikhail. Chamas laranjas e vermelhas consumiam avidamente as posses que Mikhail havia adquirido ao longo dos séculos de sua existência. Rudy queria destruir tudo, sem saber que Mikhail tinha muitas casas e muitos tesouros.

Mikhail!

Raven sentiu a angústia dele diante da morte de sua casa favorita, que queimava acima deles. O cheiro podre de ódio, medo e fumaça se misturava com poeira, mármore, tinta e tecido.

Precisamos descer. A casa vai cair em algum momento.

Na mente dela, a preocupação de Mikhail ecoava fortemente.

Raven tentou se forçar a sentar, os movimentos eram dolorosamente lentos.

Precisamos sair da casa. Descer só vai nos prender entre o chão e as chamas, ela protestou.

O sol está alto demais. Precisamos ir para embaixo da terra.

Perceptivelmente, os braços dele apertaram com mais força, como se Mikhail pudesse dar a ela a coragem para enfrentar o que precisava ser feito.

Não temos escolha.

Vá, Mikhail, ela disse.

O medo tomou conta dela. Raven estava indefesa em seu estado atual. Mesmo que conseguisse ir para debaixo do porão, ela nunca mergulharia no solo, nunca conseguiria se enterrar viva. Ela estaria louca quando chegasse a hora de voltar à superfície. Seria impossível se comprometer com esse ato, mas era preciso encorajar Mikhail a fazê-lo. Ele era a parte importante, aquele de quem seu povo precisava.

Nós vamos juntos, meu amor.

Ele colocou força na voz, uma força que seu corpo musculoso não reproduzia. Os braços e pernas dele estavam pesados. Foi preciso um esforço para que ele se arrastasse da cama, e seu corpo caiu pesadamente no chão.

Vamos, nós podemos fazer isso.

A fumaça estava mais densa, o quarto começava a esquentar como um forno. Acima deles, o teto começou a escurecer ameaçadoramente. A fumaça feria os olhos dela, ardendo o suficiente para queimar.

Raven!

Foi um comando urgente.

Ela rolou para fora da cama, caindo de uma maneira suficientemente pesada para fazer arrancar o ar de dentro de si.

Está indo rápido demais.

Alarmes tinham disparado na cabeça de Raven. Havia tanta fumaça quc a casa gemia acima deles.

Raven se arrastou, lentamente, centímetro por centímetro, seguindo os movimentos vagarosos de Mikhail pelo chão. Eles não conseguiam nem rastejar. Estavam tão fracos que era impossível se apoiar nas mãos e nos pés. Eles se arrastaram com a barriga encostada no chão, usando os braços para dar impulso para frente até que estivessem na entrada secreta do porão. Raven teria feito qualquer coisa para colocar Mikhail em um abrigo a salvo.

O calor sugou o ar do quarto, deixando o corpo dos dois banhado em suor, e os pulmões cansados e queimados. Mesmo com a força combinada, parecia impossível levantar o alçapão.

Concentre-se, Raven, Mikhail instruiu. Use sua mente, sua vontade, Raven.

Ela bloqueou tudo, o medo, a fumaça, o fogo, a agonia de Mikhail e a fúria diante da casa em chamas, a fera surgindo dentro dele. Raven restringiu seus pensamentos à porta pesada, concentrou-se e mirou. Com uma lentidão infinita, o alçapão começou a se mover, um movimento de madeira e metal rangendo, fazendo um movimento de protesto, mas obedecendo com relutância. Mikhail alimentou o poder dela com o seu próprio. Quando a porta se abriu para eles, revelando o abismo cavernoso lá embaixo, exaustos, eles se jogaram um contra o outro, segurando-se por um momento, o coração deles estava trabalhando, os pulmões ardendo por causa das nuvens de fumaça que giravam em volta dos dois.

O entulho caía do telhado para o teto acima deles. O fogo rugia como um monstro gigante, um incêndio turbulento, alto e aterrorizante. Raven deu a mão para Mikhail. Ele entrelaçou os dedos nos dela. Um barulho assustador balançou a casa.

O telhado cedeu, e o teto acima de nós está caindo rápido.

Vá, Mikhail – vou esperar aqui pelo tempo que conseguir.

O buraco abaixo era tão apavorante quanto o próprio fogo.

Nós vamos juntos.

Raven podia sentir a mudança em Mikhail. Não era mais um homem, e sim totalmente um *Cárpato*, uma fera reunindo sua força, esperando. Um inimigo estava destruindo a casa dele, seus pertences, ameaçando a vida de sua parceira. Um assobio lento e mortal escapou dele. O som fez o coração dela disparar. Sempre com Raven, ele foi gentil e carinhoso, delicado e amoroso. Aquele era o predador à solta.

Raven engoliu o medo, fechou os olhos e limpou a mente. Por Mikhail, ela precisava encontrar uma maneira de descer até a terra escura no porão embaixo deles.

Mikhail fazia um redemoinho dentro dela mais forte do que nunca.

Você consegue, meu amor. Você é leve como uma pluma, tão leve que flutua.

Ele construiu a sensação para ela até que o corpo dela parecesse imaterial, tão leve quanto o próprio ar. Raven manteve os olhos fechados mesmo quando sentiu o ar se movendo gentilmente em volta dela, soprando em sua pele. Ela podia sentir Mikhail em sua mente, mas seu corpo não era mais do que um tufo fugaz, misturado com o dele.

A escuridão envolveu os dois, acariciando-os, levando-os para dentro do solo fértil. Raven abriu os olhos, chocada e feliz de descobrir que estava no porão. Ela havia flutuado como uma pluma pelo ar. Era emocionante. Por um momento, o prazer dela afastou o medo e o horror do fogo. Ela havia movido um objeto pesado apenas com a mente, e agora tinha atravessado o ar, flutuando como a própria brisa. Quase como voar.

Raven se recostou em Mikhail, cansada.

Não acredito que fizemos isso. De verdade, nós simplesmente flutuamos.

Por um momento, ela colocou de lado a destruição que estava acontecendo em volta deles e se deliciou na maravilha do que havia se tornado.

A resposta de Mikhail foi trazê-la mais para perto, os braços em volta dela, o corpo esguio de Raven cercado e protegido por seu corpo enorme. A euforia passou. Ela estava tão dentro dele quanto ele dela, e Raven sentiu o frio gelado da determinação amarga e impiedosa de Mikhail. Não era nada como o calor da fúria dele, aquilo era muito, muito pior. Esse Mikhail era *Cárpato*, tão perigosamente mortal quanto qualquer vampiro mítico. A completa falta de emoção, toda a força da sua vontade de ferro e total determinação eram assustadoras. Ele retaliaria rápida e impiedosamente. Não havia meio-termo. Romanov havia se tornado seu inimigo e seria destruído.

Mikhail. Compaixão e calma gentil encheram a mente dele. *Perder a sua casa assim – as coisas que cercaram e confortaram você por tanto tempo – deve ser como perder uma parte de você.*

Raven roçou rosto contra o peito dele, um pequeno gesto de consolo.

Eu amo você, Mikhail. Vamos construir outro lar juntos. Nós dois. Este é um momento terrível na nossa vida, mas vamos nos refazer mais fortes do que nunca.

O queixo dele repousou no alto da cabeça dela, a mente dele enviava ondas de amor, de calor. Mas lá dentro, permanecia o frio completo, não modificado pelas palavras dela. Apenas com Raven ele sentia ternura, com o resto do mundo, era um igualar de forças, matar ou morrer.

Raven tentou de novo.

A dor faz coisas estranhas com as pessoas. Rudy Romanov perdeu os dois pais. A mãe dele foi brutalmente assassinada pelo seu próprio pai. O que quer que ele tenha encontrado, o fez culpar você. Ele provavelmente se sente culpado por pensar que o pai era louco. O que ele está fazendo é uma coisa terrível, mas não é pior do que o que você fez com aqueles que mataram a sua irmã.

Eu não estava pensando na minha irmã quando ataquei os assassinos.

Os pensamentos de Mikhail ficaram ameaçadores quando ele recordou a lembrança do corpo de Raven ferido e sangrando.

Os dois casos não podem ser comparados. Os assassinos nos atacaram primeiro. Eu os teria deixado em paz se eles não tivessem ido atrás do meu povo. Eu falhei com você uma vez, pequenina. Não vou falhar em proteger você hoje.

Estamos seguros aqui. As pessoas do vilarejo vão vir apagar o fogo. Eles provavelmente vão levar Rudy para um hospital ou para a cadeia. Vão pensar que ele ficou louco. E não se preocupe com as pessoas achando que nós morremos no incêndio. Eles não vão achar os corpos. Podemos dizer que estávamos visitando Celeste e Eric, e planejando o nosso casamento.

Raven não entendia, e ele não tinha coragem de dizer a ela. Eles não estavam seguros. O fogo crepitava sobre eles, consumindo o andar de baixo tão rápido quanto o superior. Em pouco tempo eles seriam forçados a procurar o santuário da terra. Mikhail não estava totalmente certo de que a força combinada dos dois seria suficiente para abrir a terra. E se fosse, ele sabia que não poderia colocá-la em sono profundo. Seus poderes estavam exauridos, quase acabados àquela hora do dia.

Eles viveriam ou morreriam juntos. Seriam forçados a ficar deitados no chão. Raven teria de enfrentar o fato de se enterrar viva, ao menos até o pôr do sol, e havia muitas horas até lá. Rudy Romanov imporia uma tortura insuportável a Raven. Mikhail sabia qual era o maior medo dela – o sufocamento. Os lábios dele soltaram outro rosnado. O fim de sua casa, por mais amada que fosse, ele podia perdoar, mas ficar deitado impotente enquanto Raven sofria a agonia de ser enterrada – isso estava além do perdão.

Os pensamentos de Raven estavam todos em Mikhail, na perda dele. Ela sentia compaixão por Romanov e preocupava-se com o fato de que aquela evidência pudesse colocar os outros em perigo. Se Mikhail conseguisse reunir energia, ele a teria beijado. Em vez disso, ele o fez com a mente. Todo o seu amor, sua apreciação pela compaixão, pelo seu amor incondicional, pelo altruísmo dela, foi colocado naquele beijo.

Os olhos de dela se arregalaram, ficaram com um tom violeta-escuro e depois docemente sonolentos, como se ele a tivesse drogado com os beijos. A mão de Mikhail afundou no cabelo dela. Tão sedoso, tanto amor. Por um momento, ele fechou os olhos, saboreando o momento, a maneira como ela o fazia se sentir tão amado, tão bem-cuidado. Mikhail nunca tinha sentido aquilo em todos os seus séculos de existência, e se sentia grato por ter perdurado por tempo suficiente para vivenciar uma verdadeira companheira.

Lá em cima, o som do fogo ficou alto de novo. Uma viga caiu, desabando sobre o teto acima deles, e faíscas choveram sobre a porta aberta do porão, trazendo fumaça e o cheiro fétido da morte junto. A morte de sua casa.

Não temos escolha, meu amor. Mikhail foi o mais gentil que era capaz de ser. *Precisamos ir para a terra.*

Raven fechou os olhos, o pânico se instalou.

Mikhail, eu amo você.

As palavras dela estavam envoltas em tristeza, em aceitação. Não do santuário da terra, mas da morte inevitável. Raven queria fazer tudo o que ele precisava, mas aquilo era a única coisa que estava além de sua capacidade.

A terra não podia engoli-la viva. Mikhail não podia perder tempo com discussões.

Alimente o meu comando com o restante da sua força. Deixe-a fluir de você para mim, ou não serei capaz de abrir a terra.

Raven faria qualquer coisa para salvá-lo. Se isso significava dar a ele sua última grama de força, que fosse. Sem reservas, com amor e generosidade completos, Raven alimentou o comando dele.

Ao lado de Mikhail, a terra se abriu, se separou, como se um cubo grande tivesse sido habilmente removido da terra. A cova ficou aberta, fresca e nova, com o solo reparador chamando Mikhail, a escuridão úmida enviando horror e terror completos para dentro de Raven.

Ela tentou bravamente manter a mente calma.

Você primeiro.

Ela sabia que não podia acompanhá-lo. Também sabia que era fundamental que ele acreditasse que ela o faria, senão não haveria como salvar Mikhail.

No espaço de uma batida do coração, Mikhail se jogou, com Raven presa em seus braços, levando os dois para os braços abertos da terra. Ele sentiu o grito silencioso dela ecoar em sua própria mente. Ele preparou seu coração conta o medo violento dela, e sua última grama de força foi concentrada em fechar a terra sobre eles. Ser uma sombra na mente dela facilitava ler suas intenções. Ela nunca teria ido com ele.

Raven gritou e gritou, o som na cabeça dele estava selvagem e descontrolado. Terror primitivo e completo. Ela pediu a ele, implorou. Mikhail só podia segurá-la, absorver onda depois de onda de terror. A mente de Raven era um labirinto de pânico e caos. Ele estava exausto, tendo usado suas últimas forças para colocá-los em segurança.

Em sua vida, séculos de vida, Mikhail nunca soube o que era odiar. Ali deitado, sem poder fazê-la esquecer, com sua casa queimando acima e Raven à beira da loucura a seu lado, ele descobriu. Mais uma vez ele escolheu a vida para os dois e, ao fazê-lo, ele a havia submetido a um terrível sofrimento. Se Mikhail ia ajudá-la, precisava reunir suas forças de novo. A única maneira de recuperar o que havia sido perdido era se distanciar dela, se rejuvenescer no sono imortal de sua raça e permitir que o solo a realimentasse. Uma nova onda de ódio o consumiu.

Raven.

Até mesmo o forte vínculo mental entre eles estava se tornando difícil.

Sivamet, meu amor, não há necessidade de ar. Não precisamos dele quando estamos nos braços da terra.

Lutando desesperadamente para ter ar onde não havia, ela não podia ouvi-lo. Junto com o pânico e o medo histérico, Raven sentia um quê de traição por ele ter imposto sua vontade, sua decisão. Ele nunca a teria convencido voluntariamente a entrar no solo, mas, naquele momento, em completo pânico de ser enterrada viva, não importava quem estava certo e quem estava errado.

Mikhail se recusava a se entregar ao sono; em vez disso, ele continuou alerta, as mãos no cabelo dela, o corpo relaxado, absorvendo a riqueza medicinal da terra. Ele não a deixaria sozinha para enfrentar aquilo que considerava um enterro. Enquanto Raven sofria, ele estava determinado a compartilhar aquele terrível fardo. O caos na mente dela continuou pelo que pareceu uma eternidade. Enquanto seu corpo se esgotava completamente, e a exaustão penetrava o grito silencioso, ela começou a sufocar, um barulho horrível de engasgo na garganta.

Raven!

O tom dele foi firme, um comando imperioso. A medo dela era grande demais, e os poderes de Mikhail não eram mais que uma sombra, imateriais. Mikhail podia sentir a garganta dela fechando como se fosse a sua, podia ouvir a terrível agitação da morte.

Ele fechou a mente por um momento para permitir que o solo o acolhesse, o bálsamo reparador da terra, que cantava para ele em leves sussurros, uma canção de ninar murmurada. O corpo de Mikhail a absorvia, se revitalizando e se reenergizando. A terra deu a ele a calma necessária para enfrentar o tormento dela.

Me sinta, pequenina, me sinta.

A mente dela continuava em caos, a luta continuava.

Me sinta, Raven, me procure. Ele foi paciente, tranquilo, calmo no olho do furacão.

Raven, você não está sozinha. Me sinta na sua mente. Fique calma e chegue até mim, apenas por um momento. Bloqueie todo o resto com exceção de mim.

E então veio o primeiro movimento, a primeira tentativa dela. A terra chamava através dele, enchendo as células de Mikhail até que fossem como velas ondulando ao vento.

Me sinta, Raven. Em você, à sua volta, ao seu lado. Me sinta.

Mikhail. Ela estava se desfazendo, despedaçada, fragmentada. *Eu não estou suportando, me ajude. Eu realmente não posso fazer isso, nem mesmo por você.*

Entregue-se a mim.

Ele estava falando da riqueza reparadora do solo, mas não podia fazer menção a onde eles estavam. Mikhail permitiu que ela sentisse a força se movendo dentro dele, uma promessa de descanso e cura. Na mente dele, só restou calor, amor e a impressão de poder. Ela precisava acreditar nele, precisava se fundir a ele para que pudesse sentir os poderes da terra assim como ele sentia.

Raven sabia que estava enlouquecendo. Ela sempre morreu de medo de espaços confinados. Não importava que Mikhail tivesse dito que ela não precisava de ar, ela sabia que precisava. Foram necessárias diversas tentativas e cada miligrama de disciplina que possuía para bloquear o medo, o terror, a verdade de que ela estava profundamente enterrada na terra. Raven entrou na mente de Mikhail com o último esforço exaustivo e se afastou da realidade do que havia se tornado e do que precisava fazer para sobreviver.

O controle que Mikhail tinha dela era precário. Ela estava leve, imaterial na mente dele. Tão quieta, nunca se movendo, sem aceitar os poderes de cura da terra, nem lutar com a situação. Raven não teve reação às perguntas dele. Mikhail tinha consciência dela apenas como uma centelha pequena e confusa em um canto de sua mente.

Levou um tempo até que ele se desse conta da leve mudança no poder, da onda de sensibilização, com um cristal de busca, um olho se abrindo na terra ao lado deles. Os dois não estavam sozinhos. A presença o tocou, movendo-se em sua mente. Macho. Poderoso. Gregori.

Você está bem, meu amigo.

Havia uma ameaça impassível na mente dele. Os dois se conheciam tão bem depois de tantos séculos enfrentando juntos todas as vicissitudes.

Gregori não havia falado como se perguntasse algo, e Mikhail ficou chocado, verdadeiramente chocado por ele poder fazer contato. Raven e ele estavam bem fundos nas entranhas da terra. O sol estava em seu ponto mais alto, e todos os *Cárpatos* estavam fracos. Como Gregori conseguia realizar um feito como aquele? Era algo inédito, mesmo nas lendas e mitos do passado.

Sua mulher precisa dormir, Mikhail. Deixe-me ajudá-lo.

Gregori estava longe – Mikhail podia detectar – mas o elo entre eles era forte. Colocar Raven para dormir dava a Gregori uma impressão de poder sobre ela. Indecisão. Ele confiava no amigo? O poder que ele emanava era fenomenal. Pelo bem-estar mental de sua companheira, ele faria o que nenhum outro *Cárpato* teria considerado?

Permita que eu faça isso por você, velho amigo. Ela não vai sobreviver a este dia, Mikhail. Mesmo presa a você, as limitações humanas dela vão superar seu desejo de ajudá-lo.

E você consegue fazer isso? Mesmo a essa distância? Você pode colocá-la para dormir com segurança? Tirar o tormento dela? Não vai haver erros?

Mikhail se pegou querendo acreditar que Gregori de fato era poderoso o suficiente para fazer aquilo. Gregori era o curandeiro daquela espécie. Se ele disse que Raven não conseguiria ficar enterrada na terra, isso só confirmava sua própria crença.

Sim, através de você. Você é a única pessoa no planeta para quem ofereci minha aliança. Você sempre teve a minha lealdade. Eu o considero minha família e meu amigo. Até que a sua mulher ou alguém me traga minha companheira, você é a única pessoa que está entre a escuridão e eu.

Ele nunca teria admitido algo assim a não ser que considerasse a situação uma emergência terrível. Gregori estava dando a Mikhail a única razão para garantir que era digno de confiança. O afeto e o pesar se acumularam, misturados.

Obrigado, Gregori, fico em dívida com você.

Eu pretendo que você seja o pai da minha companheira.

Havia um leve tom na voz dele, algo que Mikhail não conseguia distinguir, como se Gregori já tivesse garantido que realizaria seu desejo.

Tenho a sensação de que a filha de Raven seria mais do que complicação.

Mikhail testou a intuição dele.

Não tenho dúvida de que estou à altura do desafio.

A resposta de Gregori foi propositalmente vaga.

Vou colocar sua companheira para dormir o sono do nosso povo para que ela não seja mais atormentada por seus limites humanos.

O comando sutil de Gregori foi claro, imperioso, impossível de ignorar. A respiração de Raven deixou seu corpo em um suspiro delicado. O coração dela diminuiu o ritmo, pulou um batimento, parou. A mente dela se fechou para o terror que crescia, e o corpo se abriu para o poder de cura do rico solo.

Durma agora, Mikhail, eu saberei se você for perturbado.

Você não precisa me vigiar, Gregori. Você já fez tanto pelo nosso povo, coisas que eles jamais saberão. Eu nunca vou poder pagar minha dívida para com você.

Eu não poderia fazer diferente, Mikhail, nem iria querer fazer.

Gregori se afastou.

Mikhail se permitiu o luxo do sono, dando à terra a chance de levar a ele seu poder pleno e imenso. Ele precisaria da força que o sol trazia para a retribuição. Ele envolveu Raven com mais força em seus braços enquanto deu seu último suspiro, certo de que o perigo imediato havia passado. Horas se passaram, horas em que cada segundo representava um século. A terra restaurou a força de Mikhail, preenchendo-o com poder e sussurrando um canto de cura e tranquilidade para ele. O sol pareceu levar um longo tempo para baixar do céu. As cores do paraíso estavam vermelho-sangue, cercadas por tons de laranja e rosa. Quando a luz apareceu, as nuvens a cobriram com um fino véu. Um anel apareceu ao redor da luz como um mau presságio. A floresta estava escura, sombriamente quieta. Tentáculos de névoa baixavam até o chão em volta dos troncos e galhos das árvores. Um vento sutil empurrava lentamente as nuvens, roçando os galhos pesados e tentando em vão despertar o cheiro de fumaça que permanecia persistentemente na floresta. O vento brincava com as cinzas negras e vigas queimadas, as pedras escurecidas, tudo o que havia restado do que um dia foi à casa de Mikhail Dubrinsky.

Dois lobos farejaram os restos enegrecidos, levantaram o focinho para o céu e uivaram em sinal de luto. Por toda a floresta, outros lobos responderam, cantando sua dor. Em poucos minutos, os ecos do tributo morreram. Os dois lobos cercaram as ruínas carbonizadas e farejaram as duas sentinelas sombrias que encontraram paradas em total alerta perto do portão de ferro torcido.

Os lobos viram algo de ameaçador nas duas figuras letais e se afastaram rapidamente. Os animais correram rapidamente para o interior escuro da floresta. O silêncio mais uma vez cobriu as montanhas como um manto. As criaturas da floresta se juntaram em suas tocas e buracos, em vez de enfrentar o cheiro das cinzas e da morte da casa daquele que era também uma parte deles.

Sob a terra, dois corpos jaziam imóveis, sem vida. Dentro do silêncio, um único coração começou a bater. Forte, ritmado. O sangue correu, recuou. Um assobio longo e baixo anunciou o movimento dos pulmões. Olhos escuros se abriram, e Mikhail vasculhou o chão acima dele. Havia passado muito da meia-noite. O fogo estava apagado há muito tempo, bombeiros, investigadores e curiosos já tinham voltado para casa.

Ele sentiu Jacques e Gregori na superfície. Ninguém mais, humano ou *Cárpato*, estava nos arredores. Mikhail voltou sua atenção para Raven. Era uma tentação enorme ordenar que Gregori a acordasse, mas isso seria egoísta e certamente não seria o melhor para ela. Até que estivesse totalmente fora do chão, em algum lugar seguro, e Romanov e sua prova dos vampiros tivessem sido cuidados, seria melhor Raven ficar dormindo. Ela não precisava ser lembrada daquele sofrimento horrível. Mikhail abraçou o corpo imóvel e frio dela mais forte e a segurou por um longo tempo perto de seu coração.

Ele atravessou a crosta terrestre, passando por uma estranha desorientação enquanto emergia no ar noturno. No momento em que conseguiu, ele se lançou ao céu, para proteger Raven, se fosse necessário. O ar entrou em seus pulmões, soprou em seu corpo. Penas brilharam nos feixes de luz da lua, enormes asas se abriram, de praticamente 1,80 m, e bateram pesadamente, levando a enorme coruja ao céu, onde ela circulou sobre a floresta escura, procurando qualquer inimigo tolo o suficiente para impor uma ameaça.

Mikhail precisava da liberdade do céu para anestesiar os sons do terror de Raven, que ainda ecoavam fortemente em sua cabeça. Ele mergulhou na direção da terra, descendo até o mais próximo que ousou antes de se dissolver em névoa. A corrente de gotas escorreu por entre as árvores e se reuniu até formar um enorme lobo. Mikhail correu com facilidade, mantendo uma alta velocidade enquanto desviava pelos arbustos, árvores, trotando pelo prado e correndo de novo como se fosse uma flecha.

Quando sua mente estava novamente clara e calma, ele voltou para as ruínas escurecidas, retornando à sua forma musculosa, completo e com roupas, indo na direção do irmão. Ele estava bem ciente de que toda a natureza, tudo aquilo de que fazia parte, podia sentir sua fúria gélida. Estava enterrada bem fundo, fervilhando abaixo da superfície, perturbando a harmonia no ar e na floresta. Os inimigos não escapariam.

Jacques se levantou lentamente, como se estivesse esperando há horas. Ele levou a mão à nuca, massageando um torcicolo. Mikhail e Jacques ficaram se olhando, havia tristeza sombria em seus olhos. O irmão mais novo deu um passo para frente, esticou o braço na direção do mais velho em um gesto incomum de afeto. Foi breve e duro, dois carvalhos se abraçando. Mikhail sabia que Raven teria rido dos dois.

Gregori continuou abaixado, perto do chão, com seu corpo enorme comparável aos largos troncos de árvore. Ele estava totalmente imóvel, seu rosto sombrio sem expressão. E então se levantou lentamente, um poder fluido e perigo puro.

– Obrigado por vir – foi só o que Mikhail disse. Gregori. Seu velho amigo. Seu braço direito. O maior curandeiro, o caçador implacável dos *mortos-vivos*.

– Romanov foi levado para o hospital e sedado – Jacques disse calmamente. – Eu disse aos moradores da vila que você e Raven tinham viajado por alguns dias. Você é popular entre eles, e todos estão chocados com o que aconteceu.

– Podemos neutralizar o dano causado ao nosso povo? – Mikhail perguntou.

– Podemos minimizá-lo – Gregori respondeu sinceramente. – Mas Romanov já enviou, seja qual for a evidência condenatória que encontrou, para muitos outros, todos os cientistas ou professores universitários em vários países diferentes. Peguei os nomes na cabeça dele. Ou fazemos uma matança, ou vamos precisar nos preparar para uma investigação. Todo o nosso modo de vida vai mudar para sempre.

Gregori levantou os ombros fortes como quem não se importava.

– A prova dele?

– Impressões digitais, fotos – ele enviou tudo o que o pai coletou ao longo dos anos para mais pessoas do que você pode imaginar. Ele já estava drogado, Mikhail. Os médicos acreditam que ele é completamente louco e perigoso para si e para os outros. As imagens que vi na mente dele eram confusas. Os pais, especialmente a mãe – ele provavelmente descobriu o corpo dela. A sua casa. A culpa. O incêndio.

Gregori olhou o céu acima deles com um movimento lento e cuidadoso de seus olhos prateados. Suas feições duras continuaram totalmente impassíveis e severas.

O perigo emanava de Gregori. Seu corpo inteiro, seu comportamento, falavam de poder, de ameaça. Ainda que a expressão dele fosse vazia, Mikhail sentia o monstro dentro do amigo, selvagem e indomado, espreitando bem perto da superfície, tentando se libertar. Os olhos se encontraram em uma espécie de entendimento desanimado. Outra Guerra. Mais mortes. Quanto mais vezes um homem precisava matar, mais perigoso o sussurro do poder, o chamado para o vampiro, se tornava. Violência e morte enquanto alguém se alimentava eram as raras instâncias que permitiam um macho de séculos de idade sentir algo brevemente. Isso em si era um estímulo terrível e um mundo escuro e sem esperança.

Gregori desviou o olhar, sem querer ver a compaixão no rosto de Mikhail.

– Vamos precisar interrogar Romanov para saber exatamente o que nos espera, e não temos escolha senão desacreditá-lo. Precisamos lançar dúvidas sobre essa dita prova.

Jacques se mexeu de maneira inquieta.

– O homem viveu um inferno.

Os olhos pálidos de Gregori mediram Jacques, deixando um arrepio frio, as ilusões de cubos de gelo se formando em sua barriga.

– Aquele homem quase matou o seu príncipe.

A voz era um silvo mortal, uma promessa de retaliação brutal.

– Jacques – Mikhail disse mais gentilmente. – As suas lembranças de emoção ainda são fortes, mas mais cerca de 200 anos, e você saberá o que é proteger todas as mulheres que temos. Romanov pode nos destruir. Ele já nos colocou e perigo e, com toda certeza, mudou nossos hábitos para sempre.

Gregori balançou a cabeça.

– Você tem ideia do que um cientista inescrupuloso faria se pudesse colocar as mãos em um de nós? Dissecação em algum laboratório. A sanidade de Romanov é um preço pequeno a pagar pela continuidade da nossa espécie.

A voz não tinha paixão nem emoção e, de alguma maneira, aquilo parecia pior do que se estivesse furiosa.

Jacques olhou rapidamente para Mikhail. Não havia piedade naquelas feições sombrias. O irmão mais novo inspirou profundamente.

– Então o que vamos fazer?

– Antes de tudo, Raven precisa estar a salvo e protegida enquanto cuidamos desse problema – Mikhail disse abruptamente.

– Sua mulher está muito frágil – Gregori alertou sutilmente. – Traga-a para a superfície e à vista antes que eu a acorde.

Mikhail concordou. Gregori claramente leu as intenções dele. Ele não a teria acordado no que parecia um túmulo frio de jeito nenhum. Jacques e Gregori entraram na floresta para dar privacidade ao príncipe. Só depois que Raven estava a salvo em seus braços que Mikhail pensou em colocar roupas americanas na amada. Ele a vestiu com uma calça *jeans* e uma camisa de mangas compridas, feitos de fibras naturais, fáceis para um *Cárpato* manipular.

Capítulo 15

Raven acordou sufocada, com as mãos na garganta, desesperada para levar ar para os pulmões em chamas. Estava confusa, tomada pelo pânico, lutando desesperadamente para entender o que estava acontecendo. Seu cabelo cheirava à fumaça, e ela jamais esqueceria aqueles momentos terríveis em que eles tentaram rastejar juntos pela casa que estava desmoronando e caindo sobre suas cabeças. Um barulho leve de angústia escapou, e ela olhou ferozmente em volta, apavorada por ter estado dentro da terra, onde vermes podiam rastejar pelo seu corpo.

– Sinta o ar na sua pele – Mikhail murmurou delicadamente, com a boca na orelha dela. – Sinta a noite, o vento. Você está segura nos meus braços. A noite está linda, e as cores e os cheiros estão falando conosco.

Os olhos azuis de Raven estavam em toda parte, sem ver nada, sem absorver nada. Ela inspirou profundamente e se fez o menor possível. A noite fresca estava fazendo uma lenta magia, tranquilizando o horrível sufocamento em sua garganta. Lágrimas brilhavam como pedras preciosas nos olhos e nos longos cílios. Ela tentou respirar para afastar os pesadelos, se concentrar em Mikhail e no som de sua voz calma e tranquilizante.

Ele a abraçou mais forte para que Raven sentisse a enorme força de seu corpo poderoso. Lentamente, centímetro por centímetro, o corpo dela ficou menos rígido, até relaxar junto ao dele. Mikhail tocou a mente dela com um movimento gentil e caloroso, e a descobriu lutando para manter o controle.

– Estou aqui com você, Raven – de propósito, ele falou em voz alta, para soar o mais humano possível. – A noite está nos chamando, nos dando as boas-vindas. Você consegue ouvir? Há tanta beleza no canto dos insetos, nas criaturas da noite. Permita-se ouvir.

Ele usou um tom ritmado e envolvente, quase hipnótico.

– O vento está soprando por entre as árvores, e as folhas estavam criando uma música. Você está ouvindo *csitri* – pequenina?

Raven puxou os joelhos e encostou a testa neles, encurvando-se. Balançando de um lado para o outro, seu contato com a realidade era tênue. Ela simplesmente inspirava e expirava, apreciando sua capacidade de fazê-lo, concentrando-se no ato mecânico. Ela amava o som da voz de Mikhail, especialmente quando ele falava em sua língua nativa com aquele sotaque elegante e *sexy*. Enquanto pensava na voz dele, os pesadelos recuaram.

– Eu quero levar você a um lugar mais seguro, algum lugar longe daqui.

O movimento amplo dele mostrou os restos carbonizados do que um dia foi uma linda casa.

A cabeça de Raven continuou baixa, simplesmente inspirando e expirando. Mikhail tocou a mente dela de novo. Não havia nenhum pensamento de culpa ou traição. A mente estava fragmentada, ferida e fragilizada, tentando sobreviver desesperadamente. As roupas familiares e a presença dele ofereciam um pouco de conforto. A fúria gélida de Mikhail, a necessidade de retaliação violenta se avivou.

– Irmãzinha.

Jacques surgiu da beira da floresta, ao lado de Gregori. Quando Raven não levantou os olhos, ele se sentou ao lado dela, com a mão em seu ombro.

– Os lobos estão quietos esta noite. Você os ouviu antes? Eles estão lamentando a perda da casa de Mikhail. Agora estão em silêncio.

Raven piscou, um olhar perdido se concentrando no rosto de Jacques. Ela não falou. Parecia não conseguir registrar a identidade dele. Ela tremia, aquele corpo pequeno agitado, entre três homens poderosos.

Você pode remover as lembranças dela, Gregori sugeriu, claramente não entendendo porque Mikhail não havia feito o óbvio.

Ela não gostaria disso.

Ela não saberia.

Gregori mudou levemente o tom. Ele suspirou quando Mikhail não respondeu.

Deixe que eu a cure, então. Ela é importante para todos nós. Raven sofre sem necessidade.

Ela iria preferir fazer isso por conta própria.

O príncipe sabia bem que Gregori o achava louco, mas ele conhecia Raven. Ela tinha coragem, e suas próprias ideias de certo e errado. Ela não agradeceria se descobrisse no futuro que Mikhail havia apagado suas lembranças. Não podia haver inverdades entre companheiros, e Mikhail estava determinado a dar para ela tempo para se entender com o que eles haviam enfrentado juntos.

Ele tocou a pele macia de Raven como a uma pétala de rosa, acompanhando as maçãs do rosto com dedos delicados.

– Você estava certa, pequenina. Nós vamos construir nossa casa juntos, mais forte do que nunca. Vamos escolher um lugar, bem dentro da floresta, e vamos enchê-la com tanto amor que vai espalhar para os nossos lobos.

Os olhos azuis-violeta brilharam com uma súbita consciência, voltando-se para o rosto de Mikhail. A ponta de sua língua tocou o lábio inferior. Ela tentou sorrir.

– Eu não acho que levo jeito para ser *Cárpato*.

A voz dela era apenas um fiapo.

– Você é tudo o que uma mulher *Cárpato* deve ser – Gregori disse de maneira galante, com a voz baixa e melodiosa, com uma cadência tranquilizante e reparadora.

Tanto Mikhail quanto Jacques se pegaram prestando atenção ao tom envolvente.

– Você está apta a ser a companheira do nosso príncipe, e eu ofereço minha lealdade e minha proteção livremente a você, como eu fiz com Mikhail.

A voz dele estava propositalmente baixa, para entrar na mente fragmentada dela como um bálsamo calmante.

O olhar perdido de Raven se voltou para Gregori. Seus longos cílios piscaram, com os olhos tão escuros que estavam quase roxos.

– Você nos ajudou.

Os dedos de Raven procuraram e encontraram os de Mikhail, entrelaçando-os, mas seu olhar não desviou do rosto de Gregori.

– Você estava tão longe. O sol estava brilhando, mas você sabia que nós estávamos em apuros e conseguiu nos ajudar. Foi difícil para você. Eu senti mesmo quando você tentou me tocar para remover o que eu não podia suportar.

Os olhos prateados, claros no rosto sombrio de Gregori, se transformaram em fios de prata.

Fascinante. Hipnotizante. A voz diminuiu uma oitava.

– Mikhail e eu estamos unidos. Nós trocamos sangue quando fomos feridos na batalha e compartilhamos um vínculo mental forte. Isso me possibilitou vir ajudá-la – através do meu vínculo com ele. Nós compartilhamos anos longos e sombrios de vazio sem esperança. Talvez você represente esperança para nós dois.

Raven olhava para ele séria, fixamente.

– Isso me deixaria feliz.

Mikhail sentiu uma onda de amor por ela tomar conta, uma onda de orgulho. Raven tinha tanta compaixão dentro de si. Apesar de estar mentalmente ferida e fragmentada, e Gregori estivesse com a mente firmemente fechada –, e a expressão dura, impossível de ler – ela percebeu que ele lutava para sobreviver. Que precisava ser trazido para o círculo de luz, de esperança. Mikhail podia ter dito que Gregori era como água escorrendo por entre os dedos – impossível de conter e controlar. Ele era uma lei em si, um homem sombrio e perigoso, na beira do enorme abismo da loucura.

Mikhail passou o braço pelos ombros dela.

– Temos muitas coisas para fazer hoje à noite, Raven. Vamos levar você para algum lugar seguro.

Ele falou com delicadeza, como se falasse com uma criança. Raven abriu um pequeno sorriso desanimado enquanto balançava a cabeça.

– Vou ficar ao ar livre esta noite, Mikhail. Acho que não consigo suportar uma parede à minha volta por motivo nenhum, nem mesmo para agradar a você.

Mikhail olhou nos olhos de Gregori por sobre a cabeça dela em um movimento de compreensão silencioso. Jacques e Gregori tinham se alimentado. Mikhail precisava se alimentar para recuperar sua força plena. Também precisava alimentar Raven, mas tinha medo de que ela não aceitasse. Não com o horror de ser enterrada viva tão fresco em sua mente. Ela precisava pensar e se sentir o mais humana possível.

Mikhail estava confuso. Ele não podia falhar de novo, mas o trabalho que precisavam fazer era fundamental. O plano era manter Raven em algum lugar seguro e em sono profundo. Ele a forçaria a aceitar o sangue sem seu conhecimento.

– Talvez uma caminhada ajude – Jacques sugeriu, dando um passo para trás em um esforço para fazê-la levantar.

O olhar de Raven se fixou no de Mikhail por um momento longo e interminável. O sorriso dela foi genuíno dessa vez e tomou conta dos olhos, iluminando-os pela primeira vez.

– Se vocês três pudessem se ver. É muito gentil vocês me tratarem como se eu fosse uma boneca de porcelana frágil, especialmente quando eu pareço um pouco com uma, mas Mikhail está em mim, assim como eu estou nele. Eu sinto o que ele sente e conheço os pensamentos dele, mesmo que ele tente afastá-los de mim.

Raven se inclinou para beijar o queixo escurecido dele.

– Eu amo você por tentar me proteger, mas eu não sou fraca. Eu apenas preciso me entender com as questões humanas que meu cérebro coloca. Nenhum de vocês pode fazer isso por mim. Eu preciso fazer sozinha.

O olhar cortante de Gregori se fixou no rosto de Mikhail.

A mente dela está extremamente frágil, velho amigo. Ela está tentando assimilar e entender tudo o que aconteceu, mas foi rápido demais. A continuidade da nossa espécie pode muito bem depender dela.

Mikhail assentiu levemente indicando que estava ciente da situação.

Você não pode permitir que ela sofra dessa maneira.

O livre-arbítrio é importante para ela, Gregori. Não vou remover isso a não ser que não exista outra possibilidade.

E se a mente dela não aceitar o que aconteceu? O que ela se tornou e tudo o que está envolvido nisso? Ela se tornaria uma vampira demente, e nós não teríamos outra escolha que não acabar com a vida dela – e com a dela, a sua. Não faça isso comigo, Mikhail.

Era o mais próximo de implorar que Mikhail já tinha ouvido de Gregori.

Antes que chegue a isso, eu a colocaria na terra e possibilitaria que a mente dela se curasse.

Gregori leu a resolução nos olhos de Mikhail e suspirou.

Se ela fosse minha, eu a manteria tão perto que nada nunca teria a chance de feri-la. Você cogitou que ela pode gerar a companheira para um de nós? Talvez a minha? Não corra riscos só para que ela tenha a ilusão da liberdade. Nenhum de nós é verdadeiramente livre, ele alertou.

Jacques enviou uma reprimenda para os dois e estendeu a mão para Raven com a cortesia do Velho Mundo. Ela a pegou e se deixou ser puxada até ficar de pé. Mikhail levantou ao lado dela, e o braço dele a puxou para a proteção de seu corpo. Ela precisava do contato, da proximidade, a realidade concreta daquele corpo sólido. Gregori, o guarda-costas imediato, vasculhou o ar, o chão, movendo-se rápido ao fazê-lo. O corpo dele bloqueava continuamente o príncipe de seu povo e a companheira dele de qualquer ameaça possível.

As três figuras imponentes cercaram a menor, movendo-se como uma irmandade, uma guarda de honra, o ritmo mais lento e calmo, as mentes serenas, sem nenhum toque de impaciência ou sinal de desejo de começar o trabalho noturno. A fome consumia Mikhail por dentro, mas isso também foi deixado de lado. Quando a mente dele tocava a de Raven, ela só sentia amor e preocupação, o desejo de agradá-la.

Raven gostava da sensação leve das folhas sob os pés enquanto eles andavam pela floresta. Ela levantou o rosto para sentir o vento, inspirou profundamente para absorver cada segredo que a brisa podia carregar e divulgar. Cada inseto, cada sussurro nos arbustos, cada movimento de um galho, iluminava o terrível medo em seu coração e afastava as horríveis memórias mais um pouco.

– Eu posso removê-las por completo – Mikhail ofereceu gentilmente.

Raven abriu um pequeno sorriso, com o objetivo de reconfortá-lo. O corpo dela roçou brevemente no dele. Ela sabia bem a tentação que aquilo era para Mikhail, como os outros dois homens o consideravam louco para não tirar a escolha dela.

– Você sabe que eu prefiro manter as minhas lembranças. Todas elas.

Mikhail assentiu, se abaixou e a beijou no canto da testa. Ele sentiu o peso do olhar pálido de Gregori, sua clara desaprovação. Ele sabia que enfrentaria ainda mais objeções quando estivessem sozinhos. *Cárpatos* nunca permitiam que suas mulheres sofressem sem necessidade. Apenas Gregori ousaria questionar ou desafiar as decisões de seu príncipe. Em geral, Mikhail recebia com prazer aqueles raros conflitos. Dessa vez, não havia como justificar suas ações, pelo menos não em termos que Gregori entenderia. Ele simplesmente sabia que Raven precisava daquela aparente normalidade e de tempo para fazer as pazes com tudo o que havia acontecido em seu próprio caminho.

Eles andaram por uma hora, com Mikhail a guiando sutilmente por uma trilha estreita e sinuosa pelo interior da floresta e da montanha acima. A cabana estava escondida atrás de um penhasco. As árvores eram densas e ficavam perto das paredes. Parecia pequena por fora, escura e abandonada.

Jacques e Gregori transformaram o interior escuro da cabana em um lar alegre e acolhedor. As camadas de poeira desapareceram com um movimento de mão. A lenha na lareira pegou fogo. As velas se acenderam, e o perfume das madeiras permeou o ar, transformando os cômodos em um abrigo confortável.

Raven entrou sem protesto. Gregori e Jacques andavam rapidamente pela pequena construção, trazendo tantos confortos quanto foram capazes em um período curto. Camas, cobertores, algumas roupas, coisas tiradas da mente de Mikhail que Raven reconheceria e que a reconfortariam. Quando tiveram certeza de que tinham feito o máximo possível, os dois homens se recolheram até o santuário da floresta para dar ao casal privacidade.

Raven andou pelo chão de madeira, distanciando-se de Mikhail. Sua mente ainda estava muito frágil, e ela queria poupá-lo o máximo possível. Ela tocou o encosto de uma cadeira, colocando os dedos em volta da madeira sólida. A sensação familiar da madeira a ajudou a diminuir o tremor.

– Obrigada, Mikhail, pelo *jeans*.

Raven abriu um pequeno sorriso por sobre o ombro.

Mikhail achou-a misteriosa, *sexy* e tão, tão frágil. No fundo de seus olhos azuis não havia raiva, nem censura, apenas o amor por ele brilhava ali.

– Fico feliz que você tenha gostado, apesar de eu ainda achar que é uma roupa para homem, não para uma linda mulher. Eu esperava que a calça fizesse você sorrir.

– Só porque você está com essa expressão triste no rosto – ela olhou pela janela, com os olhos facilmente atravessando a escuridão. – Eu nunca mais quero fazer aquilo – ela falou com firmeza, a sério.

Querendo que ele soubesse que era sério. Raven olhou para o reflexo de Mikhail no vidro.

– Estou falando sério, Mikhail. Eu nunca mais quero ter a sensação de ser enterrada viva de novo. Achei que fosse enlouquecer. Talvez eu quase tenha enlouquecido.

Mikhail inspirou com força, interrompendo sua primeira reação. Ele escolheu as palavras com cuidado.

– O nosso sangue e, no fim das contas, nosso corpo acolhe a terra. Durante a noite, o ferimento na minha perna desapareceu. Os seus ferimentos, tão profundos, todos mortais, foram curados em dez dias.

Raven ficou olhando o vento arrastar as folhas no chão.

– Eu sou muito inteligente, Mikhail. Posso ver por conta própria que o que você está dizendo é verdade. Racionalmente, eu posso até aceitar e me maravilhar. Mas nunca mais quero fazer isso. Eu não consigo. Eu não vou, peço que você aceite essa falha em mim. Você está me pedindo muito. Eu não acho que seja muito para pedir em troca.

Atravessando a distância que os separava, ele envolveu a nuca dela com a mão e a trouxe para os braços. Ele a abraçou, ali na antiga cabana, bem dentro das montanhas e da floresta. Ele lamentou a perda de sua casa, de seus livros, sofreu por seu passado, mas, acima de tudo, sofreu pela incapacidade de poupar Raven. Mikhail podia comandar a terra, os animais, o céu, mas não conseguia se forçar a remover as lembranças dela porque ela havia pedido. Um pedido tão inocente e pequeno. Como o que ela fazia agora. O solo os rejuvenescia, fornecia os minerais necessários para o corpo deles. Ele encontrava paz na terra e não podia imaginar nunca mais se deitar com Raven nas profundezas.

Ela levantou a cabeça, observando as feições sombrias dele com olhos sérios, e com muita delicadeza, acalmou as linhas profundas de preocupação da testa de Mikhail.

– Não fique triste por mim, Mikhail, e pare de suportar tanta coisa. As lembranças são uma coisa útil. Quando eu estiver mais forte, posso pegar essa experiência e examiná-la, olhar por todos os ângulos, e talvez ficar mais confortável com as coisas que precisamos fazer para nos proteger.

Havia um quê de humor e uma grande quantidade de ceticismo naquele pensamento. Mikhail balançou a cabeça.

– Sinto muito, Raven. Eu não tinha ideia de que Romanov me forçaria. Se nós não tivéssemos colocado você na terra, nós dois teríamos morrido.

– Eu sei bem disso.

– Eu acredito que posso fazer você feliz apesar de tudo, Raven. Apenas dê uma chance a nós.

Raven pegou a mão dele.

– Sabe, meu amor, você não é responsável pela minha felicidade, nem mesmo pela minha saúde. Eu tive uma escolha em cada etapa do caminho, desde o nosso primeiro encontro. Eu escolhi você. Claramente, no meu coração e na minha cabeça, eu escolhi você. Se eu tivesse que fazer tudo de novo, mesmo sabendo o que eu teria de enfrentar, eu escolheria você sem hesitar.

O sorriso de Mikhail podia fazer o coração dela derreter. Ele segurou o rosto dela com as duas mãos e baixou a cabeça para tomar a boca de Raven na sua. Imediatamente, a eletricidade faiscou entre os dois. Ela podia sentir o amor de Mikhail na escuridão úmida de sua boca. O desejo tomou conta, forte e devorador. O barulho do sangue correndo quente, a batida do coração deles, a química instantânea e explosiva, era quase irresistível para os dois. Os braços dele a envolveram, puxando-a para perto contra o seu corpo forte. A boca delicada de Mikhail levou o sabor inconfundível do amor intenso. Os dedos dele se prenderam no cabelo sedoso de Raven como se fossem segurá-la para toda eternidade.

Raven se desfez nele, e por um segundo ela não tinha mais ossos, era maleável, com um calor doce aquecendo-o. Ela se afastou primeiro. Era fácil ler a fome arrebatadora em Mikhail. A mesma fome crescia nela. O corpo de Raven precisava se alimentar depois daquele episódio difícil. Ela levantou os longos cílios para aqueles traços masculinos e amados, absorvendo a marca sensual daquela boca, o convite sensual e entorpecente daquele olhar negro.

Raven beijou o pescoço dele, e as mãos dela procuraram os botões da camisa de Mikhail. O corpo dela se contraiu, pulsando com o calor e a urgência. A boca de Raven percorria a pele dele. Ela inspirou o perfume dele, o mistério selvagem da noite. Por dentro, o desejo terrível aumentava e se espalhava com um incêndio a céu aberto. A língua dela sentiu o gosto da textura da pele dele, delineando cada músculo e voltando para acariciar a pulsação que batia com tanta força no pescoço.

– Eu amo você, Mikhail.

As palavras foram sussurradas contra aquele pescoço. O sussurro de uma sereia. Seda e luz de velas. Sexo ardente, cálido, acetinado. Um convite a tudo.

Cada músculo no corpo de Mikhail ficou tenso. O desejo tomou conta dele. Ansiedade. Ela era um milagre da beleza, uma mistura de fragilidades humanas, coragem e compaixão. A mão de Mikhail segurou um monte de cabelo, mantendo a cabeça de Raven parada. A boca era como uma chama sedosa movendo-se no peito dele, aumentando o calor e o fogo até transformar sua mente em uma nuvem vermelha de urgência.

– Isso é perigoso, pequenina.

Havia uma sedução preta e aveludada na rouquidão que se derretia na voz dele. Mikhail a desejava com todas as células de seu corpo, cada batida de seu coração, mas ela havia passado por tanta coisa; tocá-la o levaria à fome desesperada que corria nas veias dele a cada batida do coração.

– Eu preciso de você.

Raven murmurou a verdade, e sua respiração aqueceu os mamilos túrgidos dele, fazendo coisas intrigantes com seu peito.

Ela precisava dele. O corpo firme, quente e selvagem de Mikhail afastou a sensação da terra fria que se fechava sobre a cabeça dela. O corpo de Raven se movia inquieto, sugestivo, contra o dele. As mãos dela desceram, abriram a camisa de Mikhail, desceram mais e encontraram o zíper contra o qual o sexo dele lutava para se libertar. Mikhail suspirou alto, um gemido rouco de necessidade pura em resposta ao toque provocante daqueles dedos.

– Eu preciso sentir seu corpo no meu, Mikhail, real e vivo. Eu preciso disso mais do que já precisei de qualquer coisa. Me toque. Me toque em toda parte. Eu preciso de você bem dentro de mim.

Mikhail tirou a blusa dela e a deixou cair para o lado. As mãos dele cobriram as costelas estreitas de Raven, arqueando o corpo dela para trás para que pudesse roçar seu maxilar escurecido pelos seios túrgidos e macios dela. O toque áspero fez chamas percorrerem cada terminação nervosa. A boca dele se moveu para desenhar a delicadeza dos lábios dela, e a língua acariciou a linha frágil do pescoço de Raven, onde o coração dela pulsava freneticamente, e também a linha vulnerável da garganta, lentamente, com muito cuidado, antes de descer com uma lentidão torturante e proposital, para o mamilo. Ela sentiu uma onda de calor úmido, uma dor aguda acendendo a fome que a consumia. Quando os lábios de Mikhail se fecharam sobre o seio dela, quentes e eróticos, Raven gritou e jogou a cabeça para trás, arqueando-se para ele, se oferecendo para os movimentos fortes daquela boca quente.

Sem aviso, o monstro se libertou, rugindo possessivamente e arrancando aquele *jeans* ofensivo. Dentes arranharam a barriga lisa de Raven enquanto ele se ajoelhava. Pela calcinha de algodão, ela sentiu a umidade quente da língua dele a invadindo, selvagem, molhada, tirando seu fôlego. Mikhail arrancou o tecido fino para atacar, afagando e acariciando.

Raven gritou, acolhendo a fera indomada que havia nele, levantando para receber seu ataque erótico. Quando Mikhail rasgou a calcinha, ela se apertou contra a fome quente daquela boca. Ele soltou um rugido grave, vindo da garganta, o estrondo forte do sexo. Mikhail se deliciou na resposta selvagem de Raven diante daquele ataque. Ele precisava da força desinibida e entregue dos pulsos dela em seus cabelos, puxando para mais perto, dos gritos roucos e desarticulados que saíam daquela garganta vulnerável. Os gritos se tornaram um pedido.

Rugindo de prazer, com o corpo ardendo, queimando e insuportavelmente sensível, ele a manteve implacavelmente no limite. O poder, o calor aveludado, os perfumes misturados, tomaram conta dele, tornando-se parte do desejo insaciável. Mikhail queria que Raven soubesse que pertencia a ele, que ardesse e sentisse a mesma urgência lasciva.

Seu próprio nome ecoou na cabeça dele com os pedidos delicados e desarticulados, e o som endureceu seu corpo até o ponto de uma dor insuportável. O poder aumentou a fome, afiando tanto o apetite, tanto sexual quanto físico, que ele mal conseguia encontrar o controle para não devorá-la. Seu corpo exigia o toque de Raven, o calor macio da boca, o roçar dos dentes dela sobre a pele sensível. A pele de Mikhail estava tão quente, ardendo por ela.

Com um rugido, ele a levou além do limite, fazendo o corpo dela ondular com força, contraindo e relaxando, precisando de mais, precisando da invasão dele, precisando ser preenchido pelo corpo dele. Raven caiu de joelhos, puxou a calça dele, baixando-a até que estivesse na altura dos joelhos, até que ele estivesse livre e rígido, forçando-se na direção dela. As unhas de Raven arranharam o traseiro dele, a língua dela encontrou os músculos fortes do peito.

A risada provocante dela, grave e sedutora, ecoou na mente de Mikhail. O toque daquele cabelo sedoso nas coxas dele era quase impossível de aguentar. Era a vez dele, e Mikhail fez que ela soubesse com um pedido em forma de rugido, uma ordem imperiosa. Quando ela consentiu, a maciez sedosa da boca de Raven, úmida e erótica, quase o deixou louco. Se ele estava no controle, se era a figura dominante antes, agora era Raven, que exalava poder naquilo que podia fazer com ele.

Os gemidos ressoando na garganta de Mikhail se tornaram mais animalescos, quase ameaçadores. O quadril dele se movia em um ritmo frenético. De repente, ele não podia mais aguentar. Mikhail a arrancou de seu corpo, colocou-a no chão e afastou os joelhos dela, expondo-a para possuí-la. Ele a prendeu ao chão e a possuiu com uma única investida firme e poderosa de sexo selvagem, enchendo o canal feminino e aveludado de Raven o mais profundamente possível.

Ela gritou quando ele foi mais fundo, em cada estocada tempestuosa e agressiva, cada uma mais selvagem e frenética que a anterior. A língua dela acariciava o pescoço de Mikhail.

– Me alimente, Mikhail. Me alimente agora, enquanto você me possui, e eu vou dar a você tudo o que você precisa.

Raven sussurrou como uma feiticeira, sua voz era uma droga viciante aumentando a excitação dele.

Ela nunca havia pedido o sangue de Mikhail, o fluido de sua vida, e a ideia era tão *sexy* quanto a boca de Raven nele. O corpo dele estava rígido, incrivelmente duro, mas o pedido de Raven permitiu que ele diminuísse o ritmo para poder sentir a antecipação da língua dela acariciando sua pulsação. Enquanto ele penetrava profundamente o centro quente dela, os dentes de Raven, por vontade própria, cravaram fundo nele. Calor branco e raios azuis se lançaram sobre seu corpo. Ele jogou a cabeça para trás diante da deliciosa dor de prazer.

O cheiro quente e doce de seu sangue antigo se misturou com os aromas almiscarados dos dois. A sucção forte da boca de Raven coincidia com a força com que seu corpo cercava o dele. Mikhail acompanhou os movimentos de propósito, sentindo-a tomar seu sangue, sua semente, a essência da vida. O corpo de Raven sugava o dele, um tormento doce e insistente, uma garra aveludada, sugando-o com o mesmo fogo sombrio de sua boca macia.

O movimento da língua provocou um abalo que tomou conta dos dois, e eles se deitavam juntos, presos um ao outro, o corpo dele sobre o dela, os braços dele mantendo-a no lugar, cada músculo em Mikhail firme como uma rocha e ainda precisando dela desesperadamente, como se nunca a tivesse tocado. A fome dele era algo muito mais terrível que uma urgência, muito maior do que qualquer coisa já experimentada.

As mãos de Raven alisaram o cabelo, e então acariciaram o queixo dele. Ela sorriu, pura sedução, com o quadril arqueado de propósito no dele, os músculos dela contraídos e se fechando. Ela puxou a cabeça de Mikhail para si para poder fechar a boca sobre a dele, compartilhando o sabor doce do sangue, instigando, provocando, prolongado a necessidade dele, levando-o a uma entrega selvagem.

Mikhail recuperou o controle, bebendo profundamente da boca acetinada dela, sua língua acariciando a linha do pescoço de Raven, demorando-se sobre a pulsação, os dentes arranhando, seduzindo, enquanto o corpo a possuía agressivamente, penetrando-a fundo e com força.

Raven murmurou o nome dele e levou a cabeça de Mikhail até seu seio, levantando-se em um convite que implorava. O queixo dele roçou sobre a maciez túrgida, mergulhou no vale entre eles, a barba sem fazer roçando a pele sensível. Ele segurou os seios dela enquanto sua boca se fechava sobre ela, quente e úmida, sugando com força. Raven apertou-o contra si, seu corpo explodindo de prazer, seguindo o ritmo e a velocidade estabelecidos por Mikhail.

Levantando a cabeça, os olhos pesados, *sexy* e hipnóticos a absorveram profundamente em sua mente, em sua alma. Mikhail afagou o seio dela, enquanto sua língua o acariciava e o acalentava. Com a boca aberta, ele dava beijos quentes e molhados na pele sensível de Raven. O quadril dele se projetou para frente. Mais uma vez, os olhos dos dois se encontraram, um pedido claro.

– Sim, por favor, sim – ela sussurrou com urgência, puxando a cabeça dele para o calor de seu corpo. – Eu quero isso, Mikhail.

Os dentes dele arranhavam e mordiam o seio dela, uma dor quente mesmo enquanto o corpo de Raven se agitava, fragmentado com o êxtase ardente. As presas penetraram fundo, a fome dele era insaciável. Mikhail mergulhou nela, querendo mais, precisando da fricção perfeita do fogo e do veludo que o envolviam. Ele bebeu nela, levando a vida de Raven para seu próprio corpo, fundindo as duas mentes, o corpo dele tomando o dela em uma pura dominação masculina.

Perigoso. Docemente perigoso. Sexo puro e quente envolto em amor puro e uma fusão completa de almas. Ele queria que aquilo durasse para sempre, aquele momento em que eles compartilhavam o mesmo corpo, a mesma pele, a mesma mente. Rápido e com força, devagar e profundamente, cada movimento era uma tortura maravilhosa. O sangue dela preenchia cada célula, aumentando a força dele, sorvendo-a enquanto o corpo dela o sorvia. Mikhail sentiu que estava endurecendo absurdamente, crescendo, aumentando, aumentando sua invasão implacavelmente até o máximo. Elevando, lançando os dois ao limite sem nenhum controle, explodindo até fragmentos de fogo, se dissolvendo, caindo de volta na terra. Raven ficou deitada ao lado dele, ouvindo os batimentos combinados do coração dos dois, os dedos entrelaçados naquele cabelo cor de café. O corpo dela pertencia a Mikhail, ela pertencia a Mikhail. A língua dele acariciou a pele dela, acompanhado uma única gota de sangue sobre a curva do seio. Ele encheu os seios dela de beijos, subindo pelo pescoço, até encontrar a boca com ternura e delicadeza. Com a mão sobre a garganta dela, ele acariciou a pele macia com a base do polegar, se deliciando com a textura suave e acetinada.

Mikhail ficou impressionado com a atitude dela de ter escolhido aquele momento para se comprometer com a vida como *Cárpato*. Ele não tinha dúvidas do amor e do compromisso dela, mas sabia da repulsa dela diante da ideia de como seria forçada a viver. Após uma experiência apavorante e traumática, ela se comprometeu com sua nova vida sem reservas. Enquanto eles estivessem juntos, Mikhail tinha certeza de que sua amada jamais seria previsível.

– Você faz ideia do quanto eu amo você? – ele perguntou sutilmente.

Os longos cílios de Raven piscaram e se levantaram, para que os olhos azuis se fixassem nos dele. Um sorriso lento e fascinante se formou no rosto dela.

– Talvez um pouco – ela alisou uma linha na testa de Mikhail. – Eu vou ficar bem esta noite. Vá fazer o que você precisa fazer e não se preocupe comigo.

– Eu preferiria que você dormisse um pouco.

Ele se mexeu, tirou o peso de cima dela, surpreso por ainda estar parcialmente vestido.

– É só porque você tem tanta raiva de Romanov que não quer que eu saiba o que você fará.

Raven se apoiou em um cotovelo, fazendo os cabelos caírem sobre o corpo como um véu fino sobre os seios.

O estômago de Mikhail ficou apertado e quente diante daquela imagem, e os olhos ficaram pretos, com uma chama súbita de desejo. Ela riu delicadamente, um som majestoso na noite.

– Acho que você poderia fazer sexo a noite toda e nunca ficar saciado.

Ele se inclinou para saborear a tentação, e sua língua fez o mamilo dela enrijecer.

– Eu gostaria muito de tentar, *sivamet* – meu amor. Eu poderia me perder no seu corpo.

Mikhail a afagou delicadamente, sua mão percorrendo possessivamente as curvas do corpo dela.

Os dedos de Raven acariciaram o cabelo grosso dele. Os olhos guardavam ternura.

– Você está pensando em proteger Jacques deixando-o aqui como meu guarda-costas.

– Você vê coisas demais.

– Mais do que você sabe – os olhos de Raven se suavizaram e se encheram de calor. – Você acha que vai fazer algo que eu não vou ser capaz de aceitar, mas eu acredito em você, Mikhail. Eu considero você um homem grandioso e justo. Você tem todo o direito de desprezar Romanov, mas eu sei que você é capaz de colocar isso de lado e fazer a coisa certa. Ele é jovem, está confuso e furioso, abalado e traumatizado pela morte brutal dos pais. O que quer que ele tenha encontrado que liga você a essas mortes o levou a um colapso. É uma tragédia terrível.

Mikhail fechou os olhos e expirou lentamente. Ela estava efetivamente deixando-o de mãos atadas. Como ele podia ir matar um homem por torturar Raven quando ela tinha compaixão suficiente para perdoá-lo? Ele baixou a cabeça e lambeu a extensão da cicatriz mais próxima, a linha vermelho-arroxeada onde a faca havia entrado naquela pele preciosa.

– Não sei o que responder a você, Raven. Eu não estou nem perto de ser o homem misericordioso que você acha que eu sou. Eu quero ser esse homem. Quero ser melhor para você, mas tenho medo de nunca conseguir tirar aquela imagem de você, sangrando, com todos aqueles ferimentos profundos, da cabeça.

Ele beijou cada cicatriz, fez uma trilha até a parte debaixo do seio dela e a beijou ainda mais possessivamente.

Raven não protestou; ela simplesmente acomodou a cabeça dele em seu corpo, oferecendo conforto, vendo dentro da mente dele. Era isso que Mikhail queria para eles, que ficassem deitados juntos, próximos, mãos e boca explorando languidamente o corpo dela enquanto eles se conheciam intimamente. Ele queria o riso delicado e a conversa estimulante. Queria as partidas de xadrez e as visitas juntos ao padre, onde poderiam beber chá de ervas e desfrutar da sabedoria do amigo.

– Eu quero levar você para a floresta, Raven, a minha floresta, onde as árvores são densas e onde pouca gente já pisou.

A língua de Mikhail passou pelo mamilo dela, e então, enquanto sugava, sua boca se demorou ali por um momento longo e de parar o coração.

Ela sentiu a dor familiar entre as pernas e não ficou surpresa quando a mão dele se moveu para cobrir aquela parte úmida de seu corpo.

– O que você me mostraria lá? – ela perguntou, querendo que ele ficasse mais tempo ali.

Mikhail estava indo para uma situação difícil, e parte dela sabia que ele precisaria da maior parte da noite para completar sua tarefa, mas não havia sinais de impaciência. Ele parecia relaxado, parecia estar gostando daquele momento com ela, parecia estar totalmente concentrado em Raven. Ela apreciava tanto aquilo nele – aquela habilidade de dar o que ela precisava. Ele levantou a cabeça e olhou para sua amada.

– Você sempre vem em primeiro lugar, Raven.

– Eu não sei como consegui ter tanta sorte.

Ela passou os dedos pelo cabelo dele. Toda aquela seda preta a intrigava. Raven nunca tinha visto um homem que tinha cabelo comprido e, ainda assim, uma aparência tão masculina.

– Fico impressionado por você conseguir dizer isso depois de tudo o que aconteceu – disse Mikhail.

Ele mergulhou a cabeça para saborear o pequeno recuo do umbigo dela. O queixo dele roçou em Raven.

– Um dia meu filho vai crescer bem aqui.

– Você gostaria disso, não é? Eu posso ficar do tamanho de uma casa.

Mikhail beijou a barriga dela de novo e então beijou o caminho até os seios dela.

– Você terá leite para os nossos bebês. Isso é um milagre enorme, Raven.

Ela ouviu o desejo na voz dele. A necessidade. Mikhail não acreditava que eles conseguiriam ter filhos, não quando seu povo não havia conseguido por séculos, mas ele estava disposto a sonhar – com ela.

– Vamos encontrar uma maneira de ter filhos, Mikhail. Você conseguiu me converter sem que eu enlouquecesse.

Havia um humor gentil na voz dela. Mikhail levantou a cabeça, e seus olhos escuros encontraram os dela. Raven riu delicadamente.

– Você acha que eu não conheceria o seu pior medo? Eu sou adepta a ler mentes, e você, meu amor, se abriu para mim muitas vezes. Eu sabia qual era o seu medo e amei você ainda mais por enfrentá-lo sozinho.

– Você devia ter dito alguma coisa.

Ele se colocou sobre Raven, cobrindo-a, acomodando o quadril sobre o dela. Ela, que adorava a sensação de ser cercada por Mikhail, colocou os braços em volta dele, abraçando-o, desejando que eles tivessem semanas – meses – para se deliciar um no outro, em vez de apenas mais alguns minutos. Mas não o seguraria ali, não quando o destino de seu povo estava na balança. Ela inspirou o perfume dele e o absorveu bem dentro de si.

– Eu não precisava dizer nada, Mikhail.

– Eu poderia ter confortado você.

Ela o beijou no pescoço.

– Não havia necessidade. Ou eu ia ficar bem ou não ia. Eu confio em você. Você acreditou que eu ia conseguir sobreviver sem mexer nas minhas lembranças. Porque você acreditou, eu acreditei em mim mesma.

Ele tirou o cabelo do rosto dela, sorrindo. Raven podia ver amor total e completo brilhando em sua direção.

– A maneira como você me ama, Mikhail, é impressionante. Obrigada. Mas é melhor você ir antes que Gregori ache que estou mantendo você prisioneiro e venha procurá-lo.

– Ah, sim, Gregori.

Com movimentos fluidos e fáceis, Mikhail a beijou e sentou.

– Ele assusta você?

– Ele me ofereceu sua lealdade – ela disse. – Eu não acredito que ele volte atrás na própria palavra e com certeza não oferece sua lealdade a qualquer um. Não, eu não tenho medo dele. Eu tenho medo por ele. Acho que Gregori está em uma situação difícil, e sua natureza exige algumas coisas dele.

– Você vê mais que a maioria das pessoas – disse Mikhail. – Você é uma bênção enorme para mim, Raven.

Ela balançou a cabeça, sentando-se também; seu longo cabelo caiu sobre os seios como uma capa.

– Ainda não, mas eu espero ser. Chame Jacques. Mas vá se alimentar antes de encontrá-lo. Você me deixou fraca fazendo amor, e se você permitir um pouco de humor *Cárpato*, eu espero que você vá buscar o jantar.

Chocado, Mikhail olhou para ela. Por um longo momento houve silêncio, e então os dois começaram a rir.

– Vá se vestir – ele ordenou com uma severidade de brincadeira. – Eu não posso deixar que o pobre Jacques fique atormentado por você.

– Eu pretendo atormentá-lo totalmente. Ele precisa aprender a não ser tão sério.

– Jacques é o menos sério de todos os *Cárpatos*. Ele manteve as emoções por mais tempo que a maioria. Faz apenas alguns séculos que ele as perdeu.

– Ele é sério quando se trata de dar ordens para as mulheres. Ele tem ideias definitivas sobre como devemos nos comportar. Eu pretendo questioná-lo sobre isso.

Mikhail levantou a sobrancelha.

– Tenho certeza de que você vai mantê-lo ocupado enquanto estivermos fora. Mas faça um favor, pequenina, não seja muito dura com ele.

Os dois riam enquanto se vestiam.

Capítulo 16

Rudy Romanov estava fortemente sedado. O cheiro levava um fedor para o nariz de Mikhail. A ideia de colocar sangue contaminado em seu corpo era repulsiva, mas necessária. Ele poderia ler os pensamentos de Romanov à vontade. Raven o havia deixado ir com a confiança e a fé total no amor que Mikhail sentia por ela. Apesar de todas as células de seu corpo exigirem a morte de Romanov, Mikhail não trairia a confiança dela.

Na verdade, ele preferia matá-lo. O monstro lá dentro gritava para ser libertado, o homem exigia vingança. Um *Cárpato* não poderia aceitar o que Romanov havia feito sua mulher, sua companheira, passar. Mas essa companheira estava apegada aos seus hábitos humanos e ainda não conseguia enxergar o estilo *Cárpato*. Ela tinha mais compaixão que bom-senso. Como príncipe de seu povo, ele tinha uma obrigação para com os seus.

– Deixe que eu faça – Gregori disse sutilmente, lendo com facilidade o dilema de Mikhail.

A tentação para permitir que seu braço direito fizesse o trabalho por ele era enorme. Gregori havia matado, era o caçador mais habilidoso e competente de *mortos-vivos*. Era o trabalho dele proteger a espécie tanto quando o do príncipe. Mikhail sentiu a determinação fria no amigo. Gregori não hesitaria se Mikhail simplesmente fizesse um movimento de cabeça.

– Não, Gregori, eu não vou permitir que você assuma esse fardo. Matar se tornou fácil demais para todos – especialmente para você.

Gregori deu de ombros, e seus olhos prateados brilharam com algo perigoso.

– Existe muito poder em tirar uma vida, Mikhail.

– Há um grande risco para a sua alma – o príncipe afirmou. – Como aqueles que escolheram aquela onda poderosa para manter viva a própria alma. Você já os caçou com bastante frequência.

– Minha alma foi condenada muito tempo atrás, Mikhail. Eu não tenho nada além de adquirir conhecimento e poder para me manter.

– Então qual é o seu objetivo final? – Mikhail perguntou, franzindo a testa.

– A sobrevivência da nossa espécie – não houve mudança na voz de Gregori. Eles podiam estar discutindo o tempo.

– Uma razão para continuar minha existência. Algumas coisas que eu descobri têm sido um grande benefício para nós. Eu demonstrei uma dessas coisas com a habilidade de ouvir você e ir ajudá-lo em seu momento mais frágil. Mas é melhor deixar algumas coisas quietas.

O sussurro sombrio de um pensamento horrível se infiltrou na mente de Mikhail. Ele sabia o que os anos haviam custado a Gregori, todas aquelas mortes, caçar amigos mundo afora para fazer a justiça dos *Cárpatos*. Não tinha sido fácil, e não havia um fim em vista. Gregori havia atravessado uma linha sombria em algum momento, em algum ponto do passado, e estava lutando para voltar – ou pelo menos lutando para não fazer alguma coisa que sabia que Mikhail consideraria errado.

– Você acredita que a nossa espécie tem uma chance, Gregori?

Mikhail escolheu as palavras com cuidado, observando o rosto do amigo. Se ele não tivesse nenhuma esperança, se a linha atravessada o havia levado longe demais...

– Eu tenho esperança de que uma humana possa dar à luz uma menina. Há muito tempo eu desconfio disso. Eu acredito que algo aconteceu com as nossas mulheres para impedir isso, e com uma humana as chances serão maiores de que ela consiga gerar e dar luz a uma mulher saudável.

– O homem determina o sexo – Mikhail comentou. – Nós tentamos produzir mulheres, mas falhamos.

– Mas nós tentamos com mulheres *Cárpato* – Gregori comentou.

– Se você acredita nisso, por que esperou para testar sua teoria? – Mikhail perguntou com suspeita.

Por que Gregori pensaria em algo assim quando todos sabiam que as poucas humanas que eles haviam tentado converter tinham enlouquecido e não puderam ser salvas? A continuidade da espécie era da máxima importância – sim – mas não ao custo de fazer experiências com um ser humano.

– Porque eu também acreditava que um verdadeiro ritual de acasalamento com uma humana normal poderia enlouquecê-la. Eu não acreditava que poderia ser feito e não tinha esperanças de ver isso acontecer até você converter Raven com sucesso. Eu precisei me perguntar por que funcionou com ela e não com muitas outras. Ela é sua verdadeira companheira, isso é evidente, mas o que mais é diferente nela que possibilitou que isso acontecesse? Ela tem poderes psíquicos, Mikhail. Raven possui uma habilidade psíquica extraordinária. Eu acredito que ela carrega a composição genética que nos permitiu convertê-la. No mundo inteiro talvez existam apenas algumas mulheres assim.

– Você baseia sua crença apenas em Raven? – Mikhail perguntou sutilmente.

A sensação terrível em seu estômago não passava. Fazer uma experiência com uma mulher era certamente um crime imperdoável, um crime que ele não toleraria.

Os olhos prateados de Gregori ficaram apertados e brilharam. Por um momento, eles estavam conscientes demais das preocupações de Mikhail. O vazio negro aumentava em Gregori, uma mancha negra se espalhando pela sua alma. Ele não fez nenhum esforço para escondê-la de Mikhail. Era como se ele quisesse mostrar a Mikhail quão desesperadora a situação havia se tornado.

Mantendo o olhar fixo em seu príncipe, Gregori respondeu a questão.

– Eu fiz muitas coisas sombrias, horríveis e imperdoáveis, mas nunca usaria uma mulher para fins experimentais – ele deu de ombros. – Apesar de nós dois sabermos que outros tentaram e falharam, eu ainda não cheguei a um ponto tão baixo.

– Nem chegaria – Mikhail disse com mais confiança do que sentia. – Você ainda não me contou em que está baseando sua teoria de que uma humana pode produzir meninas de boa saúde.

Ele precisava saber. Precisava acreditar tanto quanto Gregori.

Dessa vez, os olhos prateados do velho amigo se aqueceram e se transformaram em mercúrio, um humor consigo que não cintilou de verdade por um momento breve.

– Necessidade. Pura necessidade, velho amigo.

Os olhos de Mikhail brilharam com humor em resposta. A necessidade era tão elementar quando a fome. Até mesmo a terra tinha necessidades.

– Se o que você suspeita é verdade, talvez precisemos conduzir uma busca por candidatas prováveis. Nós podíamos colocar anúncios nos jornais do mundo todo para todos os *Cárpatos*.

– Sua mulher gostaria disso – Gregori concordou.

Mikhail assentiu.

– Ela diz que precisamos entrar neste século – a risada do príncipe era genuína. – Toda a minha última tecnologia não conseguiu convencê-la de que sou um homem moderno.

Sem pensar, a mente dele procurou a de Raven para compartilhar a piada.

Instantaneamente, Raven inundou a mente dele com o barulho musical de sua risada. Por um momento, a seriedade dos problemas de seu povo desapareceu, e Mikhail foi cercado pelo amor dela. Os olhos de Gregori brilharam de maneira sinistra, trazendo Mikhail de volta para o dilema atual.

O líder suspirou discretamente e reforçou:

– Raven precisa sentir que eu tenho reverência pela vida humana.

Ele ofereceu a explicação como um pedido de desculpas.

– Você tem – Gregori disse com a voz incisiva. – Mais do que você provavelmente deveria. Você também tem uma responsabilidade para com seu povo. Romanov é muito perigoso para nós. Deixá-lo viver é deixar uma bomba-relógio acionada.

– No entanto, matá-lo criaria um muro enorme entre mim e Raven.

Gregori suspirou.

– Assuma o controle da sua mulher, Mikhail. É o melhor conselho que eu posso dar a você.

– Ela precisa se sentir livre.

Gregori levantou a sobrancelha.

– Ela é essencial para a existência da nossa espécie. Você precisa mantê-la muito bem-protegida.

Ele queria dizer sob controle, com um tom de desaprovação.

Mikhail começou a rir.

– Quero ver você encontrar uma companheira, Gregori, uma como Raven. Ela vai mantê-lo na palma da mão.

– Se eu um dia encontrar o que você tem, nuca vou permitir que ela se arrisque. Ela nunca vai chegar perto do perigo, nem mesmo para se alimentar. E ela não vai me desafiar.

– Você não pode fazer da sua companheira uma prisioneira, Gregori.

Havia um quê de divertimento na voz de Mikhail.

– Ela vai fazer o que for mandado.

Mikhail desviou o rosto para esconder o sorriso. Gregori não fazia ideia de como uma mulher podia fazer um homem virar de ponta-cabeça e tornar impossível que se respire sem ela. Se ele algum dia encontrasse sua companheira, ia ter um choque.

– Como você quer lidar com Romanov? – Gregori perguntou, mudando de assunto. – Se você se recusa a matá-lo, o que quer que seja feito com ele?

– Podemos conversar com ele e descobrir exatamente qual é o dano que ele nos causou. Afinal, precisamos garantir que ninguém leve nada do que ele disse a sério.

– Ele está fedendo a remédios.

Mikhail fez uma careta.

– Eu me alimentei bem esta noite. Sangue maculado não vai me fazer mal – os olhos de Gregori brilharam, com um toque de ameaça. – Você é o príncipe do nosso povo. É dever de todos nós protegermos você e a sua mulher de qualquer mal em potencial.

– Se for preciso, você tem a capacidade de liderar no meu lugar – Mikhail relembrou.

– Eu não sou um receptáculo, e você sabe bem disso.

– Mas Jacques provavelmente é.

Gregori virou os olhos totalmente em chamas para o príncipe.

– Não há razão para termos essa discussão, Mikhail. Você serve ao nosso povo como um receptáculo. Eu estou ao seu lado por um motivo, mas nunca esqueça o que eu sou, ou o que os outros que você lidera têm o potencial de se tornar. Os nossos homens pertencem à escuridão. Sem nossas mulheres, a outra metade de nós para trazer luz, nós nos tornamos verdadeiramente os vampiros das lendas humanas.

– Não é necessário que você me relembre, Gregori. Eu teria desistido e escolhido o *descanso eterno* em vez de me tornar o renegado perseguido que caça tanto mortais quanto *Cárpatos*.

Gregori suspirou.

– Nós nascemos em uma era diferente, em que nossos instintos predadores naturais podiam ser canalizados para o propósito do bem. Cada vez mais homens do nosso povo se tornaram vampiros e precisaram ser julgados.

Mikhail assentiu. Muitos dos caçadores *Cárpatos* – como Gregori – nasceram predadores, mas suas habilidades agora eram usadas exclusivamente para caçar sua própria espécie.

– Aqueles que se tornaram vampiros tentaram se salvar com humanas, sem entender que é a sua verdadeira companheira quem eles devem buscar, e ao escolher abrir mão de sua alma, eles destruíram suas chances.

– Séculos é um longo tempo para viver sozinho na completa escuridão – disse Gregori. E com os murmúrios da tentação nos consumindo, o isolamento se torna intolerável. Jacques passou da idade e está caminhando na direção da loucura. Como eu, é apenas a lealdade e a lembrança do afeto por você, nossa confiança em você, que nos impede de nos tornarmos verdadeiros vampiros. Mas, Mikhail, sem nossas mulheres, essa lealdade não vai manter a escuridão longe para sempre.

Mikhail queria fazer uma objeção, mas havia verdade demais no que Gregori havia dito; ele mesmo lutava com o monstro o tempo todo. Um *Cárpato* só podia durar tantos séculos para domar a fera dentro de si, tendo uma razão para continuar sua existência.

O príncipe suspirou.

– Vamos fazer esse trabalho desagradável, Gregori.

– Romanov não deve ver você, Mikhail – Gregori disse. – Se ele nunca puder confirmar que estava certo sobre você, não vai haver motivo para que qualquer um acredite naquele falatório maluco. Eu devo ser quem toma o sangue maculado de Romanov se você insiste na continuidade da vida dele.

Gregori não estava perguntando.

Mikhail meneou seu consentimento. Os dois *Cárpatos* se moveram com facilidade pelos corredores estreitos da ala psiquiátrica do hospital. Os humanos tinham uma sensação de frio, nada mais, quando os dois passavam invisíveis pelo prédio.

Eles passaram por um buraco de fechadura, um fluido de vapor como se fosse névoa escurecida, fazendo um turbilhão no quarto e envolvendo o corpo de Romanov como um manto. Romanov gritou, o medo tomou conta dele enquanto a névoa o cercava como uma cobra, deslizando pelas costelas, pulsos, envolvendo o pescoço e começando a apertar cada vez mais rápido. Romanov podia sentir na pele, um torno que continuava a torcer seu corpo como um saca-rolha, mas quando tentavam agarrar o vapor, as mãos dele passavam direto. Vozes assobiavam algo horrível, sussurrando, ameaçando, tão baixo quanto meros fios de som na cabeça dele. O rapaz levou as mãos aos ouvidos em uma tentativa de parar o murmúrio furtivo. Saliva escorria de sua boca mole, e sua garganta convulsionava.

A névoa se separou, uma parte foi até um canto e pairou logo acima do chão. A outra lentamente se tornou mais densa, cintilou, começou a tomar forma, até transformar-se em um homem musculoso e de ombros largos com os olhos claros da morte. Rudy começou a tremer incontrolavelmente, recuando até um canto, encolhendo-se o máximo possível. A aparição era vívida demais, ameaçadora demais, para não ser real.

– Romanov.

As presas de Gregori brilharam brancas no quarto escuro.

– Quem é você? O que é você?

As palavras saíram como um resmungo rouco. Claramente, Rudy não queria uma resposta de verdade. Só queria que a aparição fosse embora.

Os olhos claros brilharam, fechando-se até se tornarem dois riscos olhando fixamente.

– Você sabe o que eu sou, Romanov. Eu sou exatamente aquilo que você acusou o inimigo da sua família de ser. Foi tão inteligente da sua parte e de seu pai livrar-se de um inimigo acusando-o de ser um *morto-vivo*. Você acha que eu deixaria você se safar?

– Você é de verdade?

Gregori deu um sorriso sinistro em resposta.

– O que você vai fazer?

O medo se transformou em terror, deixou a voz dele trêmula. Os olhos claros olharam profundamente nos de Rudy. A voz de Gregori se tornou um ataque grave, de veludo preto. Hipnótica. Fascinante. Persuasiva.

– Venha até mim, me alimente. Torne-se meu servo até que eu dê a você a maldição da escuridão.

Um entendimento foi surgindo nos olhos de Romanov, horror que se tornou terror. Mas ele se aproximou, afastando a camisa da jugular. Gregori não sentiu pena daquela criatura que teria queimado Raven e Mikhail vivos, que havia condenado os *Cárpatos* a mais uma caça às bruxas. Gregori sussurrou de novo, com uma voz tão sedutora, tão envolvente, uma ferramenta de poder.

– Você podia ter matado duas pessoas inocentes, Romanov, gente do seu Deus que ofereceu amizade a você. O seu lugar é conosco, os da noite. Você vai me servir agora, responder ao meu chamado, atender ao meu comando.

Ele abaixou a cabeça lentamente, sem tocar o rapaz em nenhum momento, mantendo-o indefeso apenas com a mente propositalmente, permitindo que Rudy sentisse seu poder.

Romanov sabia que sua alma estava perdida. Podia sentir o poder do estranho, a imensa força e a habilidade de fazer coisas que nenhum humano podia imaginar. Imortalidade. A sedução o chamava. Rudy foi, voluntariamente, virando a cabeça para expor a garganta. Hálito quente, dor perfurante enquanto as presas se cravavam. Romanov podia de fato sentir o sangue de sua vida escoando como um rio para fora de seu corpo. A dor era intensa, um inferno em chamas que não era possível interromper. Nem queria. Uma fraqueza estranha tomou conta dele, suas pálpebras ficaram pesadas demais para serem levantadas.

A névoa aumentou no quarto, envolvendo Gregori, fluindo entre o *Cárpato* e sua presa. Com relutância, com um grunhido de protesto, Gregori levantou a cabeça de seu alimento e, com desdém, permitiu que o corpo quase sem vida caísse no chão.

– Você quase o matou – Mikhail vociferou.

Ele merece a morte. Ele é podre e vazio por dentro, já foi corrompido. Ele quer noites intermináveis, mulheres indefesas, o poder da vida e da morte sobre a humanidade. Há muito nele que é como seu avô e seu pai. Ele é uma concha vazia, com vermes comendo o que há de bom. A mente do rapaz é uma névoa de desejo pervertido. E se você insiste em defendê-lo, vou acrescentar que a maioria dos pensamentos mais imundos envolve atividade sexual com a sua mulher.

Ele não pode morrer dessa maneira, Gregori. Houve um assobio na mente de Gregori, um sinal de insatisfação de Mikhail.

Do jeito que as coisas estão, já atraímos atenção suficiente para o nosso povo. Se Romanov morrer de perda excessiva de sangue...

Eu não sou tão descuidado assim. Gregori empurrou o corpo para o lado com o pé.

Ele vai viver. Foi o avô dele quem começou isso...

Mikhail franziu a testa, pensativo.

Ele se chamava Rau, você se lembra? Ele ficou louco quando velho, era depravado quando jovem. O homem batia na mulher e corria atrás de meninas. Eu o impedi uma vez.

E ganhei não só o ódio, como também a suspeita dele. Rou começou a observar você depois disso. Espionava você em toda chance que tinha, esperando encontrar algo para condená-lo, Gregori recordou.

Você era popular entre a população local, e depois de expor a necessidade dele de garotas jovens, ele desprezou você ainda mais.

Eu tomei o cuidado de envelhecer.

Pelo jeito não o bastante. Quando você fingiu morrer e voltar como seu próprio neto, ele não acreditou. Algo entregou você – um gesto, a maneira de falar, quem sabe? Ele transmitiu as suspeitas para Hans, que acreditava nos contos do pai. Talvez ele mesmo se lembrasse de você quando era criança, Gregori explicou.

Em todo caso, Hans era tão pervertido quando o pai e estabeleceu você como uma ameaça. Os moradores daqui vêm até você pedindo justiça. Hans também era tão fanático quanto o pai. Todos esses anos ele vem coletando evidências para convencer o mundo de que vampiros existem e que você é o líder deles.

Gregori deu outro empurrão no corpo com o pé.

O homem havia enchido a cabeça do filho com as mesmas suspeitas bobas, mesmo que Rudy se considerasse mais moderno e achasse que o pai era louco. Infelizmente, ele tem as mesmas inclinações doentias que o pai e o avô. Hans deixou para ele o legado de uma mente depravada, junto com todas as evidências que adquiriu ao longo dos anos contra você.

Rudy mandou as evidências para o mundo? Você tem certeza disso?

Gregori deu de ombros.

Hans Romanov enviou as provas para várias pessoas que acreditavam, assim como ele. Ele enviou as cópias para ele e deixou instruções para que Rudy continuasse seu trabalho caso alguma coisa acontecesse. Os originais estão na casa, embaixo das tábuas do chão no quarto dos pais.

Gregori ficou olhando impassível enquanto Rudy Romanov acordou o suficiente para tentar rastejar para longe dele.

Cedo ou tarde eles virão, e virão buscar o nosso povo. Precisamos saber de qualquer perigo imediato e próximo.

Gregori abaixou e fechou os punhos na camisa de Romanov. Apesar de pesar uns 90 quilos, o homem foi levantado com facilidade, como se fosse apenas uma criança.

– Escute, Romanov.

Rudy piscou e então levantou as pálpebras. Levou alguns minutos até que percebesse que estava pendurado no ar indefeso com aqueles olhos claros e sublimes fixos nele.

– Você é real.

A voz de Rudy estava fraca, e seu corpo parecia chumbo.

– Fale-me de Von Halen. O seu pai mandou a foto de Dubrinsky para ele. Como se um vampiro pudesse aparecer em fotos – Gregori sacudiu o homem. – Como você pode ter algum valor para mim sendo tão idiota?

– Eu posso. Eu posso.

Rudy estava suspenso e indefeso, tentando formar palavras, um pensamento coerente, para provar seu valor. Ele não conseguiu formar outra palavra, estava fraco demais, mas a informação inundava seu cérebro, e Gregori a extraiu com a habilidade de um cirurgião. Quando conseguiu o que queria, soltou Romanov com total desprezo na cama. O homem ricocheteou como se fosse um saco de batatas e escorregou para o chão, onde ficou gemendo encolhido.

O corpo de Gregori hesitou. Bruxuleou. Tornou-se translúcido e então se dissipou. Romanov suspirou alto e tentou se arrastar para a segurança das cobertas. O quarto estava gelado, o corpo do rapaz, mais gelado ainda. Rudy tremia tanto que teve medo de nunca mais conseguir parar. Até mesmo seus dentes batiam tanto que corriam o risco de se desintegrar.

Névoa entrou no quarto, como uma longa fita de bruma que parecia uma cobra onde o *vampiro* havia estado. O vapor se aproximou de onde Romanov estava encolhido sob as cobertas, se aproximou de sua cabeça, do pescoço, e então saiu do quarto, deixando-o soluçando desamparado.

Mikhail e Gregori deslizaram pelo corredor rápido, em silêncio, correndo para o frescor da noite. Depois da depravação da mente de Rudy, os dois precisavam se reconectar com a terra. Uma vez lá fora, Gregori forçou os remédios a saírem por seus poros para se livrar do veneno. Mikhail ficou observando enquanto ele fazia aquilo, maravilhado com a facilidade do amigo. Gregori ficou quieto na viagem até o chalé de Romanov. Mikhail respeitou a necessidade de respirar os aromas da noite do amigo, de sentir o chão sob os pés, ouvir a música dos lobos, as criaturas da noite chamando com seus ritmos calmantes.

Na segurança da casa de Romanov, Gregori foi, implacável, até os papéis grosseiramente escondidos embaixo do piso de madeira. Mikhail pegou as antigas fotos e a pilha de papéis sem nem olhar para tudo aquilo.

– Conte-me tudo o que havia na mente dele.

Os olhos prateados de Gregori brilharam perigosamente.

– Um homem chamado Slovensky, Eugene Slovensky, é membro de uma sociedade dedicada a destruir vampiros. Von Halen, Anton Fabrezo e Dieter Hodkins são os chamados especialistas que investigam e apontam as vítimas para os assassinatos. Slovensky recruta, confirma e registra as mortes. Ele é um homem muito perigoso, Mikhail. Acho que será necessário que eu olhe esse livro de registros. Talvez tenha chegado a hora de eles conhecerem um vampiro de verdade.

Mikhail praguejou discreta e eloquentemente.

– Eu devia tê-lo matado quando tive a chance. Precisamos investigar esses homens e descobrir tudo o que há para saber sobre eles – quem são seus amigos – qual é o tamanho real dessa sociedade secreta.

Vamos precisar de descrições ou fotos para que todo o nosso povo fique alerta. Outra caça aos vampiros pode destruir todos nós.

Gregori deu de ombros com seu corpo enorme.

– Eu vou caçar e destruir esses homens. Pegue Raven e vá para longe deste lugar. Eu sinto o seu protesto, Mikhail, mas é a única maneira e nós dois sabemos disso.

Mikhail suspirou profundamente.

– Raven vai achar esses próximos anos difíceis. Vamos passá-los olhando por sobre os ombros, sempre caçando ou fugindo.

– Eu vou investigar, Mikhail. De jeito nenhum você pode assumir esse fardo, especialmente agora que achou uma mulher talvez capaz de reproduzir.

Os olhos escuros de Mikhail se fixaram no amigo.

– Você não vai fazer isso sozinho, Gregori. Eu sou responsável pelo nosso povo. Não cabe a você realizar todas as tarefas difíceis para me poupar.

– Nós enxergamos as nossas tarefas de maneira diferente – Gregori deu de ombros. – Mais uma morte pelo bem da nossa espécie não vai me levar para além do limite. Você tem responsabilidades demais, eu tenho muito poucas. Eu sou só, Mikhail, com tempo para preencher a enormidade do poder que somos capazes de ter. Tempo suficiente para me ressentir de precisar me esconder no nosso próprio mundo. Os anos intermináveis são tempo suficiente para desprezar aqueles que odeiam o que não entendem. Sua mulher estava certa quando disse que a nossa espécie precisa mudar com o tempo. Se nós vamos sobreviver, não podemos mais não assumir um papel ativo na proteção do nosso povo.

– Gregori, eu sou o instrumento da justiça – Mikhail o recordou.

– Nosso povo não pode perder você ou arriscar a sua mulher. As pessoas se voltam para você em busca de sabedoria e liderança. Nós dois sabemos que os anos que teremos pela frente serão negros. Eu serei o seu instrumento de justiça. É o único caminho para o nosso povo.

– Você pode não sobreviver a essa escolha, Gregori, e eu não vou trocar a minha felicidade por sua alma.

Os olhos prateados passearam por Mikhail e então buscaram a noite.

– Não existem outras escolhas para nós. Minha única esperança de salvação é uma companheira. Eu não sinto mais nada, Mikhail, eu sacio minhas necessidades. Não há mais desejos do meu corpo, apenas da mente. Não consigo lembrar como é sentir as coisas que você sente. Não há alegria na minha vida. Eu simplesmente existo e cumpro meu papel para com o nosso povo. Preciso de uma companheira logo. Só vou aguentar mais alguns anos e, então, precisarei buscar o *descanso eterno*. Não posso correr o risco de colocar você na posição de me caçar.

– Você não vai buscar o sol, Gregori, não sem me consultar antes – Mikhail levantou a mão quando Gregori quis protestar. – Eu já estive no seu lugar, sozinho, o monstro em mim lutando para dominar, a mancha na minha alma escura. Nosso povo precisa de você mais do que ninguém. Você precisa se manter forte e lutar contra o monstro que espreita tão de perto. Raven me mostrou que existe esperança para nós.

Os olhos prateados de Gregori brilharam perigosamente no cômodo escuro, claros e ameaçadores, os olhos da morte.

– Eu não sou o único *Cárpato* à beira da loucura. Existem muitos outros.

– Você é o mais forte, o mais sábio.

– Não superestime meu afeto ou minha lealdade. Eu preciso de uma parceira. Se eu sentir alguma coisa, qualquer coisa – luxúria, posse, qualquer coisa – vou tomar o que é meu e que ninguém ouse tirá-la de mim.

Mikhail apertou os olhos.

– Você fala como se tivesse uma profecia.

Gregori olhou em volta no chalé de Romanov e abruptamente seu enorme corpo cintilou, se dissolvendo em cristais de água e escorreu para fora da casa e para dentro dos braços acolhedores da noite.

Vamos sair dessa casa de loucura e morte. Talvez seja o sangue contaminado que eu coloquei em meu corpo falando.

Com um suspiro, Mikhail seguiu Gregori noite adentro. As faixas de vapor irmãs brilharam sob o luar, unindo-se aos feixes de neblina alguns metros acima do chão da floresta. Mikhail se movia com o amigo, sabendo que ele deixaria que a noite limpasse a repugnância sentida diante da proximidade de um homem tão pervertido e depravado quanto Hans Romanov e seu filho. O sangue impuro, sangue de que *Cárpatos* raramente chegavam perto, muito provavelmente estava fazendo o corpo de Gregori se rebelar contra um insulto como aquele. Apesar de ter expelido o veneno pelos poros, algum resíduo podia ter ficado. Ele estava lutando contra suas próprias inclinações e o lado mais sombrio de sua natureza. O sangue impuro não iria ajudar.

Racionalmente, Mikhail sabia que Gregori estava certo em tudo o que havia dito. Sabia que Gregori havia salvado Raven e, ao fazê-lo, o havia salvado também. E havia feito o mesmo esta noite, ao tomar o sangue de Rudy Romanov em vez de forçar Mikhail a matar o homem ou ele mesmo beber o sangue, salvando Raven e seu príncipe de uma quantidade enorme de dor. Mas o fato continuava sendo que Gregori estava colocando sua sanidade em risco – risco com o qual ele não podia arcar – riscos que cabiam a Mikhail.

Mikhail precisava de Raven, precisava da inteligência e da inocência dela para remover as lembranças perturbadoras daquela noite de trabalho. Ansioso para voltar para ela, Mikhail deslizou pelas árvores até a clareira que separava as casas do interior da floresta. Enquanto passava pelo chalé do padre e pelo campo, sua mente se encheu de desconforto. O alerta se agitou o suficiente para fazê-lo voltar à casa do padre Hummer e, sob o abrigo das árvores, assumir a forma humana.

Com a estranha tensão aumentando, ele tocou a mente de Raven para garantir que ela estava em segurança. Ela pareceu estar provocando Jacques, os dois estavam se esforçando muito para impedir que os outros se preocupassem. Nada parecia ameaçá-la.

– O que foi?

Gregori se materializou ao lado de Mikhail.

– Eu não sei. Você está sentindo?

Mikhail não conseguiu identificar *o que* era exatamente. Os dois sondaram o entorno para ver se havia algum perigo. Sem encontrar nada tangível, mas ainda desconfortável, Mikhail ficou imóvel, misturando-se a noite, absorvendo seu ritmo. Ele escutou as criaturas, os insetos e testou a brisa para buscar informações. As árvores, os arbustos, a vegetação que cobria o chão, até mesmo a terra sob os pés dos dois, tudo exalava aromas, pistas, histórias completas para ele. Ao seu lado, Gregori estava igualmente imóvel, fazendo a mesma coisa.

Foi o solo que contou sobre a violência – botas pisoteando, gotas de sangue. Mikhail levou seus olhos em choque até os de Gregori, e os dois se viraram ao mesmo tempo para olhar para o chalé do velho amigo.

– Eu vou primeiro – disse Gregori, com o máximo de compaixão que era capaz de injetar na própria voz. Mikhail fechou os olhos rapidamente em um sinal de negação.

– Ele era meu amigo.

– Você saberia se ele estivesse morto – Gregori afirmou.

Mikhail balançou a cabeça.

– Em todos os anos da nossa amizade, eu nunca tomei sangue dele.

Gregori levantou a cabeça, e seus olhos prateados brilharam em sinal de reprovação.

– Eu sei. Eu sabia que você não aprovaria a minha decisão, mas de alguma forma parecia desrespeitoso. Eu posso tocar a mente dele porque o conheço muito bem, mas não existe vínculo de sangue entre nós. Eu nunca o monitorei, e ele não tem habilidades psíquicas. Eu o aviso que estou vindo visitá-lo à moda antiga, ainda que tenha dado a ele algumas invenções modernas como um celular, mas o alcance é curto. Uma vez, recentemente, eu perguntei se ele cuidaria de Raven para mim. Eu sabia que ela passaria por um momento difícil, e pedi que ele passasse algumas horas do dia com ela.

Mikhail colocou o braço para trás para procurar um tronco de árvore sólido. Ele precisava sentir a força enquanto seu mundo girava sem controle.

– É possível que eu o tenha colocado em perigo sem me dar conta ao pedir que cuidasse dela – o príncipe olhou para Gregori. – O padre Hummer tinha 83 anos. A aura dele estava sempre brilhante, a luz branca refletia a pureza de seu coração e de sua alma. No meio da noite, por mais frio que estivesse, ele atendia ao meu chamado sem hesitar nem questionar. Eu queria que ele realizasse a cerimônia humana para me unir a Raven. Os dois teriam ficado felizes com isso. Ele me trouxe paz e conforto quando minha vida estava um tormento.

– Você tem certeza da mente dele?

Mais uma vez Gregori olhou o chalé para procurar alguma vida e descobriu o cheiro de sangue, a malevolência duradoura da violência, mas nenhuma forma de vida. Ele passou com cuidado entre Mikhail e a entrada da casa do padre.

– Não é razoável presumir que um mortal de mais de 80 anos possa sobreviver a um ataque – Mikhail respondeu duramente.

– Não é lógico presumir nada – Gregori o relembrou enquanto flutuava até a sacada. – Precisamos lidar com fatos, Mikhail, não emoções. É assim que vivemos.

– Tenha cuidado, pode ser uma armadilha. Eles conectaram uma câmera para que disparasse quando a porta se abrisse na casa de Noelle e Rand – Mikhail alertou.

– Deixe que venham atrás de mim – Gregori provocou. – Eu não sou uma mulher indefesa que acabou de parir, também não estou preso no chão, prestes a dar à luz. Não tenho vínculos próximos entre o nosso povo para levantar suspeitas nos outros além de você, e você já é suspeito. Os caçadores vão se transformar na caça.

Havia uma confiança suprema na voz de Gregori, até mesmo uma avidez para começar a batalha.

– Isso não é um jogo – Mikhail o repreendeu enquanto subia as escadas com relutância.

Era fácil identificar o cheiro do sangue de perto – e ele pertencia ao padre.

Gregori bateu na porta com a palma da mão, estilhaçando o carvalho pesado, parado bem ao lado da entrada. Veio um som alto de tiro, ecoando na noite. A armadilha podia ter sido disparada por qualquer um no vilarejo.

– Isso vai colocar os bons cidadãos para correr – Gregori comentou secamente.

Mikhail lançou outro olhar de reprimenda para o amigo.

– Teria sido uma tragédia se algum deles tivesse aberto a porta, sem desconfiar do perigo.

– Você não aprendeu nada sobre os mortais ao longo dos séculos? Eles têm medo e ódio daquilo que não entendem. Eles se destroem usando qualquer coisa como desculpa. Eles abusam de suas mulheres e crianças. Esses aldeões que conhecem você, que são seus amigos, acabariam com você e com a sua mulher diante do primeiro indício da verdade.

– Alguns – Mikhail concordou calmamente.

Gregori entrou na casa com cuidado, com todos os sentidos alertas. O chalé pequeno, arrumado, tão confortável e aconchegante, havia sido destruído e saqueado. Os preciosos livros do padre haviam sido rasgados, suas fotos haviam sido transformadas em tiras. As ervas do padre Hummer, cultivadas em tinas com tanto cuidado, estavam amontoadas no chão da cozinha. O fino colchão estava destruído, as cobertas rasgadas.

– O que eles estavam procurando? – Mikhail se perguntou em voz alta, andando pelo quarto.

Ele parou para pegar uma torre, colocando os dedos em volta da peça de xadrez familiar. Havia manchas de sangue no chão, na antiga cadeira de balanço entalhada. A dor se acumulou, aguda e clara.

Mikhail? Raven estava na mente dele, inundando-o instantaneamente com calor e conforto. *Você precisa de mim?*

Ele sempre precisaria dela, mas, naquele momento, mais do que tudo, precisava saber que Raven estava em segurança.

Fique perto de Jacques. Fiquem, vocês dois, alertas para qualquer perigo. Não confiem em ninguém. Olhem em volta de vocês o tempo todo.

Você está em perigo?

Havia uma oscilação mínima na voz dela.

Gregori está comigo.

Ele não estava totalmente certo se aquilo não caía sob a categoria de enganá-la, mas Raven já havia passado por muita coisa.

E quanto ao Gregori, ele está ferido? Você está muito chateado.

Ela podia sentir a dor de Mikhail e quis saber o que era.

Ele está bem. Faça o que eu estou pedindo, pequenina. É importante.

Mikhail sentiu a aceitação dela. Só para se certificar duas vezes, ele enviou uma mensagem rápida para Jacques, prevenindo-o do perigo em potencial e o alertando sobre o que haviam encontrado.

– Ela está bem? – Gregori perguntou.

– Jacques sabe cuidar dela. Raven perguntou sobre você.

Gregori levantou a sobrancelha, duvidando de que qualquer um tivesse perguntado sobre sua saúde, em séculos, além de Mikhail. Ele não respondeu ao comentário, sem saber o que pensar sobre outro ser sendo incluído em seu círculo.

– O padre sabia o que você é, Mikhail? E não finja que não entendeu. Ele sabia que você era considerado o príncipe do seu povo, mas sabia qual era a sua espécie?

– Você está sugerindo que o padre Hummer me trairia?

– Contra tudo o que é lógico, você adotou aquela igreja. Você se confessava com ele?

– Isso não é da sua conta, Gregori.

– Eu mesmo o teria matado se achasse que ele tinha alguma informação que colocasse você em perigo – Gregori alertou e olhou em volta. – Não há nenhum corpo – ele comentou sem necessidade.

O caçador se abaixou e pegou uma Bíblia muito antiga com capa de couro. O livro estava bem gasto, e o couro brilhava onde os dedos do padre o tinham segurado tantas vezes.

– Onde há cheiro, há rastro – Gregori entregou a Bíblia para Mikhail, observando enquanto o príncipe colocava a Bíblia embaixo da camisa, junto à sua pele.

– Os aldeões estão se aproximando.

Mikhail podia ouvir os passos apressados, muito mais próximos agora. Dois homens na frente, três outros mais ou menos um metro atrás.

– Precisamos sair daqui agora.

Capítulo 17

O corpo grande e musculoso de Gregori se curvou e crepitou. Pelos brilhantes se agitaram em seus braços, garras surgiram nas unhas e presas apareceram em um focinho longo. O enorme lobo preto já estava saltando a janela, transformando-se enquanto corria. Mikhail veio atrás, saltando pelas árvores, dando a volta, com o focinho no chão.

Tochas surgiram na noite. Os aldeões estavam quase no chalé. Em forma de lobo, Mikhail virou as costas para eles e farejou o chão, procurando o cheiro do mal. O rastro levava para longe da cidade em direção ao interior da floresta, mas na direção oposta da província, subindo cada vez mais pelas montanhas. Quem quer que tenha levado o padre Hummer, queria estar a sós com ele para fazer seu trabalho sujo.

Por sorte, a direção os levou para longe de Raven e Jacques. Mikhail respirou aliviado. Ele estava preocupado que os assassinos estivessem correndo para encontrá-la.

Mikhail e Gregori correram muito, ombro a ombro, com um propósito mortal e sombrio no coração. Eles corriam com o focinho ao vento, baixando-o de vez em quando para a trilha estreita e sinuosa para garantir que estavam seguindo o cheiro do padre. Os músculos poderosos se agitavam nas costas dos dois, com o coração e os pulmões trabalhando como máquinas bem-lubrificadas. Os animais saíam do caminho, abaixando-se de medo diante da passagem deles.

Um cheiro pungente e desconhecido marcou uma árvore no caminho. Mikhail parou. Eles haviam atravessado os limites da alcateia de Mikhail e entrado em outro território. Os lobos muitas vezes atacavam e matavam os intrusos. Não que ele estivesse preocupado por si e por Gregori, mas se não conseguisse controlar o *casal alfa* imediatamente, poderia atrasar o progresso. A noite tinha uma quantidade limitada de horas, e ele não podia ficar longe de Raven por muito tempo depois do que ela havia passado.

Mikhail esbarrou em Gregori com o ombro, e os dois desviaram levemente do caminho para se proteger melhor de um ataque surpresa. Ele enviou um chamado, permitindo que o vento levasse uma mensagem na tentativa de localizar o par dominante.

Com o cheiro do sangue do padre e o fedor das botas pesadas, foi bastante fácil seguir o rastro. De vez em quando, uma pequena mancha de sangue em uma folha ou uma gota vermelho-rubi brilhante em uma pedra apontava o caminho. Um estranho desconforto começou a aumentar em Mikhail. Algo estava escapando a ele. Alguma coisa não estava certa. Eles haviam percorrido quilômetros correndo, mas o rastro nunca mudava. O cheiro não estava ficando mais fresco, não estava diminuindo, era simplesmente o mesmo.

Não estou gostando disso, Gregori. Algo está errado, definitivamente. Devíamos estar perto deles a esta altura, mas é como se...

Um pequeno ruído acima deles foi o único aviso, um pequeno rangido como se uma pedra estivesse sendo esfregada em outra. Eles estavam em um pequeno barranco, com paredes íngremes dos dois lados. Mikhail pulou para a direita, jogando seu peso contra o de Gregori, jogando o lobo maior contra uma parede de pedras enquanto uma grande rocha caiu na trilha onde eles estavam. Os dois lobos se dissolveram imediatamente, tornando-se pequenas partículas de névoa. A chuva de pedras e rochas caía do alto inutilmente pela bruma imaterial.

Ao mesmo tempo, Mikhail e Gregori se lançaram ao céu, transformando o corpo enquanto chegavam com a elegância de um gato no penhasco acima deles. Não havia nenhum padre e com certeza nenhum agressor. Mikhail olhou com desconforto para Gregori.

– Nenhum humano poderia ter feito isso.

Eles se separaram, o mais velho, o mais poderoso, de longe o mais perigoso.

Mikhail entrou em contato com Raven de novo para se certificar de que ela estava segura. A risada despreocupada dela ecoou na mente dele e trouxe calor.

– O padre não andou essa distância toda, e nenhum mortal poderia tê-lo carregado – Gregori afirmou pensativo – o sangue dele foi usado como armadilha, para nos trazer para cá.

– Ele é inteligente o bastante para não deixar seu próprio cheiro para nós. O padre foi ferido de propósito porque era meu amigo – Mikhail observou.

– Os vampiros controlam os lobos – Gregori concluiu. As presas dele brilharam brancas na escuridão. – Ele é ardiloso, nosso oponente. Ele armou para você, Mikhail.

– Ele é um vampiro, mas devia saber da prova na casa de Romanov. Ele sabia que iríamos em busca de Romanov no hospital, descobrir que evidência ele tinha e ir até o chalé para recuperar os originais.

– No caminho, passaríamos pela casa do padre – Gregori disse.

Mikhail franziu a testa.

– É possível que ele de alguma maneira esteja em contato com esses assassinos? Ele pode esconder o que é para usá-los para seus próprios fins?

– Se for esse o caso, Mikhail, se um vampiro tem esse tipo de autocontrole, de poder se misturar com os humanos e levá-los até nós através de um fanático como Hans Romanov, estamos mais encrencados do que qualquer um de nós se deu conta.

– Ele poderia ter dado a prova a Hans? – Mikhail especulou em voz alta.

– Uma conspiração, então? Entre vampiros e humanos?

Gregori franziu a testa mesmo enquanto balançava a cabeça em sinal de negação.

– Quem poderia ser poderoso o bastante para impedir os vampiros de atacar seus aliados humanos e matá-los? Eu nunca encontrei um vampiro que conseguisse manter sua fome sob controle.

Mikhail inspirou profundamente.

– Os lobos estão vindo.

– Eles recusam as minhas ordens Mikhail. A alcateia está em um frenesi para matar, meu amigo, e é você que estão caçando.

– Quem é ele? Ele é esperto o bastante para não deixar seu próprio cheiro para nós – Mikhail observou.

– O sangue do padre e o fedor das botas dos humanos é um disfarce interessante – Gregori parecia intrigado. – Vá, Mikhail, eu lido com os lobos.

– Nenhum de nós precisa lidar com eles – Mikhail disse com firmeza. – Vamos. Precisamos desvendar esse mistério antes do amanhecer.

– Eu discordo. É muito necessário lidar com os servos dele. Ele os usa como armas contra seu próprio povo. Ele espera que vamos embora e deixemos o reino dele intacto e intocado. É um verdadeiro vampiro, Mikhail, e está tentando destruir você. Não há como fazê-lo mudar de ideia. Ninguém pode salvá-lo, você bem sabe. Não vou deixar que sobre nada para onde ele voltar. Seu oponente vai receber uma mensagem clara de que eu nunca vou tolerar um ataque contra o nosso príncipe. Outros como ele vão ouvir falar dessa noite e pensar antes de mandarem seus servos atrás de você.

– Você o está deixando furioso de propósito para fazê-lo aparecer – disse Mikhail. – Eu não quero que você corra um risco que é por direito meu.

Gregori se virou, fixando os olhos perfurantes na escuridão da floresta.

– É meu direito proteger você. Meu direito e meu dever. Nisso você não tem o que opinar.

– Gregori... – Mikhail começou a falar, com o coração apertado. – É tarde demais.

Gregori deu um salto para colocar seu corpo entre o de Mikhail e a alcateia que surgia das árvores, com os olhos vermelhos fixos no príncipe. Rosnando e urrando, os animais saltaram na direção da figura alta e elegante parada com sua graça casual tão perto da beira do penhasco. Gregori parecia um demônio em turbilhão, atirando animais pelo barranco, quebrando ossos como se fossem palitos de fósforo. Ele não emitiu nenhum som, e sua velocidade era sobrenatural – tão rápido que ele parecia um borrão, impossível de ver em ação de fato.

Mikhail não se mexeu de onde estava, a tristeza invadia sua alma. Que desperdício de vida. Uma tragédia. Gregori conseguia destruir a vida com tanta facilidade, sem sentimento, sem arrependimento. Isso deixou claro para Mikhail, mais do que qualquer coisa, quão desesperadora era a situação do povo dele de verdade. Os *Cárpatos* reverenciavam a natureza e sentiam uma ligação com todas as criaturas vivas, mas Gregori destruiu uma alcateia inteira com aparente facilidade.

O macho *alfa* investiu contra Mikhail enquanto a fêmea cercava em uma tentativa de se colocar atrás dele. Gregori se materializou no caminho do *alfa*, fazendo com que o enorme lobo se chocasse contra seu peito. O golpe deveria ter feito Gregori cair para trás, mas nem o abalou. Suas mãos se fecharam no pescoço do animal, os polegares apertando a garganta enquanto mantinha longe o focinho do animal que rosnava.

A fêmea mudou de direção, correndo para ajudar seu parceiro. Gregori se virou, levando o enorme macho junto, arremessando o corpo da fêmea para longe com o lobo que estava em suas mãos. O ar em volta deles estava carregado de energia, e acima da cabeça deles, as nuvens pretas brilhavam com os riscos prateados.

Um raio caiu, deixando uma marca e acertando uma árvore à esquerda deles; o tronco explodiu, o fogo lançou as folhas em chamas pelos ares. Elas caíram como chuva na loba, dissolvendo-se em uma massa enegrecida de pelos. Gregori quebrou o pescoço do animal, desesperado para impedi-lo de cumprir a ordem de atacar o príncipe.

– Você corre muitos riscos – Gregori grunhiu uma reprimenda, materializando-se ao lado de Mikhail. – Eles foram programados para destruir você. Você devia ter garantido que se afastaria do caminho de qualquer mal.

Mikhail observou a destruição e a morte que o cercavam. Nenhum corpo havia chegado a menos de três metros dele.

– Você sabe que eu jamais teria permitido que algo acontecesse. Ele não vai descansar enquanto não destruir você, Gregori.

Um sorriso leve, parecido com o de um lobo, tomou a boca de Gregori.

– Essa é a ideia, Mikhail. Esse é o meu convite. Ele tem o direito de desafiar você abertamente se o desejar, mas está traindo você pelos mortais. Essa traição nunca vai ser tolerada.

– Precisamos encontrar o padre Hummer – Mikhail disse sutilmente. – Ele está velho demais para sobreviver a um ataque tão brutal. O vampiro não vai mantê-lo vivo quando o sol começar a nascer.

– Mas por que essa trama elaborada? – Gregori indagou em voz alta. – Ele devia saber que você não seria pego no barranco ou pelos lobos. Ele não podia ser tão confiante a ponto de acreditar que pegaria você com tanta facilidade.

– Ele está me atrasando.

Um toque de medo tocou os olhos pretos de Mikhail. Mais uma vez a mente dele procurou a de Raven. Ela parecia estar provocando Jacques, mas imediatamente enviou uma mistura de calor com um leve questionamento para Mikhail.

O que foi?

Apenas mantenha-se a salvo, Raven.

Ele interrompeu o contato, com medo de que ela lesse demais. Mikhail tentou ir em direção ao padre, usando apenas a amizade para guiá-lo, mas sem um vínculo de sangue, não conseguiu encontrá-lo nem saber se seu velho amigo estava vivo ou morto. Precisava haver um motivo para aquele atraso. De repente, Mikhail inspirou profundamente.

– Byron. É sabido por todos no vilarejo que ele é irmão de Eleanor. Se Eleanor, o filho e Vlad eram alvos, é razoável que Byron também seja.

Mesmo enquanto seu corpo se dobrava, se contorcia e penas apareciam, brilhando furta-cor na luz fraca que começava a surgir no céu, ele já estava enviando um aviso firme para o jovem *Cárpato*. As asas poderosas batiam com força enquanto ele corria contra o sol para ajudar o melhor amigo de seu irmão.

Gregori inspecionou as montanhas, os olhos claros se moviam pelos penhascos cobertos de sombras acima da floresta. Ele saiu da beira do precipício, e seu corpo mudou de forma enquanto ele mergulhava em direção a terra. As asas batiam com força, levantando-o para o céu, direto para a saliência de rochas que surgia acima do topo das árvores. A entrada para a caverna era uma pequena abertura na parede de pedra. Ele achou a proteção para a toca básica. O vampiro tinha se tornado preguiçoso, considerando-se seguro quando devia ter percebido que se ia tentar fazer uma armadilha para o príncipe dos *Cárpatos*, todos os caçadores o transformariam em presa. Foi fácil o bastante desfazer as proteções. Para se encolher pela abertura estreita, Gregori se dissolveu e se transformou em névoa pela rachadura.

A passagem começou a aumentar quase que imediatamente, se torcendo, virando pela rocha. A água pingava das paredes dos dois lados. E então ele estava em uma grande câmara, a cova do vampiro. Ele sentia o cheiro agora. Um toque de satisfação surgiu nos olhos prateados de Gregori. O vampiro não encontraria descanso ali. Os *mortos-vivos* descobririam que ninguém fazia uma ameaça contra o príncipe sem uma retaliação impiedosa de sua parte.

O interior do quarto era escuro e opressivo, o ar ainda estava parado e pesado. Seu olhar percorreu o interior do lugar, enxergando com a visão noturna da sua espécie. Milhares de morcegos estavam pendurados em todos os pontos possíveis acima de sua cabeça. O teto estava cheio de corpos peludos, apinhados. Os corpos balançavam, e milhares de olhos vermelhos se fixaram nele. Eles dispararam do teto como mísseis, tantos que a caverna rangeu e grunhiu. Os morcegos emitiram um som agudo, um som muito alto que feria os ouvidos de Gregori. Ele rapidamente diminuiu o volume e criou uma barreira de fogo entre seu corpo e os morcegos furiosos. Muitos tinham espuma sangrenta em volta da boca. Protetores do vampiro, eles estavam sob controle. As chamas eram claras, vermelho-alaranjadas iluminando as paredes da câmara, e o cheiro de corpos queimando ficou pesado nos pequenos confins enquanto os morcegos tentavam atravessar o muro de chamas para chegar até Gregori. Ele balançou a cabeça diante do desperdício de vida e começou a destruição do local de descanso do vampiro.

*

Inquieta, Raven andava pelo chão do chalé, com um pequeno sorriso que zombava de si para Jacques.

– Eu sou muito boa em esperar.

– Estou vendo – Jacques concordou secamente.

– Fale a verdade, Jacques – Raven atravessou a sala de novo, virando-se para olhar para ele – Você não acha isso nem um pouco irritante?

Ele recostou calmamente na cadeira, abrindo um sorriso pretensioso.

– Ficar preso com uma linda lunática, você quer dizer?

– Ha ha ha. Todos os *Cárpatos* se consideram comediantes?

– Somente aqueles de nós com cunhadas que sobem pelas paredes. Eu me sinto olhando para uma bola de pingue-pongue. Sossegue.

– Bom, quanto tempo algo assim demora? Achei que ele tivesse sugerido que estaria fora do hospital em dois minutos, Jacques. O que pode ter dado errado? Mikhail estava muito chateado.

– Mikhail não disse de fato que algo deu errado, disse? – Jacques perguntou, com uma expressão inocente.

Os grandes olhos azuis-violeta de Raven se fixaram no rosto dele pensativamente. Jacques se contorceu sob o olhar fixo e desconfiado dela. Havia inteligência demais naqueles grandes olhos para o conforto dele. Jacques levantou a mão em um gesto apaziguador.

– Agora, Raven.

– Não venha com *agora, Raven* para cima de mim. Esse seu irmão, que é um verme, machista sem igual nos tempos modernos, contou algo a você que ele não contou para mim, não contou?

Recostando em sua descontração calculada, Jacques inclinou a cadeira em um ângulo perigoso e levantou a sobrancelha.

– Mulheres têm uma imaginação fértil. Acho que você tem uma natureza desconfiada por causa da sua criação americana.

– Intelecto, Jacques, não imaginação – ela corrigiu docemente. – Minha criação americana me fez incrivelmente inteligente e, acredite, eu consigo enxergar um dos seus planos *Cárpato* patéticos para proteger a mulher indefesa das informações que vocês consideram que deixariam a pequena figura frágil e delicada dela com medo desnecessariamente.

Ele sorriu.

– *Cárpatos* entendem a natureza frágil dos nervos das mulheres. As mulheres – especialmente as mulheres americanas – simplesmente não conseguem aguentar a adversidade que nós homens aguentamos.

– Acho que eu teria gostado de conhecer a sua mãe. Como uma mulher consegue criar dois tiranos dominadores como você e Mikhail é algo inconcebível para mim.

Os olhos escuros de Jacques riram dela.

– Mas nós somos carismáticos, *sexy* e estamos sempre certos.

Raven enroscou o pé na cadeira dele e o fez cair no chão. Com as mãos na cintura, ela olhou para ele com um brilho de superioridade.

– Os *Cárpatos* são vaidosos, querido cunhado – ela proclamou –, mas não muito espertos.

Jacques olhou para ela com uma ferocidade de brincadeira.

– Você tem algo malvado aí dentro, mulher. O que aconteceu com o doce e gentil *sim, meu senhor, você está sempre certo*?

– Tente a Idade das Trevas. Sua idade está transparecendo – ela acrescentou de maneira antipática.

O sorriso desapareceu dos olhos dela.

– Jacques, onde estão os seus pais? O que aconteceu com os pais de Gregori? Se a sua espécie consegue viver pelo tempo que quiser, por que existem tão poucos *Cárpatos*?

– Apesar de termos longevidade, podemos ser mortos. Antigamente, havia muito mais casais. Se um morresse, o outro ia junto. A maioria foi morta em caçadas aos vampiros e nas guerras. Era moda matar qualquer um que fosse diferente. Tanto humanos quanto *Cárpatos* sofreram.

Ela sentiu um arrepio e esfregou as mãos como se subitamente estivesse sentindo frio. Jacques franziu a testa diante do gesto. *Cárpatos* podiam regular a temperatura do corpo. Talvez ela fosse nova demais e não tivesse percebido isso ainda.

– Eles já deviam ter voltado a essa altura, não deviam? Raven parecia perdida.

Jacques de repente se levantou, com os olhos escuros imediatamente sombrios e inquietos.

– Vista isso.

Do nada, ele formou um cardigã pesado.

– Como você faz isso?

Parecia mágica para ela.

– Um *Cárpato* pode fazer qualquer coisa natural vinda da terra – ele explicou em um tom levemente distraído. – Vista isso, Raven. Estou começando a me sentir preso nesse chalé. Precisamos sair para a noite, onde eu posso sentir o cheiro dos problemas se aproximando.

– Você também está sentindo? – ela perguntou com desconforto.

– Algo está errado, mas não consigo dizer o que é. Eu mandaria uma mensagem para Mikhail, mas no que quer que ele esteja envolvido deve ser importante. Até que eu saiba o que estamos enfrentando, vamos esperar.

Raven colocou o cardigã, puxando-o para perto do corpo, e seguiu Jacques até a varanda.

– A noite está quase acabando – ela comentou.

Jacques inspirou profundamente.

– Sinto cheiro de sangue. Dois humanos, um é familiar.

– O padre Hummer – ela disse com ansiedade. – É o sangue dele.

Ela olhou para a escada, mas Jacques, mas cuidadoso, a segurou pelo braço.

– Não estou gostando disso, Raven.

– Ele está ferido, Jacques. Estou sentindo a dor dele. Ele não é jovem.

– Talvez. Mas como ele pode estar aqui? O chalé fica em um lugar muito remoto, poucos sabem da sua existência. Como o padre pode se aproximar de nós no nosso momento mais fraco?

Jacques forçou o corpo dela, que resistia, a ficar atrás dele.

– Ele pode estar morrendo. Mikhail confia nele – Raven disse com convicção, com o coração já sentindo pelo padre. – Precisamos ajudá-lo.

– Você vai ficar atrás de mim e fazer o que estou dizendo – Jacques ordenou. – Eu dei a Mikhail minha palavra de que protegeria você com a minha vida c pretendo fazer isso.

– Mas… – Raven engoliu o resto de seu protesto, lendo com facilidade a determinação implacável dele.

Jacques parecia tranquilo, mas era tão perigoso quanto Mikhail se fosse suficientemente provocado.

– Sinta o cheiro do vento, Raven. Você é uma *Cárpato*. Não seja enganada por uma armadilha tão visível. Você não pode acreditar sempre no óbvio. Veja com mais do que com os olhos e o coração. Eu chamei Mikhail. Ele está longe de nós, mas vai voltar com toda rapidez. E a manhã está se aproximando.

Jacques saiu da pequena varanda e foi até as árvores, fazendo uma volta completa.

– Existe mais um.

Raven tentou, inspirando o ar noturno, procurando em todas as direções o perigo oculto. Ela sentiu um desconforto, mas só conseguia detectar a aproximação lenta do padre e de sua companhia humana.

– O que eu não estou percebendo, Jacques?

E então ela sentiu, também, uma confusão na harmonia natural das coisas, um poder que estava fora do equilíbrio da terra.

Ela viu Jacques prender a respiração bruscamente, seus olhos negros, tão parecidos com os de Mikhail, brilhando diante da ameaça súbita.

– Saia daqui, Raven. Corra. Vá rápido. Não olhe para trás. Encontre um abrigo do sol e espere Mikhail.

– Eu posso ajudar você.

O terror estava surgindo. Algo terrível devia estar ameaçando, algo poderoso, para que Jacques sentisse uma onda súbita de medo. Raven não conseguiu fugir e deixar o cunhado enfrentar o perigo sozinho.

– Eu não posso te deixar, Jacques.

– Você não está entendendo. Você é mais importante que eu, que o padre, que qualquer um de nós. Você é a única esperança para o nosso futuro. Saia deste lugar. Não me faça falhar com o meu irmão.

A indecisão estava lutando com a consciência dela. O padre Hummer entrou no campo de visão, muito mais frágil do que Raven se lembrava. O rosto dele estava ferido e inchado, quase irreconhecível. Pela primeira vez ele parecia ter todos os seus 83 anos.

– Vá, Raven! – Jacques chiou, novamente fazendo um círculo, em nenhum momento olhando para o padre que se aproximava. Os olhos dele estavam inquietos, se movendo constantemente, buscando, sempre buscando.

Você precisa ir embora agora.

Outro homem surgiu. Ele se parecia muito com Eugene Slovensky, mas com o cabelo mais loiro e obviamente mais jovem. Ele andava atrás do padre e empurrando agressivamente Edgar Hummer com a palma da mão.

O padre tropeçou para a frente, caiu sobre um joelho, tentou levantar, caiu completamente, com o rosto na terra e na vegetação. O loiro o chutou maldosamente.

– Levante, seu velho desgraçado. Levante ou eu mato você aí mesmo.

– Pare! – Raven gritou, com lágrimas brilhando nos olhos. – Padre Hummer!

Impetuosamente, ela correu pela escada.

Jacques se lançou para a frente e a interrompeu, interceptando-a tão rápido que pareceu uma mancha. Ele a jogou de volta na varanda.

– É uma armadilha, Raven. Saia daqui.

– Mas o padre Hummer! – ela gritou para Jacques em protesto.

– Venha aqui, moça – o sósia de Slovensky.

Ele abaixou, pegou o padre pelo colarinho e o colocou de joelhos. Uma faca de aparência horrível brilhou no pescoço do padre.

– Eu vou matar o velho agora se você não fizer o que estou mandando.

Jacques se virou, e luzes vermelhas começaram a brilhar nas profundezas daqueles olhos escuros. Ele grunhiu um alerta que provocou um arrepio na espinha de Raven e sugou a cor do agressor do padre. Ao redor deles, um vento surgiu, levantando folhas e gravetos nas pernas de Jacques. Uma criatura pareceu se materializar do nada, atingiu-o no peito com força, o levantou e levou seu corpo até o tronco de uma árvore. Então esse era o *morto-vivo*, uma criatura vil, perversa, que um dia foi belo, mas agora apodrecia de dentro para fora.

Raven, gritou Mikhail, onde está você?

Estou indo.

Saia daí.

Gregori!

Raven não teve tempo de se preocupar com a tradição ou se o que estava fazendo era adequado diante dos olhos dos *Cárpatos*. Jacques, o padre Hummer e ela precisavam de toda a ajuda que pudessem conseguir.

Ajude.

Em sua mente, ela sentiu imediatamente a resposta dele. A confirmação foi seguida da ordem, ainda mais forte que a de Mikhail, para abandonar Jacques e o padre à própria sorte deles. Jacques e seu agressor *morto-vivo* colidiam de árvore em árvore. Garras golpeavam, presas dilaceravam e rasgavam. Galhos se quebravam sob o peso dos corpos. Os dois, envolvidos em um combate mortal, mudavam de forma constantemente. O vampiro, forte e embriagado por um assassinato recente, se lançou sobre Jacques, golpeando-o, fazendo cortes profundos em todo seu corpo.

Corra, Raven. É você que ele quer, Jacques alertou. Fuja enquanto você pode.

Raven podia ouvir a respiração pesada de Jacques, podia ouvir sua fraqueza aumentando. Ela nunca havia atacado outro ser humano na vida, mas estava claro que Jacques estava com problemas. Mikhail e Gregori estavam a caminho, ela só precisava ajudá-lo a se manter até que eles chegassem.

Rápido, Mikhail. Havia desespero na mensagem dela.

Raven decidiu o que ia fazer. A manhã estava surgindo no céu quando ela pulou nas costas do vampiro, tentando tirá-lo de cima de Jacques.

Não, volte! O grito de Jacques foi firme, imperioso e coberto de terror.

Não, Raven! Mikhail repetiu o comando à distância, ecoando o medo do irmão.

Não, mulher, não faça isso! A voz de Gregori sussurrou com firmeza na mente dela.

Sem entender, mas certa de estar em perigo mortal, Raven tentou se soltar. O vampiro colocou uma mão em volta do pulso dela como se fosse uma garra e virou a cabeça com triunfo nos olhos. Dentes afiados se cravaram no pulso dela, enquanto ele bebia sangue escuro e rico. Queimavam como se fosse um ferrete em brasa. A carne dela estava machucada e aberta, as presas do vampiro cravadas nela.

Mikhail e Gregori atacaram mentalmente. Apesar de um ataque assim não ser muito bem-sucedido contra alguém de sangue *Cárpato*, eles ainda estavam um pouco distantes, a investida combinada cortou o ar do *morto-vivo* momentaneamente. Jacques golpeou o vampiro com uma fúria renovada, fazendo-o recuar, soltando Raven e deixando-a livre. Sangue jorrava em um banho de gotas carmesim pelo chão da floresta, e por um momento os dois lutadores ficaram paralisados, distraídos pela enxurrada vermelha, virando-se quase ao mesmo tempo para ela.

– Feche esse ferimento! – o vampiro rosnou, com a voz dura.

Raven, você vai sangrar até a morte.

Jacques tentou se acalmar, querendo que ela entendesse a gravidade da situação.

O vampiro atacou, suas garras rasgaram a barriga de Jacques fazendo-o colocar as mãos no próprio corpo para se proteger. Inacreditavelmente, a cabeça do vampiro virou, alongando-se até se transformar em um focinho e avançou como um lobo na garganta de Jacques, rasgando-a e dilacerando-a. Raven gritou e atirou o corpo sobre o vampiro, batendo sem parar na cabeça e nos ombros dele. Com desprezo, ele soltou o corpo de Jacques, deixando-o jogado como uma boneca de pano na vegetação podre. Ele puxou o punho de Raven até a boca, sorrindo com os olhos nos dela, e, deliberadamente, passando a língua pelo ferimento para fechá-lo. O corpo e a mente dela se rebelaram contra aquele contato horrível, enquanto o estômago se revirava e protestava contra o contato impuro.

– Lembre-se mortal, ela é minha – ele ordenou a Slovensky. – Eu virei buscá-la hoje à noite. Tire-a do sol.

O vampiro a soltou e se lançou para o céu. Raven cuspiu nas mãos e cambaleou na direção do corpo inerte de Jacques.

– O vampiro o matou – ela gritava histérica.

Enquanto suas mãos tocavam o solo da floresta, ela pegava punhados de terra.

– Meu Deus, ele está morto. Você deixou que aquela coisa o matasse.

Usando seu corpo esguio como escudo para que ninguém conseguisse ver o que ela estava fazendo, Raven cobriu os ferimentos no pescoço de Jacques com terra e sua saliva, que tinha poder de cura.

Beba, Jacques, agora, para você aguentar até que Mikhail e Gregori cheguem.

Com o pulso sobre a boca dele, ela continuou soluçando dramaticamente, grata, naquele momento, por tantos deles acharem que as mulheres ficam histéricas em uma crise.

Mikhail! Jacques está mortalmente ferido. Ele está no sol.

Ela sentiu o humano se aproximando e torceu o pulso sutilmente em alerta.

Jacques estava tão fraco, alimentando-se cegamente, que quase não percebeu o sinal. Sua perda de sangue tinha sido enorme. Mesmo tomando de Raven o máximo que pudesse naqueles poucos momentos, ela duvidou que Jacques fosse resistir.

Com muita dignidade, Raven cobriu a cabeça dele e o que havia feito com o cardigã e se abaixou como se estivesse dando um beijo de despedida no cunhado.

Não me decepcione, Jacques. Você precisa viver. Por mim, por Mikhail, por todos nós. Não deixe que eles vençam.

Mesmo enquanto enviava essas palavras para ele, Raven não sentia o pulso, nenhum sinal do coração dele batendo.

Slovensky agarrou-a pelo pulso e a fez levantar. Ela estava mortalmente pálida, tonta e muito fraca.

– Chega de chorar, vamos sair daqui. Se você me der qualquer trabalho, eu mato o padre. Se você me machucar, o vampiro mata o padre – ele afundou a cabeça de Raven na trilha. – Só lembre que eu sei que ele não é um homem sagrado, é apenas um servo do demônio. Eu sei que o vampiro chefe o transformou e o usa para suas práticas desprezíveis.

Raven levantou o queixo, olhou friamente para o homem de olhos marcados de vermelho.

– Então acho que, pelo seu bem, é fundamental manter o padre Hummer em ótimo estado de saúde, não é?

Ela sabia, ao tocá-lo, que Slovensky não acreditava nem um pouco que o padre era um defensor do mal ou um dos servos de Mikhail. Ele havia visto e cobiçado o poder do vampiro, e acreditava que seria recompensado em breve.

James Slovensky podia facilmente ver o desprezo e o entendimento naqueles enormes olhos azuis. Ele não gostou da imagem refletida ali e a empurrou na direção da trilha.

Foi preciso cada grama de controle e determinação para que ela andasse por aquele terreno irregular. Raven nunca havia se sentido tão fraca, não conseguia nem ajudar o padre Hummer. Foi preciso toda sua concentração para colocar um pé na frente do outro. Em um momento, ela simplesmente caiu sentada com força, chocada ao se dar conta de que não havia tropeçado em nada. As pernas dela haviam simplesmente desistido. Sem olhar para o seu captor, Raven se levantou de novo, não querendo que ele a tocasse. Ela estava fria, por dentro e por fora, e teve medo de nunca mais sentir calor.

Alimente-se do padre, a voz do vampiro ordenou. A raiva era latente em seu tom.

Raven piscou, se pegou olhando em volta com medo, o coração disparado, pulsando alto, mesmo que em algum nível ela soubesse que a voz estava dentro de sua cabeça. O vampiro havia estabelecido um vínculo de sangue com ela e podia monitorá-la livremente. E não suspeitava de que Raven tivesse meios de localizá-lo, ainda que fosse uma tentação permitir que ele soubesse.

Vá para o inferno. Ela se contentou com a resposta infantil.

A risada dele a provocou.

Você deu sangue para Jacques. Eu devia ter adivinhado que você faria isso. Ele não vai sobreviver sem ajuda, e o sol está nascendo. Eu garanti que o ferimento dele fosse mortal.

Raven reuniu seu desprezo, deixando sua mente ser inundada pelo sentimento. Estava se tornando difícil pensar claramente, e ela havia perdido a conta de quantas vezes tinha caído. O captor a jogou no banco de trás de um veículo ao lado do padre e começou a dirigir a toda velocidade pelas montanhas. Raven rolava de um lado para o outro, feliz que os vidros tivessem sido escurecidos e que o interior do carro estivesse preto. A letargia estava tomando conta, seu corpo estava ficando inerte.

Alimente-se! O vampiro foi duro e imperioso.

Raven ficou feliz de poder desafiá-lo. Ela não podia dormir, não ousaria até saber que Jacques estava seguro. Mikhail e Gregori estavam correndo contra o sol, com asas poderosas que batiam com força enquanto eles voavam na direção do antigo chalé. Eles mergulhariam na terra assim que pudessem, levando Jacques junto.

Raven. O chamado estava próximo, Mikhail estava enchendo a mente dela de amor. *Você está tão fraca.*

Ele não vai me machucar assim. Salve Jacques. Venha até mim hoje à noite, Mikhail. O vampiro pode ler meus pensamentos. Ele acha que está seguro, que eu posso ser usada em uma armadilha para você. Não permita que ele esteja certo.

Ela tentou desesperadamente mandar as palavras claramente, mas seu cérebro estava lento.

– Raven?

Edgar Hummer tocou a testa dela e viu que ela estava gelada. A pele dela estava tão pálida, quase translúcida, os olhos fundos, como duas flores partidas encostadas em seu rosto.

– Você consegue falar? Mikhail está bem?

Ela assentiu, observando o rosto inchado do padre com desalento.

– O que eles fizeram com você? Por que eles bateriam desse jeito em você?

Raven sabia a resposta, só não acreditava que eles fariam algo assim com um homem tão bom quanto Edgar Hummer, um padre.

– Eles dizem que têm certeza de que eu sei onde Mikhail guarda todos os seus caixões extras. De acordo com André...

– Quem é André?

– O vampiro traiçoeiro aliado a esses assassinos. Ele é um verdadeiro *morto-vivo*, que se alimenta de crianças e destrói tudo o que é sagrado. A alma dele está perdida para toda eternidade. Até onde eu sei, André parece estar deliberadamente perpetuando os mitos sobre vampiros. Ele afirma que Mikhail é o vampiro chefe, e que se conseguirem matá-lo, aqueles que estão sob sua influência retornarão à existência mortal.

– Talvez algumas pessoas na organização acreditem nisso, padre, mas esse aqui não acredita. Você acha que esse tal André os está controlando? – ela sussurrou.

– Completamente – ele respondeu em voz baixa. – Pelo que eu vejo, ele fica falando besteiras para esses homens, e eles parecem acreditar. Pelo menos, agem como se acreditassem. Ele deve ter estabelecido um vínculo de sangue sem o conhecimento deles, André o usa para dar ordens.

Fraca, Raven fechou os olhos. O coração dela estava lutando para bater sem o sangue necessário, os pulmões gritavam por oxigênio.

– Eles são quantos?

– Três que eu tenha visto. Este aqui é James Slovensky. O irmão dele, Eugene, é supostamente o líder, e o segurança é Anton Fabrezo.

– Dois deles ficaram na pousada com o casal americano. Nós achamos que eles tinham ido embora do país. Esse André deve ser muito mais poderoso do que qualquer um possa suspeitar. Preciso alertar Mikhail.

Como, ela não tinha certeza. Raven estava tão cansada que seu cérebro estava lento e confuso. Sua voz estava desaparecendo, a fala estava arrastada. O padre Hummer ficou olhando enquanto ela tentou levantar o braço par tirar o cabelo do rosto. O braço parecia pesado demais, e o rosto parecia longe demais. O padre fez o movimento por ela com dedos gentis.

Raven. Havia angústia na voz de Mikhail.

Foi difícil demais para ela responder, era preciso força demais. O padre Hummer mudou de posição para que ela pudesse encostar-se em seu braço. Raven estava tremendo de frio.

– Eu preciso de um cobertor aqui atrás para ela.

– Cale a boca, velho – Slovensky gritou.

Os olhos dele vasculhavam o céu continuamente pelo para-brisa. O sol estava alto, mas nuvens pesadas escureciam o céu, escondendo a luz.

– Se ela morrer, André vai fazer você desejar estar morto também – Edgar Hummer insistiu.

– Eu preciso dormir – Raven disse delicadamente sem abrir os olhos.

Ela nem hesitou quando a jaqueta de Slovensky caiu sobre seu rosto desprotegido.

*

Mikhail precisava sair do sol. Sem óculos escuros ou qualquer proteção considerável dos raios, sua pele e seus olhos estavam queimando. Ele pousou em um galho baixo em uma árvore e mudou para sua forma humana enquanto pulava os dois metros que faltavam até o chão. O corpo de Jacques estava no sol, um cardigã cobria o pescoço e o rosto. Sem olhar para ver o tamanho dos ferimentos do irmão, Mikhail o levantou e o deslizou sobre o solo até a rede de cavernas que ficava a um quilômetro e meio de distância.

Um enorme lobo preto surgiu da clareira para se juntar a ele, correndo ao seu lado, olhos prateados brilhando ameaçadoramente. Juntos, eles correram pelas estreitas passagens até encontraram uma grande câmara cheia de vapor. O lobo preto se contorceu, e os pelos se agitaram em seus braços musculosos enquanto Gregori voltava à sua verdadeira forma.

Gentilmente, Mikhail colocou Jacques no rico solo e levantou a peça que o cobria. Ele praguejou discretamente, enquanto lágrimas não derramadas ardiam em sua garganta e seus olhos.

– Você pode salvá-lo?

As mãos de Gregori se moveram sobre o corpo e os terríveis ferimentos.

– Ele parou o coração e os pulmões para conservar o sangue. Raven está fraca porque o alimentou. Ela é uma mulher esperta. Se ele viver, foi ela quem o salvou. Ela misturou saliva com terra e cobriu os cortes. Já está começando a curar os ferimentos. Vou precisar das suas ervas, Mikhail.

– No chalé.

– O sol vai fritar você.

– Salve-o Gregori.

O corpo de Mikhail se agitou com pelos grossos e brilhantes, se alongou e assumiu a forma de lobo enquanto ele corria pelo labirinto de passagens até sair das entranhas da terra. Ele se atreveu a não pensar em Raven e em como ela estava fraca. O peso já estava invadindo seu corpo, exigindo que ele fosse para a terra, que dormisse.

Reunindo uma imensa força e uma vontade marcada a ferro ao longo de centenas de anos, Mikhail saiu a céu aberto correndo. O corpo do lobo era feito para a velocidade, e ele a usou, correndo sem parar, os olhos apertados. As patas tocavam o chão e se firmavam no solo para pular sobre os troncos apodrecidos.

O céu nublado ajudou a diminuir os efeitos do sol, mas enquanto se aproximava do chalé, seus olhos lacrimejavam. O vento mudou, trazendo um cheiro horrível de suor e medo.

Homem. A fera rosnou em silêncio, toda raiva acumulada nele explodindo em fúria fervente.

A destruição de sua casa, o ataque à sua companheira, um traidor, e agora a tentativa de assassinar seu irmão se juntaram em um surto de ferocidade, uma necessidade terrível de violência. O lobo parou bruscamente, com o corpo próximo ao chão, mais uma vez predador.

O sol e o peso que invadiam seu corpo não importavam mais, foram afastados de sua mente pela enorme necessidade de retribuir.

Você precisa de mim? Gregori perguntou.

Salve Jacques. Mikhail lançou a ordem com todos os anos do manto pesado da autoridade pesando sob seus ombros. Gregori não fez nenhum esforço de esconder seu desejo de se juntar a Mikhail na luta, mas Jacques estava em situação precária, e Gregori era um dos poucos *Cárpatos* capazes de curar um ferimento tão mortal com o sol já se levantando. Ele estava dividido entre a necessidade de proteger seu príncipe e salvar a vida do irmão dele, o único *Cárpato* capaz de ser o receptáculo dos *Cárpatos*.

Capítulo 18

Mikhail, em forma de lobo, continuou indo na direção do vento, deslizando pelos densos arbustos para surpreender os dois homens esperando de tocaia. Uma armadilha para ele. É claro que o traidor sabia que Mikhail correria para ajudar seu irmão. O vampiro era astuto e estava disposto a correr riscos. O tempo tinha sido incrivelmente apertado, mas ele havia conseguido fazer o ataque. A armadilha dele havia sido meticulosamente planejada durante um longo tempo. O traidor havia esperado, alimentando o fanatismo de Hans Romanov. Era provável que o *morto-vivo* é que houvesse ordenado que Hans matasse sua esposa de mais de 40 anos. O lobo se arrastava, rastejando para frente até que estivesse a aproximadamente um metro do maior dos dois homens.

– Chegamos tarde demais – Anton Fabrezo murmurou, se levantando levemente para olhar para a trilha em frente ao chalé. – Com certeza algo aconteceu aqui.

– Maldita caminhonete, deve ter superaquecido – Dieter Hodkins reclamou. – Tem sangue em toda parte e galhos quebrados. Com certeza houve uma briga.

– Você acha que André matou Dubrinsky? – Anton perguntou.

– Esse é o nosso trabalho. Mas o sol está alto. Se Dubrinsky está vivo, ele está em algum lugar dormindo em sua cova. Podemos checar o chalé, mas não acho que vamos encontrar nada – Dieter comentou com irritação.

– André não vai ficar feliz com a gente – Anton se preocupou em voz alta. – Ele quer Dubrinsky morto.

– Bom, ele devia ter nos dado uma caminhonete decente. Eu disse a ele que a minha estava meio quebrada – Dieter reclamou com impaciência.

Ele estava pronto para matar, estava ansioso, e agora havia ficado desapontado, ele gostava de causar dor, gostava de ter poder sobre a vida e a morte com uma vítima tomada pelo terror. A sociedade para acabar com os *mortos-vivos* era a situação perfeita para aquele homem. Ele acreditava em vampiros, e era seu dever sagrado exterminá-los.

Dieter não acreditava nem um minuto em que Mikhail Dubrinsky fosse um vampiro. O homem era um executivo respeitado que se relacionava com o alto escalão do governo. Dubrinsky sempre parecia manter boas relações com figuras políticas, mas de alguma maneira havia despertado a fúria de André. André tinha poderes extraordinários – poderes que Dieter havia começado a cobiçar. Se o vampiro queria Dubrinsky morto, bem, o homem tinha que morrer. Dieter ia cair nas graças de André de um jeito ou de outro, e para o diabo com quem entrasse no caminho.

Dieter se levantou com cuidado, olhando a paisagem com cuidado.

– Vamos, Fabrezo. Talvez tenhamos sorte, e Dubrinsky esteja no chalé, já deitado no caixão.

Anton riu de nervoso.

– Eu enfio a estaca, e você corta a cabeça. Essa coisa de matar vampiros é confusa. Que pena que não encontramos uma mulher ou duas para chamar de vampiras, para termos um pouco de diversão antes de matarmos.

– Me dê cobertura enquanto eu dou uma olhada – Dieter ordenou.

Ele deu um passo na densa folhagem, com o rifle nos braços. Os arbustos imediatamente na frente dele se abriram, e o homem ficou cara a cara com um lobo enorme e musculoso. Seu coração quase parou, e ele ficou paralisado, sem conseguir se mover por um instante.

Os olhos pretos brilharam de modo malevolente, fixos e marcados de vermelho. As presas brancas e afiadas brilharam, refletindo a saliva. O lobo o manteve imóvel com aqueles olhos pretos por trinta segundos, infligindo terror no coração de Dieter. Sem aviso o animal avançou, mandíbulas abertas, cabeça baixa, agarrando um tornozelo coberto por uma bota e o esmagando com um poder incrível, atravessando o couro e os ossos com um estalo alto e repugnante. Dieter gritou e caiu. O lobo o soltou instantaneamente e recuou, olhando para o homem com olhos impessoais.

– Anton! Ajude!

De onde estava nos arbustos, Fabrezo havia visto Dieter Hodkins cair gritando, mas não conseguiu ver por quê. O terror no tom de Hodkins fez o medo percorrer o corpo em espiral.

Anton precisou de um minuto para encontrar a origem da voz.

– O que foi? Não consigo ver.

Ele também não tentou, se afastando dos arbustos, com a arma empunhada e pronta, dedo no gatilho, pronto para atirar em qualquer coisa que se movesse. O homem queria gritar para que Dieter calasse a boca, não entregá-lo para qualquer fera que estivesse ali, mas ficou quieto, com o coração disparado em alerta. Tentado a simplesmente encher a área inteira de balas na esperança de matar tanto Hodkins quanto o atacante, Anton se conteve, com medo de que se errasse, Dieter o mataria depois. Ele se escondeu e ficou o mais quieto que pode com a respiração ofegante e irregular.

Dieter tentou colocar o rifle em posição de disparo. Entre a dor e o terror, aqueles olhos pretos maus eram hipnotizantes, e ele não conseguiu preparar o cano a tempo. O lobo se lançou em uma enorme velocidade, e o hálito quente explodiu no rosto de Dieter antes que as poderosas mandíbulas se fincassem no ombro direito do homem. O lobo balançou sua enorme cabeça, e os dentes atravessaram os ossos e o tendão. O osso se estilhaçou, e o lobo se afastou para mais uma vez parar e encarar

Aqueles olhos eram inteligentes demais e guardavam raiva e fúria. O olhar mortal era muito pessoal. E foram os olhos da morte que o impressionaram. Dieter não conseguia desviar o olhar, nem mesmo quando o lobo investiu de novo, contra seu pescoço exposto. No final, ele não sentiu nada e recebeu o fim de braços abertos. Os olhos mortais olhando nos dele mudaram no último minuto, de repente tristes enquanto o lobo matava.

Pare de bagunçar, Mikhail. Você está exposto ao sol. Não sinta tristeza por esses assassinos. Eles matariam as nossas mulheres e crianças e nunca olhariam para trás. Mate o outro e me traga as ervas de que eu preciso.

O lobo balançou a cabeça peluda e se infiltrou nos arbustos atrás de Anton Fabrezo. Ele podia ouvir o coração batendo aterrorizado, cheio de vida. Podia ouvir o sangue correndo quente pelo corpo, e sentiu o cheiro de medo e suor. Uma alegria tomou conta do lobo, a necessidade de sangue, de matar. Mikhail a afastou, pensou em Raven, na compaixão e na coragem dela, e a necessidade de matar desapareceu. O sol surgiu por uma pequena fresta em uma nuvem pesada, e mil agulhas perfuraram seus olhos. A dor explodiu em sua cabeça, e o lobo fechou os olhos com força.

Eu preciso das ervas, Mikhail. O sol estava subindo, o tempo estava acabando para Jacques. *Acabe com isso agora.* A voz de Gregori se tornou mais urgente.

Logo eles estariam inertes, incapazes de se mover com a força do sol, e Jacques precisava ser curado e colocado na terra para se proteger.

O lobo esperou até que as nuvens voltassem para o lugar e então saiu audaciosamente do esconderijo. O homem estava de costas para o lobo, abaixado, murmurando. Mikhail reconheceu as palavras como uma oração familiar. Sentindo o olhar fixo do animal, Anton virou a cabeça lentamente, quase com relutância. Com os olhos arregalados de terror, ele colocou a arma no colo como se de repente seus braços tivessem perdido todos os nervos. O homem e a fera olharam um para o outro em um silêncio tenso.

– Não me mate. Eu sei que você não é um lobo de verdade. Eu vi André se transformar uma vez. Eu juro que nunca matei ninguém na vida. Nunca.

Anton engasgou com um soluço, as palavras saíam aos borbotões.

– Eu não sei como me meti nisso, mas vou embora e nunca mais volto. Só me deixe ir agora.

O lobo se aproximou, seus olhos mantinham Fabrezo parado. O animal cheirou a perna do homem, levantou a cabeça e mais uma vez olhou Anton de cima a baixo, como se o estivesse julgando. E então o lobo se virou e lentamente começou a se afastar.

Anton apertou os olhos, e um sorriso maligno se formou em sua boca. A mão dele levantou a arma, e seu dedo encontrou o gatilho. André o recompensaria bem, daria a ele poder eterno, e ele poderia ter o que desejasse. Antes que pudesse apertar o gatilho, o lobo se virou no ar e caiu sobre o peito de Anton, atravessando o osso e indo direto para o coração.

Você não deveria ter corrido esse risco, Mikhail, Gregori repreendeu. *Você sabia que ele estava mentindo quando o tocou. Ele matou uma humana. Você deveria tê-lo matado imediatamente. Acho que ter uma companheira amoleceu você.*

O lobo saltou por sobre o corpo, seus modos revelaram desprezo enquanto corria para o chalé. Os olhos ardiam constantemente, lacrimejando não importava o quanto Mikhail os apertasse.

Eu precisava ter certeza.

O peso que se espalhava pelo seu corpo era muito mais difícil de ignorar. Ciente da passagem do tempo, o lobo subiu os degraus até a porta. Uma pata de contorceu, alongando-se até formar dedos para que ele pudesse segurar a maçaneta e abrir a porta pesada. A necessidade de dormir era quase irresistível, mas Jacques estava esperando pelas ervas. Estar lá fora, sob o sol, não só era extremamente perigoso, mas exauria todos os *Cárpatos* de sua energia rápido.

Mikhail sabia que nunca seria capaz de explicar a Gregori suas razões para ouvir Anton. Os dois sabiam que Dieter Hodkins era um homem sem estofo, cheio de uma necessidade depravada de violência. Dieter sentia prazer se associando aos caçadores de vampiros até conhecer André. Ele queria o poder que André tinha. Gregori não entenderia arriscar a vida para dar ao outro mortal uma chance de vida. O senso de justiça dele, quando se tratava de proteger o príncipe, era muito preto no branco. Anton era culpado por associação.

Mãos distorcidas em forma de pata penduraram o precioso saco de ervas no pescoço grosso e musculoso do lobo, e então o animal saiu correndo em disparada, correndo contra o sol cada vez mais alto que queimava através da densa cobertura das nuvens. O pelo começou a cheirar fumaça, e bolhas surgiram sob o couro grosso.

Uma trovoada surgiu inesperadamente. Nuvens pretas e espessas, pesadas de chuva, sopraram pelo céu, oferecendo a Mikhail uma cobertura densa para o sol. A tempestade começou a cair sobre a floresta rápido, com ventos fortes movendo as folhas e balançando os galhos. Um raio riscou o céu em um golpe inflamado de luz dançante. O céu escureceu, transformando-se em um caldeirão sombrio de nuvens em ebulição. Mikhail se protegeu na caverna e correu pelo estreito labirinto de passagens até a câmara principal, mudando de forma no caminho.

O olhar frio e prateado de Gregori o enquadrou enquanto ele soltava as ervas.

– É impressionante que você tenha conseguido amarrar os sapatos sem mim nesses séculos todos.

Mikhail se abaixou ao lado do irmão, com uma mão sobre os olhos que ardiam.

– É mais impressionante ainda que você tenha continuado vivo com os seus espetáculos. Lembre-me de tirar o meu irmão impressionável da sua presença desrespeitosa antes que seu ar de superioridade o influencie.

– *Ot ekäm ainajanak hany, jama* – o corpo do meu irmão parece um monte de terra, próximo da morte.

A língua ancestral, tão antiga quanto o tempo, inundou a câmara. A voz de Gregori era bela, mas imperiosa, ao começar o grande canto da cura de seu povo. Mikhail se juntou a ele, cantando as antigas palavras enquanto Gregori derramou seu próprio corpo para começar a jornada espiritual da cura.

Ninguém tinha uma voz como a de Gregori. Bela, hipnótica, fascinante. O canto do ritual criou uma âncora no ar de incerteza em que Jacques flutuava. O solo rico misturado com a saliva de Gregori formava um colar em volta do pescoço machucado do *Cárpato*. O sangue de Gregori, extremamente antigo e poderoso, fluiu pelas veias famintas de Jacques. Gregori esmagou e misturou as ervas, adicionando-as à mistura em volta do pescoço do *Cárpato* ferido.

– Eu tratei os danos de dentro para fora. Ele está fraco, Mikhail, mas sua vontade é forte. Se o colocarmos bem fundo na terra e dermos tempo a ele, Jacques vai se curar.

Gregori colocou um unguento na mão de Mikhail.

– Coloque isso nos olhos. Vai ajudar até colocarmos você na terra.

Ele estava certo. O unguento era um alívio, como gelo derretendo o fogo. Mas em algum lugar bem lá dentro, outro pesadelo estava começando. Um buraco vazio, negro e escancarado estava começando a aumentar, a tomar conta dele, sussurrando seus pensamentos insanos e sombrios. Não importava quantas vezes a mente dele entrasse em contato com a de Raven, ele encontrava o vazio. A razão dizia a ele que ela dormia profundamente, mas seu sangue *Cárpato* gritava pelo toque de sua companheira.

– Você precisa ir para a terra agora – Gregori afirmou. – Vou colocar as proteções e garantir que não vamos ser perturbados.

– Com um enorme sinal dizendo *Gregori jaz aqui, não perturbe*? – Mikhail perguntou sutilmente, fazendo de sua voz um alerta.

Gregori abaixou o corpo de Jacques bem fundo na terra reparadora, de nenhuma maneira incomodado pelo sarcasmo de Mikhail.

– Você podia muito bem ter escrito seu nome no céu com aquele desafio, Gregori.

– Eu quero que o vampiro saiba com muita clareza quem eu sou, quem ele escolheu como inimigo.

Gregori deu de ombros em um movimento indolente de poder.

A necessidade rastejou pela pele de Mikhail como se fosse mil formigas mordendo-o, picando seus órgãos e roendo seus tendões. Ele levantou os olhos vermelhos e inchados para as feições duras, porém curiosamente sensuais de Gregori. Havia tanto poder no amigo – ele brilhava no prateado de seus olhos.

– Você acha que com Raven eu estou completo e não preciso mais de você. Você atraiu o perigo para si de propósito, afastando-o de mim, porque no seu coração você acha que não pode mais suportar. Você recebe o perigo da caça de braços abertos e está procurando uma maneira de dar fim à sua vida. Agora, mais do que nunca, o nosso povo precisa de você, Gregori. Nós temos esperança. Há um futuro para nós se conseguirmos sobreviver aos próximos anos.

Gregori suspirou profundamente e desviou do olhar de aço de Mikhail, da marca da censura neles.

– Existe um propósito em salvar a sua vida, mas para mim, não há muito mais.

Mikhail passou a mão por seus cabelos grossos.

– O nosso povo não pode ficar sem você, Gregori, e, muito simplesmente, nem eu.

– Você tem tanta certeza de que eu não vou me transformar? – Gregori abriu um sorriso zombando de si. – A sua fé em mim é maior que a minha. Esse vampiro é implacável, está embriagado com o próprio poder. Ele tem sede da morte, da destruição. E ando no limite da loucura todo dia. O poder dele não é nada, uma pena ao vento comparado ao meu. Eu não tenho coração, e minha alma é escura. Não quero esperar até não poder mais fazer minha própria escolha. A única coisa que eu realmente não quero é forçar você a me caçar para me destruir. Minha vida foi acreditar em você, proteger você. Não quero esperar até ser caçado.

Mikhail fez um aceno cansado com a mão para abrir a terra acima de seu irmão.

– Você é o nosso principal curandeiro, o maior trunfo do nosso povo.

– É por isso que eles sussurram meu nome com medo e temor.

Sob os pés deles, o chão tremeu subitamente, se agitou e estremeceu, revirando-se perigosamente. O centro do terremoto obviamente estava a uma grande distância, mas o rugido de fúria produzido por um vampiro poderoso diante da destruição de seu lar era inconfundível. O *morto-vivo* havia entrado em sua toca com confiança, até encontrar o corpo do primeiro lobo. Cada curva ou passagem estava marcada por um de seus servos, até que a alcateia inteira estivesse morta a seus pés. Os corpos queimados das sentinelas, os morcegos, jaziam em um monte de cinzas escurecidas. O medo se transformou em terror. Não teria sido Mikhail, cujo senso de justiça e equidade seria o seu fim, mas o sombrio. Gregori – o mais temido de todos os *Cárpatos*. Não havia ocorrido ao vampiro que o sombrio pudesse entrar no jogo. André saiu em alta velocidade da segurança de sua toca favorita no mesmo momento em que a montanha se agitou e as paredes da câmara colidiam sobre si mesmas. As rachaduras aumentaram na passagem estreita, e as rochas se aproximaram cada vez mais. O barulho do granito sendo triturado quase fez os tímpanos dele explodirem.

Um verdadeiro vampiro provocando inúmeras mortes era muito mais suscetível ao sol, e à terrível letargia que tomava conta dos corpos dos *Cárpatos* durante o dia. André tinha pouco tempo para encontrar um esconderijo seguro. Enquanto saía da montanha em ruínas, o sol atingiu seu corpo, e ele gritou de agonia. Poeira e rochas voavam de sua casa, e o eco da risada provocadora de Gregori flutuou pelos escombros do terremoto.

– Não, Gregori.

Havia prazer na voz agradável de Mikhail enquanto ele flutuava para os braços tranquilizantes da terra. – Esse é um bom exemplo de por que eles sussurram seu nome com medo e temor. Ninguém entende o seu humor negro como eu.

– Mikhail?

Mikhail parou a mão que fechava o cobertor de terra sobre si.

– Eu não colocaria você ou Jacques no meu desafio. O vampiro não pode passar pelas minhas proteções.

– Eu nunca tive medo do André. E sei que os seus feitiços são fortes. Acho que o nosso amigo vai ter seus próprios problemas para encontrar um lugar para ficar longe do sol. Ele não vai nos perturbar hoje.

*

O padre Hummer percorreu o caminho das paredes de pedra que os cercavam pela vigésima vez. Não havia janelas, e a prisão parecia ser uma construção pesada, as paredes eram tão espessas que ele tinha certeza de que eram à prova de som. Nenhuma luz passava por elas, e a completa escuridão era opressiva. Ele não fazia ideia se era dia ou noite. O tempo se esvaía até que não fosse possível contar as horas.

O padre empilhou cada cobertor disponível sobre o corpo gelado de Raven, mas tinha certeza de que ela havia morrido pela perda de sangue. Ele não conseguia sentir o pulso nem a respiração, e não havia conseguido desde que eles tinham sido jogados ali. Depois de batizar Raven e ministrar a extrema-unção nela, o padre Hummer cuidadosamente começou a observar a sala com a esperança de encontrar uma maneira de escapar.

O vampiro, André, estava usando Raven para atrair Mikhail para aquele lugar. Edgar, conhecendo Mikhail, bem como conhecia, sabia que o plano não podia falhar. Mikhail iria, e que Deus tivesse misericórdia da alma de Slovensky.

Um pequeno som, um bufar estremecido de pulmões trabalhando, atraiu a atenção do padre. Ele voltou para Raven. O corpo dela estava tremendo sem controle embaixo dos travesseiros. Ela estava mais fria do que nunca.

O padre colocou os braços em volta dela, tentando confortar os dois.

– O que eu posso fazer para ajudar você?

Raven abriu os olhos. Conseguindo ver claramente na escuridão, ela examinou a cela hermeticamente construída e o rosto aflito do padre Hummer.

– Eu preciso de sangue. Perdi sangue demais.

– Vou ficar feliz em doar, minha criança – ele respondeu instantaneamente.

Ela sentiu a fraqueza dele. Em todo caso, Raven nunca poderia tomar sangue à maneira *Cárpato*. A mente dela procurou a de Mikhail, uma reação automática. A dor explodiu na cabeça dela. Raven gemeu sutilmente, segurando as têmporas.

Nem tente, pequenina. Mikhail parecia forte, confiante. Conserve a sua força. Vou estar aí logo.

Não, é o que eles querem. Enviar as palavras telepaticamente fez brocas perfurarem a cabeça de Raven. *Jacques está vivo?* Enviar essa mensagem colocou cacos de vidro atravessando a cabeça dela.

Graças a você. Descanse. Foi uma ordem – um comando claro e imperioso.

O alívio a inundou. Até o momento, Mikhail estava a salvo, e Jacques ainda estava vivo. Um sorriso se formou nos cantos da boca de Raven.

– Converse comigo, padre. Distraia-me. Conte-me o que puder sobre a raça dos *Cárpatos*.

Ela estava muito fraca, mas não queria atrair a atenção do padre para esse fato.

– Vou manter a voz baixa só por segurança – disse Edgar, perto do ouvido dela. – Mikhail vai vir, você sabe. Ele nunca nos deixaria aqui.

Ele esfregou as mãos pelos braços de Raven para levar calor àquele corpo em dificuldade.

– Os homens são agressivos por natureza, territoriais, mas extremamente protetores. Eles se consideram metade de um todo. Essa metade é composta por todo o potencial para o mal e a violência. São caçadores supremos, máquinas de matar perfeitas.

– Padre – ela arquejou um protesto.

Edgar Hummer sorriu na escuridão, ciente de que Raven podia vê-lo perfeitamente.

– Essa descrição não é inteiramente minha. Por causa de sua longevidade, eles acumulam grandes fortunas, são extremamente intelectualizados e são capazes de recontar a história com um apreço por fatos, datas e detalhes precisos porque, é claro, viveram aqueles tempos. São muito bons em usar o controle da mente quando necessário para possibilitar que continuem sua existência em segredo. Infelizmente, não podem sobreviver para sempre sem sua outra metade. A luz da mulher os tira da escuridão. Ela é a única esperança que têm de evitar uma eternidade sozinhos, ou de se tornarem vampiros e serem odiados e caçados pelo seu próprio povo. Ela fica entre eles e a *danação eterna*.

– Eles precisam encontrar sua companheira como Mikhail me encontrou.

Havia uma satisfação em saber que ela havia aliviado aquele terrível fardo para Mikhail.

– Ele me disse que você é a verdadeira companheira dele – sua outra metade. Sem você, ele teria se tornado o vampiro das lendas, um monstro sem igual na raça humana.

Raven lutou por cada movimento de respiração.

– Não acredite nisso, padre. Nós temos os nossos próprios monstros malignos. Eu já os vi, já os segui. São tão maus quanto.

O padre Hummer suspirou.

– É triste, de fato. Uma tragédia. Os homens se controlam por tanto tempo, buscando, sempre buscando, mas há tão poucas mulheres. Os números foram dizimados nos primeiros anos, quando caçar vampiros era um passatempo normal.

– Por que eles não encontram humanas e as trazem para cá?

– Os vampiros tentaram, mas as mulheres enlouqueceram e, no final, o vampiro a acaba matando ou a abandona, e ela morre ou precisa ser caçada pelos *Cárpatos*. Houve… incidentes no passado, e mulheres foram encontradas matando crianças pequenas. As mulheres estavam além de qualquer ajuda.

– Por que deu certo comigo?

O padre Hummer olhou para a porta e de volta para Raven.

– O *Cárpato* tem uma verdadeira metade. Não é como na sociedade humana em que qualquer um pode ter química com outra pessoa. Você é a outra metade de Mikhail. Só posso supor que a sua conversão não deixou você louca porque ela deveria acontecer.

– Essa coisa entre mim e Mikhail é totalmente envolvente – Raven respondeu. Minha mente, meu corpo, meu coração e talvez até a minha alma buscam Mikhail. Quando ele está longe de mim, sem tentar conscientemente, eu o procuro. Deve ser muito triste para os outros homens.

O padre Hummer apertou a mão dela.

– Você tem muita compaixão, Raven. Não esqueça, o vampiro gosta do que faz. Ele sente uma emoção quando mata, é a agitação de uma droga de que ele não pode escapar. A dor dos outros alimenta esse vício.

– Você não sabe isso – ela protestou.

– As lendas existem por um bom motivo, minha criança. Elas têm origens nos fatos. Os vampiros matam com frequência, com vontade, sem preocupação com a vida. De fato, eles sentem uma grande superioridade em relação aos humanos, desprezo até. Eles odeiam os homens de sua espécie e sempre tentam destruí-los. Os mestres dos vampiros matam centenas antes de serem destruídos. Em geral um caçador *Cárpato* os destrói, junto com todas as evidências de sua existência.

– Mikhail faz isso há séculos? – ela se esforçou para entender a vida gélida de seu amado.

– Muitos dos que ele caçou eram amigos. Acredito que é uma das razões porque ele se afastou tanto, porque se forçou a se isolar tanto. Ele não queria estar perto daqueles que ia acabar sendo forçado a destruir.

– Gregori deve sentir a mesma coisa. – ela puxou o cobertor para perto de si. – O senhor já conheceu o amigo de Mikhail, Gregori?

– É a ele que chamam de *o sombrio*. Eu já o vi, claro, mas só uma vez. Mikhail já falou dos medos que sente em relação a ele diversas vezes.

A respiração de Raven estava ofegante, um som áspero no silêncio da cela.

– Ele é um grande curandeiro, padre – Raven respirou tremendo. – E é leal a Mikhail. O senhor acha que existe esperança para a raça?

O padre Hummer fez o sinal da cruz na testa e dentro dos pulsos dela.

– Você é a esperança deles, Raven. Você não sabe disso?

Mikhail tocou a mente dela. Ele estava perto, o vínculo entre os dois era poderoso. Ele a inundou de amor, envolvendo-a em seus braços fortes e protetores.

Aguente firme, meu amor. A voz dele era uma ternura sedutora de veludo preto na mente de Raven.

Não venha para este lugar do mal, Mikhail. Espere Gregori, ela pediu.

Eu não posso, pequenina.

Luzes se acenderam na cela, acenderam e apagaram, como se um gerador estivesse sendo ligado. As mãos de Raven seguraram as do padre Hummer.

– Eu tentei impedi-lo, alertá-lo, mas ele vai vir.

– Claro que vai.

Os olhos de Edgar estavam piscando diante da súbita claridade. Ele estava preocupado com Raven. A respiração dela parecia cortada, difícil, como se estivesse lutando por cada lufada de ar, além de estar tremendo constantemente por causa do frio. A porta pesada fez um barulho e rangeu enquanto se abria. James Slovensky olhou para eles. Os olhos do homem se fixaram no rosto de Raven como se tivessem sido atraídos irresistivelmente. Os olhos azuis dela encontraram os dele do outro lado da cela.

– O que está errado com você? – ele quis saber.

Um sorriso leve e zombeteiro se formou na boca delicada dela.

– Estou morrendo. Acho que está claro até mesmo para você.

A voz dela estava baixa, um mísero fiapo, mas tão musical que era impossível não ser enfeitiçado. Slovensky avançou mais pela cela. Raven podia sentir Mikhail dento de si, aumentando sua força, seu poder, abaixando e se preparando para atacar.

Espere. O vampiro está vindo. Ela levou ar para os pulmões tremendo, fazendo um barulho alto e pesado.

Slovensky foi jogado do outro lado da cela com um movimento poderoso da mão de André. Ele ficou parado na entrada, corado e entorpecido por uma morte recente. Os olhos dele estavam rasos e revelavam desprezo, uma promessa impiedosa de selvageria.

– Boa-noite, minha querida. Eu sou André, vim para levar você para o seu novo lar.

Ele deslizou pela cela, claramente gostando do poder que tinha sobre os demais. Conforme se aproximou dela, os olhos de André brilharam de fúria.

– Eu mandei você se alimentar do padre.

– E mandei você ir para o inferno.

Raven falou com sua voz delicada e musical, deliberadamente provocando-o.

– Você vai aprender que é melhor me obedecer – ele disparou.

Furioso com a desobediência dela, André pegou o padre pela frente da camisa e o atirou contra a parede de pedras. O gesto foi feito de maneira fria, insensível, sem consideração pelas consequências.

– Se você não vai usá-lo para se alimentar, não temos utilidade para ele, temos?

O sorriso do vampiro era totalmente maligno. O corpo do padre Hummer caiu no chão com força, com o barulho de seu crânio rachando audível no momento do impacto. Houve um barulho de susto enquanto os pulmões do padre lutavam por ar, e então um leve suspiro quando ele desistiu da luta. Raven engoliu um grito, lutando por ar, com uma dor tão profunda que por um momento sua mente não conseguia funcionar.

Mikhail, eu sinto muito. Eu o deixei bravo. É minha culpa.

Ela sentiu o calor do amor dele à sua volta, o toque tão delicado dos dedos fortes em seu rosto.

Isso nunca, meu amor.

Raven sentiu a tristeza de Mikhail se misturar com a dela própria. Ela abriu os olhos azul-violeta para encarar o vampiro.

– Agora, como você pretende me controlar? Você perdeu sua vantagem.

O vampiro abaixou, com seu sorriso maligno e sua respiração podre.

– Você vai aprender. Agora, alimente-se.

Ele estalou os dedos, e Slovensky quase tropeçou nos próprios pés para sair correndo da cela e voltar com o copo contendo um líquido escuro e viscoso. A mão dele tremeu enquanto o entregava ao vampiro, com o cuidado de evitar as longas unhas afiadas.

– Para você, minha querida, café da manhã.

O vampiro levou o copo perto o bastante de Raven para que ela sentisse o cheiro do conteúdo. Sangue fresco misturado com outra coisa, alguma erva que ela não reconhecia.

– Drogas, André? Não é descer baixo demais mesmo para alguém como você?

Raven precisava lutar a cada momento simplesmente para respirar, para não desabar e chorar a dor que estava sentindo pelo padre. Se ela não tivesse enfurecido o vampiro.

O rosto de André escureceu quando ela disse seu nome com tanto desprezo, mas ele simplesmente olhou nos olhos de Raven, inundando-a de compulsão e necessidade de obedecê-lo.

Odiando-o tanto quanto o odiava, temerosa por Mikhail e tomada pela dor pelo padre e por Jacques, ela reuniu cada grama de força que possuía e travou uma batalha mental com ele. A cabeça de Raven quase explodiu de dor, e apenas quando pequenas gotas de sangue surgiram na testa dela, André recuou.

O vampiro conteve sua fúria diante da rebeldia dela. Raven estava à beira da morte e, se morresse, todos os seus planos não serviriam para nada.

– Você vai morrer se não se alimentar. Eu sei que Mikhail sabe disso. Está me ouvindo, príncipe? Ela vai morrer. Force-a a aceitar o que estou oferecendo.

Você precisa fazer isso, pequenina. A voz de Mikhail foi gentil e persuasiva. *Você vai estar* morta antes que eu chegue até você e, acima de tudo, você deve sobreviver.

O sangue contém drogas.

Drogas não afetam os Cárpatos.

Raven suspirou e olhou mais uma vez para o vampiro.

– O que mais tem aí?

– Apenas ervas, minha querida, ervas que vão confundi-la um pouco, mas vão garantir que os meus amigos tenham bastante tempo para estudar Mikhail. Eles podem mantê-lo vivo, um prisioneiro aqui. Não é isso que você quer? Que ele continue vivo? A alternativa é matá-lo imediatamente.

André levou o copo para Raven. O estômago dela se rebelou e ficou embrulhado. Seria tão mais fácil fechar os olhos e parar de lutar por cada suspiro. Ela mal conseguia aguentar a dor de cabeça. Raven tinha sido responsável pelo grave ferimento de Jacques e pela morte do padre Hummer. Pior de tudo, seu amado Mikhail estava correndo direto para os braços do inimigo por causa dela. Se ela simplesmente parasse...

Não! A voz de Mikhail veio alta e imperiosa.

Não faça isso! Gregori acrescentou força ao protesto do príncipe.

O vampirou colocou a mão em volta do pescoço dela diante da fúria de que Raven pudesse escolher a morte e derrotá-lo. O toque fez a pele dela se arrepiar, e seu estômago se revirar em protesto. De repente, o vampiro gritou e se afastou com o rosto contorcido de fúria e da dor. Raven podia ver a mão escurecida e queimada de André, ainda soltando fumaça enquanto ele a segurava próximo ao próprio peito. Mikhail enviou seu próprio aviso e desafio.

– Você acha que ele vai vencer, – o vampiro disparou para ela – mas ele não vai. Agora beba!

Mikhail tomou a decisão por ela, o medo pela vida de Raven acima de todo o resto. Se o vampiro havia encontrado um narcótico natural que a confundiria, ele confiava que o vínculo entre eles seria capaz de revertê-lo. Ele deu a ordem com amor e reverência, forçando sua vontade sobre a dela, sabendo que Raven nunca o desafiaria como estava fazendo com o vampiro.

Ela estava fraca demais para segurar o copo. O vampiro expôs as presas em um sorriso malévolo.

– Se você quer que ela viva, príncipe, não há escolha senão permitir que eu a ajude.

Havia prazer na voz de André, uma espécie de triunfo cheio de desdém.

As mãos dele se fecharam no pulso de Raven, acalmando a mão dela. O braço dele envolveu os ombros dela, fazendo com que aquele corpo pequeno repousasse contra seu peito, enquanto os braços a envolveram, forçando-a a encostar-se naquela carne podre.

A mente de Raven se fragmentou e gritou diante da proximidade de um mal tão grande. O corpo caído de Edgar Hummer estava jogado bem à vista, nada além de uma pilha de recusa ao vampiro. Ao tocá-lo, ela conseguiu ler a mente dele com facilidade. O vampiro era o ser mais depravado que ela já havia encontrado. Raven podia ler suas intenções malignas.

A droga a confundiria o suficiente para que André pudesse fazê-la acreditar que ela pertencia a ele. Mikhail seria mantido vivo, vivendo em dor e tormento, fraco demais para atacar seus captores. Slovensky gostava de infligir dor. O irmão dele estava ansioso para dissecar e fazer experiências com um vampiro.

André tinha certeza de que os irmãos Slovensky morreriam nas mãos dos vingadores *Cárpatos*, e se não morressem, Mikhail seria mantido vivo até que André se certificasse de que Raven não lembraria mais dele. Ela leu tudo, a traição e o horror dos planos do *morto-vivo*.

Mikhail! Não venha para este lugar. Ela resistiu à compulsão de beber o sangue contaminado, lutando com fraqueza nas mãos pérfidas do vampiro. *Eu não vou permitir que você caia nas mãos deles. Eu prefiro a morte.*

Raven, meu amor. Gregori virá no momento em que a tarefa for concluída. Eles não vão me manter por muito tempo. Você precisa fazer essa coisa terrível por mim. E, acredite, nós vamos procurar e encontrar você. Eles não vão me matar.

– Beba!

O vampiro estava ficando aflito. O coração de Raven estava batendo com dificuldade. A mancha vermelha na testa dela indicava agonia – *Cárpatos* suavam sangue diante de um esforço extremo.

– Nunca – ela disse entre os dentes cerrados.

– Ela vai morrer, Mikhail. É isso o que você quer para ela? Ela vai morrer nos meus braços, comigo, e eu terei vencido de todo jeito.

André balançou a cabeça.

– Ele vai cometer suicídio no momento em que você desistir da vida. Você é tão burra que não percebe isso? Ele vai morrer.

Os olhos azuis-violeta observaram o rosto cadavérico.

– Ele vai destruir você antes – Raven disse com total convicção.

Meu amor, a voz de Mikhail era um veludo negro, tranquilizante na mente tomada pela dor dela. *Você precisa permitir que eu decida essa questão. Você não me deixa escolha, a não ser forçar a sua obediência. Nós deveríamos tomar essa decisão juntos, mas você não consegue ver além da ameaça a mim. Ele não pode me derrotar. Acredite nisso. Apegue-se a isso. Ele não pode nos separar. Nós vivemos um no outro. Ele não entende o nosso vínculo. Juntos, somos fortes demais para ele. Vou permitir que ele me capture. Vou permitir, isso é tudo.*

O vampiro soube o momento em que a vontade de Mikhail venceu. Raven permitiu que o copo fosse levado aos lábios. Mesmo sob a compulsão, o corpo dela tentou rejeitar o alimento. André podia sentir o estômago dela lutar e ficar embrulhado. O vínculo entre Raven e Mikhail permitiu que ele a acalmasse e fizesse aceitar o que o vampiro oferecia, mas ele percebeu que a vontade era mais forte do que havia imaginado, tornando a tarefa muito mais difícil.

O coração e os pulmões dela reagiram imediatamente ao líquido. A respiração se tornou menos custosa, o corpo ficou quente. No momento em que Mikhail tirou seu comando, Raven tentou se desvencilhar do vampiro. Ele a segurou com mais força, deliberadamente roçando o rosto no dela. A risada de André era cruel, quase triunfal.

– Você o considerou forte, não é? Mas, você vai ver, ele vai fazer a minha vontade.

– Por que você está fazendo isso? Por que você o traiu?

– Ele trai todo o nosso povo.

Mikhail passou pela porta, alto e forte, parecendo invencível. Ele encheu a sala com seu poder – com sua presença. Ele parecia calmo e aristocrático, um homem elegante criado para a realeza.

Slovensky tentou se moldar à parede, tentando passar despercebido. André encostou uma garra afiadíssima no pescoço de Raven.

– Tenha cuidado, muito cuidado, Mikhail. Você poderia me matar, não há dúvida, mas ela morre antes.

O vampiro a trouxe mais para perto, prendendo-a diante de seu corpo enquanto a levantava completamente do chão. Os cobertores se espalharam enquanto Raven ficava pendurada e indefesa, com os olhos fixos em Mikhail.

O sorriso do príncipe foi carinhoso, amoroso, enquanto se focava no rosto dela.

Eu amo você, pequenina. Seja forte.

– Quem você quer, André?

A voz dele estava calma e baixa.

– Admita para esses homens que você é o vampiro-chefe.

O sorriso do príncipe tinha um quê zombeteiro.

– Estou vendo que você gosta de jogos, André. Eu, de fato, lidero o meu povo.

– Eu quero o seu sangue.

– Eu o darei a Raven para alimentá-la.

O coração dela batia forte dentro das costelas. De propósito, ela se inclinou na garra de André. Um ponto de sangue surgiu, escorrendo pelo pescoço dela. O braço do vampiro segurou o quadril dela com mais força, quase quebrando os ossos.

– Não faça nada tão idiota de novo – ele a repreendeu, e então voltou a atenção para Mikhail.

– Você não pode chegar tão perto assim dela para dar sangue. Coloque em algum vasilhame.

Por que ele iria querer o seu sangue, Mikhail?

Ele quer o meu sangue para si, amor, para se tornar mais poderoso, para ajudar a droga a confundir a sua mente.

Ele já podia sentir os efeitos da droga em Raven, que estava lutando para ficar com ele.

Eu não posso permitir que ele tenha o meu sangue.

Desesperada, Raven procurou Gregori.

Você precisa vir.

Estou cuidando de Jacques.

Você precisa vir, rápido, Gregori.

A droga que ele deu a você é muito antiga, Gregori explicou, e as palavras tocaram levemente a mente dela, *feita com pétalas amassadas de uma flor encontrada apenas no norte das nossas terras. Você vai ficar desorientada, mas é só isso. O vampiro vai tentar implantar suas próprias memórias de você com ele e usar a sua dor para controlar os seus pensamentos. André estabeleceu um vínculo de sangue, então ele consegue monitorar você. Quando você pensar em Mikhail, ele pode fazê-la sentir dor; não é a droga, é o vampiro. Censure os seus pensamentos o máximo possível para conservar sua força. Quando for procurar Mikhail, como a sua mente e o seu corpo precisam fazer, André não pode saber. Você consegue se concentrar mais do que qualquer Cárpato que eu já conheci. Lembre-se de manter o foco. Ele não sabe nada do nosso vínculo, então você também tem isso. Eu posso encontrá-la em qualquer lugar. Assim que eu acabar de cuidar de Jacques, vou até Mikhail. Você tem a minha palavra que ele vai sobreviver. Nós vamos encontrar você. Fique viva pelo bem do nosso povo.*

O vampiro e Mikhail olharam um para o outro pela cela. O poder emanava por todos os poros do príncipe. Ele parecia estar se divertindo calmamente com o dilema do vampiro.

Uma onda de malevolência distorceu as vibrações tensas do local, atingindo a têmpora de Raven.

Mikhail!

Ela gritou um alerta com a mente quando Slovensky atirou nele três vezes. Na pequena cela, o barulho parecia um trovão alto reverberando nas paredes de pedra. As balas atravessaram Mikhail por trás, fazendo-o cair ao lado do padre Hummer, seu precioso sangue manchando a camisa branca de seda com vermelho-vivo.

Capítulo 19

– Não – Raven lutou contra o vampiro com afinco, o medo dando a ela a força tirada pelo sangue perdido. Por um momento, ela quase se libertou, mas foi puxada de volta, as mãos do vampiro apertando seu pescoço. Ela lutou contra o pânico, sem se atrever a desmaiar.

Gregory, Mikhail foi atingido. Atiraram nele.

Eu sinto. Todos os Cárpatos sentem. Não se preocupe. Ele não vai morrer. Mikhail esperava que isso acontecesse, Raven.

Raven podia sentir Gregory se aproximando.

Eles tiveram o cuidado de provocar ferimentos que sangrassem fortemente, não ferimentos mortais como os de Jacques. Ele está me explicando a gravidade dos ferimentos.

O vampiro arrastou Raven até a porta.

– Os outros virão, mas será tarde demais. Não pense que ele vai escapar – André murmurou no ouvido dela. – Slovensky e os outros morrerão por causa disso, e, com eles, todos os registros do que aconteceu neste lugar. Você será minha, muito longe, onde ninguém poderá encontrá-la.

Raven manteve os olhos e a mente focadas em Mikhail, transmitindo a Gregori tudo o que via: Slovensky estava atando os pulsos e tornozelos de Mikhail, acorrentando-o à parede, rindo, provocando, chutando-o enquanto o príncipe permanecia calado, seus olhos escuros muito negros, brilhando como gelo. Ele não emitiu um som enquanto seu sangue precioso se esvaía do corpo.

O vampiro levantou seu corpo esguio, correndo com uma enorme velocidade do local da morte e da destruição, atirando-se ao céu, segurando Raven com suas garras enquanto lançava-se noite adentro.

*

Sem dificuldade, Gregori fundiu sua mente com a de Mikhail. Ao longo de séculos de batalhas, guerras e caças aos vampiros, eles haviam trocado sangue diversas vezes para preservar a vida um do outro. Mikhail estava com dor, havia perdido muito sangue. Os tiros haviam sido uma tentativa deliberada de enfraquecer seu imenso poder. Slovensky provocava Mikhail com descrições de tortura ricas em detalhes. Os olhos escuros do príncipe brilhavam um vermelho-sombrio, uma chama que ele mirou em Slovensky, que se aproximava. O poder daqueles olhos gélidos deteve Slovensky por um instante.

– Você vai aprender a me odiar, vampiro – James Slovensky vociferou. – E vai aprender a me temer. Você vai saber quem realmente detém o poder.

Um sorriso leve e jocoso se esboçou no rosto de Mikhail.

– Não odeio você, mortal. E nunca teria medo de você. Você não passa de uma peça num jogo de poder. E foi sacrificado.

A voz de Mikhail estava muito baixa, um filamento musical que Slovensky se viu querendo ouvir de novo. Hipnótico. O humano chacoalhou a cabeça para clareá-la. Ele se ajoelhou ao lado da vítima, sorrindo de prazer diante da dor alheia.

– André vai nos dar o resto de vocês, sanguessugas.

– E por que ele faria isso? – Mikhail fechou os olhos, o rosto marcado por linhas de tensão, mas a insinuação do sorriso permaneceu.

– Você o transformou, forçou-o a uma vida tão impura, da mesma maneira que transformou a mulher. Ele vai tentar salvá-la – Slovensky se aproximou e tirou sua faca – Acho que eu deveria tirar essa bala de você. Nós não iríamos querer que você pegasse uma infecção, não é?

Ele soltou uma risada aguda de ansiedade.

Mikhail não hesitou diante da lâmina. Os olhos pretos se abriram, brilhando de poder. Slovensky caiu para trás, rastejando de quatro até a parede mais distante. Revirando o casaco, ele sacou uma arma e a apontou para Mikhail.

O chão se moveu quase gentilmente, parecendo nodular de modo que o chão de concreto se levantou e então rachou. Slovensky se segurou na parede atrás de si para se estabilizar e derrubou a arma no processo. Sobre sua cabeça, uma rocha caiu da parede, ricocheteando perigosamente perto e parando ao lado dele. Uma segunda e uma terceira rocha caíram, fazendo com que Slovensky precisasse cobrir a cabeça da chuva de pedras que desabava fazendo barulho.

O grito de medo do homem foi alto e agudo. Ele se encolheu ainda mais, olhando para o *Cárpato* por entre os dedos. Mikhail não se mexeu para se proteger. Ele ficou exatamente onde havia sido deixado, os olhos pretos, dois buracos negros, janelas do inferno, fixos nele. Praguejando, Slovensky tentou abaixar para pegar a arma.

O chão oscilou precariamente, e rochas caíram em cascata, acertando-o na cabeça e nos ombros, levando-o ao chão. Ele observou um padrão assustador se formar. Nenhuma rocha tocou o corpo do padre. Nenhuma chegou perto de Mikhail. O *Cárpato* simplesmente ficou vendo com aqueles olhos e um leve sorriso de zombaria enquanto as pedras enterravam as pernas de Slovensky e então caíram sobre as costas dele. Houve um barulho sinistro, e Slovensky gritou embaixo da carga pesada sobre sua coluna.

– Vá para o inferno – Slovensky rosnou. – Meu irmão vai encontrar você.

Simplesmente observando o caos criado por Gregori, Mikhail não disse nada. Ele teria matado James Slovensky sem reservas, sem o drama de que Gregori tanto gostava, mas estava cansado, e seu corpo estava em situação precária. Ele não queria exaurir mais suas energias. Raven estaria nas mãos do vampiro durante o tempo em que Gregori levaria para curá-lo. Mikhail não podia se permitir pensar no que André poderia fazer com ela. Pela primeira vez em séculos de vida, ele estava sendo forçado a confiar em outro ser. Gregori. O sombrio.

Um chato completo.

Eu leio os seus pensamentos, meu amigo.

Com a dor percorrendo o corpo, Mikhail se mexeu. Mais rochas caíram sobre Slovensky em sinal de retaliação, cobrindo-o como um cobertor, começando a formar um túmulo macabro.

A ideia era essa.

Gregori entrou na cela deslizando em silêncio como era de hábito, elegância e poder em volta dele enquanto caminhava pelos escombros da parede.

– Isto está se tornando um mau hábito.

– Oh! Cale a boca – Mikhail disse sem rancor.

Enquanto inspecionava os ferimentos, o toque de Gregori foi infinitamente cuidadoso.

– Eles sabiam o que estavam fazendo. As balas foram miradas com precisão para não atingir os órgãos vitais, mas para fazer você sangrar o máximo possível.

Levou alguns segundos para lidar com as amarras e liberar Mikhail das correntes. Gregori fez uma compressa de solo sobre os ferimentos para impedir mais sangramento.

– Examine o padre Hummer – a voz de Mikhail estava fraca.

– Ele está morto – Gregori mal olhou para o corpo imóvel.

– Certifique-se.

Foi uma ordem. Mikhail raramente dava ordens para que Gregori fizesse alguma coisa. Aquilo não fazia parte da relação dos dois.

Por um instante, os olhos prateados do sombrio brilharam enquanto eles encaravam um ao outro.

– Por favor, Gregori, se houver uma chance...

Mikhail fechou os olhos. Balançando a cabeça diante da demora, Gregori respeitosamente foi até o corpo ferido do padre e procurou os batimentos. Ele sabia que era inútil, sabia que Mikhail também sabia disso, mas verificou mesmo assim. E teve o cuidado de ser gentil com o corpo.

– Sinto muito, Mikhail. Ele morreu.

– Não quero que ele fique abandonado neste lugar.

– Pare de falar e deixe que eu faça o meu trabalho – Gregori resmungou, ajudando a acomodar Mikhail no chão.

Uma bruma esverdeada entrou pelas rachaduras da parede caída, cintilando por um momento enquanto percorria o local. Gregori manteve o corpo posicionado entre essa névoa e seu príncipe, enfrentando-a. Vampiros muitas vezes tinham escravos para servi-los, novos naquele mundo e incapazes de se defenderem por completo. A névoa começou a adquirir uma forma humana, e Byron encarou Gregori, que olhava para o príncipe caído.

– Quem fez isso? E quem é esse enterrado sob as rochas?

Sem ousar passar pela figura imponente de Gregori, Byron se ajoelhou ao lado do padre e gentilmente tocou a testa dele, fazendo o sinal da cruz ali.

– Embaixo das rochas não há nada além de um fantoche, um servo humano do vampiro. Há dois corpos ao lado do chalé de Mikhail que precisam ser descartados adequadamente. Não podemos deixar que os aldeões entrem em pânico e saiam caçando lobos.

– Byron, encontre Raven – Mikhail murmurou.

– Mikhail – Gregori abriu o próprio pulso com os dentes e o colocou nos lábios do príncipe – beba o meu sangue enquanto eu fecho esses buracos.

– Encontre Raven.

– Tome o meu sangue, Mikhail. O vampiro não vai feri-la. Ele vai ter um pouco de paciência hoje à noite. Você precisa estar forte para a caça. Beba o que eu ofereço livremente. Eu não gostaria de achar necessário forçar você.

– Você está se tornando um incômodo, Gregori – Mikhail reclamou, mas, com obediência, aceitou o pulso oferecido pelo curandeiro.

O sangue dele era antigo, assim como o de Mikhail. Nada podia ajudar tão rápido. Houve um silêncio enquanto Mikhail se alimentava, reabastecendo o que havia sido perdido. Gregori virou levemente o pulso para tirar Mikhail dele, sabendo que sua força era necessária para curar e transportar o príncipe a um lugar seguro.

– O padre vai conosco – Mikhail reiterou.

Uma onda de calor percorreu o gelo de seu corpo, deixando-o carente, faminto. A mente de Mikhail procurou a de sua companheira, com uma necessidade enorme de se fundir. A dor explodiu na cabeça dela, na dele, fazendo-o arfar e se encolher, enquanto seus olhos pretos procuravam os de Gregori agoniados.

Durma agora, Mikhail. Vamos sair à caça logo. Precisamos cuidar desses ferimentos primeiro, Gregori comandou com uma voz hipnotizante.

Verink sokta; verink kana terád – *nosso sangue se mistura e chama por você.* O canto fluido na língua ancestral preencheu a cela. A voz de Byron se juntou àquelas palavras.

Você vai ouvir as minhas palavras, deixe que a Mãe Terra o acolha. O solo vai curar seus ferimentos e acalmar sua mente. Durma, Mikhail.

As pálpebras de Mikhail ficaram pesadas apenas do seu desejo de ordenar que os outros encontrassem sua companheira.

Meu sangue é poderoso, misturado com o seu. Sinto-o curar o seu corpo. Gregori deixou o próprio corpo, tornando-se uma poderosa energia de cura entrando no corpo do príncipe, fundindo-se completamente com Mikhail, fluindo para dentro dele para poder procurar os machucados, extrair os objetos estranhos e reparar todo o dano de dentro para fora com a precisão do cirurgião mais habilidoso.

Byron vigiou os dois corpos, afastando-se do padre para olhar a floresta em volta quando a primeira onda de energia o atingiu. Alguém se aproximou, alguém poderoso, o que não era totalmente inesperado quando o príncipe estava deitado em uma poça de sangue. Caçadores viriam de toda parte. Ainda assim, ele não confiava em ninguém, não quando tanto o príncipe quanto o curandeiro corriam risco.

Byron ficou olhando uma enorme coruja da Virgínia que voou em torno da construção destruída e então pousou na parede destruída. Lentamente, as asas se dobraram e os olhos redondos da coruja percorreram o local. As garras se flexionaram e relaxaram. Ele posicionou o corpo entre o animal e os dois *Cárpatos* de que estava protegendo. A coruja tinha cores incomuns, penas com pontas douradas e olhos com círculos dourados. Um pequeno sorriso suavizou as linhas duras da boca de Byron.

– Eu devia saber que você viria – ele disse.

Voltando ao próprio corpo, Gregori levantou a cabeça e estudou a enorme coruja. Ele disse o nome do *Cárpato* sutilmente para reconhecer sua presença.

– Aidan.

Byron curvou o dedo.

– *Veri olen piros, ekäm* – que o sangue seja vermelho, meu irmão.

Literalmente, aquilo significava *encontre a sua companheira e veja em cores*, um cumprimento formal entre machos *Cárpato*.

A forma da coruja se alongou, cintilou e deu a forma a um homem alto de cabelo loiro-ruivo com olhos dourados brilhantes. Sua figura loira era incomum para um *Cárpato*. Ele se portava como um soldado, com modos firmes e confiantes.

Aidan deu um passo à frente e segurou os antebraços de Byron e depois os de Gregori, com força, no cumprimento tradicional dos guerreiros. Ele olhou por sobre o ombro de Gregori para o príncipe que estava caído.

– Quem ousou fazer isso? – ele quis saber.

– Caçadores de vampiros que sucumbiram, ironicamente, e formaram uma aliança com um vampiro, Gregori respondeu.

– E Jacques?

– Está dentro da terra.

– E a companheira de Mikhail?

Houve um breve silêncio, como se a noite tivesse prendido a respiração para ouvir a resposta. Raven representava a esperança daquele povo.

– Vamos buscá-la quando tivermos terminado aqui, Gregori resmungou a resposta discretamente, com os riscos de seus olhos claros fixos nos *Cárpatos*. – Traga-me terra fresca e prepare o corpo do padre.

Gregori voltou ao trabalho.

Lento, sem pressa, o belo canto ancestral encheu a noite de esperança e promessa. Ninguém acreditaria que ele estava trabalhando contra o tempo, que precisava colocar Mikhail de volta à vida naquela noite. Aidan trouxe o solo mais rico que conseguiu encontrar, dando um passo para trás para admirar Gregori trabalhando. Os unguentos foram misturados com cuidado e aplicados sobre os ferimentos externos. O vento varreu a terra e a poeira da pilha de rochas, levando alertas para os *Cárpatos*. Dois humanos estavam se aproximando em uma caminhonete. Byron se ajoelhou ao lado de Edgar Hummer, passando as mãos com reverência pelo rosto do padre e pegando o corpo pequeno e destruído nos braços.

– Vou levá-lo para o solo sagrado, Gregori, e então vou destruir esses corpos ao lado do chalé. Onde está Jacques, para que eu possa protegê-lo?

– Jacques está seguro – Gregori informou sucinto.

Os olhos escuros de Byron brilharam diante da implicação.

– Eu protegi Jacques, como você fez com Mikhail. Você acha que eu o machucaria?

Gregori olhou para ele por um longo momento, impressionado que ele tivesse se atrevido a questioná-lo. Era uma medida da lealdade daquele homem ao irmão de Mikhail que se arriscasse a se indispor com o sombrio.

– Ele está seguro – Gregori reiterou, dessa vez em um tom mais gentil. – Não quero que nenhum rastro leve até ele quando não sabemos quem está espionando o nosso povo.

Byron observou os traços sem expressão por um momento breve e então assentiu a cabeça indicando que concordava.

– Onde nos encontramos para a caçada?

– Nas cavernas – Gregori respondeu. – Onde está aquela terra?

A impaciência transpareceu no seu tom sombrio.

– Você queria a melhor, e fica longe daqui – Aidan respondeu, aproximando-se.

Ele entregou um saco grande de argila rica e preta, cheia de minerais, e então recuou para permitir que Gregori trabalhasse. Os unguentos foram misturados cuidadosamente com saliva e aplicados sobre os ferimentos externos. O vento varreu a terra e a poeira da pilha de pedregulhos, levando aromas para os *Cárpatos*. Aidan se afastou do cheiro de sangue e morte e inspirou profundamente, absorvendo a informação nos pulmões.

– Dois humanos estão se aproximando lentamente em uma caminhonete – ele disse. Você provavelmente tem tempo suficiente para terminar isso e transportar Mikhail para um lugar seguro. Eles ainda estão longe.

– Tudo aqui deve ser destruído. Tudo o que tinham, documentos, anotações, encontre tudo, queime, e então enterre este lugar – Gregori ordenou.

– O vampiro que planejou esta traição? – Aidan perguntou.

Gregori simplesmente inundou a mente dele com a informação em vez de se dar ao trabalho de falar.

– Eu conheço André há muitos séculos – disse Aidan. – Ele é meio século mais novo do que eu. Lutamos juntos em mais de uma batalha. A nossa época é desesperadora.

Aidan sobrevoou as paredes caídas, seus olhos dourados brilhando na escuridão. Cada folha em cada árvore brilhou um tom prata vivo, banhada na luz do luar, mas ele havia perdido a habilidade de ver cores há muito tempo. O mundo dele era escuro e cinza, e continuaria sendo até que encontrasse uma companheira, ou buscasse o consolo do amanhecer. Ele inspirou, sentiu o perfume da caça, o fedor da morte, o odor invasivo do homem. Óleo e fumaça do escapamento emanando do veículo que se aproximava manchavam a clareza do ar.

Ele se moveu pelos carvalhos, lutando para conter o instinto predador gélido que exigia sangue pelo que alguém de seu povo havia feito. A espécie deles, tão incerta, oscilando à beira da extinção, não sobreviveria outra caça aos vampiros. Todo macho que havia restado havia depositado suas esperanças de sobrevivência na mulher de Mikhail. Se conseguisse se adaptar àquela vida, se pudesse ser confirmada como uma verdadeira companheira, se pudesse gerar filhas fortes o bastante para viver além do primeiro ano, então todos os *Cárpatos* tinham uma chance. Seria uma questão esperar, vasculhar o mundo em busca de mulheres como Raven. As chances podiam ser pequenas, mas eram melhores que antes. Que André os traísse era o pior tipo de traição.

A névoa começou a se acumular, densa, um véu opressivo e quase impenetrável que corria pelas árvores e se concentrava na estrada. Houve um barulho alto de freio quando o motorista parou, sem conseguir ver pela neblina. Aidan se aproximou, sem ser visto, um predador perigoso espreitando a presa.

– Quanto tempo falta para chegarmos, tio Gene?

A voz de um garoto, ansioso e animado, soou ao vento.

– Vamos ter que esperar a névoa se dispersar, Donny.

Uma segunda voz estava desconfortável.

– Nós temos esses volumes incomuns de neblina por aqui, e não é uma boa ideia ser pego nela.

– Qual é a minha surpresa? Você pode me dizer? Você contou para a minha mãe que vou ter uma surpresa de aniversário que nunca vou esquecer. Eu ouvi vocês conversando.

Aidan podia vê-los agora. O motorista beirava os trinta anos, o garoto não tinha mais do que quinze. Aidan ficou observando-os, a urgência de matar correndo em suas veias, tomando seu corpo. Ele sentiu o poder em todas as terminações nervosas, fazendo-o se lembrar de que estava de fato vivo.

O homem mais velho que o garoto havia chamado de tio Gene estava muito nervoso, olhando pela névoa por todos os lados da caminhonete, mesmo que não conseguisse enxergar pelo véu espesso de bruma branca. Por um momento, ele pensou ter visto olhos, famintos e brilhantes, quase dourados. Eram os olhos de animais – os olhos de um lobo – observando-os na noite. Isso fez o coração do homem disparar e sua boca ficar seca. Ele puxou o garoto mais para perto em um gesto protetor.

– O seu tio James está guardando para você.

O motorista precisou limpar a garganta antes que as palavras saíssem. Ele sabia que eles estavam em perigo, sabia que um predador estava esperando para lhes rasgar o pescoço.

– Vamos andando até o chalé de caça, tio Gene. Eu mal posso esperar para experimentar meu rifle novo. Vamos lá, não é tão longe – o garoto pediu.

– Não nessa neblina, Donny. Tem lobos nessa floresta. E outras coisas. É melhor esperar até conseguirmos ver direito – o homem disse com firmeza.

– Nós temos armas – o garoto resmungou. – Não foi por isso que nós as trouxemos?

– Eu falei não. Armas nem sempre deixam alguém seguro, garoto.

Aidan suprimiu a vontade de matar. O garoto ainda não tinha se tornado adulto. Quem quer que aqueles mortais fossem, ele não mataria a não ser que sua vida ou a de alguém da sua espécie estivesse ameaçada. Ele não se tornaria um vampiro, um traidor de seu povo. Estava se tornando fácil demais matar. Uma sedução de poder.

O vento soprou em volta dele, fazendo um círculo de folhas e gravetos. Gregori parou ao seu lado, com Mikhail, pálido e sem vida, nos braços.

– Vamos sair daqui, Aidan.

– Eu não poderia matá-los – Aidan disse calmamente, sem desculpas na voz.

– Se o mais velho for Eugene Slovensky, ele vai ter muito com que se preocupar esta noite. O irmão dele está morto embaixo de uma pilha de pedras, uma troca pela morte do padre e de Mikhail.

– Eu não ousaria matá-los – Aidan repetiu, fazendo uma admissão.

– Se for Slovensky, ele merece morrer, mas fico feliz que você tenha resistido à urgência, sabendo do perigo em que se colocaria. Você veio de longe para caçar os *mortos-vivos* do nosso povo. Isso está na escuridão da sua alma. Por que é que você está aqui desta vez?

Não havia nenhum toque de suspeita na voz de Gregori. Era sempre uma cadência musical, agradável ao ouvido.

– Eu ando muito perto do limite – Aidan disse calmamente, sem se desculpar. – Quando a mulher de Mikhail foi ferida tão gravemente, a fúria dele foi sentida por todos os *Cárpatos* em todas as terras. A turbulência foi única, e eu senti que valia a pena investigar. Eu voltei para me certificar de que a sabedoria dele continua a beneficiar o nosso povo. Acredito que a mulher é a esperança do nosso futuro.

– Eu também acredito nisso. Talvez um novo país traga alívio a você. Estamos precisando de um caçador experiente nos EUA.

Com a névoa ainda densa, impedindo que os humanos a penetrassem, Aidan voltou sua atenção para a prisão cuidadosamente construída. Com um movimento de sua mão, a terra estremeceu e se agitou. A construção foi demolida, deixando apenas as rochas marcando um túmulo recente.

Dentro da bruma, Gregori levantou com sua carga, com Aidan ao seu lado. Eles correram pelo céu escuro até as cavernas, onde outros *Cárpatos* chegaram, um após o outro, para ajudar a curar o príncipe.

*

O ar da noite passou pelo corpo de Raven, que estava sendo levado pelo céu para algum local desconhecido. Fraca e zonza, foi difícil se concentrar em qualquer coisa. Primeiro, ela tentou se focar em qualquer ponto de referência, para que pudesse transmiti-lo para Gregori. Depois de um tempo, ela não se lembrava do que estava fazendo nem por quê. Em algum nível, ela sabia que era a droga deixando-a desorientada e doente. Parecia difícil demais imaginar para onde o vampiro a estava levando ou o que ela faria quando chegassem.

A lua estava radiante, derramando luz prateada pelo topo das árvores, transformando tudo em um sonho surreal. As coisas entravam e saíam da mente dela. palavras docemente sussurradas, um murmúrio constante que Raven não conseguia entender. Parecia importante, mas ela estava cansada demais para tentar desvendar aquilo tudo. A mente dela havia se fragmentado depois de perseguir o último *serial killer*? Raven não conseguia lembrar o que havia acontecido. A sensação do vento era boa, soprando em seu corpo, limpando-a. Ela estava com frio, mas não parecia se importar. As luzes dançavam, as cores giravam, o céu cintilava brilhante sobre sua cabeça. Lá embaixo, uma enorme piscina brilhava como cristal. Era tudo tão lindo, mas a cabeça dela doía abominavelmente.

– Estou cansada.

Raven encontrou a própria voz, queria saber se conseguia falar. Talvez ela conseguisse se fazer acordar caso estivesse em meio a um sonho. Os braços seguraram com um pouco mais de força.

– Eu sei. Você vai estar em casa logo.

Ela não reconhecia a voz. Algo nela despertou para se revoltar contra aquela proximidade. Seu corpo não reconhecia a sensação do dele. Ela o conhecia? Não parecia, mas ele a estava segurando como se tivesse o direito de fazê-lo. Havia algo que passeava por sua memória que ela não conseguia captar. Toda vez que achava que as peças do quebra-cabeça estavam começando a se encaixar, a dor atravessava sua cabeça com tanta violência que ela não conseguia se ater ao pensamento.

De repente, eles estavam andando juntos, sob as estrelas, com as árvores balançando e pendendo levemente, o braço dele na cintura dela. Raven piscou confusa. Eles estavam andando o tempo todo? Ninguém podia voar, aquilo era absurdo. Ela ficou subitamente com medo. Teria enlouquecido?

Ela olhou para o homem que andava ao seu lado. Fisicamente, ele era mais do que simplesmente belo, a pele clara era sensualmente bela. Mas quando sorria para ela, os olhos eram rasos e frios, os dentes guardavam um toque de ameaça em uma boca escarlate que infligia medo em seu coração. Quem era ele? Por que ela estava com aquele homem? Raven tremeu e tentou se afastar dele com um movimento leve e sutil. Ela estava fraca e, sem o amparo dele, teria caído.

– Você está fria, minha querida. Vamos chegar a casa logo.

A voz do homem fez uma onda de terror tomar conta dela. Uma repugnância embrulhou seu estômago. Havia um toque de triunfo na voz dele. Com toda aquela aparente solicitude, Raven sentia como se uma cobra gigante estivesse enrolada nela, com seu corpo frio de réptil e olhos hipnóticos fascinando-a. A mente dela tentou, lutou para estabelecer contato. Ele viria, mas Raven não sabia quem ele era.

Foi como uma brisa fresca. *Mikhail.* Ela gritou de agonia e caiu de joelhos, apertando a cabeça com as mãos, morrendo de medo de se mover, de pensar. Mãos frias seguraram os braços dela, colocando-a de pé.

– O que foi, Raven? Vamos, me diga, para que eu possa ajudá-la.

Ela desprezava aquela voz, que a exasperava e causava arrepios na sua pele. Havia poder ali, e um prazer secreto e depravado, como se ele soubesse exatamente o que estava acontecendo e gostasse do sofrimento e da ignorância dela. Por mais que odiasse o toque dele, não conseguia ficar em pé por conta própria e precisava se apoiar naquele corpo forte.

– Você precisa se alimentar – ele comentou quase casualmente, mas Raven sentiu uma excitação escondida naquela frase.

Raven colocou a mão na barriga.

– Estou me sentindo mal.

– É porque você está com fome. Preparei uma surpresa especial para você, minha querida. Um banquete em sua homenagem. Os convidados estão esperando com impaciência pelo seu retorno.

Ela parou de andar e encarou aqueles olhos frios e zombeteiros.

– Eu não quero ir com você.

Os olhos ficaram rasos, duros. O sorriso dele era uma caricatura, uma vitrine sem alma e com presas. Ela podia ver as gengivas menores, os incisivos alongados. Ele não tinha uma beleza clássica, como havia imaginado a princípio, mas sim uma aparência cruel e abominável.

– Você pertence a mim, Raven. Você não tem para onde ir.

Mais uma vez, o homem soava levemente jocoso, solícito de uma maneira enojante. Raven tirou o braço dele e caiu sentada quando suas pernas sucumbiram.

– Você não é…

O nome escapou com uma explosão de dor. Gotas de sangue se formavam na testa dela e escorreram pelo rosto. Deliberadamente, o vampiro se inclinou e passou a língua grosseiramente pelo rosto dela, seguindo o sangue.

– Você está doente, minha querida. Você precisa confiar que eu sei o que é melhor para você.

Raven se forçou a permanecer calma, para afastar as teias de aranha confundindo sua mente. Ela tinha dons especiais. Era inteligente. Aqueles dois fatos eram inegáveis. Ela tinha certeza de que estava correndo um grande perigo e não fazia ideia de como havia ido parar ali com aquele homem, mas precisava pensar. Ela levantou o rosto para a lua, refletindo uma luz azul em seus longos cabelos pretos.

– Estou tão confusa, não consigo nem lembrar o seu nome.

Ela se forçou a parecer e transmitir uma sensação de quem pedia desculpas para agradá-lo, se ele fosse capaz de ler sua mente, e estava com medo de que ele era capaz de fazê-lo.

– O que aconteceu comigo? Estou com uma dor de cabeça terrível.

Ele ofereceu a mão, com modos subitamente refinados, muito mais tolerante agora que Raven confiava nele.

– Você machucou a cabeça.

O homem a levantou e colocou o braço em volta de sua cintura fina. Dessa vez, ela se forçou a aceitar o toque dele sem se retrair.

– Desculpe. Estou tão confusa. Estou me sentindo boba e medrosa – ela confessou, com os grandes olhos azuis enormes, a mente inocente e vazia.

– Eu sou André, seu verdadeiro companheiro. Outro homem roubou você de mim e tentou impor sua vontade. Quando eu a resgatei, você caiu e bateu a cabeça.

A voz dele era musical, hipnótica.

Verdadeiro companheiro – Raven se lembrava daquelas palavras. Lembrava do seu significado. Havia apenas um sentido. Mikhail. Dessa vez, a dor a atingiu, ela aceitou e permitiu que o sofrimento tomasse conta, deixando-a sem fôlego e perfurando sua cabeça. Ela teve o cuidado de não permitir que nenhum sinal de agonia aparecesse em seu rosto ou escapasse de sua mente.

Reunindo toda sua disciplina Raven se concentrou.

Mikhail? Onde está você? Você é real? Estou com medo.

Havia um caminho familiar, e ela o seguiu com facilidade, como se sempre o tivesse feito.

Sivamet – meu amor. A resposta foi fraca, distante, mas muito real, algo a que se apegar em um mundo de loucura.

Quem está comigo? O que está acontecendo?

Ela se obrigou a encostar-se ao homem alto que a amparava para atuar em diversos níveis ao mesmo tempo, especialmente quando estava tão confusa.

André é um vampiro. Ele tirou você de mim. Estou indo buscá-la.

Alguma coisa estava muito errada. Estava tudo ali, se ela procurasse. Raven acreditou na voz distante, sentiu o calor e o amor envolvê-la com braços fortes e protetores. Ela conhecia aquela sensação, aquela voz. Não estava certo.

Você está ferido? Como?

Mikhail repassou os últimos eventos na mente dela. Raven inspirou, sentindo como se alguém tivesse dado um soco bem no seu estômago

Mikhail.

Gregori está se transformando em uma espécie de tirano. Eu não ousaria morrer, ele garantiu.

Você não pode correr riscos. Eu posso durar se for preciso. Fique bem, Mikhail.

As lembranças começaram a inundar a mente dela, deixando-a apavorada. Respirando fundo, ela se forçou a compartimentar os pensamentos. O vampiro só tocava a superfície, só lia aquilo que Raven queria que ele lesse. Ela era a mulher trêmula e confusa que André esperava que fosse. Os ferimentos de Mikhail pareciam sérios. Ele estava na caverna, cercado pelos outros. Gregori estava trabalhando nos machucados, e Raven tinha certeza de que ele colocaria Mikhail na terra, deixando-a sem um canal de comunicação. Ela levantou o queixo. A droga podia tê-la confundido momentaneamente, mas ela ia conseguir fazer o que fosse preciso. Não tinha sido sempre assim? Havia perseguido *serial killers* quando todos disseram que era impossível fazê-lo e manter a sanidade.

Eu sei lidar com André. Não se preocupe comigo.

Raven estava falando com mais convicção do que estava sentindo. André era o vampiro mais cruel e sangue-frio que ela já havia imaginado, saído diretamente de uma história de terror. A ideia de passar algum tempo na companhia dele era aterrorizante.

Nós vamos buscá-la.

Era uma promessa. De repente, ela precisou reprimir uma onda de alívio. A memória, por mais fragmentada que estivesse, voltou completamente sob o contato tranquilizador de Mikhail.

Mikhail ou Gregori, ou os dois, iriam buscá-la, não importava o que mais estivesse acontecendo. Mikhail amarraria os ferimentos e iria se arrastando se isso fosse necessário para chegar até ela.

– Você está muito quieta.

André a assustou.

– Estou tentando lembrar, mas faz a minha cabeça doer.

Eles estavam no alto de um platô. Por um momento, ela não conseguiu distinguir a casa de pedra construída na lateral da montanha. A construção parecia cintilar sob o prateado da lua, uma miragem um momento, e então uma estrutura distinta, e então desapareceu de novo. Raven piscou os olhos rapidamente, absorvendo cada detalhe, transmitindo-a para Mikhail. O truque era não permitir que o vampiro soubesse que ela estava pensando em Mikhail. Era André que a estava punindo com dor quando lia os pensamentos dela. Confusa pela droga, Raven ficou sob o poder dele por um período breve. Agora ela estava simplesmente enjoada e tonta. E muito, muito assustada.

– Esta é a sua casa? – ela perguntou inocentemente, apoiando-se em André.

Mikhail e Gregori estavam monitorando cada passo do caminho. O vampiro tinha de saber que a maioria dos humanos que ele havia listado para servi-lo estava morta. Se ela sabia, ele também sabia. Mas, ainda assim, ele se sentia seguro; Raven podia sentir a satisfação emanando dele em ondas.

– Vamos ficar aqui tempo suficiente para jantar, minha querida.

Havia uma satisfação curiosa que ela estava começando a detestar intensamente.

– Não é seguro ficar mais do que isso. Os outros podem nos perseguir. Você precisa se alimentar para ficar forte o bastante para escapar.

De propósito, com confiança, ela segurou o braço do vampiro.

– Vou tentar, André, mas estou me sentindo mal de verdade.

Observe enquanto ele desfaz as proteções, a voz de Mikhail sussurrou delicadamente na mente dela.

Não tire os olhos dos movimentos dele, Gregori acrescentou.

Raven fez o que os dois instruíram, enquanto o vampiro retirava as proteções de sua casa, sentindo os dois *Cárpatos* em sua mente, absorvendo cada sinal em detalhes. Aquilo deu a ela mais esperança do que nunca. Eles estavam indo buscá-la. Mikhail não a deixaria nas mãos de André. Era absolutamente impossível que ele fizesse isso.

– Venha, minha querida, entre na sua casa.

Calculadamente, André deu um passo para trás para possibilitar que ela entrasse por vontade própria. Funcionaria para dar mais poder a ele se pudesse induzi-la ou enganá-la a entrar.

Raven deu um passo na direção da entrada e sentiu o protesto instintivo de André. Ela cambaleou, caiu pouco antes da porta, e ficou caída em uma pilha desamparada. Praguejando, André tentou fazê-la levantar, empurrá-la para dentro, mas Raven estava imóvel, sem conseguir se mover por conta própria. O vampiro a pegou nos braços e a carregou para dentro.

A casa de pedra consistia em uma enorme sala na frente e um buraco no canto mais afastado em que uma escada dava para uma câmara mais baixa. A sala era fria e úmida. Mofo crescia nas rachaduras. Havia uma mesa e um longo banco de igreja. André fez um aceno com a mão para acender várias velas. O coração de Raven parou e então disparou alarmado. Acorrentados à parede mais perto da mesa, olhos dilatados de terror, havia um homem e uma mulher. Os dois estavam sujos e com roupas rasgadas. Os rasgos no vestido da mulher e na camisa do homem tinham manchas de sangue. Havia hematomas no casal, e o homem tinha várias marcas de queimadura do lado direito do rosto.

O vampiro sorriu com crueldade e sarcasmo enquanto observava suas vítimas indefesas.

– O jantar, minha querida, apenas para você.

Ele sentou Raven com cuidado no banco como se ela fosse feita de porcelana frágil. André lentamente deslizou graciosamente pelo chão de pedra, com os olhos vermelhos e sem alma fixos na mulher. Ele se demorou saboreando o terror dela, rindo da fúria impotente do marido. Quando a arrancou da corrente, o homem se debateu e ameaçou, amaldiçoando tanto Raven quanto o vampiro. André a arrastou até o lado de Raven, forçou-a a ficar de joelhos e a manteve imóvel, com uma mão no cabelo para deixar o pescoço exposto.

O polegar dele deslizou pela pulsação.

– Alimente-se, minha querida. Sinta o sangue quente entrando nas suas veias, deixando-a forte de novo. Quando tirar a vida dela, você vai ter um poder que nunca conheceu. Este é o meu presente para você. Poder infinito.

A mulher soluçou e gemeu aterrorizada. O marido implorou, xingou, lutou com as correntes que o prendiam. Raven se sentou lentamente e afastou seus cabelos pesados com a mão trêmula. André podia ter seduzido as vítimas, enfeitiçando-as para que recebessem a morte de braços abertos, mas ele buscava o prazer às custas do terror humano. O sangue cheio de adrenalina era viciante, inebriante.

A tentação se agitou em Raven. O barulho do coração da mulher latejava nas suas próprias veias, um chamado profundo e convidativo. Todos pareciam estar esperando a reação dela. Raven podia sentir Mikhail em seu corpo, parado e imóvel, furioso por não estar lá para protegê-la de uma decisão tão terrível. A fome era lancinante e potente. Sentindo os dentes mudando dentro de sua boca, ela instantaneamente se apegou à fé, usando-a como um escudo protetor até que a sensação terrível desapareceu, deixando apenas a fome que doía.

Seus enormes olhos azuis-violeta se levantaram para encarar o rosto de André, expressivos, muito brilhantes, como se estivessem à beira das lágrimas – o que na verdade estavam. Ela não precisou recorrer demais às suas habilidades de atriz. A mão de Raven deslizou calmamente pelo braço da mulher. Ela foi extremamente gentil, tentando confortá-la sem palavras.

– Você está duvidando de mim. Por quê? O que eu fiz? Eu honestamente não me lembro. Eu nunca faria algo assim, tirar uma vida dessa maneira; nem você. Por que você está me testando assim? Eu cometi um crime de que não consigo lembrar? Por que você está sendo tão cruel comigo?

O rosto de André ficou escuro, e os olhos vermelhos se tornaram castanho-escuros normais.

– Não fique tão nervosa.

– Diga, André. Eu não aguento não saber. O outro me forçou a fazer alguma coisa que você não consegue perdoar? – ela abaixou a cabeça como se estivesse envergonhada. A voz ficou ainda mais baixa. – Tire a minha vida, André. Coloque a sua fúria em mim, não nessa pobre mulher indigna. Eu vou embora se você não quiser unir minha vida à sua, mesmo não tendo para onde ir.

Ela olhou nos olhos dele para que o vampiro soubesse que era sério.

– Tire a minha vida agora, André.

– Não, Raven.

– Então me responda, por que esse teste? É porque eu não sou perfeita como você, porque não posso entrar na terra ou mudar de forma? Você tem vergonha de mim e quer me punir.

– Claro que não.

Raven colocou o braço em volta da mulher.

– Eu me lembro, mas não tenho certeza, de que você disse que ia contratar servos de confiança. Era dessa mulher que você estava falando? – de repente, o rosto dela ficou sombrio. – Ela é sua amante?

Ela parecia quase histérica, mas a mão continuava sendo gentil no braço da mulher.

– Não! Não! – a mulher protestou, mas havia confusão e uma ponta de esperança em seus olhos. – Eu não sou amante dele. Aquele é o meu marido. Nós não fizemos nada de errado.

André estava claramente perdendo. Ele havia levado Raven em uma tentativa desesperada de se salvar. Se a forçasse a matar, ela se tornaria tão sombria e perdida quanto ele. Algo dentro do vampiro mudou e se agitou enquanto ele olhava nos olhos inocentes de Raven.

– A mulher está falando a verdade, Raven. Ela não é nada para mim. Uma serva, se você quiser que ela seja – a voz dele estava perdida e solitária, quase incerta.

Raven tentou pegar a mão dele. A mente de André era uma obra-prima do mal, podre e pervertida. Mas ela sentia tristeza por ele. O vampiro tinha sido bom no passado, em nada diferente de Mikhail ou Jacques, mas no isolamento escuro de sua existência, ele havia tomado o caminho errado. André queria sentir desesperadamente, queria ser capaz de encarar o sol da manhã, ver um pôr do sol de novo. Ele queria se olhar no espelho e não ver as gengivas diminuindo e a devastação deixada pela sua existência depravada. Era impossível, nenhum vampiro de verdade podia se olhar no espelho sem sentir uma dor tremenda. Raven era sua única esperança, e André se apegou a ela. Ele queria um milagre. Como a mulher de Mikhail tinha sido humana, o vampiro não fazia ideia do que ela era capaz ou incapaz de fazer.

– Me perdoe, André, se eu fiz algo para fazê-lo duvidar de mim – ela disse gentilmente, a compaixão se acumulando e fazendo-a chorar.

Ela não podia salvá-lo, mesmo que seu lugar não fosse ao lado de Mikhail. Ninguém podia. Ele havia sido corrompido e envaidecido demais pela falsa sensação de poder, viciado demais na adrenalina das mortes aterrorizantes. Raven se odiou por enganá-lo, mas sua própria vida e a vida do casal de humanos estavam obviamente na balança. A mão de André acariciou o cabelo sedoso dela.

– Eu não estou bravo com você, minha querida, mas você está fraca e precisa se alimentar.

A mulher ficou tensa, seu rosto foi tomado por uma máscara de medo. Ela ficou totalmente imóvel, esperando a resposta de Raven.

– Mas eu não posso me alimentar.

Intencionalmente, ela permitiu que o nome de Mikhail aparecesse em sua mente, e então segurou a cabeça de agonia.

– Eu não sei por que, não consigo pensar. Acho que o outro fez algo para me deixar assim.

André arrastou a mulher pelo cabelo.

– Eu volto em alguns minutos. Certifique-se de que nada aconteça com Raven – os olhos dele estavam rasos e frios. – Não tente sair daqui. Eu vou saber.

– André, fique – Raven murmurou, lutando por ele, chocada consigo.

André se afastou dela e saiu a toda velocidade, afastando-se da luz, de volta ao mundo da morte e da loucura que conhecia tão bem. A mulher se agarrou em Raven.

– Por favor, nos deixe ir. Ele é mau. Ele vai nos matar, vai nos transformar em escravos até que o nosso medo não seja mais prazeroso.

Raven endireitou o corpo, lutando desesperadamente contra a tontura.

– Ele vai saber. Ele consegue ver no escuro, consegue sentir seu cheiro, ouvir as batidas do seu coração.

A sala estava tão fria e com cheiro de mofo, tão deprimente. O ar estava parado e revelava a morte. Com sua sensibilidade, Raven quase podia ouvir os gritos das incontáveis vítimas que haviam sido levadas para lá, acorrentadas nas paredes manchadas. Ela estava tão assustada quanto a humana.

– Quem é você?

– Monique Chancellor. Esse é o meu marido, Alexander. Por que você me ajudou?

– Proteja os seus pensamentos, Monique. O vampiro consegue ler mentes.

– Ele é o *nosferatu*, é impuro. O vampiro – afirmou.

– Precisamos sair deste lugar de morte.

Capítulo 20

Raven levantou cambaleando, apoiando-se no encosto da cadeira, na mesa, para chegar até a porta. Ela olhou para as estrelas, observou lentamente a paisagem em todas as direções, fazendo anotações mentais de cada parede de pedra, dos penhascos que surgiam atrás da casa. Ela estudou a construção em si, as janelas, as portas, a estrutura das paredes, e prestou atenção especial aos espaços amplos que levavam até a casa.

– Por favor, por favor – a mulher a segurou. – Nos ajude.

Raven piscou para conseguir focar os olhos.

– Estou tentando ajudar vocês. Fique calma e não fique no caminho dele. Atraia o mínimo de atenção possível para vocês.

Mikhail, acho que tem mais alguma coisa que eu não estou captando. Ele está confiante demais, convencido demais. Tem alguma coisa...

Fique viva, Raven. Foi Gregori quem respondeu, o que a assustou.

Mikhail? Os ferimentos dele...

Ele está bem, Gregori garantiu.

O alívio tomou conta dela quando fechou a porta. Raven havia dado a Mikhail e a Gregori o máximo de informações detalhadas que conseguiu, e os alertou de sua preocupação. Não havia nada mais que pudesse fazer além de sobreviver até que eles chegassem. Ela havia conseguido fazer o que queria, Mikhail e Gregori teriam o máximo de informações detalhadas que conseguisse transmitir.

– Quem é você? – Alexander perguntou com suspeitas.

O homem havia puxado tanto as correntes que Raven podia ver os pulsos dele expostos.

Ela massageou as têmporas, que latejavam, com uma náusea que tomava conta de seu estômago.

– Precisamos encontrar alguma coisa para colocar nos seus pulsos. Não é uma boa ideia ter ferimentos abertos perto dele.

Raven podia sentir o cheiro do sangue, e seu corpo, desesperadamente fraco, ainda sentindo os efeitos do narcótico dado pelo vampiro, precisava de alimento desesperadamente. Ela ignorou a mulher que soluçava quieta em um canto e foi até o homem para ver se encontrava uma maneira de diminuir o desconforto dele. Ao abaixar para examinar o pulso de Alexander, a outra mão dele agarrou um tufo de cabelo de Raven e puxou com força o bastante para deixá-la com lágrimas nos olhos. Ele a puxou para trás de si, para que suas duas mãos pudessem agarrá-la pela garganta, enquanto os dedos se cravavam na carne macia.

– Alexander, pare, o que você está fazendo? – a esposa gritou.

– Monique, pegue as chaves destas algemas – ele ordenou, com dedos fortes sufocando as vias aéreas de Raven o suficiente para que a sala começasse a girar.

Ela podia sentir o medo de Alexander, a tentativa desvairada de salvar a esposa e a si. Ele estava com medo de que ela fosse uma vampira, que estivesse se divertindo cruelmente com algum prazer perverso. Raven não podia culpá-lo, mas as mãos do homem estavam tirando sua vida, e ela sabia que não havia como conversar com ele.

Raven.

O grito foi uma onda de fúria se movendo pela mente dela. As mãos de Alexander haviam sido tiradas do pescoço dela e houve um estalo alto de que indicava ossos quebrados. Ele foi atirado contra a parede, ficou pendurado, fazendo seus pés balançarem inutilmente a mais de um metro do chão. Monique gritou enquanto o ar saía dos pulmões do marido. Ele começou a sufocar, e seus olhos ficaram horrivelmente esbugalhados.

Solte-o, Mikhail! Oh, Deus! Eu não vou suportar ser responsável por mais uma morte. Eu simplesmente não vou.

Raven caiu no chão, abraçou os joelhos e ficou ali encolhida, balançando.

– Por favor – ela murmurou em voz alta – , liberte-o.

*

Mikhail lutou com sua fúria letal e conseguiu reprimi-la o bastante para libertar o humano de seu ataque mental. Ele se atirou pelo ar, chegando até Raven com facilidade. O príncipe mal tinha se dado conta de que Gregori o estava acompanhando, e Aidan e Byron estavam atrás, e Eric e Tienn também, e mais alguns lutando para manter alguma distância mais atrás. Nenhum deles importava. Ele havia caçado muitos de sua espécie, vampiros do mal ao longo dos séculos, e sempre sentia um leve toque de relutância, de pena talvez. Naquele momento não havia nenhuma.

Mikhail manteve sua fúria contida, fazendo-a ferver e borbulhar como magma em um vulcão, tentando sair por qualquer direção possível, precisando ser liberada. Se a fúria escapasse, a terra, os ventos, as criaturas da montanha reagiriam. Seria um aviso claro para o vampiro. Ele não sentia dor, e estava bem-alimentado. Gregori havia cuidado disso pessoalmente. A combinação do sangue ancestral dos dois era poderosa além da medida. Mesmo assim, um ponto de sangue apareceu pelas penas brancas da coruja. Instintivamente, Mikhail mudou de direção e fez uma volta para ficar abaixo do vento, impedindo que qualquer brisa levasse o cheiro dele para o vampiro.

O príncipe sabia onde ficava a casa, ainda que o vampiro tivesse feito um bom trabalho ao construir uma ilusão, uma miragem, para esconder sua existência. Ao mesmo tempo, um humano descuidado podia cair naquela armadilha.

Os caçadores *Cárpato* voaram em formação aleatória, espalhados para dar espaço uns aos outros. Gregori seguia ao lado do príncipe, observando o chão lá embaixo com olhos de lince, uma agitação dentro dele indicando que nem tudo era o que parecia. Uma névoa densa começou a surgir no chão, correndo por entre as árvores, aparecendo como tiras finas de fita que se formavam quase lentamente. O vento soprou mais bruma nas folhas, mas as fitas subiam sem se romper, uma mudança sutil e não ameaçadora que o alarmou.

Recue, Mikhail.

Com um movimento poderoso das asas, a coruja aumentou a velocidade, ultrapassando o príncipe para colocar seu corpo entre as fitas de névoa e o líder de seu povo. Gregori olhou para baixo, para a bruma que agora preenchia cada espaço vazio, movendo-se entre as árvores e o céu, tornando mais difícil ver as fitas que se enrolavam no tronco das árvores.

Algo está acontecendo lá embaixo, disse Aidan. Os troncos estão ficando brancos, como se fossem fungos.

O barulho dos galhos quebrando ficou mais alto, primeiro pequenos, e depois galhos maiores racharam e caíram no chão da floresta.

Não é fungo, Mikhail alertou. *Gelo.*

O primeiro toque da bruma nas asas foi gelado. Gregori tentou não respirar, mas era tarde demais, e de uma vez ele sentiu o gelo em suas veias, percorrendo o seu corpo, como massa de gelo em um rio.

Não respirem, ele alertou os outros.

Lá embaixo, o verde da floresta começou a brilhar com o gelo. As partículas congeladas começaram a se prender nas penas, puxando-os para baixo.

Então é uma armadilha, disse Mikhail, baixando para mais perto das árvores enquanto a névoa subia para tomar conta do ar em que as corujas voavam. Gregori mudou durante o voo e baixou com o príncipe.

O gelo na névoa está nos puxando para a terra. O que quer que esteja nos esperando lá....

São os servos dele e vão morrer esta noite, Mikhail terminou a frase.

Algo – alguém – está comandando essa névoa. Isso não é um vento natural nem uma bruma natural, então se espalhem e encontrem a origem.

Ele não precisou alertar os caçadores para terem cuidado; todos eles eram experientes. Mikhail enviou um chamado que irradiou pela floresta, uma convocação, o príncipe dos *Cárpatos* estava usando uma voz que ninguém podia recusar. O canto revelador era fascinante e, enquanto eles voavam em círculo, fazendo uma espiral cada vez mais baixa entre as árvores cobertas de gelo, enquanto o som do gelo tilintando e galhos rachando se tornava contínuo.

Não inspirem, Gregori reforçou para os outros.

O ar congelado os forçou a subir para tomar ar e mergulhar para examinar o chão. Eles conseguiam segurar a respiração por longos períodos, longos o bastante para ver as diversas criaturas que Mikhail havia chamado. O chão foi inundado por insetos. Um urso rugiu, e outro chocou-se contra uma árvore sólida e esmagou um arbusto. Cada respiração furiosa produzia uma corrente de vapor gelado.

André se desenvolveu muito ao longo dos anos, comentou Aidan. *O poder dele estava crescendo antigamente, e ele se recusava a dar sangue durante as batalhas. Nós sabíamos que ele ia sucumbir.*

Olhem ao sul, disse Gregori. *Os servos dele estão soprando gelo pela floresta.*

Agora que haviam enxergado os verdadeiros inimigos, Gregori e Aidan se separaram e os dois mudaram em pleno voo, assumindo a forma de um dragão assustador – a criatura das lendas. O estrondo no peito alertou quem estava embaixo pouco antes do fogo surgir, soprando sobre os dois vampiros servos, interrompendo a corrente de gelo. Os vampiros viraram para o céu, rostos grotescos fazendo caretas, olhos ferinos e vermelhos, dentes pontiagudos e escuros de sangue. Os dois hesitaram e se dissolveram.

O gelo derreteu rápido, deixando apenas uma névoa cinza se movendo entre as árvores. Byron voou na direção do pequeno riacho onde os vampiros haviam desaparecido. Grama e folhas estavam escurecidas e murchas, afastando-se da abominação antinatural. Byron mudou para a forma humana quando seus pés calçados tocaram a terra sofrida. O chão afundou instantaneamente, colocando-o em uma prisão esponjosa. O solo enegrecido correu entre as pernas dele, prendendo-o enquanto insetos subiam pelo seu corpo, mordendo e picando.

No ar, o céu ficou escuro com a invasão de enormes morcegos-vampiro, mutações impuras fazendo a vontade de seus mestres. Eles mergulharam para pegar as corujas, cobrindo os corpos até que o peso das criaturas forçasse os pássaros para a terra. As corujas desceram, cada uma coberta por centenas de morcegos, todos mordendo desenfreadamente para colher o poderoso sangue dos *Cárpatos*.

O chão é uma armadilha, Byron alertou.

O rugido de um urso o fez girar o melhor possível com as pernas presas no solo denso e lamacento que o fazia prisioneiro. Em volta dele, o chão se inchava e curvando, agitando-se como uma onda enquanto as paredes em volta dele se erguiam, e o *Cárpato* afundava mais no lodo. Um sopro quente tocou seu rosto, e ele se abaixou enquanto patas malignas com garras cheias de veneno passavam pelo seu rosto. Olhos vermelhos-rubi o encararam enquanto o urso avançava o focinho pingando, cheio de espuma e dentes para ele.

Byron se transformou, tornando-se névoa quando o urso cravou os dentes no ombro dele. Ele sentiu um silvo de dor, e as mandíbulas se encontraram no nada.

No ar, os *Cárpatos* se dissolveram, transformando-se em névoa, permitindo que os morcegos-vampiro se afastassem deles. Pequenas gotas de sangue caíram na terra quando os *Cárpatos* se livraram dos morcegos. Dragões tomaram forma, cuspindo fogo, queimando o céu e a terra, destruindo os morcegos e fazendo o urso recuar. Ele urrou de fúria, levantando sobre as patas traseiras, enormes garras golpeando o ar, pronto para lutar contras as chamas e os dragões.

Ele está tentando adiar quem o estiver seguindo. Eles ficam nos nossos calcanhares como uma alcateia, mas não atacam de verdade, Mikhail chiou.

Está esgotando as forças dele. Os servos não querem lutar conosco por conta própria. Eles sabem que somos caçadores experientes, Gregori comentou. *Eles se escondem e usam o que podem para nos deter. O vampiro deve estar impondo sua vontade sobre eles, e isso requer energia de que ele mal dispõe. Nós avançamos mais rápido do que André esperava.*

Vamos acabar com isso, Mikhail ordenou. *Encontrem quem procuramos e acabem com isso.*

Ele podia ouvir vozes, sussurros, os vampiros servos ordenando seus criados a fazer o trabalho que tinham medo de fazer.

Quando Mikhail tocou a terra com muito cuidado, tomando cuidado com o chão em movimento, raízes surgiram das árvores mais próximas, crescendo como longas cobras retorcidas para se enrolar nos tornozelos e subir pelo seu corpo. Aidan era quem estava mais perto, correu para ajudá-lo enquanto o corpo do príncipe cintilava até se tornar translúcido.

Mikhail virou na direção do movimento e viu um urso enorme, um olhar vermelho-rubi louco de fúria, espuma branca manchando o focinho escuro enquanto a criatura o atacava. Quando se transformou para se libertar das raízes que se prendiam nele, o príncipe correu na direção do urso em vez de fugir dele, com a intenção de golpear o peito do animal com o punho para arrancar seu coração. Vampiros muitas vezes infectavam seus fantoches com sua carne podre e sangue ácido. Se o urso de fato estivesse infectado, seria preciso destruí-lo. A criatura continuaria a matar, a necessidade de sangue sempre o levaria a assassinar qualquer coisa viva em seu caminho.

Conforme se aproximou do animal, o urso de repente foi para o lado com uma velocidade enorme e, por um momento, na enorme criatura, Mikhail viu rapidamente um homem com cabelo dourado esvoaçante e olhos dourados e brilhantes. Inspirando com força, o *Cárpato* recuou, percebendo que o urso era uma ilusão.

Atrás de você! O grito de Aidan soou agudo em sua mente.

Mikhail se virou para dar de cara com um animal de verdade que o atacava e estava quase em cima dele. Ele esperou calmamente, se contendo, já reunindo a força para atravessar o muro de músculo e ossos. No momento em que sentiu o hálito quente do animal, Gregori se materializou diante dele, abaixando a cabeça enquanto recebeu o ataque, com o punho afundado no peito da criatura enlouquecida.

Não se arrisque, Gregori o repreendeu.

Mikhail grunhiu seu incômodo.

Eu sou capaz de me proteger.

É o que você diz, Gregori respondeu.

Mikhail começou a entoar um canto sutilmente de novo, comandando os vampiros a virem a céu aberto. Aquele era o príncipe, e em algum momento aqueles homens haviam jurado lealdade a ele. O tom hipnótico, junto com o *sarna* – canto – de comando, obrigou os vampiros a sairem de seus esconderijos. De um tronco de árvore escurecido, retorcido e cheio de nós, começou a escorrer seiva como se fosse sangue até o chão ao se abrir e expelir o vampiro. Ele cambaleou até o céu aberto, chiando letalmente, uma criatura maligna com pele esticada sobre o crânio e dentes pontudos manchados do sangue de suas vítimas. Ele ainda não tinha adquirido o poder para manter a ilusão de um humano belo. O vampiro se virou, rosnando, os olhos vermelhos buscando uma maneira de sair do círculo de caçadores *Cárpatos.* Mikhail continuou com o canto, com sua voz hipnótica e fascinante tão imperiosa que era impossível para qualquer um ignorar. O chão se abriu como um gêiser a um metro do outro vampiro, e insetos surgiram do buraco. Uma cabeça grotesca apareceu, parte animal, parte homem, como se o vampiro não tivesse conseguido decidir que forma desejava adquirir. Duas garras puxaram o corpo pelo buraco, e ele se arrastou, uma sombra do mal pelo chão, bramindo e chiando na direção do príncipe.

Gregori mais uma vez colocou o corpo entre o perigo e o príncipe. Os outros apertaram mais o cerco. Raios açoitaram o céu em longos riscos ofuscantes. Foram Byron e Aidan que arrancaram o coração preto e murcho deles e atiraram os órgãos mortos longe dos vampiros agonizantes. Gregori direcionou os raios para incinerar o coração podre deles para garantir que os vampiros não pudessem retornar, antes de queimar os restos das criaturas mortas que se contorciam.

Mikhail olhou nos olhos de seu guardião. Sem mais uma palavra, eles foram pelos ares em busca de Raven.

*

A noite revelou um grito de puro terror, risada maligna, um triunfo convencido. Todos os *Cárpatos*, tão conectados com a terra, sentiram a vibração da violência, a perturbação do poder, o ciclo de vida e morte. André havia orquestrado suas táticas de atraso, usando os vampiros servos, sacrificando-os aos *Cárpatos* que corriam para tirar Raven dele. Ele precisava reabastecer o sangue, muito sangue, e sabendo que perderia muito mais naquela noite, ele faria suas vítimas sofrerem. Raven, tão sensível psiquicamente quanto era, flagrou sua mente instantaneamente atraída para a cena de violência como se estivesse ali fisicamente, em vez de compartilhar a mente perversa e doentia de André.

Desligue-se, Raven. Foi o comando de Mikhail.

Raven pressionou as têmporas, sem conseguir se livrar da loucura de André, incapaz de romper o vínculo de sangue.

André estava rindo, lançando-se do galho de uma árvore para a mulher que rastejava para fugir dele. Um corpo menor estava encolhido no pé da árvore, pálido e sem vida, onde havia sido jogado. A mulher gemeu, implorou por sua vida. Ela rastejou na direção do vampiro, que procurava algo em sua calça. André riu horrivelmente mais uma vez e então a chutou para longe, apenas para forçá-la a rastejar de volta, implorando para servi-lo.

– André! Não, você não pode fazer isso – Raven gritou em voz alta, arrastando-se para cambalear até a porta. Ela correu para a noite e fez um círculo para captar a direção. Ela só conseguiu dar três passos antes que seu corpo parasse abruptamente e caísse, flutuando até a terra, deitada indefesa e imóvel na relva, sem conseguir controlar o próprio corpo.

Monique a seguiu, caindo de joelhos ao lado dela.

– O que foi? Eu sei que você não é o que meu marido acha. Sei que você está tentando nos salvar.

Lágrimas escorriam pelo rosto de Raven.

– André matou uma criança e está provocando a mãe. Ele também vai matá-la. Eu não posso salvá-la.

Raven aceitou todo conforto disponível quando a mulher colocou a cabeça dela no colo.

Eu disse para você se afastar dele, Raven. Você não me deixa escolha além de forçá-la a obedecer se você não o fizer.

Mikhail em uma fúria gelada era algo que ela nunca tinha visto. Raven percebeu que ele estava segurando seu corpo.

Preciso encontrar uma maneira de salvá-la.

Raven estava implorando por um milagre, um milagre que ele não podia lhe dar – mas não podia desistir, não podia deixar a mulher morrer.

Faça o que estou dizendo, Raven, ou eu vou fazer por você.

Nós não podemos deixá-la morrer daquele jeito.

O tom dele se tornou mais gentil, e Raven sentiu a tristeza de Mikhail.

Eu não posso salvá-la, meu amor, e não posso permitir que você veja o que ele está fazendo com essa mulher. Ele é a personificação do mal, e as coisas que o mal pode fazer não são para os seus olhos.

Raven aceitou com relutância, sentindo ter abandonado a mulher no momento mais difícil.

Monique segurou a mão dela.

– Como é possível? – ela murmurou. – André nos tirou da cama enquanto fazíamos amor. Ele foi tão cruel, me forçando a fazer coisas na frente do meu marido e depois forçando meu marido a… – a mulher abaixou a cabeça. – Fazer coisas indizíveis. Ele riu, mas os olhos estavam tão frios. Ele estuprou e matou nossos vizinhos, bebeu o sangue deles na nossa frente para que soubéssemos o que nos esperava. Eu sei que ele sentiu muito prazer no ato, apenas com a nossa dor.

– Ele é mau, está além de qualquer cura – Raven disse com tristeza.

Monique tocou as marcas escuras no pescoço de Raven.

– Sinto muito pelo que André fez com você. Ele está louco de fúria e medo por nós.

– Ele tirou o seu sangue? Tirou o de Alexander?

– O meu não. Ele disse que eu era para você, que você tiraria a minha vida e ele tiraria a de Alexander. Que nós morreríamos juntos. Você assumiu um risco enorme. Aquele monstro podia tê-la matado.

Raven fechou os olhos cansada.

– Ele ainda pode. Não podemos escapar dele, Monique.

– O que vamos fazer? – a mulher quis saber desesperada.

A noite ao redor dela guardava vibrações perturbadoras. Algum lugar bem dentro da floresta, um animal perdeu sua presa e gritou em fúria. Uma coruja chiou. Um lobo rosnou. O pânico tomou conta.

Mikhail, eu preciso entrar na casa.

Raven apertou a mão de Monique e ficou aliviada quando conseguiu mover as pernas.

– Vamos. Nós precisamos entrar. Fique quieta e tente não ser vista se conseguir. Antes, eu o enfureci, e ele assassinou um padre. Ele é capaz de tudo e, quando voltar, pode estar totalmente intoxicado e imprevisível.

Monique ajudou Raven a levantar, colocando o braço em volta de sua pequena cintura.

– O que você fez com Alexander quando ele a machucou?

Raven andou com relutância de volta para a casa.

– Eu não fiz nada com ele.

Ela tocou os hematomas no pescoço. Alexander havia complicado as coisas. André não podia deixar de notar as marcas nela.

– Você sente coisas que nós nem imaginamos – Monique adivinhou com desconforto.

– Não é um dom confortável. Ele matou esta noite. Uma mulher, uma criança. Eu o fiz sair e ele trocou a nossa vida pela deles.

– Não! – Monique negou. – Você não tem nada a ver com o que ele decide fazer, assim como meu marido não é responsável pelo que aquele monstro fez comigo. Alexander acredita que devia ter encontrado uma maneira de me proteger. Ele não vai se perdoar. Não seja como ele, Raven.

Raven ficou parada nos degraus de pedra e olhou para a terra banhada pela lua. O vento soprou, a luz prateada escureceu sombriamente. Monique suspirou, segurando-se em Raven, e tentou levá-la para a relativa segurança da casa. Uma mancha vermelha aumentou, se espalhou e então tomou conta completamente da lua. Um gemido baixo veio com o vento e foi aumentando até tornar-se um uivo. Um lobo levantou o focinho para a luz manchada de sangue e uivou um alerta. Um segundo se juntou a ele. A montanha inteira ressoou sombriamente.

Monique se virou e correu para o marido.

– Reze comigo, reze comigo. Nós vamos morrer hoje à noite, Alexander.

Raven fechou a porta e recostou ncla.

– Não entre em pânico, Monique. Temos uma chance se o atrasarmos.

Alexander olhou para ela, com os braços protetoramente em volta da esposa, a mão já inchada e parecendo dolorida.

– Não escute o que ela está falando, Monique. Essa mulher quase me estrangulou e me jogou conta a parede com uma força enorme. Ela é impura.

Raven revirou os olhos irritadamente.

– Estou começando a desejar que eu tivesse todo esse poder que você acha que tenho. Eu encontraria uma maneira de fazer você parar de falar.

– Alexander está com medo por nós – Monique disse em um tom conciliatório. – Não podemos tirar as correntes dele?

– Seu marido tentaria atacar André assim que ele voltasse – Raven fez uma careta para o homem, totalmente irritada com ele. – Isso o faria morrer rápido.

Não liberte o humano.

Como se eu estivesse planejando sair correndo para fazer uma coisa muito idiota, ela respondeu com tanto sarcasmo quanto pôde.

Raven tinha problemas suficientes sem que Mikhail a tratasse como se fosse burra.

Não se preocupe, estou pensando em amordaçá-lo, e a você também, se continuar.

O vento bramiu lá fora, um som solitário e sinistro que foi sumindo, deixando um silêncio não natural em seu lugar. Raven ouviu seu próprio coração no vácuo.

Ela tremeu, virando os olhos vidrados para Monique.

– Ele está vindo. Fique bem quieta, não importa o que acontecer. Não chame atenção.

Raven deu um passo para trás assim que a porta rangeu e se abriu. A chama das velas aumentou, lançando sombras na parede, grotescas e macabras, e então as luzes se apagaram.

Mikhail se agarrou ao marido e conseguiu conter um grito enfiando a mão na boca.

– Vamos, Raven. Precisamos ir agora.

André estalou os dedos, com a mão esticada. Seu rosto estava corado por causa do sangue fresco. O brilho do mal estava em seus olhos, havia uma curva de crueldade em sua boca.

Você não pode deixar que ele a toque. As ordens de Mikhail estavam exasperando, com os nervos já em frangalhos.

Eu não sou idiota.

Raven olhou para André com olhos grandes de acusação.

– Por que você vem até mim desse jeito? Diga o que está acontecendo.

O rosto do vampiro se contorceu, transformando-se em uma máscara de raiva.

– Não me questione. Obedeça imediatamente.

Raven balançou a cabeça, tentando pensar em como ia conseguir ignorar o chamado dele e manter a farsa de que acreditava ser companheira de André.

– Não vou ficar recebendo ordens como se você fosse meu dono, André. Eu penso por conta própria.

André se moveu com uma enorme velocidade, e no último instante, Raven se lembrou de que também era capaz desses feitos. Ela sentiu o hálito quente e podre, sentiu a morte nele. Unhas afiadas como lâminas arranharam os braços dela quando Raven se afastou. Ela encostou seu corpo pequeno em um canto.

– Não tente me forçar a obedecer quando uma simples explicação seria suficiente.

– Você vai se arrepender de me desafiar – ele rosnou e arrancou o banco de igreja do caminho com tanta força que o móvel se despedaçou e estilhaçou contra a parede a apenas alguns centímetros do casal que tremia.

Um pequeno gemido de terror escapou de Monique, e imediatamente o vampiro se virou, com os olhos vermelhos e brilhantes de poder.

– Você vai rastejar até mim, mulher, de quatro como a cachorra que você é – a voz dele estava baixa e hipnótica, assim como olhos. – Você me quer. Você fará tudo para me satisfazer, qualquer coisa que eu pedir.

Alexander se lançou até o fim das correntes, tentando impedir Monique, que foi para o chão em obediência, com modos sensuais e bajuladores. Raven atravessou a sala calmamente para se ajoelhar no caminho de Monique.

– Me escute, Monique. Não faça isso.

Os olhos azuis-violeta olharam fixamente nos da mulher mais velha. A voz de Raven era linda, a pureza em si, baixa e arrebatadora, fazendo a voz do vampiro parecer podre e enojante. Um olhar de confusão, desnorteado de vergonha atravessou o rosto vazio de Monique.

O vampiro partiu para ação com uma explosão, saltando para cobrir a distância até o lado de Raven, segurando-a pelo cabelo, puxando-a para trás e quase tirando-a do chão.

O mundo entrou em erupção em volta deles. A noite parecia em fúria, o vento gritava e uivava, com uma rajada pelo espaço aberto até bater nas janelas. Uma nuvem escura em forma de funil entrou em ebulição vinda do céu agitado e atravessando o teto da casa. A massa girando em espiral levantou os móveis e espalhou os tesouros coletados ao longo dos anos.

Chorando alto, Monique se arrastou até Alexander, e eles ficaram abraçados. Vozes chiavam e sussurravam, murmúrios baixos de fúria, acusação e condenação. As montanhas retumbaram sombriamente, e a parede mais distante explodiu, cuspindo rochas e mortalhas como se tivesse estourado.

Mikhail estava no centro da tempestade feroz, seus olhos pretos estavam frios como a morte. Ele estava parado, alto e elegante, apesar da mancha vermelha que se espalhava em sua camisa de seda. O corpo do príncipe estava relaxado, imóvel em meio ao caos. Ele levantou a mão, e o rugido do vento parou. Mikhail encarou André por um longo momento.

– Solte-a.

A voz dele estava calma, mas infligiu completo terror no coração de todos que o ouviram.

Os dedos de André apertaram convulsivamente o cabelo sedoso de Raven. O sorriso de Mikhail em resposta foi cruel.

– Você deseja que eu o force a obedecer, para que você rasteje para a morte como forçou suas vítimas?

Os dedos do vampiro tiveram um espasmo, e seu braço balançou como se fosse o de um fantoche. Ele ficou olhando horrorizado para Mikhail, sem nunca ter imaginado tamanho poder. Aquele controle da mente não funcionava com facilidade em *Cárpatos*.

Venha para mim, Raven.

A voz dele ressoou com poder, mas para ela havia uma gentileza tranquilizante. Mikhail não tirou os olhos de André, mantendo-o impotente apenas com a mente. Sua fúria era tão grande, que mal foi preciso que a mente de Gregori o ajudasse. Um por um, os *Cárpatos* se materializaram, os rostos cobertos por máscaras de condenação. Raven podia sentir o terror do casal aumentando, chegando quase à loucura. Ela cambaleou até os dois, colocando os braços protetoramente em volta de Monique.

– Ele vai nos salvar – ela sussurrou.

– Ele é como o outro – ele falou asperamente.

– Não, ele é bom. Ele vai nos salvar.

Raven afirmou a verdade com simplicidade, com muita convicção.

É bom ver como a sua mulher corre para obedecê-lo, Gregori disse apenas nos ouvidos de Mikhail, ganhando um olhar sombrio e rápido.

Guardando a resposta para mais tarde, o príncipe soltou o vampiro. André olhou em volta, com a boca torcida de maneira sardônica.

– É preciso um exército para que você saia à caça?

– Você foi sentenciado pelos seus crimes, André. Caso eu falhe, a sentença será executada por outro.

Mikhail indicou dois *Cárpatos* com o dedo e assentiu para Raven, claramente ordenando que eles a protegessem. Sua forma imponente exalava poder e confiança.

– Você não passa de uma criança, André – a voz dele estava em um tom puro, baixo e macio como veludo. – Você não é páreo para alguém que lutou tantas vezes, mas estou oferecendo a chance para que consiga aquilo por que lutou tanto – os olhos pretos brilhavam com uma fúria gélida. – Não pense que eu serei rápido e misericordioso, quando você traiu o seu povo para os caçadores de vampiros e causou tanta dor a mim e à minha mulher.

– Vingança, Mikhail? – André perguntou com sarcasmo. – Que trivial da sua parte.

Ele o atacou, com as garras afiadas estendidas, presas pingando saliva.

Mikhail apenas desapareceu, e o vampiro se pegou tropeçando para fora da casa e caindo no chão, com a noite selvagem fechando-se sobre ele, e os *Cárpatos* em um grande círculo encurralando-o.

Como regra, caçadores eram solitários, mas, daquela vez, um vampiro havia ameaçado o líder do povo *Cárpato* e a mulher que acreditavam ser a única esperança real de um futuro. Era direito do príncipe destruir o traidor, mas os outros garantiriam que o trabalho seria feito.

André se virou na direção em que os outros olhavam. Mikhail estava a mais ou menos um metro dele, com uma fúria negra ardendo em seu olhar fixo.

*

Aidan avançou na direção de Raven, com os olhos dourados brilhando e atravessando-a até os mortais escondidos atrás dela.

– Venha conosco – ele ordenou abruptamente. – Mikhail quer que nós cuidemos para que você esteja a salvo.

As sobrancelhas de Raven levantaram enquanto Monique apertou o braço dela, claramente assustada. Byron veio para o outro lado, efetivamente cercando-a.

– Por quê?

– Mikhail quer que cuidemos da sua segurança, e então vamos cuidar dos mortais – Aidan explicou calmamente.

Raven franziu o rosto para ele.

– Ninguém vai cuidar deles. Acredite ou não, eles têm sentimentos. São seres humanos e passaram por um inferno.

Aidan olhou para Byron e então encarou Raven com um olhar muito masculino e sério que tinha como objetivo intimidá-la.

– Eles são mortais que sabem demais. Um deles colocou as mãos em você.

Raven tocou o pescoço sem pensar e então baixou as mãos.

– Mikhail disse isso a você?

Ela ficou furiosa ao pensar naquilo, mas mais chateada de estar presa protegendo aquele casal, quando Mikhail estava claramente em perigo.

Ainda mais porque Aidan não olhou para os dois como um homem e uma mulher, e sim como fantoches incapazes de ouvir o que estava sendo dito. Ela podia ser *Cárpato*, mas não fazia muito tempo que havia sido humana.

– Mikhail não precisa me dizer. Eu sinto o cheiro dele em você. Posso ver as marcas dos dedos. Está claro que o humano tentou matá-la. Você pode negar?

Monique gritou e se aproximou mais do marido. Raven suspirou.

– Não, claro que não, mas havia circunstâncias que você talvez não entenda.

Ela tentou ser razoável quando não se sentia razoável.

– Eu não preciso entender o porquê, apenas que ele o fez. Vá com Byron.

– Alguém morreu e colocou você no comando?

Raven colocou o corpo na frente de Monique.

– Você só vai encostar nele sobre o meu cadáver.

Ela apertou a mão de Monique para confortá-la enquanto encarava o *Cárpato*. Raven não o reconhecia, mas reconhecia a marca da convicção que ele carregava, a completa autoconfiança. A voz dele era macia e hipnótica, quase fascinante. Ignorando-o, ela deliberadamente se virou para Monique.

– Você viu onde André colocou a chave, para libertarmos Alexander? – Raven perguntou, tentando se mexer com o outro *Cárpato* bloqueando seu caminho.

Ela mal conseguiu não rir diante do choque no rosto de Aidan.

– Não se preocupe, Monique, eles gostam de parecer durões, mas na verdade são uns doces.

Mesmo sem conhecer aquele *Cárpato* em especial, tinha bastante certeza de que Mikhail teria algumas coisas a dizer se ele ousasse tocá-la.

Aidan piscou os olhos diante daquilo. Raven estava rindo abertamente para ele, com um brilho provocador nos olhos. Ninguém o provocava – não que ele lembrasse – não desde que era garoto, e seu irmão gêmeo ainda estava próximo. O *Cárpato* estava tão completamente perdido em relação ao que fazer. Ele olhou para Byron, que deu de ombros.

Sem aviso, os olhos de Raven se arregalaram, e ela se dobrou para o lado, com um grito sufocado na garganta. Ela caiu com força, se curvando de agonia, uma mancha carmim na testa, pingando nos olhos. Monique se jogou no chão ao lado dela. Raven estava completamente alheia à presença da mulher.

A mente dela não estava mais nos confins da casa, não tinha mais conhecimento de Aidan, Byron ou até mesmo de Monique e Alexander. Ela estava lá fora com a luz vermelho-sangue que se derramava sobre ela olhando para um demônio de poder e força imensos – um demônio cujos olhos tinham um brilho de chamas vermelhas, cujo sorriso era a própria crueldade.

Ele não tinha nenhuma misericórdia. Era alto, elegante, extremamente confiante, e Raven sabia que ele ia matá-la. Havia uma beleza animal na maneira fluida como a criatura se movia. Havia morte e danação naqueles olhos sem alma. Ele era absolutamente invencível, e isso ficava claro na maneira como ele se movia, na tranquilidade de seu corpo. O demônio fez um ferimento no corpo dela e deslizou com uma velocidade impressionante. Não havia pena nem sentimentos nele – parecia a perfeita máquina de matar. Não tinha misericórdia, era implacável, impiedoso, sem remorso.

Olhe-o como ele realmente é, um matador, caçador de mortais e Cárpatos, André chiou na mente dela. *Conheça-o como a fera que é. Você vê um homem culto que a controla com a mente. Este é o verdadeiro Mikhail Dubrinsky. Ele caçou centenas de nós, talvez milhares de seu próprio povo, e os dizimou. Ele vai nos matar e não sentir nada além de alegria e do poder máximo.*

A mente de André se fundiu com a dela para que Raven visse pelos olhos dele, sentisse seu ódio e medo, sentisse a dor do golpe desferido por Mikhail quando o vampiro o atacou. Ela lutou para romper com o controle de André sobre sua mente, mas ele sabia que ia morrer e se prendeu a ela com total determinação. Raven seria sua vingança final. Ele revelaria a verdadeira natureza de Mikhail para sua amada. Com cada golpe recebido, com cada ferimento abrasador que Mikhail infligia, Raven sentiria a mesma dor. O vampiro pelo menos teria a glória daquela dor.

Raven conseguia ver o plano claramente e soube que Mikhail sentiu a onda inicial de agonia que tomou conta dela, e mal conseguia respirar. Querendo poupá-lo, ela tentou se fechar para ele. Mas Mikhail era forte demais para permitir que ela se afastasse. Raven podia sentir a fúria fria e absoluta do príncipe, sua ausência de misericórdia, o desejo pela batalha, a urgência de matar o renegado. Podia sentir a súbita indecisão quando se deu conta do que o vampiro estava fazendo.

André riu, um som perverso, cruel. Ele se atirou sobre Mikhail, sem querer que o *Cárpato* tivesse tempo de pensar. Mikhail derreteu, mas não retaliou. A esperança surgiu em André, e ele se apegou mais à mente de Raven. Se Mikhail se distraísse o bastante, o vampiro teria a oportunidade de escapar. Nenhum caçador ousaria atacá-lo enquanto estivesse conectado com Raven.

Raven. Ouça. A calma no olho do furacão. Gregori. A voz bela, hipnótica e muito tranquilizante. *Entregue-se a mim. Você vai dormir agora.*

Gregori não deixou muita escolha para ela, mas, mesmo assim, Raven se entregou voluntariamente, grata, à voz hipnotizante e sucumbiu imediatamente, indo para longe da batalha e da dor, removendo a última ameaça de André a Mikhail.

Um chiado longo e lento escapou dos pulmões do príncipe. Ele se moveu, uma forma rápida demais para ser vista. O corpo de André voou para trás com o golpe. O barulho foi alto naquele silêncio anormal. O vampiro lutou para levantar, com olhos brilhando, procurando seu antagonista com selvageria.

– Eu venci.

Ele cuspiu sangue e levou a mão trêmula ao peito.

– Ela o viu como você é. O que você fizer aqui não vai mudar isso.

André não tirou os olhos do corpo de Mikhail, não ousou piscar. Parecia impossível mesmo para um *Cárpato* ser tão rápido. Havia algo terrível naqueles olhos pretos sem piedade. Sem Raven acordada e consciente, não havia nem uma gota de misericórdia ou compaixão.

André deu um passo para trás com cuidado, concentrando-se, e mirou. Um raio ardente caiu e estalou, para depois atingir o chão onde Mikhail estava. O barulho foi enorme. O movimento fez tremer a terra. O golpe de eletricidade chiou e recuou, deixando uma marca de terra escurecida e manchada para trás. André gritou como se algo tivesse forçado sua cabeça para trás e um enorme corte se abriu em seu pescoço, jorrando sangue vermelho como uma fonte.

O quarto golpe abriu o peito de André, esmagando ossos e músculos de proteção até o coração. Os olhos pretos e impiedosos encaram os do vampiro sem dó enquanto Mikhail arrancava o órgão do peito. Com desprezo, o príncipe jogou o coração que ainda pulsava no chão ao lado do corpo derrotado. Uma mão se esticou na direção do órgão preto e seco que estava a apenas alguns centímetros do alcance.

O coração tremeu. Tentou retornar ao dono. Mikhail olhou para o céu, e um raio iluminou a noite escura. Açoites de energia quente e branca estalaram e dançaram pelas nuvens, e então atiraram-se na terra sob seu comando, incinerando primeiro o coração e depois o corpo do vampiro, garantindo que André não pudesse voltar. Ele se levantou diante do inimigo caído, lutando para controlar a fera dentro de si, a onda selvagem de triunfo, o surto de poder que fez seu corpo tremer. Ele não sentia nenhum dos ferimentos anteriores, apenas o prazer puro da noite, da vitória.

A brutalidade nele aumentava perigosamente, espalhando-se como fogo. O vento soprou e carregou o cheiro.

Raven.

O sangue de Mikhail corria quente, suas presas ardiam, e a fome aumentava. Ele sentiu o cheiro dos humanos, do que havia tocado sua companheira. A febre por sangue o invadiu, e os *Cárpatos* abriram caminho enquanto o poder parecia irradiar do corpo do príncipe, enquanto a necessidade de matar quase tomou conta dele.

O vento fez uma espiral em volta de Mikhail em um turbilhão constante, e o perfume de Raven continuava distante e fraco.

Raven.

O corpo dele ficou tenso e ardeu.

Raven.

O vento sussurrou o nome dela, e a tempestade turbulenta que o inundava começou a diminuir.

A mente de Mikhail procurou a luz, o caminho de volta do mundo de violência.

– Destrua todas as evidências do que aconteceu aqui – ele ordenou a ninguém em especial.

O príncipe voltou em alta velocidade para as ruínas da toca do vampiro, materializando-se no ar e pairando sobre Monique, que segurava o corpo imóvel de Raven nos braços, embalando-a.

Capítulo 21

– Acorde-a, Gregori – Mikhail ordenou, puxando Raven para os seus braços.

Com muita gentileza, ele a aninhou nos braços, embalando-a com seu corpo. Gregori assentiu enquanto seu corpo bruxuleava e se tornava translúcido, e então seu corpo tomou forma ao lado de Mikhail. Pela primeira vez havia um tanto de ansiedade nos olhos claros de Gregori, apesar da arrogância dura estampada em suas feições duramente belas. Raven piscou e levou um momento para conseguir focar. A respiração dela ficou presa na garganta, e o medo tomou conta de seus enormes olhos expressivos. Aquela imagem atravessou o corpo de Mikhail como nenhuma outra coisa conseguiria fazer.

– *Csitri* – pequenina – ele falou carinhosamente junto com a respiração, com o hálito quente no ouvido dela. – Nunca tenha medo de mim.

Raven se afastou dele.

– Eu não conheço você – ela murmurou, com a voz rouca e sufocada, os olhos fixos nas mãos manchadas de sangue.

Mikhail franziu a testa e olhou para as próprias mãos. Não havia sangue nelas, ele havia banhado o corpo na energia purificadora do calor branco.

Nenhum sangue poderia ter ficado nele. Sangue vampiro ardia como ácido – no entanto, ela ainda estava vendo cenas da batalha. Ele olhou para Gregori franzindo levemente a testa em sinal de questionamento.

Gregori balançou a cabeça, confuso.

Raven parecia leve e imaterial nos braços dele, como se estivesse prestes a desaparecer. Ela precisava de alimento e cuidado. Com muito cuidado, Mikhail tocou a mente dela. A cabeça dele quase explodiu de dor. A mente de Raven parecia um labirinto de fragmentos, desesperadamente agarrada à sanidade. Ela estava com medo de Mikhail, mas mais do que isso, estava com medo de confiar no próprio discernimento. Fragmentos da batalha, de Mikhail diante de André, assombravam a mente dela.

Os olhos azuis-violeta, tão confusos, descontrolados e confusos, buscaram e encontraram Monique. Ela soltou um pequeno grito desarticulado e tentou se aproximar da mulher.

O corpo de Mikhail ficou rígido. Ele virou a cabeça lentamente na direção do olhar de súplica dela. Monique estava encolhida ao lado do marido, olhos horrorizados em Mikhail e nos homens reunidos ao seu lado. O príncipe se forçou a acalmar sua natureza selvagem e seu ressentimento em relação aos humanos que Raven preferiu confortar em vez de seu companheiro.

Por um longo momento o olhar preto dele pousou no homem que havia ousado colocar as mãos no pescoço de Raven e tentado matá-la. O poder pulsava na sala. A tensão se transformou em terror.

Você não está ajudando, Gregori comentou. *É preciso dizer que é estranho ser quem adverte você contra a violência.*

Muito engraçado.

Mas a conversa o acalmou um pouco da necessidade feroz de revidar. Mikhail respirou fundo e falou para o casal:

– Sinto muito que tenhamos nos conhecido em circunstâncias tão ruins. Eu não tinha outra escolha que não destruir André. Nenhuma prisão do mundo o teria contido – ele conseguiu dizer calmamente. – Aidan, por favor, solte o cavalheiro das correntes.

Aidan casualmente desviou de Monique e puxou as correntes. Um movimento lento do músculo, e os elos se partiram. Sem olhar para Alexander, ele usou o polegar para abrir as algemas, libertando o mortal, que imediatamente se afastou dele, abominando tamanha proximidade com o *Cárpato.* Alexander havia colocado as mãos em volta do pescoço de uma *Cárpato* e ameaçado matá-la. Todos os instintos em cada um daqueles homens queriam quebrar o pescoço do homem e acabar com aquilo de uma vez. Eles seguiam a liderança de Mikhail, mas a tensão era quase elétrica.

Alexander colocou o braço protetoramente em volta da esposa. Ele tentou o máximo que pôde não tremer diante dos intimidantes *Cárpatos*. Aquele era um pesadelo impuro. Ele sabia uma coisa com certeza em um mundo que parecia ter enlouquecido à sua volta – que estava errado sobre Raven. Quem ou o que ela era, Alexander não sabia, mas ela havia feito seu melhor para protegê-los ao enorme custo de si. Se eles sobrevivessem, seria porque ela interveio.

O antagonismo dos homens era muito claro. Ele levantou os olhos instintivamente para Mikhail.

– O que você planeja fazer conosco?

Encostada ao peito de Mikhail, o corpo de Raven tremia e se agitava.

– *Sivament* – meu amor. Você é *sívam és sielam* – meu coração e minha alma – Mikhail sussurrou gentilmente. – Eu nunca machucaria alguém com quem você se importa. Olhe dentro da minha mente e veja por si. Veja se a minha intenção é má.

Raven o sentiu forte e caloroso encostado contra o seu corpo, não frio e pegajoso como o outro. Seu coração implorou pelo toque dele, como se tudo nela estivesse lutando para rastejar para dentro de Mikhail e ficar em segurança. Mas seus olhos podiam ter mentido? Sua própria mente podia estar mentindo agora?

O amanhecer se aproxima. Só temos uma ou duas horas, Gregori alertou. *Ela precisa se alimentar logo.*

Volte para Jacques. Mantenha-o em segurança para nós, Mikhail respondeu.

Ele acenou para os outros, liberando-os para voltarem para casa.

A mente dela está muito frágil, Gregori alertou, sempre o curandeiro.

Mikhail assentiu indicando que entendia. Conforme os *Cárpatos* se afastavam, Alexander suspirou de alívio, o que o fez ganhar a atenção do príncipe.

– Onde é a sua casa?

– Não é longe. Podemos ir andando para lá facilmente – o homem respondeu, com sinais de esperança.

– O que você vai fazer com ela? – Monique perguntou de repente.

A expressão de Mikhail se suavizou, tornando-se amorosa, até carinhosa, ao olhar para o rosto de Raven.

– Não há razão para temer. Ela é a minha vida.

Com muita delicadeza, Mikhail colocou Raven de pé, com um braço amparando sua pequena cintura e ao mesmo tempo prendendo-a ao seu corpo. Ele virou para o casal. A voz se tornou ainda mais grave, um tom suave e hipnótico que em vez de inspirar medo, criava consentimento instantâneo.

– O que você está fazendo? – Raven perguntou com medo.

– Estou garantindo que os dois vão sobreviver, que a vida deles não vai ser arruinada pelo trauma sofrido aqui, e que vão esquecer a nossa espécie. É a única proteção para eles, pequenina.

– Você está tirando o livre-arbítrio deles – Raven estava torcendo as mãos, com vontade de chorar e sem saber por quê.

– Você está tirando o conhecimento deles de mim, do nosso vínculo – ela olhou para ele com uma súbita compreensão. – Você não gosta do fato de Monique e eu sermos tão próximas.

– É verdade que eu não gosto que você dê confiança para alguém além de mim, mas não tenho escolha nessa questão se é para que os dois continuem vivos.

Mikhail abaixou, roçou os lábios carinhosamente nas têmporas dela, nos olhos, acalmando-a com o poder de sua mente, do vínculo de sangue que compartilhavam.

– Eles nunca se recuperariam de um trauma como esse. Ele começaria a não se considerar um homem de verdade. Ela começaria a imaginar se ele poderia ter encontrado uma maneira de protegê-la. E eles também começariam a culpar você. Você sabe que eu preciso ajudá-los a esquecer, meu amor.

Mikhail olhou nos olhos dela até que a confusão desaparecesse o bastante para que Raven assentisse. Foi um pequeno movimento, mas estava lá, e ele não hesitou. Mikhail tomou o sangue necessário do homem e da mulher, o suficiente para poder monitorá-los para sempre. Removeu a lembrança das atrocidades cometidas por André, reforçou o amor dos dois, sua ligação. E implantou lembranças de si e de Raven na mente do casal, bons amigos caso os caminhos se cruzassem de novo, apesar de ter esperança de poder evitar aquela possibilidade. Não havia motivo para desafiar o destino. Ele colocou Monique e Alexander andando sob as estrelas na direção de casa, de mãos dadas.

Aninhando Raven nos braços, ele se lançou ao céu e voltou correndo para seu refúgio impenetrável.

*

Lentamente, Raven se tornou consciente do entorno. Estava em uma cama. Mikhail estava atrás dela, com as mãos afundadas em seus cabelos volumosos e úmidos. Ela reconheceu a sensação dos dedos confiantes dele trançando seu cabelo, com movimentos calmos e calculados, muito racionais, deixando-a confortável das lembranças nebulosas.

Ela parecia estar em um antigo castelo pequeno e inevitavelmente cheio de correntes de ar. O quarto era quente, e Mikhail o havia enchido de essências de ervas calmantes e do romance da luz de velas. Ele havia banhado os dois para que os corpos só tivessem o cheiro um do outro e do sabonete *herbal* usado.

Mikhail tocou a mente dela e a encontrou confusa, mas ele não teve pressa em trançar aquele longo cabelo enquanto ela tentava se nortear na nova situação.

Raven observou cada canto do quarto, cada parede, cada detalhe, enquanto seu coração batia forte, e o barulho ecoava alto em seus ouvidos. O quarto estava lindo. O fogo brilhava na lareira. Longas velas de cera emitiam uma leve fragrância que se misturava com o perfume calmante das ervas. Havia uma Bíblia gasta sobre a mesinha ao lado da cama. Ela não reconhecia nada daquilo, mas estranhamente, tudo parecia familiar.

A colcha sobre a cama era grossa e quente, um material macio roçando em sua pele nua. Raven percebeu pela primeira vez que estava nua. Imediatamente ela se sentiu vulnerável e tímida, mas, de novo, sentiu como se seu lugar fosse ali com ele. As mãos de Mikhail escorregaram do cabelo para a nuca dela, e os dedos massagearam os músculos doloridos. O toque dele era familiar, despertando sensações inquietantes em seu corpo.

– O que você fez com Monique e o marido?

Os dedos de Raven torceram a colcha. Ela tentou ignorar o calor do corpo de Mikhail, que se movia atrás dela e a longa ereção dele conta seu traseiro. Ele se sentia bem. Ele se sentia parte dela.

Mikhail beijou uma marca perto do pescoço, então começou a acariciar a pulsação dela com sua língua aveludada. O corpo dela ficou tenso com a expectativa. A mente parecia confusa.

Ele manteve a voz constante, sem deixar claro que já havia explicado tudo para ela antes e que Raven tinha visto que os dois estavam seguros.

– Eles estão a salvo em casa, amando um ao outro como deveriam. Os dois não se lembram de nada sobre André e as atrocidades que ele os fez sofrer. E nos veem como amigos bons e próximos.

Ele beijou outra contusão, um toque leve com uma pluma que pareceu colocar fogo na corrente sanguínea de Raven. As mãos dele se moveram até a pequena cintura dela e subiram pelas costelas para segurar os seios. Ele a tocou com a mente, e Raven se afastou dele mentalmente de vergonha.

– Por que você está com medo de mim, Raven? Você me viu no meu pior estado, como um matador, um executor da justiça para o nosso povo – os polegares dele acariciaram os mamilos de Raven, um toque erótico que fez um calor líquido envolvê-la. – Você acredita que sou mau? Toque a minha mente, pequenina. Para mim, é impossível esconder qualquer coisa de você. Eu nunca ocultei minha verdadeira natureza de você. Você já olhou para mim com olhos de compaixão e amor. De aceitação. Tudo isso foi esquecido?

Raven fechou os olhos, e seus longos cílios pousaram sobre suas altas maçãs do rosto.

– Eu não sei mais no que acreditar.

– Me beije, Raven. Funda sua mente com a minha. Compartilhe seu corpo para nós nos tornarmos um ser completo. Você confiava em mim antes. Faça-o agora. Olhe para mim com olhos de amor, de perdão pelas coisas que fui forçado a fazer, pela fera na minha natureza. Não olhe para mim pelos olhos de alguém que gostaria de destruir a nós e ao nosso povo. Entregue-se a mim.

A voz dele era sedutora, um feitiço de magia negra, enquanto as mãos acariciavam cada centímetro adorado daquela pele sedosa. Mikhail havia memorizado cada vale, cada curva. Seu próprio corpo ardia com o desejo, e a fome estava aumentando. A fome dela, a sua própria. Com muita gentileza, para não assustá-la, Mikhail pressionou o corpo esguio de Raven contra a colcha, cobrindo-a com seu corpo musculoso como se fosse um cobertor. Ela parecia tão pequena, tão frágil, sob suas mãos exploradoras.

– Por que você se tornou minha vida, Mikhail? Eu sempre fui solitária, forte e convicta de mim mesma. Você parece ter tomado conta da minha vida.

A palma das mãos dele percorreram as curvas do corpo até segurar o rosto de Raven.

– Você é minha única vida, Raven. Eu admito que a tirei de tudo o que você conhecia, mas você nunca deveria ter vivido em isolamento. Eu sei o que isso faz, como a vida pode ser desolada. As pessoas para quem você trabalhava estavam consumindo e iam acabar destruindo você. Você não sente que é minha outra metade – que eu sou a sua? – a boca de Mikhail passou sobre os olhos, o rosto, cada canto da boca de Raven. – Me beije, Raven. Lembre-se de mim.

Ela levantou os longos cílios e procurou o olhar preto e faminto dele com olhos azuis que escureceram até se tornarem roxo-escuro. Havia uma intensidade urgente no calor do olhar, do corpo de Mikhail.

– Se eu beijar você, Mikhail, não vou conseguir parar.

Com a boca, ele encontrou o pescoço, o vale entre os seios, demorando-se por um momento sobre o coração, roçando os dentes na pele sensível antes de voltar para a boca de Raven.

– Eu sou um macho *Cárpato*, há tempos no mundo da escuridão. É verdade que sinto muito pouco, que minha natureza se delicia na caça, na morte. Para dominar a fera selvagem, precisamos encontrar nossa parceira, nossa outra metade, a luz da nossa escuridão. Você é a minha luz, Raven, minha vida. Mas isso não cancela minhas obrigações para com o meu povo. Preciso caçar aqueles que matam o nosso povo. Não posso sentir enquanto o faço, ou a loucura seria o meu destino. Me beije e funda a sua mente com a minha. Me ame por quem eu sou.

O corpo de Raven ardia e queimava. Tinha urgência. Fome. O coração de Mikhail batia com tanta força. A pele dele parecia tão tentadoramente quente, músculos firmes contra a maciez dela. Cada toque dos lábios dele fazia descargas de eletricidade a atravessarem.

– Eu não posso mentir para você – Mikhail sussurrou. – Você conhece os meus pensamentos. Conhece a fera que mora dentro de mim. Eu tento ser gentil com você, tento escutar você. A ferocidade sempre se liberta, mas você me controla. Raven, por favor, eu preciso de você. E você precisa de mim. Seu corpo está fraco, posso sentir a sua fome. Sua mente está fragmentada – permita que eu a cure. Seu corpo implora pelo meu, como o meu grita pelo seu. Me beije, Raven. Não desista de nós.

Os olhos azuis continuaram estudando o rosto e então pararam na boca sensual de Mikhail. Um pequeno suspiro escapou. Os lábios dele pairaram sobre os dela, esperando uma resposta.

Primeiro fora os olhos, o momento de reconhecimento completo. A ternura tomou conta dela, e Raven o segurou pela cabeça.

– Acho que tenho medo de ter inventado você, Mikhail. De que algo, em uma parte tão grande de mim, tão perfeito, não possa ser real. Eu não quero que você seja o que eu sonhei e que o pesadelo seja o real.

Ela aproximou-se do rosto dele, cobrindo o pequeno espaço que os separava, e cobriu a boca de Mikhail com a sua. Havia um trovão nos ouvidos dela, nos dele. Um calor branco se agitava e dançava, consumindo os dois. A mente dele tocou a dela gentilmente, com cuidado, e não encontrou resistência, e Mikhail fundiu as duas, fazendo de sua própria necessidade a dela, e a paixão selvagem e desenfreada nele alimentasse a dela. Fazendo com que Raven soubesse que ele era real e que nunca a deixaria sozinha, nunca poderia deixá-la sozinha.

Mikhail se alimentou da doçura dela, explorando cada centímetro de sua boca macia, ateando fogo até que as chamas dançassem e rugissem. Ele a segurou pelo quadril estreito, tão pequeno que cabia em suas mãos, colocou-a sob seu próprio corpo para que seus joelhos pudessem separar as coxas dela, e a boca de Raven, tão quente e intensa, estivesse percorrendo os músculos firmes de seu peito. A língua de Raven acariciou os batimentos dele, fazendo seu corpo tensionar, arder, ficar excitado, até que Mikhail achasse que ia explodir.

Ele segurou a trança grossa na nuca dela, trazendo-a para perto, enquanto sua outra mão explorou o triângulo macio de cachos. Ela estava quente e molhada de desejo. Mikhail murmurou o nome de Raven gentilmente e forçou sua entrada no calor úmido dela.

A língua dela o percorreu de novo, uma carícia longa e demorada. Dentes pequenos arranharam, e o coração de Mikhail de um salto, seu corpo quase explodiu. Houve uma dor aguda quando ela encontrou um ponto sobre os batimentos, um prazer quente e selvagem enquanto Mikhail avançou pelo canal aveludado e quente dela. Ele gritou de prazer e pressionou a cabeça dela contra sua, enquanto avançava, cada vez mais fundo, e seu sangue rico, quente, poderoso, alimentava seu corpo faminto.

Como o controle estava por um fio, as duas mãos dele levantaram o quadril de Raven, criando uma fricção ardente que a levou além do limite e fez seus músculos se fecharem em volta de Mikhail, que forçou lentamente a boca de Raven até que ela o soltasse e ele cravasse os dentes na curva macia do seio dela. Raven ofegou e aninhou a cabeça dele enquanto Mikhail se alimentava com voracidade, com o corpo rígido e feroz enquanto possuía o dela.

O que veio depois do medo de perdê-la, da violência daquela noite, foi despejado no corpo dela. O calor aumentou e as chamas dançaram até que os dois corpos estivessem cobertos de suor. Até que Raven se agarrasse a ele, com o corpo maleável como seda quente, até que eles fossem apenas uma entidade, corpo, mente, coração e sangue. O grito de Mikhail foi rouco e abafado, misturado com os fios de som macios vindos da garganta dela, enquanto ele os levou pelo precipício, espalhando-os pelo paraíso, pelos mares.

Eu não posso perder você, pequenina. Você é a minha melhor metade. Eu amo você mais do que consigo dizer. Mikhail roçou o rosto no dela e beijou seu cabelo úmido.

Raven passou a língua por uma gota de suor, sorrindo cansada para ele.

– Acho que eu sempre reconheceria você, Mikhail, não importa quão ferida estivesse a minha mente.

Ele virou para o lado, levando-a junto para que seu peso não esmagasse aquele corpo esguio.

– É assim que deve ser, Raven. Você sofreu muito nos últimos dias, e isso vai ficar vivo na sua mente para toda eternidade. Amanhã vamos embora desta região. O vampiro está morto, mas deixou para trás um rastro que pode destruir o nosso povo. Precisamos nos mudar para uma área mais isolada, onde talvez o nosso povo possa sobreviver da perseguição que vai acontecer.

Mikhail puxou o braço dele para examinar os arranhões longos e profundos deixados por André.

– Você tem tanta certeza assim de que vai acontecer?

Um sorriso leve e amargo tocou a boca dele, que acenou para apagar as velas.

– Eu já vi os sinais vezes demais na vida. Eles vão vir – os assassinos. Tanto humanos quanto *Cárpatos* vão sofrer. Vamos nos recolher por 25 anos, talvez meio século, para termos tempo de nos reorganizar.

A língua de Mikhail encontrou as marcas no braço dela e as banhou gentilmente com seu toque de cura. Era reconfortante e parecia certo para Raven.

Os cílios dela se juntaram e baixaram, e os perfumes combinados pairaram no quarto, uma fragrância calmante.

– Eu amo você, Mikhail, você inteiro, até mesmo a fera. Não sei por que fiquei tão confusa. Você não é mau. Eu consigo ver tão claramente dentro de você.

Durma, pequenina, nos meus braços, onde é o seu lugar.

Mikhail puxou a colcha, envolvendo os braços protetores ao redor dela, e colocou os dois para dormir.

*

Foi um grupo reduzido que se reuniu na escuridão do pequeno cemitério em chão sagrado. Jacques estava pálido e abatido, com uma cicatriz recente ainda nos estágios de cura. Ele passou o braço pelos ombros estreitos de Raven, oscilando um pouco. Ela olhou para o cunhado com um sorriso rápido e reconfortante. Atrás dele, Byron estava por perto para garantir que o amigo não caísse. Do outro lado, Aidan estava sozinho, alto e imponente, a cabeça levemente baixa.

O cemitério ficava no terreno do castelo, antigo, com uma arquitetura belíssima e clássica, a capela pequena, mas bela. Janelas de vitral e uma torre alta lançavam uma sombra escura pelo pequeno cemitério. Túmulos espalhados, anjos e cruzes eram testemunhas silenciosas enquanto Mikhail fazia um aceno com a mão para abrir o solo acolhedor.

Por respeito, Gregori havia feito uma caixa de madeira, ricamente entalhada com antigas figuras de reverência. Ele baixou a caixa lentamente nos braços abertos da terra e recuou.

Mikhail fez o sinal da cruz, entoou o ritual de enterro e espalhou água benta no caixão de Edgar Hummer.

– Ele era meu amigo, meu guia quando eu estava atormentado, e acreditava na necessidade de continuidade da nossa espécie. Nunca conheci um homem, humano ou *Cárpato*, com mais compaixão ou luz do que ele. Deus brilhava no coração e através dos olhos dele.

O príncipe fez um aceno, e a terra voltou ao lugar como se nunca tivesse sido tocada. Ele fez uma reverência com a cabeça, lutou contra a dor inesperada e sentiu as lágrimas vermelho-sangue que escaparam sem aviso. Foi Gregori quem cuidou da lápide, assim como foi Gregori, um descrente da fé de Mikhail, quem fez a oração final. As vozes, tão belas e fascinantes, entoaram um canto em latim em homenagem ao padre.

Mikhail inspirou o ar noturno e aceitou o convite de sua alcateia para correr. Ele transmitiu sua dor aos lobos. A resposta foi um coro de uivos de luto ecoando pela floresta escura.

O corpo de Gregori se curvou primeiro, penas brilhando iridescentes sob o luar. Uma envergadura de 1,80 metro se abriu, e ele voou até o galho alto de uma árvore próxima, e garras afiadas se cravaram na madeira. O corpo da coruja ficou imóvel, misturada com a noite, simplesmente esperando. Aidan foi o próximo, com um tom peculiar de dourado, poderoso, letal e igualmente silencioso. A forma de Byron era menor, mais compacta, suas penas, um manto branco. A forma sólida de Mikhail cintilou nas sombras, lançando-se no céu noturno, seguido pelos outros três.

Em uma compreensão perfeita, eles voaram mais alto, penas brilhantes batendo com força enquanto disparavam em silêncio até as nuvens muito acima da floresta. O vento soprou contra o corpo deles, sob as asas, levantando penas, levando qualquer vestígio de tristeza e violência deixada para trás pelo vampiro.

No ar, eles desenharam um círculo e se inclinaram, quatro enormes pássaros em perfeita sincronia. A alegria apagou o medo e o fardo pesado da responsabilidade no coração de Mikhail, levando a culpa e substituindo-a pelo prazer. As asas poderosas batiam com força enquanto eles atravessavam o céu juntos, e Mikhail dividiu sua alegria com Raven porque não podia se conter, nem mesmo no corpo poderoso da coruja. Ela se derramou, um convite, uma necessidade de compartilhar mais um prazer da vida *Cárpato*.

Pense, meu amor. Visualize o que estou colocando na sua mente. Confie em mim como você nunca confiou antes. Permita que eu dê este presente a você.

Não houve hesitação por parte dela. Com fé completa nele, Raven se entregou ao cuidado dele, indo na direção da visão com avidez. O leve desconforto, a estranha desorientação enquanto seu corpo se dissolvia, não a perturbou. Penas surgiram e brilharam.

Ao lado dela, Jacques deu um passo para trás, permitindo que aquela pequena coruja fêmea pulasse sobre um anjo de pedra antes que sua própria forma diminuísse e se transformasse. Juntos, os dois se lançaram noite adentro, voando alto para se juntar aos outros quatro pássaros poderosos que desenhavam um círculo acima deles.

Um dos machos rompeu a formação, cercou a fêmea, e mergulhou até bem perto para cobrir o corpo dela com a envergadura de suas asas. De brincadeira, ela baixou voo para escapar dele. Os outros a fecharam, contendo as brincadeiras dela, que descobria o prazer de voar livremente. As corujas-macho ficaram em uma força próxima, a fêmea no centro, fazendo um círculo acima da floresta, subindo pela névoa. Por um período, eles mergulharam em espiral, claramente brincando, voando alto, descendo em direção a terra, parando para atravessar as árvores e sobre o manto pesado de névoa.

Depois de um tempo, os animais começaram um voo mais tranquilo, mais uma vez com os machos cercando protetoramente a fêmea. Mikhail sentiu a noite retirar qualquer vestígio de tensão e a dissipou pelos quatro cantos da terra. Ele levaria Raven para longe do vilarejo, daria a ela muito tempo para aprender os modos do povo *Cárpato*. Ela representava o futuro da raça, o futuro dele. Era sua vida, sua alegria, sua razão para existir. Ela o ligava a tudo o que era bom no mundo. Ele pretendia garantir que a vida de Raven estivesse cheia de nada além de felicidade. Mikhail mergulhou para cobrir o corpo cheio de penas de sua amada com o seu, tocando a mente dela, sentindo sua alegria. Raven respondeu enchendo a mente dele de amor, carinho e o riso delicioso de uma criança diante das novas paisagens, sons e cheiros que estava conhecendo. Ela tomou a dianteira, e sua risada ecoou na mente de todos. Raven era a esperança do futuro.

Glossário

Ainaak enyem: Minha para sempre.

Ainaak sívamet jutta oleny: Você está ligada a mim para toda eternidade.

Ainaak olenszal sívambin: Sua vida será valorizada por mim para sempre.

Ainaak terád vigyázak: Você estará sempre sob meus cuidados.

Ainamet andam: Eu dou meu corpo a você.

Alfa: Lobos perigosos, aliados aos *Cárpatos*, mas que, sob magia, podem servir aos vampiros renegados.

Arwa-arvomet, és jelämet, kuulua huvémet ku feaj és ködet ainaak: Oferecer a alma, a honra e a salvação de alguém e, por isso, receber prazer finito e escuridão eterna.

Cárpatos: Raça de machos ou fêmeas com características de vampiros – vivem de sangue humano e não podem ser expostos ao sol; dormem durante o dia (em cavernas subterrâneas) e caçam à noite, mas não comem carne e transformam-se em outros seres, como lobos, corujas, nevoeiros e dragões. Eles têm muitas habilidades, tais quais: telepatia; o domínio e a comunicação com os animais e com a natureza, a qual traz a eles grande vitalidade; poder de criar e materializar qualquer coisa que quiserem, desde que seja algo natural, vindo da terra.

Csitri: Pequenina.

Danação eterna: Morte dos *Cárpatos,* sozinhos na escuridão, quando não conseguem encontrar uma companheira para lhes trazer a luz.

Daratrazanoff: Linhagem de sangue forte.

Descanso eterno: Exposição ao sol pelos machos *Cárpatos* por falta de sua companheira para lhes trazer a luz; suicídio.

Élidamet andam: Eu ofereço minha vida a você.

Éntölam kuulua, avio päläfertiilam: Eu a invoco como minha companheira.

Köd alte hän: Maldita escuridão.

Köd jutasz belso: Que a sombra os leve.

Ku'cak: Estrelas.

Mortos-vivos: Vampiros depravados que fazem os humanos de servos, corrompendo-se pela falsa sensação de poder, viciando-se demais na adrenalina das mortes aterrorizantes. Quando matam, eles sentem um frenesi, uma onda de calor que percorre o corpo, envolve o cérebro e toma conta da mente. Para que possam reviver o momento repetidas vezes, continuam matando. Tornam-se, assim, renegados e caçados pelos *Cárpatos.*

Nosferatu: Impuro.

O köd belso: Pela escuridão.

Pesämet andam: Eu dou minha proteção a você.

Receptáculo: Líder *Cárpato.*

Saasz hän ku andam szabadon: Aceite o que eu ofereço livremente.

Sarna: Canto de comando.

Sielet: Escuridão eterna.

Sívam és sielam: Meu coração e minha alma.

Sivamet: Meu amor.

Sielamet andam: Eu dou minha alma a você.

Sívamet andam: Eu dou meu coração a você.

Sívamet kuuluak kaik että a ted: Eu recebo para mim o que é seu.

Te avio päläfertiilam: Você é minha companheira.

Te élidet ainaak pide minan: Sua vida será colocada acima da minha para sempre.

Ted kuuluak, kacad, kojed: Meu lugar é ao seu lado.

Uskolfertiilamet andam: Eu dou a minha lealdade a você.

Veri olen piros, ekäm: *Que o sangue seja vermelho, meu irmão*. Significa: "encontre a sua companheira e veja em cores", era um cumprimento formal entre machos *Cárpato*.

Verink sokta; verink kana terád: Nosso sangue se mistura e chama por você.

Sobre a autora

A autora número um da lista dos mais vendidos do *The New York Times*, Christine Feehan, tem mais de quarenta romances publicados, incluindo quatro séries que chegaram ao número um na lista dos mais vendidos do *New York Times*. Ela teve o prazer de fazer parte de diversas outras listas de livros mais vendidos, incluindo as listas de *Publishers Weekly*, *USA Today*, *Washington Post*, *BookScan*, *B. Dalton*, *Amazon*, *Barnes & Noble*, *Waldenbooks*, *Ingram*, *Borders*, *Rhapsody Book Club e Walmart*. Além de ter sido nomeada para o *Romance Writers of America's RITA Award*, ela recebeu muitas honrarias ao longo de sua carreira, que incluem um Career Achievement Award, do *Romantic Times*, e o Borders 2008, Lifetime Achievement Award.

Este livro foi impresso em Papel Chamois Fine 75 g/m², certificado FSC e produzido pela MD Papéis Ltda.